STIEG LARSSON

MĘŻCZYŹNI, KTÓRZY NIENAWIDZĄ KOBIET

Przełożyła Beata Walczak-Larsson

Wydawnictwo Czarna Owca
Warszawa 2009

Tytuł oryginału
MÄN SOM HATAR KVINNOR

Redakcja
Grażyna Mastalerz

Skład i łamanie
Maria Kowalewska

Korekta
Ewa Jastrun

Wydanie I poprawione

Wydawnictwo Czarna Owca Sp. z o.o.
(dawniej Jacek Santorski & Co Agencja Wydawnicza)
ul. Alzacka 15a, 03-972 Warszawa
e-mail: wydawnictwo@czarnaowca.pl
Dział handlowy: tel. (022) 616 29 36
faks (022) 433 51 51

Zapraszamy do naszego sklepu internetowego:
www.czarnaowca.pl

Druk i oprawa
Opolgraf S.A.

ISBN 978-83-7554-059-8

PROLOG
Listopadowy piątek

TEN SCENARIUSZ powtarzał się każdego roku. Adresat skończył właśnie osiemdziesiąt dwa lata. Jak zwykle otworzył paczkę i zdarł ozdobny papier. A później podniósł słuchawkę i wybrał numer byłego komisarza kryminalnego, który po przejściu na emeryturę osiadł nad jeziorem Siljan. Mężczyźni urodzili się nie tylko w tym samym roku, ale dokładnie tego samego dnia, co w tym konkretnym przypadku zakrawało na coś w rodzaju ironii losu. Wiedząc, że telefon zadzwoni zaraz po wizycie listonosza, około jedenastej, komisarz pił spokojnie kawę. W tym roku zadzwonił już o dziesiątej trzydzieści. Policjant odebrał i nie przedstawiając się, powiedział:

– Hej.

– Przyszła.

– Jak wygląda tym razem?

– Nie mam pojęcia co to za roślina. Ale dowiem się oczywiście. Kwiat jest biały.

– Zgaduję, że nie dołączono żadnego listu?

– Nie, nie ma żadnej wiadomości. Tylko kwiatek. I taka sama ramka jak w ubiegłym roku. Zwykła niedroga rzecz do samodzielnego montażu.

– Stempel pocztowy?

– Ze Sztokholmu.

– Charakter pisma?

– Jak zawsze, drukowane litery. Duże i proste.

Tym samym temat został wyczerpany i przez dłuższą chwilę mężczyźni siedzieli w milczeniu po obu końcach linii. Emerytowany komisarz rozparł się wygodnie przy kuchennym stole, pociągając fajkę. Wiedział, że nie spodziewano się już po nim żadnego zbawczego czy choćby tylko szczególnie inteligentnego pytania, które mogłoby rzucić nowe światło na sprawę. Ten czas minął bezpowrotnie dawno temu. Rozmowa dwóch podstarzałych mężczyzn miała raczej charakter rytuału w obliczu misterium, które – oprócz nich – nikogo nie interesowało.

ŁACIŃSKA NAZWA brzmiała *Leptospermum (Myrtaceae) rubinette*. Roślina była niepozorną, mniej więcej dwunastocentymetrową krzewinką o drobnych, podobnych do igiełek wrzosu listkach. Niewielkie kwiatuszki składały się z pięciu płatków. Pochodziła z australijskiego buszu i tamtejszych gór, gdzie rosła w gęstych kępach trawy. Nazywano ją *desert snow*. Trochę później ekspert z ogrodu botanicznego w Uppsali stwierdziła, że to rzadka roślina, tylko sporadycznie uprawiana w Szwecji. W ekspertyzie napisała, że jest spokrewniona z drzewkiem herbacianym i że często myli się ją z jej znacznie pospolitszym kuzynem *Leptospermum scoparium*, który porasta w nadmiarze Nową Zelandię. Różnica według eksperta polega na tym, że końce płatków *rubinette* zdobią mikroskopijne różowe punkciki, nadając im różowawy odcień.

Rubinette zadziwiała bezpretensjonalnością. Nie miała żadnej wartości komercyjnej, żadnych znanych właściwości leczniczych ani halucynogennych. Nie służyła jako pożywienie czy przyprawa ani nie używano jej do produkcji naturalnych barwników. Miała jednak pewne znaczenie dla Aborygenów, którzy tradycyjnie uważali tereny i roślinność wokół Ayers Rock za świętość. Wyglądało na to, że jedyne zadanie rośliny o kapryśnej urodzie polegało na byciu piękną i powabną.

W swoim orzeczeniu uppsalska botaniczka podkreśliła, że *desert snow* należy w Australii do rzadkości, a w Skandynawii stanowi unikat. Sama rośliny nigdy nie widziała, ale od kolegów po fachu dowiedziała się, że próbowano ją wprowadzić do jednego z göteborskich ogrodów. Nie można też wykluczyć, że w prywatnych szklarniach mają ją entuzjaści egzotycznych roślin i inni botanicy amatorzy. Nie jest łatwa w uprawie, ponieważ wymaga łagodnego, suchego klimatu oraz zimowania w ocieplonym pomieszczeniu. Nie sprzyja jej wapienne podłoże i potrzebuje nawadniania od spodu, bezpośrednio do korzenia. Trzeba umieć się z nią obchodzić.

FAKT, ŻE ROŚLINA była w Szwecji niezmiernie rzadka, teoretycznie ułatwiał dotarcie do źródła właśnie tego egzemplarza, ale w praktyce było to niemożliwe. Nie istniały żadne rejestry ani licencje, które można było przejrzeć i sprawdzić. Nikt nie wiedział, jak wielu prywatnych hodowców w ogóle podjęło się uprawy tak wymagającej rośliny – niewykluczone, że chodziło o jednego albo kilkunastu ogrodników z dostępem do nasion i sadzonek, które bez trudu można kupić bezpośrednio w firmie wysyłkowej, u jakiegoś innego pasjonata albo w ogrodzie botanicznym gdziekolwiek w Europie. Krzewinka mogła być równie dobrze przywieziona z Australii. Odnalezienie hodowcy wśród milionów posiadaczy cieplarni czy zwykłej doniczki na pokojowym parapecie należało zaliczyć do spraw beznadziejnych.

Rubinette była tylko jedną z szeregu zagadkowych roślin, które pierwszego listopada w grubej kopercie zawsze przychodziły na ten sam adres. Gatunki zmieniały się, ale zazwyczaj były to piękne i stosunkowo rzadkie kwiaty. Zawsze spoczywały na papierze akwarelowym, pieczołowicie zasuszone i chronione szkłem prostej ramki o wymiarach dwadzieścia dziewięć na szesnaście centymetrów.

ROŚLINNE MISTERIUM nie było powszechnie znane, nigdy nie komentowały go media, wiedziało o nim zaledwie niewielkie, zamknięte grono. Trzydzieści lat temu coroczne przesyłki były przedmiotem analiz w Państwowym Laboratorium Techniki Kryminalnej. Badali je eksperci daktyloskopii, grafolodzy, policjanci z sekcji dochodzeniowo-śledczej, rodzina i przyjaciele adresata. Obecnie dramat rozgrywał się już tylko między trzema aktorami: podstarzałym jubilatem, emerytowanym policjantem i oczywiście nieznajomym nadawcą prezentu. Ponieważ przynajmniej dwaj z nich osiągnęli zacny wiek, kiedy warto zacząć przygotowania do tego, co nieuniknione, krąg zainteresowanych w najbliższym czasie mógł się zmniejszyć.

Emerytowany policjant był doświadczonym weteranem. Nigdy nie zapomni swojej pierwszej interwencji, która polegała na wsadzeniu do mamra agresywnego i kompletnie pijanego maszynisty w nastawni, żeby nie napytał jeszcze więcej biedy sobie samemu i innym. W trakcie kariery komisarz zamykał kłusowników, mężów maltretujących żony, oszustów, złodziei samochodów i pijanych kierowców. Spotykał włamywaczy, rabusiów, meliniarzy, gwałcicieli, a raz trafił na niezrównoważonego kasiarza z dynamitem. Brał udział w dziewięciu dochodzeniach w sprawie morderstwa lub zabójstwa. W pięciu przypadkach sprawca sam zadzwonił na policję, by ze skruchą wyznać, że właśnie zakatrupił swoją żonę, brata czy innego członka rodziny. W trzech dochodzeniach szukano nieznanego sprawcy, dwa morderstwa zostały wyjaśnione w ciągu kilku dni, a trzecie, we współpracy z Centralnym Biurem Śledczym, w ciągu dwóch lat.

Dziewiąte udało się rozwiązać, to znaczy dochodzeniowcy wiedzieli, kto jest mordercą, ale dowody były tak nikłe, że prokurator postanowił zawiesić śledztwo. Wkrótce, ku niezadowoleniu komisarza, sprawa uległa przedawnieniu. Ogólnie rzecz biorąc, miał za sobą imponującą karierę i powody do zadowolenia ze swoich dokonań.

A jednak daleki był od tego.

Sprawa zasuszonych kwiatów stanowiła dla komisarza bolesny cierń, ciągle nierozwiązaną, frustrującą zagadkę, której poświęcił nieporównywalnie więcej czasu niż wszystkim innym.

Sytuacja była podwójnie absurdalna, ponieważ po dosłownie tysiącach godzin przemyśleń, zarówno w pracy, jak i poza nią, ciągle nie potrafił z pewnością stwierdzić, czy w ogóle ma do czynienia z przestępstwem.

Obaj mężczyźni wiedzieli, że osoba oprawiająca roślinę w ramki używa rękawiczek, nie zostawiając żadnych odcisków palców ani na drewnie, ani na szkle. Wiedzieli, że niemożliwe jest dotarcie do nadawcy. Wiedzieli, że podobne ramki są dostępne w każdym sklepie fotograficznym czy papierniczym na całym świecie. Po prostu nie istniały żadne tropy, którymi można by podążyć. Przesyłki najczęściej wysyłane były ze Sztokholmu, ale trzykrotnie z Londynu, dwukrotnie z Paryża i z Kopenhagi, raz z Madrytu i z Bonn oraz z – najbardziej zagadkowego – Pensacola w USA. O ile wszystkie pozostałe miasta były znanymi stolicami, o tyle o amerykańskiej miejscowości komisarz nigdy nie słyszał i musiał poszukać jej w atlasie.

POŻEGNAWSZY SIĘ z komisarzem, osiemdziesięciodwuletni jubilat siedział przez dłuższą chwilę nieruchomo, z oczami utkwionymi w australijskiej roślinie, o której nazwie jeszcze nie miał pojęcia. A później podniósł wzrok. Nad biurkiem, w czterech rzędach po dziesięć i w piątym składającym się tylko z czterech przeszklonych ramek wisiały czterdzieści trzy zasuszone kwiaty. W najwyższym rzędzie brakowało jednej rośliny. Miejsce numer dziewięć świeciło pustką. Krzewinka *desert snow* miała otrzymać numer czterdzieści cztery.

Po raz pierwszy jednak wydarzyło się coś, co odbiegało od corocznego scenariusza. Zupełnie nagle, bez ostrzeżenia, mężczyzna zaczął płakać. Ten niespodziewany wybuch emocji po ponad czterdziestu latach zdziwił jego samego.

**18 procent szwedzkich kobiet
doświadczyło choć raz
groźby ze strony mężczyzny.**

CZĘŚĆ I

Bodźce

20 grudnia – 3 stycznia

Rozdział 1
Piątek 20 grudnia

PROCES ZAKOŃCZYŁ SIĘ definitywnie i wszystko, co było do powiedzenia, zostało już powiedziane. Mężczyzna ani przez sekundę nie wątpił, że zostanie skazany. Wyrok podano do publicznej wiadomości o dziesiątej rano, teraz pozostało tylko uzasadnienie i komentarze reporterów czekających przed budynkiem sądu rejonowego. Mikael Blomkvist zobaczył ich przez uchylone drzwi i zatrzymał się na moment. Nie chciał dyskutować o orzeczeniu sądu, które właśnie mu przekazano, ale pytania były nieuniknione – i kto jak kto, ale właśnie on wiedział, że muszą zostać zadane i że on sam musi na nie odpowiedzieć. *A więc tak czuje się człowiek, który jest przestępcą* – pomyślał. *Po niewłaściwej stronie mikrofonu.* Wyprostował się i próbował zmusić do uśmiechu. Reporterzy nie pozostali dłużni i – odrobinę onieśmieleni – pokiwali życzliwie głowami.

– No to zobaczmy... „Aftonbladet", „Expressen", TT, TV4 i... jesteś z... aha, „Dagens Industri". Ani chybi zostałem medialną gwiazdą – stwierdził.

– Daj nam jakiś tekst, *Kalle Blomkvist* – odezwał się dziennikarz jednej z popołudniówek.

Mikael Blomkvist, którego pełne imię i nazwisko brzmiało Carl Mikael Blomkvist, jak zawsze starał się nie okazać irytacji na dźwięk tego starego przydomka. Dwadzieścia lat temu, w czasie swojego pierwszego dziennikarskiego zastępstwa, bez własnego udziału i zupełnie przypadkowo zdemaskował szajkę rabusiów, którzy w ciągu dwóch lat dokonali pięciu spektakularnych napadów. Nie ulegało wątpliwości,

13

że chodziło o jedną i tę samą grupę, która wyspecjalizowała się w wyjazdach na prowincję i obrabianiu niewielkich banków. Robili to z zegarmistrzowską wręcz precyzją. Sprawcy napadów nosili lateksowe maski przedstawiające postacie z filmów Walta Disneya, toteż policja, nie bez kozery, nadała im miano Ligi Kaczora Donalda. Gazety upierały się jednak przy poważniejszej nazwie i przechrzciły Ligę na Niedźwiedzią Bandę, chociażby ze względu na to, że rabusie dwukrotnie, brutalnie i nie troszcząc się o los bliźnich, oddali kilka ostrzegawczych strzałów, grożąc przechodniom i zbyt dociekliwym świadkom.

Szósty napad miał miejsce w środku lata w Östergötland. Jednym ze świadków był – znajdujący się właśnie w banku – reporter lokalnej rozgłośni radiowej. Zareagował zgodnie ze służbowymi instrukcjami. Gdy tylko rabusie opuścili bank, udał się do automatu telefonicznego i zdał z całości relację, którą przekazano słuchaczom na żywo.

Dwudziestotrzyletni Mikael Blomkvist bawił wtedy ze znajomą w domku letniskowym jej rodziców, niedaleko Katrineholm. Nawet przesłuchującemu go później policjantowi nie był w stanie wytłumaczyć, dlaczego połączył akurat te fakty, ale gdy tylko usłyszał w radiu o napadzie, pomyślał o czterech chłopakach wynajmujących domek kilkaset metrów dalej. Zobaczył ich po raz pierwszy parę dni wcześniej, gdy szedł ze znajomą na lody. Grali w badmintona. Prześlizgnął się wzrokiem po czterech atletycznie zbudowanych blondynach z obnażonymi torsami. Najwyraźniej zajmowali się kulturystyką. Coś musiało jednak zaniepokoić Mikaela, ponieważ spojrzał na nich jeszcze raz. Może dlatego, że mimo niesamowitej spiekoty rozgrywali mecz z jakąś rzucającą się w oczy zajadłością. To nie było zwykłe granie dla zabicia czasu.

Nie miał żadnego racjonalnego powodu, żeby podejrzewać tych młodych mężczyzn o napad na bank, ale gnany niejasnym przeczuciem poszedł na spacer i, zatrzymawszy się na wzgórzu z widokiem na domek zamieszkiwany przez chłopaków, stwierdził, że jest on chwilowo opuszczony. Po mniej więcej czterdziestu minutach na podwórko wjechało volvo, z którego wysiedli znajomi blondyni. Wyglądało na to, że bardzo im się spieszy. Każdy dźwigał sporą torbę treningową, co samo w sobie mogło znaczyć, że właśnie wykąpali się w jeziorze. Ale gdy jeden z nich wrócił do samochodu i wyciągnął jakiś przedmiot, który natychmiast przykrył kurtką, Mikael nawet ze swojego stosunkowo odległego punktu obserwacyjnego rozpoznał stary szacowny AK4. To był dokładnie ten sam model, z którym zupełnie niedawno miał do czynienia podczas rocznej służby wojskowej. Zadzwonił na policję i opowiedział o swoich obserwacjach. Było to preludium do trzydobowego spektaklu o oblężeniu domku letniskowego, relacjonowanego nieustannie przez media. Mikael, z sążnistym honorarium freelancera piszącego dla jednej z popołudniówek, zajmował najlepsze miejsce na widowni. Policja ulokowała swoją kwaterę główną w zaparkowanej nieopodal przyczepie kempingowej.

Dzięki sprawie Niedźwiedziej Bandy Mikael stał się gwiazdą. Ceną sławy okazał się tytuł artykułu, od którego nie mogła się powstrzymać konkurencyjna popołudniówka: *Kalle Blomkvist rozwiązał zagadkę*. Pewna starsza felietonistka, autorka tego kpiarskiego tekstu, pozwoliła sobie na liczne aluzje do stworzonej przez Astrid Lindgren postaci młodego detektywa. Na domiar złego artykuł zilustrowano ziarnistą fotografią, na której Mikael z półotwartymi ustami i wzniesionym w górę palcem wyglądał, jak gdyby wydawał instrukcje umundurowanemu policjantowi. W rzeczywistości wskazywał mu drogę do wychodka.

BEZ ZNACZENIA był fakt, że Mikael nigdy nie używał pierwszego imienia i że nigdy nie sygnował żadnego tekstu nazwiskiem Carl Blomkvist. Tego dnia ku swojej rozpaczy zyskał wśród kolegów po fachu przydomek Kalle Blomkvist.

Przezwisko wymawiano z drażniącą drwiną, wprawdzie nigdy nieżyczliwie, ale też nigdy z prawdziwą życzliwością. Mikael nie cierpiał swojego przydomka, choć oczywiście uwielbiał książki Astrid Lindgren. Dopiero po wielu latach i kilku znaczących dokonaniach dziennikarskich poczuł, że przezwisko zaczęło blednąć. A mimo to ciągle jeszcze wzdrygał się na dźwięk imienia młodego detektywa.

Uśmiechnął się więc pogodnie, zaglądając reporterowi popołudniówki w oczy.

– Wymyśl coś sam. Przecież twoje teksty zazwyczaj i tak są wyssane z palca.

Ton wypowiedzi nie był nieprzyjazny. Wszyscy obecni znali się przynajmniej z widzenia, a jego najbardziej zagorzali krytycy zrezygnowali z przyjścia do sądu. Z jednym reporterem współpracował kilka lat temu, a jedną z kobiet – Tę z TV4 – kiedyś prawie udało mu się poderwać.

– Dostał pan tam porządnie po głowie – stwierdził reprezentant „Dagens Industri", zdecydowanie nieopierzony żółtodziób na zastępstwie.

– W rzeczy samej – przyznał Mikael. Inna odpowiedź była nie do pomyślenia.

– No więc jak się pan czuje?

Mimo powagi sytuacji ani Mikael, ani jego starsi koledzy nie mogli powstrzymać się od uśmieszków. Mikael wymienił błyskawiczne spojrzenie z TV4. „Jak się pan/pani czuje?" to jedyne pytanie, jakie w mniemaniu Poważnych Dziennikarzy Nierozgarnięci Reporterzy Sportowi potrafili zadać Zdyszanemu Sportowcowi po drugiej stronie mety. Ale po chwili Mikael spoważniał.

– Naturalnie pozostaje mi tylko ubolewać, że sąd nie doszedł do innego wniosku – odpowiedział bardziej formalnie.

– Trzy miesiące więzienia i sto pięćdziesiąt tysięcy odszkodowania. To uderzy dość mocno po kieszeni – odezwała się Ta z TV4.

– Przeżyję.

– Zażąda pan od Wennerströma przeprosin? Poda mu rękę?

– Nie, nie sądzę. Moje zdanie na temat morale zawodowego pana Wennerströma nie uległo szczególnej zmianie.

– Czyli w dalszym ciągu uważa go pan za łajdaka? – zapytał młodzik z „Dagens Industri".

Za pytaniem krył się cytat z potencjalnie katastrofalnym nagłówkiem i Mikael niewątpliwie poślizgnąłby się na skórce od banana, gdyby nie fakt, że dziennikarz sam zasygnalizował niebezpieczeństwo, nazbyt gorliwie wysuwając mikrofon. Indagowany zastanowił się więc kilka sekund nad odpowiedzią.

Uznawszy, że Mikael Blomkvist naruszył godność finansisty Hansa-Erika Wennerströma, sąd skazał go za zniesławienie. Proces dobiegł końca, skazany nie miał zamiaru odwoływać się od wyroku. Ale co by się stało, gdyby nieostrożnie powtórzył swoje zdanie na schodach sądu? Doszedł do wniosku, że nie chce znać odpowiedzi.

– Uważałem, że istniały powody, dla których opublikowałem posiadane informacje. Sąd miał odmienne zdanie i muszę oczywiście zaakceptować fakt, że wszczęto postępowanie prawne. Teraz, zanim podejmiemy decyzję co do przyszłych działań, w redakcji dogłębnie przedyskutujemy postanowienia sądu. Nie mam nic więcej do powiedzenia.

– Ale zapomniałeś, że dziennikarz musi umieć poprzeć swoje opinie dowodami – przypomniała Ta z TV4 trochę ostrzejszym tonem.

Nie potrafił zaprzeczyć. Byli dobrymi przyjaciółmi. Miała neutralny wyraz twarzy, ale Mikael dostrzegł w jej oczach cień rozczarowania i dezaprobaty.

Udzielał odpowiedzi jeszcze przez kilka trudnych minut. W powietrzu wisiało pytanie, którego jednak żaden z dziennikarzy nie zadał, może dlatego, że dotyczyło żenująco niepojętej sprawy: jak Mikael mógł napisać tekst tak totalnie pozbawiony substancji? Zebrani przed sądem reporterzy, z wyjątkiem zastępcy z „Dagens Industri", byli weteranami o dużym doświadczeniu. Dla nich odpowiedź na to pytanie leżała poza granicą zrozumienia. Ta z TV4 ustawiła Blomkvista przed drzwiami ratusza i powtórzyła swoje pytania przed kamerą. Była bardziej życzliwa, niż na to zasługiwał, i padało wystarczająco dużo dobrych cytatów, by zadowolić wszystkich reporterów. Historia musiała zaowocować tłustymi nagłówkami – tego nie dało się uniknąć – ale Mikael uporczywie powtarzał sobie, że tak naprawdę nie chodzi o wydarzenie medialne roku. Dostawszy to, czego chcieli, dziennikarze rozeszli się do swoich redakcji.

MIAŁ ZAMIAR wrócić pieszo, ale był wietrzny grudniowy dzień, a on sam dość zmarznięty po wywiadzie na świeżym powietrzu. Gdy tak stał niezdecydowany na schodach ratusza, zobaczył wysiadającego z samochodu Williama Borga. Musiał w nim siedzieć dłuższą chwilę. Ich oczy spotkały się, twarz Borga rozjaśnił uśmiech.

– Warto było przyjechać, chociażby po to, żeby zobaczyć cię z tym dokumentem w ręce.

Mikael nie odpowiedział. Znali się od piętnastu lat. Pracowali kiedyś razem na zastępstwie, w dziale gospodarczym jednego ze stołecznych dzienników. Może nie zadziałała chemia, ale właśnie wtedy położyli podwaliny pod dozgonną wrogość. W oczach Blomkvista Borg był nie tylko kiepskim reporterem, ale też męczącym, małostkowym i pamiętliwym człowiekiem, który katował otoczenie idiotycznymi żartami i wyrażał się lekceważąco o starszych, a więc bardziej doświadczonych reporterach. Szczególnie nie cierpiał starszych kobiet w tym zawodzie. Po pierwszej kłótni przyszły następne, aż w końcu drobne utarczki przerodziły się w osobisty antagonizm.

Przez dłuższy czas spotykali się sporadycznie, ale pod koniec lat dziewięćdziesiątych zostali prawdziwymi wrogami. Mikael napisał książkę o dziennikarstwie gospodarczym, w której cytował fragmenty niemądrych artykułów sygnowanych nazwiskiem nieprzyjaciela. Borg jawił się więc jako Jędrek-Mędrek, który zrozumiawszy większość faktów na opak, wychwalał pod niebiosa stojące na skraju ekonomicznej katastrofy firmy z branży informatycznej. Urażony reporter nie docenił oczywiście analizy Mikaela i gdy natknęli się kiedyś na siebie w knajpie, prawie doszło do rękoczynów. W tym samym czasie Borg pożegnał się z dziennikarstwem i – za zdecydowanie wyższą pensję – zaczął pracować jako doradca w przedsiębiorstwie, które znajdowało się w strefie zainteresowań finansisty Hansa-Erika Wennerströma.

Patrzyli na siebie dłuższą chwilę, a później Mikael obrócił się na pięcie i odszedł. To był cały Borg. Przyjechał pod ratusz jedynie po to, żeby się pośmiać.

Na przystanku zatrzymała się właśnie czterdziestka i Blomkvist wskoczył do autobusu, żeby jak najszybciej uciec. Wysiadł przy Fridhemsplan i stał niezdecydowany, ciągle z wyrokiem w ręku. W końcu skierował kroki do kawiarni Anna, mieszczącej się obok komendy policji.

Gdy usiadł z kawą latte i kanapką, w radiu zaczął się południowy serwis informacyjny. Jego historia uplasowała się na trzecim miejscu, po samobójczym zamachu bombowym w Jerozolimie i wiadomości o powołaniu rządowej komisji dochodzeniowej w sprawie domniemanego tworzenia karteli w przemyśle budowlanym.

Dziennikarz czasopisma „Millennium" Mikael Blomkvist został w piątek rano skazany na trzy miesiące więzienia za zniesławienie przedsiębiorcy Hansa-Erika Wennerströma. W jednym z tegorocznych numerów, w głośnym artykule o tzw. sprawie Minosa Blomkvist twierdził, że Wennerström wykorzystał do handlu bronią państwowe środki, przeznaczone pierwotnie na inwestycje przemysłowe w Polsce.

19

Oprócz kary pozbawienia wolności sąd orzekł, że Mikael Blomkvist ma zapłacić poszkodowanemu 150 tysięcy koron tytułem zadośćuczynienia. Adwokat Wennerströma, Bertil Camnemarker, podał do wiadomości, że jego klient jest usatysfakcjonowany wyrokiem. To wyjątkowo poważny przypadek pomówienia, skomentował.

Wyrok liczył dwadzieścia sześć stron. Wyjaśniał powody, dla których sąd w piętnastu punktach uznał Mikaela winnym zniesławienia przemysłowca Hansa-Erika Wennerströma. Mikael skonstatował, że każdy z punktów oskarżenia kosztował go dziesięć tysięcy koron i sześć dni więzienia. Nie wliczając kosztów procesu i honorarium adwokata. Nie miał siły, żeby choć przez chwilę zastanowić się nad ostatecznym rachunkiem, pomyślał tylko, że mogło być gorzej; sąd uniewinnił go co do siedmiu punktów oskarżenia.

Czytając sformułowania wyroku, czuł nieprzyjemnie narastające uczucie ciężkości w okolicy żołądka. Zdziwił się. Od początku procesu wiedział, że – o ile nie nastąpi cud – zostanie skazany. Rzecz nie ulegała wątpliwości, zdążył się więc pogodzić z tą myślą. Stosunkowo beztrosko przesiedział dwa dni rozprawy, by później przez jedenaście kolejnych – bez specjalnych emocji – czekać, aż sąd, przemyślawszy wszystko dogłębnie, sformułuje tekst, który właśnie trzymał w ręce. Dopiero teraz, po zakończeniu procesu, poczuł się bardzo nieswojo.

Miał wrażenie, że kolejny kęs chleba rośnie mu w ustach. Przełykając go z trudem, odsunął kanapkę na bok.

Po raz pierwszy został uznany za winnego przestępstwa, w ogóle po raz pierwszy był o coś podejrzany i oskarżony. Orzeczenie sądu to w zasadzie błahostka. Przestępstwo lekkiej wagi. Przecież nie chodziło o napad z bronią w ręku, morderstwo czy gwałt. Ale finansowo wyrok będzie odczuwalny. „Millennium" nie było medialnym okrętem flagowym o nieograniczonych zasobach. Czasopismu się nie przelewało, ale wyrok nie oznaczał finansowej katastrofy. Problem polegał na tym, że Mikael miał udziały w „Millennium", będąc jednocześnie – co zakrawało na idiotyzm – redaktorem czasopisma i jego wydawcą. Odszkodowanie, sto pięćdziesiąt tysięcy koron, zamierzał zapłacić z własnej kieszeni, co w zasadzie oznaczało pozbycie się prawie wszystkich oszczędności. Czasopismo pokrywało koszty procesu. Przy rozsądnym gospodarowaniu powinno się udać.

Pomyślał o ewentualnej sprzedaży swojego poddasza, co byłoby dość bolesnym rozwiązaniem. Pod koniec radosnych lat osiemdziesiątych, kiedy miał dobrą posadę i stosunkowo wysokie dochody, zaczął rozglądać się za porządnym mieszkaniem własnościowym. Odrzucał kolejne propozycje pośredników, aż w końcu natknął się na sześćdziesiąt pięć metrów kwadratowych poddasza przy Bellmansgatan. Poprzedni właściciel zaczął przerabiać je na mieszkanie, ale kiedy nagle otrzymał propozycję pracy w firmie internetowej za granicą, sprzedał je tanio jako lokal do renowacji.

Nowy właściciel dokończył dzieło, nie przejmując się szczególnie pierwotnymi szkicami architekta wnętrz. Wydał sporo pieniędzy na urządzenie kuchni i łazienki, nie przykładając wagi do reszty. Nie położył parkietu i nie postawił ścian działowych, rezygnując z planowanych dwóch pokoi. Ale wycyklinował deski podłogowe, pobielił wapnem oryginalne, chropowate ściany i zasłonił największe niedoróbki kilkoma akwarelami Emanuela Bernstone'a. W ten sposób powstało przestronne, otwarte mieszkanie z sypialnią za regałem i niewielką kuchnią oddzieloną barem od pokoju, który spełniał funkcję zarówno salonu, jak i jadalni. Poddasze miało dwa okna mansardowe i jedno w szczycie, z widokiem na dziesiątki kamienic biegnących ku Riddarholmen i Starówce. Przez wąską szczelinę między nimi Mikael widział wodę przy Slussen i Ratusz. Dzisiaj nie byłoby go stać na podobne mieszkanie i dlatego nie chciał się go pozbywać.

Ale ryzyko utraty poddasza to bagatela w porównaniu z uszczerbkiem, jakiego doznał jego wizerunek zawodowy. Wiedział, że naprawianie tych szkód zajmie ogromnie dużo czasu. Jeżeli w ogóle uda się je naprawić. Chodziło o zaufanie. W najbliższej przyszłości niejeden redaktor zawaha się, zanim podejmie decyzję o publikacji artykułu podpisanego przez Blomkvista. Miał jeszcze wystarczająco wielu przyjaciół w branży, skłonnych zaakceptować to, że padł ofiarą nieszczęśliwego zbiegu okoliczności, ale też nie mógł już pozwolić sobie na kolejny, choćby najmniejszy błąd.

Najbardziej jednak bolało go upokorzenie.

Mając w ręku wszystkie atuty, przegrał z gangsterem w garniturze od Armaniego. Z łajdakiem podszywającym się pod giełdowego rekina. Z japiszonem, którego adwokat szczerzył zęby przez cały proces.

Do kurwy nędzy, jak mogło do tego dojść?

A PRZECIEŻ SPRAWA Wennerströma zaczęła się tak obiecująco, półtora roku temu, w wieczór świętojański, w kokpicie żółtego jachtu Mälar-30. Wszystko było dziełem przypadku, zapoczątkowanego zachcianką kolegi po fachu, obecnie speca od PR w samorządzie wojewódzkim. Chcąc zaimponować swojej nowej dziewczynie, kolega ów wypożyczył pochopnie niewielki jacht i zaproponował kilkudniową, żywiołową, ale niepozbawioną romantyzmu przejażdżkę po wodach archipelagu sztokholmskiego. Dziewczyna, która właśnie opuściła Hallstahammar, by studiować w stolicy, dała się przekonać po długich namowach, ale pod warunkiem, że zabiorą ze sobą siostrę i jej chłopaka. Nikt z nich nigdy nie postawił nogi na pokładzie żaglówki. Problem polegał na tym, że również PR-owiec był żeglarzem bardziej w teorii niż w praktyce. Trzy dni przed planowaną wyprawą zadzwonił zdesperowany do Mikaela, przekonując go do udziału w wycieczce i przyjęcia roli piątego, obeznanego z nawigacją, członka załogi.

Początkowo zupełnie nieczuły na prośby, Mikael ugiął się, kiedy usłyszał obietnicę kilku wspaniałych dni relaksu w miłym towarzystwie i z dobrą kuchnią. Z obietnic nic nie wyszło, a przejażdżka żaglówką przeobraziła się w katastrofę o wiele większą, niż Mikael potrafił sobie wyobrazić. Płynęli pięknym, choć średnio trudnym szlakiem Furusund z prędkością niespełna dziesięciu węzłów, przy której dziewczyna PR-owca od razu zapadła na chorobę morską. Jej siostra zaczęła kłócić się z chłopakiem i nikt nie wykazał choćby minimum zainteresowania sztuką żeglarską. Wkrótce stało się jasne, że obsługa jachtu spocznie wyłącznie na Mikaelu. Pozostali uczestnicy wycieczki ograniczali się do udzielania życzliwych, acz przeważnie bezwartościowych rad. Po pierwszym noclegu w zatoce na Ängsö Mikael gotów był zawinąć do przystani w Furusund i wrócić do domu autobusem. I tylko desperackie prośby PR-owca skłoniły go do pozostania na pokładzie.

Następnego dnia koło południa, wystarczająco wcześnie, by znaleźć wolne miejsce, przybili do pomostu na wyspie Arholma. Przygotowali lunch i właśnie wrzucili coś na ruszt, gdy Mikael po raz pierwszy zauważył plastikową żółtą M-trzydziestkę wpływającą do zatoki pod grotżaglem. Podczas gdy łódź robiła spokojny zwrot, jej szyper szukał miejsca do zacumowania. Mikael, rozejrzawszy się dookoła, skonstatował, że przestrzeń między ich jachtem a H-boatem po prawej burcie była prawdopodobnie jedyną szczeliną, w którą mogła wślizgnąć się wąska M-trzydziestka. Stojąc na rufie, wskazał wolną przestrzeń. Szyper zbliżającego się jachtu uniósł dłoń w geście podziękowania i zmienił kurs. Samotny żeglarz, taki co to nie pofatyguje się, żeby włączyć motor – zanotował Mikael. Usłyszał szczęk kotwicznego łańcucha, a po kilku sekundach zobaczył spuszczany grotżagiel i uwijającego się jak w ukropie mężczyznę, który manewrując sterem, by wpłynąć prosto w szczelinę, jednocześnie przygotowywał koniec liny na dziobie.

Mikael wspiął się na reling i wyciągając rękę, zaoferował pomoc. Nowo przybyły zrobił ostatnią zmianę kursu i sunąc delikatnie, podpłynął perfekcyjnie do rufy jachtu. Rozpoznali się dopiero wtedy, gdy mężczyzna rzucił Mikaelowi koniec liny. Ich twarze rozpromienił szeroki uśmiech.

– Cześć, Robban! – wykrzyknął Mikael. – Gdybyś korzystał z silnika, nie musiałbyś zdzierać farby ze wszystkich łodzi w porcie.

– Cześć, Micke. Czyli dobrze mi się wydawało, że skądś cię znam! Chętnie bym użył silnika, gdyby tylko dał się odpalić. Bidok wysiadł kompletnie przy Rödlöga, dwa dni temu.

Podali sobie ręce przez reling.

Całą wieczność temu, w latach siedemdziesiątych, Mikael Blomkvist i Robert Lindberg byli licealnymi kolegami, a może nawet przyjaciółmi. Ale, jak to często bywa z kolegami z ławy szkolnej, rozstali się zaraz po maturze. Obrali różne drogi i w ciągu ostatnich dwudziestu lat widzieli się zaledwie cztery czy pięć razy. Ich niespodziewane spotkanie w porcie na Arholma było pierwszym po siedmiu lub ośmiu latach. Przyglądali się sobie badawczo. Robert miał spaloną słońcem twarz, zmierzwione włosy i dwutygodniowy zarost.

Nagle Mikaelowi zdecydowanie poprawił się humor. Podczas gdy PR-owiec ze swoim prostodusznym towarzystwem wybrał się na drugi kraniec wyspy, by potańczyć wokół umajonego słupa, Mikael zaparkował na M-trzydziestce i przy śledziu i wódce rozmawiał z dawnym kolegą o dupie Maryni.

TEGO WIECZORU, gdy przestali już walczyć z osławionymi arholmskimi komarami, przenieśli się pod pokład i wypili kilka ładnych setek, rozmowa przyjęła charakter przekomarzania się na temat moralności i etyki w świecie biznesu. Każdy z nich wybrał karierę, która w pewnym sensie dotyczyła finansów państwa. Robert skończył Wyższą

Szkołę Handlową i wkroczył w świat bankowości. Mikael po studiach dziennikarskich poświęcił dużą część zawodowego życia na demaskowanie wątpliwych interesów właśnie w kołach bankowo-handlowych. Rozmowa zeszła na problemy moralne w związku z milionowymi odprawami „spadochronowymi", zapoczątkowanymi w latach dziewięćdziesiątych. Wygłosiwszy mowę obronną na temat kilku „spadochroniarzy", Lindberg odstawił kieliszek i przyznał z niechęcią, że wśród finansistów i bankowców z pewnością ukrywa się niejeden łajdak, mimo wszystko. Nagle zmierzył Mikaela poważnym spojrzeniem.

– Micke, jesteś dociekliwym dziennikarzem, zajmujesz się finansowymi przekrętami, dlaczego nigdy nie napisałeś niczego o Hansie-Eriku Wennerströmie?

– Nie wiedziałem, że jest coś do napisania.

– Zacznij grzebać. Musisz trochę pogrzebać, do diabła! Jak dużo wiesz o programie ZPP?

– Taa, jakiś program pomocy z lat dziewięćdziesiątych. Chodziło o postawienie na nogi przemysłu w byłych demoludach. Zakończony parę lat temu. Nigdy się tym nie zajmowałem.

– ZPP to Zarząd Pomocy Przemysłowej, projekt wspomagany przez rząd i kierowany przez reprezentantów około dziesięciu znaczących szwedzkich firm. ZPP dostał państwowe gwarancje dla szeregu projektów, które uzgodniono w porozumieniu z rządami w Polsce i w krajach nadbałtyckich. Dołączyła się LO*, jako rękojmia, że wschodni ruch robotniczy zostanie umocniony według szwedzkiego modelu. Formalnie rzecz biorąc, chodziło o projekt na zasadzie „pomoc dla samopomocy", projekt, który miał umożliwić tamtejszym rządom sanację ekonomiczną. W praktyce

* Landsorganisation – szwedzka Federacja Związków Zawodowych (przyp. tłum.).

25

wyglądało to tak, że szwedzkie przedsiębiorstwa otrzymały państwowe dotacje, żeby zostać współudziałowcami w przedsiębiorstwach wschodnioeuropejskich. Ten cholerny chadecki minister należał do gorących zwolenników ZPP. W planach było otwarcie zakładów papierniczych w Krakowie, renowacja zakładu metalurgicznego w Rydze, fabryka cementu w Tallinie i tak dalej. Pieniądze przydzielało kierownictwo ZPP, czyli najważniejsi z ważnych w świecie bankowo-przemysłowym.

– A więc pieniądze podatników?

– Mniej więcej pięćdziesiąt procent stanowiły dotacje państwa, resztę pokrywały banki i przemysł. Ale to absolutnie nie była działalność charytatywna. I banki, i przedsiębiorstwa liczyły na poważny zysk. W przeciwnym razie, kurwa, w ogóle by się tym nie zainteresowały.

– O jak duże pieniądze chodziło?

– Poczekaj, słuchaj dalej. Chodziło głównie o solidne szwedzkie przedsiębiorstwa, które chciały wejść na wschodni rynek. Takie potęgi jak ABB, Skanska i tym podobne. Żadnych spekulantów innymi słowy.

– Uważasz, że Skanska nie zajmuje się spekulacjami? Czy to właśnie nie ich naczelnego wylano z pracy po tym, jak pozwolił któremuś ze swoich chłoptasiów przepuścić pół miliarda na szybkich interesach? No a ich histeryczne spekulacje nieruchomościami w Londynie i Oslo?

– Nie, no jasne, idiotów znajdziesz w każdym przedsiębiorstwie na całym świecie, ale wiesz przecież, o co mi chodzi. To są w każdym razie firmy, które przede wszystkim zajmują się produkowaniem czegoś. No wiesz, kręgosłup szwedzkiej gospodarki i te rzeczy.

– A jak się do tego wszystkiego ma Wennerström?

– Wennerström jest dżokerem. Facet pojawia się znikąd, nie ma korzeni w przemyśle ciężkim i w ogóle nie za bardzo pasuje do tego towarzystwa.

Mikael napełnił kieliszek reimersholmem i rozparł się wygodnie, usiłując sobie przypomnieć, co wie o Wennerströmie. Jego wiedza okazała się niespecjalnie bogata. Urodzony gdzieś w Norlandii, w latach siedemdziesiątych założył tam firmę inwestycyjną. Zarobiwszy trochę grosza, przeprowadził się do Sztokholmu, gdzie zrobił błyskawiczną karierę. Powstała Grupa Wennerströma, którą później, w związku z otwarciem biur w Londynie i Nowym Jorku, przechrzczono na Wennerstroem Group. Nazwę przedsiębiorstwa zaczęto wymieniać w tych samych artykułach co firmę Beijer. Wennerström handlował akcjami i obligacjami, robił szybkie interesy i pojawił się w tabloidach jako jeden z licznych świeżo upieczonych miliarderów z apartamentem na Strandvägen, okazałą posiadłością letnią na Värmdö i dwudziestotrzymetrowym jachtem, nabytym od niewypłacalnej byłej gwiazdy tenisa. Bystrzak z nosem do interesów, bez wątpienia, ale całe lata osiemdziesiąte były dekadą takich bystrzaków i spekulantów na rynku nieruchomości. Wennerström nie wyróżniał się niczym szczególnym. Wręcz przeciwnie, unikał rozgłosu i zawsze pozostawał w cieniu Bardzo Ważnych Chłopców. Brakowało mu napuszonych manier Stenbecka, nie obnażał się w prasie jak Barnevik. Nie uczestnicząc w boomie związanym z nieruchomościami, inwestował masowo w bloku komunistycznym. Gdy w latach dziewięćdziesiątych z balona uszło powietrze i jeden dyrektor za drugim zmuszony był do otwarcia swojej spadochronowej odprawy, firma Wennerströma radziła sobie zadziwiająco dobrze. Ani śladu skandalu. A *Swedish success story* – podsumował sam „Financial Times".

– To było w 1992. Wennerström niespodziewanie skontaktował się z ZPP i oznajmił, że chce pieniędzy. Przedstawił plan, z pewnością uzgodniony z inwestorami w Polsce, plan otwarcia fabryki produkującej opakowania dla przemysłu spożywczego.

– Czyli puszki na konserwy?

– Nie do końca, ale coś w tym stylu. Nie mam pojęcia, jakie miał znajomości w ZPP, ale bez niczego dostał sześćdziesiąt milionów koron.

– To zaczyna być interesujące. Pozwól, że zgadnę: to był pierwszy i ostatni raz, kiedy ktoś widział te pieniądze.

– Błąd – powiedział Lindberg, uśmiechając się tajemniczo, po czym znów wlał w siebie kilka kropel wódki.

– To, co wydarzyło się później, jest zgodne z klasycznym sprawozdaniem finansowym. Wennerström naprawdę otworzył w Polsce, a dokładniej w Łodzi, zakład produkujący opakowania. Przedsiębiorstwo nazywało się Minos. W 1993 ZPP otrzymał kilka entuzjastycznych raportów. A później wszystko ucichło. W 1994 Minos nagle padł.

ROBERT LINDBERG z hukiem postawił kieliszek, podkreślając siłę upadku.

– Problem z ZPP polegał na tym, że nie istniały standardy sprawozdawczości finansowej tych projektów. Pamiętasz tamte czasy? Kiedy runął mur berliński, zapanował wszechogarniający optymizm. Wszędzie wprowadzano demokrację, minęła groźba wojny atomowej, a bolszewicy w ciągu jednej nocy mieli przemienić się w prawdziwych kapitalistów. Rząd chciał wzmocnić demokrację na Wschodzie. Każdy przemysłowiec chciał załapać się na budowę nowej Europy.

– Nie wiedziałem, że kapitaliści są tacy chętni do działalności charytatywnej.

– Uwierz mi, to *wet dream* każdego kapitalisty. Rosja i byłe demoludy to może największy po Chinach niewyeksploatowany rynek. Przemysłowcy nie mieli żadnych oporów, żeby przyjść rządowi z pomocą, szczególnie gdy sami pokrywali zaledwie ułamek kosztów. ZPP pochłonął łącznie ponad trzydzieści miliardów koron. Te pieniądze podatników miały się zwrócić w formie przyszłych zysków. Formalnie ZPP powstał z inicjatywy rządu, ale wpływy przedsiębiorców były tak duże, że w praktyce zarząd pracował samodzielnie.

– Rozumiem. Czy kryje się za tym jakaś *story*?

– Cierpliwości. Na początku nie było żadnych kłopotów z finansowaniem projektu. Szwecji nie dotknął jeszcze szok wzrostu stóp procentowych. Zadowolony rząd we współpracy z ZPP mógł podkreślać swój wkład w budowanie demokracji na wschodzie Europy.

– To było za rządów prawicy.

– Nie mieszaj w to polityki. Tutaj chodzi o pieniądze i wsio rawno, czy ministrowie pochodzą z lewa, czy z prawa. No więc najpierw cała naprzód, później przyszły problemy walutowe, a jeszcze później kilku szalonych nowodemokratów – pamiętasz Nową Demokrację? – zaczęło narzekać, że nikt nie ma wglądu w to, czym zajmuje się ZPP. Któryś z tych chłoptasiów pomylił ZPP z Zarządem ds. Rozwoju Międzynarodowego i myślał, że chodzi o jakiś projekt pomocy *do gooder* w stylu Tanzanii. Wiosną 1994 powołano komisję, która miała zbadać działalność ZPP. Wysunięto zarzuty wobec kilku projektów, a jednym z pierwszych poddanych kontroli był Minos.

– I Wennerström nie potrafił rozliczyć się z pieniędzy?

– Przeciwnie. Wennerström przedstawił wyśmienite sprawozdanie, z którego wynikało, że w firmę Minos zainwestowano ponad pięćdziesiąt cztery miliony koron. Ale okazało się, że w zacofanej Polsce istniały zbyt duże przeszkody strukturalne, żeby nowoczesny przemysł mógł funkcjonować bez problemów. W rezultacie ich przedsiębiorstwo zostało wyparte przez konkurencyjny niemiecki projekt. Niemcy zaczęli wtedy wykupywać w najlepsze cały blok wschodni.

– Powiedziałeś, że dostał sześćdziesiąt milionów?

– Właśnie. Pieniądze z ZPP funkcjonowały jak nieoprocentowane pożyczki. Oczywiście w zamyśle przedsiębiorstwa miały spłacić część tej pożyczki w ciągu iluś tam lat. Ale

Minos zbankrutował, projekt się nie powiódł, za co nie można było winić Wennerströma. I tutaj państwowa gwarancja zapewniała, że straty nie dotkną go osobiście. Po prostu nie musiał oddawać utopionych w Minosie pieniędzy, a poza tym miał też dowody na to, że utracił właśnie taką, a nie inną sumę własnych środków.

– No to zobaczmy, czy dobrze zrozumiałem. Rząd dostarczył miliardy z budżetu i wspomagał dyplomatów, którzy otwierali odpowiednie drzwi. Przemysłowcy dostarczyli pieniędzy i użyli ich do inwestycji w *joint ventures*, z których później zgarniali rekordowe zyski: czyli innymi słowy nic nowego. Kilku wygrywa, kilku płaci rachunki, a my wiemy, kto ma jaką rolę do odegrania.

– Jesteś cynikiem. Państwowe pożyczki miały być spłacone.

– Powiedziałeś, że były nieoprocentowane. A to znaczy, że podatnicy nie mieli najmniejszej szansy na jakąkolwiek dywidendę za to, że dostarczyli forsy. Wennerström dostał sześćdziesiąt baniek, z których zainwestował pięćdziesiąt cztery. Co się stało z pozostałymi sześcioma milionami?

– W tym samym momencie, w którym okazało się, że projekty będą poddane kontroli, Wennerström wysłał ZPP czek na sześć milionów, dopłacając różnicę. Tak więc z prawnego punktu widzenia sprawa została załatwiona.

ROBERT ZAMILKŁ i spojrzał wymownie na Mikaela.

– Wygląda na to, że Wennerström przeputał trochę pieniędzy z ZPP, ale w porównaniu z sumą pół miliarda, która zniknęła ze Skanska, albo z odprawą spadochronową dyrektora ABB, opiewającą na ponad miliard – co naprawdę ludzi wzburzyło – to nie są wielkie rzeczy do opisywania – stwierdził Mikael. – Dzisiejsi czytelnicy mają po dziurki w nosie tekstów o niekompetentnych graczach giełdowych, nawet jeżeli chodzi o pieniądze z budżetu. Czy masz coś więcej?

– Teraz dopiero się zacznie!

– Skąd to wszystko wiesz? O interesach Wennerströma w Polsce?

– W latach dziewięćdziesiątych pracowałem w Handelsbanken. Zgadnij, kto przygotowywał raporty dla reprezentanta banku w ZPP?

– Aha! No to opowiadaj.

– No więc tak... w skrócie. Wennerström złożył w ZPP wyjaśnienie. Podpisano dokumenty. Oddał resztę pieniędzy. Właśnie te sześć milionów było bardzo sprytnie pomyślane. Jeżeli ktoś stoi w przedsionku z torbą pieniędzy, które chce ci zwrócić, to nie podejrzewasz go, kurwa, o niecne zamiary.

– Przejdź do rzeczy.

– Ależ drogi Blomkviście, przecież o to właśnie chodzi. ZPP był zadowolony ze sprawozdania Wennerströma. Inwestycję trafił szlag, ale nie można było nikomu postawić zarzutu, że źle ją prowadzono. Przeglądaliśmy faktury, transfery i wszystkie inne dokumenty. Wszystko było rzetelnie przedstawione. Wierzyłem w to. Mój szef w to wierzył. ZPP też wierzył, a rząd nie miał nic do dodania.

– No to w czym tkwi szkopuł?

– Dopiero teraz historia zaczyna być śliska – powiedział Lindberg, sprawiając nagle wrażenie zadziwiająco trzeźwego. – Ponieważ jesteś dziennikarzem, to, co teraz powiem, będzie *off the record*.

– Odwal się. Nie możesz opowiadać mi niestworzonych rzeczy, a później zastrzegać się, że nie wolno ich przekazać innym.

– Jasne, że mogę. To, co opowiedziałem do tej pory, jest jak najbardziej oficjalne. Jeśli chcesz, możesz przeczytać sprawozdanie. Co do reszty historii, której zresztą jeszcze nie wyjawiłem, musisz potraktować mnie jako anonimowe źródło.

– Aha, ale według obowiązującej terminologii *off the record* znaczy, że dowiedziałem się czegoś w zaufaniu, ale nie wolno mi o tym pisać.

– Mam w dupie terminologię. Pisz, co ci się podoba, ale chcę pozostać anonimowym źródłem. Rozumiemy się?

– Oczywiście.

Dopiero po fakcie zrozumiał, że popełnił błąd.

– To dobrze. Historia z Minosem miała miejsce dziesięć lat temu, po upadku muru i po tym, jak bolszewicy zaczęli się zamieniać w solidnych kapitalistów. Byłem jedną z osób, które badały projekt Wennerströma, i cały czas nie opuszczało mnie wrażenie, że coś w tym wszystkim cholernie śmierdzi.

– Dlaczego nie powiedziałeś nic w trakcie kontroli?

– Rozmawiałem o tym z szefem. Ale nie można się było do niczego przyczepić. Wszystkie papiery były w porządku. Pozostało mi tylko podpisać się pod sprawozdaniem. Ale przez kolejne lata, za każdym razem, gdy zetknąłem się z nazwiskiem Wennerströma, nie mogłem przestać myśleć o Minosie.

– Aha.

– Rzecz w tym, że kilka lat później, w połowie lat dziewięćdziesiątych, bank robił trochę interesów z Wennerströmem. Zresztą dosyć sporych interesów. Ale udały się tak sobie.

– Zrobił was w bambuko?

– Nie, nie aż tak. Zarobiliśmy i my, i on. Chodzi raczej o to, że... nie wiem naprawdę, jak to wyjaśnić. Mówię teraz o swoim pracodawcy, a wolałbym tego uniknąć. Ale co mnie uderzyło, jak to się mówi – ogólne wrażenie nie było pozytywne. Media przedstawiają Wennerströma jako ekonomiczną superwyrocznię. On z tego żyje. To jest jego kapitał.

– Wiem, co masz na myśli.

– A ja odniosłem wrażenie, że ten facet to jedna wielka blaga. Nie był jakoś szczególnie uzdolniony, jeżeli chodzi o ekonomię. Przeciwnie, w niektórych kwestiach jego wiedza była niewiarygodnie płytka. Doradzało mu kilku niesamowicie bystrych *young warriors*, ale samego Wennerströma nie cierpiałem serdecznie.

– Okej.

– Mniej więcej rok temu pojechałem do Polski, w całkiem innej sprawie. Jedliśmy kolację z kilkoma inwestorami z Łodzi i zupełnie przypadkowo przyszło mi siedzieć obok prezydenta miasta. Rozmawialiśmy o tym, jak trudno było postawić polską gospodarkę na nogi i tak dalej, i nie wiem już w związku z czym wspomniałem o Minosie. Mężczyzna przez chwilę patrzył na mnie z ogromnym zdziwieniem, jak gdyby nigdy nie słyszał o tej firmie, ale w końcu przypomniał sobie projekt, z którego nigdy nic nie wyszło. Skwitował to śmiechem i dodał, cytuję: „Jeżeli to wszystko, na co stać szwedzkich inwestorów, to wkrótce wasz kraj popadnie w ruinę". Łapiesz?

– Wypowiedź świadczy o tym, że prezydent Łodzi jest mądrym facetem, ale mów dalej.

– To zdanie nie dawało mi spokoju. Następnego dnia rano musiałem być na zebraniu, ale później miałem wolne. Tylko z czystej ciekawości pojechałem zobaczyć pozostałości po firmie Minos. Dotarłem do niewielkiej wioski pod Łodzią, z knajpą w stodole i sraczykiem na podwórzu. Wielka fabryka Minos okazała się być kompletną ruderą, rozlatującym się magazynem z blachy falistej, który w latach pięćdziesiątych postawiła Armia Czerwona. Spotkałem ochroniarza, który mówił trochę po niemiecku i którego kuzyn pracował w Minosie. Kuzyn mieszkał niedaleko, więc poszliśmy do niego do domu. Ochroniarz tłumaczył. Jesteś ciekawy, co powiedział?

– Nie mogę się doczekać.

– Minos powstał w 1992. Zatrudniał najwyżej piętnaście osób, głównie stare kobieciny. Pensja wynosiła trochę ponad sto pięćdziesiąt koron miesięcznie. Najpierw nie było maszyn, więc pracownicy zajmowali się sprzątaniem rudery. Na początku października przyszły trzy urządzenia do produkcji kartonów, kupione w Portugalii. Używane, zniszczone i totalnie przestarzałe. Gdyby oddać je na złom, nie byłyby warte więcej niż kilka tysięcy. Wprawdzie działały, ale cały czas się psuły. Naturalnie brakowało części zamiennych, co chwilę robiono przerwy w produkcji. Najczęściej po prostu ktoś z zatrudnionych naprawiał je prowizorycznie, do następnej awarii.

– To zaczyna przypominać prawdziwą *story* – przyznał Mikael. – Co właściwie produkowano w Minosie?

– W 1992 roku i do połowy 1993 robili zwykłe pudełka kartonowe na proszek do zmywarek, opakowania na jajka i takie rzeczy. Później papierowe torebki. Ale fabryce ciągle brakowało materiału i nigdy nie produkowali szczególnie dużo.

– To nie wygląda na jakąś ogromną inwestycję.

– Obliczyłem. Łączne koszty wynajmu lokalu przez dwa lata to piętnaście tysięcy koron. Na pensje wydano maksymalnie sto pięćdziesiąt tysięcy, przyjąłem najbardziej hojny wariant. Zakup urządzeń i transport... furgonetka przewożąca kartony... przypuszczalnie dwieście pięćdziesiąt tysięcy. Dołożyć trzeba opłaty skarbowe za pozwolenia, trochę podróży tam i z powrotem – w wiosce pojawiła się kilka razy tylko jedna osoba ze Szwecji. Taa, powiedzmy, że cała operacja nie pochłonęła więcej niż milion. Pewnego dnia, latem 1993 roku, przyszedł brygadzista i powiedział, że fabrykę zamknięto, a wkrótce później węgierska ciężarówka zabrała cały park maszynowy. *Exit* Minos.

PODCZAS PROCESU Mikael często myślał o tym sobótkowym spotkaniu. Większą część wieczoru przekomarzali się w licealnym, serdecznym tonie, dokładnie jak za szkolnych czasów. Jako nastolatkowie dźwigali to samo egzystencjalne brzemię. Jako dorośli byli sobie właściwie obcy, tak naprawdę dzieliło ich mnóstwo rzeczy. Podczas rozmowy Mikael zastanawiał się nawet, co sprawiło, że w szkole zostali przyjaciółmi. Pamiętał Roberta jako cichego, pełnego rezerwy chłopca, szalenie nieśmiałego wobec dziewcząt. W wieku dorosłym odnosił sukcesy jako... no, osoba związana zawodowo z bankiem.

Mikael nie wątpił ani przez moment, że jego towarzysz wyznawał poglądy sprzeczne z jego wizją świata. Rzadko się upijał, ale to przypadkowe spotkanie przeobraziło nieudaną wyprawę w przyjemny wieczór, kiedy to poziom wódki w butelce obniża się stale, choć bez pośpiechu. Być może właśnie z powodu pierwotnie lekkiego tonu rozmowy Mikael nie potrafił potraktować opowieści Roberta poważnie. Ale w końcu zbudził się w nim instynkt dziennikarza. Nagle zaczął słuchać z ogromną uwagą i nie omieszkał wykazać logicznych nieścisłości.

– Poczekaj sekundkę – poprosił. – Wennerström to nazwisko na topie, przynajmniej wśród giełdowych rekinów. Jeżeli się nie mylę, jest miliarderem...

– Szacuje się, że Wennerstroem Group siedzi na mniej więcej dwustu dwudziestu miliardach. Chcesz zapytać, dlaczego krezus tej klasy w ogóle zaprzątałby sobie głowę oszustwem na skromną sumkę pięćdziesięciu milionów?

– No... nie do końca. Raczej dlaczego w ogóle narażał się na tak duże ryzyko, aranżując oczywisty szwindel.

– Nie wiem, czy można uznać ten szwindel za oczywisty. Całkowicie ze sobą zgodni członkowie zarządu ZPP, bank, rząd i rewizorzy Riksdagu przyjęli i zaakceptowali sprawozdania Wennerströma.

– W każdym razie chodziło o drobną sumę.

– Z pewnością. Ale zastanów się: Wennerstroem Group to przedsiębiorstwo inwestycyjne, handluje wszystkim, co może przynieść zysk – papierami wartościowymi, obligacjami, walutą... *you name it*. Wennerström skontaktował się z ZPP w 1992 roku, właśnie wtedy, gdy rynek zaczął totalnie tonąć. Pamiętasz jesień 1992 roku?

– Czy pamiętam? Miałem wtedy kredyt mieszkaniowy ze zmiennym oprocentowaniem, a w październiku Bank Centralny podniósł stopę do pięciuset punktów procentowych. Przez cały następny rok męczyłem się z dziewiętnastoprocentowymi odsetkami.

– Mmmm. To były czasy! – uśmiechnął się Robert. – Ja też cholernie dużo wtedy straciłem. Również Hans-Erik Wennerström, tak jak inni przedsiębiorcy, borykał się z podobnymi problemami. Miał miliony uwięzione w przeróżnych papierach, ale zadziwiająco mało gotówki. Nagle nie mógł zaciągnąć nowych, bajońskich pożyczek. Zazwyczaj w takiej sytuacji ludzie pozbywają się kilku nieruchomości i liżą rany po stratach. Ale w 1992 roku nikt za żadną cholerę nie chciał kupować nieruchomości.

– *Cash-flow problem*.

– Właśnie. I Wennerström nie był osamotniony. Każdy handlowiec...

– Nie mów: handlowiec. Nazywaj ich jak chcesz, ale używając określenia handlowiec, obrażasz całą poważną grupę zawodową.

– ...no to każdy rekin giełdowy, każdy miał *cash-flow problems*... Spójrz na to tak: Wennerström dostał sześćdziesiąt milionów koron. Oddał sześć baniek, ale dopiero po trzech latach. Wydatki związane z Minosem nie mogły wynieść więcej niż jakiś milion. Już same odsetki z sześćdziesięciu milionów przez trzy lata są co nieco warte. W zależności od tego, jak zainwestował te pieniądze, mógł je podwoić albo nawet zdziesięciokrotnić. Wtedy nie mówimy już o gównianych sumach. A tak w ogóle, to na zdrowie!

Rozdział 2
Piątek 20 grudnia

DRAGAN ARMANSKI miał pięćdziesiąt sześć lat i pochodził z Chorwacji. Jego ojciec był ormiańskim Żydem z Białorusi. Matka – bośniacką muzułmanką o greckich korzeniach. To ona, odpowiedzialna za jego wychowanie, przekazała mu kulturowe dziedzictwo, dzięki czemu jako dorosły mężczyzna znalazł się w ogromnej heterogenicznej grupie definiowanej przez media jako muzułmanie. Urząd Migracyjny zarejestrował go, co osobliwe, jako Serba. Jego paszport zdradzał, że jest obywatelem szwedzkim, a fotografia ukazywała kanciastą twarz z wydatną szczęką, ciemnym zarostem i posiwiałymi skrońmi. Nazywano go często *Arabem*, mimo że nie miał najmniejszej domieszki arabskiej krwi. Był jednakowoż genetycznym skrzyżowaniem, które szaleńcy zajmujący się biologią ras z dużą dozą prawdopodobieństwa opisaliby jako ulepione z gorszej gliny.

Jego wygląd przywodził na myśl lokalnego bossa średniej rangi w jakimś amerykańskim filmie gangsterskim. W rzeczywistości Armanski nie był ani szmuglerem narkotyków, ani torpedą mafii, tylko zdolnym specjalistą w zakresie ekonomii przedsiębiorstw, który na początku lat siedemdziesiątych zaczął pracować jako asystent finansowy w firmie ochroniarskiej Milton Security, a trzydzieści lat później piastował w niej stanowiska dyrektora oraz szefa operacyjnego.

Jego rosnące zainteresowanie zagadnieniami bezpieczeństwa przeobraziło się z czasem w fascynację. Jak w grze strategicznej trzeba było zidentyfikować zagrożenie, rozwinąć strategie obronne i cały czas wyprzedzać o krok szpiegów przemysłowych, szantażystów i złodziei. Zaczęło się od wykrycia sprytnego oszustwa, w którym posłużono się kreatywną księgowością. Armanski zdołał udowodnić winę jednej z dwunastu osób zatrudnionych w firmie i w dalszym ciągu, trzydzieści lat później, pamiętał swoje zdziwienie, gdy zrozumiał, że cała malwersacja była możliwa dzięki temu, że przedsiębiorstwo nie załatało kilku banalnych luk w procedurach zabezpieczających. Ze zwykłego kombinatora przeobraził się w innowatora rozwijającego firmę i eksperta w dziedzinie oszustw gospodarczych. Po pięciu latach został członkiem kierownictwa, a po kolejnych dziesięciu – nie bez sprzeciwów – dyrektorem naczelnym przedsiębiorstwa. Sprzeciwy już dawno ucichły. Kierując Milton Security, zamienił je w jedną z najbardziej kompetentnych i wziętych szwedzkich firm specjalizujących się w ochronie.

W Milton Security pracowało na stałe trzysta osiemdziesiąt osób, a drugie tyle współpracowników było zaufanymi wolnymi strzelcami, z których usług korzystano w razie potrzeby. Była to raczej niewielka firma, w każdym razie w porównaniu z Falckiem czy Szwedzką Służbą Ochrony. Gdy Armanski stawiał w niej pierwsze kroki, czynił to w Ogólnej Ochronie Johana Fredrika Miltona SA, której głównymi klientami były centra handlowe, potrzebujące sklepowych kontrolerów i osiłkowatych ochroniarzy. Pod jego kierownictwem przedsiębiorstwo zmieniło nazwę na bardziej międzynarodowe Milton Security i postawiło na najnowszą technologię. Dokonano wymiany personelu; wysłużonych nocnych stróżów, umundurowanych fetyszystów i dorabiających w weekendy licealistów zastąpili ludzie o poważnych kompetencjach. Armanski zatrudnił absolwentów politologii ze znajomością zagadnień międzynarodowego terroryzmu, ochrony osobistej i szpiegostwa przemysłowego, a przede wszystkim techników telekomunikacyjnych i informatyków. Stanowiska szefów operacyjnych powierzył byłym policjantom. No i przeniósł firmę z peryferyjnej Solny do reprezentacyjnych lokali w pobliżu Slussen w centrum Sztokholmu.

Tym samym na początku lat dziewięćdziesiątych Milton Security była przygotowana do zaoferowania nowego rodzaju bezpieczeństwa ekskluzywnej grupie klientów, składającej się przede wszystkim z przedsiębiorstw średniej wielkości o ekstremalnie wysokich obrotach i majętnych osób prywatnych – nowobogackich gwiazd rocka, rekinów giełdowych i dyrektorów firm z branży informatycznej. Ważnym elementem oferty Milton Security była ochrona osobista i zabezpieczenia techniczne dla szwedzkich firm za granicą, szczególnie na Bliskim Wschodzie. Ta część działalności stanowiła prawie siedemdziesiąt procent obrotów firmy. Za panowania Armanskiego roczne obroty wzrosły z czterdziestu milionów do prawie dwóch miliardów koron. Handlowanie poczuciem bezpieczeństwa stało się branżą niesamowicie lukratywną.

Działalność przedsiębiorstwa podzielono na trzy główne obszary: *ekspertyzę poziomu zabezpieczeń*, polegającą na identyfikacji potencjalnych zagrożeń, *środki prewencyjne*, czyli instalację kosztownych kamer nadzorujących, alarmów przeciwwłamaniowych i przeciwpożarowych, elektronicznych zamków oraz systemów komputerowych i w końcu *usługi z zakresu ochrony osobistej*, które oferowano osobom prywatnym i firmom, odczuwającym rzeczywiste lub urojone zagrożenie. Zapotrzebowanie na te ostatnie usługi wzrosło w ciągu minionych dziesięciu lat czterdziestokrotnie, a od pewnego czasu można było mówić o nowej grupie klientów. Stanowiły ją dosyć dobrze uposażone kobiety szukające ochrony przed byłymi partnerami, mężami lub nieznajomymi stalkerami, którzy – zobaczywszy je w telewizji – dostawali bzika na punkcie ich obcisłych sweterków czy koloru szminki. Milton Security współpracowała z podobnymi renomowanymi firmami w Europie oraz USA i zapewniała bezpieczeństwo wielu zagranicznym gościom, którzy odwiedzali Szwecję, na przykład znanej amerykańskiej aktorce nagrywającej przez dwa miesiące film w Trollhättan. Jej agent uznał, że status gwiazdy obliguje do posiadania osobistej ochrony, nawet jeżeli w grę wchodziło tylko nadzorowanie sporadycznych spacerów wokół hotelu.

Czwarty, znacznie skromniejszy obszar działań firmy, którym zajmowali się nieliczni pracownicy, polegał na czymś, co określano skrótem WŚ, w wewnętrznym żargonie nazywano wuesiem, a co najzwyczajniej w świecie było przeprowadzaniem wywiadów środowiskowych.

Armanski nie podzielał zachwytów nad tą częścią działalności Milton Security. Była mniej lukratywna, a zdecydowanie bardziej problematyczna, wymagała przy tym raczej więcej kompetencji i ogólnego rozeznania pracowników niż szczegółowej wiedzy na temat telekomunikacji czy instalowania dyskretnych urządzeń nadzorujących. Zlecenia przyjmowano, gdy chodziło o zwykłe badania zdolności kredytowej, kontrolowanie przeszłości pracownika w związku z jego zatrudnieniem, weryfikowanie podejrzeń o przecieki informacji firmowych czy zamieszanie w działalność przestępczą. W takich przypadkach wkraczali do akcji wuesiowcy.

Ale nazbyt często jego klienci przychodzili ze swoimi prywatnymi troskami, które zazwyczaj przeradzały się w męczące marudzenie. *Chcę wiedzieć, kim jest ten łobuz, z którym zadaje się moja córka... Wydaje mi się, że żona mnie zdradza... To dobry chłopak, tylko wpadł w złe towarzystwo... Jestem ofiarą szantażu...* Armanski najczęściej zdecydowanie odmawiał. Jeżeli córka była pełnoletnia, to miała prawo zadawać się, z kim jej się żywnie podoba. Małżonkowie powinni rozwiązywać problem zdrady na własną rękę. W takich sprawach kryły się potencjalne pułapki, które mogły prowadzić do skandali i przysporzyć firmie prawnych kłopotów. Dlatego Dragan Armanski sprawował kontrolę nad każdym takim zleceniem, chociaż dochody z tychże stanowiły zaledwie marne kieszonkowe w porównaniu z całością obrotów przedsiębiorstwa.

NIESTETY PIERWSZĄ sprawą tego ranka był właśnie wywiad środowiskowy. Armanski poprawił kanty spodni, po czym rozparł się wygodnie w fotelu. Przyglądając się podejrzliwie Lisbeth Salander, swojej o trzydzieści lat młodszej współpracownicy, po raz tysięczny skonstatował, że nie ma chyba na świecie człowieka, który w tym prestiżowym przedsiębiorstwie byłby bardziej nie na miejscu niż ona. Jego nieufność była jednocześnie i mądra, i irracjonalna. W oczach Armanskiego Lisbeth uchodziła za zdecydowanie najbardziej kompetentnego researchera spośród tych, z którymi kiedykolwiek miał do czynienia w branży. W trakcie czteroletniej współpracy z Milton Security nie spartaczyła ani jednego zlecenia i nie oddała ani jednego sprawozdania kiepskiej jakości. Przeciwnie, jej produkcja stanowiła klasę samą w sobie. Armanski żywił przekonanie, że Salander posiada wyjątkowy dar. Każdy głupi mógł zdobyć informacje o wypłacalności kredytobiorcy czy sprawdzić dane u komornika. Salander miała wyobraźnię i dostarczała niekoniecznie tych najbardziej oczekiwanych danych. Nigdy nie zrozumiał, jak do nich docierała, i czasami jej umiejętności sprawiały wrażenie czystej magii. Była świetnie obeznana z archiwami urzędów, potrafiła odnaleźć nawet najmniej znanych ludzi. Przede wszystkim jednak jak nikt inny umiała dotrzeć do wnętrza osoby, o której zbierała informacje. Jeżeli tylko istniały jakieś brudy, odnajdywała je z precyzją zdalnie sterowanego pocisku.

Niewątpliwie miała dar.

Dla osób, które znalazły się w zasięgu działania radaru Salander, jej raporty mogły oznaczać tragiczną w skutkach katastrofę. Armanski ciągle jeszcze oblewał się potem na wspomnienie zlecenia, które miało polegać na rutynowej kontroli naukowca z branży farmaceutycznej w związku z planowanym kupnem przedsiębiorstwa. Robota, która miała jej zająć najwyżej siedem dni, zaczęła się przeciągać. Po czterech tygodniach milczenia i licznych upomnieniach, które uparcie ignorowała, pojawiła się nagle z raportem, z którego wynikało, że badany obiekt jest pedofilem i co najmniej dwukrotnie kupował usługi seksualne u trzynastoletniej prostytutki w Tallinie. Oprócz tego zachodziło podejrzenie, że jest niezdrowo zainteresowany córką swojej obecnej partnerki.

Niektóre cechy Salander doprowadzały Armanskiego do skrajnej rozpaczy. Odkrywszy, że badany mężczyzna jest pedofilem, nie podniosła słuchawki, bijąc na alarm; nie wpadła jak bomba do pokoju szefa z prośbą o natychmiastową rozmowę. Wręcz przeciwnie. Nie wspominając ani słowem, że sprawozdanie zawiera materiał wybuchowy o nuklearnej niemalże sile rażenia, położyła go na biurku Armanskiego właśnie wtedy, gdy zamierzał zgasić lampę i pójść do domu. Otworzył teczkę dopiero późnym wieczorem, w salonie swojej willi na Lidingö, zerkając jednym okiem na telewizor i sącząc z żoną wino.

Raport, jak zawsze napisany z naukową wręcz skrupulatnością, obfitował w przypisy, cytaty i dokładnie podane źródła. Pierwsze strony przedstawiały pochodzenie obiektu, wykształcenie i karierę finansową. Dopiero na stronie dwudziestej czwartej, pod śródtytułem, Salander zrzuciła bombę o wycieczkach do Tallina i uczyniła to w tym samym rzeczowym tonie, w którym wspomniała, że mężczyzna posiada dom w Sollentunie i prowadzi granatowe volvo. Wszystko potwierdziła dokumentami w obszernym załączniku, zawierającym między innymi fotografie trzynastolatki w towarzystwie obiektu, który wsuwa rękę pod jej sweterek. Zdjęcie zostało zrobione w hotelowym korytarzu w Tallinie. Oprócz tego w nieodgadniony sposób Lisbeth udało się dotrzeć do dziewczynki i przekonać ją do złożenia szczegółowego zeznania, które zarejestrowała na taśmie.

Raport Salander wywołał dokładnie taki chaos, jakiego Armanski starał się uniknąć. Najpierw musiał zażyć kilka przepisanych przez lekarza środków przeciwwrzodowych. Później wezwał zleceniodawcę na błyskawiczną, lecz ponurą rozmowę. W końcu – mimo jego zrozumiałej niechęci – natychmiast przekazał cały materiał policji, ryzykując tym samym wmieszanie Milton Security w aferę i wzajemne oskarżenia. Gdyby dokumentacja okazała się niewystarczająca albo mężczyznę uniewinniono, firma ryzykowała oskarżenie o zniesławienie. Skaranie boskie.

ALE TO NIE JEJ osobliwy brak emocji przeszkadzał mu najbardziej. Chodziło raczej o wizerunek firmy, o konserwatywną solidność. W tym kontekście Salander była równie wiarygodna jak koparka na targach żeglarskich.

Armanskiemu trudno było pogodzić się z faktem, że jego najlepszy researcher jest bladą, anorektycznie chudą i ostrzyżoną na jeżyka dziewczyną z kolczykami w nosie i brwiach. Na szyi miała wytatuowaną dwucentymetrową osę, a wokół lewego bicepsa i kostki – prosty szlaczek. Kiedy zakładała koszulkę na ramiączkach, można było zobaczyć, że również jedną z łopatek zdobił większy tatuaż przedstawiający smoka. Farbowała swoje naturalnie rude włosy na kruczoczarno. Wyglądała, jakby właśnie obudziła się po tygodniowych orgiach z grupą hardrockowców.

Nie cierpiała – o tym Armanski był przekonany – na jadłowstręt. Wręcz przeciwnie, pochłaniała wszystko, co było jadalne, choć głównie liche fast foody. Po prostu taka się urodziła: chuda i o delikatnych kształtach. Niewielkie dłonie, szczupłe kostki i ledwo zaznaczone pod ubraniami piersi potęgowały jej dziewczęcy wygląd. Skończywszy dwadzieścia cztery lata, wyglądała na czternaście. Miała szerokie usta, zgrabny nos i wysokie kości policzkowe, sugerujące orientalne korzenie. Poruszała się szybko jak pająk. Pracując przy komputerze, przebiegała palcami po klawiaturze w jakimś szalonym pędzie. Postura Lisbeth uniemożliwiała jej karierę modelki, ale odpowiednio umalowana twarz mogłaby zdobić niejeden plakat reklamowy. Spod warstwy pudru – czasami miała na ustach odrażającą czarną szminkę – spod tatuaży i kolczyków przezierało coś... hmmm... ekscytującego. W jakiś zupełnie niezrozumiały sposób.

Zadziwiał już sam fakt, że Lisbeth pracowała u Armanskiego. Nie należała do tej grupy kobiet, z którymi Armanski zazwyczaj nawiązywał kontakt, a jeszcze mniej do tej, którym proponował pracę.

Została zatrudniona w biurze jako goniec z polecenia emerytowanego prywatnego adwokata firmy Holgera Palmgrena. To właśnie on określił Salander jako *bystrą dziewczynę o ciut zagmatwanym nastawieniu do świata* i zaapelował do Armanskiego, by dał jej szansę, na co nagabywany niechętnie przystał. Palmgren potraktowałby odmowę jako zachętę do zwielokrotnienia starań, najprościej więc było od razu powiedzieć „tak". Armanski wiedział nie tylko, że adwokat poświęca swój czas trudnej młodzieży i innym socjalnym popaprańcom, ale że również, mimo wszystko, potrafi prawidłowo ocenić sytuację.

Pożałował swojej decyzji w tym samym momencie, w którym po raz pierwszy spotkał Lisbeth Salander.

I nie w tym rzecz, że uważał ją za kłopotliwą: w jego mniemaniu była wręcz utożsamieniem kłopotów. Nie skończyła gimnazjum, nigdy nie przestąpiła progu szkoły średniej i brakowało jej jakiegokolwiek wykształcenia.

Przez pierwsze miesiące pracowała na cały etat, no dobrze, prawie cały, w każdym razie od czasu do czasu pojawiała się w biurze. Parzyła kawę, odbierała pocztę i obsługiwała kserokopiarkę. Problem polegał na tym, że kompletnie nie przejmowała się normalnymi godzinami pracy ani obowiązującymi w firmie zasadami.

Miała natomiast ogromny talent do irytowania współpracowników. Zaczęto ją określać mianem: dziewczyna *o dwóch komórkach mózgowych*, jedna potrzebna jej była do oddychania, druga – do stania w pionie. Nigdy o sobie nic nie opowiadała. Próbujący z nią rozmawiać koledzy otrzymywali odpowiedzi tak zdawkowe, że dość szybko się zniechęcali. Próby żartowania nigdy nie trafiały na podatny grunt; Lisbeth albo spoglądała na wesołka wielkimi oczyma bez wyrazu, albo reagowała wyraźnym rozdrażnieniem.

Rozeszła się też wieść o jej wyjątkowo zmiennym humorze, gdy podejrzewała kogoś o zabawę jej kosztem. A trzeba wiedzieć, że kpiny ze współpracowników były dość powszechnym elementem kultury obowiązującej w firmie. Stosunek Salander do ludzi nie zachęcał do okazywania jej ani zaufania, ani przyjaznych uczuć. Była nietypowym zjawiskiem, wałęsającym się po korytarzach Milton Security niczym bezpański kot, i w końcu zaczęto ją traktować jako przypadek beznadziejny.

Po miesiącu ciągłych kłopotów Armanski wezwał Salander do swojego pokoju, zamierzając wręczyć jej wypowiedzenie. Z kamienną twarzą i bez protestów słuchała, jak po kolei wylicza jej grzechy. Zareagowała dopiero wtedy, gdy szef – podsumowawszy jej brak *prawidłowego nastawienia* do świata – zaproponował, żeby spróbowała znaleźć pracę w innej firmie, która *w lepszy sposób mogłaby wykorzystać jej kompetencje*. Lisbeth przerwała mu w połowie zdania. Po raz pierwszy nie mówiła monosylabami.

– Słuchaj, jeżeli potrzebujesz woźnego, to możesz przejść się do Urzędu Zatrudnienia i na pewno tam kogoś znajdziesz. Potrafię, kurwa, dotrzeć do każdej informacji na temat każdego człowieka. Jeśli nie umiesz wykorzystać mnie do czegoś więcej niż tylko sortowanie poczty, to jesteś idiotą.

Armanski nigdy nie zapomni własnego zdumienia jej wybuchem. Siedział oniemiały, podczas gdy dziewczyna niezrażona mówiła dalej.

– Masz u siebie faceta, który poświęcił trzy tygodnie na napisanie bezwartościowego raportu o tym japiszonie, którego chcą zwerbować na stanowisko przewodniczącego zarządu jakiejś nowej spółki dot.com. Skopiowałam mu ten gówniany raport wczoraj wieczorem, widzę, że teraz leży na twoim biurku.

Armanski powiódł wzrokiem po stercie papierów, wyjątkowo podnosząc głos:

– Nie wolno ci czytać poufnych dokumentów!

– Może i nie wolno, ale zabezpieczenia twojej firmy pozostawiają wiele do życzenia. Wedle twoich dyrektyw facet powinien skopiować te dokumenty osobiście, ale podrzucił mi je wczoraj, zanim sam urwał się do knajpy. A zresztą jego poprzedni raport znalazłam parę tygodni temu w jadalni.

– Że co zrobiłaś? – wybuchnął przerażony Armanski.

– Spokojnie. Włożyłam te papiery do jego sejfu.

– Ujawnił ci szyfr do swojego prywatnego schowka? – dyszał.

– No, nie do końca... Ale zapisał na świstku, który trzyma pod podkładką na biurku, razem ze swoim hasłem dostępu do kompa. Ale chodzi o to, że ten twój dupa nie detektyw zrobił kompletnie beznadziejny wywiad. Pominął fakt, że chłopak siedzi po uszy w długach karcianych i wciąga kokę jak odkurzacz, no i to, że jego dziewczyna szukała pomocy w pogotowiu dla kobiet, po tym jak sprał ją na kwaśne jabłko.

Zamilkła. Armanski siedział przez kilka minut bez słowa, przerzucając kartki raportu. Dokument, napisany przejrzystą i zrozumiałą prozą, był profesjonalnie zredagowany, pełen odnośników do dokumentów oraz wypowiedzi przyjaciół i znajomych badanego obiektu. W końcu podniósł wzrok i powiedział tylko dwa słowa:

– Udowodnij to.

– Ile mam czasu?

– Trzy dni. Jeżeli nie będziesz mogła udowodnić swoich twierdzeń, wyleję cię z pracy.

TRZY DNI PÓŹNIEJ przekazała mu bez słowa raport, który w równie szczegółowych odnośnikach zamieniał na pozór sympatycznego młodego japiszona w ciężkiego skurwiela, na którym nie sposób polegać. Armanski czytał kilkakrotnie tekst dokumentu w sobotę i niedzielę, a część poniedziałku spędził na pobieżnej weryfikacji kilku faktów. Jeszcze zanim zaczął kontrolę, wiedział, że informacje Lisbeth są prawdziwe. Zdumienie nie przeszkadzało mu być wściekłym na samego siebie. Najwyraźniej nie poznał się na tej dziewczynie. Uważał ją za tępą, może nawet trochę upośledzoną. Nie spodziewał się, że ktoś, kto przewagarował szkołę podstawową i nie dostał świadectwa ukończenia tejże, potrafi napisać sprawozdanie, które nie tylko jest poprawne językowo, ale też zawiera spostrzeżenia i informacje, których pochodzenia można się tylko domyślać.

Był przekonany, że nikt inny zatrudniony w Milton Security nie potrafiłby dotrzeć do poufnej dokumentacji lekarskiej w pogotowiu dla ofiar przemocy. Zapytana o to, jak weszła w jej posiadanie, Salander udzieliła mu wymijającej odpowiedzi. Nie chce palić swoich źródeł – powiedziała. Wkrótce Armanski zrozumiał, że Lisbeth raczej nie zamierza dyskutować o swoich metodach pracy ani z nim, ani z nikim innym. Trochę go to niepokoiło, ale nie do tego stopnia, żeby nie ulec pokusie sprawdzenia jej.

Rozmyślał nad tym przez trzy dni.

Sięgnął pamięcią do słów Holgera Palmgrena: *każdemu trzeba dać szansę*. Zastanawiał się nad swoim muzułmańskim wychowaniem, nakazującym wspomagać ludzi wyrzuconych poza nawias. Wprawdzie nie wierzył w Boga i nie odwiedził meczetu od czasu młodzieńczej kontestacji, ale Lisbeth jawiła mu się jako osoba stanowczo potrzebująca pomocy i wsparcia. Doprawdy, w tej dziedzinie przez ostatnie kilkadziesiąt lat nie uczynił zbyt wiele.

ZAMIAST WYLAĆ Lisbeth z pracy, wezwał ją na prywatną rozmowę, próbując dowiedzieć się, jak ta uciążliwa dziewczyna naprawdę funkcjonuje. Utwierdził się w przekonaniu, że cierpi na jakieś poważne zaburzenie, ale odkrył również, że pod naburmuszoną maską kryje się inteligentny człowiek. Uważając ją ciągle za kruchą i uciążliwą, odkrył ku swemu zdumieniu, że po prostu ją polubił.

Przez kolejne miesiące udzielał jej schronienia pod swoimi skrzydłami. A tak zupełnie szczerze to... zajął się nią w ramach swoistego hobbystycznego projektu społecznego. Zlecał jej różne prace researcherskie i próbował udzielać wskazówek, jak się za nie zabrać. Słuchała cierpliwie, a później odchodziła i wykonywała zlecenia według własnego widzimisię. Armanski poprosił szefa technicznego firmy, żeby nauczył Lisbeth podstaw obsługi komputera. Salander przesiedziała grzecznie w ławie szkolnej całe popołudnie, po czym prowadzący kurs, odrobinę zbity z tropu, zakomunikował Armanskiemu, że dziewczyna ma o wiele większą wiedzę o komputerach niż niejeden pracownik Milton Security.

Armanski zrozumiał wkrótce, że Lisbeth, mimo rozmów, propozycji szkoleń, a także innych próśb i gróźb, nie myśli dostosować się do panujących w Miltonie biurowych norm. Stanął przed dylematem.

Dziewczyna w dalszym ciągu działała na nerwy pracownikom firmy. Armanski miał świadomość, że nigdy nie zaakceptują kogoś, kto – jak ona – przychodzi i wychodzi, kiedy chce. W normalnym przypadku postawiłby ultimatum, żądając zmiany zachowania. Przypuszczał jednak, że stawiając Lisbeth podobne żądania czy grożąc wypowiedzeniem, zobaczyłby najprawdopodobniej tylko wzruszenie ramion. Był więc zmuszony dokonać wyboru: albo się jej pozbyć, albo zaakceptować, że nie funkcjonuje jak inni ludzie.

JESZCZE WIĘKSZYM problemem okazał się fakt, że Armanski nie miał pewności co do swoich uczuć względem tej młodej kobiety. Była jak kłopotliwy świąd, odpychająca, a jednocześnie ponętna. Nie pociągała go seksualnie, przynajmniej tak sądził. Podobały mu się raczej krągłe blondynki o pełnych, pobudzających fantazję ustach, a poza tym od dwudziestu lat był związany z Finką o imieniu Ritva, która również w wieku średnim bardziej niż dobrze spełniała wszystkie te kryteria. Nigdy jej nie zdradził, no dobrze, może kiedyś wydarzyło się coś, co jego żona, gdyby o tym wiedziała, mogłaby opacznie zrozumieć, ale – ogólnie rzecz biorąc – był szczęśliwym mężem i ojcem dwóch córek w wieku Salander. W każdym razie nie interesowały go dziewczyny płaskie jak deska, dziewczyny, które na odległość trudno odróżnić od cherlawych chłopaków. To nie w jego guście.

A mimo to przyłapywał się na niestosownych marzeniach o Lisbeth i musiał przyznać, że nie potrafi przejść obok niej zupełnie obojętnie. Ale atrakcyjność tej kobiety polegała według Armanskiego na tym, że była dla niego jak istota z innego świata. Równie dobrze mógłby zakochać się w wizerunku mitycznej greckiej nimfy. Reprezentowała nierealną rzeczywistość, która go fascynowała, ale w której nie mógł uczestniczyć, a w każdym razie ona nie udzielała mu do niej wstępu.

Pewnego dnia, siedząc w kawiarnianym ogródku na rynku Starego Miasta, Armanski zobaczył Lisbeth, która niespiesznie zajmowała miejsce przy stoliku po przeciwnej stronie. Przyszła w towarzystwie trzech dziewczyn i jednego chłopaka, ubranych identycznie jak ona. Obserwował ją z zaciekawieniem. Sprawiała wrażenie równie powściągliwej jak w pracy, ale w pewnym momencie niemalże uśmiechnęła się do opowiadającej coś koleżanki o purpurowych włosach.

A gdyby kiedyś sam przyszedł do biura z ufarbowanymi na zielono włosami, w wytartych dżinsach i upstrzonej graffiti i ćwiekami skórzanej kurtce? Jak zareagowałaby Lisbeth?

Czy uznałaby go za równego sobie? Być może – akceptowała przecież chyba wszystko wokół siebie, z nastawieniem *not my business*. Ale najprawdopodobniej po prostu by go wyśmiała.

Siedziała plecami do niego i nie odwróciła się ani razu, pozornie zupełnie nieświadoma jego obecności. Zaczęło mu to dziwnie przeszkadzać i po chwili wstał, by wymknąć się niezauważenie. Właśnie wtedy odwróciła głowę i spojrzała prosto w jego twarz, jak gdyby cały czas wiedziała, kto za nią siedzi, jak gdyby miała go w zasięgu swojego radaru. Spojrzenie dopadło go tak nagle, że odebrał je jako atak i udając, że nic nie widzi, opuścił w pośpiechu kawiarenkę. Nie powiedziała mu „cześć", ale odprowadziła wzrokiem i dopiero gdy skręcił w najbliższą uliczkę, przestał czuć na plecach jej palące spojrzenie.

Śmiała się rzadko albo nigdy. Armanski zanotował jednak z czasem coś w rodzaju bardziej miękkiej postawy. Mówiąc delikatnie, miała prawie zerowe poczucie humoru i tylko raz na jakiś czas wykrzywiała twarz w ironicznym uśmiechu.

Chwilami Armanski czuł się tak bardzo sprowokowany brakiem emocji u Lisbeth, że miał ochotę potężnie nią potrząsnąć, wtargnąć pod jej skorupę, zyskać jej przyjaźń lub chociażby szacunek. W ciągu dziewięciu miesięcy, które u niego przepracowała, tylko jeden jedyny raz próbował dyskutować z nią na temat swoich uczuć. Rozmowa odbyła się podczas firmowej imprezy bożonarodzeniowej. Armanski wyjątkowo był nietrzeźwy. Nie wydarzyło się nic niestosownego, próbował jej tylko wytłumaczyć, że naprawdę ją lubi. Ale najbardziej ze wszystkiego chciał jej wyjaśnić, że czuje wobec niej instynkt opiekuńczy i że w razie potrzeby zawsze może mu zaufać. Próbował ją też objąć. Po przyjacielsku oczywiście.

Uwolniwszy się z niezdarnego uścisku, Lisbeth opuściła lokal bez słowa. A później przestała pojawiać się w pracy i nie odpowiadała na telefony. Dla Armanskiego jej nieobecność była torturą. Nie miał z kim porozmawiać o swoich uczuciach i po raz pierwszy z przerażeniem odkrył, jak wielką władzę ma nad nim Lisbeth Salander.

WRÓCIŁA PO TRZECH tygodniach. Późnym styczniowym wieczorem, gdy Armanski siedział po godzinach nad bilansem rocznym, weszła do jego pokoju niepostrzeżenie niczym duch. Nagle dostrzegł ją w ciemności, nieopodal drzwi. Nie miał pojęcia, jak długo tam stała, przyglądając mu się badawczo.

– Napijesz się kawy? – zapytała. Przymknęła drzwi i podała mu plastikowy kubek z automatu w jadalni. Przyjął go w milczeniu, czując jednocześnie ulgę i obawę, gdy Lisbeth, zatrzasnąwszy drzwi stopą, usiadła w fotelu dla gości i spojrzała mu prosto w oczy. A po chwili zadała mu to zakazane pytanie w taki sposób, że nie potrafił ani zbyć go żartem, ani wymigać się w jakiś inny sposób.

– Dragan, masz na mnie ochotę?

Armanski siedział jak sparaliżowany, nerwowo szukając odpowiedzi. Najpierw, urażony, chciał zaprzeczyć. Później, spotkawszy jej spojrzenie, zrozumiał, że po raz pierwszy zadała mu osobiste pytanie. Uczyniła to z pełną powagą i każdą próbę zbycia jej żartem mogłaby odebrać jako afront. Chciała z nim porozmawiać. Zastanawiał się, jak długo zbierała się na odwagę, żeby go zapytać. Odłożył niespiesznie długopis i rozparł się wygodnie w fotelu. W końcu udało mu się rozluźnić.

– Dlaczego tak sądzisz? – odpowiedział pytaniem na pytanie.

– Wnioskuję ze sposobu, w jaki na mnie patrzysz. I tych sytuacji, w których wyciągasz rękę, żeby mnie dotknąć, a później zatrzymujesz się w pół drogi.

Nagle uśmiechnął się do niej.

– Mam wrażenie, że gdybym tylko dotknął cię palcem, odgryzłabyś mi całą dłoń.

Nie odwzajemniła uśmiechu. Czekała.

– Lisbeth, jestem twoim szefem i nawet gdybyś wzbudzała moje zainteresowanie, nigdy bym tego nie wykorzystał.

W dalszym ciągu czekała.

– A tak między nami... owszem, bywały chwile, kiedy czułem, że mnie pociągasz. Zupełnie nie potrafię tego wyjaśnić, ale to fakt. Z jakiegoś dla mnie samego niewytłumaczalnego powodu bardzo, bardzo cię lubię. Ale nie jestem na ciebie napalony.

– To dobrze. Bo nic z tych rzeczy nigdy się nie zdarzy.

Armanski nagle wybuchnął śmiechem. Salander po raz pierwszy powiedziała mu coś osobistego, nawet jeżeli była to najbardziej przykra rzecz, jaką może usłyszeć mężczyzna. Szukał odpowiednich słów.

– Lisbeth, rozumiem, że nie interesuje cię facet po pięćdziesiątce...

– Nie interesuje mnie facet po pięćdziesiątce, który jest moim szefem.

Podniosła rękę.

– Poczekaj, pozwól mi dokończyć. Czasami zachowujesz się jak osioł i drażnisz swoim formalizmem, ale jesteś też atrakcyjnym mężczyzną i... ja czasami też czuję, że... Ale jesteś moim szefem, poznałam twoją żonę, chcę dalej u ciebie pracować i wdawanie się z tobą w jakieś osobiste układy byłoby najbardziej idiotycznym posunięciem.

Armanski siedział bez słowa, niemalże bojąc się oddychać.

– Nie jestem nieświadoma tego, co dla mnie zrobiłeś, i nie chcę być niewdzięczna. Naprawdę doceniam to, że przezwyciężyłeś własne uprzedzenia i dałeś mi szansę. Ale nie chcę cię w roli kochanka, nie jesteś też moim ojcem.

Umilkła. Po chwili Armanski westchnął bezradnie.

– No więc kim mam dla ciebie być?

– Chcę dalej dla ciebie pracować. Jeżeli tobie to odpowiada.

Skinął potakująco i odpowiedział tak szczerze, jak tylko mógł.

– Bardzo mi zależy na tym, żebyś dla mnie pracowała. Ale chciałbym też, żebyś darzyła mnie zaufaniem i czymś w rodzaju przyjaźni.

Teraz ona skinęła głową.

– Nie zachęcasz do zawierania przyjaźni – wyrzucił z siebie nagle.

Zachmurzyła się lekko, ale Armanski mówił niewzruszenie dalej.

– Zrozumiałem, że nie życzysz sobie wścibiania nosa w twoje sprawy, i postarałem się tego nie robić. Ale czy masz coś przeciwko temu, że w dalszym ciągu będziesz mi się podobać?

Salander zastanawiała się dłuższą chwilę, a później wstała, obeszła stół i serdecznie uścisnęła Armanskiego. Był totalnie zaskoczony. Dopiero kiedy zwolniła uścisk, chwycił ją za rękę.

– Możemy zostać przyjaciółmi? – zapytał.

Ponownie skinęła głową.

To był jedyny raz, kiedy okazała mu czułość. Jedyny raz, kiedy w ogóle go dotknęła. Wspominał tę chwilę z tkliwością.

Wciąż, po czterech latach znajomości, nie wyjawiła mu prawie nic ze swojego prywatnego życia, nie opowiedziała o swojej rodzinie. Przy jakiejś okazji wykorzystał swoje umiejętności i przeprowadził prywatny WŚ na jej temat. Oprócz tego odbył długą rozmowę z adwokatem Palmgrenem i to, czego się dowiedział, nie zwiększyło niestety jego zaufania do Salander. Nigdy o tym nie mówił, nigdy nawet nie napomknął, że szperał w jej życiorysie. Ukrywając niepokój, zwiększył po prostu czujność.

ZANIM TEN OSOBLIWY wieczór dobiegł końca, Salander i Armanski doszli do następującego porozumienia: w przyszłości Lisbeth będzie otrzymywała zlecenia w zakresie researchu, ale jako wolny strzelec. Armanski gwarantował jej niewielką miesięczną pensję, niezależnie od tego, czy pracowała nad jakimś zadaniem, czy nie. Ostateczny dochód miał zależeć od zleceń. Dawał jej wolną rękę co do form pracy, ale Lisbeth zobowiązywała się, że nigdy nie uczyni niczego, co mogłoby przynieść wstyd albo narazić Milton Security na szwank.

To było praktyczne i korzystne dla wszystkich stron rozwiązanie. Tym samym Armanski zredukował uciążliwy oddział WŚ do jednego zatrudnionego na stałe pracownika, starszego pana, który wykonywał przyzwoite rutynowe badania i zajmował się głównie informacjami na temat kredytobiorców. Wszystkie pozostałe zawiłe i niepewne zlecenia przekazywał Salander i innym nielicznym freelancerom, za których w razie kłopotów – w praktyce działali na własną rękę – firma nie musiała ponosić odpowiedzialności. Ponieważ często korzystał z jej usług, zarabiała przyzwoite pieniądze. Mogłaby znacznie zwiększyć swoje dochody, ale pracowała tylko wtedy, kiedy miała ochotę, wyznając zasadę, że jeżeli się szefowi nie podoba, to zawsze może ją zwolnić.

Armanski zaakceptował ją taką, jaka była, ale nie pozwalał na spotkania z klientami. Wyjątki od reguły należały do rzadkości, a dzisiejsza sprawa była, niestety, takim wyjątkiem.

LISBETH MIAŁA na sobie czarny t-shirt z podobizną ET o potężnych kłach, podpisaną *I am also alien*, czarną wystrzępioną spódnicę, czarną krótką kurtkę ze znoszonej skóry, pas nabity ćwiekami, toporne martensy i prążkowane czerwono-zielone podkolanówki. Twarz zdobił makijaż, którego skala kolorystyczna mogła świadczyć o daltonizmie dziewczyny. Innymi słowy: była wyjątkowo strojna.

Armanski westchnął i przeniósł wzrok na trzecią osobę w pokoju, tradycyjnie ubranego mężczyznę w okularach o grubych szkłach. Sześćdziesięciooośmioletni adwokat Dirch Frode nalegał na osobiste spotkanie ze współpracownikiem, który sporządził dla niego raport. Armanski próbował do tego nie dopuścić, wymawiając się a to przeziębieniem Salander, a to jej podróżą, a to nawałem pracy. Frode odpowiadał po prostu: nie szkodzi. Sprawa nie była nagła, mógł spokojnie poczekać nawet kilka dni. Armanski przeklinał siebie w duchu, ale w końcu nie miał innego wyjścia. Zaaranżował więc spotkanie i teraz adwokat Frode, mrużąc oczy, z nieukrywanym niedowierzaniem przyglądał się Lisbeth, która świdrowała go wzrokiem niewyrażającym zbyt ciepłych uczuć.

Armanski westchnął ponownie, spoglądając tym razem na leżący przed nim skoroszyt z napisem: CARL MIKAEL BLOMKVIST. Podziwiając starannie wykaligrafowany pod spodem PESEL, wymówił głośno tytułowe imię i nazwisko. Na ich dźwięk Frode ocknął się z czarującego odrętwienia i odwrócił ku mówiącemu.

– No więc co możecie o nim powiedzieć? – zapytał.

– To jest panna Salander, autorka raportu. – Armanski zawahał się przez sekundę, po czym kontynuował z uśmiechem, w zamyśle przyjaznym, a w rzeczywistości sprawiającym wrażenie bezradnie usprawiedliwiającego. – Niech pana nie zmyli jej młody wiek. Lisbeth jest naszym absolutnie najlepszym researcherem.

– Nie wątpię – odpowiedział Frode suchym tonem, świadczącym o tym, że jest dokładnie przeciwnego zdania. – Proszę powiedzieć, do jakich doszła wniosków.

Najwyraźniej adwokat nie miał pojęcia, jak traktować Salander, i szukając bardziej swojskiego terytorium, skierował pytanie do Armanskiego, jak gdyby tej osobliwej kobiety nie było w pokoju. A kobieta, wyprodukowawszy ogromny balon z gumy do żucia, uprzedziła odpowiedź szefa, traktując Frodego jak powietrze.

– Zapytaj, proszę, klienta, czy woli krótszą, czy dłuższą wersję.

Adwokat natychmiast zrozumiał, że wdepnął w psie łajno. Zapadła krótka żenująca cisza. W końcu Frode zwrócił się do Lisbeth i próbując naprawić błąd, przyjął łagodny ton dobrego wujaszka.

– Byłbym wdzięczny, gdyby mogła mi pani streścić wyniki swoich badań.

Salander wyglądała jak gniewny nubijski drapieżnik, który właśnie przymierza się do zjedzenia klienta na obiad. Obdarzyła Frodego tak zaskakująco nienawistnym spojrzeniem, że po plecach przeszły mu ciarki. Ale już po chwili rysy jej twarzy zmiękły i Frode zastanawiał się, czy pałające nienawiścią oczy nie były wytworem jego wyobraźni. Gdy zaczęła mówić, wysławiała się jak urzędniczka państwowa.

– Tytułem wstępu chciałabym zaznaczyć, że nie było to specjalnie skomplikowane zadanie, abstrahując od faktu, że zlecenie samo w sobie zostało dość enigmatycznie określone. Chciał pan wiedzieć „wszystko, co można wyszperać", nie sugerując, że chodzi o coś szczególnego. Dlatego przygotowałam coś w rodzaju karty z próbkami życiorysu. Raport liczy sto dziewięćdziesiąt trzy strony, ale ponad sto dwadzieścia stanowią kopie jego artykułów tudzież wycinków prasowych, w których sam jest wzmiankowany. Blomkvist to osoba publiczna, niemająca szczególnie wielu tajemnic. Nie ma raczej nic do ukrycia.

– Ale twierdzi pani, że ma tajemnice? – dociekał Frode.

– Wszyscy mają tajemnice – odparła niezbita z tropu. – Chodzi tylko o to, żeby odgadnąć, na czym polegają.

– Słucham więc.

– Mikael Blomkvist urodził się 18 stycznia 1960 roku, czyli ma teraz czterdzieści trzy lata. Przyszedł na świat w Borlänge, ale nigdy tam nie mieszkał. Ojciec i matka, Kurt i Anita Blomkvist, zostali rodzicami dość późno, dzisiaj już nie żyją. Ojciec był instalatorem maszyn i jeździł trochę po kraju. Mama, z tego co wiem, nigdy nie zajmowała się niczym więcej niż domem. Gdy syn zaczął chodzić do szkoły, przeprowadzili się do Sztokholmu. Mikael ma młodszą o trzy lata siostrę Annikę, która jest adwokatem. Ma też kilku wujków i kuzynów. Zamierzasz podać kawę?

Z tym pytaniem zwróciła się do Armanskiego, który pospiesznie otworzył termos, zamówiony specjalnie na spotkanie. Gestem dłoni dał jej znak, żeby mówiła dalej.

– Tak więc w 1966 rodzina Blomkvistów przeprowadziła się do Sztokholmu. Mieszkali w Lilla Essingen. Mikael chodził do szkoły podstawowej w Brommie, a później do liceum na Kungsholmen. Miał dość dobre świadectwo końcowe, ze średnią 4,9. Kopie leżą w teczce. W latach licealnych zajmował się muzyką, grał na gitarze basowej w zespole rockowym Bootstrap, który zresztą wydał singiel lansowany w radiu latem 1979 roku. Po ukończeniu szkoły średniej pracował jako bramkarz w metrze, a za zarobione pieniądze wyjechał później za granicę. Podróżował przez rok, głównie po Azji, objechał Indie, Tajlandię, zahaczył o Australię. W wieku dwudziestu jeden lat zaczął studia dziennikarskie w Sztokholmie, ale przerwał je po roku, żeby odbyć służbę wojskową w Kirunie. Opuścił tamtejszą jednostkę komandosów, podobno tylko dla twardzieli, z wynikiem 10-9-9, czyli jednym z najlepszych. Podjął na nowo i ukończył studia i do dzisiaj pracuje w zawodzie dziennikarza. Jak bardzo szczegółowych informacji pan oczekuje?

– Proszę opowiedzieć o tym, co uważa pani za istotne.

– Okej. Sprawia wrażenie Dzielnego Zucha. Aż do dzisiaj był dziennikarzem, który osiągał same zawodowe sukcesy. W latach osiemdziesiątych pracował na różnych zastępstwach, początkowo w prasie na prowincji, później w stołecznej. Sporządziłam listę. Prawdziwy przełom nastąpił w związku z historią Niedźwiedziej Bandy, gdy udało mu się zidentyfikować szajkę napadającą na banki.

– Kalle Blomkvist?

– Nie cierpi tego przydomka, co chyba jest dość zrozumiałe. Gdyby ktoś nazwał mnie w mediach Pippi Långstrump, ryzykowałby spuchniętą wargę.

Rzuciła mroczne spojrzenie w kierunku Armanskiego, który natychmiast przełknął ślinę. Niejeden raz myślał o Lisbeth właśnie jako o nieustraszonej Pippi i teraz dziękował swojemu rozsądkowi, że nigdy nie próbował na ten temat żartować. Poruszył dłonią, co miało znaczyć „mów dalej".

– Pewne źródło podaje, że do dnia rozpracowania szajki marzył o karierze reportera kryminalnego, zresztą jako ten typ dziennikarza pracował przez pewien czas w jednej z popołudniówek, ale ostatecznie dał się poznać od najlepszej strony przede wszystkim jako reporter polityczny i znawca ekonomii. Pracował głównie jako wolny strzelec, jedyną stałą posadę miał w końcu lat osiemdziesiątych, w popołudniówce. Złożył wypowiedzenie w 1990 roku i wtedy też powołał do życia miesięcznik „Millennium". Czasopismo wystartowało jako zupełny outsider, bez wsparcia potężnego wydawcy. Nakład wzrastał stopniowo, dzisiaj sięga dwadziestu jeden tysięcy egzemplarzy. Redakcja znajduje się na Götgatan, kilka ulic stąd.

– To gazeta lewicowa?

– To zależy od tego, jak definiujemy lewicę. „Millennium" uważa się powszechnie za czasopismo społeczno-krytyczne, ale zgaduję, że anarchiści mają je za tchórzliwe burżuazyjne gówno, porównywalne z pismami typu „Arena" czy „Ordfront", podczas gdy Studencki Związek Moderatów sądzi, że w redakcji siedzą sami bolszewicy. Nic nie wskazuje na to, żeby Blomkvist kiedykolwiek był politycznie aktywny, nawet w latach licealnych, kiedy w kraju wzbierała fala lewicowych nastrojów społecznych. W czasie studiów w Wyższej Szkole Dziennikarskiej na pewien czas związał się z aktywistką Syndykalistów, która dzisiaj reprezentuje Partię Lewicową w Riksdagu. Wygląda na to, że opatrzono go etykietką lewicowca, ponieważ jako dziennikarz ekonomiczny specjalizuje się w reportażach demaskujących korupcję i szemrane interesy w świecie prywatnych przedsiębiorców. Stworzył parę druzgocących portretów dyrektorów i polityków – z pewnością uzasadnionych – oraz wymusił kilka dymisji. Do najbardziej znanych należy afera w Arboga, w rezultacie której znany prawicowy polityk został zmuszony do rezygnacji z funkcji, a głównego księgowego gminy skazano na rok więzienia za malwersację. Wykrywanie przestępstw nie jest bynajmniej oznaką lewicowości.

– Rozumiem, co ma pani na myśli. Coś więcej?

– Jest autorem dwóch książek. Pierwsza traktuje o skandalu w Arboga, a druga – *Jeźdźcy templariuszy* – o dziennikarstwie ekonomicznym. Wydano ją trzy lata temu. Nie czytałam tej ostatniej, ale sądząc z recenzji, jest kontrowersyjna. W każdym razie stała się przedmiotem ożywionej debaty w mediach.

– Pieniądze?

– Nie jest szczególnie zamożny, ale też nie przymiera głodem. Deklaracje podatkowe znajdzie pan w załącznikach. W banku ma ponad dwieście pięćdziesiąt tysięcy koron, ulokowanych częściowo w prywatnym ubezpieczeniu emerytalnym, częściowo w funduszach inwestycyjnych. Oprócz tego posiada konto, na którym zgromadził około stu tysięcy. Z tego konta podejmuje pieniądze na bieżące wydatki, podróże i tym podobne. Jest właścicielem mieszkania, które spłacił w całości. Sześćdziesiąt pięć metrów kwadratowych na Bellmansgatan. Nie zalega z żadnymi kredytami i nie ma długów.

Salander uniosła palec w górę.

– Posiada jeszcze nieruchomość w Sandhamn. To niewielka, zaledwie trzydziestometrowa szopa, przerobiona

59

na domek letniskowy. Leży nad wodą w samym centrum, w najbardziej atrakcyjnej części miejscowości. Dostał ją w spadku po wujku, który kupił ją w latach czterdziestych, kiedy takie transakcje były jeszcze w zasięgu możliwości zwykłych śmiertelników. Podzielili się z siostrą: ona przejęła mieszkanie po rodzicach, w Lilla Essingen, a Mikael dostał tę chałupkę. Nie wiem, jaka jest obecnie jej wartość, zapewne kilka milionów, ale z drugiej strony nie wygląda na to, żeby nosił się z zamiarem sprzedaży. Bywa tam dosyć często.

– Dochody?

– Jest współwłaścicielem „Millennium" i pobiera miesięcznie trochę ponad dwanaście tysięcy. Reszta jest rezultatem pracy freelancera, suma końcowa bywa różna. Rekord pobił trzy lata temu, kiedy rozrywany przez media zarobił prawie czterysta pięćdziesiąt tysięcy. W ubiegłym roku miał z różnych zleceń sto dwadzieścia tysięcy.

– Teraz musi zapłacić odszkodowanie w wysokości stu pięćdziesięciu tysięcy, a poza tym honorarium adwokata i tak dalej – stwierdził Frode. – Zgaduję, że ostateczny rachunek będzie dość słony. A przecież oprócz tego utraci część dochodów, odsiadując karę więzienia.

– Co znaczy, że zostanie goły jak święty turecki – dodała Salander.

– Czy jest uczciwy? – zapytał Dirch Frode.

– To jest, że się tak wyrażę, jego kapitał. Stworzył wizerunek lekko zarozumiałego strażnika moralności w świecie biznesu; często zaprasza się go do telewizji jako komentatora.

– Po ogłoszeniu dzisiejszego wyroku chyba nie zostało mu dużo tego kapitału... – powiedział Frode w zamyśleniu.

– Nie twierdzę, że wiem dokładnie, czego wymaga się od dziennikarza, ale po tej porażce upłynie dużo czasu, zanim Superdetektyw Blomkvist zostanie laureatem Wielkiej Nagrody Dziennikarskiej. Zbłaźnił się dość porządnie

– skonstatowała trzeźwo Salander. – Jeżeli wolno mi uczynić osobistą refleksję...

Armanski rozwarł szeroko oczy. Przez wszystkie przepracowane u niego lata nigdy nie wyraziła jakiejkolwiek osobistej opinii. Liczyły się tylko suche fakty.

– Zbadanie meritum sprawy Wennerströma nie należało do moich obowiązków, przynajmniej w związku z tym zleceniem, ale śledziłam proces sądowy i muszę przyznać, że wprawił mnie w osłupienie. Odniosłam wrażenie, że cały ten skandal jest jedną wielką pomyłką. To jakby całkiem... nie w stylu Blomkvista opublikować coś, co od początku do końca nie trzyma się kupy.

Salander podrapała się po szyi. Frode czekał cierpliwie. Armenski zastanawiał się, czy to tylko pozory, czy Lisbeth naprawdę nie wie, co powiedzieć. Ta Salander, którą znał na co dzień, nigdy nie okazywała niepewności czy wahania. W końcu podjęła decyzję.

– Poza protokołem, że tak powiem... Nie zagłębiłam się dostatecznie w sprawę Wennerströma, ale sądzę, że Kalle Blomkvist... przepraszam, Mikael Blomkvist, został zrobiony w balona. Myślę, że kryje się za tym coś zupełnie innego niż to, co sugeruje wyrok sądu.

Teraz Dirch Frode wyprostował się nagle w fotelu, mierząc Lisbeth badawczym wzrokiem. Armanski zanotował, że jego klient po raz pierwszy, słuchając sprawozdania, okazał więcej niż tylko życzliwe zainteresowanie. Uświadomił sobie, że sprawa Wennerströma nie była adwokatowi obojętna. *Spokojnie*, pomyślał po chwili. *Frode nie jest zainteresowany sprawą Wennerströma, zareagował dopiero wtedy, gdy Salander zasugerowała, że Blomkvista zrobiono w konia.*

– Co ma pani na myśli? – zapytał Frode z zaciekawieniem w głosie.

– To tylko spekulacje, ale jestem dość mocno przekonana, że ktoś go oszukał.

– A co panią skłania do wyciągnięcia takiego wniosku?

– Cała jego zawodowa przeszłość świadczy o tym, że jest bardzo ostrożnym reporterem. Wszystkie dokonane przez niego kontrowersyjne odkrycia są zawsze dokładnie udokumentowane. Przysłuchiwałam się jednej z rozpraw. Blomkvist nie miał żadnych kontrargumentów i wyglądało na to, że poddał się bez walki. To zupełnie do niego niepodobne. Jeżeli wierzyć sądowi, to oskarżony – nie mając żadnych podstaw – wyssał z palca historię i opublikował ją jak jakiś dziennikarski zamachowiec samobójca. To zdecydowanie nie w stylu Blomkvista.

– A więc o co tutaj według pani chodzi?

– Mogę się tylko domyślać. Blomkvist wierzył w swoją historię, ale po drodze coś się wydarzyło i fakty okazały się fałszywe. A to znaczy, że ufał swojemu informatorowi albo że ktoś świadomie podrzucił mu nieprawdziwe dane, co brzmi dość nieprawdopodobnie. Istnieje też możliwość, że groziło mu tak duże niebezpieczeństwo, że rzucił ręcznik. Wolał wyjść na niekompetentnego idiotę niż podjąć walkę. Ale, jak już zaznaczyłam, to tylko spekulacje.

SALANDER ZAMIERZAŁA kontynuować sprawozdanie, gdy Frode podniósł rękę. Przez kilka sekund siedział w milczeniu, bębniąc palcami w oparcie fotela. Z pewnym wahaniem zwrócił się do Lisbeth.

– Gdybyśmy chcieli pani zlecić odszukanie prawdy w aferze Wennerströma... jaką mamy szansę, że pani coś znajdzie?

– Nie potrafię odpowiedzieć na to pytanie. Być może nie ma nic do znalezienia.

– Ale czy podjęłaby się pani próby?

Wzruszyła ramionami.

– To nie ja decyduję. Pracuję dla Dragana Armanskiego, to on podejmuje decyzje co do zleceń, które mi przekazuje. A poza tym to zależy, o jakiego typu informacje panu chodzi.

– Powiedzmy tak... Wychodzę z założenia, że nasza rozmowa jest poufna.

Armanski skinął głową.

– Nie znam tej afery, ale wiem, że w innych sytuacjach Wennerström bywał nieuczciwy. Afera z Wennerströmem w najwyższej mierze wpłynęła na życie Mikaela Blomkvista i jestem ciekaw, czy pani spekulacje zawierają ziarno prawdy.

Rozmowa przyjęła nieoczekiwany obrót, co postawiło Armanskiego w stan gotowości. Dirch Frode zapytał, czy Milton Security podjęłoby się grzebania w zakończonym procesie karnym, podczas którego być może użyto wobec Blomkvista groźby bezprawnej. Podejmując się takiego zadania, Armanski ryzykował starcie z wennerströmskim imperium adwokatów. W takiej sytuacji nie uśmiechało mu się wykorzystanie Salander jako niekontrolowanego pocisku o dalekim zasięgu.

I nie kierował się wyłącznie troską o firmę. Lisbeth wyraźnie zaznaczyła, że nie życzy sobie Armanskiego w roli zaniepokojonego ojczyma i zgodnie z umową pilnował się bardzo, by go takim nie postrzegała, ale w duchu nigdy nie przestał się o nią bać. Czasami łapał się na tym, że porównuje ją ze swoimi córkami. Uważał się za dobrego ojca, który nie wtrąca się w prywatne życie dzieci bez potrzeby, ale wiedział, że gdyby zachowywały się jak Lisbeth, nie potrafiłby tego zaakceptować.

W głębi swego chorwackiego – a może bośniackiego albo ormiańskiego – serca nigdy nie mógł pozbyć się przekonania, że życie Salander prowadzi prostą drogą do katastrofy. W jego mniemaniu dziewczyna wręcz prosiła o to, żeby zostać ofiarą, i drżał na myśl, że pewnego ranka zbudzi go wiadomość, że ktoś jej wyrządził krzywdę.

– Tego typu zlecenie może okazać się dość kosztowne... – zaczął trochę odstraszająco, żeby zbadać, jak poważnie Frode traktuje swoje pytanie.

– Ustalimy jakiś pułap – odpowiedział przytomnie adwokat. – Nie żądam rzeczy niemożliwych, a pański współpracownik, jak pan sam zastrzegał, jest niezwykle kompetentny.

– Salander? – zapytał Armanski, podnosząc brwi.

– Nie mam żadnych innych planów.

– W porządku. Ale chciałbym, żebyśmy ustalili formy pracy. A teraz dokończ, proszę, prezentację.

– Nie mam nic więcej, oprócz kilku szczegółów z życia prywatnego. W 1986 roku ożenił się z Monicą Abrahamsson, w tym samym roku urodziła im się córka, obecnie szesnastoletnia Pernilla. Małżeństwo nie trwało długo, rozwiedli się w 1991. Abrahamsson wyszła ponownie za mąż, ale wygląda na to, że są przyjaciółmi. Córka mieszka z matką i nie spotyka się z ojcem szczególnie często.

FRODE POPROSIŁ o jeszcze jedną filiżankę kawy i ponownie zwrócił się do Salander.

– Na początku sugerowała pani, że wszyscy ludzie mają tajemnice. Znalazła je pani?

– Chodziło mi o to, że wszyscy mają sprawy, które uważają za prywatne i z którymi raczej się nie afiszują. Blomkvist ma powodzenie u kobiet. Ma za sobą kilka poważniejszych historii miłosnych i niezliczoną liczbę przelotnych związków. Krótko mówiąc, to mężczyzna o bogatym życiu seksualnym. Ale od wielu lat w jego życiu pojawia się jedna i ta sama osoba, stanowią dość niezwykłą parę.

– W jakim sensie niezwykłą?

– Erika Berger, redaktor naczelna „Millennium", jest seksualną partnerką Blomkvista. To dziewczyna z wyższych sfer, z matki Szwedki i ojca Belga, mieszka w Szwecji. Znają się ze studiów i od studenckich czasów żyją ze sobą w nieformalnym związku.

– To chyba nie jest aż takie niezwykłe – zauważył Frode.

– Nie, wcale nie. Tylko że Berger jest jednocześnie żoną

artysty, Gregera Beckmana. To taki dość znany facet, twórca masy okropnych dzieł w lokalach użyteczności publicznej.

– Czyli, innymi słowy, jest niewierną żoną.

– Nie. Beckman wie o ich związku. To taki *ménage à trois*, najwyraźniej akceptowany przez wszystkie zainteresowane strony. Erika czasami sypia u Blomkvista, a czasami u męża. Nie wiem dokładnie, jak to funkcjonuje, ale myślę, że między innymi z tego powodu rozpadło się małżeństwo z Abrahamsson.

Rozdział 3
Piątek 20 grudnia – sobota 21 grudnia

ERIKA BERGER uniosła brwi na widok przemarzniętego Mikaela, który późnym popołudniem pojawił się w jej gabinecie. Redakcja „Millennium" znajdowała się na szczycie Götgatan, nad siedzibą Greenpeace. W zasadzie czynsz przekraczał możliwości finansowe czasopisma, ale Erika, Mikael i Christer byli zgodni co do tego, żeby nie zmieniać lokalu.

Spojrzała na zegarek. Dziesięć po piątej, ciemności już dawno okryły Sztokholm. Spodziewała się Blomkvista w południe.

– Przepraszam – zaczął, zanim zdążyła cokolwiek powiedzieć. – Zasiedziałem się nad wyrokiem sądu, nie miałem ochoty na rozmowę. Poszedłem na długi spacer. Rozmyślałem.

– Odczytali wyrok w radiu. Dzwoniła kobieta z TV4, chciała usłyszeć twój komentarz.

– Co jej powiedziałaś?

– Mniej więcej to, co ustaliliśmy: najpierw wszystko dokładnie przeczytamy, a później będziemy komentować. To znaczy nie powiedziałam nic. I dalej obstaję przy swoim zdaniu. Uważam, że to błędna strategia. Wychodzimy na słabeuszy, tracimy poparcie mediów. Dzisiaj wieczorem na pewno wyjadą z czymś w telewizji.

Z ponurą miną skinął głową.

– Jak się czujesz?

Wzruszył ramionami i usiadł w ulubionym fotelu przy oknie. Spartańskie umeblowanie pokoju Eriki składało się z biurka, funkcjonalnych regałów i tanich sprzętów biurowych. Wszystko z Ikei, oprócz dwóch wygodnych, ekstrawaganckich foteli i niewielkiego stoliczka. „Ustępstwo na rzecz mojego pochodzenia" – zwykła żartować. Zmęczona pracą przy biurku siadała z wyciągniętymi nogami w jednym z foteli i zagłębiała się w lekturze. Mikael przyglądał się spieszącym gdzieś w mroku ludziom. Przedświąteczna gorączka osiągała apogeum.

– To pewnie minie – powiedział – ale czuję się, jakby ktoś mnie stłukł na kwaśne jabłko.

– Jak najbardziej adekwatne uczucie. Dotyczy zresztą nas wszystkich. Janne poszedł wcześniej do domu.

– Raczej niezbyt zadowolony z wyroku?

– Wiesz, że nie jest z tych pozytywnie myślących.

Mikael pokręcił głową. Janne Dahlman od dziewięciu miesięcy był sekretarzem redakcji. Przyszedł akurat wtedy, gdy wybuchła afera z Wennerströmem, i wstrzelił się w poważny kryzys w „Millennium". Mikael próbował przypomnieć sobie redakcyjną dyskusję, która poprzedziła zatrudnienie Dahlmana. Chłopak był niewątpliwie kompetentny, pracował jako zastępca i w TT, i w popołudniówkach, i w radiowym Echu. Ale nie należał do żeglujących pod wiatr. Mikael niejednokrotnie żałował, że go zatrudnił. Ten człowiek miał irytującą umiejętność widzenia wszystkiego w najczarniejszych kolorach.

– Jakieś wieści od Christera? – zapytał, nie odrywając wzroku od ulicy.

Christer Malm był dyrektorem artystycznym i odpowiadał za layout, a także – razem z Eriką i Mikaelem – współudziałowcem w „Millennium", obecnie na zagranicznych wakacjach ze swoim chłopakiem.

– Dzwonił. Pozdrawia.

– Teraz będzie musiał przejąć obowiązki odpowiedzialnego wydawcy.

– Daj spokój Micke, na tym stanowisku musisz liczyć się

68

z tym, że czasami dostaniesz po gębie. To wchodzi w zakres twoich obowiązków służbowych.

– Masz rację. Ale tym razem to ja napisałem tekst, który został opublikowany w gazecie, w której jestem wydawcą. A to zmienia postać rzeczy. Tutaj chodzi wyłącznie o moje kiepskie rozeznanie.

Erika poczuła, jak nieustannie tłumiony niepokój rozkwita w całej pełni. W ciągu ostatnich kilku tygodni twarz Mikaela spowijała ciemna chmura, ale sam Mikael nigdy nie sprawiał wrażenia tak przygnębionego jak w dniu ostatecznej porażki. Obeszła biurko, usiadła mu okrakiem na kolanach i objęła za szyję.

– Mikael, posłuchaj. I ty, i ja wiemy doskonale, jak do tego doszło. Odpowiedzialność spoczywa w równej mierze na tobie, co na mnie. Musimy stawić czoło burzy.

– Nie widzę żadnego sztormu, któremu trzeba stawić czoło. Wyrok oznacza dla mnie medialny strzał w tył głowy. Nie mogę pozostać w „Millennium". Chodzi o wiarygodność pisma. O ograniczenie szkód. Wiesz to równie dobrze jak ja.

– Jeżeli myślisz, że pozwolę ci wziąć na siebie całą odpowiedzialność, to, kurza dupa, niewiele jeszcze o mnie wiesz.

– Wiem dokładnie, jak funkcjonujesz, Ricky. Jesteś śmiesznie lojalna wobec współpracowników. Gdyby wybór należał do ciebie, podjęłabyś walkę z adwokatami Wennerströma i biłabyś się z nimi do utraty własnej wiarygodności. Musimy być sprytniejsi.

– No więc uważasz, że sprytny plan polega na tym, że odchodzisz z „Millennium", przekonując w dodatku innych, że to ja cię wylałam?

– Rozmawialiśmy o tym ze sto razy. To, czy „Millennium" przetrwa, czy padnie, zależy teraz od ciebie. Christer jest świetny, ale to układny gość, który zna się przede wszystkim na grafice i nie ma bladego pojęcia o walce z miliarderami. To nie jego działka. Na jakiś czas muszę zniknąć z „Millennium" jako wydawca, reporter i członek zarządu, a ty przejmiesz mój udział. Wennerström wie, że ja wiem, co zrobił, i jestem przekonany, że dopóki będę choćby tylko w pobliżu redakcji, dopóty będzie próbował zniszczyć nasze czasopismo. Nie stać nas na to.

– Ale dlaczego nie ogłosić publicznie tego, co się wydarzyło naprawdę? A później niech się dzieje wola nieba!

– Dlatego, że nie potrafimy nic udowodnić, i dlatego, że akurat teraz nie jestem szczególnie wiarygodny. Wennerström wygrał tę rundę. Koniec i kropka. Odpuść sobie.

– Okej. Wylano cię. Co będziesz teraz robił?

– Potrzebuję chwili wytchnienia, po prostu. Czuję się wypalony, znalazłem się w ślepym zaułku, czy jak to się teraz ładnie nazywa. Poświęcę czas sobie samemu. A później się zobaczy.

Erika przyciągnęła głowę Mikaela do swoich piersi. Objęła go mocno. Siedzieli tak w milczeniu przez kilka minut.

– Chcesz spędzić ze mną wieczór? – zapytała.

Odpowiedział skinieniem głowy.

– Świetnie. Już zadzwoniłam do Gregera i powiedziałam, że przenocuję u ciebie.

JEDYNYM ŹRÓDŁEM światła w pokoju były uliczne latarnie odbijające się we wnęce okna. Mikael leżał obok śpiącej Eriki, studiując w półmroku jej obnażony profil. Nagie piersi wznosiły się i opadały w rytm spokojnych oddechów. Poczuł się rozluźniony. Zalegająca gdzieś w przeponie gula lęku przestała dawać się we znaki. To zasługa Eriki. Zawsze działała na niego odprężająco. Podobnie jak on na nią.

Dwadzieścia lat, pomyślał. Tak długo byli ze sobą. Mógłby uprawiać z nią seks przez kolejnych dwadzieścia lat. Co najmniej dwadzieścia. Nigdy na serio nie próbowali kryć się ze swoim związkiem, nawet jeżeli bywał przyczyną niezmiernie kłopotliwych sytuacji. Wiedział, że plotkowano o nich w kręgu znajomych, a niektórzy zachodzili w głowę, co ich tak naprawdę łączy. Zarówno on, jak i Erika udzielali tajemniczych odpowiedzi, ignorując komentarze.

Spotkali się na imprezie u wspólnych znajomych. Byli na drugim roku dziennikarstwa i każde z nich żyło w stabilnym związku. Z upływem godzin pozwalali sobie na coraz śmielsze prowokacje. Flirt narodził się chyba w efekcie żartu – tego Mikael nie był pewien – ale żegnając się, wymienili numery telefonów. Od początku wiedzieli, że wylądują razem w łóżku, i w ciągu tygodnia urzeczywistnili swoje plany, oczywiście za plecami partnerów. Mikael był przekonany, że nie chodzi im o miłość, przynajmniej nie o miłość w tradycyjnym rozumieniu, czyli tę prowadzącą do wspólnego mieszkania, świątecznej choinki i dzieci. Kilkakrotnie w latach osiemdziesiątych, będąc chwilowo singlami, rozpatrywali możliwość prowadzenia wspólnego gospodarstwa. On chciał. Ale Erika zawsze wycofywała się w ostatniej chwili. Tłumaczyła, że taki układ nie miałby szans; wolała nie ryzykować, że zakochując się w sobie, zniszczą swój związek.

Byli zgodni co do tego, że chodzi im o seks, albo raczej seksualne szaleństwo, i Mikael zastanawiał się, czy możliwe jest jeszcze bardziej obłąkane pożądanie kobiety niż to, które czuł w stosunku do Eriki. Po prostu było im ze sobą niesamowicie dobrze. Tkwili w związku, który był równie uzależniający jak heroina. Czasami spotykali się wystarczająco często, żeby poczuć się parą. Czasami między randkami upływały tygodnie i miesiące. Ale tak jak alkoholicy po suchych dniach ciągną do monopolowego, tak Mikael i Erika zawsze wracali do siebie, pragnąc więcej.

Nie było to oczywiście proste. Taki związek musiał kogoś ranić. Obydwoje z całą bezwzględnością łamali dane przyrzeczenia i porzucali partnerów; jego własne małżeństwo rozpadło się właśnie dlatego, że nie potrafił trzymać się z dala od Eriki. Nigdy nie uciekał się do kłamstw, Monica wiedziała o ich związku, ale wierzyła, że skończy się definitywnie wraz ze ślubem i narodzinami córki. Tym bardziej że w tym samym czasie Erika wyszła za Gregera Beckmana. Mikael też tak myślał i w pierwszych latach małżeństwa spotykał się z Eriką wyłącznie w sprawach zawodowych. A później założyli „Millennium" i wszystkie dobre intencje wzięły w łeb. Pewnego wieczoru niespodziewanie zaczęli ostro kochać się na jej biurku. To było początkiem ciężkiego okresu w życiu Mikaela. Pragnął być z rodziną i śledzić dorastanie córki, a jednocześnie czuł się bezradny wobec pociągu do Eriki, jak gdyby nie potrafił kontrolować swoich działań. Co oczywiście nie było prawdą, bo potrafiłby, gdyby chciał. Lisbeth Salander miała rację, zgadując, że właśnie jego nieustająca niewierność doprowadziła do rozwodu. Monica miała po prostu dość.

Greger Beckman natomiast zdawał się całkowicie akceptować taki stan rzeczy. Erika nigdy nie kryła swego związku z Mikaelem i odnowiwszy go, przyznała się do tego otwarcie. Być może łatwiej godzi się z tym artystyczna dusza, człowiek tak zajęty własną twórczością (a może samym sobą), że nie reaguje na nocne eskapady żony do innego mężczyzny, a nawet planuje urlop z myślą o tym, żeby mogła spędzić tydzień lub dwa u swojego kochanka w Sandhamn. Mikael nie przepadał za mężem Eriki i nigdy nie zrozumiał, dlaczego go pokochała, ale cieszył się, że Greger akceptuje miłość żony do dwóch mężczyzn.

Poza tym podejrzewał, że Greger traktował związek Eriki z nim jako dodatkową okrasę ich małżeństwa. Ale nigdy o tym nie rozmawiali.

MIKAEL NIE MÓGŁ zasnąć. Poddał się o czwartej nad ranem. Usiadł w kuchni i od początku do końca przeczytał jeszcze raz orzeczenie sądu. Znając zakończenie, miał teraz uczucie, że spotkanie na Arholma było w jakimś sensie zrządzeniem losu. Nie wiedział, czy Robert Lindberg opowiedział mu o szwindlach Wennerströma tak, jak opowiada się ciekawe historie między kolejkami wódki, czy naprawdę zależało mu na tym, żeby je ujawnić.

Stawiał na tę pierwszą możliwość, ale równie dobrze mogło być tak, że Robert z całkiem prywatnych albo zawodowych powodów chciał zaszkodzić Wennerströmowi i po prostu wykorzystał okazję, mając na pokładzie obłaskawionego dziennikarza. Robert nie był aż tak pijany, żeby w decydującym momencie nie wlepić oczu w Mikaela i nie wymóc na nim wypowiedzenia magicznych słów, które zamieniły zwykłego gadułę w anonimowe źródło. Tym samym mógł opowiadać, co mu ślina na język przyniesie, nie ryzykując ujawnienia swojego nazwiska.

Jednego Mikael był pewny. Gdyby spotkanie na Arholma zostało zaaranżowane, żeby rozbudzić jego ciekawość, Robert nie mógłby zrobić lepszej roboty. Ale spotkanie na Arholma było przypadkowe.

Robert nie wiedział, jak bardzo Mikael pogardza ludźmi typu Wennerströma. Po latach doświadczeń i studiowania tematu Mikael żywił przekonanie, że każdy dyrektor banku i każdy znany przedsiębiorca to łajdak. Nigdy nie słyszał o Lisbeth Salander i był szczęśliwie nieświadomy jej sprawozdania, ale gdyby go wysłuchał, zgodziłby się z tezą, że jego awersja do tego typu kombinatorów nie jest wynikiem lewicowego radykalizmu. Mikael nie interesował się polityką, ale wszystkie izmy traktował z dużą dozą podejrzliwości. Tylko raz, w 1982 roku, wziął udział w wyborach do Riksdagu i z niewielkim przekonaniem oddał głos na socjaldemokratów, ponieważ wydawało mu się, że nie może być nic gorszego niż kolejne trzy lata z Göstą Bohmanem jako ministrem finansów i Thorbjörnem Fälldinem czy Olą Ullstenem w roli szefa państwa. W rezultacie bez większego entuzjazmu oddał głos na Olofa Palmego, otrzymując w zamian morderstwo premiera, aferę korupcyjną Boforsa i polityczny skandal Ebbe Carlssona.

Mikael gardził dziennikarzami ekonomicznymi z powodów, które w jego przeświadczeniu miały związek z czymś tak śmiesznym jak moralność. Równanie było proste. Dyrektor banku, który trwoni sto milionów na bezmyślne spekulacje, powinien zostać zwolniony w pracy. Przedsiębiorca, który robi interesy na spółkach wydmuszkach, powinien skończyć w ciupie. Właściciel nieruchomości, który zmusza młodzież do płacenia czynszu na czarno za byle jaki pokój ze sraczykiem, powinien zostać publicznie napiętnowany i opluty.

Mikael uważał, że zadanie dziennikarzy ekonomicznych polega na kontrolowaniu i demaskowaniu finansowych rekinów, którzy doprowadzają do kryzysowych wzrostów oprocentowania kredytów i przepuszczają kapitał drobnych ciułaczy na szalonych interesach w sieci. Był zdania, że w pracy takiego reportera chodzi głównie o kontrolowanie przedsiębiorców w ten sam niemiłosierny sposób, w jaki obserwuje się każdy fałszywy krok członków rządu i parlamentu. Reporter polityczny nigdy nie wpadłby na pomysł, żeby nadać przywódcy politycznemu status ikony. Mikael za nic nie potrafił zrozumieć, dlaczego w krajowych mediach tak wielu dziennikarzy traktuje młode wilczki na giełdzie jak gwiazdy rocka.

Z POWODU TEGO dość osobliwego stanowiska raz po raz popadał w głośne konflikty z innymi dziennikarzami, wśród których Willam Borg był jego wyjątkowo nieprzejednanym wrogiem. Mikael wyróżniał się, krytykując swoich kolegów za zdradę ideałów i służalczość wobec młodych rekinów finansjery. Rola krytyka społecznego nadała mu wprawdzie pewien status i zapewniła rolę niewygodnego gościa zasiadającego w telewizyjnych studiach – to właśnie jego zapraszano, by skomentował kolejnego dyrektora z miliardową odprawą – ale jednocześnie przysporzyła mu wiernych i zażartych wrogów.

Przypuszczał, że w niektórych redakcjach odkorkowywano dzisiaj butelki szampana.

Erika dzieliła jego poglądy, jeżeli chodzi o rolę dziennikarza, i już w trakcie studiów fantazjowali z Mikaelem, że założą gazetę o profilu takim, jaki później miało „Millennium". Mikael nie wyobrażał sobie lepszej szefowej niż Erika. Była organizatorką, która potrafi traktować współpracowników z ogromną dozą ciepła i zaufania, jednocześnie nie bojąc się konfrontacji. Gdy zachodziła potrzeba, nie grzeszyła delikatnością. Ale przede wszystkim miała nieprawdopodobne wyczucie w podejmowaniu decyzji co do zawartości kolejnego numeru. Miewała poglądy odbiegające od poglądów Mikaela i czasami zdarzało im się kłócić na potęgę, ale darzyli się bezgranicznym zaufaniem i tworzyli zespół nie do pokonania. On odwalał kawał ciężkiej roboty, wynajdując historie, ona je opakowywała i wprowadzała na rynek.

„Millennium" było ich wspólnym dziełem, które jednak nigdy nie ujrzałoby światła dziennego bez jej umiejętności wyszukiwania sponsorów. Chłopak z klasy robotniczej i dziewczyna z wyższych sfer w pięknym połączeniu. Erika reprezentowała odziedziczony majątek. Oprócz tego, że wniosła spory kapitał, udało się jej namówić zarówno ojca, jak i kilku znajomych do zainwestowania pokaźnych sum.

Mikael często zastanawiał się, dlaczego Erika postawiła na „Millennium". Była wprawdzie współwłaścicielką, ba! nawet posiadaczką większości udziałów i redaktorem naczelnym własnego czasopisma, co oczywiście zapewniało jej prestiż i swobodę, jakiej nie miałaby w żadnym innym miejscu pracy. Wcześniej jednak w odróżnieniu od Mikaela bezpośrednio po studiach dziennikarskich zdecydowała się na telewizję. Była przebojowa, prezentowała się bezczelnie dobrze na ekranie i potrafiła wytrzymać konkurencję. Oprócz tego miała odpowiednie znajomości w kręgach władzy. Gdyby nadal tam pracowała, bez wątpienia pełniłaby dobrze płatną funkcję szefa któregoś z kanałów. Ale zrezygnowała świadomie z telewizji i zainwestowała w „Millennium", wysoce ryzykowny projekt, który raczkując w ciasnej i zniszczonej suterenie w Midsommarkransen, wypadł na tyle dobrze, że na początku lat dziewięćdziesiątych przeprowadził się do obszerniejszych i sympatyczniejszych lokali na Götgatan.

To Erika namówiła Christera Malma do wykupienia udziałów w czasopiśmie. Malm był ekshibicjonistycznym gejem, który nie raz wywnętrzał się w reportażach typu „W domu u..." i często gościł w kolorowych tabloidach. Media poświęciły mu szczególnie dużo uwagi, gdy związał się z Arnoldem Magnussonem, zwanym Arnem. Ten znany aktor Teatru Królewskiego zdobył prawdziwą popularność, grając samego siebie w telewizyjnym *reality show*. Christer i Arn zostali bohaterami medialnej opowieści w odcinkach.

Trzydziestoszescioletni Christer, wzięty fotograf i projektant, był właścicielem firmy, której biuro znajdowało się na tym samym piętrze co lokale czasopisma. Pracując dla „Millennium" przez tydzień w miesiącu, dbał o jego nowoczesną i atrakcyjną szatę graficzną.

Oprócz niego redakcja zatrudniała dwie osoby na cały etat, ciągle zmieniającego się praktykanta oraz trzech współpracowników w niepełnym wymiarze godzin. Bilans końcowy raczej nigdy nie wychodził na plus, ale czasopismo należało do tych bardziej prestiżowych, a współpracownicy kochali swoją pracę.

„Millennium" nie było dla nikogo lukratywnym interesem, ale wszyscy wiązali koniec z końcem, a zarówno nakład, jak i wpływy z reklam cały czas szły w górę. Aż do chwili obecnej czasopismo miało opinię pyskatego, ale miarodajnego głosiciela prawdy.

Teraz sytuacja prawdopodobnie miała ulec zmianie. Mikael przeczytał krótką notatkę prasową, którą razem z Eriką sformułował wczoraj wieczorem i którą błyskawicznie przemianowano na wiadomość agencyjną TT i zamieszczono w portalu gazety „Aftonbladet".

SKAZANY REPORTER OPUSZCZA „MILLENNIUM"

Sztokholm (TT). Dziennikarz Mikael Blomkvist rezygnuje z funkcji wydawcy „Millennium", podaje redaktor naczelna i współwłaścicielka czasopisma Erika Berger.
Rezygnacja nastąpiła na własne żądanie. Blomkvist, zmęczony ostatnimi dramatycznymi wydarzeniami, potrzebuje trochę wytchnienia, mówi Berger, która przejmuje rolę wydawcy.
Mikael Blomkvist był jednym z założycieli powstałego w 1990 roku czasopisma. Erika Berger nie sądzi, żeby tzw. afera Wennerströma wpłynęła na przyszłość „Millennium". Zapewnia, że kolejny numer ukaże się jak zwykle w przyszłym miesiącu. Blomkvist miał ogromne znaczenie dla rozwoju pisma, ale teraz otwieramy nową kartę.
Berger traktuje całą sprawę jako zbieg nieszczęśliwych okoliczności i ubolewa z powodu nieprzyjemności, na które został narażony Hans-Erik Wennerström.
Mikael Blomkvist nie zechciał wygłosić komentarza.

– To okropne – powiedziała Erika, wysyłając e-mail z notatką prasową. – Większość pomyśli, że jesteś niekompetentnym idiotą, a ja zimnym draniem, który korzysta z okazji, żeby cię dobić kulką w potylicę.

– Mając na uwadze wszystkie słuchy, które już o nas chodzą, przynajmniej krąg bliższych przyjaciół będzie miał o czym plotkować. – Mikael próbował obrócić jej uwagę w żart. Ale Erice nie było do śmiechu.

– Nie mamy żadnego planu B i ciągle wydaje mi się, że popełniamy błąd.

– To jest jedyne rozwiązanie – odparował. – Jeżeli gazeta nie przetrwa, cały trud pójdzie na marne. Wiesz, że już teraz tracimy spore dochody? Właśnie, jak poszło z tą firmą komputerową?

Westchnęła.

– Tak sobie. Odezwali się dziś rano i zrezygnowali z reklamy w styczniowym numerze.

– A Wennerström ma w tym przedsiębiorstwie znaczne udziały. To nie przypadek.

– Oczywiście, że nie przypadek, ale możemy przecież pozyskać nowych zleceniodawców. Może Wennerström jest finansowym królem, ale nie wykupił jeszcze wszystkiego na tym świecie, a my też mamy kontakty.

Mikael objął Erikę ramieniem i przyciągnął do siebie.

– Któregoś dnia damy mu tak popalić, że zatrzęsie się cała Wall Street. Ale nie dzisiaj. „Millennium" nie powinno być teraz w centrum uwagi. Nie możemy ryzykować utraty zaufania czytelników.

– Wszystko to wiem, tylko że jeżeli będziemy udawać, że doszło między nami do rozłamu, to ja wyjdę na najgorszą jędzę, a ty znajdziesz się w nieciekawej sytuacji.

– Ricky, dopóki sobie ufamy, dopóty mamy szansę. Musimy działać na czuja. Teraz jest czas na krok w tył.

Z niechęcią przyznała, że w jego toku myślenia kryje się jakaś ponura logika.

Rozdział 4
Poniedziałek
23 grudnia – czwartek 26 grudnia

ERIKA ZOSTAŁA u Mikaela przez cały weekend. Opuszczali łóżko tylko dla krótkich wypadów do łazienki i kuchni, ale nie oddawali się wyłącznie miłości. Leżąc na waleta, godzinami dyskutowali o przyszłości, rozważali konsekwencje, możliwości i szanse powodzenia. O świcie w poniedziałek przed Wigilią Erika pocałowała Mikaela na pożegnanie – *until the next time* – i pojechała do męża.

Mikael zaczął dzień od zmywania i porządkowania mieszkania, by później, przespacerowawszy się do redakcji, wysprzątać swój pokój na Götgatan. Ani przez sekundę nie zamierzał zerwać z czasopismem, ale w końcu udało mu się przekonać Erikę, że na jakiś czas powinien odseparować się od „Millennium". Na razie myślał o pracy w domu.

Był w redakcji zupełnie sam. Wszyscy inni skorzystali ze świątecznej przerwy. Pakował właśnie książki do ogromnego kartonu, gdy zadzwonił telefon.

– Czy zastałem Mikaela Blomkvista? – zapytał pełen nadziei, ale nieznajomy głos.

– To ja.

– Przepraszam, że zajmuję panu czas dzień przed świętami. Nazywam się Dirch Frode.

Mikael odruchowo zanotował nazwisko i dokładną godzinę.

– Jestem adwokatem i reprezentuję klienta, który bardzo chciałby z panem porozmawiać.

– Taa. Proszę poprosić swego klienta, żeby do mnie zadzwonił.

– Rzecz w tym, że on chciałby spotkać się z panem osobiście.

– Dobrze, proszę ustalić godzinę i przysłać go tutaj do redakcji. Ale pospieszcie się, właśnie opróżniam swoje biurko.

– Mój klient byłby wdzięczny, gdyby to pan pofatygował się do niego. Mieszka w Hedestad, trzy godziny stąd, pociągiem.

Mikael przerwał sortowanie papierów. Mass media potrafią zwabić największych obłąkańców, którzy dzwonią z niedorzecznymi informacjami. Wszystkie redakcje na całym świecie odbierają telefony od ufologów, grafologów, scjentologów, paranoików i zwolenników teorii spiskowych różnej maści.

Kiedyś słuchał pisarza, Karla Alvara Nilssona, który w lokalu ABF* wygłaszał odczyt z okazji rocznicy śmierci Olofa Palmego. Spotkanie było jak najbardziej poważne, na widowni siedział Lennart Bodström i inni starzy przyjaciele zamordowanego premiera. Ale znalazło się tam również zadziwiająco wielu detektywów amatorów. Jednym z nich była mniej więcej czterdziestoletnia kobieta, która dorwawszy się do mikrofonu w trakcie obowiązkowej części poświęconej pytaniom ściszyła głos do ledwie słyszalnego szeptu. Już samo to zwiastowało interesujący ciąg dalszy i nikogo nie zdziwiło stwierdzenie kobiety: *Wiem, kto zamordował Olofa Palmego.* Ze sceny poradzono jej, ciut ironicznie, żeby w takim razie udała się z tą wysoce dramatyczną wiedzą na policję. Odpowiedziała szybko, ciągle stłumionym szeptem: *Nie mogę, to zbyt niebezpieczne!*

---

* ABF – Arbetarnas Bildningsförbund. Robotnicze Stowarzyszenie Oświatowe (przyp. tłum.).

Mikael zastanawiał się, czy Dirch Frode jest jednym z tych uduchowionych głosicieli prawdy, którzy zamierzają opowiedzieć o tajnym szpitalu psychiatrycznym, w którym bezpieka eksperymentuje z kontrolowaniem mózgów.

– Nie odwiedzam ludzi w ich domach – odpowiedział zwięźle.

– W takim razie mam nadzieję, że będę w stanie pana namówić do zrobienia wyjątku. Mój klient ma ponad osiemdziesiąt lat i podróż do Sztokholmu byłaby dla niego dość wyczerpująca. Jeżeli będzie się pan upierał, to na pewno coś wymyślimy, ale prawdę mówiąc, lepiej byłoby, gdyby był pan uprzejmy...

– Kim jest pański klient?

– Osobą, z którą, podejrzewam, zetknął się pan w swojej pracy. Henrik Vanger.

Mikael odchylił się do tyłu, osłupiały. Oczywiście, że o nim słyszał. Potężny przemysłowiec, były dyrektor naczelny koncernu Vangera, który kiedyś traktowano jako synonim tartaków, lasów, kopalni, stali, przemysłu metalurgicznego i tekstylnego, produkcji i eksportu. Henrik Vanger swego czasu był jednym z największych. Znany był powszechnie jako rzetelny patriarcha starej daty, który nie ugina się przed wiatrem. Należał do starej szkoły dwudziestaków, którzy razem z Mattsem Carlgrenem z MoDo i Hansem Werthénem z Electroluksu tworzyli podstawy nowoczesnej szwedzkiej gospodarki.

Koncern Vangera, nie tracąc rodzinnego charakteru, w ciągu ostatnich dwudziestu pięciu lat padł ofiarą ulepszeń strukturalnych, kryzysów giełdowych, kryzysów na rynku kredytów, azjatyckiej konkurencji, kurczącego się eksportu oraz innych nieszczęść, które razem wzięte sprawiły, że dla firmy zabrakło miejsca w głównym nurcie. Obecnie prowadził ją Martin Vanger, którego pucołowata twarz i bujna czupryna od czasu do czasu migały Mikaelowi na ekranie telewizora, ale którego w ogóle nie znał. Henrik zniknął ze sceny jakieś dwadzieścia lat temu i Mikael nie miał pewności, czy w ogóle jeszcze żyje.

– Dlaczego chce się ze mną spotkać? – zadał to najbardziej oczywiste z pytań.

– Przykro mi. Jestem jego adwokatem od wielu lat, ale to on musi panu powiedzieć, o co chodzi. Mogę natomiast powiedzieć, że Henrik Vanger chciałby przedstawić panu ofertę pracy.

– Pracy? Nie mam najmniejszego zamiaru pracować dla koncernu Vangera. Potrzebujecie sekretarza prasowego?

– Nie, to nie ten rodzaj pracy. Nie wiem, jak się wyrazić... nie mogę powiedzieć więcej niż to, że mojemu klientowi bardzo zależy na spotkaniu z panem i konsultacji w prywatnej sprawie.

– Wyraża się pan nieprzyzwoicie dwuznacznie.

– Proszę mi to wybaczyć. Ale czy możliwe jest przekonanie pana do spotkania w Hedestad? Oczywiście pokryjemy koszty podróży i wypłacimy stosowne honorarium.

– Dzwoni pan w trochę nieodpowiedniej porze. Mam nawał pracy i... wychodzę z założenia, że widział pan, co o mnie pisano w ostatnich dniach.

– W sprawie Wennerströma? – Dirch Frode nagle zaśmiał się po drugiej stronie słuchawki. – Taaak, ta cała afera miała pewną wartość rozrywkową. Prawdę mówiąc, właśnie to poruszenie wywołane procesem spowodowało, że Vanger zwrócił na pana uwagę.

– Ach tak? A kiedy pan Vanger chciałby mnie widzieć?

– Tak szybko, jak to tylko możliwe. Jutro jest Wigilia, przypuszczam, że chciałby pan mieć wolne. A co powie pan o drugim dniu świąt? Albo po świętach, a przed sylwestrem?

– A więc bardzo mu się spieszy. Przykro mi, ale jeżeli nie otrzymam bliższej informacji o celu spotkania, to...

– Drogi panie, zapewniam, że zaproszenie jest jak najbardziej poważne. Henrik Vanger chce skontaktować się z panem i z nikim innym. Ja jestem tylko posłańcem. Sam musi wyjaśnić, o co dokładnie chodzi.

– Dawno nie odebrałem tak absurdalnego telefonu. Proszę mi dać trochę czasu do namysłu. Jak mogę się z panem skontaktować?

ODŁOŻYWSZY SŁUCHAWKĘ, Mikael siedział przez chwilę, przyglądając się rupieciom na biurku. Za żadne skarby nie mógł pojąć, dlaczego Vanger chce się z nim spotkać. Właściwie nie był szczególnie zainteresowany podróżą do Hedestad, ale adwokatowi Frodemu udało się wzbudzić jego ciekawość. Włączył komputer, wszedł na www.google.com i wpisał „firmy Vangera". Rezultatem wyszukiwania były setki stron. Koncern może wypadł z głównego nurtu zdarzeń, ale pojawiał się w mediach prawie codziennie. Mikael zapisał kilkanaście artykułów analizujących sytuację przedsiębiorstwa i zaczął szukać pod hasłami: Dirch Frode, Henrik Vanger i Martin Vanger.

Ten ostatni występował głównie w roli obecnego dyrektora naczelnego koncernu. Adwokat Frode nie wyróżniał się niczym szczególnym. Był członkiem zarządu klubu golfowego w Hedestad, wspomniano go też w artykule o Rotary. Nazwisko Henrika Vangera, z jednym tylko wyjątkiem, pojawiało się wyłącznie w tekstach dotyczących historii koncernu. Lokalna gazeta „Hedestads-Kuriren" dwa lata wcześniej poświęciła mu uwagę z okazji osiemdziesiątych urodzin, zamieszczając sylwetkę jubilata. Mikael wydrukował kilka zawierających sporą ilość informacji artykułów i włożył około pięćdziesięciu stron do osobnej teczki. Dokończywszy sprzątanie biurka i pakowanie kartonów, poszedł do domu. Nie wiedział, kiedy i czy w ogóle jeszcze wróci.

LISBETH SALANDER spędziła Wigilię w Upplands-Väsby, w domu opieki dla przewlekle chorych. Kupiła kilka drobiazgów, wodę toaletową Diora i świąteczne ciasto.

Pijąc kawę, obserwowała czterdziestoszescioletnią kobietę niezdarnie usiłującą rozsupłać węzeł świątecznej paczuszki. W oczach Salander przebłyskiwała czułość, ale ani przez chwilę nie mogła wyjść ze zdumienia, że siedząca przed nią kobieta to jej matka. Mimo usilnych prób nie udało się jej nigdy znaleźć choćby najmniejszego podobieństwa, ani w wyglądzie, ani w charakterze.

Matka w końcu zaprzestała starań i spoglądała bezsilnie na zapakowany prezent. To nie był jej najlepszy dzień. Lisbeth przysunęła bliżej nożyczki, które cały czas leżały na stole. Twarz kobiety rozjaśniła się, jakby nagle obudziła się z letargu.

– Myślisz, że jestem głupia.

– Nie, mamo. Nie jesteś głupia. Ale życie jest niesprawiedliwe.

– Spotkałaś się z siostrą?

– Dawno się nie widziałyśmy.

– Nigdy mnie nie odwiedza.

– Wiem, mamo. Mnie też nie odwiedza.

– Pracujesz?

– Tak, mamo. Daję sobie radę.

– Gdzie mieszkasz? Nawet nie wiem, gdzie mieszkasz.

– W twoim mieszkaniu na Lundagatan. Mieszkam tam już od kilku lat. Przejęłam prawo własności.

– Może cię odwiedzę latem.

– Jasne, latem, jak najbardziej.

Kobieta w końcu otworzyła paczuszkę i napawała się zapachem perfum.

– Dziękuję ci, Camillo!

– Lisbeth. Mam na imię Lisbeth. Camilla to moja siostra.

Matka wyglądała na zażenowaną. Córka zaproponowała, żeby przeszły do pokoju telewizyjnego.

W WIGILIJNE POPOŁUDNIE o piętnastej, kiedy wszyscy Szwedzi siedzą przed telewizorami, oglądając tradycyjny program z Kaczorem Donaldem, Mikael Blomkvist odwiedził swoją córkę, mieszkającą u byłej żony i jej drugiego męża. Przedyskutowawszy wcześniej sprawę z Monicą, sprawił Pernilli dość drogi prezent gwiazdkowy – najnowszy model iPoda. Odtwarzacz, niewiele większy od pudełka zapałek, mógł zmieścić całą, dość pokaźną płytotekę nastolatki.

Ojciec i córka spędzili razem godzinę, siedząc w pokoju na poddaszu willi w Sollentunie. Mikael i Monica rozwiedli się, gdy Pernilla miała zaledwie pięć lat. Dwa lata później pojawił się w jej życiu nowy ojciec. Nieprawdą było, że Mikael unikał kontaktu. Pernilla odwiedzała go mniej więcej raz w miesiącu, spędzała też tydzień wakacji w domku letniskowym w Sandhamn. Nieprawdą było też, że Monica próbowała udaremnić ich spotkania albo że Pernilli nie odpowiadało towarzystwo ojca. Wręcz przeciwnie – z reguły dogadywali się bez problemów. Mikael zostawił córce wolną rękę i to ona decydowała, jak często ma ochotę na spotkania z ojcem, szczególnie po ponownym zamążpójściu matki. Gdy zaczęła dorastać, przez dłuższy czas nie widywali się prawie wcale, ale od dwóch lat nalegała na częste spotkania.

Śledziła uważnie proces, święcie przekonana o racji ojca, który zapewniał ją, że jest niewinny, tylko w tej chwili nie może tego udowodnić.

Opowiedziała mu o chłopaku z równoległej klasy i zaskoczyła wyznaniem, że została członkinią pewnego kościoła i że uważa się za wierzącą. Zrezygnował z komentarzy.

Nie przyjął propozycji poczęstunku, ponieważ już wcześniej obiecał siostrze wspólną Wigilię z jej rodziną w rezerwacie japiszonów niedaleko Stäket.

Rano dostał też zaproszenie od Eriki i jej męża na bożonarodzeniową wizytę w Saltsjöbaden. Odmówił, tym razem przeświadczony o istnieniu granicy, za którą kończy się pozytywne nastawienie Gregera Beckmana do trójkątów. Nie miał ochoty sprawdzać, którędy owa granica przebiega. Erika nalegała, podkreślając, że propozycja wyszła właśnie od jej męża, i droczyła się z Mikaelem, zarzucając mu brak odwagi, aby wejść w prawdziwy trójkąt. Odparł atak ze śmiechem; wiedział bowiem, że prowokacja Eriki, świadomej jego zatwardziałej heteroseksualności, to tylko żart. Tym samym wytrwał w niezłomnym postanowieniu, że nie spędzi świąt z mężem swojej kochanki.

Zapukał do drzwi siostry, Anniki Giannini, właśnie wtedy, gdy jej pochodzący z Włoch mąż, dwoje dzieci i cały pluton rodziny ze strony męża zaczęli rozkrawać świąteczną szynkę. Podczas kolacji odpowiadał na pytania o proces, otrzymując w zamian życzliwe, ale kompletnie bezsensowne rady. Tylko Annika nie komentowała wyroku, być może dlatego, że była jedynym adwokatem w towarzystwie. Studia prawnicze poszły jej jak po maśle, przez kilka lat pracowała jako notariusz sądowy i zastępca prokuratora, by w końcu z kilkoma przyjaciółmi otworzyć kancelarię adwokacką na Kungsholmen. Specjalizowała się w prawie rodzinnym i zanim Mikael zrozumiał, jak do tego doszło, jego młodsza siostra zaczęła pojawiać się gazetach i telewizyjnych debatach panelowych jako znana feministka i adwokatka zajmująca się prawami kobiet. Często reprezentowała kobiety zagrożone albo prześladowane przez mężów lub byłych partnerów.

Kiedy pomagał jej nakrywać do deseru, położyła mu rękę na ramieniu, pytając, jak się czuje.

– Jak jedno wielkie gówno – odpowiedział.

– Następnym razem zainwestuj w dobrego adwokata.

– Nie pomógłby mi żaden, nawet najlepszy adwokat.

– A co się właściwie stało?

– Zajmiemy się tym innym razem, dobrze, siostrzyczko?

Zanim wyszli do gości z kawą i świątecznym ciastem, objęła go i pocałowała w policzek.

Około siódmej przeprosił wszystkich i zapytał, czy może skorzystać z telefonu w kuchni. Zadzwonił do Dircha Frodego.

– Wesołych świąt! – przywitał go adwokat. W tle słychać było gwar głosów. – Zdecydował się pan?

– Chwilowo nie mam w planach nic innego, a panu udało się obudzić moją ciekawość. Przyjadę w drugi dzień świąt, jeżeli to panom odpowiada

– Świetnie. Świetnie. Gdyby pan wiedział, jak bardzo mnie to cieszy! Przepraszam, mam tutaj dzieci, wnuków, prawie nie słyszę, co pan mówi. Mogę zadzwonić jutro, by umówić się na konkretną godzinę?

MIKAEL POŻAŁOWAŁ swojej decyzji, zanim wieczór dobiegł końca, ale wycofanie się z niej wydawało mu się jeszcze bardziej skomplikowane i dlatego w drugi dzień Bożego Narodzenia wsiadł do pociągu jadącego na północ. Miał prawo jazdy, ale nigdy nie zadbał o to, żeby sprawić sobie samochód.

Frode miał rację, to nie była długa podróż. Za Uppsalą zaczął się sznur przemysłowych miasteczek leżących wzdłuż wybrzeża Norlandii. Hedestad było jednym z mniejszych, godzinę drogi na północ od Gävle.

W nocy napadało bardzo dużo śniegu, ale rano niebo się wypogodziło i wysiadającego z pociągu Mikaela uderzyło przejrzyste i lodowate powietrze. Od razu zrozumiał, że ma nieodpowiednie do pogody ubranie. Dirch Frode przywitał go z dobrodusznym uśmiechem na peronie i szybko poprowadził do nagrzanego mercedesa. W miasteczku trwało intensywne odśnieżanie. Frode manewrował ostrożnie między usypanymi przez pługi zwałami śniegu. Białe masy tworzyły dramatyczny kontrast z szarym Sztokholmem, jak gdyby pochodziły z innego świata. A przecież znajdowali się zaledwie trzy godziny jazdy pociągiem od stołecznego placu Sergels torg. Mikael spoglądał ukradkiem na kierowcę;

kanciasta twarz, dość rzadkie, przystrzyżone na jeża siwe włosy, grube szkła na wydatnym nosie.

– Pierwszy raz w Hedestad? – zapytał Frode.

Mikael skinął głową.

– Stare, przemysłowe miasto z portem. Niewielkie, tylko dwadzieścia cztery tysiące mieszkańców. Ale ludzie mają się tu dobrze. Henrik mieszka na Hedeby, przy południowym wjeździe do miasta.

– Pan też tutaj mieszka?

– Tak się złożyło. Urodziłem się w Skanii, ale zaraz po dyplomie, w 1962 roku, zacząłem pracować u Henrika Vangera jako radca handlowy. Z czasem zostaliśmy przyjaciółmi. Teraz jestem w zasadzie na emeryturze, Henrik to mój jedyny klient. On też od dawna wiedzie żywot emeryta, więc nie korzysta zbyt często z moich usług.

– No, chyba że chodzi o wyłuskiwanie dziennikarzy o nadszarpniętej reputacji.

– Niech pan nie lekceważy siebie samego. Nie jest pan jedyną osobą, która przegrała pojedynek z Hansem-Erikiem Wennerströmem.

Mikael znów zerknął na Frodego, niepewny znaczenia ostatniego zdania.

– Czy to zaproszenie ma z nim coś wspólnego? – zapytał.

– Nie. Ale Henrik Vanger nie należy raczej do kręgu przyjaciół Wennerströma i z zainteresowaniem śledził przebieg procesu. Chce się z panem spotkać w zupełnie innej sprawie.

– O której nie chce mi pan nic powiedzieć.

– Której opowiedzenie nie leży w mojej gestii. Przygotowaliśmy dla pana nocleg u Henrika. Jeżeli to panu nie odpowiada, zarezerwujemy pokój w hotelu, w centrum miasta.

– Zobaczymy, może po prostu wrócę wieczornym pociągiem do Sztokholmu.

Wjazd na Hedeby nie był jeszcze odśnieżony, Frode brnął mozolnie przez zamarznięte koleiny. Zbliżali się do drewnianej zabudowy, charakterystycznej dla osad przyfabrycznych. Dookoła powyrastały nowocześniejsze i większe wille. Miejscowość zaczynała się na stałym lądzie, a kończyła się za przerzuconym nad wodą mostem, na pagórkowatej wyspie. Na lądzie, u podstawy mostu, stał niewielki kościółek z białego kamienia, a po przeciwnej stronie jarzył się staroświecki neon: Kawiarnia i Piekarnia Susanny. Frode przejechał jeszcze sto metrów, skręcił w lewo na świeżo odśnieżony dziedziniec i zatrzymał się przed murowanym budynkiem. Zbyt małym, by można go było określić mianem dworu, ale zdecydowanie większym niż pozostałe zabudowania, co zdradzało rezydencję gospodarza.

– Oto posiadłość Vangerów – powiedział Frode. – Dawniej panował tu zgiełk i ruch, dzisiaj mieszka tutaj tylko Henrik i jego gospodyni. Jest za to mnóstwo pokoi gościnnych.

Wysiedli z samochodu. Adwokat wskazał ręką w kierunku północnym.

– Tradycyjnie zwykł tutaj mieszkać szef koncernu, ale Martin Vanger chciał czegoś nowocześniejszego i wybudował dom na samym końcu cypla.

Mikael rozglądał się dokoła, zastanawiając się, z jakich szalonych pobudek przystał na propozycję adwokata. Postanowił, że w miarę możliwości postara się wrócić do domu jeszcze dzisiaj wieczorem. Zanim zdążyli wejść po kamiennych schodach, otworzyły się drzwi. Mikael bez problemu rozpoznał Henrika Vangera, którego fotografie widział w Internecie.

Na zdjęciach był młodszy, ale i teraz wyglądał zadziwiająco krzepko jak na swoje osiemdziesiąt dwa lata. Szczupłe i żylaste ciało przykuwało uwagę, podobnie jak gęste, zaczesane do tyłu siwe włosy. Zdecydowanie nie miał skłonności do łysienia. Miał na sobie odprasowane ciemne spodnie, białą koszulę i podniszczony brązowy sweter. Surową, ogorzałą twarz zdobiły starannie przystrzyżone wąsy i cienkie szkła w stalowych oprawkach.

– Henrik Vanger, to ja. Dziękuję, że zechciał pan do mnie przyjechać.

– Dzień dobry. Przekazał mi pan bardzo zaskakujące zaproszenie.

– Wejdźcie do środka, do ciepła. Przygotowałem pokój gościnny, potrzebuje się pan odświeżyć? Obiad zjemy trochę później. A to Anna Nygren, która mnie tutaj dogląda.

Mikael uścisnął pospiesznie dłoń niewysokiej, sześćdziesięcioletniej kobiety, która wzięła od niego płaszcz i powiesiła w szafie. Zaproponowała mu pantofle, jako że ciągnęło od podłogi.

Podziękował i zwrócił się do gospodarza.

– Nie jestem pewien, czy zostanę do obiadu. To zależy trochę od tego, na czym polega ta zabawa.

Gospodarz wymienił szybkie, porozumiewawcze spojrzenie ze swoim adwokatem. Mikael nie potrafił jednak odczytać jego sensu.

– To ja skorzystam ze sposobności, żeby się pożegnać – powiedział Frode. – Muszę wracać i ujarzmić wnuki, zanim rozniosą cały dom. Mieszkam na prawo, po drugiej stronie mostu – wyjaśnił, zwracając się do Mikaela. – To tylko pięć minut na piechotę, poniżej cukierni, trzeci dom w stronę wody. A jeżeli okażę się potrzebny, to wystarczy zadzwonić.

Mikael wykorzystał okazję i wsunąwszy rękę do kieszeni marynarki, włączył miniaturowy magnetofon. *Objaw paranoi?* Nie miał pojęcia, czego chce od niego Vanger, ale po awanturze z Wennerströmem postanowił dokumentować wszystkie osobliwe wydarzenia, w których brał udział, a to nagłe zaproszenie do Hedestad niewątpliwie należało do rzeczonej kategorii.

Były przemysłowiec poklepał Dircha po ramieniu w pożegnalnym geście, zamknął za nim drzwi i dopiero wtedy zajął się na gościem.

– W takim razie może zacznę prosto z mostu. To nie jest żadna zabawa. Chcę z panem pomówić, ale to, co mam do powiedzenia, wymaga dłuższej rozmowy. Proszę mnie wysłuchać, a później podjąć decyzję. Jest pan dziennikarzem i chcę zwrócić się do pana ze zleceniem. Anna przygotowała małą przekąskę w pracowni na piętrze.

MIKAEL PODĄŻYŁ wskazaną drogą. Weszli do podłużnego, obszernego pokoju w szczytowej części domu. Jedną ze ścian zajmował dziesięciometrowy regał, od podłogi do sufitu wypełniony niesamowitą mieszanką beletrystyki, biografii, skoroszytów A4 oraz książek na temat handlu i przemysłu. Nie zostały ułożone według jakiegoś oczywistego klucza, ale wyglądały na używane i Mikael wywnioskował, że Henrik Vanger jest człowiekiem czytającym. Po przeciwnej stronie stało ogromne dębowe biurko; siedziało się przy nim z twarzą zwróconą do pokoju. Na ścianie w pedantycznie równych rzędach wisiały ramki z zasuszonymi roślinami.

Okno szczytowe i stojące obok sofa i fotele stanowiły świetny punkt obserwacyjny z widokiem na most i kościół. Tam właśnie Anna ustawiła filiżanki, talerzyki, termos oraz drożdżówki i ciasteczka domowej roboty.

Mikael zignorował zapraszający gest Vangera. Udając, że go nie zauważył, obszedł pokój, z zainteresowaniem oglądając najpierw półki regału, a później ścianę z osobliwymi obrazkami. Biurko było starannie wysprzątane. Leżało na nim tylko kilka zebranych w stosik kartek. Na krawędzi stała oprawiona fotografia młodej ciemnowłosej dziewczyny. Piękność o psotnym spojrzeniu, *młoda dama, która zaczyna być groźna*, pomyślał Mikael. Zdjęcie było z pewnością portretem konfirmacyjnym. Barwy zdążyły wyblaknąć, widocznie stało tu od wielu lat. Nagle Mikael uświadomił sobie, że gospodarz go obserwuje.

– Pamięta ją pan?

– Czy pamiętam? – Mikael uniósł brwi.

– Tak, spotkał ją pan kiedyś. Zresztą był pan też wcześniej w tym pokoju.

Mikael rozejrzał się jeszcze raz i pokręcił głową.

– Nie, no oczywiście, jak mógłby pan pamiętać... Znałem pańskiego ojca. Wielokrotnie zwracałem się do niego o pomoc, w latach pięćdziesiątych i sześćdziesiątych pracował tutaj jako technik i monter urządzeń przemysłowych. Zdolny człowiek. Próbowałem go przekonać, żeby poszedł na studia i został inżynierem. A pan spędził tutaj całe lato w 1963 roku, wymienialiśmy wtedy park maszynowy w zakładach papierniczych w Hedestad. Trudno było znaleźć lokum dla całej rodziny, więc rozwiązaliśmy problem w ten sposób, że zamieszkaliście w tym drewnianym domku po drugiej stronie drogi. Widać go stąd przez okno.

Henrik Vanger podszedł do biurka i podniósł fotografię.

– A to jest Harriet Vanger, wnuczka mojego brata Richarda. W tamte wakacje pilnowała pana niejeden raz. Miał pan ponad dwa lata. Albo może już skończył trzy? Nie pamiętam. Ona miała trzynaście.

– Proszę mi wybaczyć, ale nie mam ani jednego wspomnienia z tych wakacji.

Mikael nie był do końca przekonany, że mężczyzna mówi prawdę.

– Rozumiem. Ale ja pana naprawdę pamiętam. Biegał pan tutaj po całym gospodarstwie, a Harriet za panem. Słyszałem pański krzyk za każdym razem, gdy się pan wywracał. Pamiętam, że przy jakiejś okazji podarowałem panu zabawkę. Żółty metalowy traktor, którym sam bawiłem się jako dziecko. Szalenie się panu podobał, myślę, że z powodu koloru.

Mikael nagle poczuł w środku falę zimna.

Tak, oczywiście, że pamiętał ten żółty traktor. Gdy był już o wiele starszym chłopcem, postawił go jako ozdobę na półce w swoim pokoju.

– Przypomina pan sobie? Pamięta pan tę zabawkę?

– Pamiętam. I mam nadzieję, że ta wiadomość pana ucieszy... traktor w dalszym ciągu istnieje, w Muzeum Zabawek przy Mariatorget w Sztokholmie. Podarowałem go im, gdy jakieś dziesięć lat temu poszukiwali autentycznych starych eksponatów.

– Naprawdę? – Gospodarz zaśmiał się radośnie. – Niech tylko znajdę...

Starzec podszedł do regału i z dolnej półki wyciągnął album ze zdjęciami. Schylanie najwidoczniej przychodziło mu z trudnością, musiał przytrzymać się mebla, by wyprostować plecy. Ciągle przerzucając kartki z fotografiami, gestem dłoni poprosił gościa, by usiadł na kanapie. Dokładnie wiedział, czego szuka i już po chwili położył album na stoliku, wskazując czarno-białe, amatorskie zdjęcie, w którego dolnym rogu widniał cień fotografa. Na pierwszym planie stał kilkuletni jasnowłosy chłopiec w krótkich spodenkach. Z zakłopotaną, a może odrobinę bojaźliwą miną patrzył prosto w obiektyw.

– To pan, właśnie tamtego lata. Na drugim planie w fotelach ogrodowych siedzą pańscy rodzice. Mama zasłania trochę Harriet, a ten chłopak na lewo od pana ojca to brat Harriet, Martin Vanger, dziś szef całego koncernu.

Mikael bez trudu rozpoznał rodziców. Mama miała pokaźny brzuszek, a więc jego siostra była już w drodze. Przyglądał się zdjęciu z mieszanymi uczuciami, podczas gdy gospodarz nalewał do filiżanek kawę.

– Wiem, że ojciec nie żyje. A matka? – zapytał, przysuwając półmisek z drożdżówkami.

– Też nie. Zmarła trzy lata temu.

– Bardzo dobrze ją pamiętam. Była sympatyczną kobietą.

– Ale przecież nie poprosił mnie pan o spotkanie tylko po to, żeby powspominać moich rodziców?

– Racja. Przygotowywałem się do tej opowieści kilka dni, ale teraz, kiedy pan w końcu przede mną siedzi, nie wiem doprawdy, od czego zacząć. Wychodzę z założenia, że co nieco pan o mnie przeczytał. Powinien więc pan wiedzieć, że swojego czasu miałem spory wpływ na szwedzki przemysł i rynek pracy. Dzisiaj jestem starcem, który prawdopodobnie niedługo umrze i... może właśnie śmierć jest odpowiednim punktem wyjścia do naszej rozmowy.

Mikael wypił łyk czarnej kawy – *gotowanej kawy* – zastanawiając się, dokąd zmierza opowieść Vangera.

– Pobolewa mnie biodro i trudno mi zażywać długich spacerów. Pewnego dnia sam pan odkryje, jak wątleją siły starych mężczyzn. Ale nie jestem ani umierający, ani dotknięty demencją. Nie opętała mnie więc myśl o śmierci, ale mam wystarczająco wiele lat, żeby zaakceptować fakt, że moje życie dobiega kresu. Nadchodzi taki moment, kiedy chce się wszystko podsumować, dokończyć to, co niedokończone. Rozumie pan, co mam na myśli?

Mikael skinął głową. Starzec mówił mocnym i pewnym głosem, nic nie wskazywało na obniżenie sprawności umysłowej czy niezdolność do racjonalnego myślenia.

– Najbardziej ciekawi mnie, po co tutaj przyjechałem – przypomniał.

– Poprosiłem pana o przyjazd, ponieważ potrzebuję pomocy przy podsumowaniu, o którym wspomniałem. Mam kilka niewyjaśnionych spraw.

– Dlaczego właśnie mnie? To znaczy... na jakiej podstawie sądzi pan, że właśnie ja jestem w stanie panu pomóc?

– Dlatego, że właśnie gdy zacząłem się zastanawiać nad zatrudnieniem kogoś, wypłynęło pańskie nazwisko w związku z aferą Wennerströma. Wiedziałem, kim pan jest. I może dlatego, że jako małe chłopię siedział pan u mnie na kolanach.

Zamachał ręką w odmownym geście.

– Nie, niech mnie pan źle nie zrozumie – kontynuował.
– Nie liczę na to, że pomoże mi pan z sentymentalnych

względów. Wyjaśniam tylko, dlaczego skontaktowałem się właśnie z panem.

Mikael zaśmiał się życzliwie.

– No, ale to są kolana, których ja wcale a wcale nie pamiętam. Ale skąd pan wiedział, kim jestem? Przecież te wakacje były na początku lat sześćdziesiątych.

– Przepraszam, nie zrozumiał mnie pan. Gdy pański tato dostał pracę jako szef warsztatu w Zarinders Mekaniska, przeprowadziliście się do Sztokholmu. Firma była jedną z wielu wchodzących w skład koncernu Vangera i to ja załatwiłem mu tę posadę. Nie miał wykształcenia, ale wiedziałem, co potrafi. W ciągu kolejnych lat spotkałem się z nim wielokrotnie, gdy przyjeżdżałem do przedsiębiorstwa w interesach. Nie byliśmy bliskimi przyjaciółmi, ale zawsze zatrzymywaliśmy się na krótką pogawędkę. Ostatni raz spotkałem go na rok przed jego śmiercią i opowiadał wtedy, że dostał się pan na studia dziennikarskie. Był niesamowicie dumny. A wkrótce stał się pan sławny w związku z tą szajką włamywaczy, Kalle Blomkvist i tak dalej. Śledziłem pańskie teksty przez całe lata. I faktem jest, że dość często czytam „Millennium".

– OK, rozumiem. Ale tak dokładnie, czego pan ode mnie oczekuje?

HENRIK VANGER przez krótką chwilę spoglądał na swoje dłonie, a później przełknął kilka łyków kawy, jak gdyby potrzebował przerwy, zanim przejdzie do właściwego tematu.

– Panie Mikaelu, zanim zacznę, chciałbym zawrzeć z panem porozumienie. Chcę, żeby zrobił pan dla mnie dwie rzeczy, z których pierwsza jest tylko pretekstem. Prawdziwe zlecenie to ta druga rzecz.

– Co to za porozumienie?

– Przedstawię panu historię w dwóch częściach. Pierwsza traktuje o rodzinie Vangerów. To pretekst, a zarazem długa i mroczna opowieść. Spróbuję trzymać się jej nieupiększonej wersji. Druga część dotyczy właściwego zadania. Boję się, że potraktuje pan to wszystko jak... szaleństwo. Czego chcę? Chcę, żeby pan wysłuchał historii do końca – łącznie z tym, czego od pana oczekuję i co mam panu do zaoferowania – zanim zdecyduje pan, czy przyjąć zlecenie, czy nie.

Mikael westchnął. Vanger najwyraźniej nie miał zamiaru powiedzieć krótko i zwięźle, o co mu chodzi i dać mu szansy na powrót popołudniowym pociągiem. A gdyby zadzwonił do Frodego, prosząc go o podwiezienie na dworzec, usłyszałby pewnie, że samochód nie chce zapalić na mrozie.

Ten stary człowiek musiał poświęcić sporo czasu na wymyślenie scenariusza, według którego usidlił swojego gościa. Mikael nie mógł pozbyć się wrażenia, że od momentu jego wejścia do pracowni wszystko było wyreżyserowanym spektaklem. Zaskoczenie, gdy dowiedział się, że jako dziecko spotkał Vangera, zdjęcie rodziców w albumie, podkreślanie ciepłych stosunków między Henrikiem i ojcem, schlebiające słowa o tym, że wiedział, kim jest Mikael i że przez lata śledził jego karierę... Wszystko zawierało jakąś dozę prawdy, ale było też zwykłą psychologią. Innymi słowy Henrik Vanger zachowywał się jak dobry manipulator z wieloletnim doświadczeniem w kontaktach ze znacznie trudniejszymi przeciwnikami, spotykanymi w zamkniętych pokojach na posiedzeniach zarządu. Nieprzypadkowo został jednym z ważniejszych przemysłowców w Szwecji.

Mikael doszedł do wniosku, że Vanger będzie nalegał na coś, na co Mikael kompletnie nie ma ochoty. Pozostało jedynie wykombinować, czym jest owo coś, a następnie odmówić. I być może zdążyć na popołudniowy pociąg.

– *Sorry, no deal* – odpowiedział, spoglądając na zegarek. – Jestem tutaj od dwudziestu minut. Daję panu dokładnie trzydzieści minut na opowiedzenie tego, co chce mi pan opowiedzieć. Później dzwonię po taksówkę i jadę do domu.

Na moment Vanger wypadł z roli dobrodusznego patriarchy i nagle Mikael zobaczył bezwzględnego przemysłowca w sile wieku, który poniósł porażkę albo który musi sobie poradzić z krnąbrnym młodzikiem w zarządzie. Bardzo szybko jego usta ponownie wykrzywiły się w surowym uśmiechu.

– Rozumiem.

– To wszystko jest niezmiernie proste. Nie musi pan owijać w bawełnę. Proszę tylko powiedzieć, czego pan oczekuje, żebym mógł osądzić, czy chcę to zrobić, czy nie.

– Jeżeli nie potrafię przekonać pana w ciągu trzydziestu minut, to nie uda mi się tego dokonać nawet w trzydzieści dni, o to panu chodzi?

– Coś w tym stylu.

– Ale moja historia jest długa i skomplikowana.

– To trzeba ją skrócić i uprościć. Właśnie tym się zajmujemy w dziennikarstwie. Dwadzieścia dziewięć minut.

Vanger podniósł rękę.

– Wystarczy. Zrozumiałem puentę. Ale przesada nie jest dobra z psychologicznego punktu widzenia. Potrzebuję wewnętrznie spójnej osoby, która potrafi dociekać i myśleć krytycznie. Uważam, że jest pan taką osobą i nie mówię tego, żeby panu schlebić. Na zdrowy rozum każdy dobry dziennikarz powinien posiadać te cechy. Czytałem pańską książkę *Jeźdźcy templariuszy* z ogromnym zainteresowaniem. To prawda, wybrałem pana dlatego, że znałem pańskiego ojca, i dlatego, że wiedziałem, kim pan jest. O ile dobrze zrozumiałem, wyrzucono pana z „Millennium" albo przynajmniej opuścił je pan na własne żądanie. A to oznacza, że chwilowo nie jest pan nigdzie zatrudniony i nie trzeba być szczególnie uzdolnionym, by domyślić się, że prawdopodobnie jest pan w finansowych tarapatach.

– A pan może wykorzystać moją nieciekawą sytuację, o to chodzi?

– Możliwe. Mikael... właśnie, czy możemy przejść na ty? Nie zamierzam ani kłamać, ani wyszukiwać fałszywych pretekstów. Jestem na to za stary. Jeżeli nie spodoba ci się moja opowieść, to odeślij mnie do diabła. Wtedy postaram się znaleźć kogoś innego.

– Okej. Na czym ma polegać ta praca?

– Jak dużo wiesz o rodzinie Vangerów?

Mikael rozłożył ręce.

– No, mniej więcej tyle, ile zdążyłem przeczytać w sieci po poniedziałkowym telefonie Frodego. Za twoich czasów koncern Vangera był jednym z najważniejszych koncernów przemysłowych, dzisiaj znacznie zredukowany. Martin Vanger jest dyrektorem naczelnym. Wiem jeszcze trochę innych rzeczy, ale do czego zmierzasz?

– Martin jest... dobrym człowiekiem, ale to w gruncie rzeczy zawodnik wagi lekkiej. Zdecydowanie niewystarczający jako szef przedsiębiorstwa dotkniętego kryzysem. Chce modernizować i specjalizować – co samo w sobie jest świetnym pomysłem – ale trudno mu przeforsować swoje koncepcje, a jeszcze trudniej poradzić sobie z ich finansowaniem. Dwadzieścia pięć lat temu Vanger był poważnym konkurentem dla Wallenberga. Mieliśmy w Szwecji około czterdziestu tysięcy pracowników. Dawaliśmy ludziom zatrudnienie, dostarczaliśmy krajowi spore dochody. Dzisiaj te wszystkie stanowiska pracy znajdują się w Korei albo Brazylii. Obecnie zatrudniamy ponad dziesięć tysięcy, ale za rok albo dwa – o ile Martin nie złapie wiatru w żagle – zejdziemy może do pięciu tysięcy pracowników, głównie w niewielkich zakładach wytwórczych. Innymi słowy przedsiębiorstwa Vangera lądują na śmietniku historii.

Mikael potwierdził skinieniem głowy. Relacja Vangera zgadzała się z tym, do czego doszedł sam po kilkunastu minutach przed komputerem.

– Przedsiębiorstwa Vangera stanowią w dalszym ciągu jedną z niewielu prawdziwych firm rodzinnych. Ponad trzydziestu członków rodziny jest mniejszościowymi współwłaścicielami, oczywiście w mniejszym lub większym stopniu. To było zawsze siłą koncernu, ale też naszą największą słabością.

Zawiesił głos, by po chwili kontynuować z emfazą.

– Możesz mnie później zasypać pytaniami, ale chciałbym, żebyś uwierzył mi na słowo. Nie cierpię swojej rodziny, która prawie w całości składa się z rabusiów, dusigroszy, despotów i nicponiów. Jako szef koncernu przez trzydzieści pięć lat byłem wplątany w nieustanne konflikty z krewnymi. To oni, członkowie mojej rodziny, a nie konkurencyjne firmy czy państwo byli moimi najbardziej zagorzałymi wrogami.

Znów zrobił krótką pauzę.

– Powiedziałem, że chcę cię zatrudnić do wykonania dwóch zadań. Chciałbym, żebyś napisał historię rodziny Vangerów. Dla ułatwienia moglibyśmy ją nazwać moją biografią. To nie będzie streszczanie żywotów świętych, tylko historia o nienawiści, rodzinnych konfliktach i bezdennej zachłanności. Oddam ci do dyspozycji wszystkie moje dzienniki i archiwa. Będziesz miał wolny dostęp do moich najskrytszych myśli i wolno ci będzie opublikować cały ten bajzel bez żadnych ograniczeń. Mam wrażenie, że w porównaniu z tym wszystkim, co tu znajdziesz, dramaty Szekspira wydadzą ci się lekką rozrywką dla grzecznych dzieci.

– Dlaczego?

– Dlaczego chcę opublikować skandalizującą historię rodziny Vangerów? Czy z jakich powodów proszę ciebie o napisanie tej historii?

– Jedno i drugie.

– Szczerze mówiąc, nie obchodzi mnie to, czy książka zostanie wydana, czy nie. Ale uważam, że powinna zostać napisana, chociażby tylko w jednym egzemplarzu, który zostawisz od razu w Bibliotece Królewskiej. Chcę, żeby przyszłe pokolenia miały dostęp do tej historii. Motyw mojego postępowania jest najprostszy z możliwych: zemsta.

– Na kim chcesz się zemścić?

– Nie musisz mi dawać wiary, ale próbowałem być uczciwym człowiekiem, nawet jako kapitalista i przymysłowiec. Jestem dumny z tego, że moje imię kojarzy się z człowiekiem, który dotrzymuje słowa i nie łamie obietnic. Nigdy nie zajmowały mnie polityczne intrygi. Nigdy nie miałem kłopotów, negocjując ze związkami zawodowymi. Nawet Tage Erlander* w swoim czasie żywił dla mnie szacunek. Dla mnie to była kwestia etyki, czułem się odpowiedzialny za zapewnienie chleba tysiącom ludzi i otaczałem pracowników troską. Zabawne, Martin ma to samo podejście, chociaż jest zupełnie innym typem człowieka. On też próbował iść słuszną drogą. Może nie zawsze nam się udawało, ale tak ogólnie rzecz biorąc, niewiele jest rzeczy, których się wstydzę. Niestety Martin i ja stanowimy w naszej rodzinie wyjątek – kontynuował. – Przedsiębiorstwa Vangera są dzisiaj na skraju ruiny z wielu powodów, ale jednym z najważniejszych jest krótkowzroczna pazerność, którą wykazuje wielu moich krewnych. Jeżeli podejmiesz się zadania, wytłumaczę ci dokładnie, co wyrabiali, zatapiając cały koncern.

Mikael zastanawiał się przez chwilę.

– W porządku. Ja też będę szczery. Napisanie takiej książki zajęłoby mi miesiące. Nie mam na to ani siły, ani ochoty.

– Myślę, że mogę cię przekonać.

– Wątpię. Ale wspomniałeś o dwóch zadaniach, których miałbym się podjąć. Pierwsze to tylko pretekst. Jaki jest twój prawdziwy cel?

* Tage Erlander – polityk szwedzki, w latach 1946–1969 premier i przewodniczący Szwedzkiej Socjaldemokratycznej Partii Robotniczej (przyp. tłum.).

HENRIK VANGER, podniósłszy się z mozołem, wziął z biurka fotografię Harriet i postawił ją przed Mikaelem.

– Chciałbym zatrudnić właśnie ciebie, bo zależy mi na biografii, w której przedstawisz postacie z dziennikarskiego punktu widzenia. A przy okazji będziesz miał pretekst do grzebania w historii rodziny. Bo tak naprawdę chcę, żebyś rozwiązał pewną zagadkę. To jest twoje zadanie.

– Zagadkę?

– Harriet to wnuczka mojego brata. Było nas pięciu. Richard, najstarszy, urodził się w 1907 roku. Ja jestem najmłodszy, rocznik dwudziesty. Nie rozumiem, jak Bóg mógł dopuścić do tego, żeby ta gromadka dzieci...

Przez moment sprawiał wrażenie człowieka, który straciwszy wątek, zagłębił się w myślach. Ale już po chwili zwrócił się do rozmówcy z nową stanowczością w głosie.

– Pozwól, że opowiem o moim bracie Richardzie. Potraktuj to też jako próbkę historii rodzinnej, na której spisanie nalegam.

Dolał sobie kawy i zaproponował jeszcze jedną filiżankę Mikaelowi.

– W 1924 roku siedemnastoletni Richard, fanatyczny nacjonalista nienawidzący Żydów, przyłączył się do Szwedzkiego Narodowosocjalistycznego Związku Wolnościowego, jednego z pierwszych szwedzkich stowarzyszeń nazistowskich. Czy to nie fascynujące, że nazistom zawsze udawało się umieścić w swojej propagandzie słowo „wolność"?

Wyjął z półki jeszcze jeden album i poszukał odpowiedniej strony.

– Tutaj jest Richard w towarzystwie weterynarza Birgera Furugårda, który wkrótce stanął na czele tak zwanego ruchu Furugårda, dużej grupy nazistowskiej z początku lat trzydziestych. Ale Richard nie zabawił u niego zbyt długo. Już rok później został członkiem SFKO, Szwedzkiej Faszystowskiej Organizacji Bojowej. Poznał tam Pera Engdahla i inne osoby, które z czasem miały stać się hańbą narodu.

Przerzucił kolejną kartkę. Richard Vanger w mundurze.

– W 1927 roku zaciągnął się do wojska, mimo sprzeciwu ojca. W latach trzydziestych przewinął się przez prawie wszystkie krajowe grupy nazistów. Możesz być pewny, że nazwisko mojego brata było na liście członków każdego chorego, konspiracyjnego związku. W 1933 roku powstał ruch Lindholma, to znaczy Narodowosocjalistyczna Partia Robotnicza. Czy orientujesz się dobrze w historii szwedzkiego nazizmu?

– Nie jestem historykiem, ale przeczytałem parę książek.

– No więc w 1939 roku wybuchła druga wojna, a zaraz po niej radziecko-fińska wojna zimowa. Wielu członków organizacji Lindholma zgłosiło się na ochotnika do fińskiej armii. Jednym z nich był Richard, wtedy już w randze kapitana. Poległ w lutym 1940 roku, na krótko przed podpisaniem traktatu pokojowego ze Związkiem Radzieckim. Dość szybko okrzyknięto go męczennikiem ruchu nazistowskiego, jakaś grupa bojowa została nazwana jego imieniem. Do dzisiaj przy jego grobie w Sztokholmie zbiera się grupka wariatów, by oddać mu cześć w rocznicę śmierci.

– Rozumiem.

– W 1926 roku, mając dziewiętnaście lat, poznał Margaretę, córkę nauczyciela z Falun. Połączyła ich działalność polityczna, a rezultatem związku był syn, Gottfried. Pobrali się po narodzinach dziecka, w rok później. Przez pierwszą połowę lat trzydziestych Margareta z synem mieszkała tutaj, w Hedestad, podczas gdy jej mąż stacjonował w Gävle. W czasie wolnym jeździł po kraju, prowadząc działalność misyjną na rzecz nazizmu. W 1936 roku doszło między nim a ojcem do poważnego starcia i Richard został pozbawiony wszelkiej pomocy finansowej. Od tej pory musiał sobie radzić na własną rękę. Przeprowadził się z rodziną do Sztokholmu i żył więcej niż skromnie.

– Nie miał żadnych własnych dochodów?

– Jedynie zamrożony w koncernie spadek. Nie mógł go odsprzedać nikomu spoza rodziny. Musisz wiedzieć, że Richard był brutalnym tyranem, bez pozytywnych cech, które zrównoważyłyby wady. Bił żonę i znęcał się nad synem. Tłamsił go, pomiatał nim jak psem. Zginął, gdy Gottfried miał trzynaście lat. Myślę, że to był najszczęśliwszy dzień w życiu chłopca. Mój ojciec zlitował się nad wdową i wnukiem, sprowadził ich z powrotem do Hedestad, znalazł mieszkanie i zapewnił godziwą egzystencję. O ile Richard reprezentował ciemną i fanatyczną część rodziny, o tyle Gottfried – próżniaczą. Zająłem się nim, gdy skończył osiemnaście lat, mimo wszystko to syn mojego nieżyjącego brata, ale musisz pamiętać, że nie dzieliła nas szczególnie duża różnica wieku. Byłem tylko siedem lat starszy. Już wtedy zasiadałem w zarządzie koncernu i było jasne, że to ja przejmę kierownictwo po ojcu. Gottfrieda traktowano jako nietutejszego.

Henrik zamyślił się przez chwilę.

– Mój ojciec nie wiedział za bardzo, jak się zachowywać w stosunku do wnuka i to ja nalegałem, żeby coś z nim zrobić. Dałem mu pracę w koncernie, już po wojnie. Próbował robić przyzwoitą robotę, ale miał kłopoty z koncentracją. Był partaczem, bałamutem i hulaką. Lgnęły do niego kobiety, a od czasu od czasu oddawał się najzwyklejszemu pijaństwu. Trudno mi opisać uczucia, które do niego żywię... Nie był nicponiem, ale nie można było na nim polegać i niejednokrotnie srodze mnie rozczarował. Z czasem uzależnił się od alkoholu i w 1965 roku zginął w wypadku. Utonął, tutaj, po drugiej stronie wyspy. Wybudował sobie tam niewielki domek, w którym zaszywał się, by pić.

– A więc to on jest ojcem Harriet i Martina? – zapytał Mikael, wskazując na portret w ramkach. Chcąc nie chcąc musiał przyznać, że opowiadanie starca zaczęło go interesować.

– Tak. Pod koniec lat czterdziestych spotkał Isabellę Koenig, młodą Niemkę, która po wojnie przyjechała do Szwecji. Była piękną kobietą, naprawdę cudownie piękną, jak Greta Garbo albo Ingrid Bergman. Harriet odziedziczyła geny raczej po matce niż po ojcu. Jak widzisz na zdjęciu, miała zadatki na piękność już jako czternastolatka.

Zadumali się przez chwilę nad fotografią.

– Ale pozwól mi mówić dalej. Isabella urodziła się w 1928 roku i żyje do dzisiaj. Kiedy wybuchła wojna, miała jedenaście lat. Spróbuj sobie wyobrazić, co czuła nastolatka w Berlinie zasypywanym gradem bomb. Myślę, że schodząc na ląd w Szwecji, miała wrażenie, że oto wkracza do raju na ziemi. Niestety dzieliła przywary z Gottfriedem. Była rozrzutna i uwielbiała hulanki. Niektórzy uważali ich nie tyle za małżeństwo, co za kumpli od kieliszka. Jeździła chętnie po kraju, podróżowała za granicę, brakowało jej poczucia odpowiedzialności. To się oczywiście odbijało na dzieciach. Martin urodził się w 1948 roku, Harriet w 1950 roku. Ich dzieciństwo było chaotyczne, z nieobecną matką i ojcem na granicy alkoholizmu. Wtrąciłem się w 1958 roku, Isabella i Gottfried mieszkali wtedy w centrum miasta. Zmusiłem ich do przeprowadzki do rodzinnej posiadłości. Miałem dość tego, że dzieci był zostawione samopas. Chciałem przerwać to błędne koło.

Vanger spojrzał na zegarek.

– Za chwilę minie moje trzydzieści minut, ale zbliżam się już do końca. Dostanę prolongatę?

Mikael skinął potakująco.

– Opowiadaj, proszę.

– No więc w skrócie: jestem bezdzietny – w przeciwieństwie do braci i innych członków rodziny, których jak gdyby opętała potrzeba bezmyślnego płodzenia potomków. Isabella i Gottfried zamieszkali tutaj, ale ich małżeństwo chyliło się ku upadkowi. Już po roku Gottfried wyprowadził się do swojej chatki, gdzie zaszywał się na długie miesiące, wracając do żony tylko wtedy, gdy robiło się zbyt zimno. A ja zająłem się Martinem i Harriet, którzy w pewnym sensie stali się namiastką własnych dzieci, których nigdy nie miałem.

Martin był... prawdę mówiąc, przez jakiś czas obawiałem się, że pójdzie w ślady ojca. Delikatny, zamknięty w sobie i melancholijny, potrafił jednak niekiedy być czarujący i pełen entuzjazmu. Jako nastolatkowi nie było mu lekko, ale na uniwersytecie wyszedł na prostą. Jest... no, mimo wszystko jest szefem resztek koncertu Vangera, co wystarcza za dobrą cenzurkę.

– A Harriet? – zapytał Mikael.

– Harriet była moim oczkiem w głowie. Próbowałem zapewnić jej poczucie bezpieczeństwa i wszczepić wiarę w siebie, lubiliśmy się nawzajem. Traktowałem ją jak własną córkę i z czasem stałem się jej bliższy niż rodzice. Harriet była na swój sposób wyjątkowa. Bardzo zamknięta w sobie – podobnie jak brat – i osobliwie zainteresowana religią, co wyróżniało ją z całej rodziny. Była wybitnie uzdolniona, niesamowicie inteligentna i miała mocny kręgosłup moralny. Gdy obserwowałem tę czternasto-, piętnastoletnią dziewczynę, byłem przekonany, że – w przeciwieństwie do brata i innych niczym się niewyróżniających krewnych – została powołana do prowadzenia koncernu, albo przynajmniej do odegrania w nim głównej roli.

– I co się stało?

– W końcu doszliśmy do powodu, dla którego cię tutaj wezwałem. Chcę, żebyś znalazł w mojej rodzinie osobę, która zamordowała Harriet Vanger i która od prawie czterdziestu lat próbuje doprowadzić mnie do szaleństwa.

Rozdział 5
Czwartek 26 grudnia

PO RAZ PIERWSZY autorowi monologu udało się naprawdę zaskoczyć Mikaela, który – myśląc, że się przesłyszał – poprosił starca o powtórzenie ostatniego zdania. W przeczytanych przez niego wycinkach nie było nic o tym, że w rodzinie popełniono morderstwo.

– To było 22 września 1966 roku. Harriet skończyła właśnie szesnaście lat i zaczęła drugą klasę liceum. Ta sobota przeobraziła się w najgorszy dzień mojego życia. Rekonstruowałem przebieg wypadków tak wiele razy, że mogę zreferować każdą minutę – oprócz tej najważniejszej.

Zatoczył ręką łuk.

– Zebrała się tutaj spora część moich krewnych, na corocznym koszmarnym przyjęciu rodzinnym, w trakcie którego mieliśmy omawiać wspólne interesy. Tradycję wprowadził swego czasu mój dziadek. Niestety te obiadki z czasem przekształciły się w mniej lub bardziej niestrawne spotkania. Zaprzestano ich w latach osiemdziesiątych, kiedy Martin bez większych ceregieli postanowił, że wszystkie dyskusje dotyczące koncernu będą odbywały się tylko w trakcie spotkań zarządu i walnych zebrań. To była jego najlepsza decyzja. Od dwudziestu lat nie robimy rodzinnych zjazdów.

– Powiedziałeś, że Harriet została zamordowana...

– Poczekaj. Pozwól mi opowiedzieć, co się stało. No więc to była sobota, a poza tym Dzień Dziecka, ze specjalnym pochodem zaaranżowanym przez klub sportowy w Hedestad.

Harriet była z kilkoma koleżankami w mieście i oglądała ten kolorowy przemarsz przebierańców. Wróciła na wyspę zaraz po drugiej po południu. Przyjęcie, w którym miała uczestniczyć razem z innymi członkami klanu, zaczynało się o piątej.

Henrik podniósł się, podszedł do okna i przywołując Mikaela gestem dłoni, mówił dalej.

– Kwadrans po drugiej, zaledwie w kilka minut po powrocie Harriet, na moście wydarzył się okropny wypadek. Gustav Aronsson, brat właściciela Östergården, gospodarstwa rolnego w głębi wyspy, wjeżdżając na most, zderzył się czołowo z cysterną, w której dowożono tutaj olej opałowy. Nigdy nie udało się ustalić, jak do tego doszło – po obu stronach jest dobra widoczność – ale obaj kierowcy jechali za szybko i to, co mogło być tylko lekką stłuczką, przerodziło się w katastrofę. Kierowca cysterny, próbując uniknąć kolizji, instynktownie skręcił w bok, wjechał w barierkę i wywrócił się. Cysterna leżała w poprzek drogi, a jej tylna część wisiała w powietrzu... Metalowy słup, niczym dzida, przebił zbiornik, z którego natychmiast trysnął łatwopalny olej. Uwięziony w swoim samochodzie Aronsson krzyczał z bólu. Kierowca cysterny też był ranny, ale udało mu się opuścić pojazd o własnych siłach.

Starzec zrobił krótką przerwę i usiadł ponownie obok Mikaela.

– Wypadek nie miał w zasadzie nic wspólnego z Harriet, odegrał jednak dość szczególną rolę w całej historii. Gdy ludzie zaczęli spieszyć z pomocą, powstał totalny chaos. Z powodu zagrożenia eksplozją ogłoszono alarm pożarowy. W błyskawicznym tempie na miejsce wypadku przybyli: policja, karetka pogotowia, służba ratownicza, straż pożarna, mass media i zwykli gapie. Wszyscy zebrali się oczywiście po stronie stałego lądu. Po stronie wyspy próbowaliśmy wydostać Aronssona z wraku, co okazało się diabelnie trudnym zadaniem, ponieważ był porządnie przygnieciony, a na domiar złego odniósł poważne rany. Usiłowaliśmy wyważyć drzwi gołymi rękami, ale nie daliśmy rady. Potrzebne były nożyce albo piła, ale problem polegał na tym, że najmniejsza iskra mogła zaprószyć ogień. Staliśmy w ogromnej kałuży oleju obok wywróconej cysterny. Gdyby doszło do wybuchu, zmiotłoby nas wszystkich. Poza tym upłynęło sporo czasu, zanim dotarła do nas pomoc z lądu. Cysterna zablokowała skutecznie most, a przedzieranie się przez zbiornik pełen oleju było jednoznaczne ze wspinaczką po bombie.

Mikael nie mógł pozbyć się wrażenia, że starzec opowiada tę znaną na pamięć i świetnie opracowaną historię tylko po to, żeby przykuć jego uwagę. Zdawał sobie sprawę, że Vanger jest wspaniałym gawędziarzem i wie, jak wciągnąć słuchacza, ale w dalszym ciągu nie pojmował, dokąd zmierza ta historia.

– Ta szczególna rola wypadku polegała na tym, że przez następną dobę most był zamknięty dla ruchu. Dopiero w niedzielę wieczorem udało się wypompować resztki paliwa ze zbiornika, usunąć cysternę i otworzyć most. Przez dwadzieścia cztery godziny wyspa była praktycznie odcięta od świata. Jedynym środkiem lokomocji umożliwiającym kontakt ze stałym lądem była łódź strażacka, która przewoziła ludzi z przystani jachtowej na wyspie do dawnego portu rybackiego niedaleko kościoła. Przez wiele godzin łodzi używali tylko ratownicy, transport prywatnych osób zaczął się nie wcześniej niż późnym wieczorem w sobotę. Rozumiesz, co to oznacza?

Mikael skinął głową.

– Przypuszczam, że Harriet padła ofiarą mordercy właśnie na wyspie i że liczba podejrzanych ogranicza się do osób, które tutaj wtedy przebywały. Coś w stylu zagadki zamkniętego pokoju o trochę większych gabarytach.

Vanger uśmiechnął się ironicznie.

– Mikael, nie zdajesz sobie sprawy, jak bardzo masz rację... Ja też czytałem Dorothy Sayers. Oto fakty: Harriet przybyła na wyspę mniej więcej dziesięć po drugiej. Jeżeli wliczymy dzieci i osoby towarzyszące, to łącznie przyjechało tutaj tego dnia prawie czterdzieści osób. Razem z personelem i stałymi mieszkańcami było nas tutaj i w okolicy sześćdziesiąt cztery osoby. Ci, którzy mieli przenocować, urządzali się właśnie w pokojach gościnnych, zarówno tutaj, jak i w okolicznych posiadłościach. Harriet mieszkała wcześniej w domu po drugiej stronie drogi, ale jak ci już opowiadałem, ani jej tato, ani mama nie byli szczególnie zrównoważeni. Widziałem, jak dziewczyna się męczy, jak trudno jej się skoncentrować na nauce. Dlatego w 1964 roku, kiedy miała czternaście lat, zaproponowałem jej przeprowadzkę do mojego domu, co niewątpliwie ucieszyło Isabellę, bo w ten sposób pozbyła się codziennej odpowiedzialności za córkę. Przez ostatnie dwa lata Harriet mieszkała w pokoju na poddaszu. Tutaj właśnie przyszła tego feralnego dnia. Wiemy, że na podwórzu zamieniła kilka słów z Haraldem, to jeden z moich starszych braci, a później wbiegła po schodach i odwiedziła mnie w tym pokoju. Powiedziała, że chce ze mną o czymś porozmawiać. Akurat było tu kilku krewnych i nie miałem dla niej czasu, ale ponieważ wyglądało, że bardzo jej na tej rozmowie zależy, obiecałem, że przyjdę za chwilę do jej pokoju. Skinęła głową i wyszła przez te drzwi. Wtedy widziałem ją ostatni raz. Minutę później huknęło na moście i powstały w wyniku tego chaos zniweczył wszystkie plany dnia.

– W jaki sposób zmarła?

– Poczekaj. To trochę bardziej skomplikowane, niż ci się wydaje, chciałbym zachować porządek chronologiczny. Gdy doszło do kolizji, ludzie rzucili się na pomoc, tak jak stali. Byłem... przyjąłem rolę dowodzącego i pracowałem gorączkowo przez najbliższe godziny. Wiemy, że Harriet też przyszła na most, zaraz po zderzeniu, widziało ją wiele osób, ale ryzyko eksplozji było zbyt duże i zarządziłem, żeby wszystkie osoby, które nie biorą udziału w akcji ratowania Aronssona, wycofały się z miejsca wypadku. Zostało nas pięciu: ja i mój brat Harald, Magnus Nilsson, ówczesny dozorca posiadłości, Sixten Nordlander, pracownik tartaku, który mieszkał w domu przy porcie rybackim i Jerker Aronsson, szesnastoletni chłopak, którego w zasadzie powinienem odesłać do domu. Ale to był bratanek uwięzionego w samochodzie kierowcy, znalazł się na moście tylko dlatego, że właśnie jechał na rowerze do miasta. Mniej więcej o 14.40 Harriet była w kuchni. Piła mleko i rozmawiała z Astrid, naszą kucharką. Obserwowały przez okno zamieszanie na moście. O 14.55 Harriet przechodziła przez podwórze. Widziała ją między innymi jej matka Isabella, ale nie rozmawiały ze sobą. Jakąś minutę później spotkała Ottona Falka, naszego pastora. Plebania znajdowała się wtedy tam, gdzie teraz stoi willa Martina, czyli po drugiej stronie wyspy. Pastor był porządnie przeziębiony i spał, gdy doszło do wypadku, ominął go więc cały ten dramat. Obudzony alarmującym telefonem pospieszył w kierunku mostu. Harriet zatrzymała go, chcąc zamienić z nim parę słów, ale zamachał tylko rękami i pobiegł dalej. Otto Falk był ostatnią osobą, która widziała Harriet przy życiu.

– W jaki sposób zmarła? – powtórzył Mikael.

– Nie wiem – odpowiedział Vanger z bolesnym spojrzeniem. – Dopiero gdzieś o piątej po południu udało nam się wyciągnąć Aronssona z samochodu, przeżył, aczkolwiek poważnie poturbowany, a o szóstej odwołano alarm pożarowy. Wyspa była w dalszym ciągu odcięta od lądu, ale powoli wracał spokój. Nie wcześniej niż o ósmej, gdy w końcu zasiedliśmy do spóźnionego obiadu, odkryliśmy, że nie ma Harriet. Poprosiłem jedną z jej kuzynek, żeby po nią poszła, ale gdy wróciła, okazało się, że nigdzie jej nie ma. Nie przejąłem się tym specjalnie, pomyślałem, że wybrała się na spacer albo że nie dotarła do niej informacja o tym, kiedy ma się zacząć obiad, a wieczór spędziłem na rozmaitych sprzeczkach z rodziną. Dopiero następnego ranka, kiedy Isabella próbowała ją znaleźć, dotarło do nas, że nikt nie wie, gdzie jest Harriet, nikt nie widział jej od poprzedniego dnia.

Rozłożył ręce.

– Tamtej soboty Harriet zniknęła bez śladu.

– Zniknęła? – powtórzył jak echo Mikael.

– Przez te wszystkie lata nie udało nam się znaleźć nawet mikroskopijnej cząstki Harriet.

– Ale jeżeli zaginęła, nie można mieć pewności, że ktoś ją zamordował.

– Rozumiem twój zarzut. Myślałem podobnie. Przyczyną zaginięcia mogła być jedna z czterech rzeczy. Harriet odeszła dobrowolnie i ukrywa się. Zmarła w wyniku nieszczęśliwego wypadku. Popełniła samobójstwo. Padła ofiarą przestępstwa. Rozważałem wszystkie możliwości.

– Ale ty sądzisz, że ktoś ją pozbawił życia. Dlaczego?

– Dlatego, że to jedyne sensowne wytłumaczenie.

Henrik Vanger uniósł palec.

– Najpierw miałem nadzieję, że uciekła. Ale z biegiem czasu zrozumieliśmy wszyscy, że nie chodziło o ucieczkę. To znaczy... w jaki sposób szesnastoletnia, wprawdzie bystra, ale przecież niesamodzielna dziewczyna miałaby poradzić sobie z opuszczeniem wyspy, ukryć się gdzieś, pozostać w ukryciu? Skąd wzięłaby pieniądze? A nawet gdyby znalazła pracę, musiałaby mieć kartę podatkową i adres.

Uniósł dwa palce.

– Następną myślą była oczywiście myśl o wypadku. Czy mógłbyś mi wyświadczyć przysługą? Proszę, podejdź do biurka i otwórz najwyższą szufladę. Znajdziesz tam mapę.

Mikael spełnił prośbę i po chwili rozłożył na stoliku niewielki plan. Wyspa Hedeby była nieregularną bryłą o długości mniej więcej trzech kilometrów. W najszerszym miejscu rozciągała się na półtora kilometra. Znaczną część terenu pokrywał las. Zabudowania stały w sąsiedztwie mostu i wokół portu jachtowego. W głębi wyspy leżało gospodarstwo rolne Östergården, skąd nieszczęsny Aronsson wyruszył w swoją fatalną podróż samochodem.

– Nie zapominaj, że nie mogła opuścić wyspy – podkreślił Vanger. – Na Hedeby można ulec wypadkowi dokładnie tak, jak gdziekolwiek indziej. Może cię trafić piorun, ale wtedy nie było burzy. Może cię stratować koń, możesz wpaść do studni albo skalnej szczeliny. Z pewnością istnieją setki sposobów. Przemyślałem chyba wszystkie.

Do dwóch uniesionych palców dołączył trzeci.

– Jest jedno ale, i dotyczy również trzeciej możliwości, to znaczy, że dziewczyna wbrew wszelkim przypuszczeniom odebrała sobie życie. Gdzieś na tej ograniczonej przestrzeni muszą znajdować się jej zwłoki.

Vanger uderzył dłonią w środek mapy.

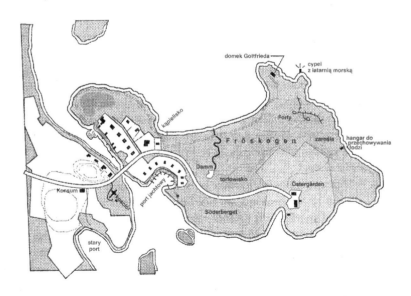

– Kilka dni po jej zniknięciu zaczęliśmy poszukiwania, przeczesując wyspę wzdłuż i wszerz. Ludzie przejrzeli każdy rów, każdą rozpadlinę i wyrwę. Zaglądaliśmy do każdego budynku i komina, na każde poddasze, do każdej stodoły i studzienki.

Starzec odwrócił wzrok od Mikaela i wpatrywał się w ciemność za oknem. Jego głos przycichł i nabrał bardziej osobistego tonu.

– Przez całą jesień ciągle jej szukałem, również wtedy, gdy zakończyliśmy przeczesywanie terenu i gdy ludzie stracili nadzieję. Ponieważ nie musiałem się poświęcać pracy, zacząłem codzienne spacery po wyspie, chodziłem tam i z powrotem. Nadeszła zima, ciągle nie znaleźliśmy żadnego śladu. Wiosną ponowiłem próby, aż w końcu uzmysłowiłem sobie ich niedorzeczność. Latem zatrudniłem trzech obeznanych z lasem mężczyzn, którzy razem z psami szkolonymi do wykrywania zwłok ponownie przeszukali całą wyspę. Przeczesywali systematycznie metr po metrze. Wtedy zacząłem przypuszczać, że ktoś pozbawił ją życia, szukali więc miejsca, w którym ukryto ciało. Pracowali przez trzy miesiące. Nie znaleźli najmniejszego śladu Harriet. Jak gdyby rozpłynęła się w powietrzu.

– Widzę kilka innych możliwości – wtrącił Mikael.

– Słucham.

– Mogła utonąć albo utopić się. To jest wyspa, a woda ukryje prawie wszystko.

– To prawda. Ale prawdopodobieństwo nie jest duże. Pomyśl, jeżeli Harriet utonęła, to logiczną rzeczą jest, że wypadek miał miejsce gdzieś niedaleko osady. Nie zapominaj, że zamieszanie na moście było najbardziej dramatycznym wydarzeniem, jakie dotknęło Hedeby w ciągu ostatnich kilkudziesięciu lat. I był to chyba najmniej odpowiedni moment na spacer na drugą stronę wyspy, przynajmniej dla normalnej, ciekawej świata szesnastoletniej dziewczyny. Ale co ważniejsze – ciągnął – prądy nie są tutaj szczególnie wartkie, a wiatr o tej porze roku wieje głównie z północy i z północnego wschodu. Jeżeli coś wpadnie do wody, to wypłynie gdzieś przy brzegu stałego lądu, a ten jest przecież prawie w całości zabudowany. Tak, o tym też myślałem; szukaliśmy we wszystkich miejscach, w których mogła zatonąć. Wynająłem młodzież z klubu nurkowego w Hedestad, przez całe lato przeczesywali dno w cieśninie i wzdłuż brzegów... żadnego śladu. Jestem przekonany, że nie ma jej w wodzie, bo wtedy byśmy ją znaleźli.

– Ale czy nie mogła ulec wypadkowi w innym miejscu? Most był wprawdzie zamknięty, ale do stałego lądu jest bardzo blisko. Mogła przepłynąć wpław albo łódką.

– To się wydarzyło pod koniec września, więc woda była na tyle zimna, że nie zachęcała do kąpieli, zwłaszcza podczas takiego zamieszania. Ale nawet gdyby Harriet wpadła na pomysł, żeby przepłynąć na drugi brzeg, co już samo w sobie wywołałoby sensację, nie pozostałaby niezauważona. Na moście mieliśmy kilkanaście par oczu, a po drugiej stronie, wzdłuż brzegu, stało dwustu, trzystu gapiów obserwujących całe przedstawienie.

– A łódka?

– Nie. Tego dnia mieliśmy na wyspie dokładnie trzynaście łodzi. Prawie wszystkie spacerowe były już wciągnięte na ląd. W porcie jachtowym stały dwie drewniane motorówki. Z siedmiu łodzi o płaskim dnie pięć leżało na brzegu. Przy plebanii jedna łódź kołysała się na wodzie, jedna leżała do góry dnem na trawie. W Östergården była jeszcze jedna motorówka i jedna łódź wiosłowa. Wszystkie te łodzie zostały zinwentaryzowane i znajdowały się na swoim miejscu. Gdyby Harriet przeprawiła się łódką, musiałaby zostawić ją na drugim brzegu.

Vanger uniósł cztery palce.

– Tym samym pozostaje tylko jedna sensowna możliwość, a mianowicie ta, że Harriet zniknęła wbrew własnej woli. Ktoś ją zabił i ukrył zwłoki.

LISBETH SALANDER spędziła poranek drugiego dnia świąt na czytaniu kontrowersyjnego dzieła Blomkvista o dziennikarstwie ekonomicznym. Książka miała dwieście dziesięć stron, tytuł *Jeźdźcy templariuszy* i podtytuł *Nauczka dla reporterów ekonomicznych*. Na okładce, starannie zaprojektowanej przez Christera Malma, widniała – na pierwszy rzut oka – zwykła fotografia sztokholmskiej giełdy. Zdjęcie zostało jednak poddane cyfrowej obróbce i uważny czytelnik po chwili dostrzegał brak podstawy. Budynek po prostu wisiał w powietrzu. Trudno wyobrazić sobie ilustrację, która bardziej wymownie zapowiadałaby charakter tekstu.

Salander stwierdziła, że Blomkvist ma świetny styl. Pisze otwarcie i z zaangażowaniem i nawet czytelnik niezorientowany w zawiłościach żurnalistyki ekonomicznej może odnieść pożytek z lektury. Ton książki był ostry i sarkastyczny, ale przede wszystkim przekonujący.

W pierwszym rozdziale, wypowiadając coś w rodzaju wojny, Blomkvist nie przebierał w słowach. Szwedzcy dziennikarze ekonomiczni w ciągu ostatnich dwudziestu lat przekształcili się w grupę niekompetentnych chłopców na posyłki, którzy – skupieni na własnym ego – stracili umiejętność krytycznego myślenia. Ten ostatni wniosek wysnuł na podstawie następującego zjawiska: większość reporterów zupełnie bezkrytycznie zadowala się wypowiedziami dyrektorów przedsiębiorstw i spekulantów giełdowych, nawet jeżeli owe wypowiedzi ewidentnie wprowadzają słuchacza w błąd albo zawierają nieprawdziwe dane. Dziennikarze gospodarczy tego pokroju są albo tak naiwni i łatwowierni, że powinno się ich odsunąć od zawodu, albo – co gorsza – zupełnie świadomie sprzeniewierzają się dziennikarskiej misji, polegającej na poszukiwaniu prawdy i rzetelnym informowaniu społeczeństwa. Blomkvist twierdził, że często wstydzi się miana publicysty ekonomicznego, ponieważ tym samym naraża się na ryzyko pomylenia go z osobami, których w ogóle nie uważa za publicystów.

Porównywał dokonania dziennikarzy gospodarczych z pracą dziennikarzy kryminalnych i korespondentów zagranicznych. Namalował sugestywny obraz sytuacji, w której reporter sądowy w sprawozdaniu z procesu w sprawie morderstwa, przedstawiłby stanowisko oskarżyciela jako jedynie obowiązujące. Trudno sobie wyobrazić wrzask, jaki podniósłby się w mediach, gdyby dziennikarz nie zdobył informacji od obrońcy albo nie porozmawiał z rodziną ofiary, nie dając ani sobie, ani czytelnikom szans na zrozumienie i własną ocenę sytuacji. Blomkvist uważał, że te same reguły powinny obowiązywać dziennikarzy gospodarczych.

Pozostałą część książki stanowił szereg dowodów mających potwierdzić wstępne tezy. W dość długim rozdziale autor rozwodził się nad sposobem, w jaki sześć największych dzienników, a także „Finanstidningen", „Dagens Industri" i telewizyjny program „A-ekonomi" relacjonowały rozwój znanego przedsiębiorstwa w branży informatycznej. Blomkvist cytował i analizował wypowiedzi reporterów, by później opisać, jak wyglądała sytuacja naprawdę. Przedstawiając rozwój firmy, powtarzał raz za razem proste pytania, które poważny reporter powinien był postawić, ale których całe grono żurnalistów ekonomizcynch nie zadało. To był świetny chwyt.

Inny rozdział traktował o lansowaniu akcji Telii*. W tym najbardziej kpiarskim i ironicznym fragmencie książki Blomkvist dosłownie obdzierał ze skóry kilku wymienionych z nazwiska dziennikarzy, między innymi szczególnie go irytującego Williama Borga. W jednym z końcowych rozdziałów autor porównywał poziom kompetencji szwedzkich i zagranicznych dziennikarzy. Opisywał

---

* Telia – największe szwedzkie przedsiębiorstwo telekomunikacyjne, państwowa spółka akcyjna. W 2000 roku państwo sprzedało trzydzieści procent akcji prywatnym inwestorom i wprowadziło firmę na giełdę (przyp. tłum.).

sposób, w jaki podobne zagadnienia w swoich krajach re-
lacjonowali poważni reporterzy z „Financial Times", „The
Economist" i kilku niemieckich czasopism gospodarczych.
Porównanie nie wypadło na korzyść Szwedów. Ostatni roz-
dział zawierał propozycje poprawy tej opłakanej sytuacji.
Końcowy akapit nawiązywał do wstępu:

Gdyby reporter parlamentarny uprawiał rzemiosło w podobny
sposób, to znaczy gdyby bezkrytycznie kruszył kopię o każdy przegłosowany projekt, nawet najbardzej idiotyczny, albo
gdyby reporter polityczny wykazał podobny brak rozeznania
– wówczas jeden i drugi zostaliby zwolnieni z pracy albo
przynajmniej oddelegowani do innych zadań, żeby nie wyrzą-
dzili jeszcze większej szkody. W świecie publicystów gospodarczych nie obowiązuje jednakowoż to normalne przesłanie
dziennikarskie, to znaczy dociekliwe poszukiwanie prawdy
i rzetelne informowanie społeczeństwa. W tym gronie składa
się hołdy największym kawalarzom. W tym gronie tworzy się
przyszłość Szwecji i również tam podważa się resztki zaufania do dziennikarzy jako grupy zawodowej.

Mocne słowa, żadnego owijania w bawełnę. Całość była
utrzymana w zgryźliwym tonie i Salander nie miała kłopotów
ze zrozumieniem zażartej debaty, która później wybuchła
w periodyku branżowym „Journalisten", na łamach kilku
gazet ekonomicznych, a także w wiodących dziennikach, zarówno we wstępniakach, jak i w działach gospodarczych. Nawet jeżeli w książce wymieniono z nazwiska zaledwie paru
dziennikarzy, środowisko było na tyle niewielkie, że wszyscy
wiedzieli, o kogo chodzi, gdy pojawiały się odpowiednie
cytaty. Blomkvist zyskał zażartych wrogów, co znalazło od-
zwierciedlenie między innymi w wielu radosnych komenta-
rzach do wyroku sądu w sprawie afery Wennerströma.
Zamknąwszy książkę, zlustrowała zdjęcie autora na tylnej stronie okładki. Sfotografowano go z profilu. Dość jasna

grzywka opadała trochę niedbale na czoło, jak gdyby zmierzwił ją lekki wiatr, zanim fotograf nacisnął wyzwalacz, albo (co bardziej prawdopodobne) została wystylizowana przez samego fotografa, Christera Malma. Mikael patrzył w obiektyw z ironicznym uśmiechem i spojrzeniem, które najwyraźniej miało być ujmująco chłopięce. *Mężczyzna niczego sobie. W drodze do więzienia na trzy miesiące.*

– Hej, Kalle Blomkvist – powiedziała głośno do siebie.

– Niezły z ciebie rozrabiaka, no nie?

W POŁUDNIE LISBETH włączyła swojego iBooka i otworzyła program mailowy Eudora. Sformułowała tekst w jednym zwięzłym wierszu:

[Masz czas?]

Podpisała Wasp i wysłała na adres Plague_xyz_666@hotmail.com. Na wszelki wypadek zaszyfrowała tę króciutką wiadomość w programie kryptograficznym PGP.

A później założyła czarne dżinsy, solidne buty zimowe, ciepły golf, ciemną kurtkę marynarską i rękawiczki, szalik oraz czapkę w tym samym bladożółtym kolorze. Wyjęła kolczyki z brwi i nosa, pomalowała usta różowawą szminką i przejrzała się w lustrze. Wyglądała jak zwykła świąteczna spacerowiczka, z tą różnicą, że swoje ubranie traktowała jako przyzwoity kamuflaż bojowy, niezbędny podczas wyprawy za linię wroga. Podjechawszy metrem do placu Östermalmstorg, skierowała kroki ku Strandvägen. Szła wolno środkową aleją, studiując numery kamienic. Zatrzymała się niedaleko mostu Djurgårdsbro i nie spuszczając oczu z poszukiwanej bramy, przeszła na drugą stronę ulicy.

Stojąc kilka metrów od wejścia, po jakimś czasie stwierdziła, że w ten chłodny dzień większość ludzi spaceruje nadbrzeżem, a tylko nieliczni przemieszczają się chodnikiem wzdłuż stojących po drugiej stronie domów.

Czekała cierpliwie prawie pół godziny, aż od strony Djurgården nadeszła staruszka z laską. Zatrzymawszy się przed Salander, zlustrowała ją podejrzliwie od stóp do głów. Lisbeth uśmiechnęła się przyjaźnie i pozdrowiła grzecznym skinieniem głowy. Kobieta odkłoniła się, próbując gorączkowo przypomnieć sobie, skąd zna tę młodą dziewczynę. A dziewczyna nagle pokazała jej plecy i oddaliła się kilka kroków od domu. Dreptała tam i z powrotem. jak gdyby w oczekiwaniu na kogoś. Kiedy zawróciła, dama z laską dotarła do wejścia i z przesadną dokładnością wciskała guziki domofonu. Salander bez trudu odgadła kombinację cyfr.

Odczekała jeszcze pięć minut i podeszła do bramy. Wcisnęła kod 1260 i usłyszała charakterystyczne przytyknięcie. Otworzywszy drzwi, rozejrzała się szybko po klatce schodowej. Niedaleko wejścia wisiała kamera nadzorująca. Salander zignorowała ją po błyskawicznych oględzinach, był to bowiem dokładnie ten sam model, który montowała firma Milton Security i który aktywował się dopiero po włączeniu alarmu napadowego albo przeciwwłamaniowego. W głębi pomieszczenia, na lewo od staroświeckiej windy, widniały jeszcze jedne drzwi z zamkiem cyfrowym. Wystukawszy 1260 na klawiaturze stwierdziła, że ten sam kod otwiera wejście do piwnicy i śmietnika. Niedobrze, niedobrze. Zbadanie piwnic zajęło jej dokładnie trzy minuty. Zlokalizowała niezamkniętą na klucz pralnię i kontener na odpady budowlane. Korzystając z kompletu wytrychów, który pożyczyła u miltonowskiego specjalisty od zamków, otworzyła drzwi do lokalu, w którym najprawdopodobniej odbywały się zebrania spółdzielni mieszkaniowej. Jeszcze dalej znajdował się pokój do majsterkowania. W końcu znalazła to, czego szukała, czyli niewielkie pomieszczenie, które było centralą elektryczną kamienicy. Sprawdziła liczniki, zestaw bezpieczników i złącza kablowe, a później wyciągnęła nie większy niż paczka papierosów aparat cyfrowy marki Canon i zrobiła trzy zdjęcia interesujących ją obiektów.

Opuściwszy budynek, pomaszerowała raźnym krokiem do Muzeum Narodowego, by w tamtejszej kawiarence ogrzać się, pijąc małą czarną. Po mniej więcej trzydziestu minutach wróciła na Söder i weszła do swojego mieszkania.

Dostała odpowiedź od Plague_xyz_666@hotmail.com, która, rozszyfrowana w PGP, brzmiała zwięźle: 20.

Rozdział 6
Czwartek 26 grudnia

TRZYDZIESTOMINUTOWA granica czasowa ustanowiona przez Blomqvista została już dawno przekroczona. Dochodziło wpół do piątej i Mikael mógł sobie wybić z głowy popołudniowy pociąg. Ale w dalszym ciągu miał szansę zdążyć na wieczorny, o wpół do dziewiątej. Stał przy oknie i obserwując podświetloną fasadę kościoła po drugiej stronie mostu, masował sobie kark. Henrik Vanger pokazał mu album z wycinkami prasowymi z lokalnej gazety i z krajowych dzienników. Wszystkie dotyczyły tego samego wydarzenia. Przez jakiś czas zainteresowanie mediów było dość spore, zaginęła bez śladu dziewczyna ze znanej rodziny przemysłowców. Ale ponieważ nie znaleziono zwłok i nie nastąpił żaden dramatyczny zwrot w śledztwie, zainteresowanie stopniowo malało. Chociaż w grę wchodziła rodzina potentatów przemysłowych, trzydzieści sześć lat później mało kto pamiętał sprawę Harriet Vanger. W artykułach z końca lat sześćdziesiątych dominowała teoria o utonięciu. Zwłoki miały wypłynąć w morze. Ot, jeszcze jedna tragedia, która mogła dotknąć jakąkolwiek inną rodzinę.

Mikael był na początku zafascynowany opowieścią starca, ale gdy gospodarz poprosił o krótką przerwę na wyjście do toalety, znów zaczął podchodzić do niej sceptycznie. Obiecał mu wysłuchanie całej historii, a przecież jeszcze nie było widać końca.

– No więc co się według ciebie stało z Harriet? – zapytał, gdy Henrik wrócił do pokoju.

– Wyspa miała około dwudziestu pięciu mieszkańców, ale z powodu zjazdu tego dnia było nas tutaj około sześćdziesięciu. Od razu można, mniej lub bardziej, wykluczyć dwadzieścia czy nawet dwadzieścia pięć osób. Sądzę, że ktoś z pozostałych, z dużą dozą prawdopodobieństwa ktoś z rodziny, zabił Harriet i ukrył ciało.

– Mam kilka zastrzeżeń.

– Słucham.

– Przede wszystkim jeżeli ktoś ukrył jej zwłoki, to przy tak pedantycznych poszukiwaniach powinny się znaleźć.

– Prawdę mówiąc, poszukiwania były jeszcze bardziej rozległe niż te, o których wspomniałem. Gdy uznałem Harriet za ofiarę morderstwa, wpadałem na kolejne sposoby, w które mogło zniknąć jej ciało. Nie potrafię tego udowodnić, ale raczej nie wykraczam poza granice dorzeczności.

– Proszę, opowiedz.

– Harriet zniknęła około trzeciej po południu. O 14.55 widział ją spieszący w kierunku mostu pastor Otto Falk. Mniej więcej w tym samym czasie przybył fotograf z lokalnej gazety, by przez najbliższą godzinę zrobić masę zdjęć na miejscu dramatu. Przejrzeliśmy dokładnie – to znaczy policja – wszystkie filmy i okazało się, że Harriet nie ma na żadnym zdjęciu, natomiast każda inna osoba znajdująca się wtedy na wyspie została uwieczniona na co najmniej jednej klatce. Z wyjątkiem zupełnie małych dzieci.

Vanger położył przed Mikaelem kolejny album.

– Tu są zdjęcia zrobione tamtej soboty. To pierwsze pochodzi z Hedestad, gdzie odbywał się pochód z okazji Dnia Dziecka. Zrobił je ten sam fotograf około 13.15. No i widać na nim Harriet.

Zdjęcie, wykonane z piętra domu, przedstawiało przejeżdżające właśnie ulicą ciężarówki z klaunami i dziewczynami w bikini. Na chodniku tłoczyła się publiczność. Vanger wskazał jedną z osób w tłumie.

– To jest Harriet. Na mniej więcej dwie godziny przed zniknięciem była z koleżankami w mieście. To jej ostatnie zdjęcie. Ale mam tu jeszcze coś bardziej interesującego.

Kartkował album, w którym znajdowało się ponad sto osiemdziesiąt zdjęć – sześć rolek – z katastrofy na moście. Mikael, mając świeżo w pamięci opowieść Vangera, czuł wręcz rozdrażnienie, patrząc na natarczywie ostre, czarno-białe obrazy. Fotograf był dobrym rzemieślnikiem i świetnie udało mu się oddać powypadkowy chaos. Spora część dokumentacji dotyczyła działań wokół przewróconej cysterny. Mikael bez trudu rozpoznał usmarowanego olejem, gestykulującego czterdziestopięcioletniego Henrika Vangera.

– A to mój brat Harald.

Starzec wskazał mężczyznę w marynarce, który pochylony do przodu pokazywał coś we wraku samochodu.

– Zdecydowanie nieprzyjemny typ, ale można go raczej skreślić z listy podejrzanych. Poza krótkim wypadem do domu, żeby zmienić buty, cały czas był na moście.

Henrik przerzucał kolejne stronice. Zdjęcia odzwierciedlały zmieniające się obiekty zainteresowania fotografa. Cysterna w centrum uwagi. Gapie nad wodą w centrum uwagi. Wrak samochodu w centrum uwagi. Zdjęcia przeglądowe. Zbliżenia wykonane teleobiektywem.

– A tu jest to interesujące zdjęcie – oznajmił Vanger. – Na ile udało nam się ustalić, zrobiono je między 15.40 a 15.45, to znaczy ponad czterdzieści pięć minut po tym, jak Harriet spotkała pastora. Spójrz na nasz dom, środkowe okno na piętrze. To jest pokój Harriet. Na poprzednim zdjęciu okno jest zamknięte. A tutaj otwarte.

– Ktoś był w jej pokoju.

– Pytałem wszystkich, ale nikt się nie przyznał do otwarcia okna.

– Co oznacza, że zrobiła to sama Harriet, czyli wtedy jeszcze żyła, albo ktoś po prostu kłamie. Ale dlaczego morderca miałby wejść do jej pokoju i otwierać okno? I dlaczego ktoś miałby kłamać?

Henrik Vanger pokręcił głową. Nie znał odpowiedzi.

– Harriet zniknęła około trzeciej. Albo zaraz po. Na podstawie tych zdjęć da się stwierdzić, co ludzie w tym czasie robili i gdzie się znajdowali. Dlatego niektórych mogę skreślić z listy podejrzanych. Z tego samego powodu mam prawo włączyć do grona podejrzanych te osoby, których nie ma na zdjęciach.

– Nie odpowiedziałeś na pytanie, w jaki sposób według ciebie zniknęło ciało. Teraz widzę, że istnieje jak najbardziej oczywiste wyjaśnienie. Wystarczy przyzwoity trik iluzjonisty.

– Tak naprawdę istnieje wiele sposobów. Gdzieś około trzeciej wkracza do akcji morderca. On, albo ona, nie używa raczej żadnego narzędzia, wtedy znaleźlibyśmy ślady krwi. Myślę, że Harriet została uduszona i że stało się to tutaj, za murem na dziedzińcu, w miejscu niewidocznym dla fotografa, w martwym punkcie. Z plebanii, gdzie widziano dziewczynę ostatni raz, można było sobie skrócić drogę powrotną do głównego budynku posiadłości. Dzisiaj jest tam skwerek i trawnik, ale w latach sześćdziesiątych ten pokryty żwirem placyk służył za parking. Morderca nie musiał się specjalnie wysilać, wystarczyło tylko otworzyć bagażnik i zapakować do niego ciało Harriet. Gdy następnego dnia przeczesywaliśmy teren, nikomu nie przyszło na myśl, że chodzi o przestępstwo. Skupiliśmy się na na brzegach wyspy, zabudowaniach i pobliskim lesie.

– To znaczy, że nikt nie sprawdził bagażników.

– A wieczorem morderca bez przeszkód opuścił samochodem wyspę i ukrył ciało gdzie indziej.

– Z zimną krwią, na oczach wszystkich, którzy przeczesywali teren – Mikael pokiwał głową. – Jeżeli tak właśnie było, to niezły z tego mordercy drań.

Henrik zaśmiał się gorzko.

– Właśnie udało ci się trafić w dziesiątkę z opisem niejednego członka rodziny Vangerów.

ROZMAWIALI DALEJ podczas obiadu. O szóstej Anna podała pieczeń zajęczą z galaretką z porzeczki i ziemniaki. Henrik rozlał do kieliszków czerwone wino, dojrzałe i pełne w smaku. Mikael w dalszym ciągu miał szansę zdążyć na ostatni pociąg. Pora na podsumowanie, pomyślał.

– Przyznaję, że ta historia mnie zafascynowała. Ale dalej nie rozumiem, dlaczego mi ją opowiadasz.

– W zasadzie już to wcześniej powiedziałem. Zależy mi na tym, żeby się dowiedzieć, co za łajdak pozbawił życia córkę mojego bratanka. I dlatego chcę cię zatrudnić.

– Co?

Vanger odłożył sztućce.

– Mikaelu, od ponad trzydziestu sześciu lat łamię sobie głowę nad tym, co się stało z Harriet. Z biegiem czasu poświęcałem na jej poszukiwania coraz więcej wolnych chwil.

Zamilkł i ściągnąwszy okulary, przyglądał się niewidocznej plamce na jednym ze szkieł. A później podniósł wzrok i wbił oczy w Mikaela.

– Szczerze mówiąc, zniknięcie Harriet przyczyniło się do mojej decyzji o opuszczeniu kierownictwa koncernu. Straciłem ochotę. Wiedziałem, że w najbliższym otoczeniu mam mordercę, a wszystkie rozmyślania i poszukiwania prawdy stały się obciążeniem w pracy. Najgorsze jest to, że ten ciężar nie malał wraz z upływem czasu, wręcz przeciwnie. Mniej więcej w 1970 roku chciałem tylko świętego spokoju. W tym czasie do zarządu wszedł Martin i przejmował po kolei coraz więcej moich obowiązków. W 1976 roku wycofałem się prawie zupełnie, Martin objął wtedy stanowisko dyrektora naczelnego. W dalszym ciągu mam miejsce w zarządzie, ale odkąd skończyłem pięćdziesiątkę, nie ruszyłem prawie palcem. Przez ostatnie trzydzieści sześć lat nie było dnia, żebym nie zastanawiał się nad zniknięciem Harriet. Pewnie myślisz, że ogarnęła mnie obsesja – tak przynajmniej uważa większość moich krewnych. I może to prawda...

– To było okropne.

– Niewyobrażalnie okropne. Zniszczyło mi to życie. Im więcej czasu upływa, tym bardziej staję się świadomy tego faktu. Jak dobrze znasz sam siebie?

– No... myślę, że oczywiście całkiem dobrze.

– Ja też. Nie potrafię odpuścić sobie tego, co się stało. Ale z biegiem lat zmieniły się moje motywy. Na początku to był chyba smutek, coś w rodzaju żałoby. Chciałem odnaleźć Harriet i przynajmniej ją pochować. Chodziło o przywrócenie jej czci.

– W jaki sposób to się zmieniło?

– Dzisiaj chodzi mi raczej o to, żeby złapać tego wyrachowanego drania. I co zabawne, im jestem starszy, tym bardziej to hobby mnie pochłania.

– Hobby?

– Tak, hobby. Używam tego słowa świadomie. Kiedy śledztwo policji spełzło na niczym, kontynuowałem swoje prywatne dochodzenie. Próbowałem traktować problem z naukową systematycznością. Zebrałem wszelkie dostępne informacje, fotografie i policyjne dokumenty. Robiłem notatki, słuchając ludzi, którzy opowiadali, co robili tego dnia. Właściwie poświęciłem całe życie na zbieranie informacji o tym jednym jedynym dniu.

– Czy jesteś świadom, że po trzydziestu sześciu latach morderca może już sam leży w grobie?

– Nie sądzę.

Mikael uniósł brwi, zaskoczony zdecydowanym tonem.

– Chciałbym, żebyśmy po obiedzie wrócili na górę. Historia nie jest bowiem zakończona. Jest jeszcze jeden szczegół, najbardziej w tym wszystkim zadziwiający.

LISBETH SALANDER zaparkowała auto przy stacji kolejki podmiejskiej w Sundbyberg. Pożyczyła toyotę corollę z automatyczną skrzynią biegów w Milton Security. Wprawdzie nie prosiła o pozwolenie, ale Armanski nigdy nie zabronił jej korzystać z samochodów służbowych. Prędzej czy później będę musiała sobie sprawić własny pojazd, pomyślała. Nie posiadała samochodu, tylko lekki, używany motocykl marki Kawasaki, o pojemności stu dwudziestu pięciu centymetrów sześciennych. Jeździła na nim wyłącznie latem, a na zimę zamykała w piwnicy.

Przespacerowała się do znajomej bramy i dokładnie o szóstej wcisnęła guzik domofonu. Po kilku sekundach zamek wydał lekkie przytknięcie. Salander weszła na drugie piętro i zadzwoniła do drzwi, na których widniała wizytówka z pospolitym nazwiskiem Svensson. Nie miała pojęcia, kim jest ów Svensson i czy w ogóle kiedykolwiek tutaj mieszkał.

– Cześć, Plague – przywitała się.

– Wasp. Przychodzisz tylko wtedy, gdy czegoś potrzebujesz.

Mężczyzna był starszy od niej o trzy lata, miał sto osiemdziesiąt dziewięć centymetrów wzrostu i ważył sto pięćdziesiąt dwa kilogramy. Lisbeth, ze swoimi czterdziestoma dwoma kilogramami i stu pięćdziesięcioma czterema centymetrami, czuła się przy nim jak karlica. Jak zwykle w mieszkaniu panowały ciemności. Jedynie z sypialni, która służyła również za pracownię, sączyła się do przedpokoju smuga światła. Czuć było stęchlizną.

– Dlatego, że nigdy się nie myjesz i dlatego, że śmierdzi u ciebie jak cholera. Jeżeli kiedyś ruszysz się z domu, to polecam ci szare mydło w płynie. Kupisz w każdym Konsumie.

Uśmiechnął się blado, dał jej znak, żeby weszła z nim do kuchni, i nie zapaliwszy lampy, usiadł przy stole. Jedynym źródłem światła była poświata latarni ulicznych.

– No dobrze, ja też nie jestem najlepsza w sprzątaniu, ale gdy opakowania po mleku zaczynają cuchnąć trupem, to zbieram je do kupy i wyrzucam na śmietnik.

– Jestem na rencie. Uznano mnie za nieprzystosowanego socjalnie i społecznie.

– I dlatego państwo dało ci mieszkanie, a później zupełnie o tobie zapomniało. Czy nigdy się nie boisz, że sąsiedzi zaczną pisać skargi, że przyjdzie kontrola z urzędu opieki społecznej i że zamkną cię w domu wariatów?

– Masz coś dla mnie?

Lisbeth rozsunęła zamek błyskawiczny i wyciągnęła z kieszeni kurtki pięć tysięcy koron.

– To wszystko, co ci teraz mogę dać. To moje własne pieniądze, a przecież nie mogę cię odpisać od podatku.

– Co chcesz?

– Mankiet, o którym mówiłeś dwa miesiące temu. Udało się?

Mężczyzna z uśmiechem na twarzy położył przed nią niewielki przedmiot.

– Opowiedz, jak to działa.

Przez następną godzinę słuchała uważnie. A później wypróbowała. Możliwe, że Plague nie był przystosowany społecznie. Ale bezsprzecznie był geniuszem.

HENRIK VANGER zatrzymał się przy biurku, próbując ponownie przyciągnąć uwagę gościa. Mikael spojrzał na zegarek.

– Wspominałeś o jakimś zadziwiającym szczególe...

Henrik potwierdził skinieniem głowy.

– Urodziłem się 1 listopada. Kiedy Harriet miała osiem lat, podarowała mi w prezencie urodzinowym zasuszony kwiatuszek w prostej ramce.

Obszedł biurko i wskazał pierwszy obrazek. Dzwonek. Zmontowany po amatorsku, trochę krzywy.

– To jej pierwszy kwiat. Dostałem go w 1958 roku.

Wskazał kolejny.

– 1959. Jaskier. 1960. Złocień. Stało się tradycją, że każdego lata Harriet przygotowywała taki obrazek i zachowywała do moich urodzin. Co roku wieszałem je tu na ścianie. Zaginięcie Harriet przerwało tradycję w 1966 roku. Zamilkł, wskazując puste miejsce w rzędzie obrazków. Nagle Mikael poczuł, jak jeżą mu się włosy na głowie. Cała ściana była zapełniona zasuszonymi kwiatami.

– W 1967 roku, rok po jej zniknięciu, dostałem ten obrazek na urodziny. To jest fiołek.

– Jak go dostałeś? – zapytał cicho Mikael.

– Zapakowany w ozdobny papier, wysłany w grubej kopercie ze Sztokholmu. Żadnego nadawcy. Żadnej wiadomości.

– Myślisz, że...

– Właśnie tak. Na moje urodziny, każdego cholernego roku. Rozumiesz, jak się wtedy czuję? To jest wymierzona przeciw mnie tortura. Łamałem sobie głowę nad tym, myślałem, że może ktoś zamordował Harriet, bo chciał dobrać się do mnie. Dla nikogo nie było tajemnicą, że miałem do Harriet szczególny stosunek, że traktowałem ją jak córkę.

– Co chcesz, żebym zrobił? – zapytał Mikael ostrym tonem.

ODSTAWIWSZY COROLLĘ w podziemnym garażu firmy, Lisbeth Salander pomyślała, że równie dobrze może pójść tutaj do toalety. Korzystając z karty identyfikacyjnej otworzyła drzwi i wjechała windą od razu na trzecie piętro, świadomie omijając wejście główne na drugim piętrze, gdzie pełniono dyżur. Skorzystała z ubikacji i poszła po kawę do automatu, na którego kupno Armanski zdobył się, kiedy w końcu zrozumiał, że Lisbeth nigdy nie będzie parzyła małej czarnej tylko dlatego, że właśnie tego się od niej oczekuje. Powiesiła kurtkę na oparciu krzesła w swoim pokoju. Pomieszczenie o rozmiarach dwa na trzy metry było niewielkim prostopadłościanem za szklaną szybą. Stało w nim biurko ze stacjonarnym pecetem starszego typu, krzesło, kosz na śmieci, telefon i półka, na której stał komplet książek telefonicznych i trzy niezapisane notatniki. W dwóch szufladach biurka leżało kilka zużytych długopisów, spinacze i jeszcze jeden notatnik. W oknie obumarła roślina o brązowych, zwiędłych liściach. Lisbeth przyjrzała się jej badawczo, jak gdyby widziała ją pierwszy raz w życiu. Po chwili zdecydowanym ruchem wrzuciła ją do kosza.

Rzadko miała tutaj coś do załatwienia, może pięć, sześć razy do roku, głównie wtedy, gdy potrzebowała chwili spokoju, by wnieść ostatnie poprawki przed oddaniem raportu. Armanski upierał się przy oddzielnym miejscu dla Lisbeth, podkreślając, że własny pokój pozwoli jej czuć się częścią firmy, nawet jeżeli pracuje jako wolny strzelec. Natomiast Salander podejrzewała, że w ten sposób Armanski łudził się, że będzie ją miał na oku i że będzie mógł wtrącać się w jej prywatne sprawy. Początkowo przydzielił jej biurko w znacznie większym, kilkuosobowym pokoju, ale ponieważ nigdy tam nie zagościła, Armanski przeniósł ją do tej chwilowo niewykorzystanej klitki.

Wyciągnęła mankiet od Plague'a. Położyła go przed sobą na stole i pogrążona w myślach, gryząc wargę, przyglądała mu się uważnie.

Minęła jedenasta wieczorem, Lisbeth była zupełnie sama na piętrze. Nagle poczuła się zwyczajnie znudzona.

Po chwili wstała, przeszła korytarzem do samego końca i naciskając klamkę, sprawdziła drzwi do gabinetu Armanskiego. Zamknięte. Rozejrzała się. Ryzyko, że ktoś nagle pojawi się tutaj o północy w drugi dzień świąt, było minimalne. Otworzyła drzwi podróbką klucza centralnego, którą sprawiła sobie kilka lat temu.

W przestronnym pomieszczeniu znajdowało się biurko z krzesłami dla klientów, a w rogu stał niewielki stół konferencyjny na osiem osób. Było nienagannie czysto. Dawno nie szperała w rzeczach szefa, więc korzystając ze sposobności... Spędziła przy jego biurku całą godzinę, aktualizując swoją wiedzę na temat pogoni za podejrzanym o szpiegostwo przemysłowe, na temat osób zatrudnionych *under cover* w firmie, w której grasowała zorganizowana szajka złodziei, a także na temat podjętych w największej tajemnicy działań, które miały chronić klientkę obawiającą się o to, że jej dziecku grozi porwanie przez ojca.

Na koniec położyła wszystkie papiery na swoim miejscu, zamknęła drzwi na klucz i wróciła spacerkiem do domu przy Lundagatan. Czuła się usatysfakcjonowana minionym dniem.

MIKAEL BLOMKVIST ponownie pokręcił głową. Henrik Vanger, siedząc za biurkiem, obserwował gościa ze spokojem, jakby przygotowany na wszystkie zarzuty.

– Nie wiem, czy kiedykolwiek uda nam się dotrzeć do prawdy, ale nie chcę zejść z tego świata, nie spróbowawszy przynajmniej jeszcze jeden raz – oznajmił starzec. – Po prostu chcę cię zatrudnić, żebyś po raz ostatni przejrzał cały materiał dowodowy.

– To nie jest zbyt mądry pomysł – stwierdził Mikael.

– Dlaczego niezbyt mądry?

– Usłyszałem wystarczająco dużo. Henriku, rozumiem twój ból, ale chcę być wobec ciebie szczery. To, o co mnie prosisz, jest marnowaniem czasu i pieniędzy. Prosisz mnie, żebym wyczarował rozwiązanie zagadki, z którą przez lata nie poradziła sobie policja kryminalna i śledcza o znacznie większych możliwościach. Prosisz, żebym wyjaśnił przestępstwo, które popełniono prawie czterdzieści lat temu. W jaki sposób mam tego dokonać?

– Nie omówiliśmy twojego honorarium – odparł Vanger.

– To zupełnie niepotrzebne.

– Jeżeli odmówisz, nie mogę cię zmusić. Ale posłuchaj, co mam do zaoferowania. Dirch Frode sporządził już umowę. Możemy negocjować, jeżeli chodzi o szczegóły, ale umowa jest prosta i brakuje w niej jedynie twojego podpisu.

133

– Henriku, to wszystko nie ma sensu. Nie potrafię rozwiązać zagadki zniknięcia Harriet.

– Wedle umowy nie jest to konieczne. Oczekuję od ciebie, że zrobisz wszystko, co w twojej mocy. Jeżeli ci się nie uda, widocznie taka jest wola Boga, a jeśli w niego nie wierzysz – tak chciał los.

Mikael westchnął. Czuł się coraz bardziej nieswojo, chciał jak najszybciej zakończyć wizytę, a mimo to dał za wygraną.

– Słucham więc.

– Chcę, żebyś przez rok mieszkał i pracował tutaj, w Hedeby. Chcę, żebyś przejrzał całe dochodzenie w sprawie zaginięcia Harriet, dokument za dokumentem. Chcę, żebyś popatrzył na to wszystko świeżym okiem. Chcę, żebyś podał w wątpliwość wszystkie stare wnioski, dokładnie tak, jak to robi dociekliwy reporter. Chcę, żebyś szukał tego, co mogliśmy przeoczyć.

– A więc wymagasz ode mnie, żebym na cały rok zrezygnował z życia i kariery na rzecz czegoś, co według mnie jest kompletnym marnowaniem czasu.

Vanger uśmiechnął się niespodziewanie.

– Jeżeli chodzi o twoją karierę, to... chyba jesteśmy zgodni, że akurat w tej chwili ma się dość marnie.

Mikael nie odpowiedział.

– Chcę kupić rok twojego życia. Dać ci pracę. Zaoferować pensję lepszą od jakiejkolwiek innej. Jeżeli zaakceptujesz umowę i zostaniesz tutaj przez rok, zapłacę ci dwieście tysięcy miesięcznie, czyli razem dwa miliony czterysta tysięcy koron.

Mikael siedział oniemiały.

– Nie mam złudzeń. Wiem, że szanse powodzenia są minimalne, ale gdyby ci się udało rozwiązać zagadkę, oferuję bonus w postaci podwójnej pensji, czyli cztery miliony osiemset. No dobrze, nie będę skąpił, zaokrąglę do pięciu milionów.

Vanger odchylił się do tyłu i przechylił głowę.

– Mogę wpłacić pieniądze na jakiekolwiek konto, gdziekolwiek na świecie, jak sobie życzysz. Możesz też dostać gotówkę w walizce i od ciebie będzie zależało, czy zadeklarujesz dochód w urzędzie skarbowym.

– To jest... chore – wyjąkał Mikael.

– Dlaczego? – zapytał spokojnie Vanger. – Mam ponad osiemdziesiąt lat, ciągle jeszcze przy zdrowych zmysłach. Jestem właścicielem ogromnego majątku, mogę nim dysponować, jak mi się podoba. Nie mam dzieci ani też najmniejszej ochoty na rozdawanie pieniędzy znienawidzonym krewnym. Sporządziłem testament, większość majątku przekażę WWF. Kilka bliskich mi osób dostanie sowite sumy, między innymi Anna.

Mikael pokręcił głową.

– Spróbuj mnie zrozumieć. Jestem stary, wkrótce umrę. Na całym świecie chcę tylko jednej jedynej rzeczy, chcę odpowiedzi na pytanie, które dręczy mnie od prawie czterech dziesięcioleci. Nie sądzę, że poznam tę odpowiedź, ale mam wystarczające środki, żeby podjąć ostatnią próbę. Dlaczego wykorzystanie części tych zasobów na taki właśnie cel miałoby być czymś nierozsądnym? Jestem to winny Harriet. A także samemu sobie.

– Zapłacisz kilka milionów koron za nic. Wystarczy, że podpiszę kontrakt, a później mogę przez rok siedzieć z założonymi rękami.

– Ale nie będziesz siedział z założonymi rękami. Wręcz przeciwnie, będziesz pracował tak ciężko, jak nigdy wcześniej.

– Skąd ta pewność?

– Stąd, że mogę ci zaoferować coś, czego nie kupisz za żadne pieniądze, a pragniesz bardziej niż czegokolwiek na świecie.

– A co to miałoby być?

Oczy Vangera zwęziły się.

– Mogę ci podarować Hansa-Erika Wennerströma. Mogę udowodnić, że jest oszustem. Karierę zaczynał u mnie, trzydzieści pięć lat temu. Mogę ci podać jego głowę na półmisku. Rozwiąż zagadkę i zamień swoją porażkę w reportaż roku.

Rozdział 7
Piątek 3 stycznia

ERIKA POSTAWIŁA filiżankę na stole i odwróciła się plecami do Mikaela. Stała przy oknie w jego mieszkaniu, za szybą rozciągała się panorama Starówki. Była dziewiąta rano, trzeci stycznia. Wszystek śnieg stopniał w noworocznym deszczu.

– Zawsze mi się podobał ten widok – powiedziała. – Dla takiego mieszkania byłabym w stanie przeprowadzić się z Saltsjöbaden.

– Masz klucze. W każdej chwili możesz opuścić ten rezerwat dla wyższych sfer – odpowiedział Mikael.

Zamknąwszy walizkę, postawił ją w przedpokoju. Erika odwróciła się i obserwowała go z powątpiewaniem.

– Chyba sobie żartujesz. – Nie wytrzymała i podniosła głos. – Przeżywamy teraz najpoważniejszy kryzys, a ty pakujesz dwie walizki i wynosisz się do jakiegoś Herteperte.

– Do Hedestad. Kilka godzin pociągiem. I nie na całe życie.

– Równie dobrze mógłbyś wyjechać do Ułan Bator. Nie rozumiesz, że to będzie wyglądało na ucieczkę z podkulonym ogonem?

– Ale przecież uciekam z ogonem. A oprócz tego mam do odsiedzenia trzy miesiące w więzieniu.

Christer Malm siedział na kanapie. Czuł się nieswojo, po raz pierwszy od powstania „Millennium" widział Erikę i Mikaela w tak ostrym konflikcie. Przez całe lata byli nierozłączni. Wprawdzie od czasu do czasu kłócili się niemiłosiernie, ale zawsze chodziło o sprawy merytoryczne i po wyprostowaniu znaków zapytania szli w objęciach do knajpy. Albo do łóżka. Ostatniej jesieni nie było szczególnie wesoło, a teraz stali nieomalże na skraju przepaści. Malm zastanawiał się, czy nie jest świadkiem początku końca „Millennium".

– Nie mam wyboru – dodał Mikael. – Nie mamy wyboru.

Nalał sobie kawy i usiadł przy stole.

Erika, kręcąc głową, zajęła miejsce naprzeciwko.

– A co ty myślisz, Christer? – zapytała.

Malm rozłożył ręce. Czekał z obawą na to pytanie i moment, w którym będzie musiał opowiedzieć się po którejś ze stron. Był trzecim udziałowcem, ale wszyscy troje wiedzieli, że „Millennium" to Erika i Mikael. Pytali go o zdanie jedynie wtedy, gdy sami nie mogli dojść do porozumienia.

– Szczerze mówiąc – zaczął – obydwoje wiecie, że moja opinia nie gra tutaj żadnej roli.

Zamilkł. Uwielbiał tworzyć obrazy. Uwielbiał projektować szatą graficzną. Nigdy nie uważał się za artystę, ale wiedział, że jest obdarowany iskrą bożą. Miał natomiast fatalne rozeznanie, jeżeli chodzi o intrygi i podejmowanie zasadniczych decyzji.

Erika i Mikael nie spuszczali z siebie wzroku. Ona – oziębie wściekła. On – zamyślony.

To nie jest sprzeczka, pomyślał Christer. *To jest rozstanie.*

Mikael przerwał milczenie.

– Okej, pozwólcie mi jeszcze raz przedstawić argumenty – powiedział, wpatrzony w Erikę. – To nie znaczy, że porzucam „Millennium". Zbyt ciężko na nie pracowaliśmy.

– Ale znikniesz z redakcji, a pchać wózek będę tylko ja i Christer. Nie rozumiesz, że sam skazujesz się na wygnanie?

– Chodzi o coś innego. Muszę zrobić sobie przerwę, Eriko. Nie daję rady. Jestem wykończony. Płatny urlop w Hedestad to może właśnie coś, czego teraz mi trzeba.

– Cała ta sprawa jest chora, Mikael. Równie dobrze możesz zacząć pracować na jakimś UFO.

– Wiem. Ale za siedzenie przez rok na tyłku dostanę prawie dwa i pół miliona, a przecież nie będę bezczynny. To trzeci aspekt. Pierwszą rundę Wennerström wygrał przez nokaut. Druga runda już się zaczęła – będzie próbował zatopić „Millennium" na dobre, ponieważ zdaje sobie sprawę, że dopóki istnieje czasopismo, dopóty istnieje redakcja, która wie, kim naprawdę jest.

– Wiem. Przez ostatnie pół roku widzę to w rozliczeniach z ogłoszeniodawcami.

– No właśnie. Dlatego muszę się wycofać z redakcji. Działam na niego jak czerwona płachta. Ma na moim punkcie bzika. Dopóki tu jestem, dopóty będzie prowadził swoją kampanię. Teraz musimy się przygotować do trzeciej rundy. Żeby mieć choć minimalną szansę w starciu z Wennerströmem, musimy się cofnąć i wypracować zupełnie nową strategię. Musimy znaleźć klucz do jego interesów. I to jest moje zadanie na najbliższy rok.

– Ja to wszystko rozumiem – powiedziała. – Weź urlop. Wyjedź za granicę, powyleguj się przez miesiąc na plaży. Zbadaj życie uczuciowe Hiszpanek. Odpocznij. Usiądź sobie w Sandhamn i poprzyglądaj się falom.

– A gdy wrócę, to stwierdzę tylko, że nic się nie zmieniło. Wennerström zniszczy „Millennium". Przecież wiesz o tym. Możemy mu w tym przeszkodzić tylko w jeden sposób. Musimy znaleźć na niego haka.

– I myślisz, że znajdziesz go akurat w Hedestad?

– Sprawdziłem wycinki prasowe. Wennerström pracował dla Vangera od 1969 do 1972 roku. Zasiadał w sztabie koncernu, odpowiadał za planowanie strategiczne. Odszedł stamtąd w wielkim pośpiechu. Nie możemy wykluczyć, że Vanger naprawdę ma coś na niego.

– Ale jeżeli przeskrobał coś trzydzieści lat temu, to dzisiaj raczej mu tego nie udowodnimy.

– Henrik Vanger obiecał, że zgodzi się na wywiad i opowie wszystko, co wie. Stracił głowę dla tej swojej zaginionej krewnej. Wygląda na to, że nic innego go nie interesuje. I jeżeli będzie musiał poświęcić Wennerströma, to sądzę, że się nie zawaha. W każdym razie nie możemy zaprzepaścić szansy. On jest pierwszą osobą chętną do obrzucenia Wennerströma błotem *on the record*.

– Nawet jeżeli wrócisz z dowodami na to, że dziewczynę udusił Wennerström, to i tak nie będziemy mogli ich użyć. Jeszcze długo. Zmasakrowałby nas w sądzie.

– Taka myśl też mi przyszła do głowy, ale sorry, gdy Harriet zniknęła, Wennerström studiował w Wyższej Szkole Handlowej i nie miał żadnych powiązań z przedsiębiorstwami Vangera.

Zrobił krótką przerwę.

– Eriko, nie rezygnuję z „Millennium", ale to ważne, żeby ludzie myśleli, że was opuściłem. Musisz dalej prowadzić pismo. Razem z Christerem. Jeżeli będziecie w stanie... jeżeli pojawi się możliwość zawarcia pokoju z Wennerströmem, to będziecie go mogli zawrzeć. A to absolutnie nie wchodziłoby w grę, gdybym został w redakcji.

– Okej, sytuacja jest paskudna, ale mam wrażenie, że wyjeżdżając do Hedestad, chwytasz się brzytwy.

– A masz lepszy pomysł?

Erika wzruszyła ramionami.

– Powinniśmy zacząć szukać źródeł, zrekonstruować historię od początku i tym razem zrobić to porządnie.

– Ricky, ta historia jest kompletnie martwa.

Zrezygnowana Erika spuściła głowę i zanim zaczęła mówić, oparła ją na rękach. Przynajmniej na początku chciała uniknąć wzroku Mikaela.

– Jestem na ciebie cholernie wściekła. Nie dlatego, że historia, którą napisałeś, była pomyłką – ja też się dałam na nią nabrać. I nie dlatego, że zrzekasz się funkcji wydawcy, w tej sytuacji to mądra decyzja. Mogę zaakceptować tę grę pozorów, to znaczy udajemy, że doszło między nami do rozłamu, że walczymy o władzę, rozumiem. Wennerström ma odnieść wrażenie, że jestem tylko niegroźną blondynką, a prawdziwe zagrożenie to ty.

Zamilkła, a po chwili z zaciekłością spojrzała mu w oczy.

– Ale mylisz się. Wennerström nie da się nabrać. Nie ustanie w próbach zniszczenia „Millennium". Zmieni się jedynie to, że od dzisiaj będę musiała walczyć z nim sama. A ty doskonale wiesz, że jesteś teraz potrzebny w redakcji jak nigdy wcześniej. Okej, chętnie powojuję z Wennerströmem, ale wkurza mnie to, że tak bezceremonialnie opuszczasz tonący statek. W najcięższej chwili zostawiasz nas na pastwę losu.

Mikael pogłaskał ją po głowie.

– Nie jesteś sama. Masz do pomocy Christera i resztę redakcji.

– Na pewno nie Jannego Dahlmana. Zresztą... uważam, że zatrudniając go, popełniliśmy błąd. Owszem, jest kompetentny, ale robi więcej szkody niż pożytku. Nie ufam mu. Przez całą jesień był taki radosny, jak gdyby cieszył się z cudzego nieszczęścia. Nie wiem, czy ma nadzieję na przejęcie twojej roli, czy po prostu nie zadziałała chemia...

– Obawiam się, że masz rację.

– To co mam zrobić? Wylać go?

– Eriko, jesteś redaktorem naczelnym i główną właścicielką „Millennium". Jeżeli musisz go zwolnić, to go zwolnisz.

– Nigdy nikogo stąd nie wylaliśmy, Micke. A teraz spychasz na mnie odpowiedzialność za podjęcie również tej decyzji. Już się tak nie cieszę, gdy rano mam iść do pracy.

Christer Malm wstał niespodziewanie.

– Jeśli masz zdążyć na ten pociąg, to musimy się zbierać.

Gdy Erika zaczęła protestować, podniósł rękę.

– Poczekaj, przed chwilą pytałaś o moje zdanie. Uważam, że sytuacja jest do dupy. Ale jeżeli jest tak, jak mówi Mikael, jeżeli naprawdę znalazł się w ślepym zaułku, to musi wyjechać stąd dla swojego dobra. Jesteśmy mu to winni.

Mikael i Erika przyglądali mu się ze zdziwieniem, podczas gdy on zerkał zażenowany na Mikaela.

– Wiecie doskonale, że „Millennium" to wy. Jestem tylko współudziałowcem, byliście zawsze wobec mnie uczciwi, kocham to czasopismo i tak dalej, ale na stanowisku art director moglibyście bez problemu zatrudnić kogoś innego. Pytaliście, co sądzę. Powiedziałem, co sądzę. Zgadzam się z wami, jeżeli chodzi o Jannego. Eriko, jeśli musisz go wylać z pracy, to mogę cię wyręczyć. O ile tylko znajdziemy odpowiedni pretekst.

Po chwili mówił dalej.

– Podobnie jak ty uważam, że odejście Mikaela właśnie w tej chwili to ogromne nieszczęście. Ale nie mamy innego wyjścia. – Spojrzał ponownie na swego kolegę. – Odwiozę cię na dworzec. Erika i ja będziemy tkwić na posterunku aż do twojego powrotu.

Mikael skinął powoli głową.

– A ja się boję, że Mikael nie wróci... – powiedziała cicho Erika.

DRAGAN ARMANSKI obudził Lisbeth, dzwoniąc do niej o wpół do drugiej po południu.

– Osochozi? – wyszeptała zaspana. W ustach czuła smołę.

– Mikael Blomkvist. Właśnie rozmawiałem z naszym zleceniodawcą, adwokatem Frode.

– Aha?

– Powiedział, że możemy zakończyć badanie Wennerströma.

– Zakończyć? Przecież dopiero zaczęłam.

– Zaczęłaś, ale Frode nie jest już zainteresowany sprawą.

– Ot tak, po prostu?

– To on decyduje. Jeżeli chce odwołać zlecenie, to odwołuje.

– Umówiliśmy się co do honorarium.

– Ile czasu ci to zajęło?

Lisbeth zastanawiała się chwilę.

– Ponad trzy dni.

– Ustaliliśmy pułap na poziomie czterdziestu tysięcy koron. Wystawię fakturę na dziesięć tysięcy, dostaniesz połowę, co jest chyba do przyjęcia za trzy zmarnowane dni. Musi zapłacić, w końcu on to zlecił.

– A co mam zrobić z materiałem, który do tej pory znalazłam?

– Coś ciekawego?

Znów się zamyśliła.

– Nie.

– Frode nie prosił o sprawozdanie. Zachowaj na razie, gdyby przypadkiem wrócił. A później po prostu wyrzuć. Na przyszły tydzień mam dla ciebie nowe zlecenie.

Lisbeth siedziała jeszcze przez chwilę ze słuchawką w ręku, chociaż Armanski odłożył swoją. Podeszła do biurka w narożniku pokoju, omiotła wzrokiem przyszpilone do ściany notatki i stosy papieru leżące na blacie. To, co do tej pory zdążyła znaleźć, to były głównie wycinki prasowe i teksty ściągnięte z sieci. Zgarnęła wszystko i wrzuciła niedbale do szuflady.

Zmarszczyła brwi. Osobliwe zachowanie Blomkvista w sądzie traktowała jako interesujące wyzwanie. Nie przepadała za przerywaniem rozpoczętych spraw. *Ludzie zawsze mają swoje tajemnice. Chodzi tylko o to, żeby je odgadnąć.*

46 procent szwedzkich kobiet
co najmniej raz doświadczyło
przemocy ze strony mężczyzny.

CZĘŚĆ II

Analiza konsekwencji

3 stycznia – 17 marca

Rozdział 8
Piątek 3 stycznia – niedziela 5 stycznia

GDY MIKAEL BLOMKVIST po raz drugi wysiadł z pociągu w Hedestad, niebo było pastelowo błękitne, a powietrze lodowate. Termometr przed budynkiem dworca obwieszczał, że temperatura spadła do minus osiemnastu stopni. Blomkvist w dalszym ciągu miał na sobie nieodpowiednie, lekkie buty spacerowe. Tym razem nie czekał na niego adwokat Frode z rozgrzanym samochodem. Mikael poinformował tylko o dniu przyjazdu, nie o godzinie. Przypuszczał, że na Hedeby kursuje jakiś autobus, ale objuczony dwoma walizami i torbą podróżną nie miał ochoty szukać przystanku. Skierował kroki prosto na postój taksówek usytuowany po drugiej stronie placu przed budynkiem dworca.

Przez ostatnie dni roku wybrzeże Norlandii zasypały niesamowite ilości śniegu i sądząc po zwałach wzdłuż poboczy i tu i ówdzie utworzonych zwałach, służby drogowe pracowały w Hedestad na pełnych obrotach. Kierowca taksówki, który według identyfikatora miał na imię Hussein, na pytanie Mikaela o uciążliwą pogodę pokręcił tylko głową. Śpiewnym norlandskim dialektem opowiedział o najstraszliwszej od kilkudziesięciu lat burzy śnieżnej i gorzko ubolewał, że nie wyjechał na święta do Grecji.

Taksówka zatrzymała się na odśnieżonym podwórzu Henrika Vangera. Mikael postawił walizki na ganku i przyglądał się powracającemu do Hedestad samochodowi. Naraz poczuł się samotny i pełen wątpliwości. Może Erika miała rację, twierdząc, że cały ten projekt jest obłąkany?

Usłyszawszy otwierane za plecami drzwi, odwrócił się. Henrik Vanger był ciepło odziany w solidny płaszcz, grube trzewiki i czapkę z nausznikami. Mikael stał w dżinsach i cienkiej skórzanej kurtce.

– Jeżeli masz tu zamieszkać, to musisz nauczyć się ubierać trochę bardziej odpowiednio do pogody.

Uścisnęli sobie dłonie.

– Jesteś pewien, że nie chcesz zająć pokoju w głównym budynku? Nie? W takim razie zakwaterujemy cię w twoim nowym domu.

Mikael skinął potakująco. Pertraktując z Vangerem i Frodem, zażądał osobnego mieszkania, w którym mógłby samodzielnie prowadzić gospodarstwo i żyć wedle własnego uznania. Henrik poprowadził Mikaela z powrotem na drogę wiodącą do mostu, po czym skręcił i wszedł przez furtkę na odśnieżone podwórko przed niewielkim domkiem z drewnianych bali. Starzec otworzył i przytrzymał drzwi. W malutkiej sieni Mikael z ulgą odstawił walizki.

– To tak zwana chałupa dla gości. Dla tych, którzy zatrzymują się na dłużej. Właśnie tutaj mieszkałeś ze swoimi rodzicami w 1963 roku. To jedna z najstarszych budowli w osadzie, ale oczywiście zmodernizowana. Poprosiłem Gunnara Nilssona, stróża, żeby rano podkręcił ogrzewanie.

Dom miał około pięćdziesięciu metrów kwadratowych i składał się z dużej kuchni i dwóch malutkich izb. Zajmującą połowę powierzchni kuchnię wyposażono w nowoczesną elektryczną kuchenkę, lodówkę i bieżącą wodę, ale stał tu również stary żeliwny piec na drewno, w którym właśnie napalono.

– Nie musisz go używać, no chyba że będzie szczególnie zimno i wilgotno. Skrzynia na drewno stoi w sieni, za domem znajdziesz drewutnię. Dom stał pusty od jesieni i dlatego rano napaliliśmy, żeby go ogrzać. Na co dzień wystarczą elektryczne kaloryfery. Tylko nie wieszaj na nich ubrań, bo może się zacząć palić.

Mikael znów skinął głową i rozejrzał się dookoła. Okna wychodziły na trzy strony, od kuchennego stołu miał widok na podstawę mostu, zaledwie trzydzieści metrów dalej. Umeblowanie kuchni składało się poza tym z kilku sporych szafek, krzeseł, starej ławy i półki z gazetami. Na samym wierzchu leżał tygodnik „Se" z 1967 roku. W narożniku, obok stołu, znalazło się miejsce na niewielki stolik, który mógł służyć za biurko.

Wejście do kuchni znajdowało się obok pieca. Po jego drugiej stronie było dwoje wąskich drzwi prowadzących do dwóch izb. Ta po prawej, najbliżej ściany zewnętrznej, wyglądała jak komórka przerobiona na gabinet do pracy. Na umeblowanie składały się stojące w amfiladzie: biurko, krzesło i regał na książki. Drugi pokój, między sienią a gabinetem, był stosunkowo niewielką sypialnią, wyposażoną w dość wąskie łóżko małżeńskie, stolik nocny i szafę. Na ścianach wisiało kilka obrazów z motywami roślinnymi. Meble i tapety w całym domu były stare i wypłowiałe, ale wszędzie unosił się zapach świeżości i czystości. Ktoś potraktował podłogę porządną dawką szarego mydła. W sypialni były boczne drzwi, które prowadziły z powrotem do sieni, gdzie w małej spiżarni urządzono toaletę z prysznicem.

– Mogą być problemy z wodą – powiedział Henrik. – Rano wszystko było w porządku, ale rury leżą dość płytko i jeżeli mróz się utrzyma, to mogą pozamarzać. W sieni wisi wiaderko, w razie potrzeby możesz przyjść do nas po wodę.

– Będzie mi potrzebny telefon.

– Już zamówiłem. Zainstalują pojutrze. No, jak ci się podobało? Gdybyś zmienił zdanie, to zawsze możesz wprowadzić się do głównego budynku.

– Tu mi będzie bardzo dobrze – odpowiedział Mikael, jednak nie do końca przekonany, że sytuacja, w której dobrowolnie się znalazł, nie kłóci się ze zdrowym rozsądkiem.

– Świetnie. Za jakąś godzinę zapadnie zmrok. Proponuję krótki spacer, żebyś mógł zapoznać się z osadą. Jeżeli pozwolisz, to przypomnę ci, żebyś założył grube skarpety i buty z cholewami. Znajdziesz je w szafie w sieni.

Mikael, wykonawszy polecenie, postanowił, że jutro wybierze się na zakupy i sprawi sobie ciepłe kalesony i porządne zimowe buty.

STARZEC ZACZĄŁ oprowadzanie od wyjaśnienia, że najbliższym sąsiadem Mikaela, po drugiej stronie drogi, jest Gunnar Nilsson, pomocnik, którego Vanger upierał się nazywać stróżem, ale który, co Mikael dość szybko zauważył, był raczej opiekunem wszystkich zabudowań na wyspie i który poza tym pełnił obowiązki administratora wielu nieruchomości w Hedestad.

– Jego ojciec, Magnus Nilsson, pracował u mnie jako stróż w latach sześćdziesiątych i był jednym z tych ludzi, którzy pomagali podczas wypadku na moście. Żyje do dziś, jest emerytem i mieszka w Hedestad. Na wyspie został Gunnar i jego żona, Helen. Ich dzieci już wyfrunęły z domu.

Vanger przerwał na chwilę, po czym znów zabrał głos.

– Mikaelu, oficjalnie jesteś tutaj po to, żeby pomóc mi w pisaniu biografii. Dzięki temu będziesz miał pretekst do myszkowania po wszystkich ciemnych kątach, będziesz mógł zadawać ludziom różne pytania. Ale rzeczywiste zlecenie to rzecz między mną, tobą i Dirchem Frodem. Tylko my trzej wiemy, o co naprawdę chodzi.

– Rozumiem. I powtarzam, co powiedziałem wcześniej: to strata czasu. Nie potrafię rozwiązać tej zagadki.

– Żądam jedynie, żebyś spróbował. Ale musimy zachować ostrożność i zwracać uwagę na to, co mówimy w obecności innych.

– Okej.

– Gunnar ma teraz pięćdziesiąt sześć lat, a to znaczy, że gdy Harriet zniknęła, był zaledwie dziewiętnastolatkiem. Jest pytanie, na które nigdy nie uzyskałem odpowiedzi:

Harriet i Gunnar byli dobrymi przyjaciółmi i myślę, że między nimi było coś w rodzaju dziecinnego romansu, przynajmniej on był nią bardzo zainteresowany. W dniu jej zniknięcia był jednak w Hedestad i był jednym z tych odciętych od wyspy, gdy zamknięto most. Z powodu zażyłości z Harriet zlustrowano go szczególnie dokładnie. To było dla niego bardzo nieprzyjemne, ale policja uznała jego alibi za wystarczające. Cały dzień spędził w towarzystwie kolegów i wrócił do domu dopiero późnym wieczorem.

– Wychodzę z założenia, że masz spis osób przebywających wtedy na wyspie i że wiesz, kto się czym zajmował tego dnia.

– Tak, mam. Idziemy dalej?

Zatrzymali się na wzniesieniu za posiadłością Vangera. Stojąc na skrzyżowaniu, Henrik wskazał stary port rybacki.

– Prawie cała wyspa jest w posiadaniu rodziny Vangerów, a dokładniej – w moim. Wyjątek stanowi gospodarstwo rolne Östergården i kilka pojedynczych domów w osadzie. Chaty w porcie są wykupione przez prywatnych właścicieli i zamieszkane głównie latem, zimą stoją puste. Z wyjątkiem tego najdalszego domku. Widzisz dym z komina?

Mikael skinął głową. Był już przemarznięty do szpiku kości.

– Ta nędzna i nieszczelna chata służy mieszkańcom przez okrągły rok. Mieszka w niej Eugen Norman. Ma siedemdziesiąt siedem lat i zajmuje się malarstwem. Jak na mój gust to zwykłe kicze, ale wiem, że Norman jest dość znanym malarzem przyrody. To taki nasz etatowy dziwak we wsi.

Henrik poprowadził Mikaela drogą do cypla, wskazując kolejne zabudowania. Osada składała się z sześciu domów po zachodniej stronie drogi i czterech po wschodniej. Pierwszy, stojący najbliżej chałupki Mikaela i posiadłości Henrika, należał do jego brata Haralda. Nieciekawy, piętrowy budynek z kamienia, na pierwszy rzut oka sprawiał wrażenie opuszczonego. Okna były zasłonięte, a ścieżka do drzwi wejściowych pokryta półmetrową warstwą śniegu. Przy dokładniejszych oględzinach można jednak było zobaczyć głębokie ślady stóp, które świadczyły o tym, że ktoś przechodził między drogą a domem.

– Harald to odludek. Nigdy nie było nam się łatwo porozumieć. Jeżeli nie liczyć kłótni w sprawach koncernu, bo też jest jego współwłaścicielem, to w zasadzie nie rozmawialiśmy ze sobą od ponad sześćdziesięciu lat. Jest starszy ode mnie i jako jedyny z moich pięciu braci pozostał przy życiu. Właśnie skończył dziewięćdziesiąt jeden lat. Później opowiem szczegóły, ale studiował medycynę i działał przede wszystkim w Uppsali. Wrócił do Hedestad jako siedemdziesięciolatek.

– Rozumiem, że nie darzycie się sympatią. I mimo to jesteście sąsiadami?

– Uważam, że to ohydny typ, i wolałbym go tu nie widzieć, ale to on jest właścicielem domu. Czy sprawiam wrażenie łajdaka?

– Sprawiasz wrażenie osoby, która nie lubi swojego brata.

– Przez pierwsze dwadzieścia pięć, trzydzieści lat życia zajmowałem się usprawiedliwianiem ludzi pokroju Haralda i przebaczałem im tylko dlatego, że byli moimi krewnymi. Później odkryłem, że więzy krwi nie gwarantują miłości bliźniego i że naprawdę mam niewiele powodów, żeby brać Haralda w obronę.

Następny dom należał do Isabelli, matki Harriet.

– Kończy w tym roku siedemdziesiąt pięć lat, w dalszym ciągu jest wytworną i próżną kobietą. Jako jedyna we wsi rozmawia z Haraldem i odwiedza go czasami, ale nie mają ze sobą dużo wspólnego.

– Jak się układały jej stosunki z Harriet?

– Dobrze myślisz. Kobiety również mogą należeć do podejrzanych. Opowiadałem ci, że puszczała dzieci samopas. Nie wiem, myślę, że chciała dobrze, ale chyba nie była w stanie unieść ciężaru odpowiedzialności. Nie były sobie bliskie, ale też nigdy nie powstała między nimi wrogość. Isabella potrafi być twarda, ale czasami, jak to się mówi, nie zawsze robi to w dobrym momencie. Gdy ją spotkasz, zrozumiesz, o co mi chodzi.

Sąsiadką Isabelli była Cecilia Vanger, córka Haralda.

– Wcześniej, jako mężatka, mieszkała w Hedestad, ale rozstała się z mężem ponad dwadzieścia lat temu. Dom należy do mnie, ale zaproponowałem jej przeprowadzkę. Cecilia jest nauczycielką i pod wieloma względami przeciwieństwem swojego ojca. Dodam, że również oni nie rozmawiają ze sobą częściej niż to konieczne.

– Ile ma lat?

– Urodzona w 1946 roku. Kiedy Harriet zniknęła, miała więc dwadzieścia. I tego dnia była jednym z gości na wyspie.

Zamyślił się.

– Cecilia może sprawiać wrażenie niepoważnej, ale tak naprawdę jest wyjątkowo bystra. Łatwo jej nie docenić. Jeżeli ktoś tutaj odgadnie twoje prawdziwe zajęcie, to właśnie ona. Mogę powiedzieć, że należy do tych krewnych, których cenię najbardziej.

– Czy to znaczy, że jej nie podejrzewasz?

– Tego nie twierdzę. Chcę, żebyś pogłowił się nad tym bez żadnych uprzedzeń, niezależnie od tego, co ja myślę i co mi się wydaje.

Sąsiedni dom, również należący do Henrika, wynajmowała starsza para, zatrudniona wcześniej w kierownictwie koncernu. Przeprowadzili się na wyspę w latach osiemdziesiątych i tym samym nie mieli nic wspólnego ze zniknięciem Harriet. Następny budynek, od wielu lat opuszczony, należał do Birgera Vangera, brata Cecilii. Właściciel zamieszkał w nowoczesnej willi w Hedestad.

Większość budynków stojących wzdłuż drogi stanowiły solidne domy z kamienia, wzniesione na początku ubiegłego wieku. Ostatni odbiegał jednak charakterem od pozostałych. Stosunkowo nowa, na zamówienie zaprojektowana willa z białej cegły miała fantastyczne położenie. Mikael wyobraził sobie imponujący widok z piętra domu: po wschodniej stronie na morze, po północnej – na Hedestad.

– Tutaj mieszka Martin Vanger, brat Harriet i naczelny całego koncernu. Tę działkę zajmowała wcześniej plebania, ale w latach siedemdziesiątych częściowo strawił ją pożar i gdy Martin przejął kierownictwo, postawił tu dom. W 1978 roku.

W najdalej wysuniętym na północ domu po wschodniej stronie drogi mieszkali Gerda Vanger, wdowa po bracie Henrika Gregerze, i jej syn Alexander.

– Gerda jest bardzo schorowana, cierpi na reumatyzm. Alexander ma trochę udziałów w koncernie, ale prowadzi też własne przedsiębiorstwa, między innymi parę restauracji. Co roku spędza kilka miesięcy na Barbadosie, gdzie zainwestował część pieniędzy w przemysł turystyczny.

Między posiadłościami Gerdy i Henrika znajdowała się działka z dwoma mniejszymi budynkami, które – teraz opustoszałe – służyły za kwatery gościnne dla przyjeżdżających w odwiedziny krewnych. Po drugiej stronie posesji Henrika stał wykupiony dom, zamieszkany przez jeszcze jednego byłego pracownika koncernu. Zimą stał pusty, ponieważ właściciel zwykł wyjeżdżać z żoną do Hiszpanii.

Wrócili do skrzyżowania, tym samym kończąc obchód okolicy. Zaczynało zmierzchać. Mikael odezwał się.

– Henriku, powtórzę tylko, że to jest taki rodzaj ćwiczenia, które raczej do niczego nie doprowadzi, ale postaram się zrobić to, do czego się zobowiązałem. Napiszę twoją biografię i przeczytam cały materiał o Harriet krytycznym okiem na tyle, na ile potrafię. Chcę tylko, żebyś zrozumiał, że nie jestem żadnym prywatnym detektywem, więc nie spodziewaj się zbyt wiele.

– Niczego nie oczekuję. Chcę tylko po raz ostatni spróbować dotrzeć do prawdy.

– Dobrze.

– Jestem nocnym markiem – oznajmił Vanger. – W ciągu dnia bywam dostępny dopiero od południa. Przygotuję tu na górze gabinet, będziesz mógł nim dysponować, jak zechcesz.

– Nie, dziękuję. Mam już jeden pokój do pracy, w zupełności mi wystarczy.

– Jak sobie życzysz.

– Gdy będę chciał z tobą porozmawiać, chętnie przyjdę do twojego gabinetu, ale zapewniam, że nie przybiegnę z pytaniami już dziś wieczorem.

– Rozumiem.

Starzec sprawiał wrażenie podejrzanie onieśmielonego.

– Lektura całej dokumentacji zajmie mi parę tygodni. Będziemy pracować na dwóch frontach. Przez kilka godzin dziennie będę z tobą rozmawiał i zbierał informacje do biografii. Gdy pojawią się wątpliwości w sprawie Harriet i będę je chciał z tobą przedyskutować, to też się tu pojawię.

– To brzmi rozsądnie.

– Zamierzam działać bardzo swobodnie, bez żadnych stałych godzin pracy.

– Planujesz wszystko sam.

– Zdajesz sobie sprawę, że mam do odsiedzenia kilka miesięcy w więzieniu? Nie wiem kiedy. Nie myślę składać odwołania, no więc to wypadnie kiedyś w ciągu tego roku.

Vanger zmarszczył brwi.

– To niedobrze. Postaramy się to jakoś załatwić. Możesz wystąpić z wnioskiem o przesunięcie terminu.

– Jeżeli to wypali, jeżeli zbiorę wystarczająco dużo materiału, to będę mógł pracować nad książką w więzieniu. Ale zajmiemy się tym, gdy nadejdzie pora. I jeszcze jedno: w dalszym ciągu jestem współudziałowcem „Millennium", które teraz jest czasopismem w kryzysie. Jeżeli wydarzy się coś, co będzie wymagało mojej obecności w Sztokholmie, będę zmuszony rzucić wszystko i pojechać do domu.

– Nie jesteś moim poddanym. Oczekuję od ciebie konsekwentnej i solidnej pracy nad zleceniem, ale oczywiście to ty planujesz swoje działania i pracujesz wedle własnego pomysłu. Jeżeli będziesz musiał wziąć wolne, to proszę bardzo. Ale jeśli odkryję, że sobie odpuściłeś, to uznam to za zerwanie umowy.

Mikael przytaknął. Henrik odwrócił wzrok w kierunku mostu. Mikaela uderzyła nagle myśl, że ten szczupły mężczyzna wygląda jak nieszczęśliwy strach na wróble.

– Jeżeli chodzi o kryzys w „Millennium", to powinniśmy o tym porozmawiać, może będę w stanie wam jakoś pomóc.

– Najlepiej byłoby, gdybyś mógł mi podarować głowę Wennerströma już dzisiaj.

– O nie, tego nie mogę zrobić – starzec spojrzał ostro na Mikaela. – Jedynym powodem, dla którego podjąłeś się tej pracy, jest moja obietnica, że ujawnię grzechy Wennerströma. Jeśli zdradzę ci je teraz, będziesz mógł odejść, kiedy ci się spodoba. Informacje dostaniesz za rok.

– Henriku, wybacz, że to mówię, ale przecież nawet nie mam pewności, że za rok będziesz żył.

Vanger westchnął i pogrążony w myślach patrzył na port rybacki.

– Rozumiem. Porozmawiam z Dirchem Frodem, zobaczymy, co się da zrobić. Ale wracając do „Millennium", może będę mógł wam pomóc w jakiś inny sposób. O ile wiem, problemem są wycofujący się ogłoszeniodawcy.

Mikael skinął wolno głową.

– Ogłoszeniodawcy to problem na dzisiaj, ale kryzys sięga o wiele głębiej. Chodzi o wiarygodność. Jeżeli ludzie nie będą chcieli kupować gazety, to nie ma znaczenia, czy mamy ogłoszeniodawców.

– Zdaję sobie z tego sprawę. Ciągle jeszcze jestem członkiem zarządu w stosunkowo dużym koncernie, nawet jeżeli mój udział jest dość bierny. I gdzieś musimy zamieszczać swoje reklamy. Możemy o tym później porozmawiać. Zjesz kolację...

– Nie, dziękuję. Chcę się rozpakować, zrobić zakupy i rozejrzeć odrobinę. Jutro pojadę do Hedestad, żeby sprawić sobie zimowe ubrania.

– To dobry pomysł.

– Chciałbym, żebyś przeniósł do mnie archiwum dotyczące Harriet.

– Pamiętaj, że należy się z nim obchodzić...

– ...z dużą dozą ostrożności, wiem.

MIKAEL WRÓCIŁ do swojej chatki. Zamykając drzwi, dzwonił zębami. Spojrzał na termometr za oknem. Minus piętnaście. Nie przypominał sobie, żeby kiedykolwiek był tak zziębnięty po dwudziestominutowym spacerze. Najbliższą godzinę spędził na urządzaniu się w domu, który przez następny rok miał być jego mieszkaniem. Ubrania z walizki poukładał w szafie w sypialni, przybory toaletowe – w szafce w łazience. Z drugiej walizki, przypominającej prostokątne pudło na kółkach, wyciągnął książki, płyty, odtwarzacz kompaktowy, notatniki, niewielki magnetofon reporterski marki Sanyo, skaner marki Microtec, przenośną drukarkę atramentową, aparat cyfrowy Minolta i inne drobiazgi, które uznał za nieodzowne na czas rocznego wygnania.

Na półce w gabinecie, obok książek i płyt, ustawił dwa skoroszyty z materiałami dotyczącym Hansa-Erika Wennerströma. Były w tej chwili bezwartościowe, ale Mikael nie potrafił się ich pozbyć. Te teczki w jakiś sposób miały przeobrazić się w cegiełki budujące jego przyszłą karierę.

Na samym końcu otworzył torbę na laptopa i postawił na biurku swojego iBooka. Na chwilę zamarł, wodząc po wszystkim nieprzytomnym wzrokiem. *The benefits of living in the countryside.* Nagle dotarło do niego, że nie ma gdzie podłączyć kabla dostarczającego sygnał internetowy. Nie było nawet zwykłego gniazdka telefonicznego, żeby mógł skorzystać ze starego modemu. Wrócił do kuchni i zadzwonił z komórki do Telii. Pokonawszy kilka przeszkód, dotarł do osoby, która znalazła zamówienie złożone kilka dni wcześniej przez Vangera. Na pytanie o przepustowość kabla dostał odpowiedź, że zainstalowanie ADSL będzie możliwe dzięki węzłowi sieciowemu w Hedestad. Miało to zająć kilka dni.

KIEDY DOPROWADZIŁ wszystko do porządku, minęła czwarta po południu. Znów założył grube skarpety, buty z cholewami i jeszcze jeden sweter. Zatrzymał się w drzwiach, uświadamiając sobie, że nie dostał klucza. Jego sztokholmskie instynkty buntowały się przeciwko norlandzkiemu zwyczajowi ignorowania zamków. Wróciwszy do kuchni, zaczął szperać w szufladach. W końcu znalazł klucz. Wisiał na gwoździu w spiżarni.

Temperatura spadła do minus siedemnastu stopni. Mikael przemaszerował raźnie przez most i minął kościół. Pokonując lekkie wzniesienie, dotarł do sklepu, który stał trzysta metrów dalej. Wypełnił dwie papierowe torby zakupami, przytaszczył je do domu i ponownie przeszedł mostem na stały ląd. Tym razem zatrzymał się przy kawiarni U Susanny. Kobieta za barem miała około pięćdziesięciu lat. Mikael zapytał, czy to ona jest Susanną, po czym przedstawił się, wyjaśniając, że w najbliższym czasie będzie u niej stałym gościem. Akurat teraz był jedynym klientem. Gdy oprócz kanapki kupił też bochenek chleba i ciasto drożdżowe, właścicielka zaproponowała mu darmową kawę. Ściągnął z wieszaka na gazety „Hedestads-Kuriren" i usiadł przy stoliku z widokiem na most i oświetlony kościół, który w ciemności wyglądał jak wyjęty z kartki bożonarodzeniowej. Przeczytanie gazety zajęło mu cztery minuty. Jedyną wiadomością godną uwagi był tekst o planach Birgera Vangera, miejscowego radnego reprezentującego Partię Ludową, który chciałby postawić na IT TechCent – centrum rozwoju technologii w Hedestad. Mikael siedział w kawiarni jeszcze pół godziny, aż do zamknięcia lokalu.

O WPÓŁ DO ÓSMEJ zadzwonił do Eriki i usłyszał, że abonent jest chwilowo niedostępny. Siedząc na ławie kuchennej, zaczął czytać powieść, która według informacji na okładce była sensacyjnym debiutem nastoletniej feministki. Książka traktowała o próbach uporządkowania życia seksualnego pisarki w czasie jej podróży do Paryża i Mikael zastanawiał się, czy okrzyczano by go feministą, gdyby naśladując styl licealisty, napisał powieść o swoich doświadczeniach seksualnych. Raczej nie. Kupił tę książkę zachęcony pochwałami wydawcy dla „nowej Cariny Rydberg". Dość szybko stwierdził, że zachwyty są bezpodstawne, zarówno jeżeli chodzi o formę, jak i treść. Odłożywszy powieść, przeczytał nowelkę z Dzikiego Zachodu o Hopalong Cassidy, którą znalazł w starym numerze „Rekordmagasinet".

Co pół godziny słychać było przytłumiony dźwięk kościelnego dzwonu. Po drugiej stronie drogi u Gunnara Nilssona paliło się światło, ale Mikael nie mógł tam nikogo dojrzeć. U Haralda Vangera królowały ciemności. O dziewiątej przez most przejechał samochód w kierunku cypla. O północy zgasło oświetlenie fasady kościoła. Widocznie tak wyglądało życie rozrywkowe na Hedeby w piątkowy wieczór na początku stycznia. Było osobliwie cicho.

Spróbował jeszcze raz zadzwonić do Eriki i połączył się z automatyczną sekretarką, która poprosiła, żeby zostawił wiadomość. Powiedział kilka słów, zgasił lampę i poszedł do łóżka. Zanim zasnął, zdążył pomyśleć, że wśród tych wszystkich lasów dokoła może popaść w szaleństwo.

TO BYŁO DZIWNE uczucie obudzić się w absolutnej ciszy. Mikael przeszedł z głębokiego snu do jawy w ciągu ułamka sekundy. Nasłuchiwał. W pokoju było zimno. Odwrócił głowę i spojrzał na zegarek, który położył wczoraj na stołku obok łóżka. Osiem po siódmej. Nigdy nie należał do rannych ptaszków i trudno mu było wstać bez przynajmniej dwóch budzików. Teraz zbudził się sam, i w dodatku wypoczęty.

Nastawił wodę na kawę, a później wziął prysznic. Właśnie w łazience ogarnęło go zabawne uczucie, że sam przygląda się sobie z boku. *Kalle Blomkvist – uczestnik ekspedycji naukowej na bezludziu.*

Przy najmniejszym dotknięciu baterii z termostatem woda zmieniała się z wrzątku na lodowato zimną. Przy śniadaniu brakowało mu porannej gazety. Masło zamarzło.

W żadnej szufladzie nie znalazł noża do sera. Za oknem panowały egipskie ciemności. Termometr wskazywał dwadzieścia jeden stopni mrozu. Była sobota.

PRZYSTANEK AUTOBUSOWY znajdował się naprzeciwko sklepu Konsumu. Mikael rozpoczął swoje życie na wygnaniu od załatwienia planowanych zakupów. Wysiadł przy dworcu kolejowym i zrobił rundę po centrum miasta. Kupił wysokie zimowe buty, dwie pary kalesonów, kilka koszul flanelowych, porządną zimową kurtkę, grubą czapkę i ocieplane rękawiczki. W sklepie z elektroniką znalazł niewielki przenośny telewizor z anteną teleskopową. Sprzedawca zapewniał odbiór co najmniej pierwszego i drugiego programu i przyrzekł, że zwróci Mikaelowi pieniądze, gdyby – mimo wszystko – obietnice się nie spełniły.

Zatrzymał się przy bibliotece, wyrobił sobie kartę czytelnika i wypożyczył dwa kryminały Elizabeth George. Ze sklepu papierniczego wyszedł z zeszytami i przyborami do pisania. Kupił też torbę sportową, do której schował sprawunki.

Na końcu kupił papierosy. Rzucił palenie dziesięć lat wcześniej, ale niekiedy czuł niesamowity pociąg do nikotyny i zdarzało mu się wracać do nałogu. Schował zapieczętowaną paczkę do kieszeni. Ostatni postój zrobił u optyka, gdzie zamówił nowe soczewki i kupił płyn do nich.

Wrócił na wyspę około drugiej i właśnie zrywał metki z ubrań, gdy usłyszał, że ktoś otwiera drzwi wejściowe. Jasnowłosa kobieta około pięćdziesiątki zapukała w kuchenną framugę, jednocześnie przekraczając próg. W ręku trzymała półmisek z ciastem.

– Dzień dobry, chciałam się tylko przywitać. Helen Nilsson, mieszkam po drugiej stronie drogi. Będziemy sąsiadami.

Mikael przedstawił się, podając jej dłoń.

– Widziałam pana w telewizji. To miło, że teraz wieczorami pali się tu światło.

Mikael nastawił wodę na kawę. Kobieta protestowała, ale tak czy owak usiadła przy stole. Zerknęła za okno.

– A oto Henrik i mój mąż. Wygląda na to, że potrzebuje pan kilku kartonów.

Henrik Vanger i Gunnar Nilsson zatrzymali się z wózkiem przed domem. Mikael pospieszył im na spotkanie i, przywitawszy się z sąsiadem, pomógł wnieść cztery tekturowe pudła. Zostawili je na podłodze, przy piecu. Mikael postawił na stole filiżanki i pokrojone ciasto Helen.

Gunnar i jego żona byli miłymi ludźmi. Nie dociekali, dlaczego Mikael znalazł się w Hedestad, informacja, że pracuje dla Vangera, była wystarczającym wyjaśnieniem. Obserwując zachowanie obu mężczyzn, Mikael stwierdził, że jest sympatycznie niewymuszone i że nie odzwierciedla wyraźnego podziału na pana i służbę. Gawędzili sobie na temat osady i budowniczego domku, w którym zamieszkał Mikael. Nilssonowie poprawili Vangera, gdy zawiodła go pamięć, a on zrewanżował się zabawną historią o tym, jak Gunnar, wróciwszy pewnego wieczoru do domu, przyłapał na gorącym uczynku włamywacza. „Lokalny talent" z drugiej strony mostu wyłamywał właśnie okno w chatce dla gości. Gunnar podszedł do niego i zapytał, dlaczego nie skorzysta z niezamkniętych na klucz drzwi. Nilsson zlustrował bacznie maleńki telewizor i zaproponował Mikaelowi, żeby przyszedł do nich do domu, gdy tylko będzie chciał obejrzeć wieczorem jakiś program.

Henrik został jeszcze krótką chwilę po wyjściu sąsiadów. Wyjaśnił, że najlepiej będzie, gdy Mikael sam posegreguje dokumenty. A gdyby powstał jakiś problem, zawsze może przyjść do niego i zapytać. Dziękując, Blomkvist zapewnił, że da sobie radę.

Gdy znów został sam, przeniósł pudła do gabinetu i zaczął przeglądać ich zawartość.

PRYWATNE DOCHODZENIE Henrika Vangera w sprawie zniknięcia wnuczki jego brata trwało trzydzieści sześć lat. Mikael nie potrafił rozstrzygnąć, czy to zainteresowanie było niezdrową obsesją, czy też z biegiem lat nie rozwinęło się w coś w rodzaju intelektualnej zabawy. Jedno nie ulegało wątpliwości: stary patriarcha podszedł do zadania ze skrupulatnością archeologa hobbysty. Materiał obejmował prawie siedem metrów bieżących na półce.

Podstawę stanowiło dwadzieścia sześć teczek z dokumentacją śledztwa policji. Mikaelowi trudno było sobie wyobrazić, żeby rezultatem „normalnego" zniknięcia był tak obszerny materiał dochodzeniowy. Z drugiej strony Henrik Vanger zapewne miał na tyle potężne wpływy, że mógł żądać od policji w Hedestad zbadania zarówno tropów możliwych, jak i tych zupełnie nie do pomyślenia.

Oprócz dochodzenia policyjnego Mikael znalazł w kartonach albumy fotograficzne, zeszyty z wycinkami, mapy, pamiętniki, teksty informacyjne o Hedestad i przedsiębiorstwach Vangera, pamiętnik Harriet (który jednakowoż nie zawierał wielu zapisanych stron), podręczniki, zaświadczenia lekarskie i inne papiery. Było tam również szesnaście stukartkowych notatników w twardych okładkach. Były czymś w rodzaju dziennika pokładowego, w którym Henrik, kaligrafując, pisał o własnych przemyśleniach, spostrzeżeniach, czczych domysłach i ślepych uliczkach. Mikael kartkował na chybił trafił. Tekst miał niewątpliwie literacki charakter i Mikael odniósł wrażenie, że tomy stanowiły przepisaną na czysto wersję starych zapisków. Znajdowało się tu również około dziesięciu teczek z materiałami dotyczącymi różnych osób z klanu Vangerów. Notatki były pisane na maszynie i z pewnością powstawały przez dłuższy czas.

Henrik Vanger prowadził śledztwo przeciw własnej rodzinie.

OKOŁO SIÓDMEJ Mikael, usłyszawszy zdecydowane miauczenie, otworzył drzwi. Rudobrązowy kot wślizgnął się zgrabnie do ciepłego wnętrza.

– Świetnie cię rozumiem – zapewnił Mikael.

Kot poobwąchiwał kąty i wychłeptał mleko, które Mikael nalał mu do miseczki. A później wskoczył na ławę, zwinął się w kłębek i ani myślał się przesunąć.

NIE WCZEŚNIEJ niż po dziesiątej wieczorem Mikael zyskał rozeznanie w zawartości kartonów i poukładał wszystko na półkach w zrozumiałym porządku. Wyszedł do kuchni, nastawił kawę, zrobił dwie kanapki. Poczęstował kota kiełbasą i pasztetem. Sam nie jadł prawie nic przez cały dzień, ale był zadziwiająco mało głodny. Skończywszy tę skromną kolację, otworzył paczkę papierosów.

Odsłuchał pocztę głosową. Erika nie dała znaku życia. Spróbował jeszcze raz do niej zadzwonić i jeszcze raz połączył się z automatyczną sekretarką.

Jednym z pierwszych kroków w prywatnym dochodzeniu Mikaela było zeskanowanie pożyczonej od Henrika mapy wyspy. Mając świeżo w pamięci nazwiska mieszkańców, popodpisywał nimi poszczególne domy. Szybko zrozumiał, że klan Vangerów to tak obszerna galeria postaci, że nauczenie się, kto jest kim, zajmie mu trochę czasu.

TUŻ PRZED PÓŁNOCĄ założył ciepłe ubrania i nowo zakupione buty, po czym udał się na spacer. Za mostem skręcił w drogę biegnącą poniżej kościoła, wzdłuż cieśniny. Wąski pas wody i stary port pokrywał lód, ale w oddali majaczyło otwarte morze. Zgasło oświetlenie fasady kościoła i zrobiło się zupełnie ciemno. Było zimno i bezchmurnie.

Nagle ogarnęło go okropne przygnębienie. Za nic w świecie nie potrafił zrozumieć, w jaki sposób dał się przekonać do tego niedorzecznego zadania. Erika miała rację, mówiąc, że to kompletna strata czasu. Powinien być teraz w Sztokholmie, na przykład w łóżku z Eriką, i planować totalną wojnę przeciwko Wennerströmowi. Ale nawet w tej sprawie czuł jakąś gnuśność. Nie miał bladego pojęcia, od czego zacząć obmyślanie nowej strategii walki.

Gdyby to było w dzień, w tej chwili poszedłby do Henrika, zerwał kontrakt i wrócił do domu. Ale ze wzniesienia, na którym stał kościół, widział, że w posiadłości Vangera panowały ciemność i spokój. Omiótł wzrokiem wszystkie zabudowania. W domu Haralda też pogasły już światła, ale ciągle paliło się u Cecilii, w wynajętym domku obok, a także w willi Martina na skraju wyspy. W porcie dla jachtów świeciło się u malarza Eugena Normana, a z komina jego przewiewnej chaty strzelał deszcz iskier. Jasno było również na piętrze kawiarni i Mikael zastanawiał się, czy Susanna tam mieszka, a jeżeli tak, to czy sama.

W NIEDZIELNY PORANEK Mikael spał długo. Obudził się w panice, wydało mu się, że wnętrze domu wypełnił potężny huk. Minęła sekunda, zanim zorientował się, że słucha kościelnych dzwonów wzywających na uroczystą mszę, a to oznaczało, że dochodzi jedenasta. Ciągle w niemrawym nastroju postanowił jeszcze trochę poleżeć. Ale natarczywe miauczenie kota zmusiło go do opuszczenia łóżka i otwarcia zwierzęciu drzwi.

Około południa wziął prysznic i zjadł śniadanie. Zdecydowanym krokiem wszedł do gabinetu i wyciągnął pierwszy skoroszyt z policyjnego dochodzenia. Ale po chwili zawahał się. Przez okno szczytowe ujrzał neon kawiarni Susanny. Włożył kurtkę i schował teczkę do przewieszonej przez ramię torby. Gdy dotarł do wypełnionej po brzegi kawiarni, otrzymał odpowiedź na męczące go pytanie: w jaki sposób lokal może przeżyć w takiej dziurze jak Hedeby? Susanna wyspecjalizowała się w obsługiwaniu wiernych po mszy, uczestników styp i innych imprez.

Zamiast kawy zafundował sobie spacer. Konsum był w niedzielę zamknięty. Idąc jeszcze kilkaset metrów w kierunku Hedestad, natknął się na czynną stację benzynową, w której sklepiku kupił gazety. Przez godzinę przechadzał się po wyspie i zapoznawał z najbliższymi okolicami na stałym lądzie. Starsze zabudowania położone w sąsiedztwie kościoła i sklepu stanowiły centrum miejscowości. Mikael szacował, że dwupiętrowe domy z kamienia stojące po obu stronach niedługiej ulicy wzniesiono w pierwszej lub drugiej dekadzie ubiegłego wieku. Na północ od wjazdu stały zadbane domy czynszowe, w których mieszkały rodziny z dziećmi. Wzdłuż brzegu, na południe od kościoła, rozciągały się głównie zabudowania willowe. Hedeby stanowiło bez wątpienia stosunkowo zamożny rejon dla decydentów i urzędników z Hedestad.

Kiedy ponownie stanął na moście, napór na kawiarnię Susanny zdążył zmaleć, ale właścicielka w dalszym ciągu była zajęta sprzątaniem ze stolików.

– Niedzielny najazd? – przywitał się.

Skinęła głową i założyła kosmyk włosów za ucho.

– Dzień dobry panie Mikaelu!

– Pamięta pani, jak mam na imię?

– Trudno nie zapamiętać – odpowiedziała. – Widziałam pana przed świętami w telewizji, w relacji z procesu.

Mikael poczuł się nagle zażenowany.

– Eh, muszą przecież czymś wypełnić te swoje wiadomości – wymamrotał i odszedł do stolika w narożniku, z widokiem na most.

Uśmiechnęła się, gdy spotkał jej wzrok.

O TRZECIEJ PO POŁUDNIU Susanna zakomunikowała, że zamyka lokal. Po szturmie wiernych kawiarnię odwiedziło jeszcze kilku pojedynczych klientów. Mikael zdążył przeczytać ponad jedną piątą policyjnych dokumentów. Zamknął skoroszyt, schował notatnik do torby i pomaszerował raźno do domu.

Kot czekał na schodkach. Mikael rozejrzał się dookoła, ciekaw, do kogo właściwie należy kocisko. Wpuścił go do środka, zawsze to jakieś towarzystwo.

Jeszcze raz spróbował zadzwonić do Eriki, ale w dalszym ciągu odpowiadała mu tylko jej poczta głosowa. Z pewnością była na niego wściekła. Mógł oczywiście zadzwonić do redakcji albo do jej mieszkania, ale uparł się jak osioł, że tego nie uczyni. Zostawił już wystarczająco dużo wiadomości. Zrobił sobie za to kawę, przesunął kota na skraj ławy i rozłożył na stole skoroszyt.

Czytał powoli i z uwagą, żeby nie przeoczyć żadnego szczegółu. Zanim późnym wieczorem zamknął teczkę, zdążył zapisać w notesie kilka stron. Porządkował informacje w punktach i w pytaniach, na które miał nadzieję znaleźć odpowiedź w kolejnych tomach. Nie był pewien, czy chronologiczny porządek dokumentów był dziełem Henrika, czy wedle tego systemu pracowała policja w latach sześćdziesiątych.

Pierwszą stroną była fotokopia ręcznie zapisanego zgłoszenia w centrali alarmowej policji w Hedestad. Policjant, który odebrał telefon w niedzielę o 11.14, podpisał się O.d. Ryttinger, co Mikael tłumaczył jako „oficer dyżurny". Zgłaszającym był Henrik Vanger, którego adres i numer telefonu zanotowano na blankiecie. Raport sporządzono 23 września 1966 roku, jego surowy tekst brzmiał następująco:

Telefon od Hrk. Vangera, zgłasza. że bratanica (?) Harriet Ulrika VANGER, ur. 15 sty 1950 (16 lat) zniknęła z domu na w. Hedeby w sobotę po poł. Zgłasz. b. niespokojny.

Kolejna notatka o godzinie 11.20 stwierdza, że P-014 (Policyjny samochód? Patrol? Przewoźnik?) otrzymał polecenie, żeby stawić się na miejscu.

O 11.35 ktoś ze znacznie mniej wyraźnym charakterem pisma niż Ryttinger dodał, że *Post. Magnusson meld. most na w. Hedeby ciągle zamknięty. Transp. łodzią.* Na marginesie widniał nieczytelny podpis.

O 12.14 powrócił Ryttinger: *Kontakt tel. post. Magnusson w H-by meld. 16-letnia Harriet Vanger zniknęła sob po poł. Rodzina b. niespokojna. Nie spała w nocy w łóżku. Nie mogła opuścić wyspy z pow. wypadku na moście. Nikt z zapyt. czł. rodz. nie wie gdzie jest HV.*
O 12.19: *G.M. poinfo. o sprawie telef.*
Ostatnia notatka pochodziła z 13.42: *G.M. na miejscu w H-by przejmuje sprawę.*

JUŻ NASTĘPNA KARTKA wyjaśniła, że tajemnicze inicjały G. M. należały do Gustafa Morella, komisarza policji, który przypłynął łódką na wyspę, gdzie przejął dowództwo i sporządził formalne doniesienie o zaginięciu Harriet. W odróżnieniu od wstępnych notatek z nieuzasadnionymi skrótami raporty Morella były napisane na maszynie, i czytelną prozą. Na kolejnych stronach z zadziwiającą rzeczowością i bogactwem szczegółów zdawał sprawozdanie z podjętych kroków. Działał systematycznie. Najpierw przesłuchał Henrika w towarzystwie Isabelli, matki Harriet. Następnie rozmawiał po kolei z Ulriką Vanger, Haraldem Vangerem, Gregerem Vangerem, bratem Harriet Martinem, a także z Anitą Vanger. Mikael wywnioskował, że chronologia rozmów odzwierciedla coś w rodzaju hierarchii.

Ulrika Vanger, matka Henrika, cieszyła się poważaniem godnym owdowiałej królowej. Mieszkała w posiadłości Vangerów i nie miała nic do powiedzenia. Poprzedniego wieczoru położyła się do łóżka dość wcześnie, nie widziała Harriet od kilku dni. Wyglądało na to, że domagała się spotkania z komisarzem Morellem tylko po to, żeby wyrazić swoją opinię, to znaczy zażądać natychmiastowych działań policji.

Harald Vanger był bratem Henrika i osobą numer dwa w rankingu najbardziej wpływowych osób w rodzinie. Wyjaśnił, że spotkał Harriet w przelocie, gdy wróciła z festynu w Hedestad, ale nie widział jej od momentu wypadku na moście i nie dysponował wiedzą na temat jej obecnego miejsca pobytu.

Greger Vanger, brat Henrika i Haralda, oświadczył, że widział zaginioną szesnastolatkę, gdy po powrocie z Hedestad, gdzie przybywała wcześniej tego dnia, weszła do gabinetu Henrika i poprosiła o rozmowę. Sam Greger nie zamienił z nią ani słowa, jeżeli nie liczyć krótkiego powitania. Nie wiedział, gdzie się mogła podziać, ale przychylał się do opinii, że nie informując nikogo, zupełnie bezmyślnie pojechała do jakiejś koleżanki i na pewno niedługo wróci. Na pytanie, jak w takim razie opuściła wyspę, nie był w stanie udzielić odpowiedzi.

Rozmowę z Martinem Vangerem przeprowadzono dość pobieżnie. Był wtedy uczniem klasy maturalnej. Mieszkał w Uppsali u Haralda. Ponieważ zabrakło dla niego miejsca w samochodzie, pojechał na Hedeby pociągiem i przybył na miejsce tak późno, że utkwił po niewłaściwej stronie mostu i nie mógł przeprawić się łodzią wcześniej niż późnym wieczorem. Przesłuchujący Martina liczył na to, że Harriet kontaktowała się z bratem, dając mu do zrozumienia, że zamierza uciec z domu. Takie postawienie sprawy spotkało się z protestem Isabelli, ale komisarz Morell zauważył, że w tej sytuacji ucieczka pozwala raczej żywić nadzieję. Ale Martin nie rozmawiał z siostrą od wakacji i nie miał do powiedzenia nic godnego uwagi.

Anita Vanger, córka Haralda, została nazwana kuzynką Harriet – w istocie były siostrami stryjecznymi. Zanim zaczęła studia na pierwszym roku Uniwersytetu Sztokholmskiego, spędziła wakacje na Hedeby. Były z Harriet prawie rówieśniczkami i zdążyły się zaprzyjaźnić. Anita oświadczyła, że przyjechała na wyspę ze swoim ojcem w sobotę i bardzo cieszyła się na spotkanie z Harriet, które niestety nie doszło do skutku. Dodała, że czuła się niespokojna, ponieważ to nie było podobne do Harriet, żeby ot tak, zniknąć bez podania przyczyny. W tym przekonaniu poparli ją zarówno Henrik, jak i Isabella Vanger.

W czasie gdy Morell przesłuchiwał członków rodziny Vangerów, posterunkowi Magnusson i Bergman, tworzący patrol 014, otrzymali polecenie, by jeszcze za dnia zorganizować pierwsze przeczesywanie terenu. Z powodu zamkniętego mostu trudno było wezwać posiłki ze stałego lądu; pierwsza tyraliera przeczesujących okolicę składała się z około trzydziestu osób obu płci w różnym wieku. Tego popołudnia przeszukano niezamieszkane domy w porcie rybackim, brzegi cypla, najbliższą osady partię lasu oraz wzniesienie na północ od portu, zwane Söderberget. Według jednej z teorii właśnie ten pagórek mógł posłużyć Harriet za punkt obserwacyjny, z którego dobrze było widać miejsce wypadku. Wysłano również patrole do Östergården oraz na drugą stronę wyspy, do domku Gottfrieda, w którym Harriet czasami bywała.

Poszukiwania okazały się jednak bezowocne. Przerwano je dopiero około dziesiątej wieczorem, na długo po zapadnięciu zmroku. Temperatura w nocy spadła do zera.

Henrik Vanger oddał do dyspozycji policji salon na parterze, który Morell zaadaptował na kwaterę główną. Komisarz poczynił też inne kroki.

W towarzystwie Isabelli Vanger przeszukał pokój Harriet, dociekając, czy nie brakuje ubrań, torby albo czegoś innego, co mogłoby sugerować ucieczkę z domu. Isabella nie była szczególnie pomocna, wyglądało na to, że naprawdę niewiele wie o garderobie córki. Często miała na sobie dżinsy, a te przecież wyglądają jednakowo. Torebkę zaginionej znaleziono na biurku. Zawierała legitymację, portmonetkę z dziewięcioma koronami i pięćdziesięcioma öre, grzebień, lusterko i chusteczkę do nosa. Po przeszukaniu pokój został zaplombowany.

Morell wezwał na przesłuchanie zarówno członków rodziny, jak i osoby u nich zatrudnione. Wszystkie rozmowy zostały dokładnie udokumentowane.

Gdy pierwsza grupa przeczesujących teren powróciła z przygnębiającą wiadomością, komisarz zadecydował, że należy przeprowadzić jeszcze dokładniejsze poszukiwania. Wieczorem i nocą sprowadzono posiłki. Morell skontaktował się między innymi z przewodniczącym miejscowego Klubu Biegu na Orientację i zaapelował o telefoniczne wezwanie członków do pomocy w przeczesywaniu terenu. O północy otrzymał wiadomość, że pięćdziesięciu trzech czynnych sportowców, głównie z sekcji juniorów, stawi się w osadzie nazajutrz o siódmej rano. Henrik Vanger zasilił grupę poszukujących, wzywając po prostu część rannej zmiany, pięćdziesięciu mężczyzn z miejscowych zakładów papierniczych wchodzących w skład koncernu. Zorganizował również dla wszystkich jedzenie i napoje.

Oczyma wyobraźni Mikael widział sceny rozgrywające się w posiadłości Vangerów w ciągu tych burzliwych dni. Widać było wyraźnie, że przez pierwsze godziny wypadek na moście przyczynił się do ogólnego zamieszania; z jednej strony – utrudniając przybycie pomocy ze stałego lądu, z drugiej – ponieważ wszyscy uważali, że na zdrowy rozum dwa tak dramatyczne wydarzenia w tym samym czasie i miejscu muszą być ze sobą jakoś powiązane. Gdy usunięto cysternę, komisarz Morell poszedł na most, by upewnić się, czy Harriet w jakiś nieprawdopodobny sposób nie znalazła się pod wrakiem. To był jedyny wychwycony przez Mikaela przypadek irracjonalnego zachowania Morella. Zaginioną dziewczynę widziano przecież na wyspie po zderzeniu samochodów. A jednak prowadzący dochodzenie, zupełnie bezzasadnie, nie potrafił uwolnić się od myśli, że pierwsze wydarzenie w jakiś sposób pociągnęło za sobą drugie.

JUŻ W TRAKCIE tej pierwszej chaotycznej doby zmalały nadzieje na szybkie i szczęśliwe zakończenie sprawy. Stopniowo nadzieje zastąpiły dwa przypuszczenia. Morell nie chciał zrezygnować z teorii o ucieczce z domu, mimo że możliwość opuszczenia wyspy ukradkiem graniczyła z cudem. Zadecydował o poszukiwaniach policyjnych na większą skalę.

Polecił patrolom w Hedestad uważne wypatrywanie dziewczyny. Kolega z wydziału kryminalnego miał wypytywać o zaginioną kierowców autobusów i personel dworca kolejowego. Z każdą niepomyślną wiadomością rosło przekonanie, że zaginiona uległa wypadkowi, i właśnie tą teorią się kierowano przez kolejne dni.

Zakrojone na dużą skalę poszukiwania w dwa dni po zniknięciu przeprowadzono, w mniemaniu Mikaela, niezwykle profesjonalnie. Organizacją zajęły się doświadczone w tego typu zadaniach policja i straż pożarna. Na wyspie było wprawdzie kilka trudno dostępnych miejsc, ale powierzchnia była przecież ograniczona i przeszukano ją w ciągu dnia. Policyjna łódź i dwie prywatne motorówki opłynęły wyspę, przeszukując przybrzeżne wody.

Następnego dnia szukano Harriet w uszczuplonym gronie. Tym razem patrole skoncentrowały się na niedostępnych fragmentach terenu oraz okolicy zwanej Fortami – opuszczonym systemie bunkrów wzniesionych przez obronę wybrzeża w czasie drugiej wojny światowej. Zajrzano do każdej kryjówki, studni i ziemianki. Przeszukano wszystkie zabudowania gospodarskie i każdy strych.

Z zapisków z trzeciego dnia, kiedy przerwano poszukiwania, można było wyczytać pewną frustrację. Gustaf Morell jeszcze tego nie wiedział, ale właśnie w tym momencie osiągnął praktycznie wszystko, co było do osiągnięcia. Zbity z tropu nie potrafił zaproponować kolejnego kroku ani kierunku, w którym można by kontynuować poszukiwania. Harriet Vanger rozpłynęła się jak we mgle i wkrótce miało się zacząć prawie czterdziestoletnie cierpienie Henrika.

Rozdział 9
Poniedziałek 6 stycznia
– środa 8 stycznia

MIKAEL CZYTAŁ do wczesnych godzin rannych i w święto Trzech Króli wstał wyjątkowo późno. Przed bramą domu Henrika stał granatowy ubiegłoroczny model volvo. W tym samym momencie, w którym Mikael położył rękę na klamce, od środka otworzył drzwi mniej więcej pięćdziesięcioletni, śpieszący się dokądś mężczyzna. Nieomalże wpadli na siebie.

– Słucham. Czy mogę panu pomóc?

– Mam spotkać się z Henrikiem Vangerem – odpowiedział Mikael.

Oczy mężczyzny rozjaśniły się, a na twarzy zagościł uśmiech. Wyciągnął rękę na powitanie.

– To pan jest Mikaelem Blomkvistem, który ma pomóc Henrikowi w spisaniu historii rodziny?

Mikael skinął głową i uścisnął dłoń nieznajomego. Henrik najwyraźniej już zdążył rozpowszechnić tę *cover story*, która miała usprawiedliwić pobyt Mikaela w Hedestad. Mężczyzna był otyły, niewątpliwie z powodu wieloletniego przesiadywania w biurach i salach konferencyjnych, ale Mikael bez trudu dostrzegł podobieństwo jego rysów do twarzy Harriet.

– Nazywam się Martin Vanger – potwierdził mężczyzna.

– Witam w Hedestad.

– Dziękuję.

– Widziałem pana niedawno w telewizji.

– Wygląda na to, że wszyscy tutaj widzieli mnie w telewizji.

– Wennerström jest... średnio popularny w tym domu.

– Tak, Henrik wspomniał o tym. Teraz czekam na resztę historii.

– Powiedział mi kilka dni temu, że pana zatrudnił.

Nagle mężczyzna wybuchnął śmiechem.

– Powiedział, że przyjął pan propozycję tej pracy głównie ze względu na osobę Wennerströma.

Mikael zawahał się, a po chwili zdecydował powiedzieć prawdę.

– To niewątpliwie ważny powód. Ale szczerze mówiąc, potrzebowałem odetchnąć od Sztokholmu. Hedestad pojawił się w odpowiednim momencie. Tak myślę. Nie mogę udawać, że procesu nie było. Pójdę do więzienia.

Spoważniały nagle Vanger skinął głową.

– Nie może pan złożyć odwołania?

– W tym wypadku to nic nie pomoże.

Mężczyzna popatrzył na zegarek.

– Wieczorem mam być w Sztokholmie, muszę pędzić. Wrócę za kilka dni. Proszę wpaść kiedyś do mnie na obiad. Bardzo chętnie posłucham, co tak naprawdę wydarzyło się w czasie tego procesu.

Ponownie podali sobie dłonie. Martin ominął Mikaela i otworzył drzwi samochodu. Odwróciwszy się, krzyknął jeszcze:

– Henrik jest na piętrze. Proszę wchodzić!

HENRIK SIEDZIAŁ na kanapie w swoim gabinecie. Na stole leżały „Hedestads-Kuriren", „Dagens Industri", „Svenska Dagbladet" i obydwie popołudniówki.

– Spotkałem przed domem Martina.

– Spieszy na ratunek imperium – odpowiedział Henrik, podnosząc termos ze stołu. – Kawy?

– Tak, poproszę.

Mikael usiadł obok, zastanawiając się, co tak rozbawiło gospodarza.

– Widzę, że piszą o tobie w gazetach.

Starzec podsunął Mikaelowi jedną z popołudniówek, rozłożoną na artykule zatytułowanym „Medialne spięcie". Autorem tekstu był felietonista w pasiastej marynarce, zatrudniony wcześniej w „Finansmagasinet Monopol", znany głównie z tego, że w kpiarskim tonie czepia się wszystkich zaangażowanych w jakąś sprawę i tych, którzy asertywnie bronią własnego zdania. Feministki, antyrasiści i ekolodzy zawsze mogli liczyć na to, że dostaną za swoje. Co znamienne, felietonista nigdy sam nie wyraził jakiejkolwiek kontrowersyjnej opinii. A teraz widocznie zabrał się za krytykowanie mediów. W kilka tygodni po procesie w sprawie Wennerströma skupił się na Mikaelu Blomkviście, którego – wymieniwszy z nazwiska – opisał jako kompletnego idiotę. Erikę Berger zaś – jako pokazującą się w mediach, niekompetentną, zainteresowaną wyłącznie modą kretynkę.

Krąży pogłoska, że „Millennium" zbliża się ku ostatecznej katastrofie, mimo że redaktor naczelna, feministka w króciutkiej spódnicy, wydyma usteczka w telewizji. Czasopismo przez wiele lat żyło z wizerunku, który redakcja za pomocą strategii marketingowej sprzedawała swoim czytelnikom. Wizerunku gazety, w której młodzi dziennikarze dociekając prawdy, demaskują niegodziwców ze świata biznesu. Ten reklamowy trick być może trafia do przekonania młodym anarchistom, którzy tylko czekają na podobne przesłanie, ale nie trafia do przekonania sądowi rejonowemu. Czego Kalle Blomkvist doświadczył całkiem niedawno.

Mikael włączył komórkę i sprawdził, czy nie dzwoniła Erika. Żadnych wiadomości. Henrik patrzył wyczekująco; nagle Mikael zrozumiał, że to na nim spoczywa obowiązek przerwania ciszy.

– To zwykły idiota – powiedział.

Henrik roześmiał się, ale jego komentarz nie był zbyt sentymentalny.

– Być może. Ale to nie on został skazany przez sąd.

– Zgadza się. I nigdy nie będzie skazany. Sam nigdy nie mówi nic oryginalnego, ale atakuje i ciska ostatnim kamieniem w tak upokarzających słowach, jak tylko potrafi.

– W swoim życiu widziałem wielu takich jak on. Dam ci dobrą radę – jeżeli chcesz taką przyjąć – ignoruj go, gdy robi dużo hałasu, ale zapamiętaj i gdy nadarzy się okazja, odpłać pięknym za nadobne. Ale nie teraz, gdy ma przewagę.

Mikael spojrzał pytająco na Henrika.

– Przez lata przysporzyłem sobie wielu wrogów. Nauczyłem się jednego: nie podejmuj walki, kiedy wiesz, że z pewnością przegrasz. Ale nigdy nie pozwól, żeby komuś, kto cię znieważył, uszło to na sucho. Czekaj na stosowny moment i oddaj, kiedy znajdziesz się w dużo lepszej sytuacji, nawet jeżeli nie pragniesz odwetu.

– Dziękuję za lekcję filozofii. A teraz chciałbym, żebyś opowiedział o swojej rodzinie.

Mikael położył na stole magnetofon i nacisnął guzik „record".

– Co chciałbyś wiedzieć?

– Przeczytałem pierwszą teczkę o zniknięciu i o pierwszych dniach poszukiwań Harriet. Ale w tekstach pojawia się tak nieskończenie dużo Vangerów, że nie potrafię ich rozróżnić.

LISBETH SALANDER stała nieruchomo na pustej klatce schodowej ze wzrokiem utkwionym w mosiężną wizytówkę: Adwokat N. E. Bjurman. Dopiero po dziesięciu minutach zadzwoniła do drzwi. Szczęknął zamek.

To był wtorek, to było drugie spotkanie i Lisbeth była pełna złych przeczuć.

Nie bała się adwokata Bjurmana – rzadko bała się ludzi czy rzeczy. Ale wobec swojego nowego opiekuna czuła się bardzo nieswojo. Poprzednik Bjurmana, adwokat Holger Palmgren, był z zupełnie innej gliny, poprawny, uprzejmy i serdeczny. Ich kontakt urwał się gwałtownie trzy miesiące temu, kiedy Palmgren dostał udaru mózgu i wedle niepojętego dla niej biurokratycznego porządku została „odziedziczona" przez Nilsa Erika Bjurmana.

W ciągu tych dwunastu lat, podczas których była nieustannie przedmiotem opieki socjalno-psychiatrycznej (w tym dwa lata jako pacjentka w klinice dziecięcej) nigdy, przenigdy nie odpowiedziała nawet na proste pytanie: „Jak się dzisiaj czujesz?".

Gdy skończyła trzynaście lat, sąd rejonowy, zgodnie z ustawą o opiece nad nieletnimi, zadecydował, że zostanie poddana leczeniu w zakładzie zamkniętym, w dziecięcej klinice psychiatrycznej świętego Stefana w Uppsali. U podstaw tej decyzji leżało przede wszystkim przekonanie, że dziewczynka cierpi na poważne zaburzenia psychiczne i stanowi fizyczne zagrożenie dla kolegów i koleżanek z klasy, a także prawdopodobnie dla siebie samej.

Owo przypuszczenie opierało się raczej na empirycznej ocenie niż na dobrze wyważonej analizie. Każda podejmowana przez lekarza czy przedstawiciela władz próba rozmowy z Lisbeth o jej uczuciach, życiu duchowym czy stanie zdrowia spotykała się, ku ich frustracji, z nieprzeniknionym ponurym milczeniem i uporczywym wpatrywaniem się w podłogę, sufit i ściany. Dziewczyna krzyżowała ramiona na piersiach i konsekwentnie odmawiała udziału w testach psychologicznych. Jej totalny opór wobec wszelkich prób mierzenia, ważenia, opisania i wychowania dotyczył również zajęć w szkole. Władze mogły ją przetransportować do szkolnej klasy, przywiązać do ławki, ale były bezbronne wobec jej zamykania uszu i odmowy pisania klasówek. Opuściła szkołę podstawową bez świadectwa.

To się oczywiście wiązało z ogromnymi kłopotami, jeżeli chodzi o zdiagnozowanie jej ułomności psychicznych. Krótko mówiąc, niełatwo było pokierować Lisbeth Salander. Gdy skończyła trzynaście lat, wyznaczono również kuratora, który miał sprawować pieczę nad nią i nad jej majątkiem aż do momentu osiągnięcia przez nią pełnoletności. Kuratorem został adwokat Holger Palmgren, któremu po stosunkowo skomplikowanych pierwszych krokach udało się to, z czym nie poradzili sobie psychiatrzy i inni lekarze. Z czasem nie tylko zaskarbił sobie zaufanie tej uciążliwej dziewczyny, ale również doczekał się pewnej dozy życzliwości.

Gdy skończyła piętnaście lat, lekarze byli mniej lub bardziej zgodni co do tego, że Lisbeth nie zagraża otoczeniu, a tym bardziej sobie samej. Ponieważ jej rodzinę określono mianem dysfunkcyjnej i ponieważ nie miała żadnych innych krewnych, którzy mogliby zapewnić jej godziwy byt, postanowiono skierować Lisbeth z kliniki psychiatrycznej w Uppsali do rodziny zastępczej.

Powrót do społeczeństwa nie był łatwą podróżą. Z pierwszego domu uciekła już po dwóch tygodniach. W szybkim tempie przerobiła rodziny zastępcze numer dwa i trzy. Po czym Palmgren odbył z nią poważną rozmowę i wyjaśnił bez owijania w bawełnę, że dalsza wędrówka tą wydeptaną ścieżką skończy się bez wątpienia ponownym umieszczeniem w instytucji. Ta zawoalowana groźba zaowocowała akceptacją rodziny zastępczej numer cztery, starszej pary zamieszkałej w dzielnicy Midsommarkransen.

TO NIE ZNACZYŁO, że Lisbeth zachowywała się poprawnie. W wieku siedemnastu lat została zatrzymana przez policję czterokrotnie. Dwa razy tak poważnie zamroczona alkoholem, że wymagała natychmiastowej opieki medycznej, a raz pod wyraźnym wpływem narkotyków. Kiedyś znaleziono ją pijaną w sztok, w podartym ubraniu, na tylnym siedzeniu samochodu zaparkowanego przy Söder Mälarstrand. Leżała tam w towarzystwie równie nieprzytomnego i znacznie starszego mężczyzny.

Ostatnia interwencja policji miała miejsce na trzy tygodnie przed osiemnastymi urodzinami Lisbeth, kiedy zupełnie trzeźwa kopnęła w głowę pasażera metra, przy bramce wejściowej na stacji Stare Miasto. Osadzono ją w tymczasowym areszcie za pobicie. Salander tłumaczyła swój wybryk tym, że mężczyzna ją obmacywał, a ponieważ jej wygląd wskazywał raczej na dwanaście niż na osiemnaście lat, podejrzewała go o skłonności pedofilskie. To znaczy, o ile w ogóle coś próbowała wytłumaczyć... Jej wersja wydarzenia znalazła jednak potwierdzenie w zeznaniach świadków i prokurator umorzył sprawę.

A jednak jej historia była na tyle specyficzna, że sąd postanowił zlecić badania psychiatryczne. Ponieważ Lisbeth, wierna swoim zasadom, nie odpowiadała na pytania i odmawiała udziału w testach, lekarz wyznaczony przez Zarząd Zdrowia i Opieki Socjalnej wydał w końcu opinię na podstawie „obserwacji pacjentki". Z ekspertyzy nie wynikało dość jasno, czy coś dolega młodej, milczącej kobiecie, która siedzi na krześle z założonymi rękami i wydyma usta. Stwierdzono jedynie, że Salander cierpi na zaburzenie psychiczne, którego natura wymaga przedsięwzięcia odpowiednich kroków. Ekspertyza sądowo-lekarska zalecała opiekę w zamkniętym zakładzie psychiatrycznym, a zastępca szefa gminnej komisji do spraw socjalnych w pisemnym orzeczeniu zgodził się z opinią biegłego lekarza psychiatry.

Powołując się na długą listę „zasług" pacjentki, autor ekspertyzy stwierdził, że *istnieje duże ryzyko* nadużywania przez nią alkoholu i narkotyków oraz że wyżej wymienionej *brakuje samoświadomości*. W jej dokumentacji lekarskiej roiło się już wtedy od obciążających pojęć, takich jak *introwertyczna, zahamowania społeczne, brak empatii, zapatrzona we własne ego, psychopatyczne i antyspołeczne zachowanie, problemy ze współpracą, niemożność przyswojenia sobie wiedzy szkolnej.* Czytający historię choroby ulegał złudzeniu, że Lisbeth jest ciężko upośledzona. Na niekorzyść Salander przemawiał również fakt, że pracownicy socjalni widzieli ją wielokrotnie w towarzystwie różnych mężczyzn w okolicy placu Mariatorget, a także to, że poddano ją rewizji osobistej w parku Tantolunden, gdzie znów przebywała w towarzystwie znacznie starszego mężczyzny. Przypuszczano, że Salander uprawia prostytucję albo balansuje na granicy jej uprawiania.

Kiedy sąd rejonowy – instancja, która miała zadecydować o przyszłości Salander – zebrał się w celu wydania wyroku, wynik wydawał się być przesądzony. Lisbeth była bez wątpienia problematycznym dzieckiem i prawdopodobieństwo, że sąd podejmie inną decyzję niż zgodną z rekomendacjami biegłych psychiatrów i pracowników socjalnych, było minimalne.

W dniu rozprawy przetransportowano Lisbeth z dziecięcej kliniki psychiatrycznej, w której osadzono ją po incydencie w metrze. Czuła się jak więźniarka obozowa, bez nadziei na to, że przeżyje kolejny dzień. Pierwszą osobą, którą zobaczyła w sali rozpraw, był Holger Palmgren, i dopiero po dłuższej chwili zrozumiała, że nie występuje w roli kuratora, tylko jej adwokata i rzecznika prawnego. Zobaczyła go od zupełnie nowej strony.

Ku jej zdumieniu Palmgren najwyraźniej znalazł się na ringu w jej narożniku i stanowczo przeciwstawiał się pomysłowi umieszczenia jej w zakładzie. Nie okazała zdziwienia, chociażby tylko unosząc brwi, ale słuchała uważnie każdego wypowiedzianego słowa. Przez dwie godziny Palmgren w błyskotliwy sposób zadawał pytania doktorowi Jesperowi H. Lödermanowi, który podpisał się pod poleceniem zamknięcia Lisbeth w zakładzie. Każdy szczegół ekspertyzy został poddany dokładnemu badaniu, poproszono lekarza o poparcie każdego stwierdzenia teorią naukową. Dość szybko stało się jasne, że twierdzenia, na podstawie których wyciągnięto wnioski, opierały się jedynie na spekulacjach, a nie na naukowych przesłankach, bowiem pacjentka odmawiała poddania się testom.

Pod koniec rozprawy Palmgren zasugerował, że przymusowe osadzenie klientki w zakładzie, z dużą dozą prawdopodobieństwa nie tylko pozostaje w sprzeczności z postanowieniami Riksdagu w takich sprawach, ale co więcej, w tym konkretnym przypadku mogłoby pociągnąć za sobą polityczne i medialne reperkusje. Tak więc znalezienie alternatywy leżałoby w interesie wszystkich. Takie sformułowania nie padały podczas tego typu rozpraw zbyt często i członkowie sądu zaczęli wiercić się niespokojnie.

Skończyło się kompromisem. Sąd rejonowy stwierdził, że Lisbeth Salander jest chora psychicznie, ale że jej szaleństwo niekoniecznie wymaga hospitalizacji. Wziął natomiast pod uwagę rekomendację szefa opieki społecznej, by przydzielić Salander przedstawiciela ustawowego. Ogłosiwszy wyrok, przewodniczący sądu z jadowitym uśmiechem zwrócił się do Holgera Palmgrena z pytaniem, czy nie przyjąłby tej funkcji. Widać było jak na dłoni, że tylko czeka na to, aż Holger zacznie wymigiwać się od odpowiedzialności i spróbuje zrzucić ten obowiązek na kogoś innego. Ale były kurator Lisbeth wyjaśnił dobrodusznie, że z przyjemnością podejmie się tego zadania, choć pod jednym warunkiem.

– Tylko wtedy, jeżeli panna Salander obdarzy mnie zaufaniem i zaaprobuje jako przedstawiciela ustawowego.

Zwrócił się bezpośrednio do niej. Lisbeth siedziała skonsternowana kilkugodzinną wymianą zdań ponad jej głową. Do tej pory nikt nie poprosił jej o wyrażenie opinii. Długo przyglądała się Palmgrenowi, a później skinęła potakująco.

PALMGREN W DOŚĆ osobliwy sposób łączył w sobie cechy prawnika i pracownika socjalnego starej daty. U zarania dziejów z partyjnego przydziału został członkiem gminnej komisji do spraw socjalnych i prawie całe życie poświęcił pracy z trudną młodzieżą. Między adwokatem a jego najbardziej uciążliwą podopieczną zawiązało się coś na kształt przyjaźni opartej na niechętnym szacunku.

Ich relacja trwała od momentu ukończenia przez Lisbeth trzynastu lat do ubiegłego roku, kiedy kilka tygodni przed Bożym Narodzeniem dwudziestoczteroletnia podopieczna, zdziwiona jego nieobecnością na ostatnim spotkaniu, poszła do niego do domu. Ponieważ nikt nie otwierał, chociaż zza drzwi dochodziły jakieś dźwięki, dostała się do mieszkania przez balkon, wspiąwszy się najpierw na trzecie piętro po rynnie. Znalazła go na podłodze w przedpokoju. Był przytomny, ale – w wyniku nagłego udaru mózgu – sparaliżowany i niemy. Miał zaledwie sześćdziesiąt cztery lata. Zadzwoniła po pogotowie i z rosnącym w żołądku uczuciem paniki towarzyszyła mu w podróży do szpitala. Przez trzy doby prawie nie opuszczała korytarza przed oddziałem intensywnej terapii. Niczym wierny pies obserwowała każdy krok lekarzy i pielęgniarek wchodzących i wychodzących przez drzwi prowadzące na oddział. Niczym dusza pokutująca wędrowała tam i z powrotem, wpatrując się z uwagą w każdego lekarza, który znalazł się w zasięgu jej wzroku. W końcu jeden z nich – jego nazwiska nigdy nie poznała – zaprowadził ją do pokoju i wyjaśnił powagę sytuacji. Stan Palmgrena po ciężkim wylewie był krytyczny. Nie liczono na to, że kiedykolwiek się obudzi. Salander ani drgnęła. Nie uroniła ani jednej łzy. Wstała bez słowa, opuściła szpital i nigdy tam nie wróciła.

Pięć tygodni później Komisja Nadzoru Kuratorskiego wezwała Lisbeth na spotkanie z nowym opiekunem. W pierwszym odruchu chciała je zignorować, ale Holger Palmgren zdołał wpoić jej przekonanie, że każdy czyn pociąga za sobą konsekwencje. Potrafiła więc przed podjęciem działań dokonać analizy konsekwencji i po krótkim namyśle doszła do wniosku, że najrozsądniejszym wyjściem będzie spełnienie żądań członków Komisji. Wystarczy przecież zachowywać się, jak gdyby naprawdę interesowało ją to, co mieli do powiedzenia.

Tak więc w grudniu, zrobiwszy sobie niewielką przerwę w researchu Mikaela Blomkvista, stawiła się potulnie w kancelarii prawniczej przy Placu Świętego Erika, gdzie starsza kobieta reprezentująca Komisję przekazała adwokatowi okazałą teczkę Salander. Pół godziny później opuściła gabinet, zostawiając Lisbeth pod opieką Bjurmana.

Lisbeth poczuła do niego niechęć w pięć sekund po powitalnym uścisku rąk.

Przyglądała mu się ukradkiem, gdy czytał jej dokumentację. Wiek: pięćdziesiąt plus. Wysportowana sylwetka, tenis we wtorki i piątki. Blondyn. Przerzedzone włosy. Niewielki dołeczek w brodzie. Zapach Bossa. Niebieski garnitur. Czerwony krawat ze złotą szpilką i mieniące się spinki do mankietów z inicjałami NEB. Okulary w stalowych oprawkach. Szare oczy. Sądząc po leżących na stoliku obok czasopismach, zainteresowany myślistwem i strzelectwem.

W czasie ponad dziesięcioletniej znajomości z Palmgrenem Lisbeth przyzwyczaiła się do tego, że miał w zwyczaju częstować ją kawą i ucinać sobie z nią pogawędkę. Nawet jej ucieczki z domu i systematyczne wagarowanie nie wyprowadzały go z równowagi. Tak naprawdę zdenerwował się tylko jeden jedyny raz, gdy Lisbeth zatrzymano za pobicie tego plugawca, który ją obmacywał na Starym Mieście. *Czy ty rozumiesz, co zrobiłaś, Lisbeth? Wyrządziłaś krzywdę człowiekowi!* Grzmiał jak stary nauczyciel, a ona cierpliwie ignorowała każde słowo reprymendy.

Bjurman nie przepadał za pogawędkami. Stwierdził, że istnieje rozbieżność między obowiązkami Palmgrena regulowanymi przez odpowiednią ustawę a faktem, że tenże

Palmgren najwidoczniej pozwalał Lisbeth zarządzać swoimi finansami i samodzielnie prowadzić gospodarstwo domowe. Przeprowadził coś w rodzaju przesłuchania. *Ile zarabiasz? Chcę zobaczyć kopię twojego rejestru dochodów i wydatków. Z kim się zadajesz? Płacisz czynsz w terminie? Pijesz alkohol? Czy Palmgren popierał te kolczyki na twarzy? Potrafisz dbać o higienę? Fuck you.*

Palmgren został jej opiekunem niedługo po tym, jak wydarzyło się Całe Zło. Nalegał, żeby widywali się co najmniej raz w miesiącu, czasami częściej. Gdy po jakimś czasie przeprowadziła się ponownie na Lundagatan, zostali prawie sąsiadami. Adwokat mieszkał przy Hornsgatan, zaledwie kilka ulic dalej, i od czasu do czasu natykali się na siebie przypadkiem i szli na kawę do Giffi albo jakiejś innej kawiarenki w pobliżu. Palmgren nigdy się nie narzucał, ale kiedyś odwiedził ją w dzień urodzin, przynosząc niewielki upominek. Miała nieustające zaproszenie do jego domu, przywilej, z którego rzadko korzystała, ale odkąd przeprowadziła się na Söder, zaczęła z nim spędzać Wigilię, zaraz po odwiedzinach u matki. Jedli razem bożonarodzeniową szynkę i grali w szachy. Szachy w ogóle jej nie interesowały, ale odkąd opanowała zasady, nie przegrała ani jednej partii. Palmgren był wdowcem i Lisbeth litowała się nad nim w święta, które spędzał samotnie, traktując to jako swój obowiązek. Uważała, że jest mu to winna, a zawsze spłacała swoje długi.

To Palmgren wynajmował komuś z drugiej ręki mieszkanie jej matki, aż do dnia, w którym ona sama potrzebowała własnego kąta. Czterdziestodziewięciometrowe, od lat nieremontowane mieszkanie było zarośnięte brudem, ale zapewniało dach nad głową.

A teraz Palmgren zniknął, a razem z nim jeszcze jeden kontakt z żyjącą zgodnie z uznanymi normami częścią społeczeństwa. Nils Bjurman był zupełnie innym człowiekiem. Salander absolutnie nie miała zamiaru spędzać z nim Wigilii. Pierwszym krokiem nowego opiekuna była zmiana reguł korzystania z konta w Handelsbanken. Palmgren zupełnie beztrosko uelastycznił prawo o przedstawicielstwie ustawowym i pozwolił Lisbeth samodzielnie zarządzać finansami. Płaciła swoje rachunki i dysponowała oszczędnościami wedle własnego uznania.

Spotkanie z Bjurmanem miało się odbyć w tygodniu przed Bożym Narodzeniem. Starannie się do niego przygotowała. Rozpoczęła od próby wyjaśnienia, że jego poprzednik nie miał powodów, żeby jej nie ufać. Pozwolił jej dbać o siebie samą, nie wtrącając się w prywatne życie.

– To właśnie jeden z problemów – odpowiedział Bjurman, pukając w jej teczkę.

Po czym wygłosił dłuższy referat na temat reguł i rozporządzeń w sprawie przedstawicielstwa ustawowego oraz zapowiedział wprowadzenie nowych zasad.

– Dawał ci dużo swobody, prawda? Zastanawiam się właśnie, jak mu to mogło ujść bezkarnie.

To dlatego, że był zwariowanym socjaldemokratą, zaangażowanym w sprawy trudnych dzieci od niemal czterdziestu lat.

– Nie jestem już dzieckiem – powiedziała, jak gdyby to było wystarczającym wyjaśnieniem.

– Nie, nie jesteś dzieckiem. Ale zostałem twoim opiekunem i jak długo nim pozostanę, tak długo będę odpowiedzialny za ciebie prawnie i finansowo.

Pierwszym krokiem Bjurmana było więc otwarcie w jej imieniu nowego konta, które miała zgłosić w wydziale płac Miltona i z którego miała teraz korzystać. Salander zrozumiała, że skończyły się dobre czasy. Odtąd Bjurman miał płacić jej rachunki i przyznawać jej miesięcznie określoną sumę kieszonkowego. Oczekiwał, że Lisbeth będzie w stanie przedstawić rachunki wydatków. Zadecydował, że dostanie tysiąc czterysta koron tygodniowo – „na jedzenie, ubranie, kino i tym podobne".

W zależności od tego, jak dużo pracowała, zarabiała do stu sześćdziesięciu tysięcy koron rocznie. Z łatwością mogłaby podwoić tę sumę, pracując na cały etat i przyjmując wszystkie zlecenia Armanskiego. Ale nie miała wielkich potrzeb i nie wydawała specjalnie dużo. Czynsz wynosił niewiele ponad dwa tysiące. Tak więc mimo skromnych dochodów zdołała zgromadzić na koncie, z którego nie mogła teraz swobodnie korzystać, aż dziewięćdziesiąt tysięcy koron.

– Chodzi o to, że jestem odpowiedzialny za twoje pieniądze – wyjaśnił. – Musisz oszczędzać na przyszłość. Ale nie obawiaj się, dam sobie z tym radę.

Dawałam sobie radę sama, odkąd skończyłam dziesięć lat, ty pierdolony gnojku!

– Funkcjonujesz w społeczeństwie na tyle dobrze, że nie kwalifikujesz się do umieszczenia w placówce, ale społeczeństwo ponosi za ciebie odpowiedzialność.

Wypytał ją dokładnie o obowiązki w Milton Security. Wiedziona instynktem kłamała jak z nut. Odpowiadając, opisała swoje pierwsze tygodnie w firmie. Adwokat Bjurman odniósł więc wrażenie, że Lisbeth zajmuje się parzeniem kawy i sortowaniem poczty, czyli zadaniami w sam raz dla kapuścianej głowy. Wyglądał na usatysfakcjonowanego.

Nie wiedziała, dlaczego kłamie, ale była przekonana, że to mądra decyzja. Gdyby adwokat Bjurman znajdował się na liście owadów, którym grozi wyginięcie, bez większego wahania przygniotłaby go obcasem.

MIKAEL BLOMKVIST spędził w towarzystwie Henrika Vangera pięć godzin, by później część nocy i cały wtorek poświęcić na przepisanie notatek i stworzenie schematycznej, przejrzystej genealogii Vangerów. Historia rodu, która w trakcie rozmowy z Henrikiem zaczęła nabierać kształtów, różniła się dość dramatycznie od oficjalnego wizerunku. Mikael wiedział, że każda rodzina ma swojego trupa w szafie, ale rodzina Vangerów miała całe cmentarzysko.

Czasami był zmuszony przypominać sobie samemu, że tak naprawdę jego zadaniem nie jest pisanie biografii

Vangerów, tylko znalezienie odpowiedzi na to, co się stało z Harriet. Przyjął to zlecenie głęboko przekonany, że prze-siedzi na tyłku i zmarnuje cały rok i że wszystkie wysiłki podejmowane dla Henrika są w zasadzie grą pozorów. Po roku zgarnie swoje niedorzeczne honorarium – sporządzo-ny przez Dircha Frodego kontrakt został podpisany. Ciągle miał nadzieję, że prawdziwą zapłatę otrzyma w formie in-formacji o Wennerströmie, które Henrik Vanger rzekomo posiada.

Po wysłuchaniu Henrika pomyślał jednak, że ten rok nie-koniecznie musi pójść na marne. Książka o Vangerach mogła stanowić wartość samą w sobie, historia rodu była po prostu znakomitą opowieścią. Myśl, że mógłby znaleźć mordercę Harriet, nie przeszła mu nawet przez głowę. O ile Harriet w ogóle została zamordowana, a nie uległa jakiemuś absur-dalnemu wypadkowi albo zniknęła w inny sposób. Mikael zgadzał się z Henrikiem, że to zgoła nieprawdopodobne, żeby szesnastoletnia dziewczyna zniknęła dobrowolnie i przez trzydzieści sześć lat nie została wykryta przez system biurokracji. Ale nie wykluczał możliwości, że uciekła z domu, może pojechała do Sztokholmu i że coś wydarzyło się po drodze – narkotyki, prostytucja, napad albo najzwyklejszy wypadek.

Natomiast Henrik był pewny, że Harriet została zamor-dowana i że odpowiedzialność za to ponosi któryś z człon-ków rodziny, możliwe, że we współpracy z drugą osobą. Tok jego rozumowania przekonywał o tyle, że dziewczyna znik-nęła w dramatycznych okolicznościach, kiedy wyspa była odcięta od lądu i oczy wszystkich skierowały się na wypadek na moście.

Erika miała rację, twierdząc, że to zadanie przekracza-ło granice zdrowego rozsądku, przynajmniej jeżeli chodzi o rozwiązanie zagadki morderstwa. Mikael Blomkvist za-czął natomiast w końcu pojmować, że los Harriet odegrał ważną rolę w rodzinie Vangerów, szczególnie dla Henrika.

Niezależnie od tego, czy starzec miał rację, czy nie, jego oskarżenia wobec krewnych miały ogromne znaczenie w historii rodziny. Wypowiadane otwarcie przez ponad trzydzieści lat, nadawały ton rodzinnym spotkaniom i doprowadziły do poważnych antagonizmów, które z kolei przyczyniły się do destabilizacji całego koncernu. Tak więc przestudiowanie zniknięcia Harriet mogłoby stanowić osobny rozdział albo nawet przewodni wątek historii rodu. Materiałów na ten temat było w bród. Obojętnie, czy zamierzał poświęcić się właściwemu zleceniu, czy jedynie zadowolić napisaniem rodzinnej kroniki, powinien zacząć od przestudiowania galerii postaci. O tym rozmawiał z Henrikiem.

Rodzina Vangerów składała się z około stu osób, wliczając dzieci kuzynostwa i dalekich kuzynów ze wszystkich stron. Rodzina była tak liczna, że Mikael musiał stworzyć w swoim iBooku osobną bazę danych. Korzystał z programu NotePad (www.ibrium.se), który był pełnowartościowym produktem stworzonym przez dwóch chłopaków z Wyższej Szkoły Technicznej w Sztokholmie i rozprowadzanym w sieci za śmieszną opłatą jako *shareware*. Mikael nie znał wielu równie przydatnych programów dla dociekliwego dziennikarza. Każdy członek rodziny otrzymał w bazie danych osobny dokument.

Drzewo genealogiczne sięgało z całą pewnością początków XVI wieku, kiedy to nazwisko rodowe brzmiało Vangeersad. Zdaniem Henrika nazwisko mogło pochodzić od holenderskiego van Geerstad, a jeżeli tak w istocie było, to przodków rodu można było wytropić w XII wieku.

W czasach nowożytnych rodzina mieszkała w północnej Francji i razem z Jeanem Baptistem Bernadottem przybyła stamtąd do Szwecji na początku XIX wieku. Alexandre Vangeersad był wojskowym i nie znał osobiście króla. Wyróżnił się natomiast jako zdolny szef garnizonu i w 1818 roku w podzięce za długą i wierną służbę otrzymał gospodarstwo na Hedeby. Posiadał również własne pieniądze, za które kupił znaczne obszary leśne w Norlandii. Syn Adrian urodził się we Francji, ale wezwany przez ojca porzucił paryskie salony na rzecz norlandzkiej dziury, by zarządzać tutejszym gospodarstwem. Prowadził gospodarkę rolną i leśną według nowych, importowanych z kontynentu metod, i założył wytwórnię masy papierowej, wokół której wyrosło później miasto Hedestad.

Wnuk Alexandre'a, Henrik, skrócił nazwisko do Vanger. W połowie XIX wieku nawiązał kontakty z Rosją i stworzył niewielką flotę handlową. Jego szkunery pływały do krajów nadbałtyckich, Niemiec i przemysłowej Anglii. Henrik Vanger senior postawił na różnorodność. Rozpoczął na niewielką skalę od przemysłu wydobywczego i założył pierwsze zakłady metalurgiczne w Norlandii. Zostawił po sobie dwóch synów, Birgera i Gottfrieda, którzy stworzyli podwaliny współczesnego imperium finansowego rodziny.

– Czy znasz stare zasady dziedziczenia? – zapytał Henrik.

– No... raczej się w tym nie specjalizowałem.

– Rozumiem. Ja też czuję się skonfundowany. Birger i Gottfried, jak głosi tradycja rodzinna, żyli jak pies z kotem. Konkurowali o władzę i wpływy w przedsiębiorstwie. Ta walka pod wieloma względami była obciążeniem, które zagrażało istnieniu firmy. Z tego powodu ich ojciec na krótko przed śmiercią wprowadził system, zgodnie z którym każdy członek rodziny miał dostać udział spadkowy, czyli część akcji firmy. To było sprawiedliwie pomyślane, ale doprowadziło do sytuacji, w której nie możemy wprowadzić kompetentnych ludzi albo partnerów z zewnątrz, musimy zadowolić się zarządem składającym się z członków rodziny, z których każdy dysponuje zaledwie kilkoma procentami głosów.

– Czy ta zasada obowiązuje do dzisiaj?

– Tak. Jeżeli ktoś z członków rodziny chce sprzedać swoje udziały, musi to zrobić w łonie rodziny. Na corocznym walnym zebraniu akcjonariuszy zbiera się około pięćdziesięciu członków rodziny. Martin posiada trochę ponad dziesięć procent akcji, ja mam tylko pięć, ponieważ sprzedałem je między innymi Martinowi. Mój brat Harald jest właścicielem siedmiu procent, ale większość uczestników zebrania ma tylko jeden lub półtora.

– Nie miałem o tym pojęcia. To pachnie trochę średniowieczem.

– To kompletne szaleństwo. Jeżeli Martin chce dzisiaj przeprowadzić jakieś poważne zmiany, to musi najpierw poświęcić się działalności lobbystycznej, żeby zdobyć poparcie co najmniej dwudziestu, dwudziestu pięciu procent akcjonariuszy. To prawdziwy zlepek aliansów, frakcji i intryg.

Henrik ciągnął dalej:

– Gottfried Vanger zmarł bezdzietnie w 1901 roku. Albo raczej, przepraszam, był ojcem czterech córek, tylko że wtedy kobiety się nie liczyły. Owszem, miały swoje udziały, ale to mężczyźni reprezentowali interes przedsiębiorcy. Dopiero po ustanowieniu prawa wyborczego dla kobiet, ładnych parę lat po przełomie wieków, osoby płci żeńskiej otrzymały możliwość udziału w walnych zebraniach akcjonariuszy.

– Ach, jak liberalnie!

– Daruj sobie ironię. To były inne czasy. W każdym razie bratu Gottfrieda, Birgerowi, urodziło się trzech synów: Johan, Fredrik i Gideon. Wszyscy pod koniec wieku. Gideona możemy wykluczyć, sprzedał swoje akcje i wyemigrował do Ameryki, gdzie teraz mamy zagraniczną gałąź rodziny. A Johan i Fredrik przekształcili spółkę w nowoczesny koncern.

Henrik wyciągnął album ze zdjęciami i nie przerywając opowieści, pokazywał galerię postaci. Fotografia z początku ubiegłego wieku ukazywała dwóch mężczyzn o wydatnych szczękach i gładko przyczesanych włosach. Wpatrywali się w obiektyw aparatu bez chociażby cienia uśmiechu.

Johan Vanger był rodzinnym geniuszem, wykształcił się na inżyniera i rozwijał produkcję przemysłową, wprowadzając opatentowane przez siebie wynalazki. Stal i żelazo stanowiły podstawę koncernu, ale przedsiębiorstwo rozrastało się też w innych dziedzinach, jak na przykład przemysł tekstylny. Johan zmarł w 1956 roku. Miał trzy córki: Sofię, Märit i Ingrid, pierwsze kobiety, które automatycznie uzyskały prawo do udziału w zebraniach akcjonariuszy.

– Drugi brat, Fredrik Vanger, to mój ojciec. Biznesmen i przemysłowiec, który przekształcał wynalazki Johana w dochody. Zmarł dopiero w 1964 roku. Był aktywnym członkiem kierownictwa aż do samej śmierci, chociaż już w latach pięćdziesiątych przekazał mi swoje codzienne obowiązki.

I znów powtórzyła się sytuacja z poprzedniego pokolenia, chociaż teraz odwrotnie. Johanowi rodziły się tylko córki. Henrik pokazał zdjęcia biuściastych kobiet w kapeluszach o szerokim rondzie i z parasolkami od słońca.

– A Fredrik, mój ojciec, miał tylko synów. Było nas pięciu braci. Richard, Harald, Greger, Gustav i ja.

Żeby mieć jakąkolwiek szansę na rozróżnienie poszczególnych członków rodziny, Mikael narysował drzewo rodowe Vangerów na kilku połączonych taśmą kartkach. Zaznaczył tłustym drukiem te osoby, które przebywały na wyspie w czasie zjazdu rodzinnego w 1966 roku i mogły mieć coś wspólnego ze zniknięciem Harriet.

Wykluczył dzieci poniżej dwunastu lat, wychodząc z założenia, że cokolwiek się wydarzyło, powinien zachować granice rozsądku. Po krótkim namyśle skreślił również Henrika. Jeżeli patriarcha był zamieszany w zaginięcie Harriet, to jego zachowanie w ciągu ostatnich trzydziestu sześciu lat należałoby zaliczyć do patologicznych. Również matka Henrika, która w 1966 roku osiągnęła zacny wiek osiemdziesięciu jeden lat, powinna znaleźć się poza podejrzeniami. Pozostawało dwudziestu trzech członków rodziny, których zdaniem Henrika należało umieścić w grupie podejrzanych. Siedem osób już nie żyło, a kilka innych osiągnęło wiek wzbudzający szacunek.

Mikael nie był skłonny podzielać opinii Henrika, że za zniknięciem Harriet stał ktoś z rodziny. Do listy podejrzanych trzeba dopisać szereg innych osób.

Dirch Frode zaczął pracować jako adwokat Henrika wiosną 1962 roku. A oprócz państwa, kto ze służby? Obecny „dozorca" Gunnar Nilsson – z alibi czy bez – miał dziewiętnaście lat. A jego ojciec Magnus Nilsson był wtedy jak najbardziej obecny na wyspie, podobnie jak artysta Eugen Norman i pastor Otto Falk. Czy Falk był żonaty? Rolnik z Östergården, Martin Aronsson i jego syn Jerker, wszyscy przebywali na wyspie, w pobliżu Harriet, przez całe jej życie. Jakie mieli do siebie nastawienie? Czy Aronsson miał żonę? Czy były w gospodarstwie jeszcze inne osoby?

Kiedy Mikael zaczął spisywać wszystkie imiona i nazwiska, grupa powiększyła się do jakichś czterdziestu osób. W końcu sfrustrowany rzucił pisakiem. Było wpół do czwartej rano, termometr wskazywał minus dwadzieścia jeden stopni. Zanosiło się na dłuższy mróz. Zatęsknił za swoim łóżkiem na Bellmansgatan.

FREDRIK VANGER
(1886–1964)
żona **Ulrika** (1885–1969)

Richard (1907–1940)
żona Margareta (1906–1959)

Gottfried (1927–1965)
żona **Isabella** (1928 –)

Martin (1948–
Harriet (1950 –?)

Harald (1911–)
żona Ingrid (1925–1992)

Birger (1939–)
Cecilia (1946–)
Anita (1948–)

Greger (1912–1974)
żona **Gerda** (1922–)

Alexander (1946–)

Gustav (1918–1955)
kawaler, bezdzietny

Henrik (1920–)
żona Edith (1921–1958)
bezdzietny

JOHAN VANGER
(1884–1956)
żona Gerda (1888–1960)

Sofia (1909-1977)
mąż **Åke Sjögren** (1906–1967)

Magnus Sjögren (1929-1994)
Sara Sjögren (1931–)

Erik Sjögren (1951–)
Håkan Sjögren (1955–)

Märit (1911–1988)
mąż **Algot Günther** (1904–1987)

Ossian Günther (1930–)
żona **Agnes** (1933–)

Jakob Günther (1952–)

Ingrid (1916–1990)
mąż **Harry Karlman** (1912–1984)

Gunnar Karlman (1942–)
Maria Karlman (1944–)

W ŚRODĘ O DZIEWIĄTEJ rano obudził go pracownik Telii, który przyszedł zamontować gniazdko telefoniczne i modem ADSL. O jedenastej, z dostępem do Internetu, Mikael nie czuł się już upośledzony zawodowo. Ale telefon ciągle milczał. Erika od tygodnia nie odpowiadała. Chyba rzeczywiście była wściekła. On też zaczął zachowywać się jak uparty osioł i nie dzwonił do biura. Dopóki wystukiwał numer jej komórki, mogła zobaczyć, że to on i zdecydować, czy chce odpowiedzieć, czy nie. Widocznie nie chciała.

W każdym razie otworzył program pocztowy i przejrzał ponad trzysta pięćdziesiąt e-maili, które wysłano do niego w ciągu ostatniego tygodnia. Zachował kilkanaście, resztę stanowiły wiadomości o prenumeracie i spam. Pierwszy otwarty mail od demokrata88@yahoo.com brzmiał: MAM NADZIEJĘ ŻE BĘDZIESZ LIZAŁ CHUUUJA W CIUPIE PIERDOLONY KOMUNISTO. Mikael przeniósł maila do folderu „Inteligentna krytyka".

Napisał krótki list do erika.berger@millennium.se

[Hej Ricky. Przypuszczam, że jesteś na mnie morderczo wściekła, ponieważ nie oddzwaniasz. Chcę cię tylko poinformować, że jestem podłączony do sieci i dostępny mailowo, kiedy będziesz chciała mi przebaczyć. A swoją drogą Hedeby jest wartym obejrzenia, rustykalnym miejscem. M.]

W południe schował iBooka do torby i zrobił spacer do kawiarni przy moście, gdzie usiadł przy swoim narożnym stoliku. Podając mu kawę i kanapkę, Susanna spojrzała z zaciekawieniem na komputer i zapytała, nad czym pracuje. Po raz pierwszy skorzystał ze swojej *cover story* i wyjaśnił, że został zatrudniony przez Henrika Vangera do napisania biografii. Wymienili grzeczności. Susanna zachęciła Mikaela, żeby skontaktował się z nią, gdy będzie gotów na prawdziwe sensacje.

– Obsługiwałam Vangerów przez trzydzieści pięć lat i znam chyba wszystkie rodzinne plotki – powiedziała i kołysząc biodrami, oddaliła się do kuchni.

NARYSOWANA PRZEZ MIKAELA tablica genealogiczna świadczyła o tym, że rodzina Vangerów niestrudzenie produkowała nowych potomków. Razem z dziećmi, wnukami i prawnukami, których nie uwzględniał, bracia Fredrik i Johan Vanger mieli około pięćdziesięciu krewnych zstępnych. Mikael zauważył również, że prawie wszyscy dożywali sędziwego wieku. Fredrik zmarł, mając siedemdziesiąt osiem lat, Johan – siedemdziesiąt dwa. Ulrika Vanger odeszła jako osiemdziesięcioczterolatka. Z żyjących braci Harald miał dziewięćdziesiąt dwa lata, a Henrik był o dziesięć lat młodszy.

Jedyny wyjątek stanowił brat Henrika, Gustav, którego zabrała choroba płuc, gdy miał trzydzieści siedem lat. Henrik wyjaśnił, że Gustav zawsze był chorowity i chodził własnymi ścieżkami, trochę na obrzeżach rodziny. Nigdy się nie ożenił i nie miał dzieci.

Pozostali, którzy również umarli młodo, odeszli z przyczyn innych niż choroba. Richard poległ jako ochotnik podczas fińskiej wojny zimowej, mając zaledwie trzydzieści trzy lata. Gottfried, ojciec Harriet, utonął na rok przed jej zaginięciem. A sama Harriet była tylko szesnastoletnią dziewczyną. Mikael zanotował uderzającą symetrię. Właśnie w tej gałęzi rodziny dziadek, ojciec i córka ulegli nieszczęśliwym wypadkom. Po Richardzie pozostał tylko Martin, który skończywszy pięćdziesiąt pięć lat, w dalszym ciągu był bezdzietnym kawalerem, chociaż, według informacji Henrika, związanym w kobietą mieszkającą w Hedestad.

Martin miał osiemnaście lat, gdy zniknęła jego siostra. Należał do tej nielicznej grupy krewnych, których z pewnością można było skreślić z listy osób potencjalnie zamieszanych w zaginięcie. Tamtej jesieni mieszkał w Uppsali, gdzie właśnie zaczął naukę w klasie maturalnej. Miał uczestniczyć w zjeździe rodzinnym, ale przybył na miejsce dopiero późnym popołudniem i tym samym znalazł się po „złej" stronie mostu. Tymczasem jego siostra zniknęła jak kamfora. Mikael zanotował jeszcze dwie osobliwości w drzewie rodowym Vangerów. Wyglądało na to, że małżeństwa zawierano na całe życie. Nikt nie rozwiódł się ani nie zawarł ponownego związku, nawet jeżeli współmałżonek zmarł w młodym wieku. Mikael zastanawiał się, na ile to statystycznie częste zjawisko. Cecilia od wielu lat żyła w separacji, ale – o ile Mikael wiedział – ciągle jako mężatka.

Drugą osobliwością było geograficzne rozproszenie męskiej i żeńskiej strony. Potomkowie Fredrika, do których należał również Henrik, tradycyjnie odgrywali wiodącą rolę w przedsiębiorstwie i osiadali albo w Hedestad, albo w jego pobliżu. Natomiast krewni z odgałęzienia Johana, którzy produkowali żeńskie następczynie, zawierali małżeństwa i przeprowadzali się do innych części kraju; mieszkali głównie w Sztokholmie, Malmö i Göteborgu albo za granicą. Przyjeżdżali do Hedestad tylko na wakacje albo ważniejsze spotkania koncernu. Jedynym wyjątkiem była Ingrid Vanger, której syn mieszkał w Hedestad i piastował funkcję redaktora naczelnego w lokalnym dzienniku.

Jako prywatny śledczy Henrik sądził, że „motywu leżącego u podstaw morderstwa" można by szukać w strukturze przedsiębiorstwa. Ponieważ od początku przedstawiał Harriet jako osobę szczególną, ktoś – krzywdząc dziewczynę – mógł chcieć skrzywdzić samego Henrika. A może Harriet weszła w posiadanie jakiejś drażliwej informacji dotyczącej koncernu i tym samym stała się dla kogoś zagrożeniem. Mimo że były to tylko luźne spekulacje, Henrikowi udało się w ten sposób zidentyfikować grono trzynastu osób, które uważał za „szczególnie interesujące".

Wczorajsza rozmowa z Henrikiem wyjaśniła też inną rzecz. Już od pierwszej chwili starzec wyrażał się o swojej rodzinie w tak pogardliwych słowach, że sprawiało to wręcz dziwaczne wrażenie. Mikael zastanawiał się nawet, czy podejrzenia patriarchy wobec rodziny nie zachwiały jego rozsądkiem, ale teraz zaczynał rozumieć, że Henrik dokonał naprawdę zadziwiająco trzeźwej oceny.

Z wolna ukazywał się bowiem obraz rodziny, która – znajdując się w pomyślnej sytuacji socjalno-bytowej – pod wieloma względami była najwyraźniej rodziną dysfunkcjonalną.

OJCIEC HENRIKA był zimnym i nieczułym człowiekiem, który spłodziwszy dzieci, zrzucił na żonę obowiązek ich wychowywania i dbałości o dobre samopoczucie. Mniej więcej do szesnastego roku życia synowie prawie wcale nie widywali ojca, jeżeli nie liczyć specjalnych okazji rodzinnych, kiedy to mieli być obecni, ale jednocześnie niewidoczni. Henrik nie przypominał sobie, żeby ojciec kiedykolwiek okazał mu miłość, często natomiast słyszał o swoim braku kompetencji i bywał celem miażdżącej krytyki. Kary cielesne należały do rzadkości. Nie były potrzebne. Dopiero o wiele później, już zatrudniony w koncernie, Henrik zyskał szacunek ojca.

Najstarszy syn, Richard, zbuntował się po scysji z ojcem, o której powodach nigdy w rodzinie nie dyskutowano. Wyjechał na studia do Uppsali. Tam też zapoczątkował swoją nazistowską karierę, która wkrótce miała zaprowadzić go do wojennych okopów. Opowiadając wcześniej o Richardzie, starzec nie wspomniał, że bardzo podobną karierę zrobiło jeszcze dwóch jego braci. Zarówno Harald, jak i Greger poszli w ślady pierworodnego i przeprowadzili się do Uppsali. Byli sobie bliscy, Henrik nie wiedział jednak, jak często spotykali się z Richardem. Pewne było natomiast, że przyłączyli się do faszystowskiego ruchu Pera Engdahla Nowa Szwecja. Harald, wierny swojemu przywódcy, towarzyszył mu najpierw w Narodowym Związku Szwecji, później w Szwedzkiej Opozycji i w końcu w Nowoszwedzkim Ruchu, utworzonym już po zakończeniu wojny. Pozostał członkiem organizacji aż do śmierci Pera Engdahla w latach dziewięćdziesiątych, a okresowo bywał jednym z najważniejszych sponsorów pozwalających przetrwać szwedzkiemu faszyzmowi.

Jako student medycyny Harald prawie od razu znalazł się w kręgach zwolenników higieny i biologii rasowej. Przez jakiś czas pracował w Szwedzkim Instytucie Biologii Rasowej i jako lekarz był jednym z liderów kampanii na rzecz sterylizacji niepożądanych elementów w społeczeństwie.

Cytat, Henrik Vanger, nagranie 2, 02950:
Harald posunął się jeszcze dalej. Był współautorem – na szczęście pod pseudonimem – wydanej w 1937 roku książki Nowa Europa ludów. *Dowiedziałem się o tym dopiero w latach siedemdziesiątych. Mam kopię, którą możesz przeczytać. To prawdopodobnie jedna z najohydniejszych książek, które ukazały się w języku szwedzkim. Harald przekonywał nie tylko do sterylizacji, ale również do eutanazji, uśmiercania ludzi, którzy zaburzali jego poczucie estetyki i nie pasowali do wizji doskonałego szwedzkiego plemienia. W tekście napisanym poprawną, akademicką prozą, w tekście zawierającym niezbędne medyczne argumenty występował w obronie masowych mordów. Usuńmy kaleki. Nie pozwólmy rozpleniać się Lapończykom; mają w sobie mongolskie naleciałości. Psychicznie chorzy potraktują śmierć jako wyzwolenie, prawda? Rozwiązłe kobiety, włóczędzy, Cyganie, Żydzi – sam możesz sobie wyobrazić! W fantazjach mojego brata Oświęcim równie dobrze mógłby znajdować się w prowincji Dalarna.*

Greger Vanger został po wojnie nauczycielem, a wkrótce dyrektorem liceum w Hedestad. Henrik żył w przekonaniu, że jego brat nie należał do żadnej partii i że porzucił idee nazizmu. Ale kiedy w 1974 roku, po jego śmierci, przejrzał pozostałą po nim korespondencję, dowiedział się, że w latach pięćdziesiątych Greger przyłączył się do politycznie nic nieznaczącej, ale kompletnie idiotycznej sekty o nazwie Nordycka Partia Rzeszy, NPR. Był jej członkiem do samej śmierci.

Cytat, Henrik Vanger, nagranie 2, 04167:
Trzech moich braci było więc chorych psychicznie w kwestii polityki. Jak bardzo chorzy byli pod innymi względami?

Jedynym bratem, który w oczach Henrika zasługiwał na jakąś dozę łaski, był chorowity Gustav, który zmarł na płuca w 1955 roku. Gustav nie zajmował się polityką i uchodził za odsuniętą od świata duszę artystyczną. Był zupełnie niezainteresowany biznesem czy karierą w rodzinnym przedsiębiorstwie.

– Zostało was dwóch, ty i Harald. Dlaczego twój brat wrócił na Hedeby? – zapytał Mikael.

– Przeprowadził się tutaj w 1979 roku, na krótko przed siedemdziesiątymi urodzinami. Jest właścicielem domu.

– To musi być dziwne uczucie, mieszkać tak blisko brata, którego się nienawidzi...

Starzec spojrzał zdumiony na Mikaela.

– Źle mnie zrozumiałeś. Nie darzę go nienawiścią. Możliwe, że mu współczuję. Jest kompletnym idiotą i to on mnie nienawidzi.

– On cię nienawidzi?

– Właśnie tak. Myślę, że dlatego tu wrócił. Żeby spędzić swoje ostatnie lata, nienawidząc mnie z bliska.

– Dlaczego cię nienawidzi?

– Dlatego, że się ożeniłem.

– Chyba musisz mi to wyjaśnić.

HENRIK VANGER dość wcześnie stracił kontakt ze starszymi braćmi. Był ostatnią nadzieją ojca, jedynym z rodzeństwa, który wykazywał jakąś smykałkę do interesów. Nie interesował się polityką i unikał Uppsali. Wybrał studia ekonomiczne w Sztokholmie. Odkąd skończył osiemnaście lat, każde ferie i wakacje spędzał na praktykach w którymś z licznych biur koncernu albo w jednym z zarządów firmy. Zgłębiał zawiłości rodzinnego przedsiębiorstwa.

10 czerwca 1941 roku, w środku wojny, wysłano go na sześć tygodni do biura handlowego firmy w Hamburgu. Miał wtedy zaledwie dwadzieścia lat i w roli opiekuna i ciotki przyzwoitki wystąpił niemiecki agent koncernu, podstarzały weteran przemysłowy Hermann Lobach.

– Nie chcę cię zamęczać szczegółami, ale wtedy Hitler i Stalin byli jeszcze dobrymi przyjaciółmi i nie istniał front wschodni. Wszyscy sądzili, że Hitler jest niezwyciężony. Dominował nastrój... optymizmu i desperacji, wydaje mi się, że to odpowiednie słowa. Jeszcze teraz, pół wieku później, trudno nazwać panującą wtedy atmosferę. Nie zrozum mnie źle, nigdy nie byłem nazistą, a Hitler jawił mi się jako śmieszna postać rodem z operetki. Ale trudno było nie zarazić się optymistyczną wiarą w przyszłość wyznawaną przez zwykłych ludzi. Chociaż wojna zbliżała się z każdym dniem, chociaż zaczęły się właśnie naloty bombowe na Hamburg, ludzie uważali, że to tylko przejściowa niedogodność, że wkrótce zapanuje pokój, a Hitler stworzy swoją Neueurope, Nową Europę. Chcieli wierzyć, że ich Führer jest bogiem. Tak mówiła przecież propaganda.

Henrik otworzył jeden ze swoich licznych albumów.

– To jest Hermann Lobach. Zginął w 1944 roku, prawdopodobnie przysypany gruzami podczas któregoś z nalotów bombowych. Nigdy nie poznaliśmy jego losu. W czasie tych sześciu tygodni zbliżyłem się do niego. Mieszkałem z jego rodziną w wytwornym apartamencie w jednej z zamożnych dzielnic Hamburga. Codziennie spędzaliśmy czas w swoim towarzystwie. Taki był z niego nazista, jak ze mnie, ale zapisał się do partii nazistowskiej dla wygody. Legitymacja partyjna otwierała drzwi i stwarzała możliwości robienia interesów na rachunek koncernu, zajmowaliśmy się bowiem robieniem interesów. Produkowaliśmy wagony towarowe do niemieckich pociągów; zawsze zastanawiałem się, czy któryś z nich dojechał do Polski... Sprzedawaliśmy im sukno na mundury, chociaż oficjalnie nie mieliśmy pojęcia, do czego go używają. A Hermann wiedział, jak finalizować umowy, był miły i towarzyski. Doskonały nazista. Z biegiem czasu zacząłem rozumieć, że jest również człowiekiem, który desperacko próbuje ukryć pewną tajemnicę.

W nocy z 21 na 22 czerwca 1941 roku obudził mnie, pukając nagle do drzwi. Mój pokój sąsiadował z sypialnią jego żony. Nakazał mi gestem milczenie, polecił się ubrać i pójść za nim. Zeszliśmy piętro niżej, do palarni. Nie ulegało wątpliwości, że Lobach był na nogach całą noc. Miał włączone radio, zrozumiałem, że wydarzyło się coś dramatycznego. Rozpoczęto operację Barbarossa. W przeddzień sobótkowego święta Niemcy napadły na Związek Radziecki.

Henrik zrezygnowany machnął ręką.

– Postawił na stole dwa kieliszki i nalał porządnie wódki. Był po prostu wstrząśnięty. Gdy zapytałem go, co to znaczy, odpowiedział trzeźwo, że to oznacza koniec Niemiec i nazizmu. Nie do końca mu wierzyłem, wydawało się przecież, że Hitler jest nie do pokonania, ale Lobach wzniósł toast za klęskę Niemiec. A później wziął się za praktyczne rzeczy.

Mikael skinął głową na znak, że ciągle nadąża za tokiem opowiadania.

– Po pierwsze nie miał żadnej możliwości skontaktowania się z moim ojcem. Na własną rękę podjął więc decyzję o skróceniu mojego pobytu w Niemczech i jak najszybszym powrocie do domu. Po drugie chciał mnie poprosić o przysługę.

Henrik wskazał pożółkły i podniszczony portret kobiety w półprofilu.

– Hermann Lobach był żonaty od czterdziestu lat, ale w 1919 roku spotkał szalenie piękną i o połowę od niego młodszą kobietę, w której zakochał się na śmierć i życie. Była prostą, biedną szwaczką. Zaczął starać się o jej względy i wkrótce została jego kochanką. Jako zamożnego mężczyznę stać go było na zakwaterowanie jej w mieszkaniu znajdującym się w bezpiecznej odległości od jego domu. W 1921 roku urodziła mu córkę, której nadali imię Edith.

– Bogaty, starszy mężczyzna, młoda, piękna kobieta i dziecko miłości, to nie musiało być szczególnie skandaliczne, nawet w latach czterdziestych – skomentował Mikael.

– Racja. Gdyby nie jeden szczegół. Kobieta była Żydówką. A to znaczy, że Lobach został ojcem żydowskiej córki w środku nazistowskich Niemiec. W praktyce był więc zdrajcą rasy.

– Aha, to bez wątpienia zmienia postać rzeczy. Co dalej?

– Matkę Edith zatrzymano w 1939 roku. Zaginął po niej ślad i możemy się tylko domyślać jej losu. Wiadomo było, że ma córkę, której jeszcze nie zanotowano na żadnej liście osób przeznaczonych do transportu i której poszukiwał wydział gestapo, zajmujący się tropieniem uciekających Żydów. W lecie 1941 roku, w tym samym tygodniu, w którym przybyłem do Hamburga, wykryto związek matki Edith z Lobachem. Wezwany na przesłuchanie przyznał się do związku, uznał ojcostwo, ale jednocześnie oświadczył, że nie ma pojęcia, gdzie znajduje się jego córka i że nie miał z nią kontaktu od dziesięciu lat.

– A gdzie się znajdowała?

– Widziałem ją w domu Lobacha codziennie. Słodka dwudziestoletnia dziewczyna, która sprzątała mój pokój i pomagała podawać kolację. W 1937 roku, gdy prześladowania Żydów trwały już ładnych parę lat, matka Edith zaczęła błagać mojego gospodarza o pomoc. I uzyskała ją – Lobach kochał swoją nieślubną córkę równie mocno jak swoje „oficjalne" dzieci. Ukrył ją w najbardziej nieprawdopodobnym miejscu, dokładnie pod nosem wszystkich. Załatwił fałszywe papiery i zatrudnił ją jako gosposię.

– Czy jego żona wiedziała, kim jest Edith?

– Nie, nie miała pojęcia o tej sprawie.

– I co było dalej?

– Tak zaaranżowana sytuacja trwała przez cztery lata, ale teraz Lobach czuł, że pętla zaczyna się zaciskać. Było tylko kwestią czasu, kiedy gestapo zapuka do jego drzwi. Opowiedział mi to wszystko w nocy, na parę tygodni przed moim powrotem do Szwecji. A później przyprowadził córkę i przedstawił nas sobie. Edith była okropnie nieśmiała i nie odważyła się nawet spojrzeć mi w oczy. Lobach błagał mnie, żebym uratował jej życie.

– Jak?

– Wszystko już przygotował. Zgodnie z planem miałem zostać jeszcze trzy tygodnie, a później pojechać nocnym pociągiem do Kopenhagi i przeprawić się łodzią przez cieśninę. Stosunkowo bezpieczna podróż, nawet w czasie wojny. Ale dwa dni po naszej rozmowie odpływał z Hamburga do Szwecji statek towarowy należący do koncernu Vangera. Lobach chciał, żebym właśnie tym statkiem bezzwłocznie opuścił Niemcy. Zmiany w planach podróży musiały zostać zatwierdzone przez służbę bezpieczeństwa, chodziło o trochę przydługawą, ale bezproblemową procedurę. Lobachowi niezmiernie zależało na tym, żebym znalazł się na pokładzie tego statku.

– Przypuszczam, że razem z Edith.

– Przemycono ją na statek, ukrytą w jednej z trzystu skrzyń z maszynami. Miałem za zadanie chronić ją na wypadek, gdyby została wykryta na niemieckich wodach terytorialnych, i przeszkodzić kapitanowi, gdyby przyszło mu do głowy zrobić coś głupiego. A tak w ogóle to miałem ją wypuścić z ukrycia dopiero wtedy, gdy oddalimy się spory kawałek od Niemiec.

– Rozumiem.

– W założeniu łatwa, w rzeczywistości ta podróż przerodziła się w coś makabrycznego. Kapitan, Oskar Granath, był daleki od zachwytu, gdy nagle się dowiedział, że odpowiada za butnego potomka swojego pracodawcy. Opuściliśmy Hamburg pewnego dnia pod koniec czerwca, o dziewiątej wieczorem. Gdy wypływaliśmy z portu wewnętrznego, zawyły syreny ogłaszające alarm przeciwlotniczy. Angielski nalot, najgorszy, jaki przeżyłem, a port był oczywiście priorytetowym obiektem. Nie przesadzę, jeżeli powiem, że prawie posikałem się w portki, kiedy w pobliżu wybuchały bomby. Ale w jakiś sposób nam się udało. Po awarii silnika i nieszczęściach sztormowej nocy w zaminowanej wodzie następnego popołudnia dotarliśmy do Karlskrony. A teraz zapytaj, co się stało z dziewczyną.

– Myślę, że już wiem.

– Mój ojciec był oczywiście wściekły. Przez swoje idiotyczne wybryki ryzykowałem wszystko. A dziewczyna mogła zostać deportowana w każdej chwili, to był rok 1941. Ale wtedy byłem już zakochany w niej po uszy, tak jak kiedyś Lobach w jej matce. Poprosiłem ją o rękę i postawiłem ojcu ultimatum: albo zaakceptuje nasze małżeństwo, albo będzie musiał się rozejrzeć za nową nadzieją firmy. Poddał się.

– Ale ona zmarła?

– Tak, stanowczo za wcześnie. W 1958 roku. Było nam dane przeżyć razem ponad szesnaście lat. Miała wrodzoną wadę serca. No i okazało się, że jestem bezpłodny, nie mieliśmy dzieci. I to dlatego mój brat mnie nienawidzi.

– Dlatego, że się z nią ożeniłeś?

– Dlatego, że – używając jego terminologii – ożeniłem się z brudną żydowską kurwą. Dla niego to oznaczało zdradę rasy, plemienia, moralności i wszystkiego, co sobą reprezentował.

– To przecież szaleniec.

– Nie mógłbym tego lepiej wyrazić.

Rozdział 10
Czwartek 9 stycznia – piątek 31 stycznia

WEDŁUG „HEDESTADS-KURIREN" pierwszy miesiąc Mikaela na odludziu był najzimniejszym od niepamiętnych czasów albo (o czym poinformował go Henrik) przynajmniej od wojennej zimy w 1942 roku. Był skłonny uznać to za prawdę. Już po tygodniu na Hedeby nauczył się wszystkiego o kalesonach, grubych skarpetach i podwójnych podkoszulkach.

Pamiętał kilka straszliwych dni w połowie stycznia, kiedy temperatura spadła do niepojętych minus trzydziestu siedmiu stopni. Nigdy wcześniej nie przeżył czegoś takiego, nawet wtedy, gdy przez rok służył w wojsku w Kirunie. Pewnego ranka zamarzły rury z wodą. Gunnar Nilsson zaopatrzył go w dwa plastikowe kanistry, żeby mógł coś ugotować i umyć się, ale mróz był paraliżujący. Na wewnętrznej stronie okien powstawały lodowe kwiaty i niezależnie od tego, jak dużo palił w piecu, ciągle czuł się zziębnięty. Każdego dnia spędzał trochę czasu na rąbaniu drewna w szopie za domem.

Chwilami, bliski płaczu, myślał, żeby zamówić taksówkę, pojechać do miasta i wsiąść w pierwszy lepszy pociąg na południe. Ale później zakładał jeszcze jeden sweter, opatulał się kocem i siedząc przy stole, pił kawę i czytał stare policyjne protokoły.

W końcu nastąpił przełom i mróz zelżał do przyjemnych dziesięciu stopni.

MIKAEL ZACZĄŁ poznawać ludzi z Hedeby. Martin Vanger dotrzymał obietnicy i zaprosił go na ugotowany przez siebie obiad; podał pieczeń z łosia i włoskie czerwone wino. Przemysłowiec nie był żonaty, ale żył w nieformalnym związku z Evą Hassel, która towarzyszyła im w trakcie posiłku. Była ciepłą i towarzyską kobietą. Mikael uznał ją za wyjątkowo atrakcyjną. Pracowała jako dentystka, w tygodniu mieszkała w Hedestad, a na weekendy przeprowadzała się do Martina. Okazało się, że znają się od bardzo dawna, ale parą zostali dopiero na stare lata i nie widzą powodu, dla którego mieliby zawierać małżeństwo.

– No cóż, jakby nie było, jest moją dentystką – zaśmiał się Martin.

– A wejście do tej stukniętej rodziny raczej średnio mnie rajcuje – dodała Eva, klepiąc serdecznie Martina w kolano.

Willa była specjalnie dla niego zaprojektowanym marzeniem kawalera. Wytworne meble w czerni, bieli i chromie zachwyciłyby z pewnością ich miłośnika, Christera Malma. Kuchnię wyposażono w profesjonalny sprzęt do gotowania. W salonie znajdował się gramofon stereofoniczny najwyższej klasy oraz imponujący zbiór płyt jazzowych, w którym swoje miejsce znaleźli i Tommy Dorsey, i John Coltrane. Martin Vanger miał pieniądze, jego dom był elegancki i funkcjonalny, ale też dość bezosobowy. Mikael zanotował, że na ścianach wiszą proste reprodukcje i afisze, które można kupić w Ikei: ozdobne, ale niczym się niewyróżniające. Regały na książki, przynajmniej w tej części mieszkania, którą widział Mikael, nie były szczelnie zapełnione. Oprócz tomów Encyklopedii Narodowej stało tam kilka albumów, które wręcza się w prezencie gwiazdkowym z braku lepszych pomysłów. Podsumowując, Mikael dostrzegł dwa zainteresowania w życiu Martina: muzykę i gotowanie. Pierwsze uwidaczniało się w kolekcji płyt analogowych liczącej mniej więcej trzy tysiące egzemplarzy. Drugie – w zaokrągleniu ponad paskiem spodni.

Na osobowość Martina w jakiś dziwaczny sposób składały się: dobroduszność, surowość i uprzejmość. Nie trzeba było mieć szczególnych umiejętności analitycznych, żeby dojść do wniosku, że ten człowiek boryka się z problemami. Słuchając *Night in Tunisia*, rozmawiali przede wszystkim o koncernie Vangerów i Martin nie krył, że walczy o przetrwanie przedsiębiorstwa. Wybór tematu konwersacji zdziwił Mikaela. Martin nie był nieświadomy, że jego gość jest dopiero co poznanym dziennikarzem gospodarczym. A mimo to mówił o wewnętrznych problemach firmy tak otwarcie, że sprawiał wrażenie nieostrożnego. Najwyraźniej wychodził z założenia, że Mikael jest członkiem rodziny, ponieważ pracuje dla Henrika. Podobnie jak były dyrektor naczelny uważał, że rodzina jest sama sobie winna i odpowiedzialna za obecną sytuację przedsiębiorstwa, jednak w odróżnieniu od starca nie przejawiał zgorzknienia i nieprzejednanej pogardy dla krewnych. Przeciwnie, wyglądał wręcz na osobliwie rozbawionego nieuleczalną głupotą rodziny. Eva Hassel potakiwała, nie komentując. Z pewnością przerabiali ten temat niejeden raz.

Martin, wiedząc, że Mikael został zatrudniony w celu napisania kroniki rodzinnej, zapytał, jak mu idzie. Mikael odpowiedział z uśmiechem, że trudno mu nawet spamiętać imiona wszystkich członków rodziny i zapytał, czy w odpowiednim czasie mógłby przeprowadzić z nim wywiad. Przy wielu okazjach rozważał, czy nie sprowadzić rozmowy na temat obsesyjnego zainteresowania starca zniknięciem Harriet. Henrik na pewno nie raz i nie dwa zamęczał jej brata swoimi teoriami. Martin musiał przecież wiedzieć, że autor powstającej kroniki nie mógłby przeoczyć zniknięcia siostry. Ale ponieważ nic nie wskazywało na to, że zamierza podjąć ten temat, Mikael zrezygnował. Jeszcze kiedyś nadarzy się okazja do dyskusji na temat Harriet.

Rozstali się po wielu kolejkach wódki. Mikael był porządnie nietrzeźwy, gdy o drugiej w nocy, ślizgając się co krok, wracał do domu. Ogólnie rzecz biorąc, był to bardzo przyjemny wieczór.

PEWNEGO POPOŁUDNIA, w drugim tygodniu pobytu, Mikael usłyszał pukanie. Odłożył otwarty właśnie skoroszyt z notatkami z dochodzenia policyjnego – szósty z kolei – i zamknął drzwi do gabinetu, po czym otworzył drzwi wejściowe, w których stała mniej więcej pięćdziesięcioletnia, grubo ubrana blondynka.

– Hej! Chciałam się tylko przywitać. Nazywam się Cecilia Vanger.

Uścisnęli sobie dłonie i Mikael wyciągnął filiżanki do kawy. Cecilia, córka nazisty Haralda Vangera, jawiła się jako kobieta otwarta i pod wieloma względami ujmująca. Mikael przypomniał sobie, że Henrik wyrażał się o niej pochlebnie, że wspomniał o jej braku kontaktu z mieszkającym po sąsiedzku ojcem. Porozmawiali trochę o tym i owym, zanim przeszła do właściwego tematu.

– Słyszałam, że ma pan napisać książkę o naszej rodzinie. Nie jestem pewna, czy podoba mi się ten pomysł – powiedziała. – Chciałabym przynajmniej zobaczyć, co z pana za gość.

– Taa. Zatrudnił mnie Henrik Vanger. To jego historia, że tak powiem.

– Ale poczciwy Henrik nie jest do końca obiektywny, jeżeli chodzi o stosunek do rodziny.

Mikael przyglądał się jej badawczo, niepewny, co kobieta ma na myśli.

– Jest pani przeciwna książce o Vangerach?

– Tego nie powiedziałam. A to, co sądzę, i tak nie ma chyba żadnego znaczenia. Ale myślę, że już pan zdążył zrozumieć, że nie zawsze było łatwo przynależeć do tej rodziny.

Mikael nie miał pojęcia, co jej powiedział Henrik i ile wie o jego zleceniu. Rozłożył ręce.

– Henrik zatrudnił mnie do napisania kroniki rodzinnej.

Wiem, że wyraża dosadne opinie na temat członków rodziny, ale będę się starał nie odbiegać od faktów, które można udokumentować.

Cecilia uśmiechnęła się bez cienia sympatii.

– Chcę tylko wiedzieć, czy po ukazaniu się książki będę musiała wyemigrować.

– Nie sądzę – odpowiedział Mikael. – Ludzie rozumieją, że każdy odpowiada tylko za siebie.

– Mój ojciec na przykład.

– Pani ojciec nazista?

Cecilia spojrzała wymownie w górę.

– Ojciec jest szalony. Spotykam się z nim zaledwie parę razy w roku, chociaż mieszkamy ściana w ścianę.

– Dlaczego nie chce go pani widywać?

– Proszę się wstrzymać z zadawaniem masy pytań. Ma pan mnie zamiar cytować? Czy mogę prowadzić z panem normalną rozmowę bez obawy, że zrobi pan ze mnie idiotkę?

Mikael zawahał się przez chwilę, nie wiedząc, co powiedzieć.

– Dostałem zadanie napisania książki, która zaczyna się w momencie, gdy Alexandre Vangeersad schodzi na ląd razem z Bernadottem, a kończy... dzisiaj. Będzie traktowała o imperium przemysłowym na przestrzeni dziejów, ale oczywiście również o przyczynach powolnego upadku tegoż imperium i o tarciach w łonie rodziny. W tej opowieści nie da się uniknąć gówna. Wypłynie na powierzchnię. Ale to nie znaczy, że zajmę się oczernianiem rodziny albo przedstawię jej wypaczony obraz. Spotkałem na przykład Martina Vangera, którego uważam za sympatycznego człowieka i którego jako sympatycznego człowieka opiszę.

Cecilia nie odpowiedziała.

– Wiem, że jest pani nauczycielką.

– Gorzej, dyrektorką liceum w Hedestad.

– Przepraszam. Wiem, że Henrik panią lubi, że jest pani mężatką, ale żyje z mężem w separacji i... to mniej więcej wszystko. Może pani rozmawiać ze mną bez obawy, że panią zacytuję albo... zrobię z pani wariatkę. Natomiast kiedyś na pewno zapukam do pani, zapytam o jedno szczególne wydarzenie i poproszę o naświetlenie faktów. To będzie wywiad i może pani udzielać odpowiedzi lub nie. I gdy zadam takie niewygodne pytanie, nie omieszkam pani o tym przypomnieć.

– Czy mogę porozmawiać z panem... *off the record*, jak to zwykliście nazywać?

– Oczywiście.

– I to też jest *off the record*?

– Jest pani sąsiadką, która przyszła się przywitać i napić kawy, nikim innym.

– W porządku. A czy teraz mogę pana o coś zapytać?

– Proszę bardzo.

– W jakim stopniu ta książka będzie traktowała o Harriet Vanger?

Mikael przygryzł wargę i po krótkim wahaniu powiedział lekkim tonem:

– Szczerze mówiąc, nie mam pojęcia. Niewykluczone, że może poświęcę temu jakiś rozdział. To niewątpliwie dramatyczne wydarzenie, które poważnie zaważyło na życiu Henrika.

– Ale nie przyjechał pan tutaj po to, żeby zbadać okoliczności jej zniknięcia?

– A dlaczego pani tak myśli?

– Taa, chociażby dlatego, że Gunnar Nilsson przydźwigał tutaj cztery kartony. Objętościowo powinny odpowiadać dokumentom z prywatnego dochodzenia, które od lat prowadzi Henrik. A kiedy zajrzałam do dawnego pokoju Harriet, gdzie te zbiory zazwyczaj leżą, było pusto.

Cecilia Vanger to nie w ciemię bita kobieta.

– Powinna pani przedyskutować to z Henrikiem, nie ze mną – odpowiedział. – Ale oczywiście Henrik opowiadał mi sporo o zniknięciu Harriet i z zainteresowaniem czytam te materiały.

Kobieta uśmiechnęła się blado.

– Czasami zastanawiam się, kto jest bardziej szalony: mój ojciec, czy wujek. Rozmawiałam z nim o zniknięciu Harriet chyba z tysiąc razy.

– I jak pani myśli, co się stało?

– Czy to pytanie z wywiadu?

– Nie – zaśmiał się Mikael. – To jest pytanie z ciekawości.

– A mnie ciekawi, czy pan też jest wariatem. Czy kupił pan wywody Henrika, czy też na odwrót, czy to pan go nakręca?

– Sądzi pani, że Henrik to wariat?

– Proszę mnie źle nie zrozumieć. Henrik to jeden z najserdeczniejszych i najbardziej troskliwych ludzi, jakich znam. Bardzo go lubię. Ale na tym punkcie ma obsesję.

– Ale jego obsesja ma rzeczywiste podstawy. Harriet naprawdę zaginęła.

– Ale ja po prostu jestem cholernie zmęczona tą całą historią. Zatruwa nam życie od tylu lat i nie widać jej końca.

Nagle podniosła się i założyła futrzaną kurtkę.

– Muszę już iść. Sprawia pan miłe wrażenie. Martin też tak uważa, ale jego osąd nie zawsze jest najlepszy. Zapraszam w każdym razie do mnie na kawę, kiedy tylko będzie pan miał ochotę. Wieczorami prawie zawsze jestem w domu.

– Dziękuję – odpowiedział Mikael. Kiedy zbliżyła się do drzwi, zawołał: – Nie odpowiedziała mi pani na to pytanie „nie z wywiadu"!

Zatrzymała się na moment i odpowiedziała, nie patrząc na niego.

– Nie mam pojęcia, co się jej przytrafiło. Ale myślę, że zdarzyło się coś, co ma tak proste i zwykłe wytłumaczenie, że – jeżeli kiedykolwiek je poznamy – osłupiejemy ze zdziwienia.

Odwróciła się i uśmiechnęła po raz pierwszy naprawdę ciepło. A później pomachała na pożegnanie i zniknęła.

Mikael siedział w bezruchu przy kuchennym stole, rozważając fakt, że w spisie osób, które w dniu zaginięcia Harriet znajdowały się na wyspie, Cecilia należy do tych wyróżnionych tłustym drukiem.

O ILE SPOTKANIE z Cecilią było, ogólnie rzecz biorąc, sympatyczne, o tyle nie można tego było powiedzieć o spotkaniu z Isabellą Vanger. Matka Harriet miała siedemdziesiąt pięć lat i – zgodnie z zapowiedzią Henrika – była szalenie wytworną kobietą, która w pewnym sensie przypominała podstarzałą Lauren Bacall. Szczupła, w czarnych karakułach i pasującej do nich czapce wspierała się na czarnej lasce. Natknął się na nią w drodze do kawiarni Susanny. Wyglądała jak wiekowa wampirzyca; ciągle jeszcze śliczna jak malowanie, ale jadowita niczym żmija. Najwyraźniej wracała do domu ze spaceru.

– Halo, młody człowieku. Chodź no tutaj! – zawołała na skrzyżowaniu.

Trudno było nie zauważyć rozkazującego tonu. Mikael, rozejrzawszy się dokoła, doszedł do wniosku, że chodzi o niego. Podszedł więc posłusznie.

– Jestem Isabella Vanger – oznajmiła.

– Dzień dobry, nazywam się Mikael Blomkvist.

Wyciągnął rękę, którą kobieta całkowicie zignorowała.

– Czy to ty jesteś tym typem, który węszy w naszych rodzinnych sprawach?

– Noooo... jestem tym typem, z którym Henrik Vanger zawarł umowę na pomoc w napisaniu książki o rodzinie Vangerów.

– Nic ci do tego!

– Do czego? Do tego, że Henrik Vanger mnie zatrudnił, czy do tego, że tę pracę przyjąłem? Jeżeli chodzi o tę pierwszą rzecz, myślę, że to wyłącznie sprawa Henrika, jeżeli o drugą – to tylko moja.

– Dobrze wiesz, o co mi chodzi. Nie lubię, gdy ktoś grzebie w moim życiorysie.

– W porządku. Nie będę grzebał w pani życiorysie. O reszcie proszę porozmawiać z Henrikiem.

Nagle kobieta podniosła laskę i pchnęła Mikaela rączką w pierś. Cios nie był silny, ale zaskoczony Mikael cofnął się o krok.

– Trzymaj się z dala ode mnie!

Isabella obróciła się na pięcie i pomaszerowała w stronę swojego domu. Mikael stał jak wmurowany, z miną osoby, która właśnie spotkała prawdziwą, żywą postać z komiksu. Gdy podniósł wzrok, ujrzał w oknie Henrika. Starzec w ironicznym geście wzniósł filiżankę jak do toastu. Mikael rozłożył bezradnie ręce, pokręcił głową i ruszył w kierunku kawiarni.

JEDYNĄ PODRÓŻĄ, którą Mikael podjął w ciągu pierwszego miesiąca była całodniowa wycieczka do zatoki jeziora Siljan. Pożyczonym od Dircha Frodego samochodem jechał przez zaśnieżoną okolicę, żeby spędzić popołudnie w towarzystwie komisarza Gustafa Morella. Mikael próbował stworzyć sobie obraz policjanta na podstawie jego działań w śledztwie; zobaczył czerstwego starca o powolnych ruchach i jeszcze bardziej powolnym sposobie mówienia.

Mikael miał ze sobą notes z dziesięcioma pytaniami, które zapisał w trakcie czytania policyjnych dokumentów. Morell odpowiadał z pedagogicznym zacięciem. W końcu Mikael, odłożywszy notatki, wyjaśnił, że pytania są tylko pretekstem do odwiedzin emerytowanego komisarza. Tak naprawdę chciał z nim po prostu porozmawiać i zadać tylko jedno istotne pytanie: czy w śledztwie policyjnym kryje się coś, czego nie można znaleźć w papierach? Jakaś myśl lub przeczucie, którymi mógłby się podzielić?

Ponieważ Morell, podobnie jak Henrik Vanger, od trzydziestu sześciu lat rozmyślał nad tajemnicą zniknięcia

Harriet, Mikael spodziewał się, że napotka pewien opór; był przecież tylko nowym chłopaczkiem rozdeptującym zarośla w lesie, w którym kiedyś zabłądził komisarz. Ale Morell nie okazywał ani odrobiny wrogości. Nabił starannie fajkę, zapalił zapałkę i odpowiedział:

– To jasne, że przychodzą mi do głowy różne myśli. Ale są takie nieokreślone i ulotne, że nawet nie potrafię ich sformułować.

– Jak pan myśli, co przydarzyło się Harriet?

– Myślę, że ją zamordowano. Co do tego zgadzam się z Henrikiem. To jedyne rozsądne wyjaśnienie. Ale nigdy nie zrozumieliśmy motywu. Sądzę, że zabito ją z jakiegoś szczególnego powodu – to nie był atak szału, napaść połączona z gwałtem czy coś takiego. Znając motyw, poznalibyśmy też sprawcę morderstwa.

Starzec zamyślił się.

– Niewykluczone, że morderstwo nie było zaplanowane. To znaczy ktoś wykorzystał okazję, powstały po wypadku chaos. Ukrył zwłoki, a później wywiózł je dokądś, gdy przeczesywaliśmy wyspę.

– Mówimy więc o kimś, kto działał z zimną krwią.

– Jest jeden szczegół. Harriet weszła do pokoju Henrika i poprosiła o rozmowę. Teraz wydaje mi się to dość osobliwe, przecież wiedziała, że Henrik ma ręce pełne roboty ze wszystkimi krewnymi, którzy zwalili mu się na głowę. Myślę, że Harriet stanowiła dla kogoś zagrożenie. Chciała coś Henrikowi opowiedzieć, a morderca zrozumiał, że dziewczyna ma zamiar... naskarżyć?

– Henrik był zajęty rozmową z paroma krewnymi...

– Oprócz Henrika w pokoju znajdowały się cztery osoby: jego brat Greger, syn kuzyna Magnus Sjögren i dwójka dzieci Haralda, Birger i Cecilia. Ale to nic nie znaczy. Załóżmy, zupełnie hipotetycznie, że Harriet odkryła, że ktoś zdefraudował pieniądze firmy. Mogła o tym wiedzieć od miesięcy, mogła rozmawiać o tym właśnie z tą osobą. Mogła próbować ją szantażować albo przeciwnie – mogło jej być żal tego człowieka i wahała się, nie wiedząc, czy powinna go zdemaskować. Mogła nagle podjąć decyzję i poinformować o tym mordercę, który w desperacji popełnił zbrodnię.

– Mówi pan o mordercy „on".

– Czysto statystycznie, większość morderców to mężczyźni. Choć oczywiście w rodzinie Vangerów jest parę niezłych żylet...

– Spotkałem Isabellę Vanger.

– To jedna z nich. Ale jest więcej takich kobiet. Cecilia Vanger potrafi być niesamowicie ostra. Spotkał pan Sarę Sjögren?

Mikael pokręcił głową.

– To córka Sofii Vanger, jednej z kuzynek Henrika. Naprawdę nieprzyjemna i bezwzględna kobieta. Ale ona mieszkała w Malmö i, o ile wiem, nie miała powodu, żeby zabić Harriet.

– Okej.

– Problemem jest to, że wałkując ten temat po raz któryś tam, ciągle nie potrafimy zrozumieć motywu. A na tym to przecież polega. Gdy zrozumiemy motyw, dowiemy się, co się stało i kto za to odpowiada.

– Pracował pan nad tym przypadkiem bardzo intensywnie. Czy jest coś, czego pan nie sprawdził?

Morell zaśmiał się chrapliwie.

– To niemożliwe, panie Mikaelu. Poświęciłem temu przypadkowi niezliczone godziny i nie potrafię wskazać niczego, czego nie skontrolowałem na tyle, na ile pozwalały warunki. Nawet wtedy, gdy awansowałem i wyjechałem z Hedestad.

– Wyjechał pan?

– Tak. To nie są moje strony. Miałem posadę w Hedestad między 1963 a 1968 rokiem, a później zostałem komisarzem i aż do emerytury pracowałem w policji w Gävle. Ale również tam nie przestałem grzebać w tej sprawie.

– Henrik Vanger naciskał, prawda?

– Oczywiście. Ale to nie dlatego. Zagadka Harriet fascynuje mnie do dzisiaj. Chodzi o to... każdy policjant ma swoje nierozwiązane tajemnice. Pamiętam, jak za moich czasów w Hedestad starsi policjanci rozmawiali o sprawie Rebeki. Szczególnie jeden, nazywał się Torstensson, od dawna nie żyje, powracał do niej rok po roku. W czasie wolnym i podczas urlopu. Kiedy dawały nam wytchnąć lokalne łobuzy, wyciągał stare skoroszyty i rozmyślał.

– To też była zaginiona dziewczyna?

Komisarz Morell przez sekundę wyglądał na zdumionego. Uśmiechnął się, zrozumiawszy, że Mikael szuka jakiegoś związku.

– Nie, to nie dlatego o tym wspomniałem. Chodzi mi o *duszę* policjanta. Sprawa Rebeki miała miejsce, zanim Harriet w ogóle przyszła na świat, i dawno już uległa przedawnieniu. Któregoś dnia w latach czterdziestych młoda kobieta w Hedestad została napadnięta, zgwałcona i zamordowana. To nic niezwykłego. Każdy policjant musi kiedyś w trakcie swojej kariery zetknąć się z tego typu przypadkiem, ale chodzi mi o to, że zdarzają się sprawy, które przylepiają się do człowieka, które nie opuszczają go ani na moment. Morderca pozbawił dziewczynę życia w szczególnie bestialski sposób. Związał ją, a potem wcisnął jej głowę w rozżarzone węgle w kominku. Nie wiem, jak długo i jak bardzo nieszczęsna cierpiała, zanim zmarła.

– O żesz kur....

– No właśnie. Tyle w tym zła. Biedny Torstensson, to on przybył jako pierwszy na miejsce zbrodni. No i sprawa pozostała nierozwiązana, mimo że wezwano pomoc ze Sztokholmu. Nigdy nie potrafił o niej zapomnieć.

– Rozumiem.

– Tak więc Harriet to moja Rebeka. W jej przypadku nie wiemy nawet, jak zmarła. Z technicznego punktu widzenia nie możemy nawet udowodnić, że dokonano morderstwa. Ale nie potrafię przestać o tym myśleć.

Zadumał się ponownie.

– Kiedy się pracuje przy dochodzeniu w sprawie morderstwa, jest się najbardziej samotnym człowiekiem na świecie. Przyjaciele ofiary są wstrząśnięci i zrozpaczeni, ale wcześniej czy później – po kilku tygodniach czy miesiącach – życie wraca do normy. Najbliżsi krewni potrzebują więcej czasu, ale również oni przezwyciężają żałobę i rozpacz. Życie toczy się dalej. Ale nierozwiązane morderstwo uwiera i dręczy. W końcu pozostaje tylko jedna osoba, która myśli o ofierze i próbuje wymierzyć sprawiedliwość: policjant, który jako ostatni prowadzi śledztwo.

NA WYSPIE HEDEBY mieszkały jeszcze trzy osoby z rodziny Vangerów. Alexander Vanger, urodzony w 1946 roku syn trzeciego brata, Gregera, zajmował odrestaurowany drewniany dom z początku dwudziestego wieku. Obecnie przebywał jednak na Karaibach, oddając się swym ulubionym zajęciom, czyli żeglowaniu i nicnierobieniu. Henrik mówił tak źle o swoim bratanku, że Mikael nie miał wątpliwości, że również Alexander jest przedmiotem kontrowersji. Zadowolił się stwierdzeniem, że w dniu zniknięcia Harriet Alexander miał dwadzieścia lat i że przebywał na wyspie.

Razem z nim mieszkała jego matka, osiemdziesięcioletnia Gerda, wdowa po Gregerze. Mikael nigdy jej nie widział; schorowana, leżała całymi dniami, praktycznie przykuta do łóżka.

Trzecim członkiem rodziny był oczywiście Harald Vanger. Przez pierwszy miesiąc Mikaelowi nie udało się zobaczyć nawet cienia starego wyznawcy biologii rasowej. Jego dom sąsiadował z chatką dziennikarza. Z zaciemnionymi oknami sprawiał wrażenie ponure i złowieszcze. Przechodząc obok, Mikael kilkakrotnie zauważył ledwo dostrzegalny ruch zasłon, a kiedyś późną nocą, w drodze do łóżka, nagle zobaczył światło w pokoju na piętrze. Jasna smuga przedzierała się przez szparę w okiennych kotarach. Przez dwadzieścia minut stał przy kuchennym oknie, zafascynowany i wpatrzony w światło. W końcu, trzęsąc się z zimna, poszedł spać. Rankiem zasłony były, jak zwykle, dokładnie zasunięte.

Harald Vanger wydawał się niewidoczną, ale nieustannie obecną zjawą, która swoją nieobecnością wpływa na pewne aspekty życia na wyspie. W fantazjach Mikaela mężczyzna coraz częściej przybierał postać złego Golluma, który zajmując się w swojej zaryglowanej norze tajemniczymi sprawami, szpieguje otoczenie zza firanek.

Raz dziennie odwiedzała go opłacana przez gminę opiekunka. Starsza kobieta z drugiej strony mostu, dźwigając reklamówki z jedzeniem, przedzierała się do jego drzwi przez zaspy, ponieważ nie pozwalał odśnieżyć podjazdu. „Dozorca" Nilsson pokręcił tylko głową, usłyszawszy pytanie Mikaela. Oczywiście, że proponował mu odśnieżanie, ale starzec najwyraźniej nie życzy sobie obcych na swoim terenie. Jeden jedyny raz, pierwszej zimy po tym, jak Harald wrócił na wyspę, Nilsson odruchowo wjechał traktorem na podwórze, by odgarnąć śnieg; dokładnie tak, jak czynił to na wszystkich innych podjazdach. Harald wybiegł z domu i krzyczał tak długo, aż Nilsson w końcu odjechał.

Co gorsza, dozorca nie mógł odśnieżać u Mikaela, ponieważ traktor nie mieścił się w wąskiej bramie. Ciągle więc obowiązywały łopata i siła własnych mięśni.

W POŁOWIE STYCZNIA Mikael zlecił swojemu adwokatowi ustalenie terminu, w którym mógłby odbyć trzymiesięczną karę więzienia. Zależało mu na tym, żeby mieć to jak najszybciej z głowy. Pójście do pudła okazało się łatwiejsze niż przypuszczał. Już po tygodniu rozpatrzono sprawę pomyślnie i 17 marca Mikael miał się stawić w Rullåker pod Östersundem w otwartym zakładzie dla odbywających karę po raz pierwszy. Adwokat oznajmił jednocześnie, że najprawdopodobniej kara ulegnie skróceniu.

– Świetnie – odpowiedział Mikael bez większego entuzjazmu.

Siedział przy kuchennym stole i głaskał rudobrązowego kota, który zwykł pojawiać się co kilka dni i spędzać u niego noc. Od Helen Nilsson usłyszał, że zwierzak wabi się Tjorven i nie mając żadnego konkretnego właściciela, chodzi od domu do domu.

MIKAEL SPOTYKAŁ swojego zleceniodawcę prawie każdego popołudnia. Czasami była to tylko krótka rozmowa, czasami siedzieli godzinami, dyskutując o zniknięciu Harriet i o najróżniejszych szczegółach z prywatnego śledztwa Henrika.

Nierzadko rozmowy wyglądały w ten sposób, że dziennikarz formułował jakąś teorię, a Henrik miażdżył ją swoimi argumentami. Mikael próbował zachować dystans do zlecenia, ale zdarzały się takie momenty, kiedy był nieodparcie zafascynowany zagadką, jaką niewątpliwie stanowiło zniknięcie Harriet.

Zapewniał Erikę, że sformułuje strategię niezbędną do podjęcia walki z Hansem-Erikiem Wennerströmem, ale po miesiącu pobytu w Hedestad ciągle jeszcze nie otworzył starych skoroszytów, których zawartość doprowadziła go do sądu. Wręcz przeciwnie – odsuwał od siebie ten problem. Za każdym razem, gdy zaczynał myśleć o Wennerströmie i swojej sytuacji, popadał w najgłębszą chandrę i bezsilność. W chwilach szczególnej jasności umysłu zastanawiał się, czy podobnie jak starzec nie zaczyna zachowywać się jak wariat. Jego kariera zawodowa runęła jak domek z kart, a on sam zareagował ucieczką do niewielkiej wioski na prowincji, gdzie ugania się za duchami. Poza tym brakowało mu Eriki.

Henrik Vanger obserwował wspólnika w śledztwie z nieujawnianym niepokojem. Podejrzewał, że Mikael nie zawsze jest w stanie równowagi. Pod koniec stycznia podjął decyzję, którą zaskoczył siebie samego. Podniósł słuchawkę i zadzwonił do Sztokholmu. Trwająca dwadzieścia minut rozmowa dotyczyła w przeważającej mierze Mikaela Blomkvista.

MINĄŁ PRAWIE miesiąc, nim złość Eriki zaczęła przycichać. Zadzwoniła o wpół do dziesiątej jednego z ostatnich styczniowych wieczorów.

– Rzeczywiście masz zamiar zostać tam na północy? – rozpoczęła bez powitania.

Jej telefon zaskoczył Mikaela do tego stopnia, że nie wiedział, co odpowiedzieć. Uśmiechnął się i opatulił szczelniej kocem.

– Hej Ricky. Powinnaś spróbować sama.

– A dlaczego? Czy pobyt w Herteperte jest jakoś szczególnie czarujący?

– Właśnie umyłem zęby w lodowatej wodzie. Aż plomby bolą.

– Sam sobie jesteś winien. Ale w Sztokholmie też jest zimno.

– Opowiadaj.

– Straciliśmy dwie trzecie ogłoszeniodawców. Nikt nie chce powiedzieć tego wprost, ale...

– Wiem. Zrób listę tych, którzy się wycofali. Któregoś pięknego dnia zaprezentujemy ich w odpowiednim reportażu.

– Micke... podliczyłam to wszystko i jeżeli nie zdobędziemy nowych klientów, to jesienią padniemy. Po prostu.

– Zobaczysz, że to się zmieni.

Usłyszał w słuchawce zmęczony śmiech.

– Jak możesz tak twierdzić, siedząc w tym lapońskim piekle.

– Słuchaj no, do najbliższej osady Saamów mam około pięciuset kilometrów.

Milczała.

– Eriko, jestem...

– Wiem. *A man's gotta do what a man's gotta do and all that crap*. Nie musisz nic mówić. Przepraszam, że jak najgorsza hetera nie odpowiadałam na twoje telefony. Możemy zacząć od nowa? Myślisz, że odważę się przyjechać do ciebie w odwiedziny?

– Kiedy tylko zapragniesz!

– Mam wziąć strzelbę z grubym śrutem?

– Nie, nie musisz. Wynajmiemy kilku Lapończyków z psimi zaprzęgami. Kiedy przyjedziesz?

– W piątek wieczorem. Pasuje?

Nagle życie wydało się Mikaelowi nieskończenie jaśniejsze.

Z WYJĄTKIEM WĄSKIEJ ścieżki prowadzącej do drzwi podwórze było zasypane białym puchem na wysokość około metra. Mikael, dokonawszy krytycznego przeglądu szufli do odgarniania śniegu, poszedł do Gunnara Nilssona i zapytał, czy Erika będzie mogła zaparkować u nich swoje bmw. Oczywiście! W podwójnym garażu było wystarczająco dużo miejsca, a oprócz tego mogli zaoferować podgrzewacz do silnika.

Erika przyjechała około szóstej wieczorem. Przyglądali się sobie wyczekująco kilka sekund, by zatonąć w objęciach na zdecydowanie dłuższą chwilę.

Oprócz oświetlonego kościoła w wieczornych ciemnościach nie było wiele do obejrzenia; zamykano właśnie zarówno sklep Konsum, jak i kawiarnię Susanny. Szybko więc wrócili do chatki. Podczas gdy Mikael gotował obiad, Erika – myszkując po całym domu – skomentowała zapomniany egzemplarz „Rekordmagasinet" z lat pięćdziesiątych i zagłębiła się w leżących w pracowni skoroszytach. Zjedli kotlety jagnięce z ziemniakami w białym sosie na śmietanie – zdecydowanie za dużo kalorii. Popijali czerwonym winem. Mikael próbował podjąć wątek, ale Erika nie była w odpowiednim nastroju, żeby rozmawiać o sprawach „Millennium". Rozmawiali więc przez dwie godziny o zajęciach i samopoczuciu Mikaela. A później sprawdzili, czy łóżko jest wystarczająco szerokie dla nich obojga.

TRZECIE SPOTKANIE z adwokatem Bjurmanem zostało odwołane, przełożone i w końcu ustalone na godzinę siedemnastą w ten sam piątek. Wcześniej Salander była przyjmowana w kancelarii przez kobietę w wieku pięćdziesięciu pięciu lat. Tym razem pachnąca piżmem sekretarka zdążyła pójść do domu, a od Bjurmana dochodziła lekka woń alkoholu. Gestem dłoni zaprosił podopieczną do zajęcia miejsca na krześle dla klientów i w roztargnieniu szperał w papierach do momentu, w którym jakby nagle zdał sobie sprawę z jej obecności.

Zaczął nowe przesłuchanie. Tym razem wypytywał Lisbeth o jej życie seksualne, które to życie uważała za rzecz jak najbardziej prywatną i o którym nie miała zamiaru z nikim rozmawiać.

Wiedziała, że przyjęła niewłaściwą taktykę. Najpierw siedziała cichutko, starając się nie odpowiadać na jego pytania, co on tłumaczył jej nieśmiałością, upośledzeniem albo zamiarem ukrycia czegoś. Zaczął ją więc przyciskać do muru. Salander, zrozumiawszy, że Bjurman się nie podda, pozwoliła sobie na lakoniczne i niewinne odpowiedzi, które – jak sądziła – pasowałyby do jej psychologicznego profilu. Wspomniała o Magnusie, opisała go jako lekko maniakalnego programistę w jej wieku, który zachowuje się jak dżentelmen, zabiera do kina i czasami gości w jej łóżku. Magnus był czystą fikcją, powstałą w trakcie opowiadania o nim, ale Bjurman potraktował go jako pretekst do godzinnej analizy życia seksualnego swojej podopiecznej. Jak często uprawiacie seks? Od czasu do czasu. *Kto wychodzi z inicjatywą, ty czy on?* Ja. *Używacie prezerwatywy?* Naturalnie, słyszała przecież o hivie. *Jaka jest twoja ulubiona pozycja?* Zazwyczaj na plecach. *Lubisz seks oralny?* Oeee... chwileczkę... *Czy uprawiałaś kiedyś seks analny?*

– Nie, nie bawi mnie ciupcianie w tyłek, ale co cię to, kurwa, obchodzi?

Po raz pierwszy uniosła się w towarzystwie Bjurmana. Zdając sobie sprawę z tego, jak wyraziste jest jej spojrzenie, spuściła oczy, żeby nie zdradzić swoich uczuć. Kiedy znów na niego popatrzyła, szczerzył zęby po drugiej stronie biurka. W tym momencie zrozumiała, że jej życie przybierze dramatyczny obrót. Opuściła kancelarię z uczuciem obrzydzenia. Nie była przygotowana na taką rozmowę. Palmgrenowi nigdy nie przyszłoby do głowy, żeby zadawać takie pytania, a poza tym zawsze był do dyspozycji, gdyby chciała z nim porozmawiać. Z czego rzadko korzystała.

Bjurman był *a serious Pain in the Ass* i – jak sądziła – urósł do rangi *Major Problem*.

Rozdział 11
Sobota 1 lutego – wtorek 18 lutego

W SOBOTĘ, WYKORZYSTUJĄC te krótkie godziny w ciągu dnia, kiedy było jasno, wybrali się na spacer w kierunku gospodarstwa Östergården. Mimo że Mikael mieszkał na Hedeby od miesiąca, jeszcze nigdy nie zapuścił się w głąb wyspy. Mróz na przemian ze śnieżycami skutecznie odstraszały od tego typu przedsięwzięć. Ale sobota była słoneczna i przyjemna, jak gdyby Erika przywiozła ze sobą oznaki nadciągającej zza horyzontu wiosny. Termometr wskazywał zaledwie minus pięć stopni. Wzdłuż drogi ciągnęły się metrowe zaspy. Zaraz za zabudowaniami zaczynał się gęsty świerkowy las. Mikael stwierdził ze zdziwieniem, że wznosząca się nad domami górka Söderberget jest znacznie wyższa i bardziej niedostępna niż wyglądała z osady. Przez ułamek sekundy wrócił myślą do Harriet, zastanawiając się, jak często bawiła się tutaj w dzieciństwie, ale zaraz wybił ją sobie z głowy. Gdy przeszli jakiś kilometr, las skończył się nagle przy ogrodzeniu, za którym rozciągało się gospodarstwo Östergården. Zobaczyli biały drewniany dom i ogromną brązowoczerwoną stodołę. Zrezygnowawszy z wejścia do zagrody, wrócili tą samą drogą.

Gdy mijali podjazd do dworku Vangerów, usłyszeli mocne pukanie w szybę. Stojący na piętrze Henrik zapraszał zdecydowanym gestem do środka. Mikael i Erika spojrzeli po sobie.

– Chcesz spotkać legendę przemysłu?

– A gryzie?

– Nie w soboty.

Henrik przywitał ją w drzwiach gabinetu uściskiem dłoni.

– Poznaję. Pani Erika Berger, prawda? – zapytał. – Mikael nie wspomniał ani słowem, że zamierza pani przyjechać na Hedeby.

JEDNĄ Z NAJBARDZIEJ uderzających cech Eriki była umiejętność natychmiastowego nawiązywania przyjacielskich więzi z najprzeróżniejszymi ludźmi. Mikael widział, jak oczarowuje pięcioletnich chłopców, którzy po kwadransie byli dla niej gotowi opuścić swoją mamę. Ponadosiemdziesięcioletni staruszkowie nie stanowili wyjątku. Jej urocze dołeczki tylko pobudzały apetyt. Już po chwili Erika i Henrik ignorowali kompletnie Mikaela, szczebiocząc radośnie, jak gdyby znali się od dzieciństwa; no dobrze, mając na względzie różnicę wieku – od dzieciństwa Eriki.

Erika zaczęła bezceremonialnie od zrugania Henrika za to, że podebrał jej wydawcę. Na to starzec wypomniał jej, że – o ile zrozumiał z wypowiedzi prasowych – to ona go zwolniła, a jeżeli tego jeszcze nie uczyniła, to najwyższy czas na pozbycie się takiego balastu w redakcji. Erika rozważała to przez moment, przyglądając się krytycznie Mikaelowi.

– W każdym razie – dodał Henrik – wiejskie życie z pewnością wyjdzie młodemu panu Blomkvistowi na zdrowie.

Zgodziła się z nim w zupełności.

Przez kolejnych pięć minut dyskutowali o wybrykach Mikaela, nie unikając złośliwości. Mikael najpierw tylko udawał obrażonego, ale gdy Erika zaczęła wygłaszać tajemnicze i dwuznaczne komentarze, nawiązujące do jego braków nie tylko jako dziennikarza, ale również jako kochanka, naprawdę zmarszczył czoło. Henrik śmiał się do rozpuku, odchylając głowę.

Mikael stał jak osłupiały. To były tylko żarty, ale nigdy wcześniej nie widział Henrika tak swobodnego i rozluźnionego. Nagle zobaczył przed sobą pięćdziesiąt – ech! trzydzieści lat młodszego Vangera, który musiał być czarującym flirciarzem. Nigdy nie ożenił się po raz drugi. Bez wątpienia spotkał na swojej drodze niejedną kobietę, ale przez prawie pół wieku nie związał się z żadną.

Mikael przełknął kolejny łyk kawy i nadstawił uszu, zrozumiawszy, że rozmowa zeszła na poważne tory i zaczęła dotyczyć „Millennium".

– Mikael dał mi do zrozumienia, że macie problemy z gazetą.

Erika zerknęła na przyjaciela.

– Nie, nie. Nie opowiadał mi o waszych zawodowych poczynaniach i posunięciach, ale trzeba być ślepym i głuchym, żeby nie zrozumieć, że „Millennium", podobnie jak koncern Vangerów, jest w tarapatach – wyjaśnił Henrik.

– Chyba sobie jakoś poradzimy – powiedziała ostrożnie Erika.

– Wątpię – odparował starzec.

– Dlaczego?

– No dobrze, ile osób zatrudniacie, sześć? Miesięcznik w nakładzie dwudziestu jeden tysięcy, druk, dystrybucja, lokale... Potrzebujecie rocznego obrotu w wysokości, no... powiedzmy dziesięciu milionów. Mniej więcej połowę tej sumy powinniście otrzymać z dochodów za ogłoszenia.

– No i?

– Hans-Erik Wennerström to pamiętliwy i małostkowy czort, który raczej was nie zapomni. Ilu ogłoszeniodawców straciliście w ciągu ostatnich miesięcy?

Erika siedziała wyczekująco, obserwując rozmówcę. Mikael uświadomił sobie, że wstrzymał oddech. Gdy poruszał z Henrikiem temat „Millennium", chodziło o lekko złośliwe komentarze albo o sytuację czasopisma, zawsze w świetle jego możliwości wywiązania się ze zlecenia w Hedestad. Razem z Eriką był współzałożycielem i współwłaścicielem gazety, ale nie ulegało wątpliwości, że teraz Vanger zwraca się wyłącznie do Eriki, że rozmawia z nią jak szef z szefem. Mikael nie rozumiał i nie potrafił wytłumaczyć sygnałów, które sobie przesyłali, co niewątpliwie miało związek z jego pochodzeniem. Urodził się w biednej robotniczej Norlandii, podczas, gdy ona miała korzenie w międzynarodowej i sięgającej zamierzchłej przeszłości arystokracji.

– Czy mogłabym prosić o jeszcze jedną kawę?

Henrik Vanger niezwłocznie napełnił filiżankę.

– W porządku. Zadanie domowe odrobił pan na piątkę. To fakt, krwawimy. I co dalej?

– Jak długo?

– Mamy pół roku na zmianę trendu. Góra osiem, dziewięć miesięcy. Po prostu nie mamy więcej kapitału.

Jego twarz była nieprzenikniona. Wyglądał przez okno. Kościół stał ciągle na swoim miejscu.

– Czy wiecie, że kiedyś byłem właścicielem gazety?

Obydwoje pokręcili głowami. Henrik zaśmiał się nagle.

– Mieliśmy w posiadaniu sześć norlandzkich dzienników. W latach pięćdziesiątych i sześćdziesiątych. To był pomysł mojego ojca. Uważał, że z politycznych względów dobrze jest mieć wsparcie mediów. W dalszym ciągu jesteśmy współwłaścicielami „Hedestads-Kuriren"; Birger Vanger jest przewodniczącym zarządu w grupie udziałowców. Birger to syn Haralda – wyjaśnił Mikaelowi.

– A oprócz tego miejscowy polityk – dodał Mikael.

– Martin też jest członkiem zarządu. Pilnuje go.

– Dlaczego zrezygnowaliście z udziałów w gazetach?

– W latach sześćdziesiątych nastąpiła racjonalizacja koncernu. Wydawanie gazet było w pewnym sensie raczej działalnością hobbystyczną niż interesem. Kiedy w następnym dziesięcioleciu musieliśmy odchudzić budżet, jako pierwsze sprzedaliśmy właśnie dzienniki. Ale wiem, co to znaczy prowadzić gazetę... Czy mogę zadać osobiste pytanie?

Zwrócił się do Eriki, która uniosła brwi i gestem zachęciła Vangera, żeby mówił.

– Nie pytałem o to Mikaela i jeżeli nie chcecie, to nie musicie odpowiadać. Jestem ciekawy, dlaczego nawarzyliście sobie tego piwa. Mieliście jakąś story czy nie?

Mikael i Erika wymienili spojrzenia. Teraz Mikael miał nieprzenikniony wyraz twarzy. Erika zawahała się przez chwilę, zanim powiedziała:

– Mieliśmy story. Ale to była w zasadzie całkiem inna historia.

Henrik pokiwał głową, jak gdyby zrozumiał. Nawet Mikael nie wiedział, co miała na myśli.

– Nie chcę o tym mówić – uciął dyskusję Mikael. – Zrobiłem research i napisałem tekst. Miałem wszelkie potrzebne mi źródła. A później wszystko szlag trafił.

– Ale miałeś pokrycie w źródłach?

Mikael skinął głową. Głos Henrika przybrał ostry ton.

– Nie chcę udawać, że wiem, w jaki sposób, do cholery, wdepnęliście na taką minę. Nie przypominam sobie podobnej historii, oprócz może sprawy Lundahla w „Expressen" w latach sześćdziesiątych; nie wiem, czy wy, młodzi, o niej słyszeliście. Może wasz informator też było kompletnym mitomanem?

Pokręcił głową i znacznie ciszej zwrócił się do Eriki.

– Wydawałem wcześniej gazety i mógłbym znów do tego powrócić. Co powiedzielibyście na jeszcze jednego współwłaściciela?

Pytanie spadło jak grom z jasnego nieba, ale Erika wcale nie wyglądała na zaskoczoną.

– Jak mam to rozumieć?

Henrik Vanger uniknął odpowiedzi, zadając kolejne pytanie:

– Jak długo zostanie pani w Hedestad?

– Jutro wracam do domu.

– Czy mogłaby pani, razem z Mikaelem oczywiście, umilić starszemu człowiekowi wieczór, przyjmując zaproszenie na kolację? O siódmej?

– Świetnie się składa. Przyjdziemy z miłą chęcią. Ale wykręcił się pan od odpowiedzi na moje pytanie. Dlaczego chciałby pan zostać współudziałowcem w „Millennium"?

– Nie wykręcam się. Pomyślałem raczej, że moglibyśmy podyskutować o tym przy jedzeniu. Zanim zaproponuję coś konkretnego, chciałbym porozmawiać z moim adwokatem, Dirchem Frodem. Ale najprościej mówiąc, mam pieniądze, które mogę zainwestować. Jeżeli gazeta przetrwa i znów zacznie przynosić dochody, to jeszcze na tym zarobię. Jeżeli nie to... taa, nie takie straty ponosiłem w życiu...

Mikael miał właśnie otworzyć usta, gdy Erika położyła mu rękę na kolanie.

– Mikael i ja walczyliśmy ciężko o to, żeby pozostać całkowicie niezależnymi.

– Bzdury. Żaden człowiek nie jest do końca niezależny. Ale nie zależy mi na przejęciu gazety i mam gdzieś jej zawartość. Ten cholernik Stenbeck nazbierał sobie dodatkowych punktów, wydając „Moderna Tider", to ja równie dobrze mogę wspierać „Millennium". Które zresztą jest dobrym czasopismem.

– Czy to ma coś wspólnego z Hansem-Erikiem Wennerströmem? – zapytał nagle Mikael.

Henrik się uśmiechnął.

– Posłuchaj, mam ponad osiemdziesiąt lat. Żałuję kilku rzeczy, których nie zrobiłem. Żałuję, że nie byłem bardziej upierdliwy wobec paru osób... Ale właśnie, á propos... – Znów zwrócił się do Eriki.

– Taka inwestycja jest związana przynajmniej z jednym warunkiem.

– Słucham – powiedziała Erika.

– Mikael Blomkvist musi wrócić jako wydawca.

– Nie – odpowiedział natychmiast Mikael.

– Tak – odparł Henrik równie ostro. – Wennerströma trafi szlag, gdy podamy do publicznej wiadomości, że przedsiębiorstwo Vangerów ma zamiar wesprzeć „Millennium" i że ty powracasz na swoje stare stanowisko. To będzie najwyraźniejszy sygnał, jaki możemy mu przekazać, wszyscy zrozumieją, że nie chodzi o przejęcie władzy i że redakcyjne zasady nie ulegają zmianie. Już sam ten fakt da ogłoszeniodawcom do myślenia, zwłaszcza tym, którzy chcą się wycofać. A Wennerström nie jest wszechwładny. On też ma wrogów. Jest sporo firm, które będą chciały zacząć zamieszczać u was reklamy.

– DO JASNEJ CHOLERY, o co w tym wszystkim chodzi? – zapytał Mikael w tym samym momencie, w którym Erika zamknęła drzwi wyjściowe.

– To się nazywa „czynności przygotowawcze przed zawarciem transakcji" – odpowiedziała. – Nic mi nie wspomniałeś o tym, że Henrik jest taki kochany.

Mikael stanął przed nią.

– Ricky, dokładnie wiedziałaś, o czym będzie ta rozmowa.

– Hej, *toy boy*. Jest dopiero trzecia i życzę sobie porządnej rozrywki przed kolacją.

Mikael gotował się z wściekłości. Ale nigdy nie potrafił złościć się na Erikę zbyt długo.

ERIKA MIAŁA na sobie czarną sukienkę, krótki żakiet i czółenka, które dziwnym trafem zapakowała do swojej niewielkiej walizeczki. Nalegała, żeby Mikael ubrał się elegancko. Włożył czarne spodnie, szarą koszulę, ciemny krawat i szarą marynarkę. Kiedy punktualnie zapukali do drzwi Henrika, okazało się, że gośćmi są również Dirch Frode i Martin Vanger. Wszyscy pod krawatem, z wyjątkiem Henrika, który do brązowego pulowera założył muchę.

– Zaletą tak sędziwego wieku jest to, że nikt nie zwraca mi uwagi z powodu ubioru – stwierdził.

Przez cały wieczór Erika była w promiennym nastroju.

Dopiero gdy przeszli do salonu z kominkiem i napełnili lampki koniakiem, zaczęła się poważna dyskusja. Rozmawiali prawie dwie godziny, i wreszcie na stole pojawił się szkic umowy.

Adwokat miał powołać do życia firmę, której właścicielem został Henrik Vanger i której zarząd składał się, oprócz niego, z Dircha Frodego i Martina Vangera. Przedsiębiorstwo miało w ciągu najbliższych czterech lat zainwestować pewną sumę pieniędzy, która pokryje różnicę między dochodami a wydatkami „Millennium". Środki pobrano z osobistych zasobów Henrika. W zamian Henrik otrzymywał istotną funkcję w zarządzie czasopisma. Umowa opiewała na cztery lata, ale mogła zostać wypowiedziana przez „Millennium" już po dwóch. Takie przedwczesne wypowiedzenie byłoby jednak kosztowne, ponieważ Henrika można było wykupić tylko w jeden sposób: spłacając całą wyłożoną przez niego sumę.

W razie nagłej śmierci Henrika jego miejsce w zarządzie na czas określony umową miał zająć Martin Vanger. O swoim późniejszym ewentualnym zaangażowaniu w działalność czasopisma miał zadecydować sam. Martin sprawiał wrażenie zadowolonego z możliwości odpłacenia Wennerströmowi pięknym za nadobne i Mikael był ciekaw, na czym polegał konflikt między nimi.

Kiedy wstępna umowa przyjęła ostateczny kształt, Martin dolał wszystkim koniaku. Henrik wykorzystał sytuację i pochyliwszy się ku Mikaelowi, zapewnił go ściszonym głosem, że umowa w żaden sposób nie wpływa na ich wcześniejsze porozumienie.

Postanowiono również, że – ze względu ma większe medialne przebicie – nowy porządek zostanie ogłoszony w połowie marca, dokładnie tego dnia, kiedy Mikael stawi się w więzieniu. Połączenie tak przykrego wydarzenia z informacją o zmianach finansowania czasopisma było – jeżeli chodzi o PR – do tego stopnia niestosowne, że musiało wprawić oszczerców Mikaela w osłupienie i zapewnić maksymalną uwagę wkraczającemu na arenę Henrikowi. Ale wszyscy rozumieli logikę działania: w ten sposób zaznaczali, że powiewająca nad redakcją „Millennium" czarna chorągiewka obwieszczająca zarazę w domu wkrótce zostanie opuszczona i że gazeta ma obrońców gotowych do podjęcia zaciętej walki. I nawet jeżeli vangerowski koncern przechodzi kryzys, to w dalszym ciągu jest przemysłowym potentatem, który w razie potrzeby potrafi grać ofensywnie.

Cała rozmowa była nieustanną dyskusją między – z jednej strony – Eriką, a z drugiej – Henrikiem i Martinem. Nikt nie pytał o zdanie Mikaela.

Późną nocą Mikael leżał z głową na piersiach Eriki.

– Od jak dawna dyskutowałaś z Henrikiem o tej umowie? – zapytał, patrząc jej w oczy.

– Od tygodnia mniej więcej – uśmiechnęła się.

– Czy Christer jest wtajemniczony?

– Oczywiście.

– A dlaczego ja nic o tym nie wiedziałem?

– A dlaczego niby miałabym z tobą o tym rozmawiać? Odszedłeś jako wydawca, opuściłeś zarówno redakcję, jak i zarząd, osiedliłeś się w lesie...

Mikael zamyślił się przez chwilę.

– Czyli uważasz, że zasłużyłem sobie na to, żeby traktować mnie jak idiotę?

– Jak najbardziej! – odparła z naciskiem.

– Musiałaś być na mnie porządnie zła.

– Mikael, nigdy nie czułam się tak wściekła, samotna i oszukana, jak wtedy, gdy wymaszerowałeś z redakcji. Nigdy wcześniej mnie tak nie rozwścieczyłeś.

Zdecydowanym ruchem chwyciła go za włosy i wcisnęła w materac.

KIEDY W NIEDZIELĘ Erika wyjechała z Hedeby, Mikael był tak poirytowany, że nie chciał ryzykować spotkania ani z Henrikiem, ani z nikim innym z jego klanu. Pojechał do Hedestad, gdzie spędził popołudnie, spacerując po mieście. Odwiedził bibliotekę i wypił kawę w cukierni. Wieczorem poszedł do kina i obejrzał *Władcę pierścieni*, którego jeszcze nie znał, mimo, że film miał premierę rok temu. Orkowie w porównaniu z ludźmi miejscowymi wydali mu się prostymi i nieskomplikowanymi stworzeniami.

Zakończył wieczór w miejscowym McDonaldzie i wrócił na Hedeby ostatnim autobusem o północy. W domu zaparzył sobie kawy, usiadł przy kuchennym stole i wyciągnąwszy kolejny skoroszyt, czytał do czwartej nad ranem.

W DOCHODZENIU W SPRAWIE Harriet istniało kilka znaków zapytania, które Mikael w miarę zagłębiania się w dokumentację uważał za coraz bardziej osobliwe. Nie odkrył nic przełomowego; każdym takim problemem komisarz Morell zajmował się przez długie lata, również w czasie wolnym od pracy.

W ciągu ostatniego roku swojego życia Harriet zmieniła się. W jakimś stopniu zmianę można było wytłumaczyć mniej lub bardziej widoczną metamorfozą zachodzącą u wszystkich nastolatków. Harriet dorośłała, ale w jej przypadku i koleżanki z klasy, i nauczyciele, i członkowie rodziny byli zgodni co do tego, że stała się bardziej zamknięta w sobie i powściągliwa.

Dziewczyna, która dwa lata wcześniej była najzupełniej normalną i wesołą nastolatką, zaczęła odsuwać się od rówieśników. W szkole w dalszym ciągu spotykała się z przyjaciółkami, ale w sposób, który jedna z nich opisała jako „bezosobowy". Słowo było na tyle nietypowe, że Morell zapisał je i zadał kilka dodatkowych pytań. Dowiedział się, że Harriet przestała opowiadać o sobie, przekazywać plotki, powierzać tajemnice.

W dzieciństwie była chrześcijanką na dziecięcą modłę – szkółka niedzielna, paciorek, konfirmacja. Przez ostatni rok jej religijność uległa zmianie. Zaczęła czytać Biblię i chodzić do kościoła. Nie szukała jednak opieki u pastora Falka, który mieszkał na wyspie i był przyjacielem rodziny Vangerów. Wiosną przeniosła się do parafii zielonoświątkowców w Hedestad. Zaangażowanie w Kościele zielonoświątkowym nie trwało długo. Już po dwóch miesiącach opuściła parafię i zaczęła czytać książki o katolicyzmie.

Religijne przebudzenie? Być może, ale nikt w rodzinie Vangerów nie był szczególnie religijny i trudno było dojść, jakie impulsy kierowały jej myślami. Jednym z powodów religijnych poszukiwań Harriet mogła być oczywiście śmierć ojca, który utonął w wypadku rok wcześniej. Morell wyciągnął wniosek, że coś się wydarzyło w życiu dziewczyny i że to coś miało wpływ na jej zachowanie, ale jednocześnie trudno było dociec, czym to coś było. I komisarz, i Henrik poświęcili dużo czasu na rozmowy z jej koleżankami w poszukiwaniu tej, której Harriet mogła się zwierzyć.

Pewne nadzieje wiązano z dwa lata starszą Anitą Vanger, córką Haralda, która w 1966 roku spędziła lato na wyspie i która, jak wieść niesie, zaprzyjaźniła się z Harriet. Ale i ona nie miała nic ciekawego do powiedzenia. Spędzały razem czas, kąpały się, chodziły na spacery, rozmawiały o filmach, muzyce pop i książkach. Harriet towarzyszyła często Anicie w jej lekcjach jazdy samochodem. Kiedyś wprawiły się w lekki rausz, wypijając butelkę wina, którą wykradły ze spiżarni. A poza tym przez kilka tygodni mieszkały same w domku letniskowym Gottfrieda na drugim końcu wyspy, rustykalnej niewielkiej budowli, którą ojciec Harriet wybudował na początku lat pięćdziesiątych.

Pytania o myśli i uczucia Harriet pozostały bez odpowiedzi. Mikael zauważył jednak istotną różnicę w opisie: informacje o powściągliwości dziewczyny pochodziły głównie od rówieśników i od członków rodziny, podczas gdy Anita Vanger wcale nie odbierała jej jako zamkniętej. Mikael zanotował to sobie, żeby przy najbliższej okazji omówić z Henrikiem.

235

BARDZIEJ KONKRETNYM znakiem zapytania, któremu Morell poświęcił zdecydowanie więcej energii, była dziwna strona w ładnie oprawionym kalendarzu Harriet, który rok wcześniej dostała na Gwiazdkę. Pierwsza część zawierała rozkład zajęć, dzień po dniu zapisywane spotkania, daty klasówek, terminy zadań domowych i tak dalej. Było tam sporo miejsca na codzienne zapiski, ale Harriet prowadziła pamiętnik sporadycznie. Zaczęła ambitnie w styczniu, kilkoma krótkimi notatkami o spotkanych w czasie ferii osobach i o obejrzanych ostatnio filmach. Później nie napisała o sobie nic aż do zakończenia roku szkolnego, kiedy to ewentualnie – w zależności od tego, jak tłumaczyć zapiski – zainteresowała się na odległość niewymienionym z imienia chłopakiem.

Ale prawdziwą zagadkę stanowił spis telefonów. Starannie wykaligrafowane, w porządku alfabetycznym widniały w nim imiona i nazwiska członków rodziny, koleżanek i kolegów z klasy, niektórych nauczycieli, kilku wiernych z parafii zielonoświątkowców i innych łatwych do zidentyfikowania osób. Na ostatniej stronie kalendarza, gładkiej i w zasadzie niewchodzącej w skład alfabetycznego spisu, znajdowało się pięć imion – trzy kobiece i dwa inicjały – oraz tyleż numerów.

Magda – 32016
Sara – 32109
RJ – 301 12
RL – 32 027
Mari – 32 018

W latach sześćdziesiątych wszystkie numery telefoniczne w Hedestad były pięciocyfrowe i zaczynały się od 32. Jedyny odmienny, ten rozpoczynający się od trzydziestki, należał do kogoś z miejscowości Norrbyn w pobliżu miasta. Problem polegał na tym, że nikt ze znajomych Harriet nie potrafił odpowiedzieć komisarzowi Morellowi na pytanie, kim są abonenci.

Pierwszy numer, do Magdy, wyglądał obiecująco. Łączył się z adresem Parkgatan 12, pod którym istniał sklep z materiałami i pasmanterią. Jego właścicielka, Margot Lundmark, miała wprawdzie matkę o imieniu Magda, która czasami pracowała u córki, ale ta sześćdziesięciodziewięcioletnia kobieta nie miała pojęcia, kim jest Harriet. Nie znaleziono też dowodów na to, że zaginiona kiedykolwiek odwiedziła sklep albo zrobiła w nim zakupy. Nigdy nie zajmowała się szyciem.

Kolejny numer, do Sary, prowadził do rodziny Toresson, zamieszkałej w dzielnicy Väststan po drugiej stronie torów kolejowych. Anders i Monica mieli dwóch synów w wieku przedszkolnym, Jonasa i Petera. W rodzinie nie było żadnej Sary, nikt też nie wiedział, kim jest Harriet, poza tym, że media poinformowały o jej zaginięciu. Jedynym nikłym związkiem między dziewczyną a rodziną Toresson mógł być Anders, który jako dekarz rok wcześniej, przez kilka tygodni pracował przy wymianie dachu w budynku szkoły, do której Harriet chodziła w dziewiątej klasie. Teoretycznie mogli się spotkać, chociaż było to mało prawdopodobne.

Pozostałe trzy numery prowadziły w podobne ślepe zaułki. Za zapisem RL 32027 kryła się Rosmarie Larsson. Niestety od wielu lat nie żyła.

Komisarz Morell przez całą zimę przełomu 1966 i 1967 roku próbował wyjaśnić, dlaczego Harriet zanotowała te imiona i telefony.

Zaczynając od logicznego przypuszczenia, że numery telefonu stanowią jakiś rodzaj kodu, próbował wczuć się w sposób rozumowania nastolatki. Ponieważ seria z liczbą 32 wskazywała najprawdopodobniej na Hedestad, komisarz eksperymentował z pozostałymi trzema cyframi. Ani 32601, ani 32160 nie prowadziły do żadnej Magdy. Bawiąc się tajemniczymi numerami, odkrył oczywiście, że zmieniając kolejność cyfr, prędzej czy później znajdzie jakiś ślad prowadzący do Harriet. Gdy na przykład w numerze 32016 dodał do każdej z trzech cyfr jedynkę, otrzymał 32127, czyli telefon do kancelarii adwokata Dircha Frodego. Tyle tylko, że to zupełnie nic nie znaczyło. A poza tym nigdy nie udało mu się odkryć kodu, który jednocześnie wyjaśniałby wszystkie pięć numerów.

Rozszerzył zakres poszukiwań. Może cyfry oznaczały coś zupełnie innego? Tablice rejestracyjne w latach sześćdziesiątych zawierały literę województwa i pięć cyfr – kolejny ślepy zaułek...

Zrezygnowawszy z cyfr, Morell skoncentrował się na imionach. Posunął się do tego, że odszukał mieszkanki Hedestad, które mają na imię Mari, Magda i Sara oraz wszystkich o inicjałach RL lub RJ. W stworzonym przez niego spisie znalazło się trzysta siedem osób. Dwadzieścia dziewięć spośród nich miało jakieś powiązania z Harriet, na przykład kolega z dziewiątej klasy nazywał się Roland Jacobsson. Byli to jednak przelotni znajomi i żaden z nich nie utrzymywał kontaktów z Harriet, gdy ta zaczęła liceum. Poza tym nie zgadzały się numery telefonów.

Telefoniczna zagadka pozostała nierozwiązana.

CZWARTE SPOTKANIE z adwokatem Bjurmanem nie było zaplanowane. Lisbeth po prostu musiała się z nim skontaktować.

W drugim tygodniu lutego jej laptop zginął w wypadku, w tak głupi sposób, że ciągle sfrustrowana miała ochotę mordować. Przyjechała rowerem na zebranie w Milton Security i wprowadziwszy pojazd do garażu, zaparkowała go za betonową kolumną. Położyła plecak na podłodze, żeby wyjąć zamek do roweru. Odwrócona plecami usłyszała tylko okropny trzask, gdy wyjeżdżający właśnie bordowy saab rozgniatał zawartość plecaka. Kierowca nic nie zauważył i spokojnie zniknął za podjazdem do garażu.

W plecaku znajdował się jej biały, wyprodukowany w styczniu 2002 Apple iBook 600, wyposażony w dwudziestopięciogigabajtowy twardy dysk, 420 Mb pamięci RAM i czternastocalowy ekran. Kupiła to, co firma mogła najlepszego zaoferować. Wszystkie jej komputery posiadały najnowsze i nierzadko najdroższe konfiguracje. Tak naprawdę sprzęt komputerowy stanowił jedyną ekstrawagancję w jej wydatkach.

Otworzywszy plecak, stwierdziła, że złamała się górna część obudowy. Podłączyła laptopa do prądu i próbowała uruchomić, ale nie wstrząsnęły nim nawet przedśmiertne drgawki. Z nadzieją, że uda się uratować przynajmniej część twardego dysku, zaniosła resztki do sklepiku MacJesus Shop przy Brännkyrkagatan. Pogrzebawszy trochę w środku, Timmy, właściciel firmy, pokręcił głową.

– Sorry. Nie ma nadziei – skonstatował. – Możesz mu tylko wyprawić piękny pogrzeb.

Utrata komputera była dołująca, ale nie była katastrofą. Jako jego właścicielka Lisbeth przez cały rok świetnie się z nim dogadywała. Miała *back up* wszystkich plików, miała w domu stacjonarny komputer Mac G3 i pięcioletni laptop marki Toshiba. Ale – *do cholery* – potrzebowała szybkiej i nowoczesnej maszyny!

Nic dziwnego więc, że zdecydowała się na najlepsze w tej sytuacji wyjście: właśnie lansowany Apple Power-Book G4/1.0 GHz w aluminiowej obudowie, wyposażony w procesor PowerPC 7451 z AltiVec Velocity Engine, z dziewięćsetsześćdziesięciomegabajtową pamięcią RAM i sześćdziesięciogigabajtowym twardym dyskiem. Laptop miał również bluetooth i wbudowaną wypalarkę CD/DVD. Przede wszystkim jednak miał, jako pierwszy w świecie przenośnych komputerów, siedemnastocalowy ekran z grafiką NVIDIA i rozdzielczością tysiąc czterysta na dziewięćset, co zszokowało zwolenników PC i zdystansowało wszystkie tego typu produkty na rynku.

Jeżeli chodzi o *hardware*, był to niewątpliwie Rolls Royce, ale tak naprawdę zadecydował pomysł podświetlenia klawiatury. To właśnie możliwość pisania w kompletnej ciemności wzbudziła u Lisbeth chęć posiadania tego cacka. Dziecinnie proste. Dlaczego nikt o tym wcześniej nie pomyślał?

To była miłość od pierwszego wejrzenia.

Kosztował trzydzieści osiem tysięcy koron plus VAT.

To był problem.

W każdym razie złożyła zamówienie w MacJesusie, gdzie zawsze kupowała sprzęt i gdzie zawsze dostawała dobre zniżki. Kilka dni później podliczyła wydatki. Odszkodowanie wypłacone przez firmę ubezpieczeniową miało zrekompensować w dużym stopniu koszty zakupu, ale konieczność pokrycia przez samą Lisbeth części szkód i znacznie wyższa cena nowego komputera spowodowały dziurę w budżecie. Brakowało jej osiemnastu tysięcy koron. W puszce po kawie przechowywała dziesięć tysięcy, żeby zawsze mieć dostęp do żywej gotówki, ale i to nie wystarczyło. Przesyłając Bjurmanowi mordercze myśli, czuła się zmuszona przełknąć gorzką pigułkę. Zadzwoniła więc do niego i wyjaśniła, że potrzebuje pieniędzy na niespodziewane wydatki. Okazało się, że akurat tego dnia adwokat nie ma dla niej czasu. Odpowiedziała, że wypisanie czeku nie zajmie mu więcej niż dwadzieścia sekund. Na co Bjurman odpowiedział, że nie może wypisywać czeków na niekontrolowane zachcianki. Ale później zmienił zdanie i po chwili zastanowienia umówił się z nią po godzinach pracy, o wpół do ósmej wieczorem.

PRZYZNAJĄC, że brakuje mu kompetencji do oceny jakości śledztwa, Mikael był przekonany o wyjątkowej skrupulatności prowadzącego je komisarza. Morell zrobił jednak o wiele więcej, niż wymagała tego służba. Jego nazwisko często pojawiało się później w notatkach Henrika. Połączyła ich prawie przyjaźń i Mikael zastanawiał się nawet, czy Morell, podobnie jak przemysłowiec, nie jest opętany tą zagadką. Doszedł jednak do wniosku, że komisarz raczej niczego nie przeoczył. Pomimo niemal perfekcyjnego dochodzenia po prostu nie dało się udzielić prawidłowej odpowiedzi. Postawiono wszystkie możliwe pytania i sprawdzono wszystkie tropy, nawet te najbardziej niedorzeczne.

Nie przeczytał jeszcze całego sprawozdania, ale im bliżej był końca, tym więcej odkrywał dziwnych tropów. Nie wierzył, że znajdzie coś, czego jego poprzednicy wcześniej nie wzięli pod uwagę. I czuł rosnący niepokój, ponieważ nie miał pojęcia, jak się za to wszystko zabrać. W końcu dojrzało w nim przekonanie, że jedynym rozsądnym sposobem, przynajmniej jeżeli chodzi o niego, jest próba odgadnięcia psychologicznych motywów zamieszanych w to osób.

Najbardziej ewidentny znak zapytania dotyczył samej Harriet. Kim właściwie była?

Z okna swojej chatki zobaczył, że około piątej zapaliło się światło na piętrze domu Cecilii Vanger. O wpół do ósmej zapukał do jej drzwi. Właśnie wtedy, gdy w telewizji pojawiła się zapowiedź wieczornych wiadomości. Otworzyła ubrana w szlafrok, spod żółtego ręcznika wyzierały mokre włosy. Natychmiast przeprosił za niezapowiedziane najście i już zaczął się wycofywać, gdy gestem ręki zaprosiła go do kuchni. Nastawiła ekspres do kawy i na kilka minut zniknęła na piętrze. Wróciła w dżinsach i flanelowej kraciastej koszuli.

– Zaczęłam podejrzewać, że nie zdobędziesz się na odwagę, żeby mnie odwiedzić.

– Powinienem był najpierw zadzwonić, ale zobaczyłem, że pali się światło i przyszedłem pod wpływem impulsu.

– Widziałam, że u ciebie pali się całymi nocami. I często wychodzisz na spacer po północy. Nocny marek?

Mikael wzruszył ramionami.

– Tak się składa.

Spojrzał na stosik leżących na brzegu stołu książek.

– Pani dyrektor ciągle uczy?

– Nie, jako dyrektor nie mam czasu. Ale byłam nauczycielką historii, religii i WoS-u. Zostało mi jeszcze kilka lat.

– Zostało?

Uśmiechnęła się.

– Mam pięćdziesiąt sześć lat. Niedługo będę emerytką.

– Nie wyglądasz na pięćdziesiąt plus, raczej na czterdzieści.

– Komplementy, komplementy... A ile ty masz lat?

– Czterdzieści i parę. – Uśmiechnął się.

– A przecież dopiero co miałeś dwadzieścia, prawda? Strasznie szybko zlatuje... to nasze życie.

Rozlała kawę do filiżanek i zapytała, czy nie jest głodny. Odpowiedział, że już jadł, co było odrobinę zmodyfikowaną prawdą. Nie dbał o jedzenie, żywiąc się kanapkami. Ale nie czuł głodu.

– To dlaczego tu przyszedłeś? Nadeszła pora na te twoje pytania?

– Szczerze mówiąc... Nie przyszedłem zadawać pytań. Myślę, że chciałem cię po prostu odwiedzić.

Cecilia uśmiechnęła się nagle.

– Skazany na karę więzienia przeprowadzasz się na Hedeby, przedzierasz się przez materiał dotyczący ulubionego hobby Henrika, źle sypiasz, chodzisz na nocne spacery, przeoczyłam coś?

– Moje życie... bierze w łeb – odpowiedział uśmiechem.

– Kim była ta kobieta, która cię odwiedziła w weekend?

– Erika... jest redaktorem naczelnym „Millennium".

– To twoja dziewczyna?

– Niezupełnie. Jest mężatką. A ja jestem bardziej jej przyjacielem i *occasional lover*.

Cecilia roześmiała się w głos.

– A cóż w tym takiego śmiesznego?

– Sposób, w jaki to powiedziałeś. *Occasional lover*. Podoba mi się to określenie.

Teraz zaśmiał się Mikael. Nagle poczuł do niej sympatię.

– Też by mi się przydał taki okazjonalny kochanek – powiedziała.

Zrzuciła pantofle i oparła stopę o jego kolano. Mikael odruchowo położył na niej dłoń. Zawahał się przez moment, czując, że nieoczekiwane wypływa na nieznane wody. Delikatnie zaczął masować kciukiem spód stopy.

– Też jestem mężatką.

– Wiem. W klanie Vangerów ludzie się nie rozwodzą.

– Nie widziałam męża od prawie dwudziestu lat.

– Dlaczego?

– To nie twoja sprawa. Nie uprawiałam seksu od... hmmm, od trzech lat.

– To mnie dziwi...

– Dlaczego? Podaż i popyt. Nie interesuje mnie posiadanie chłopaka, męża ani partnera. Jest mi ze sobą samą całkiem dobrze. Tylko z kim mam się kochać? Z jakimś nauczycielem ze szkoły? Nie sądzę. Z uczniem? To by dopiero był pyszny kąsek dla miejscowych plotkarek. Potrafią dobrze pilnować Vangerów. A na wyspie mieszkają tylko krewni albo już zajęci.

Pochyliła się ku niemu i pocałowała w szyję.

– Szokuję cię?

– Nie. Ale nie wiem, czy to dobry pomysł. Pracuję dla twojego wuja.

– A ja jestem ostatnią osobą, która roznosi plotki. I szczerze mówiąc, Henrik nie miałby raczej nic przeciwko temu.

Usiadła mu okrakiem na kolanach i pocałowała w usta. Jej włosy były ciągle wilgotne. Pachniała szamponem. Po omacku rozpiął flanelową koszulę i ściągnął z jej ramion. Nie miała biustonosza. Wtuliła się w niego, gdy całował jej piersi.

ADWOKAT BJURMAN obszedł stół i pokazał jej zestawienie na koncie, którego zawartość znała co do öre, ale z którego nie mogła korzystać. Stojąc za nią, nagle zaczął masować jej kark. Jedna ręka, ześlignąwszy się przez lewy bark, spoczęła na prawej piersi. Ponieważ Lisbeth zdawała się nie protestować, zacisnął dłoń. Salander skamieniała. Czując jego oddech na skórze, studiowała leżący na biurku nóż do otwierania kopert. Leżał w zasięgu ręki.

Ale nie zrobiła żadnego ruchu. Jeżeli dzięki Holgerowi Palmgrenowi wyuczyła się czegoś na pamięć, to właśnie tego, że działania pod wpływem impulsu kończą się kłopotami. A kłopoty mogą mieć nieprzyjemne konsekwencje. Dlatego też nie podejmowała działań, nie rozważywszy wcześniej konsekwencji. Ten pierwszy objaw przemocy, który prawnicy określiliby jako niepożądane zachowanie seksualne i nadużycie stosunku zależności, a który mógłby kosztować Bjurmana pozbawienie wolności do dwóch lat, trwał zaledwie kilka krótkich sekund. Ale to wystarczyło, żeby nieodwołalnie przekroczyli jakąś granicę. Dla Lisbeth oznaczało to bezceremonialne zademonstrowanie siły i podkreślenie faktu, że – poza dokładnie zdefiniowaną relacją prawną – jest wobec swojego opiekuna zupełnie bezbronna i zdana na jego łaskę. Kiedy w chwilę później popatrzyli sobie w oczy, w jego półotwartych ustach wyczytała pożądanie. Jej twarz nie wyrażała żadnych uczuć.

Bjurman wrócił na swoje miejsca za biurkiem i usiadł w wygodnym skórzanym fotelu.

– Nie mogę wypisywać ci czeków, ot, tak, hop siup – powiedział nagle. – Do czego ci potrzebny taki drogi sprzęt? Istnieją zdecydowanie tańsze aparaty, na których możesz sobie grać w te swoje gry komputerowe.

– Chcę, tak jak dawniej, dysponować swoimi pieniędzmi.

Adwokat przesłał jej współczujące spojrzenie.

– Zobaczymy, co się da zrobić. Najpierw musisz nauczyć się nawiązywać satysfakcjonujące relacje z otoczeniem.

Możliwe, że jego uśmiech przybladłby trochę, gdyby potrafił czytać w myślach dziewczyny ukrytych za oczami bez wyrazu.

– Myślę, że ty i ja zostaniemy przyjaciółmi. Musimy sobie tylko zaufać.

Nie usłyszawszy żadnej odpowiedzi, uściślił.

– Jesteś przecież dorosłą kobietą, Lisbeth.

Potwierdziła skinieniem głowy.

– Chodź tutaj – powiedział, wyciągając rękę.

Na moment wbiła wzrok w nóż do rozcinania kopert. A później wstała i podeszła do Bjurmana. *Konsekwencje.* Złapał jej rękę i przycisnął do swojego krocza. Przez ciemną gabardynę spodni czuła jego genitalia.

– Jeżeli będziesz dla mnie miła, to ja będę miły dla ciebie.

Była sztywna jak pal, gdy chwytając ją za kark, zmusił do uklęknięcia z twarzą przy kroczu.

– Robiłaś to wcześniej, prawda? – zapytał, rozpinając rozporek. Pachniał mydłem. Jak gdyby przed chwilą umył się w łazience.

Lisbeth odwróciła twarz i próbowała się podnieść, ale trzymał ją mocno. Nie miała szans. Czym było jej czterdzieści kilogramów wobec jego dziewięćdziesięciu pięciu? Złapawszy głowę dwoma rękami, odwrócił jej twarz. Ich oczy znów się spotkały.

– Jeżeli będziesz dla mnie miła, to ja będę miły dla ciebie – powtórzył. – A jak się zaczniesz stawiać, to na resztę życia wpakuję cię do domu wariatów. Chciałabyś?

Milczała.

– Chciałabyś? – zapytał jeszcze raz.

Pokręciła głową.

Poczekał, aż spuści oczy na znak – jak mu się wydawało – uległości i przyciągnął ją jeszcze bliżej. Lisbeth rozchyliła wargi i przyjęła go ustami. Trzymając nieustannie za kark, gwałtownie ją tarmosił. W czasie dziesięciominutowego

245

pompowania adwokata z trudem powstrzymywała odruch wymiotny. Kiedy w końcu wytrysnął, przycisnął ją tak mocno, że nie miała czym oddychać.

Pozwolił jej skorzystać z niewielkiej łazienki w korytarzu. Trzęsąc się na całym ciele, myła twarz i próbowała zetrzeć plamy ze swetra. Zjadła trochę jego pasty do zębów, żeby zabić smak w ustach. Kiedy wróciła do gabinetu, siedział nieporuszony za biurkiem i przeglądał papiery.

– Usiądź – nakazał, nie patrząc jej w oczy.

Gdy zajęła swoje miejsce, podniósł wzrok i uśmiechnął się.

– Jesteś już dorosła, prawda?

Skinęła potakująco.

– Czyli powinnaś umieć bawić się w dorosłe zabawy – dodał, mówiąc jak do dziecka.

Nie odpowiadała. Na jego czole pojawiła się nieznaczna zmarszczka.

– Wydaje mi się, że opowiadanie komukolwiek o naszych dorosłych zabawach nie byłoby dobrym pomysłem. Pomyśl, kto ci uwierzy? Mam tutaj papiery na to, że jesteś nieobliczalna.

Ciągle nie odpowiadała, więc mówił dalej.

– Twoje słowa przeciwko moim. Jak myślisz, czyje okażą się ważniejsze?

Westchnął, ciągle nie mogąc się doczekać odpowiedzi. Nagle zaczęło go irytować jej uporczywe milczenie i wlepione w niego oczy. Ale opanował się.

– Zostaniemy dobrymi przyjaciółmi, Lisbeth. Bardzo dobrze zrobiłaś, zwracając się dzisiaj do mnie. Zawsze możesz do mnie przyjść.

– Potrzebuję dziesięć tysięcy na komputer – odezwała się nagle cicho, jak gdyby podejmowała przerwaną rozmowę.

Bjurman uniósł brwi. *Twarda sztuka. Ja pierdolę, ona jest naprawdę rąbnięta.* Podał jej czek, który wypisał, gdy była w łazience. *To przecież lepsze niż normalna kurwa: płacę jej własnymi pieniędzmi.* Uśmiechnął się protekcjonalnie. Lisbeth wzięła czek i wyszła bez słowa.

Rozdział 12
Środa 19 lutego

GDYBY LISBETH SALANDER była zwykłą obywatelką, najprawdopodobniej zaraz po wyjściu z gabinetu Bjurmana zadzwoniłaby na policję i złożyła doniesienie o gwałcie. Sińce na szyi i karku, podobnie jak podpis ze spermy zawierającej DNA adwokata na jej ciele i ubraniach stanowiłyby poważne dowody. Nawet gdyby sprawca próbował się wykręcić, twierdząc, że sama się zgodziła albo uwiodła go, albo to ona nalegała, żeby mu zrobić laskę, albo jeszcze coś innego, co gwałciciele mają w zwyczaju twierdzić, nawet wtedy byłby winny złamania tak wielu przepisów prawnych obowiązujących kuratorów, że natychmiast zostałby pozbawiony funkcji opiekuna Lisbeth. W wyniku zgłoszenia gwałtu przyznano by jej adwokata z dobrą znajomością problematyki przemocy wobec kobiet, co zaowocowałoby dyskusją o sednie sprawy, czyli ubezwłasnowolnieniu Salander.

Od 1989 roku w Szwecji nie używa się pojęcia *ubezwłasnowolnienie* w stosunku do dorosłych osób.

Mówi się o dwóch stopniach kurateli, z których *godmanskap* to pomoc w dokonywaniu czynności, które mają skutki prawne, a *förvaltning*, to całkowite zarządzanie.

Opiekun (*god man*) oferuje dobrowolną pomoc osobom, które z różnych względów mają problemy z wykonywaniem codziennych czynności, płaceniem rachunków czy dbaniem o higienę. Jest to zazwyczaj krewny albo bliski znajomy. Jeżeli taka osoba nie istnieje, władze socjalne mogą wyznaczyć kogoś spoza kręgu rodziny czy znajomych. Taka pomoc jest łagodniejszą formą kurateli, w której zleceniodawca – czyli dawniej częściowo ubezwłasnowolniony – w dalszym ciągu ma kontrolę nad swoimi zasobami i podejmuje decyzje w porozumieniu z opiekunem.

Zarządzanie (*förvaltarskap*) jest zdecydowanie ostrzejszą formą kontroli. Zleceniodawca zostaje pozbawiony możliwości swobodnego rozporządzania swoimi zasobami i nie może podejmować samodzielnie różnych decyzji. Dokładniej oznacza to, że zarządzający kurator przejmuje od zleceniodawcy możliwość *dokonywania wszelkich czynności prawnych*. W Szwecji pod takim zarządem kurateli znajduje się ponad cztery tysiące osób. Najczęstszym powodem jest ewidentna choroba psychiczna albo choroba psychiczna w połączeniu z nadużywaniem alkoholu lub narkotyków. Niewielką część stanowią osoby z demencją. Zadziwiająco duża grupa ludzi pod kontrolą zarządzającego kuratora to osoby stosunkowo młode, trzydziestopięcioletnie lub młodsze. Jedną z nich była Lisbeth Salander.

Pozbawienie człowieka kontroli nad swoim życiem, to znaczy nad swoim kontem w banku, jest jednym z najbardziej uwłaczających środków, jakie można zastosować w demokratycznym kraju. Zwłaszcza kiedy chodzi o młodych ludzi. To uwłacza godności człowieka, nawet jeżeli cel jest chwalebny i akceptowany społecznie. A to czyni z tej materii bardzo delikatną kwestię polityczną, określoną rygorystycznymi przepisami i kontrolowaną przez Komisję ds. Nadzoru Zarządzania, która podlega urzędowi wojewódzkiemu kontrolowanemu przez Rzecznika Praw Obywatelskich.

Komisja ds. Nadzoru Zarządzania prowadzi działalność w niewątpliwie ciężkich warunkach. Ale z uwagi na to, jak delikatnymi sprawami się zajmuje, media ujawniają zdumiewająco niewiele skarg i skandali.

Tylko sporadycznie pojawiają się raporty o oskarżeniu

wniesionym przeciwko opiekunowi lub zarządzającemu kuratorowi, który sprzeniewierzył majątek swojego klienta albo bez pozwolenia sprzedał jego mieszkanie i schował pieniądze do własnej kieszeni. Ale to dość rzadkie przypadki, co z kolei można wytłumaczyć w ten sposób: albo odpowiedzialne władze wykonują swoją pracę nadzwyczaj dobrze, albo zleceniodawcy nie mają możliwości składania skarg i nie potrafią w wiarygodny sposób znaleźć posłuchu u dziennikarzy i władz.

Do powinności Komisji ds. Nadzoru Zarządzania należą coroczne kontrole, których celem jest sprawdzenie możliwości ewentualnego ustania kurateli. Ponieważ Lisbeth Salander trwała w niezłomnym uporze i nie poddawała się żadnym badaniom psychiatrycznym (nie odpowiadając nawet na uprzejme dzień dobry lekarza), władze nigdy nie miały powodu, by zmienić postanowienie sądu. W rezultacie owego status quo Lisbeth rok po roku pozostawała pod opieką przedstawiciela ustawowego.

Przepisy prawne mówią, że stopień sprawowania kontroli powinno się *ustanawiać indywidualnie*. Dlatego też Holger Palmgren pozwolił Lisbeth na samodzielne dysponowanie pieniędzmi i kierowanie swoim życiem. Spełniając wymagania władz co do joty, wysyłał miesięczne raporty i roczne sprawozdania rewizyjne, ale jednocześnie traktował Lisbeth jak każdą normalną młodą kobietę. Nie wtrącał się w jej wybory dotyczące stylu życia czy osób, z którymi obcowała. Uważał, że ani on, ani społeczeństwo nie ma prawa decydować o tym, czy młoda dziewczyna może mieć kolczyk w nosie lub tatuaż na szyi. Ten odrobinę osobliwy stosunek do postanowień sądu był jedną z przyczyn, dla których żyli w zgodzie.

Dopóki Palmgren był jej kuratorem, dopóty nie zastanawiała się nad swoją sytuacją prawną. Ale adwokat Bjurman interpretował przepisy w zupełnie inny sposób.

TAK CZY OWAK Lisbeth Salander nie zachowywała się jak normalni ludzie. Wykazywała szczątkową wiedzę w zakresie prawa – dziedziny, której nie miała jeszcze okazji zgłębić – i bliskie zeru zaufanie do policji. Postrzegała tę instytucję jako mgliście zdefiniowaną siłę bojową, której praktyczne dokonania polegają na zatrzymywaniu i poniżaniu obywateli jej pokroju. Ostatnio miała z nią do czynienia w maju ubiegłego roku, gdy w drodze do Milton Security, na Götgatan, nagle stanęła oko w oko z zakutym w hełm policjantem, który – zupełnie nieprowokowany – zdzielił ją pałką przez ramię. W pierwszym odruchu chciała mu oddać, używając trzymanej akurat w ręku butelki z colą, ale na szczęście zanim zdążyła przejść do natarcia, policjant obrócił się na pięcie i odbiegł. Dopiero później dowiedziała się, że trochę dalej na tej samej ulicy demonstrowała organizacja Reclaim the Street.

Myśl o pójściu do kwatery głównej zamaskowanych facetów za wizjerami, żeby zgłosić przemoc seksualną, w ogóle nie postała jej w głowie. A zresztą – co miałaby zgłosić? Bjurman złapał ją za pierś. Każdy policjant, rzuciwszy na nią okiem, stwierdziłby, że z jej miniaturowymi guziczkami to zupełnie nieprawdopodobne, a nawet jeśli tak faktycznie było, to powinna być raczej dumna, że komuś w ogóle się chciało. A jeżeli chodzi o robienie laski... jej zeznania przeciwko jego zeznaniom, a z doświadczenia wiedziała, że słowa innych ważą więcej. *Policja nie jest dobrym rozwiązaniem.*

Opuściwszy gabinet Bjurmana, pojechała więc do domu, wzięła prysznic, zjadła dwie kanapki z serem i kwaszonym ogórkiem i w końcu, siadając na swojej wytartej i zmechaconej kanapie, oddała się rozmyślaniom.

Przeciętny człowiek sądziłby, że taki brak reakcji powinien działać na jej niekorzyść. Fakt, że nawet gwałt nie wywołał u niej zadowalającej odpowiedzi emocjonalnej, byłby przecież kolejnym dowodem na to, że jest nienormalna.

Wprawdzie grono jej znajomych nie było duże i nie składało się z żyjącej w cieplarnianych warunkach klasy średniej zamieszkującej podmiejskie dzielnice willowe, ale w wieku lat osiemnastu Lisbeth nie znała ani jednej dziewczyny, która chociaż raz nie byłaby zmuszona do seksu w tej lub innej formie. Większość takich przypadków przemocy dotyczyła trochę starszych partnerów, którzy z pewną dozą stanowczości potrafili przeforsować swoją wolę. O ile wiedziała, tego typu incydenty czasami prowadziły do płaczu i wybuchów wściekłości, ale nigdy do zgłoszenia na policji.

W jej świecie to był naturalny stan rzeczy. Jako dziewczyna była łupem, na który nie obowiązywał okres ochronny, szczególnie wtedy, gdy miała na sobie zniszczoną skórzaną kurtkę, kolczyki w brwiach, tatuaże i zerowy status społeczny.

Nie było się nad czym roztkliwiać.

Ale to wcale nie znaczyło, że adwokat Bjurman mógł ją zmuszać do obciągania zupełnie *bezkarnie*. Lisbeth nigdy nie zapominała doznanych krzywd, a wybaczanie nie leżało w jej naturze. Jej sytuacja prawna była jednak dość kłopotliwa. Odkąd sięgała pamięcią, traktowano ją jako dziewczynę uciążliwą i bezzasadnie agresywną. Pierwsze zapiski, z początków szkoły podstawowej, pochodziły z dokumentacji szkolnej pielęgniarki. Pewnego dnia odesłano ją do domu, ponieważ popchnęła kolegę z klasy tak mocno, że upadłszy na wieszaki, zranił się i zaczął krwawić. W dalszym ciągu czuła irytację, myśląc o ofierze bójki, grubawym Dawidzie Gustavssonie, który miał w zwyczaju drażnić ją i obrzucać różnymi rzeczami i który na pewno wyrósł na wyśmienitego dręczyciela. Wtedy nikt jeszcze nie wiedział, co oznacza słowo mobbing, ale gdy wróciła następnego dnia, chłopak zaczął grozić jej zemstą, na co odpowiedziała prawym prostym wzmocnionym piłką golfową. W rezultacie powstała nowa rana i nowa uwaga w dokumentacji pielęgniarki.

Reguły życia towarzyskiego w szkole zawsze zbijały ją z tropu. Pilnowała swoich interesów i nie wtrącała się w sprawy innych. A mimo to zawsze znajdował się ktoś, kto absolutnie nie chciał jej zostawić w spokoju.

W piątej, szóstej klasie też odesłano ją parokrotnie do domu po tym, jak pobiła się z kolegami. Znacznie silniejsi chłopcy nauczyli się dość szybko, że utarczki z tą chudziną wiążą się z nieprzyjemnościami. W odróżnieniu od pozostałych dziewcząt w klasie Lisbeth nie usuwała się i ani sekundy nie wahała przed użyciem pięści, gdy zaszła taka potrzeba. Była głęboko przekonana, że lepiej dać się zabić niż akceptować obrzucanie gównem.

A poza tym umiała się zemścić.

W szóstej klasie wdała się w bójkę ze znacznie roślejszym i silniejszym chłopakiem. Fizycznie nie była dla niego żadnym przeciwnikiem. Najpierw zabawiał się, przewracając ją parę razy szturchańcami, a gdy próbowała przejść do kontrataku, wymierzył jej kilka policzków. Na nic. Nie zważając na jego przewagę, głupia dziewczyna nie przestawała atakować i po jakimś czasie nawet jego koledzy z klasy uważali, że chłopak posuwa się za daleko. Lisbeth była tak ewidentnie bezbronna, że sytuacja stała się żenująca. W końcu chłopak trzasnął ją pięścią w twarz tak mocno, że zobaczyła gwiazdy, a z rozciętej wargi polała się krew. Zostawili ją na ziemi za salą gimnastyczną. Przez dwie doby siedziała w domu. Trzeciego dnia czekała na swojego dręczyciela z kijem bejsbolowym, którym zdzieliła go w ucho. Wezwano ją do dyrektora, który zadecydował, że zgłosi pobicie na policji, czego rezultatem było przeprowadzenie rodzinnego wywiadu środowiskowego.

Koleżanki i koledzy z klasy uważali ją za stukniętą i traktowali ją zgodnie z tą opinią. Nie budziła też sympatii u nauczycieli, którym czasami jawiła się jako dopust boży. Nie była szczególnie rozmowna, ale zapamiętano ją przede wszystkim jako uczennicę, która nigdy nie podniosła ręki i często nie odpowiadała nawet wtedy, gdy zwracano się bezpośrednio do niej. Nikt nie znał przyczyny tego stanu rzeczy: czy brakowało jej wiedzy, czy chodziło o coś innego, w każdym razie odbijało się to na jej stopniach. Nie ulegało wątpliwości, że ma problemy, ale w jakiś dziwny sposób nikt nie czuł się odpowiedzialny za tę uciążliwą dziewczynkę, chociaż była przedmiotem dyskusji na niejednej radzie pedagogicznej. W końcu, nie próbując przerwać jej posępnego milczenia, przestali się nią przejmować nawet najbardziej zaangażowani nauczyciele.

Pewnego razu, zmuszona do odpowiedzi na lekcji matematyki przez nieznającego jej specyficznego zachowania zastępcę, wpadła w histerię i zaczęła bić i kopać nauczyciela. Kończąc szkołę podstawową, nie miała ani jednej szkolnej koleżanki czy kolegi, z którymi mogła się pożegnać. Była niekochaną dziewczyną o nietuzinkowym zachowaniu.

A później wydarzyło się Całe Zło, o którym nie chciała myśleć. Właśnie wtedy, gdy wkraczała w okres dojrzewania. Ostatni wybuch, który ugruntował przekonanie o pewnym wzorze zachowania i spowodował odkurzenie dokumentacji ze szkoły podstawowej. Odtąd z prawniczego punktu widzenia traktowano ją jak... dziwoląga. *A freak.* Lisbeth nigdy nie potrzebowała potwierdzenia na papierze, że jest inna. Z drugiej strony nie przejmowała się tym, dopóki jej kuratorem był Holger Palmgren, którego w razie potrzeby umiała owinąć sobie wokół palca.

Wraz z pojawieniem się Bjurmana ubezwłasnowolnienie stało się w jej życiu dramatycznym obciążeniem. Niezależnie od tego, do kogo się zwróci, znów mogą się pootwierać pułapki. A co się stanie, gdy przegra walkę? Wsadzą ją do zakładu? Zamkną w domu wariatów? *To naprawdę nie jest dobre rozwiązanie.*

PÓŹNIEJ W NOCY, gdy leżeli w milczeniu splątani nogami, Cecilia spojrzała na Mikaela i przerwała ciszę.

– Dziękuję. Pierwszy raz od dawna. Jesteś całkiem okej w łóżku.

Uśmiechnął się, czując ciągle miękkość jej piersi. Komplementy na temat sprawności seksualnej cieszyły go w dziecięcy wręcz sposób.

– Dobrze się bawiłem – odpowiedział. – Niespodziewanie, ale przyjemnie.

– Chętnie zabawię się kiedyś jeszcze raz – powiedziała. – Jeżeli masz ochotę.

Popatrzył na nią uważniej.

– Chyba nie chodzi ci o kochanka?

– O okazjonalnego kochanka – wyjaśniła. – Ale chciałabym, żebyś poszedł do domu, nim zaśniesz. Nie chcę obudzić się jutro rano u twojego boku, rozmemłana i z nieuporządkowaną twarzą. A tak w ogóle to bardzo chętnie, o ile nie rozpowiesz o nas całej wsi.

– Nie zamierzam.

– Przede wszystkim nie chcę, żeby dowiedziała się o tym Isabella. To niezły kawał świni.

– I twoja najbliższa sąsiadka... już ją spotkałem.

– Tak, ale na szczęście nie widzi od siebie moich drzwi wejściowych. Proszę cię, bądź dyskretny.

– Będę dyskretny.

– Dzięki. Pijesz?

– Czasami.

– Mam ochotę na coś owocowego z dżinem. Chcesz?

– Chętnie.

Owinęła się prześcieradłem i zniknęła, zbiegając po schodach na parter. Wykorzystał okazję, żeby pójść do łazienki i wziąć szybki prysznic. Gdy wróciła, stał nagi przed regałem z książkami. Przyniosła karafkę z wodą i dwie szklaneczki z dżinem i limonką. Wznieśli toast.

– Dlaczego przyszedłeś? – zapytała.

– Bez specjalnego powodu. Myślałem...

– Siedziałeś w domu i czytałeś dokumentację Henrika. I nagle zachciało ci się przyjść do mnie. Nie trzeba być specjalnie bystrym, żeby zrozumieć, nad czym sobie łamiesz głowę.

– Czytałaś te dokumenty?

– Częściowo. Towarzyszyły mi przez całe dorosłe życie. Nie da się obcować z Henrikiem, nie poruszając zagadki Harriet.

– Ale to naprawdę fascynujący problem. To znaczy, taka tajemnica zamkniętego pokoju, tyle że dotycząca całej wyspy. I nic w tym dochodzeniu nie przebiega zgodnie z normalną logiką. Każde pytanie pozostaje bez odpowiedzi, każdy trop prowadzi w ślepy zaułek.

– Mmm, właśnie takie rzeczy rzucają się ludziom na mózg.

– Byłaś tego dnia na wyspie.

– Tak. Byłam i przeżyłam cały ten rozgardiasz. Mieszkałam wtedy i studiowałam w Sztokholmie. Żałuję, że nie zostałam w domu.

– Jaka ona była naprawdę? Ludzie postrzegali ją tak różnie.

– Czy to jest *off the record*, czy...

– Zdecydowanie *off the record*.

– Nie mam pojęcia, co się kotłowało w jej głowie. Chodzi ci oczywiście o ostatni rok. Jednego dnia była stukniętą fanatyczką religijną. Drugiego robiła sobie makijaż jak dziwka i szła do szkoły w najbardziej obcisłym sweterku, jaki miała w szafie. Nie trzeba być psychologiem, żeby pojąć, że nie była szczęśliwa. Ale jak już mówiłam, nie mieszkałam tutaj i słyszałam tylko plotki.

– A co było powodem tych problemów?

– Gottfried i Isabella oczywiście. Ich małżeństwo to było jedno wielkie wariactwo. Imprezowali i walczyli ze sobą. Nie fizycznie, Gottfried nie był z tych, co biją, a poza tym niemalże bał się Isabelli. Miała okropne humory. Gdzieś tak na początku lat sześćdziesiątych wyprowadził się, mniej lub bardziej na stałe, do chatki na drugim końcu wyspy, gdzie Isabella nigdy nie postawiła stopy. Czasami pojawiał się w osadzie, wyglądał jak łachmaniarz. A później trzeźwiał, ubierał się elegancko i próbował pracować.

– I nikt nie chciał pomóc Harriet?

– Henrik, oczywiście. Przecież w końcu się do niego przeprowadziła. Ale nie zapominaj, że był wtedy zajęty odgrywaniem roli wielkiego przemysłowca. Bywał często w rozjazdach i nie miał zbyt dużo czasu dla Harriet i Martina. Nie znam szczegółów, ponieważ najpierw mieszkałam w Uppsali, a później w Sztokholmie. Zresztą mogę cię zapewnić, że ja też nie miałam lekkiego dzieciństwa z takim ojcem jak Harald. Dopiero później zrozumiałam, że problem polegał na tym, że Harriet nigdy nikomu się nie zwierzała. Wręcz przeciwnie, usiłowała zachowywać pozory, wmawiając wszystkim, że tworzą szczęśliwą rodzinę.

– Wyparcie.

– Oczywiście. Ale zmieniła się po śmierci ojca. Wtedy już nie mogła udawać, że wszystko jest w porządku. Aż do tego wypadku była... nie wiem, jak to wyjaśnić, uzdolnioną ponad miarę, przedwcześnie dojrzałą, ale koniec końców całkiem zwyczajną nastolatką. W tym ostatnim roku w dalszym ciągu imponowała inteligencją, miała same piątki i tak dalej, ale wydawało się, że gdzieś przepadło jej własne ja.

– Jak utonął jej ojciec?

– Gottfried? Jak najbardziej prozaicznie. Wypadł z łódki dokładnie przed swoją chatką. Miał rozpięty rozporek i ekstremalnie wysokie stężenie alkoholu we krwi, więc możesz sobie wyobrazić, co się wydarzyło. Znalazł go Martin.

– O tym nie wiedziałem.

– To zabawne. Martin wyrósł na naprawdę porządnego człowieka. Gdybyś zapytał mnie trzydzieści pięć lat temu, powiedziałabym, że to właśnie on potrzebuje psychologa.

– Że co proszę?

– Nie tylko Harriet padła ofiarą całej tej sytuacji. Przez wiele lat Martin był tak skryty i niekomunikatywny, że można go było nazwać odludkiem. Obydwojgu było ciężko. A tak naprawdę chyba nam wszystkim: ja miałam problemy ze swoim ojcem. Wychodzę z założenia, wiesz, że to kompletny wariat. Moja siostra Anita miała ten sam problem, podobnie jak nasz kuzyn Alexander. Niełatwo być młodym w tej rodzinie.

– Co się stało z twoją siostrą?

– Anita mieszka w Londynie. Pojechała tam w latach siedemdziesiątych, żeby popracować dla szwedzkiego biura podróży, i została. Wyszła za mąż za jakiegoś faceta, którego nigdy nie przedstawiła rodzinie i z którym się później rozwiodła. Dzisiaj jest jedną z szefowych w British Airways. Świetnie się dogadujemy, ale nie utrzymujemy stałych kontaktów, spotykamy się raz na dwa lata albo jakoś tak. Nigdy nie przyjeżdża do Hedestad.

– Dlaczego?

– Nasz ojciec jest świrem. Czy to wystarczające wyjaśnienie?

– Ale ty zostałaś.

– Birger też.

– Polityk.

– No chyba żartujesz? Nasz starszy brat? Nigdy nie byliśmy w szczególnie dobrych stosunkach. We własnym mniemaniu jest wybitnym i znaczącym politykiem z widokami na karierę w Riksdagu i może nawet tekę ministra, jeżeli prawica wygra wybory. Ale tak naprawdę to przeciętnie uzdolniony radny w zapadłej dziurze i to chyba jest szczytem jego możliwości.

– Jedna rzecz mnie zadziwia: w rodzinie Vangerów nikt nikogo nie lubi.

– To nie do końca prawda. Bardzo lubię Martina i Henrika. I zawsze dobrze się dogadywałam z moją siostrą, chociaż spotykamy się zdecydowanie zbyt rzadko. Nie cierpię Isabelli, nie przepadam za Alexandrem. I nie rozmawiam z ojcem. To mniej więcej fifty-fifty. Birger jest... hmm, raczej nadętym pierdołą niż złym człowiekiem. Ale rozumiem, o co ci chodzi. Spójrz na to inaczej: jeżeli jesteś członkiem rodziny Vangerów, bardzo wcześnie uczysz się mówić jasno. Mówimy, co myślimy.

– Tak, zauważyłem, że walicie prosto z mostu.

Wyciągnął ręką i dotknął jej piersi.

– Napadłaś na mnie już po piętnastu minutach.

– Szczerze mówiąc, zastanawiałam się nad tym, jaki jesteś w łóżku, odkąd cię zobaczyłam. No i uważałam, że należało spróbować.

PO RAZ PIERWSZY w życiu Lisbeth Salander czuła, że potrzebuje rady. Problem polegał na tym, że najpierw powinna się temu komuś zwierzyć, co z kolei oznaczało, że zdając się na czyjąś łaskę, będzie zmuszona wyjawić swoje tajemnice. Komu miała je opowiedzieć? Nie była w najlepszych kontaktach z bliźnimi.

Dokładnie policzywszy – Lisbeth odfajkowała w pamięci wszystkich z notesiku – uznała, że krąg jej znajomych składa się z dziesięciu osób, świadoma zresztą, że to dość optymistyczny szacunek.

Mogła porozmawiać z Plague'em, jednym z niezmiennych punktów w jej życiu. Ale to nie był jej przyjaciel, a poza tym należał chyba do ostatnich, którzy mogliby rozwiązać jej problem. Ten chłopak nie wchodził w rachubę.

Życie seksualne Lisbeth nie było aż tak skromne, jakim przedstawiła je Bjurmanowi. Ale zawsze (albo przynajmniej bardzo często) uprawiała seks z własnej inicjatywy i na dyktowanych przez siebie warunkach. Od piętnastego roku życia miała około pięćdziesięciu partnerów, co oznaczało mniej więcej pięciu na rok, z czego była całkiem zadowolona, przynajmniej jako singielka, która z biegiem lat zaczęła uważać seks za przyjemną formę spędzania wolnego czasu.

Większość tych przypadkowych partnerów zaliczyła jednak w ciągu dwóch lat, które były najbardziej zagmatwanym okresem jej młodości, właśnie wtedy, gdy miała osiągnąć pełnoletność. To był okres, kiedy – stojąc na rozdrożu – nie miała pełnej kontroli nad swoim zachowaniem. Jej przyszłość mogła oznaczać narkotyki, alkohol i przymusowy pobyt w różnych zakładach opiekuńczych. Ale gdy skończywszy dwadzieścia lat, zaczęła pracować w Milton Security, znacznie się uspokoiła i – jak sama sądziła – przejęła kontrolę nad swoim życiem.

Nie musiała już dogadzać komuś, kto w knajpie zafundował jej trzy piwa. Nie musiała czuć, że się realizuje, idąc do domu z jakimś pijaczyną, o którym nawet nie wiedziała jak ma na imię. Przez ostatni rok miała tylko jednego partnera i trudno byłoby nazwać jej życie rozwiązłym, na co wskazywały zapiski z jej wczesnej młodości.

Poza tym seks był najczęściej związany z luźno zaprzyjaźnioną paczką, do której Lisbeth nie należała, ale w której ją akceptowano ze względu na to, że znała Cillę Norén. Spotkała ją ładnych parę lat temu, gdy pod wpływem uporczywych nalegań Palmgrena zdecydowała się nadrobić w Komvuksie* zaległości z gimnazjum. Cilla miała śliwkowe włosy z ciemniejszymi pasemkami, spodnie z czarnej skóry, kolczyk w nosie i tyle samo nitów w pasie co Lisbeth. Podczas pierwszej lekcji rzucały sobie podejrzliwe spojrzenia.

Z jakiegoś niepojętego dla Lisbeth powodu zbliżyły się do siebie. Nie należała do osób, z którymi łatwo wejść w komitywę, szczególnie wtedy, ale Cilla, nie przejmując

---

* Komvux – Den kommunala vuxenutbildningen. Gminne ośrodki kształcenia dorosłych, w których osoby po ukończeniu dwudziestego roku życia mają możliwość uzupełnienia braków w wykształceniu na poziomie szkoły podstawowej i średniej (przyp. tłum.).

się jej milczeniem, wyciągała ją do knajp. Dzięki śliwko-wowłosej koleżance Lisbeth została członkinią grupy Evil Fingers, która z hardrockowego zespołu założonego przez cztery nastolatki z przedmieścia dziesięć lat później prze-kształciła się w grupę towarzyską. Dziewczyny spotykały się w każdy wtorek w Kvarnen, by przy niskoalkoholowym piwie poobgadywać chłopaków, podyskutować o femini-zmie, muzyce, pentagramie i polityce. W pełni też zasługi-wały na swoje miano.

Salander trzymała się na obrzeżach grupy i rzadko uczestniczyła w rozmowie, ale akceptowano ją taką, jaką była. Mogła przychodzić i odchodzić, kiedy chciała, mogła siedzieć przez cały wieczór w milczeniu ze swoim kuflem piwa. Zapraszano ją na imprezy urodzinowe, świątecznego grzańca i tym podobne, ale najczęściej nie pojawiała się u innych w domu.

Przez te pięć lat, kiedy Lisbeth spotykała się z członki-niami Evil Fingers, dziewczyny zmieniły się. Kolor włosów znormalniał, a ciuchy coraz częściej pochodziły z H&M, nie z lumpeksów. Zaczęły studiować, pracowały, jedna z nich została matką. Lisbeth miała wrażenie, że jako je-dyna nie zmieniła się ani odrobinę, co mogło wyglądać na dreptanie w miejscu.

Ale w dalszym ciągu świetnie się razem bawiły. Jeżeli istniało jakieś miejsce, w którym Lisbeth odczuwała coś w rodzaju przynależności grupowej, to właśnie wśród Evil Fingers, powiększonych o grupę chłopaków, z którymi się spotykały. Dziewczyny z Evil Fingers na pewno by jej wy-słuchały. Na pewno stanęłyby po jej stronie. Ale one nie miały pojęcia o tym, że Lisbeth została uznana przez sąd za niepoczytalną. Nie chciała, żeby one też zaczęły na nią krzywo patrzeć. *Te dziewczyny nie wchodziły w rachubę.*

Poza nimi nie miała jednak w swoim notesiku ani jednej koleżanki z przeszłości. Brakowało jej jakiejkolwiek formy wsparcia społecznego czy wpływowych znajomych. Więc do kogo powinna się zwrócić o pomoc w sprawie kłopotów z adwokatem Bjurmanem?

Chyba że... Długo rozważała możliwość zwierzenia się Draganowi Armanskiemu. Wystarczyło tylko zapukać i opowiedzieć. Powiedział przecież, żeby w razie potrzeby nie wahała się przyjść do niego po pomoc. Była przekonana, że mówił to jak najbardziej poważnie.

Armanski też ją kiedyś obłapił, ale to był życzliwy dotyk, bez niecnych zamiarów, bez demonstrowania siły. Ale taka prośba o pomoc napawała ją niesmakiem. Nie chciała zaciągać długu wdzięczności u swojego szefa. Przez chwilę bawiła się myślą, jak wyglądałoby jej życie, gdyby to nie Bjurman, ale Armanski był jej kuratorem. Uśmiechnęła się. Sama myśl nie była nieprzyjemna, ale Armanski z pewnością wypełniałby swoje zadanie tak serio, że zadusiłby ją swoją opiekuńczością. Hmm... możliwe, że Dragan wchodził w rachubę.

Chociaż słyszała o Pogotowiu dla Kobiet, nigdy nie przyszło jej do głowy, żeby się do niego zwrócić. W jej mniemaniu była to instytucja dla ofiar, a za taką nigdy się sama nie uważała. Pozostawało więc zrobić to, co zawsze: wziąć sprawy we własne ręce i samodzielnie rozwiązać swoje problemy. *To zdecydowanie wchodziło w rachubę.*

I nie wróżyło dobrze Bjurmanowi.

Rozdział 13
Czwartek 20 lutego – piątek 7 marca

W OSTATNIM TYGODNIU lutego Lisbeth, zostając swoją własną klientką, zleciła sobie priorytetowe zadanie w postaci Bjurmana, urodzonego w 1950 roku. Pracowała około szesnastu godzin na dobę i zrobiła najdokładniejszy wywiad środowiskowy w swoim życiu. Wykorzystała wszystkie archiwa i dokumenty, do których mogła dotrzeć. Zbadała najbliższe grono krewnych i przyjaciół adwokata. Przyjrzała się jego finansom i szczegółowo przeanalizowała jego karierę.

Rezultat był przygnębiający.

Bjurman był prawnikiem, członkiem Izby Adwokackiej i autorem szacownie rozwlekłej i wyjątkowo nudnej pracy na temat prawa handlowego. Mężczyzna o nienagannej opinii. Z czystą kartoteką. Tylko raz, dziesięć lat wcześniej, jego nazwisko pojawiło się w związku z podejrzeniami o rolę pośrednika w nielegalnej sprzedaży mieszkania, ale zdołał udowodnić swoją niewinność i sprawę umorzono. Miał uporządkowane finanse; był zamożny, dysponował dziesięciomilionowym majątkiem. Płacił wyższe podatki, niż powinien, należał do Greenpeace i Amnesty oraz przekazywał darowizny na rzecz Fundacji Zwalczania Chorób Serca i Płuc. Unikał mediów, kilka razy podpisywał oficjalne listy apelujące o uwolnienie więźniów politycznych w trzecim świecie. Mieszkał w pięciopokojowym apartamencie przy Odenplan i pełnił funkcję sekretarza w swojej spółdzielni mieszkaniowej. Był rozwiedziony i bezdzietny.

Lisbeth skoncentrowała się na jego byłej żonie Elenie, urodzonej w Polsce, ale mieszkającej całe życie w Szwecji. Pracowała jako rehabilitantka i wszystko wskazywało na to, że żyła szczęśliwie w nowym związku z innym adwokatem. Nic ciekawego. Jej małżeństwo z Bjurmanem trwało czternaście lat, a rozwód przebiegł bez żadnych zgrzytów.

Bjurman regularnie opiekował się młodzieżą, która w jakimś sensie była na bakier z prawem. Zanim został opiekunem prawnym Lisbeth, pełnił funkcję kuratora czterech innych młodych osób. We wszystkich przypadkach kuratela kończyła się zwykłą decyzją sądu, gdy młodociani osiągali pełnoletność. Jeden z nich wciąż korzystał z usług adwokata. I tam nie znalazła nic ciekawego. Jeżeli Bjurman systematycznie wykorzystywał swoich podopiecznych, nie było to widoczne gołym okiem. Również dogłębne poszukiwania nie wskazywały na jakieś nieprawidłowości. Każda z tych czterech osób ułożyła sobie życie, każda miała partnera, pracę, mieszkanie i kartę stałego klienta w Spółdzielni Spożywców.

Zadzwoniła do każdej, przedstawiając się jako pracownica opieki społecznej, która bada stopień zaradności życiowej u osób będących w dzieciństwie pod opiekę kuratora w porównaniu z innymi osobami. *Oczywiście, ma się rozumieć, wszyscy zachowają anonimowość.* Zadała dziesięć pytań z ułożonej przez siebie ankiety. Kilka z nich było tak sformułowanych, że respondenci musieli podzielić się uwagami na temat sprawowania kurateli. Była przekonana, że gdyby mieli zastrzeżenia do Bjurmana, ktoś musiałby się z tym zdradzić. Ale nikt nie powiedział o nim ani jednego złego słowa.

Skończywszy swój WŚ, zebrała wszystkie dokumenty do papierowej reklamówki, którą postawiła w przedpokoju, obok dwudziestu innych toreb wypełnionych gazetami. Bjurman był na pozór bez skazy. Lisbeth nie znalazła w jego przeszłości niczego, co mogłoby podważyć tę opinię.

A przecież nie miała żadnych wątpliwości, że jej opiekun jest podłym niegodziwcem. Brakowało jej tylko dowodów.

Nadszedł więc czas na rozważenie alternatywy. Gdy wszystkie analizy były gotowe, pozostała tylko jedna, coraz bardziej atrakcyjna, a przynajmniej całkiem realistyczna możliwość. Najprościej byłoby, gdyby Bjurman po prostu zniknął z jej życia. Nagły atak serca. *End of problem*. Sęk w tym, że nawet ohydni pięćdziesięciolatkowie nie dostają zawału na zamówienie.

Ale to było do załatwienia.

MIKAEL BLOMKVIST traktował związek z panią dyrektor z największą dyskrecją. Cecilia Vanger miała trzy zasady: nie chciała, żeby ludzie wiedzieli o ich spotkaniach, prosiła, żeby przychodził tylko wtedy, gdy – będąc w odpowiednim nastroju – do niego zadzwoni, i nie życzyła sobie, żeby u niej nocował.

Jej namiętność zaskakiwała go i peszyła. Kiedy spotykał ją w kawiarni Susanny, była miła, ale chłodna i zdystansowana. Kiedy spotykali się w jej sypialni, ogarniała ją dzika namiętność.

Mikael w zasadzie nie miał zamiaru węszyć w jej prywatnym życiu, ale z drugiej strony został zatrudniony właśnie po to, żeby węszyć w prywatnych sprawach całej rodziny Vangerów. I chciałby, i bał się. W końcu pewnego dnia zapytał Henrika, kto jest jej mężem i co się z nim stało. Zadał to pytanie, gdy przekopywał się przez historie Alexandra, Birgera i innych członków rodziny, którzy feralnego dnia byli na wyspie.

– Cecilia? Nie sądzę, żeby miała coś wspólnego z Harriet.

– Opowiedz o niej.

– Wróciła tutaj po studiach i zaczęła pracować jako nauczycielka. Spotkała Jerry'ego Karlssona, który na nieszczęście był zatrudniony w koncernie. Pobrali się. Myślę, że – przynajmniej na początku – ich małżeństwo było szczęśliwe. Ale po kilku latach uświadomiłem sobie, że coś jest nie tak. Znęcał się nad nią. Jak to zwykle bywa – on ją bił, a ona lojalnie stawała w jego obronie. Ale kiedyś uderzył o jeden raz za dużo. Ciężko pobita trafiła do szpitala. Rozmawiałem z nią, zaproponowałem pomoc. Przeprowadziła się na wyspę i od tej pory odmawia spotkania się z mężem. A ja dopilnowałem, żeby został zwolniony z pracy.

– Ale w dalszym ciągu jest jego żoną.

– To kwestia definicji. Tak naprawdę nie wiem, dlaczego się z nim nie rozwiodła. Może dlatego, że nigdy nie miała zamiaru ponownie wyjść za mąż, więc rozwód nie był potrzebny.

– A ten Jerry Karlsson, czy nie miał...

– ...do czynienia z Harriet? Nie. W 1966 roku nie mieszkał w Hedestad i nie zaczął jeszcze pracować dla koncernu.

– Rozumiem.

– Darzę Cecilię sympatią. Czasami bywa skomplikowana, ale należy do tych dobrych członków rodziny.

LISBETH SALANDER poświęciła tydzień na to, żeby z zacięciem biurokraty zaplanować odejście adwokata Bjurmana. Rozważała i odrzucała różne metody tak długo, aż zostało jej do wyboru zaledwie kilka realistycznych scenariuszy. Żadnych impulsywnych działań! Najpierw pomyślała o upozorowaniu wypadku, ale szybko doszła do wniosku, że równie dobrze może to być morderstwo. Ale pod jednym warunkiem: Bjurman musi umrzeć w sposób, który uniemożliwiałby dotarcie do sprawczyni. Wiedziała, że jej nazwisko na pewno wypłynie podczas dochodzenia; prędzej czy później pojawi się przecież, gdy policja zacznie badać działalność zawodową adwokata. Ale Lisbeth była tylko jedną z całego multum wcześniejszych i obecnych klientów, spotkała go zaledwie kilka razy i – o ile Bjurman nie zanotował w swoim kalendarzu, że zmusił ją do zrobienia mu loda, co uznała za mało prawdopodobne – nie miała motywu do popełnienia zbrodni. Ba! nigdzie nie jest powiedziane, że śmierć adwokata musiałaby mieć związek z jego klientami. Istniały przecież jego byłe partnerki, krewni, przygodni znajomi, koledzy z pracy i inni. Istniało przecież coś, co definiowano jako *random violence*, gdy sprawca i ofiara nie znają się nawzajem.

A gdy w końcu do niej dotrą, będzie tylko bezradną, ubezwłasnowolnioną dziewczyną z udokumentowanym upośledzeniem umysłowym. Dobrze więc byłoby, gdyby śmierć Bjurmana nastąpiła w tak skomplikowany sposób, żeby nikomu nie przyszło do głowy podejrzewać o jej spowodowanie niedorozwiniętą osobę.

Od razu odrzuciła użycie broni palnej. Samo zdobycie narzędzia nie sprawiłoby jej kłopotu, ale policja przywiązywała dużą wagę do tropienia nielegalnej broni.

Rozważała możliwość użycia noża, mogła kupić taki w najbliższym sklepie żelaznym, ale zrezygnowała również z tego pomysłu. Nawet gdyby pojawiła się bez uprzedzenia i wbiła mu ostrze w plecy, nie miałaby gwarancji, że Bjurman umrze natychmiast i bezgłośnie albo że w ogóle umrze. Ewentualny tumult mógłby zwrócić uwagę sąsiadów, a krew, która z pewnością poplamiłaby jej ubrania, byłaby dramatycznie obciążającym dowodem winy. Myślała nawet o zdetonowaniu bomby, ale to okazało się zbyt skomplikowane. Przygotowanie ładunku wybuchowego nie stanowiłoby problemu, w Internecie roiło się od przepisów na najbardziej zabójcze mieszanki. O wiele trudniejsze było znalezienie odpowiedniego miejsca do podłożenia bomby, by nie zranić niewinnych przechodniów. A poza tym też nie miałaby pewności, że Bjurman umrze w wyniku takiego zamachu.

Zadzwonił telefon.

– Cześć Lisbeth, mówi Dragan. Mam dla ciebie robotę.

– Nie mam czasu.

– To ważne.

– Jestem zajęta.

Odłożyła słuchawkę.

W końcu dość nieoczekiwanie zdecydowała się na truciznę, a ta możliwość najpierw ją zaskoczyła, ale po głębszym namyśle wydała się idealna.

Przez kilka dni przeczesywała Internet w poszukiwaniu odpowiedniego preparatu. Miała bogaty wybór. Jedną z najgroźniejszych ze znanych nauce trucizn jest cyjanowodór, nazywany też kwasem pruskim.

Używano go w niektórych zakładach chemicznych, między innymi przy produkcji farb. Do uśmiercenia człowieka wystarczyło kilka miligramów. Jeden litr w zbiorniku wodnym mógłby spustoszyć średniej wielkości miasto. Ze zrozumiałych względów tak niebezpieczny związek chemiczny był pod rygorystyczną kontrolą. Ale nawet jeżeli knujący morderstwo polityczny fanatyk nie mógł kupić dziesięciu mililitrów cyjanowodoru w aptece, to mógł wyprodukować prawie nieograniczone ilości w swojej kuchni. Potrzebował tylko prostych urządzeń laboratoryjnych z dziecięcego zestawu „Młody chemik" i kilku składników pozyskanych z łatwo dostępnych produktów. Przepis na kwas pruski znajdował się w sieci.

Alternatywą była nikotyna. Z jednego kartonu papierosów można było zrobić wystarczająco dużo wyciągu, żeby zamienić truciznę w oleisty syrop. Jeszcze lepszym preparatem był siarczan nikotyny, wchłaniający się przez skórę. Wtedy wystarczyłyby gumowe rękawice i pistolet na wodę. Ze spryskaną trucizną twarzą Bjurman w ciągu dwudziestu sekund straciłby przytomność, a kilka minut później umarł na amen.

Do tej pory nie miała pojęcia, że tak dużo zwykłych produktów z najbliższego sklepu chemicznego można zamienić w zabójczą broń. Przestudiowawszy temat, nabrała przekonania, że jeśli chce się rozprawić z opiekunem, nie ma żadnych technicznych przeszkód.

Pozostały tylko dwa problemy: śmierć Bjurmana nie była jednoznaczna z odzyskaniem kontroli nad własnym życiem i nie dawała gwarancji, że jego następca nie będzie dziesięć razy gorszy. Analiza konsekwencji.

Musiała wymyślić, jak mogłaby kontrolować swojego opiekuna, a tym samym swoją sytuację. Przez cały wieczór siedziała na zniszczonej kanapie i przemyśliwała wszystko jeszcze raz. Zanim zapadła noc, zrezygnowała z planów morderstwa i skonstruowała plan alternatywny.

Plan nie był szczególnie przyjemny, Lisbeth przewidywała bowiem, że Bjurman jeszcze raz się do niej dobierze. Ale przeprowadzenie go gwarantowało wygraną.

Tak jej się przynajmniej wydawało.

Z KOŃCEM LUTEGO życie Mikaela toczyło się ustalonym trybem, przeobrażając pobyt na wyspie w codzienną rutynę. Wstawał o dziewiątej rano, jadł śniadanie i pracował do dwunastej, przyswajając sobie materiał. Później, niezależnie od pogody, szedł na godzinny spacer. Popołudniami, siedząc w domu albo w kawiarni Susanny, pracował nad przeczytanymi dokumentami lub pisał fragmenty czegoś, co miało być autobiografią Henrika. Między trzecią a szóstą robił przerwę na zakupy, pranie, wypady do Hedestad i inne czynności związane z prowadzeniem domu. Około siódmej odwiedzał Henrika, by wyjaśnić powstałe w ciągu dnia znaki zapytania. O dziesiątej wracał do chatki i czytał do pierwszej, drugiej w nocy. Systematycznie przedzierał się przez całą dokumentację swojego pracodawcy.

Ku swojemu zdziwieniu odkrył, że praca nad książką idzie mu jak po maśle. Miał już prawie sto dwadzieścia stron, gotowy zarys obejmujący okres od zejścia Jeana Baptiste'a Bernadotte'a na szwedzki ląd do mniej więcej lat dwudziestych ubiegłego wieku. Później musiał posuwać się znacznie wolniej i dokładniej ważyć słowa.

Przez bibliotekę w Hedestad zamówił książki o nazizmie, między innymi pracę doktorską Helene Lööw *Swastyka i Snopek Wazów*. Napisał jeszcze czterdziestostronicowy konspekt o Henriku i jego braciach, w którym skupił się na głównym bohaterze, jako osobie spinającej całe opowiadanie. Miał długą listę rzeczy do sprawdzenia, na przykład: jak wtedy wyglądały i funkcjonowały przedsiębiorstwa. Przy okazji odkrył, że rodzina Vangerów była porządnie uwikłana w imperium Ivara Kreugera, co oznaczało jeszcze jedną historię, którą należało odświeżyć. Podsumował, że zostało mu do napisania około trzystu stron. Zakładał, że pierwszego września przedstawi Henrikowi gotowy szkic, żeby później przez całą jesień dopracowywać tekst.

Ale w sprawie Harriet nie posunął się do przodu ani o milimetr. Niezależnie od tego, jak dużo czytał i jak usilnie zastanawiał się nad bogatym materiałem, nie potrafił wpaść na pomysł, który pomógłby mu ruszyć z miejsca.

Pewnego lutowego wieczoru w długiej rozmowie z Henrikiem zdawał sprawozdanie ze swoich nieistniejących sukcesów. Starzec słuchał cierpliwie opowieści o wszystkich ślepych zaułkach, do których dotarł Mikael.

– Krótko mówiąc, nie znalazłem w dochodzeniu nic, czego by już nie zgłębiono do granic możliwości.

– Wiem, co masz na myśli. Sam rozmyślałem tyle, że nie raz pękała mi głowa. A jednocześnie jestem pewien, że coś musieliśmy przeoczyć. Nie ma zbrodni doskonałej.

– Tak naprawdę nie możemy nawet stwierdzić, że doszło do zbrodni.

Henrik westchnął i machnął sfrustrowany ręką.

– Pracuj dalej – poprosił. – Dokończ to zlecenie.

– To nie ma sensu.

– Możliwe. Ale nie poddawaj się.

Teraz westchnął Mikael.

– Numery telefonów – powiedział w końcu.

– Tak.

– Muszą coś znaczyć.

– Tak.

– Są zapisane w jakimś celu.

– Tak.

– Ale nie umiemy tego wytłumaczyć.

– Nie.

– Albo tłumaczymy nieprawidłowo.

– No właśnie.

– To nie są numery telefonów. Te cyfry znaczą coś zupełnie innego.

– Możliwe.

Mikael westchnął ponownie i wrócił do domu, by czytać dalej.

ADWOKAT BJURMAN odetchnął z ulgą, gdy Lisbeth zadzwoniła do niego, wyjaśniając, że potrzebuje pieniędzy. Gdy wykręciła się od ich ostatniego planowego spotkania wymówką, że musi pracować, ogarnął go lekki niepokój. Czyżby przeobrażała się w krnąbrne, problematyczne dziecko? Ale ponieważ nie stawiła się u niego, nie dostała kieszonkowego i prędzej czy później będzie zmuszona tutaj przyjść. Niepokoił się również, nie mając pewności, czy Lisbeth nie opowiedziała komuś o jego wybryku.

Dlatego jej prośbę o pieniądze odebrał jako potwierdzenie, że sytuacja jest pod kontrolą. Ale trzeba tę dziewczynę okiełznać, postanowił. Musi zrozumieć, kto tu decyduje, bo dopiero wtedy uda im się stworzyć bardziej konstruktywny związek. Poinstruował ją więc, że tym razem spotkają się w jego mieszkaniu przy Odenplan, a nie w kancelarii. Usłyszawszy to żądanie, Lisbeth milczała przez chwilę po drugiej stronie słuchawki – *cholerna ciężko myśląca cipa* – zanim w końcu się zgodziła.

Zgodnie z jej planem miała przyjść do jego gabinetu, dokładnie tak jak ostatnim razem. Teraz była zmuszona spotkać się z nim na nieznanym terenie. W piątek wieczorem. Dostała kod do wejścia i o wpół do dziewiątej zadzwoniła do jego drzwi; trzydzieści minut później, niż się umawiali. Tyle czasu potrzebowała, żeby w ciemności klatki schodowej po raz ostatni powtórzyć wszystkie elementy planu, przemyśleć plan alternatywny, opancerzyć się i uzbroić w niezbędną odwagę.

OKOŁO ÓSMEJ wieczorem Mikael wyłączył komputer i założył wierzchnie ubranie. Nie zgasił światła w pracowni. Niebo było gwiaździste, a temperatura wynosiła zero stopni. Raźnym krokiem ruszył pod górę drogą prowadzącą do Östergården. Ale minąwszy dom Henrika, skręcił w lewo i wkroczył na nieodśnieżoną, ale wydeptaną dróżkę wiodącą wzdłuż brzegu. Gdzieś w oddali mrugały latarnie morskie, w ciemności błyszczały światła Hedestad. Potrzebował świeżego powietrza, ale przede wszystkim chciał uniknąć ciekawskich oczu Isabelli Vanger. Na wysokości domu Martina wrócił na główną drogę i dotarł do Cecilii zaraz po pół do dziewiątej. Od razu poszli do jej sypialni.

Spotykali się raz albo dwa razy w tygodniu. Cecilia została nie tylko jego kochanką, ale również zaufaną osobą, której zaczął się zwierzać. Rozmowy z Cecilią na temat Harriet dawały mu o wiele więcej niż podobne dysputy z Henrikiem.

PLAN WZIĄŁ w łeb już na samym początku.

Adwokat Bjurman otworzył drzwi ubrany w szlafrok. Poirytowany spóźnieniem Lisbeth zaprosił ją do środka niecierpliwym gestem. Miała na sobie czarne spodnie i t-shirt, obowiązkową skórzaną kurtkę, czarne botki i malutki przewieszony przez pierś plecak.

– Nie znasz się na zegarku? – przywitał ją opryskliwie.

Nie odpowiedziała, rozglądając się po mieszkaniu. Wyglądało mniej więcej tak, jak je sobie wyobrażała, przestudiowawszy jego plan w archiwum Miejskiego Urzędu Budowlanego. Jasne meble z brzozy i buku.

– Chodź – powiedział życzliwszym tonem.

Objąwszy ją ramieniem, wprowadził w głąb mieszkania. Żadnej dodatkowej gadki. Otworzył drzwi do sypialni. Nie ulegało najmniejszej wątpliwości, jakich usług od niej oczekuje.

Rozejrzała się pospiesznie dookoła. Kawalerskie umeblowanie. Szerokie łóżko o wysokim wezgłowiu z nierdzewnej stali. Komódka służąca za stolik nocny. Lampki z przyćmionym światłem. Zakrywająca całą ścianę garderoba z lustrzanymi drzwiami. Wiklinowe krzesło i niewielki stolik w kącie przy drzwiach. Chwycił ją za rękę i pociągnął w stronę łóżka.

– Powiedz, na co teraz potrzebujesz pieniędzy. Jeszcze więcej komputerowych gadżetów?

– Jedzenie – odpowiedziała.

– Oczywiście. Tuman ze mnie, przecież nie byłaś na ostatnim spotkaniu.

Trzymając ją za brodę, podniósł jej twarz, zmuszając do spojrzenia mu w oczy.

– Jak się czujesz?

Wzruszyła ramionami.

– Pomyślałaś o tym, co mówiłem poprzednim razem?

– O czym?

– Lisbeth, nie rób z siebie głupszej, niż jesteś. Chcę, żebyśmy zostali przyjaciółmi, żebyśmy sobie nawzajem pomagali.

Milczała. Bjurman, sfrustrowany brakiem reakcji, powstrzymał chęć uderzenia jej w twarz.

– Podobała ci się nasza zabawa dla dorosłych?

– Nie.

Uniósł brwi.

– Lisbeth, nie struguj wariatki.

– Potrzebuję pieniędzy na jedzenie.

– Właśnie o tym rozmawialiśmy ostatnim razem. Jeżeli będziesz dla mnie miła, to ja będę miły dla ciebie. Ale jeżeli zaczniesz się ze mną wykłócać, to...

Wyrwała się z coraz mocniejszego uścisku.

– Chcę tylko moich pieniędzy. O co ci chodzi?

– Dobrze wiesz, o co mi chodzi – odpowiedział, ciągnąc ją za ramię.

– Poczekaj – wyrzuciła z siebie.

Spojrzawszy na niego z rezygnacją, skinęła głową. Ściągnęła plecak i postawiła na okrągłym stoliku. Obok, na wiklinowym krześle, położyła kurtkę i zrobiła kilka niepewnych kroków w stronę łóżka. Zatrzymała się, jak gdyby ogarnięta wątpliwościami. Bjurman podszedł bliżej.

– Poczekaj – powiedziała jeszcze raz, jakby próbując przemówić mu do rozsądku. – Nie chcę za każdym razem, gdy potrzebuję pieniędzy, robić ci loda.

Zmienił wyraz twarzy, a po chwili wymierzył jej policzek. Salander zrobiła wielkie oczy, ale zanim zdążyła zareagować, chwycił ją za ramię i popchnął na łóżko. Padła jak długa, zaskoczona wybuchem przemocy. Kiedy próbowała się odwrócić, przytrzymał ją i usiadł na niej okrakiem.

Podobnie jak ostatnio, była dla niego łatwym łupem. Mogła stawić opór, rzucając mu się z paznokciami do oczu albo uderzając czymś ciężkim. Ale zaplanowany scenariusz diabli wzięli. Cholera, pomyślała, gdy zdzierał z niej t-shirt. Z przerażeniem stwierdziła, że porwała się z motyką na słońce.

Usłyszała odgłos otwieranej szuflady i szczęk metalu. Nie wiedziała, co się dzieje, dopóki nie poczuła zaciskającej się na przegubie dłoni bransoletki. Bjurman uniósł jej ręce, przewlókł kajdanki przez jeden z prętów zagłówka i zakuł w nie drugą dłoń. Ściągnięcie butów i dżinsów nie zajęło mu dużo czasu. W końcu zdarł jej również bieliznę.

– Musisz się nauczyć, że możesz mi zaufać, Lisbeth – powiedział, trzymając ciągle majtki w ręce. – A ja cię nauczę jeszcze jednej zabawy dla dorosłych. Gdy będziesz niemiła, spotka cię kara. Gdy będziesz miła, zostaniemy przyjaciółmi.

Znów przycisnął ją swoim ciężarem.

– A więc nie podoba ci się seks analny...

Lisbeth miała właśnie zacząć krzyczeć, gdy jedną ręką chwycił ją za włosy, a drugą wepchnął majtki do ust. Czuła, jak zakłada jej coś wokół kostek, rozwiera nogi i przywiązuje do łóżka, czyniąc ją zupełnie bezbronną. Słyszała, jak chodzi po pokoju, ale spod przykrywającego jej twarz t-shirtu nic nie widziała. Upłynęło kilka minut. Oddychała z trudem. A później poczuła przeraźliwy ból, gdy brutalnie wcisnął jej coś do tyłka.

CECILIA VANGER w dalszym ciągu upierała się, żeby Mikael wracał na noc do domu. Gdy po wybiciu drugiej w nocy Mikael ubierał się, by wrócić do domu, leżała naga i uśmiechnięta.

– Lubię cię, Mikael. Lubię twoje towarzystwo.

– Ja też cię lubię.

Znów wciągnęła go do łóżka i zdjęła koszulę, którą przed chwilą założył. Został u niej jeszcze godzinę.

Kiedy w końcu mijał dom Haralda Vangera, nie mógł pozbyć się wrażenia, że zobaczył na piętrze poruszającą się firankę. Było jednak zbyt ciemno, żeby mieć całkowitą pewność.

LISBETH MOGŁA się ubrać dopiero o czwartej nad ranem. Wzięła kurtkę i plecak i utykając, skierowała się ku wyjściu, gdzie czekał na nią Bjurman. Prosto spod prysznica, elegancko ubrany, wręczył jej czek na dwa i pół tysiąca koron.

– Odwiozę cię do domu – powiedział, otwierając drzwi.

Przekroczywszy próg mieszkania, odwróciła się do niego. Krucha, z zapuchniętą od płaczu twarzą. Adwokat niemalże cofnął się, spotykając jej wzrok. Nigdy wcześniej nie widział tak nagiej i żarliwej nienawiści. Lisbeth wyglądała na kogoś niespełna rozumu, dokładnie tak, jak opisano ją w dokumentacji lekarskiej.

– Nie – odpowiedziała prawie niesłyszalnie. – Poradzę sobie sama.

Położył rękę na jej ramieniu.

– Jesteś pewna?

Skinęła potakująco. Poczuła, jak twardnieje uścisk jego dłoni.

– Pamiętasz, co ustaliliśmy? Przyjdziesz tutaj w następną sobotę.

Jeszcze raz kiwnęła głową. Poskromiona. Wypuścił ją.

Rozdział 14
Sobota 8 marca – poniedziałek 17 marca

LISBETH SPĘDZIŁA tydzień w łóżku, z bólem podbrzusza, krwawiącym odbytem i innymi, mniej widocznymi ranami, których wyleczenie miało zająć dużo czasu. To, co przeżyła, było czymś zupełnie innym niż pierwszy gwałt w kancelarii: tu nie chodziło tylko o przymus i upokorzenie, ale o znęcanie się.

Zbyt późno zrozumiała, że źle oceniła Bjurmana. Miała go za człowieka żądnego władzy, lubiącego dominować, ale nie za skończonego sadystę. Trzymał ją zakutą w kajdanki przez całą noc. Kilka razy myślała, że zamierza ją zamordować, zwłaszcza wtedy, gdy dusił ją poduszką tak długo, aż zdrętwiała i nieomal straciła przytomność.

Nie płakała.

Oprócz tych spowodowanych fizycznym bólem w trakcie samego gwałtu, nie uroniła ani jednej łzy. Opuściwszy jego mieszkanie w sobotni ranek, pokuśtykała do najbliższego postoju taksówek, wsiadła do samochodu, a potem z mozołem wdrapała się na piętro. Wzięła prysznic, zmyła krew. Wypiła pół litra wody, zażyła podwójną dawkę rohypnolu, ledwo żywa padła na łóżko i nakryła głowę kołdrą.

Obudziła się w niedzielne południe wyzuta z myśli i z nieustającym bólem głowy, mięśni i podbrzusza. Wstała, wypiła dwie szklanki kwaśnego mleka i zjadła jabłko. A później połknęła jeszcze dwie tabletki nasenne i znów się położyła.

Dopiero we wtorek udało jej się wygramolić z łóżka na dobre. Poszła na zakupy i wróciła z ogromnym opakowaniem Pan Pizzy Billy'ego. Włożyła dwie do mikrofalówki i napełniła termos kawą. Spędziła noc przed komputerem, czytając w Internecie artykuły i prace naukowe na temat psychopatologii sadyzmu.

Zatrzymała się nad tekstem opublikowanym przez jedną z amerykańskich grup feministycznych, którego autor twierdził, że sadysta wybiera z niemal intuicyjną precyzją: najlepszą ofiarą sadysty jest osoba, która dobrowolnie idzie mu na rękę, myśląc, że nie ma wyboru. Sadysta wybiera niesamodzielnych osobników pozostających w stosunku zależności od innych i w jakiś niepojęty sposób potrafi ich rozpoznać.

Bjurman widział w niej ofiarę.

To dało jej do myślenia.

Mówiło trochę o tym, jak ją postrzegają inni.

W PIĄTEK, TYDZIEŃ po drugim gwałcie, Lisbeth przespacerowała się do tatuażysty przy Hornstull. Zamówiła wcześniej wizytę telefonicznie. W zakładzie nie było nikogo oprócz właściciela, który – rozpoznając stałą klientkę – przywitał ją skinieniem głowy.

Wybrała wąski, prosty wzór, i poprosiła o ozdobienie szlaczkiem kostki u nogi. Wskazała dokładnie, gdzie.

– Tutaj skóra jest szczególnie cienka. Będzie bardzo bolało – ostrzegł tatuażysta.

– Nie ma sprawy – odpowiedziała i ściągnąwszy spodnie, położyła nogę na stoliku.

– OK, robimy szlaczek. Masz już sporo tatuaży. Jesteś pewna, że chcesz jeszcze jeden?

– Tak, ma mi o czymś przypominać.

W SOBOTĘ MIKAEL opuścił kawiarnię Susanny w porze zamykania, o drugiej. Spędził przedpołudnie na przepisywaniu na czysto swoich notatek w iBooku. W drodze do domu kupił jedzenie i papierosy. Odkrył tutaj smażoną szwedzką kiszkę z ziemniakami i buraczkami w occie, potrawę, która nigdy wcześniej go nie zachwycała, ale która z jakiegoś powodu doskonale wpasowywała się w wiejski krajobraz. O siódmej wieczorem stał zamyślony przy kuchennym oknie. Cecilia nie dzwoniła. Spotkał ją w przelocie, gdy po południu kupowała chleb w kawiarence, zagłębiona w swoich myślach. Wyglądało na to, że już dzisiaj nie zadzwoni. Spojrzał na swój prawie nigdy nieużywany telewizor. I w końcu usiadł na kuchennej ławie z kryminałem Sue Grafton.

ZGODNIE Z UMOWĄ Lisbeth wróciła do mieszkania Bjurmana w sobotę wieczorem. Wpuścił ją do środka z uprzejmym uśmiechem.

– I jak się dzisiaj czujesz, droga Lisbeth? – zapytał na powitanie.

Nie odpowiedziała. Objął ją ramieniem.

– Może ostatnio bawiliśmy się trochę za ostro – wyjaśnił.
– Wyglądałaś na lekko osłabioną.

Widząc jej krzywy uśmiech, nagle poczuł ukłucie niepewności. *Ta kobitka jest rąbnięta. Muszę o tym pamiętać.* Zastanawiał się, czy Lisbeth potrafi się dopasować.

– Idziemy do sypialni? – zapytała.

Ale z drugiej strony może rozumie, o co chodzi... Poprowadził ją, trzymając za ramię, dokładnie jak poprzednim razem. *Dzisiaj będę ją traktował delikatnie.* Wzbudzę zaufanie. Na komódce leżały już kajdanki. Dopiero przy łóżku zorientował się, że coś jest nie tak.

To ona go prowadziła, a nie odwrotnie. Stanął zbity z tropu i spojrzał na Lisbeth, która właśnie wyciągnęła coś z kieszeni kurtki. Coś, co najpierw wziął za telefon komórkowy. Później zobaczył jej oczy.

– Powiedz dobranoc! – rozkazała.

Wcisnęła paralizator pod jego lewą pachę i odpaliła siedemdziesiąt pięć tysięcy woltów. Gdy ugięły się pod nim nogi, użyła wszystkich swych sił i pomagając sobie barkiem, wciągnęła go na łóżko.

CECILIA CZUŁA SIĘ lekko nietrzeźwa. Postanowiła nie dzwonić do Mikaela. Ich związek przerodził się w klasyczną farsę, w której on zakrada się niepostrzeżenie do sypialni, a ona zachowuje się jak zakochana nastolatka z wymykającą się spod kontroli żądzą. Jej zachowanie w ciągu ostatnich tygodni było niedorzeczne.

Problem w tym, że naprawdę za bardzo go lubię, myślała. A on mnie zrani. Siedziała przez długą chwilę, życząc sobie, żeby Mikael Blomkvist nigdy nie pojawił się na Hedeby.

Otworzyła butelkę wina i w samotności wypiła dwa kieliszki. Włączyła telewizor i oglądając „Rapport", próbowała dowiedzieć się czegoś o sytuacji w świecie, ale zmęczył ją już pierwszy mądry komentarz na temat prezydenta Busha i jego niszczycielskiego bombardowania Iraku. Usiadła więc na kanapie z książką Gellerta Tamasa *Mężczyzna z laserem*. Zdołała przeczytać zaledwie kilka stron i szybko odłożyła lekturę, która za bardzo kojarzyła się jej z ojcem. Zastanawiała się, o czym teraz fantazjował.

Tak naprawdę spotkali się ostatnio w 1984 roku, kiedy razem z nim i z bratem Birgerem pojechała na północ od Hedestad, by zapolować na zające. Birger zamierzał wypróbować swojego nowego psa myśliwskiego, gończego Hamiltona. Harald Vanger miał siedemdziesiąt trzy lata i Cecilia czyniła, co w jej mocy, by zaakceptować jego szaleństwo. Szaleństwo, które zamieniając jej dzieciństwo w koszmar, wpłynęło na całe jej dorosłe życie.

Nigdy wcześniej nie była tak krucha jak wtedy. Trzy miesiące wcześniej rozpadło się jej małżeństwo. Przemoc wobec kobiet – takie banalne słowa. Jej udziałem była łagodna, ale nieustanna forma przemocy. Wymierzane policzki, popychanie, groźby, przewracanie na kuchenną podłogę. Jego wybuchy agresji były zawsze bezpodstawne, a przemoc na tyle subtelna, że rzadko odnosiła fizyczne rany. Unikał ciosów zaciśniętą pięścią. A ona się dostosowywała.

Aż do dnia, kiedy nagle odparowała jego atak, a on kompletnie stracił kontrolę. Skończyło się na tym, że w niepohamowanej wściekłości rzucił w nią nożyczkami, a te wbiły się w jej łopatkę.

Z poczuciem winy i spanikowany odwiózł ją do szpitala, gdzie naprędce sklecił historię o dziwacznym wypadku. Personel pogotowia ratunkowego przejrzał go w tym samym momencie, w którym padły pierwsze słowa. A ona strasznie się wstydziła. Założono jej dwanaście szwów i wypisano po dwóch dniach. Henrik przyjechał po nią i zawiózł do siebie. Od tamtego czasu już nigdy nie rozmawiała z mężem.

Trzy miesiące później, w ten słoneczny jesienny dzień, Harald był w dobrym nastroju, prawie życzliwy. Ale nagle w środku lasu zaczął obrzucać córkę obelgami i wygłaszać upokarzające komentarze na temat jej sposobu życia i seksualności. Podsumował, że to nie dziwota, że taka kurwa nie potrafi zatrzymać przy sobie mężczyzny.

Birger nawet nie zauważył, że każde z wypowiedzianych przez ojca słów rani ją jak uderzenie batem. Śmiejąc się, objął ojca ramieniem i w charakterystyczny dla siebie sposób rozbroił sytuację, mówiąc coś w stylu: przecież wiadomo, jak to jest z babami. Beztrosko puścił do niej oko, a później poprosił Haralda, żeby zajął stanowisko na pobliskim wzniesieniu.

Na moment zatrzymał się czas. Przez sekundę patrzyła na ojca i brata, świadoma, że trzyma w ręku naładowaną śrutówkę. Zamknęła oczy. W tej sytuacji to było jedyne wyjście. Alternatywą mogło być tylko oddanie strzału.

Chciała ich zabić. Ale zamiast tego upuściła broń na ziemię, obróciła się na pięcie i wróciła do zaparkowanego na skraju lasu samochodu. Wróciła sama do domu, zostawiając mężczyzn na pastwę losu. Od tamtego dnia rozmawiała z ojcem zaledwie parę razy, tylko wtedy, gdy była zmuszona. Nigdy nie pozwoliła mu wejść do swojego mieszkania i nigdy nie odwiedziła go w jego domu.

Zniszczyłeś mi życie, myślała. *Zniszczyłeś mi życie, jeszcze kiedy byłam dzieckiem.*

O wpół do dziewiątej wieczorem podniosła słuchawkę i zadzwoniła do Mikaela, prosząc o wizytę.

ADWOKAT BJURMAN czuł ból. Mięśnie miał zupełnie bezużyteczne. Całe ciało wydawało się sparaliżowane. Nie miał pewności, czy stracił przytomność, ale trochę zdezorientowany nie pamiętał, co się stało. Kiedy w końcu z wolna zaczął odzyskiwać kontrolę nad ciałem, okazało się, że leży na plecach na swoim łóżku, nagi, z rękami zakutymi w kajdanki i z boleśnie rozstawionymi nogami. W miejscu, gdzie elektrody paralizatora dotknęły skóry, pojawiły się piekące rany.

Lisbeth, przysunąwszy się bliżej Bjurmana, oparła o łóżko obute w martensy stopy. Siedziała na wiklinowym krześle i paliła papierosa. Próbując coś powiedzieć, mężczyzna uświadomił sobie, że ma usta zaklejone taśmą izolacyjną. Odwrócił głowę. Lisbeth wyciągnęła wszystkie szuflady komódki i wysypała ich zawartość na podłogę.

– Znalazłam twoje zabawki – powiedziała.

Wzięła do ręki pejcz i zaczęła grzebać nim w mrowiu sztucznych penisów, uzd i gumowych masek.

– Do czego ci potrzebne to ustrojstwo?

Pokazała mu toporną zatyczkę do odbytu.

– Nie, nie próbuj mówić. I tak cię nie słyszę. Czy tego właśnie używałeś w ubiegłym tygodniu? Wystarczy, że skiniesz głową.

Pochyliła się nad nim wyczekująco.

Nagle poczuł, jak zimny strach chwyta go za piersi. Tracąc panowanie nad sobą, Bjurman zaczął szarpać się w uwięzi. *Przejęła kontrolę. Niemożliwe!* Był wobec niej zupełnie bezbronny.

– A więc jesteś sadystą – stwierdziła. – Lubisz ludziom wsadzać różne rzeczy, no nie?

Utkwiła w nim wzrok. Jej twarz była maską bez wyrazu.

– Bez wazeliny, prawda?

Wrzeszczał bezgłośnie pod taśmą, gdy Lisbeth brutalnie rozwarła jego pośladki i umieściła czop w przeznaczonym dla niego miejscu.

– Przestań marudzić – odezwała się, naśladując głos adwokata. – Jak się zaczniesz stawiać, to będę cię musiała ukarać.

Obeszła łóżko. Bezbronnie podążał za nią spojrzeniem... *co, do jasnej cholery?* Podeszła do przetransportowanego z salonu trzydziestodwucalowego telewizora. Na podłodze leżał, też stamtąd przyniesiony, odtwarzacz DVD. Lisbeth nie spuszczała wzroku z Bjurmana. W ręce cały czas trzymała pejcz.

– Masz uszy i oczy otwarte? – zapytała. – Nie próbuj mówić, wystarczą gesty. Słyszysz, co mówię?

Skinął potakująco.

– Dobrze.

Pochyliła się i podniosła z podłogi plecak.

– Poznajesz?

Znów kiwnął głową.

– Miałam go ze sobą, gdy byłam tu w zeszłym tygodniu. Praktyczna rzecz. Pożyczyłam z Milton Security.

Otworzyła zamek błyskawiczny w dolnej części plecaka.

– Cyfrowa kamera wideo. Oglądasz może program „Insider" w TV3? To jest właśnie taka torba, jakiej bezwzględni reporterzy używają, gdy chcą sfilmować coś z ukrycia.

Zasunęła zamek.

– Zastanawiasz się nad obiektywem? Na tym polega cały dowcip. Obiektyw szerokokątny i światłowód włóknisty. Oko wielkości guzika ukryte w sprzączce rzemienia. Może pamiętasz, że postawiłam plecak właśnie na tym stoliku, zanim się do mnie dobrałeś. Dopilnowałam, żeby skierować obiektyw na łóżko.

Wsunęła do odtwarzacza wyjętą z plecaka płytę DVD. Przesunęła krzesło tak, żeby siedząc na nim, mogła widzieć ekran telewizora. Zapaliła kolejnego papierosa i nacisnęła guzik pilota. Adwokat Bjurman ujrzał siebie samego, jak otwiera drzwi swojej podopiecznej.

– Nie znasz się na zegarku? – przywitał ją opryskliwie.

Pokazała mu cały dziewięćdziesięciominutowy film, który urywał się nagle w trakcie następującej sceny: nagi Bjurman siedzi oparty o zagłówek i popijając wino, przygląda się Lisbeth, która leży skulona z rękami spętanymi na plecach.

Wyłączyła telewizor i przez kolejne dziesięć minut, nie patrząc na leżącego mężczyznę, siedziała w milczeniu. Bjurman nie miał odwagi się poruszyć. Bez słowa wstała i wyszła z sypialni. Kiedy wróciła z łazienki, ponownie usiadła na wiklinowym krześle. Jej głos był jak papier ścierny.

– W ubiegłym tygodniu zrobiłam błąd – powiedziała. – Myślałam, że znów mnie zmusisz, żebym ci zrobiła loda, co akurat w twoim przypadku jest czymś ohydnym, ale nie na tyle, żebym sobie z tym nie poradziła. Myślałam, że z łatwością uzyskam wystarczające dowody na to, że jesteś obleśnym starym chujem. Ale źle cię oceniłam. Nie zrozumiałam, jak bardzo jesteś chory.

– Będę mówiła wyraźnie – podkreśliła. – Ten film pokazuje, jak gwałcisz upośledzoną umysłowo dwudziestoczteroletnią dziewczynę, która decyzją sądu znalazła się pod twoją opieką. Nie masz pojęcia, jak bardzo mogę być upośledzona, gdy zajdzie potrzeba. Ktokolwiek to zobaczy, nie będzie miał najmniejszych wątpliwości, że jesteś nie tylko podłym śmieciem, ale również szalonym sadystą. Obejrzałam ten film po raz drugi i – mam nadzieję – po raz ostatni. Jest dość instruktażowy, nie sądzisz? Zgaduję, że to nie ja, ale ty wylądujesz w jakimś zakładzie zamkniętym. Zgadzasz się ze mną?

Czekała. Nie reagował, ale widać było, że drży na całym ciele. Lisbeth złapała pejcz i zdzieliła nim Bjurmana prosto w przyrodzenie.

– Zgadzasz się ze mną? – powtórzyła znacznie głośniej.

Skinął głową.

– Świetnie. To znaczy, że pewne rzeczy mamy już wyjaśnione.

Przesunęła krzesło tak, żeby mieć kontakt wzrokowy z Bjurmanem.

– No więc, jak uważasz, co powinniśmy z tym zrobić?

Nie potrafił odpowiedzieć.

– Masz jakiś dobry pomysł?

Ponieważ ciągle nie reagował, chwyciła go za jądro i ciągnęła tak długo, aż twarz adwokata wykrzywiła się w bólu.

– Masz jakiś dobry pomysł? – zapytała ponownie.

Pokręcił głową.

– To dobrze. Bo bardzo się na ciebie zezłoszczę, jeżeli kiedyś wpadniesz na jakiś pomysł.

Odchyliła się do tyłu i zapaliła jeszcze jednego papierosa.

– A tak potoczą się wypadki w najbliższym czasie: w przyszłym tygodniu, jak tylko zdołasz wydostać z dupy ten wzbogacony w nawóz gumowy czopek, poinformujesz bank, że od tej chwili *wyłącznie* ja mam dostęp do mojego konta. Rozumiesz, co powiedziałam?

Adwokat skinął potakująco.

– Dzielny chłopak. Już nigdy więcej się ze mną nie skontaktujesz. W przyszłości spotkamy się tylko wtedy, gdybym przypadkiem sobie tego zażyczyła. Otrzymujesz więc zakaz odwiedzania mnie.

Skinął kilkakrotnie i odetchnął z ulgą. *Nie zamierza mnie zabić.*

– Jeżeli kiedykolwiek spróbujesz się ze mną skontaktować, kopie tej płyty znajdą się w redakcji każdej sztokholmskiej gazety. Rozumiesz?

Potakiwał jeszcze wielokrotnie. *Muszę zdobyć ten film.*

– Raz na rok przekażesz Komisji ds. Nadzoru Zarządzania raport na temat mojego samopoczucia. Napiszesz, że prowadzę normalne życie, mam stałą pracę, dobrze się prowadzę i że w ogóle nie widzisz w moim zachowaniu nic nienormalnego. Okej?

Znów skinął potakująco.

– Co miesiąc sporządzisz pisemne, ale sfingowane sprawozdanie z naszych spotkań. Podkreślisz moje zalety i to, jak dobrze mi idzie. Zawsze też wyślesz mi kopię. Rozumiesz?

Kolejne skinięcie. Lisbeth zauważyła, trochę rozkojarzona, zbierające się na jego czole krople potu.

– Za kilka lat, powiedzmy za dwa, złożysz w sądzie rejonowym wniosek o wszczęcie postępowania w sprawie uchylenia mojego ubezwłasnowolnienia. Jako podstawy użyjesz tych sfingowanych comiesięcznych raportów. Znajdziesz jakiegoś lekarza od zwojów mózgowych, który zaświadczy, że jestem zupełnie normalna. Musisz się wysilić. Musisz zrobić wszystko, co w twojej mocy, żebym uzyskała pełną zdolność do czynności prawnych.

Skinienie.

– Wiesz, dlaczego zrobisz wszystko, co tylko będziesz mógł? Dlatego, że masz cholernie dobry powód. Jeżeli ci się nie uda, podam informację o tym filmie do publicznej wiadomości.

Słuchał każdej wypowiadanej przez Lisbeth sylaby. Jego oczy nagle zapłonęły nienawiścią. Pomyślał, że zrobiła błąd, darując mu życie. *Jeszcze będziesz musiała to wszystko zeżreć, cholerna cipo. Prędzej czy później. Zniszczę cię.* Ale nie ustawał w entuzjastycznym potakiwaniu po każdym pytaniu.

– Zrobię to samo, jeżeli się ze mną skontaktujesz.

Przeciągnęła dłonią przez szyję.

– *Adios* mieszkanie, *adios* twój piękny tytuł i twoje miliony na zagranicznym koncie.

Na dźwięk ostatnich słów otworzył szeroko oczy. *Skąd, do kurwy, wie o...*

Uśmiechnęła się, zaciągnęła głęboko i zgasiła papierosa, rzucając go na dywan i przygniatając obcasem.

– Chcę mieć zapasowe klucze zarówno do twojego mieszkania, jak i do kancelarii.

Bjurman zmarszczył brwi. Salander pochyliła się nad nim z błogim uśmiechem.

– Od tej chwili ja będę sprawowała kontrolę nad twoim życiem. Kiedy najmniej się będziesz spodziewać, może gdy będziesz spał, pojawię się w sypialni z tym oto w ręce.

Uniosła w górę paralizator.

– Będę cię sprawdzać. Jeżeli jeszcze kiedykolwiek zobaczę cię z jakąś dziewczyną – nie ma znaczenia, czy będzie tutaj dobrowolnie, czy nie – jeżeli w ogóle zobaczę cię z jakąś kobietą...

Jeszcze raz przejechała palcami po szyi.

– A gdybym umarła... gdybym uległa jakiemuś wypadkowi, gdyby przejechał mnie samochód czy coś innego... wtedy kopie filmu automatycznie zostaną rozesłane do gazet. Plus szczegółowy opis tego, jak to jest być twoją podopieczną. I jeszcze jedna rzecz.

Pochyliła się nad nim tak nisko, że ich twarze dzieliło teraz tylko parę centymetrów.

– Jeżeli jeszcze raz mnie dotkniesz, zabiję cię. Uwierz mi na słowo.

Bjurman nagle jej uwierzył. W jej oczach z pewnością nie było blefu.

– Nie zapomnij, że jestem wariatką.

Skinął głową.

Przyglądała mu się w zamyśleniu.

– Nie sądzę, żebyśmy zostali przyjaciółmi – oznajmiła poważnym głosem. – Właśnie teraz gratulujesz sobie samemu. Cieszysz się, że jestem wystarczająco tępa, żeby darować ci życie. Czujesz, że nawet jako mój więzień masz kontrolę, bo myślisz, że jeżeli cię nie zabiję, to cię puszczę wolno. Żyjesz nadzieją, że wkrótce odzyskasz nade mną władzę. Prawda?

Pokręcił głową, pełen złych przeczuć.

– Dostaniesz ode mnie prezent, żebyś zawsze pamiętał o naszej umowie.

Uśmiechnęła się krzywo, wdrapała na łóżko i uklęknęła między jego nogami. Bjurman, nie rozumiejąc, o co chodzi, poczuł nagły lęk.

A później zobaczył w jej ręku igłę.

Gdy zaczął rzucać głową i wić się jak piskorz, Lisbeth przycisnęła ostrzegawczo kolanem jego krocze.

– Leż spokojnie. Używam tego sprzętu pierwszy raz w życiu.

Pracowała skoncentrowana przez dwie godziny. Kiedy skończyła, mężczyzna przestał marudzić. Wyglądało na to, że popadł w apatię.

Zeszła z łóżka i przekrzywiwszy głowę, przyglądała się krytycznie swojemu dziełu. Jej uzdolnienia artystyczne były ograniczone. Litery wykoślawiały się w różne strony, nadając całości impresjonistyczny wygląd. Tatuując przesłanie, użyła niebieskiego i czerwonego koloru i dużych liter, którymi w pięciu linijkach pokryła cały brzuch, od brodawek do genitaliów: JESTEM SADYSTYCZNĄ ŚWINIĄ, DUPKIEM I GWAŁCICIELEM.

Zebrała igły i razem z nabojami z tuszem schowała do plecaka. Później poszła do łazienki umyć ręce. Wracając do sypialni, zdała sobie sprawę, że czuje się znacznie lepiej.

– Dobranoc – powiedziała na pożegnanie.

Zanim opuściła mieszkanie, odpięła kajdanki u jednej ręki i położyła kluczyk na brzuchu adwokata. Wzięła ze sobą film i pęk jego kluczy.

KIEDY PO PÓŁNOCY palili na spółkę papierosa, Mikael powiedział, że przez jakiś czas się nie zobaczą. Cecilia zwróciła ku niemu oniemiałą twarz.

– Co chcesz przez to powiedzieć?

Wyglądał na zawstydzonego.

– W poniedziałek idę na trzy miesiące do więzienia.

Nie potrzebowała dodatkowych wyjaśnień. Przez dłuższą chwilę leżała w milczeniu i nagle zachciało się jej płakać.

DRAGAN ARMANSKI zaczął tracić już nadzieję, że jeszcze kiedykolwiek zobaczy Lisbeth Salander, gdy w poniedziałkowe popołudnie zapukała do jego drzwi. Odkąd na początku stycznia odwołał zlecenie w sprawie Wennerströma, ślad po niej zaginął. Za każdym razem, gdy próbował do niej dzwonić, albo nie podnosiła słuchawki, albo natychmiast kończyła rozmowę, wyjaśniając, że jest zajęta.

– Masz dla mnie jakąś pracę? – zapytała bez zbędnych wstępów na powitanie.

– Cześć. Fajnie, że się odezwałaś. Myślałem, że umarłaś albo coś.

– Miałam kilka spraw do załatwienia.

– Dosyć często miewasz takie sprawy.

– To był nagły przypadek. Ale teraz wróciłam. Masz dla mnie pracę?

Armanski pokręcił głową.

– Sorry. Akurat teraz nic nie mam.

Salander przyglądała mu się spokojnie.

– Lisbeth, wiesz, że cię lubię i chętnie zatrudniam. Ale nie było cię przez dwa miesiące, a ja miałem masę roboty. Nie można po prostu na tobie polegać. Musiałem

porozdzielać te zlecenia między innych i teraz nic nie mam.
– Możesz podgłośnić?
– Co?
– Radio.

...czasopisma „Millennium". Informację o tym, że Henrik Vanger zostaje udziałowcem firmy i członkiem zarządu „Millennium", podano do wiadomości tego samego dnia, w którym wydawca Mikael Blomkvist zaczyna odbywanie trzymiesięcznej kary więzienia za zniesławienie finansisty Hansa-Erika Wennerströma. Redaktor naczelna czasopisma Erika Berger w trakcie konferencji prasowej oznajmiła, że po odbyciu kary Mikael Blomkvist powróci na zajmowane wcześniej stanowisko.

– O kurwa – powiedziała Lisbeth tak cicho, że Armanski dostrzegł tylko ruch warg.
Nagle podniosła się i ruszyła w kierunku drzwi.
– Poczekaj. Dokąd idziesz?
– Do domu. Muszę sprawdzić kilka rzeczy. Jak będziesz coś miał, to zadzwoń.

WIADOMOŚĆ O TYM, że „Millennium" zostało zasilone przez Henrika Vangera, była o wiele większym wydarzeniem, niż Lisbeth oczekiwała. Internetowe wydanie popołudniówki „Aftonbladet" zawierało dłuższą informację agencyjną, w której – podsumowując karierę przemysłowca – stwierdzano, że jego ostatnie publiczne wystąpienie było pierwszym od ponad dwudziestu lat. Fakt, że został akcjonariuszem właśnie tego czasopisma, wydawał się równie nieprawdopodobny jak przypuszczenie, że Peter Wallenberg i Erik Penser nagle pojawią się w roli współudziałowców w ETC czy sponsorów „Ordfront Magasin".
Wydarzenie było tak sensacyjne, że w wieczornym wy-

daniu wiadomości „Rapport" pojawiło się jako news numer trzy, któremu poświęcono całe trzy minuty. Przeprowadzono wywiad z siedzącą w redakcji Eriką Berger. Nagle afera Wennerströma znów stała się gorącym tematem.

– W ubiegłym roku zrobiliśmy poważny błąd, w rezultacie którego oskarżono nas o zniesławienie. Oczywiście ubolewamy z tego powodu... i przy najbliższej okazji jeszcze do tej historii powrócimy.

– Co ma pani na myśli, mówiąc o powrocie do tej historii? – zapytał reporter.

– To, że w swoim czasie opublikujemy naszą wersję zdarzeń, czego tak naprawdę nigdy nie uczyniliśmy.

– Ale przecież mieli państwo szansę zrobić to w trakcie procesu.

– Zdecydowaliśmy się nie ujawniać wszystkich szczegółów. Ale oczywiście w dalszym ciągu będziemy zajmować się dziennikarstwem śledczym.

– Czy to oznacza, że obstają państwo przy tej wersji historii, która doprowadziła do oskarżenia?

– Pozostawiam to pytanie bez komentarza.

– Po zapadnięciu wyroku sądowego zwolniła pani Mikaela Blomkvista z pracy.

– To zupełnie nie tak. Proszę przeczytać nasze oświadczenie prasowe. Mikael Blomkvist potrzebował czasu na ochłonięcie, na odizolowanie się i odpoczynek. Pod koniec roku powróci na stanowisko wydawcy.

Kamera ślizgała się po redakcji, podczas gdy reporter w błyskawicznym tempie informował o faktach z historii „Millennium". Przedstawił czasopismo jako nietuzinkowe, ale dość agresywne. Mikael Blomkvist nie mógł udzielić komentarza, ponieważ właśnie rozpoczął odbywanie kary w więzieniu Rullåker, nad niewielkim jeziorem w jämtlandzkich lasach, około dziesięciu kilometrów od Östersundu.

Lisbeth zdołała jednak zauważyć w rogu ekranu, że w drzwiach redakcji mignął przez moment Dirch Frode. Zmarszczyła brwi i przygryzała w zamyśleniu dolną wargę.

TO BYŁ NIEZBYT obfitujący w newsy poniedziałek i w wiadomościach o dziewiątej poświęcono Henrikowi Vangerowi aż całe cztery minuty. Rozmawiano z nim w lokalnej telewizji w Hedestad. Stwierdziwszy na początku, że po dwóch dekadach milczenia przemysłowiec Henrik Vanger znów stanął w świetle jupiterów, przedstawiono jego życie za pomocą filmów z czasów telewizji czarno-białej, na których między innymi pojawiał się w towarzystwie Tage Erlandera, a w latach sześćdziesiątych otwierał fabrykę za fabryką. Później kamera przeniosła się do studia, w którym bohater dnia siedział wygodnie rozparty na kanapie, z nogą założoną na nogę. Miał na sobie żółtą koszulę, wąski zielony krawat i luźną ciemnobrązową marynarkę. Każdy uznałby, że wyglądał jak chudy i podstarzały strach na wróble. Ale mówił jasnym, pewnym głosem. I absolutnie nie owijał w bawełnę. Reporter zaczął od pytania, co skłoniło Vangera do zostania akcjonariuszem gazety.

– To po prostu dobre czasopismo, kibicowałem mu przez wiele lat. A dzisiaj jest atakowane; potężni wrogowie dążą do jego zniszczenia. Organizują bojkot, który polega na niezamieszczaniu w „Millennium" ogłoszeń.

Reporter, najwyraźniej nieprzygotowany na taką odpowiedź, wyczuł jednak, że ta od początku nietypowa historia przyjmuje zupełnie nieoczekiwany obrót.

– A... kto stoi za bojkotem?

– To jedna ze spraw, które zostaną dokładnie zbadane przez pracowników czasopisma. Korzystając ze sposobności, chciałbym podkreślić, że „Millennium" nie podda się tak łatwo.

– Czy to dlatego został pan współudziałowcem gazety?

– Byłoby wielkim ciosem dla wolności słowa, gdyby

przedstawicielom jakiejś grupy interesów udało się uciszyć niewygodny głos w mediach.

Można było odnieść wrażenie, że Henrik Vanger przez całe życie był radykalnym obrońcą wolności słowa. Mikael, siedząc po raz pierwszy w sali telewizyjnej więzienia w Rullåker, zaśmiał się głośno. Współwięźniowie spojrzeli na niego z niepokojem.

Później, kiedy leżał na łóżku w swojej celi, przypominającej ciasny pokój motelowy z niewielkim stolikiem, krzesłem i półką na ścianie, przyznał, że Henrik i Erika mieli rację co do sposobu wprowadzenia wiadomości do mediów. Nie zamieniwszy z nikim słowa, wiedział, że nastawienie do czasopisma uległo zmianie.

Wystąpienie Henrika to nic innego jak wypowiedzenie wojny Wennerströmowi. Przesłanie było krystalicznie jasne: nie waż się podnieść ręki na czasopismo zatrudniające sześć osób, o rocznym budżecie, który odpowiada kosztom reprezentacyjnego lunchu Wennerstroem Group. Walcząc z „Millennium", walczysz również z przedsiębiorstwem Vangera, które wprawdzie jest tylko cieniem swojej dawnej świetności, ale stanowi znacznie poważniejsze wyzwanie. Hans-Erik Wennerström miał do wyboru: albo wycofać się z konfliktu, albo podjąć się dzieła rozbicia koncernu Vangera w drobny mak.

Henrik Vanger podał publicznie do wiadomości, że jest gotów do walki. Niewykluczone, że z Wennerströmem nie miał szans, ale wojna byłaby kosztowna również dla przeciwnika.

Erika ostrożnie dobierała słowa. Właściwie nic nie powiedziała, ale z jej stwierdzenia: „czasopismo jeszcze nie ujawniło swojej wersji" wynikałoby, że faktycznie jest coś do ujawnienia. Mimo że Mikael został oskarżony, skazany i osadzony w więzieniu, powiedziała publicznie – nie mówiąc tego wprost – że tak naprawdę jest niewinny i że istnieje inna wersja prawdy.

Właśnie przez fakt nieużywania słowa „niewinny" czyniła niewinność Mikaela bardziej namacalną. Traktując powrót Mikaela do dawnej funkcji jako coś oczywistego, Erika podkreślała, że „Millennium" nie ma się czego wstydzić. W oczach społeczeństwa wiarygodność nie była problemem; ludzie lubują się w teoriach spiskowych i stojąc wobec wyboru między nieprzyzwoicie bogatym biznesmenem a wygadaną i przystojną redaktor naczelną, nie mają kłopotów z zainwestowaniem swoich sympatii po odpowiedniej stronie. Media nie zamierzały przełknąć historii równie łatwo, ale Erika prawdopodobnie już wcześniej rozbroiła kilku krytyków, którzy teraz nie mieli odwagi wyskoczyć z czymś kontrowersyjnym.

Żadne z dzisiejszych wydarzeń tak naprawdę nie zmieniło sytuacji, ale „Millennium" zyskało na czasie, a rozkład sił nie był już tak oczywisty. Mikael wyobrażał sobie niezadowolenie Wennerströma. Ich przeciwnik nie miał pojęcia, jak dużo – albo jak mało – wiedzą, i przed podjęciem kolejnego kroku musiał tego dociec.

ERIKA Z PONURĄ miną wyłączyła wideo. Właśnie obejrzała swoje własne wystąpienie w telewizji, a później Henrika. Spojrzawszy na zegarek (za kwadrans trzecia w nocy) stłumiła chęć zadzwonienia do Mikaela. Siedział przecież w ciupie i mało prawdopodobne, żeby miał w celi komórkę. Przyjechała do domu w Saltsjöbaden tak późno, że jej mąż już spał. Wstała z kanapy, podeszła do barku, nalała sobie pokaźną porcję Aberloura – piła whisky mniej więcej raz na rok – i siedząc przy oknie, wpatrywała się w wody Saltsjö i latarnię morską przy wejściu do cieśniny Skurusundet.

Po zawarciu ustnej umowy z Henrikiem Vangerem między nią a Mikaelem doszło do gwałtownej wymiany zdań. Przez wszystkie te lata kłócili się zdrowo o profil tekstów, szatę graficzną, wiarygodność źródeł i tysiąc innych rzeczy związanych z robieniem gazety. Ale ta kłótnia dotyczyła pryncypiów i Erika wiedziała, że stąpa po grząskim gruncie.

– Nie wiem, co mam teraz zrobić – powiedział Mikael.

– Henrik zatrudnił mnie do napisania swojej biografii. Do tej pory mogłem po prostu wstać i wyjść, gdyby na przykład próbował wymóc na mnie kłamliwe czy choćby tendencyjne opisanie jakiejś sprawy. Nagle jest jednym ze współwłaścicieli naszego pisma, a w dodatku jedynym z kapitałem mogącym je uratować. Raptem siedzę na dwóch stołkach w pozycji, której komisja do spraw etyki zawodowej na pewno by nie pochwaliła.

– Masz lepszy pomysł? – odparowała Erika. – Najwyższa pora, żebyś go wystękał, zanim przepiszemy na czysto i podpiszemy umowę.

– Ricky, Vanger wykorzysta nas do jakiejś osobistej wendety przeciwko Wennerströmowi.

– *So what?* A co my prowadzimy, jak nie prywatną wendetę przeciwko temu samemu facetowi?

Mikael odwrócił się poirytowany i zapalił papierosa. Sprzeczka trwała jeszcze długą chwilę, aż do momentu, kiedy Erika poszła do sypialni, rozebrała się i wśliznęła do łóżka. Gdy dwie godziny później Mikael położył się koło niej, udawała, że śpi.

Dzisiejszego wieczoru reporter z „Dagens Nyheter" postawił jej podobne pytanie.

– W jaki sposób chcecie państwo zachować wiarygodność, twierdząc, że „Millennium" jest pismem niezależnym?

– Co pan przez to rozumie?

Dziennikarz uniósł brwi. Wydawało mu się, że pytanie jest wystarczająco jasne, ale wyjaśnił dokładniej.

– Do zadań „Millennium" należy między innymi branie pod lupę różnych przedsiębiorstw. W jaki sposób jesteście w stanie poddać wiarygodnej ocenie koncern Vangera?

Erika spojrzała na niego w osłupieniu, jak gdyby zupełnie nie spodziewała się takiego zarzutu.

– Czy uważa pan, że „Millennium" straciło wiarygodność tylko dlatego, że na scenę wkroczył znany finansista?

– Tak, to przecież oczywiste, że nie możecie w rzetelny sposób poddawać krytyce przedsiębiorstwa Vangera.

– Czy to jakaś zasada obowiązująca wyłącznie „Millennium"?

– Słucham?

– Chodzi mi o to, że pan pracuje w dzienniku, który w najwyższym stopniu znajduje się w sferze ekonomicznych wpływów jego właścicieli. Czy to oznacza, że żadna z gazet znajdujących się w posiadaniu koncernu Bonniera nie jest wiarygodna? „Aftonbladet" jest wydawany przez potężne norweskie przedsiębiorstwo, ważnego aktora na rynku IT i komunikacji; czy to znaczy, że dziennikarze tej popołudniówki nie mogą rzetelnie pisać o przemyśle elektronicznym? „Metro" znajduje się w posiadaniu koncernu Stenbecka. Czy naprawdę uważa pan, że żadna ze szwedzkich gazet mających finansowe wsparcie potężnych przedsiębiorstw nie jest wiarygodna?

– Nie, oczywiście, że tak nie uważam.

– Dlaczego więc sugeruje pan, że wiarygodność „Millennium" dozna uszczerbku, tylko dlatego, że też skorzystamy z dofinansowania?

Reporter podniósł rękę.

– Okej, cofam to pytanie.

– Nie, niech pan tego nie robi. Chcę, żeby napisał pan dokładnie to, co powiedziałam. I może pan dodać, że jeżeli „Dagens Nyheter" skupi się trochę bardziej na przedsiębiorstwach Vangera, to my skupimy się trochę bardziej na koncernie Bonniera.

Ale to niewątpliwie był dylemat etyczny.

Mikael pracował dla Henrika Vangera, którego pozycja umożliwiała finansową pomoc dla czasopisma. Co by się stało, gdyby doszło między nimi do sprzeczki?

I przede wszystkim – jak oceniała swoją własną wiarygodność i którędy przebiegała granica między redaktor niezależną a skorumpowaną?

LISBETH SALANDER odłączyła się od sieci i zamknęła swój PowerBook. Była bezrobotna i głodna. To piewsze nie martwiło jej specjalnie, odkąd odzyskała kontrolę nad swoim kontem w banku, a adwokat Bjurman odszedł w niebyt jako nieprzyjemny zgrzyt z przeszłości. Problem głodu rozwiązała, udając się do kuchni, gdzie nastawiła ekspres do kawy i zrobiła trzy duże kanapki z serem, pastą kawiorową i rozgotowanym jajkiem. To był jej pierwszy posiłek od wielu godzin. Jadła, siedząc na kanapie, pogrążona w materiałach, które właśnie ściągnęła z Internetu.

Dirch Frode z Hedestad zlecił jej wywiad środowiskowy na temat Mikaela Blomkvista, skazanego na karę więzienia za zniesławienie finansisty Hansa-Erika Wennerströma. Kilka miesięcy później Henrik Vanger, również z Hedestad, wkracza do zarządu „Millennium", twierdząc, że uknuto spisek w celu zniszczenia pisma. Dokładnie tego samego dnia, kiedy Mikael Blomkvist idzie do więzienia. A najbardziej niesamowity ze wszystkiego jest artykuł sprzed dwóch lat, znaleziony w sieciowym wydaniu „Finansmagasinet Monopol". W tekście *Z dwiema pustymi rękami* wspomniano, że Wennerström zapoczątkował swój finansowy *aufmarsch* w końcu lat sześćdziesiątych właśnie w firmie Vangera.

Nie trzeba być geniuszem, żeby wyciągnąć następujący wniosek: te wydarzenia są w jakiś sposób powiązane. Gdzieś leżał pies pogrzebany, a Lisbeth uwielbiała odkopywać pogrzebane psy. A poza tym nie miała nic ciekawszego do roboty.

13 procent szwedzkich kobiet
doświadczyło przemocy seksualnej
ze strony mężczyzn, z którymi
nie pozostawały w żadnej relacji.

CZĘŚĆ III

Fuzje

16 maja – 14 czerwca

Rozdział 15
Piątek 16 maja – sobota 31 maja

MIKAEL BLOMKVIST został zwolniony z zakładu karnego w piątek 16 maja, dwa miesiące po przybyciu do Rullåker. Tego samego dnia, kiedy zaczął odsiadywanie kary, nie robiąc sobie większych nadziei, złożył podanie o skrócenie jej wymiaru. Nigdy nie zrozumiał przyczyn wcześniejszego zwolnienia, ale podejrzewał, że wpłynęły nań niewykorzystane weekendowe przepustki oraz fakt, że w zakładzie obliczonym na trzydzieści jeden osób znajdowało się obecnie czterdziestu dwóch więźniów. W każdym razie szef więzienia, pochodzący z Polski czterdziestoletni Peter Sarowsky, z którym Mikael nigdy nie miał kłopotów, wystąpił o skrócenie kary.

W Rullåker było przyjemnie i spokojnie. Zakład przyjmował, jak wyraził się Sarowsky, popaprańców i pijanych kierowców, z których jednak żaden nie był prawdziwym przestępcą. Codzienna rutyna przypominała życie w schronisku turystycznym. Czterdziestu jeden więźniów, z których połowę stanowili potomkowie emigrantów, traktowało Mikaela jako kogoś kompletnie niepasującego do otoczenia. I taki też niewątpliwie był. W każdym razie był jedynym więźniem, o którym mówiono w telewizji, co niewątpliwie zapewniało mu pewien status, ale z drugiej strony nikt nie traktował go jak prawdziwego przestępcy.

Nie uważał go za takiego również szef więzienia. Już pierwszego dnia wezwał Mikaela na rozmowę, w trakcie której zaproponował mu terapię, kursy wieczorowe, inne formy dokształcania oraz doradztwo zawodowe. Mikael odpowiedział, że nie odczuwa szczególnych potrzeb w zakresie dostosowania społecznego, że swoje plany studiów zrealizował kilkadziesiąt lat temu i że już ma pracę. Poprosił natomiast o możliwość korzystania w celi z iBooka, niezbędnego mu do pracy nad książką, do której napisania został zatrudniony. Sarowsky bez problemu udzielił zezwolenia i nawet przydzielił Mikaelowi zamykaną szafkę, w której można było chować komputer, chroniąc go przed kradzieżą czy aktami wandalizmu. Nie żeby któryś z więźniów tak naprawdę chciał dopuścić się tych czynów; współtowarzysze Mikaela otaczali go raczej szczególną opieką.

Tak więc Mikael spędził dwa stosunkowo przyjemne miesiące, pracując sześć godzin dziennie nad kroniką rodziny Vangerów. Pracę przerywał jedynie na kilkugodzinne obowiązkowe sprzątanie oraz na rekreację. Razem z dwoma innymi więźniami, z których jeden pochodził ze Skövde, a drugi z Chile, sprzątał codziennie więzienną siłownię. Rekreacja polegała na oglądaniu telewizji, grze w karty albo ćwiczeniu na siłowni. Mikael odkrył w sobie talent do pokera, chociaż każdego dnia przegrywał kilka groszowych monet. Regulamin zakładu dopuszczał grę na pieniądze, jeżeli w puli nie było więcej niż pięć koron.

Wiadomość o przedterminowym zwolnieniu otrzymał dzień wcześniej. Zaproszony do gabinetu Sarowskiego napił się z nim wódki, a wieczór spędził na pakowaniu ubrań i notatek.

PROSTO Z WIĘZIENIA pojechał do swojej chatki na Hedeby. Przechodząc przez most, usłyszał znajome miauczenie i w drodze do domu towarzyszył mu rudobrązowy kot, który najpierw przywitał się z nim, łasząc się do nóg.

– No dobra, właź – powiedział Mikael przy drzwiach.
– Ale nie zdążyłem kupić mleka.

Rozpakował swój bagaż. Nie mogąc pozbyć się wrażenia, że wrócił z urlopu, odkrył, że brakuje mu towarzystwa współwięźniów i Sarowskiego. Jak absurdalnie by to nie brzmiało, było mu tam dobrze. Przedterminowe zwolnienie przyszło tak nagle, że Mikael nie zdążył nikogo zawiadomić o swoim powrocie.

Właśnie minęła szósta wieczorem. Pospieszył do najbliższego sklepu, żeby przed zamknięciem zrobić podstawowe zakupy. Wróciwszy do domu, włączył komórkę i zadzwonił do Eriki, której poczta głosowa poinformowała, że abonent jest chwilowo niedostępny. Nagrał wiadomość.

A później pomaszerował do swojego pracodawcy, który z podniesionymi brwiami przywitał go zdziwionym:

– Uciekłeś?

– Przedterminowo zwolniony, zgodnie z prawem.

– A to niespodzianka!

– Dla mnie też. Dowiedziałem się o tym wczoraj wieczorem.

Patrzyli na siebie przez kilka sekund. I nagle starzec, objąwszy zaskoczonego Mikaela, przytulił go serdecznie.

– Właśnie schodziłem na kolację. Zjesz ze mną?

Anna podała naleśniki z boczkiem i brusznicą. Siedząc ciągle w jadalni, rozmawiali jeszcze dwie godziny. Mikael zrelacjonował postępy w pracy nad kroniką rodzinną i opowiedział o istniejących tu i ówdzie lukach. Nie wspomnieli ani słowem o Harriet, ale odbyli szczegółową rozmowę na temat „Millennium".

– Mieliśmy trzy zebrania zarządu, pani Berger i wasz partner Christer Malm byli tak uprzejmi, że przenieśli dwa z nich tutaj, do Hedestad, a na trzecim, w Sztokholmie, reprezentował mnie Dirch. Chciałbym być o kilka lat młodszy. Prawda jest taka, że dłuższe podróże są dla mnie zbyt męczące. Ale spróbuję wybrać się do was latem.

– Myślę, że wszystkie zebrania mogą się odbywać tutaj

– odpowiedział Mikael. – A jak czujesz się jako współwłaściciel gazety?

Henrik Vanger uśmiechnął się krzywo.

– To naprawdę najwspanialsza rzecz, jaka mnie spotkała w ciągu ostatnich lat. Przyjrzałem się sytuacji finansowej, wygląda całkiem znośnie. Nie będę musiał inwestować tak dużo, jak myślałem. Przepaść między dochodami a wydatkami maleje.

– Rozmawiałem z Eriką mniej więcej raz w tygodniu. Rozumiem, że na froncie ogłoszeniowym trochę się polepszyło.

Henrik skinął głową.

– Tendencja zaczyna się odwracać, ale to jeszcze trochę potrwa. Początkowo firmy wchodzące w skład koncernu Vangera wykupywały całe strony, żeby wesprzeć gazetę. Ale teraz wrócili dwaj potężni ogłoszeniodawcy – telefony komórkowe i biuro turystyczne.

Uśmiechnął się szeroko.

– Czasami też kontaktujemy się z dawnymi wrogami Wennerströma. I uwierz mi, jest ich całkiem sporo.

– Słyszałeś coś od samego Wennerströma?

– Taa... nie do końca. Ale jesteśmy sprawcami przecieku; media wiedzą, że Wennerström organizuje bojkot „Millennium". I teraz jawi się jako szalenie małostkowy. Podobno jakiś dziennikarz z DN zapytał go o to i dostał opryskliwą odpowiedź.

– Cieszy cię to?

– Cieszyć to złe słowo. Powinienem był zająć się tym wiele lat temu.

– O co wam tak naprawdę poszło?

– Nawet nie kombinuj. Dowiesz się po Nowym Roku.

W POWIETRZU UNOSIŁ SIĘ przyjemny zapach wiosny. Kiedy około dziewiątej Mikael opuścił dom Henrika, zaczęło zmierzchać. Zawahał się przez chwilę. A później zapukał do drzwi Cecilii.

Nie zastanawiał się, czego oczekuje. Cecilia zrobiła wielkie oczy. Z lekko zakłopotaną miną wpuściła go do przedpokoju. Stali naprzeciwko siebie, nagle niepewni siebie nawzajem. Ona też zapytała, czy uciekł, a on jeszcze raz wytłumaczył swój niezapowiedziany powrót.

– Chciałem tylko powiedzieć cześć. Przychodzę w nieodpowiednim momencie?

Unikała jego wzroku. Mikael od razu wyczuł, że nie ucieszyła się na jego widok.

– Nie... nie, proszę wejdź. Napijesz się kawy?

– Tak, chętnie.

Podążył za nią do kuchni. Odwrócona plecami wlewała wodę do pojemnika ekspresu. Mikael podszedł do niej i położył rękę na jej ramieniu. Zamarła.

– Cecilio, wygląda na to, że wcale nie masz ochoty poczęstować mnie kawą.

– Oczekiwałam cię dopiero za miesiąc – odpowiedziała.

– Zaskoczyłeś mnie.

Pokonując jej niechęć, odwrócił Cecilię twarzą do siebie. Stali tak bez ruchu przez krótką chwilę. Ciągle nie chciała mu spojrzeć w oczy.

– Zapomnij o kawie. Co się stało?

Pokręciła głową i westchnęła głośno.

– Mikael. Idź, proszę. Nie pytaj o nic. Po prostu wyjdź.

NAJPIERW POMASZEROWAŁ do swojej chatki, ale zatrzymał się niezdecydowany przy furtce. Zamiast wejść do środka, poszedł nad wodę i usiadł na kamieniu przy moście. Paląc papierosa, próbował poskładać myśli. Zastanawiał się, co spowodowało tak dramatyczną zmianę w zachowaniu Cecilii.

Nagle usłyszał dźwięk silnika i zobaczył ogromną łódź wślizgującą się pod most. Za sterem stał Martin Vanger, skoncentrowany na omijaniu mielizny. Dwunastometrowa motorówka była imponującą maszyną. Mikael wstał i ruszył za łodzią wzdłuż nadbrzeżnej promenady. Ku swojemu zdziwieniu zobaczył, że przy pomostach stoi już sporo łodzi, zarówno żaglówek, jak i tych o napędzie motorowym. Oprócz kołyszących się na fali przyboju drewnianych motorówek i niewielkiego jachtu regatowego, dojrzał też znacznie większe i droższe łodzie. Zauważył ekskluzywny Hallberg-Rassy. A więc przyszło lato. A z nim – widoczny gołym okiem – podział klasowy życia marynistycznego na Hedeby. Martin Vanger posiadał bez wątpienia największą i najbardziej kosztowną łódź w okolicy.

Zatrzymał się pod domem Cecilii, spojrzał w oświetlone okna na piętrze i wrócił do domu. Czekając, aż zaparzy się kawa, zajrzał do gabinetu.

Zanim stawił się w więzieniu, oddał Henrikowi większość dokumentacji dotyczącej Harriet. Wydawało mu się, że pozostawienie całości w niezamieszkanym pomieszczeniu nie byłoby zbyt mądre. Teraz półki ziały pustką. Mikael zatrzymał jedynie pięć notatników Henrika, które wziął ze sobą do Rullåker i które dzisiaj znał już prawie na pamięć, oraz – co właśnie stwierdził – zapomniany przez przypadek album ze zdjęciami.

Wziął go do kuchni i nalawszy sobie kawy, usiadł przy stole. Kolejny raz zaczął przerzucać sztywne kartki.

Zdjęcia zrobione tego dnia, kiedy zniknęła Harriet. Najpierw jej ostatnia fotografia: w orszaku w Hedestad z okazji Dnia Dziecka. Później ponad sto osiemdziesiąt ostrych jak brzytwa zdjęć z wypadku na moście, nad którymi niejednokrotnie ślęczał ze szkłem powiększającym. Teraz przeglądał je na chybił trafił, wiedząc, że nie znajdzie nic, co uczyniłoby go mądrzejszym. Nagle poczuł, że ma tej zagadki po dziurki w nosie i z hukiem zamknął album.

Nie mogąc sobie znaleźć miejsca, podszedł do okna i zaczął wpatrywać się w ciemność.

Ale po chwili znów spojrzał na opasłą księgę ze zdjęciami. Nie potrafił wyjaśnić tego uczucia, ale zupełnie niespodziewanie błysnęła mu ulotna myśl, niczym reakcja na coś, co właśnie zobaczył. Jak gdyby jakaś niewidzialna istota dmuchnęła mu delikatnie w ucho, a po karku przeszły ciarki.

Usiadł i otworzył album. Przeglądał stronę za stroną, oglądał każde zdjęcie z mostu. Patrzył na młodszą wersję usmarowanego ropą Henrika i młodszego Haralda, którego jeszcze nie zobaczył na żywo, choćby przelotnie. Na zniszczoną poręcz mostu, budowle, okna i pojazdy. Zidentyfikowanie dwudziestoletniej Cecilii wśród gapiów nie sprawiło mu żadnego kłopotu. W jasnej sukience i ciemnym żakiecie powracała na wielu fotografiach.

Poczuł nagłe podniecenie. Z biegiem lat nauczył się ufać swoim instynktom. Zauważył coś w albumie, ale nie potrafił dokładnie określić co.

DOCHODZIŁA JEDENASTA. Mikael w dalszym ciągu siedział przy kuchennym stole i wpatrywał się w zdjęcia, gdy usłyszał, że otwierają się drzwi.

– Czy mogę wejść? – zapytała Cecilia i nie czekając na odpowiedź, usiadła po przeciwnej stronie stołu. Mikael doznał osobliwego uczucia déjà vu. Miała na sobie szeroką, jasną sukienkę i szaroniebieski żakiet, niemal identyczne jak te, w które była ubrana na fotografiach z 1966 roku.

– To ty jesteś problemem – powiedziała.

Mikael uniósł brwi.

– Wybacz, ale kiedy do mnie dzisiaj zapukałeś, totalnie mnie zaskoczyłeś. A teraz czuję się tak nieszczęśliwa, że nie mogę zasnąć.

– Dlaczego jesteś nieszczęśliwa?

– Nie rozumiesz?

Pokręcił głową.

– Nie będziesz się śmiał, jak opowiem?

– Obiecuję. Nie będę się śmiał.

– Kiedy cię uwiodłam w zimie, działałam pod wpływem szalonego impulsu. Chciałam się zabawić. Nic poza tym. W ten pierwszy wieczór byłam nieźle nawalona i nie miałam zamiaru zaczynać jakichś długotrwałych związków. A później stało się inaczej. Chcę, żebyś wiedział, że te tygodnie, kiedy byłeś moim *occasional lover*, to najprzyjemniejsze tygodnie w moim życiu.

– Ja też uważam, że było bardzo miło.

– Mikael, cały czas okłamywałam ciebie i siebie samą. Nigdy nie byłam szczególnie rozwiązła seksualnie. W całym swoim życiu miałam może pięciu, sześciu partnerów. Pierwszy raz zaliczyłam, gdy miałam dwadzieścia jeden lat. Później był mój mąż, którego spotkałam jako dwudziestopięciolatka i który okazał się bydlęciem. A później miałam jeszcze trzech facetów w kilkuletnich odstępach. Ale to ty coś we mnie wyzwoliłeś. Nigdy nie było mi dość. To chyba dlatego, że wszystko u ciebie jest takie... niewymagające.

– Cecilio, nie musisz...

– Ciii... nie przerywaj mi, bo wtedy nigdy nie zdobędę się na to, żeby ci wszystko powiedzieć.

Mikael siedział w milczeniu.

– Tego dnia, gdy pojechałeś do więzienia, czułam się potwornie nieszczęśliwa. Nagle po prostu cię nie było. Jak gdybyś nigdy nie istniał. W twojej chatce nigdy nie paliło się światło. W moim łóżku było pusto i zimno. Znów byłam tylko pięćdziesięcioześcioletnią babą.

Umilkła i przez chwilę patrzyła Mikaelowi w oczy.

– Zakochałam się w tobie tej zimy. Nie planowałam tego, tak wyszło. I nagle uświadomiłam sobie, że jesteś tutaj tylko tymczasowo, że pewnego pięknego dnia wyjedziesz stąd na dobre, podczas gdy ja zostanę tu do końca życia. To zabolało tak cholernie, że postanowiłam nie dopuszczać cię do siebie, gdy wrócisz z więzienia.

– Przykro mi.

– To nie twoja wina.

Siedzieli w milczeniu.

– Kiedy dzisiaj sobie poszedłeś, zaczęłam płakać. Chciałabym móc jeszcze raz przeżyć swoje życie. A później postanowiłam sobie jedną rzecz.

– Jaką?

Wbiła wzrok w blat stołu.

– Chyba muszę być porządnie stuknięta, jeżeli chcę przestać się z tobą spotykać tylko dlatego, że kiedyś stąd wyjedziesz. Mikael, nie możemy zacząć od początku? Potrafisz zapomnieć o tym, co wcześniej powiedziałam?

– Już zapomniałem – odpowiedział Mikael. – Ale dziękuję za to, co mi opowiedziałaś.

Ciągle siedziała ze spuszczonym wzrokiem.

– Jeżeli mnie chcesz, to ja bardzo chętnie...

Nagle spojrzała mu prosto w oczy. A po chwili wstała i skierowała kroki do sypiali. Po drodze zrzuciła żakiet i ściągnęła przez głowę sukienkę.

MIKAEL I CECILIA obudzili się jednocześnie na dźwięk otwieranych drzwi i kroków w kuchni. Usłyszeli, jak ktoś postawił z hukiem torbę przy piecu. A później ujrzeli w drzwiach sypialni Erikę, której uśmiech zamienił się w przerażenie.

– O Boże ty mój! – wykrzyknęła, cofając się za próg.

– Cześć Eriko! – powiedział Mikael.

– Cześć. Wybaczcie mi, proszę. Tysiąckrotnie przepraszam za takie wtargnięcie. Powinnam była zapukać.

– Powinniśmy byli zamknąć drzwi na klucz. Eriko – to jest Cecilia Vanger. Cecilio – Erika Berger jest redaktor naczelną „Millennium".

– Hej! – przywitała się Cecilia.

– Hej! – odpowiedziała Erika, nie mogąc się zdecydować, czy powinna podejść i – jak dobrze wychowana panna – podać rękę, czy po prostu wyjść.

– Ekm... to może ja pójdę na spacer...

– A może zamiast tego zaparzyłabyś kawę? – zaproponował Mikael, spojrzawszy na budzik. Właśnie minęło południe.

Erika skinęła potakująco głową i zamknęła drzwi do sypialni. Mikael i Cecilia spojrzeli po sobie. Cecilia wyglądała na zakłopotaną. Kochali się i rozmawiali ze sobą do czwartej nad ranem. A później Cecilia oznajmiła, że chce tu przenocować i że od dzisiaj ma w dupie to, czy ktoś wie, że bzyka się z Mikaelem. Spała odwrócona plecami, z ręką Mikaela na swojej piersi.

– Posłuchaj, wszystko jest w porządku – zaczął Mikael. – Erika ma męża i nie jest moją dziewczyną. Owszem, spotykamy się czasem, ale jej to zupełnie nie przeszkadza, że ty i ja sypiamy ze sobą. Na pewno jednak jest ogromnie zażenowana.

Kiedy w jakiś czas później weszli do kuchni, Erika zdążyła już nakryć do stołu. Kawa, sok, dżem pomarańczowy, ser i tosty, wszystko wspaniale pachniało. Cecilia podeszła zdecydowanym krokiem do Eriki i podała jej rękę.

– To pierwsze powitanie było takie... zdawkowe. Cześć!

– Cecilio, proszę wybacz mi, że zachowałam się jak słoń w składzie porcelany – odpowiedziała głęboko nieszczęśliwa Erika.

– Na Boga, zapomnij o tym! Napijemy się kawy.

– Hej! – przywitał się Mikael, obejmując Erikę. – Jak przyjechałaś?

– Samochodem, z samego rana. Dostałam wiadomość od ciebie o drugiej w nocy i próbowałam oddzwonić.

– A ja wyłączyłem komórkę – powiedział, uśmiechając się do Cecilii.

PO ŚNIADANIU ERIKA zostawiła mieszkańców chatki samym sobie, wychodząc pod pretekstem spotkania z Henrikiem Vangerem. Cecilia sprzątała ze stołu, odwrócona plecami do Mikaela. Podszedł bliżej i przytulił ją do siebie.

– I co teraz będzie? – zapytała.

– Nic. Erika to mój najlepszy przyjaciel. Od dwudziestu lat czasami bywamy ze sobą, czasami nie. I mam nadzieję, że ten stan rzeczy utrzyma się przez kolejne dwa dziesięciolecia. Ale nigdy nie byliśmy parą i nigdy nie przeszkadzamy sobie nawzajem w romansach.

– Czyli to nas łączy? Romans?

– Nie wiem, co nas łączy, ale najwyraźniej jest nam ze sobą dobrze.

– Gdzie Erika będzie spała w nocy?

– Załatwimy jej gdzieś nocleg. Pokój gościnny u Henrika. Nie będzie spała w moim łóżku.

Cecilia zamyśliła się.

– Nie wiem, czy to wytrzymam. Może ty i ona świetnie sobie radzicie w takim układzie, ale ja nie wiem... nigdy nie... – Pokręciła głową. – Pójdę do siebie. Muszę się nad tym trochę zastanowić.

– Cecilio, pytałaś mnie wcześniej o mój stosunek do Eriki i opowiedziałem ci o naszym związku. Jej obecność nie powinna być dla ciebie niespodzianką.

– To prawda. Ale dopóki znajdowała się na wygodną odległość w Sztokholmie, dopóty mogłam ją ignorować.

Założyła żakiet.

– Sytuacja jest przekomiczna – dodała z uśmiechem. – Przyjdź do mnie wieczorem na kolację. Weź ze sobą Erikę. Wydaje mi się, że ją polubię.

ERIKA ROZWIĄZAŁA problem noclegu na własną rękę. Przy okazji wcześniejszych spotkań z Henrikiem nocowała u niego w jednym z pokoi gościnnych i teraz po prostu poprosiła o możliwość skorzystania z takiego pokoju. Henrik nie potrafił ukryć radości i zapewnił Erikę, że jest zawsze mile widziana.

Mając z głowy tego typu formalności, Mikael i Erika przeszli przez most i na krótko przed zamknięciem usiedli na tarasie kawiarni Susanny.

– Jestem potwornie niezadowolona – powiedziała Erika. – Przyjeżdżam, żeby powitać cię na wolności, i znajduję w łóżku z miejscową *femme fatale*.

– Przepraszam.

– No więc jak długo... ty i miss Big Tits.... – zapytała i zakręciła palcem młynka w powietrzu.

– Mniej więcej odkąd Henrik został współwłaścicielem.

– Aha.

– Aha co?

– Zwykła ciekawość.

– Cecilia to dobra kobieta. Lubię ją.

– Nie krytykuję. Tylko wyrażam niezadowolenie. Mam słodycze w zasięgu ręki, a muszę się odchudzać. Jak było w więzieniu?

– Jak w czasie dość porządnego urlopu wypełnionego pracą. A jak z gazetą?

– Lepiej. W dalszym ciągu ślizgamy się gdzieś na granicy upadku, ale po raz pierwszy od roku wzrosła liczba ogłoszeń. Dalej jesteśmy pod poprzeczką, ale zaczynamy wspinać się w górę. To zasługa Henrika. No i, co dziwne, wzrasta liczba prenumeratorów.

– Przecież od czasu do czasu zawsze tak jest. Raz wzrasta, raz maleje.

– Zgadza się, kilka setek w tę lub w tamtą stronę. Ale w ciągu ostatnich miesięcy przybyło nam trzy tysiące prenumeratorów. Przybywa ich systematycznie, trochę ponad dwustu pięćdziesięciu tygodniowo. Najpierw myślałam, że to zbieg okoliczności, ale ta tendencja ciągle się utrzymuje. Jak dotąd to największy wzrost nakładu pojedynczego numeru. Ci nowi czytelnicy znaczą więcej niż dochody z reklam. A jednocześnie wygląda na to, że starzy czytelnicy też konsekwentnie odnawiają prenumeraty.

– Dlaczego?

– Nie wiem. Nikt z nas nie potrafi tego pojąć. Nie mieliśmy żadnej kampanii reklamowej. Christer poświęcił tydzień na to, żeby zbadać, kto nas chce czytać. Po pierwsze to zupełnie nowi prenumeratorzy. Po drugie siedemdziesiąt procent stanowią kobiety. Normalnie zawsze przeważali mężczyźni, których też było około siedemdziesięciu procent. Po trzecie można tych ludzi opisać jako przedstawicieli klasy średniej, mieszkających pod miastem. To wykształceni nauczyciele, szefowie niższego szczebla, urzędnicy.

– Bunt klasy średniej przeciwko wielkiemu kapitałowi?

– Nie wiem. Ale jak tak dalej pójdzie, to nastąpi prawdziwa zmiana grupy docelowej czytelników. Dwa tygodnie temu mieliśmy naradę redakcyjną i postanowiliśmy zacząć zamieszczać trochę nowego materiału; chcę mieć więcej artykułów o reprezentacji interesów pracowniczych w powiązaniu z TCO* i tego typu rzeczy. Ale też więcej reportaży śledczych, na przykład o sytuacji kobiet.

– Tylko nie zmieniaj zbyt wiele – ostrzegł Mikael. – Jeżeli przybywa nowych czytelników, to widocznie dlatego, że podobają im się obecne treści.

CECILIA ZAPROSIŁA na kolację również Henrika, może dlatego, żeby nie ryzykować nieprzyjemnych tematów. Przygotowała gulasz z dziczyzny, do którego podała czerwone wino. Erika i Henrik zaczęli od dyskusji o rozwoju „Millennium" i o nowych prenumeratorach, ale z czasem rozmowa zeszła na inne tematy. Nagle Erika zwróciła się do Mikaela z pytaniem, jak postępuje jego praca nad książką.

* TCO (Tjänstemännens Centralorganisation) – szwedzka federacja związków zawodowych, która skupia kilkanaście związków, zrzeszających przede wszystkim pracowników umysłowych (przyp. tłum.).

– Myślę, że za jakiś miesiąc dostarczę Henrikowi wstępną wersję kroniki.

– Kroniki w duchu rodziny Addamsów – wtrąciła z uśmiechem Cecilia.

– Tak, ma pewne aspekty historyczne – przyznał Mikael.

Cecilia zerknęła na Henrika.

– Mikaelu, tak naprawdę Henrik nie jest zainteresowany kroniką rodzinną. Zależy mu tylko na tym, żebyś rozwiązał zagadkę zniknięcia Harriet.

Mikael nie zareagował. Odkąd zaczął spotykać się z Cecilią, rozmawiał z nią o Harriet dość otwarcie. Cecilia już dawno domyśliła się, na czym polega prawdziwe zlecenie Mikaela, chociaż on nigdy tego nie potwierdził. Ale nigdy nie przyznał się przed Henrikiem, że rozmawia na ten temat z Cecilią. Krzaczaste brwi starca poruszyły się nieznacznie. Erika milczała.

– Drogi Henriku – powiedziała Cecilia. – Nie jestem głupia. Nie wiem dokładnie, jak wygląda wasza umowa, ale jego pobyt na Hedeby ma ścisły związek z Harriet, prawda?

Henrik skinął głową i popatrzył na Mikaela.

– Mówiłem przecież, że to inteligentna kobieta. – I zwracając się do Eriki zapytał: – Wychodzę z założenia, że Mikael wyjaśnił ci cel swojego pobytu na Hedeby?

Erika skinęła potakująco.

– I zakładam, że uważasz to zajęcie za kompletnie pozbawione sensu. Nie, nie musisz odpowiadać. To jest niedorzeczne i bezsensowne zajęcie. Ale ja muszę poznać prawdę.

– Nie mam uwag odnośnie do tego tematu – odparła dyplomatycznie Erika.

– Oczywiście, że masz.

Henrik odwrócił się teraz do Mikaela.

– Wkrótce minie pół roku. Mów, proszę. Czy znalazłeś cokolwiek, czego jeszcze nie zbadaliśmy?

Mikael unikał wzroku starca. Przypomniał sobie to osobliwe uczucie, którego doznał, siedząc wczoraj nad fotografiami. Nie opuszczało go przez cały dzień, ale nie miał czasu, żeby jeszcze raz otworzyć album. Nie był pewien, czy to wszystko nie jest złudzeniem, ale wiedział, że miał jakiś przebłysk zrozumienia. Był o włos od przełomowej myśli. W końcu spojrzał na Henrika i pokręcił głową.

– Nie znalazłem niczego.

Starzec przyjrzał mu się z wyrazem nagłej czujności na twarzy. Ale nie skomentował odpowiedzi Mikaela i tylko pokiwał głową.

– Nie wiem jak tam z młodzieżą, ale czuję, że na mnie już czas. Dziękuję za kolację, Cecilio. Dobranoc, Eriko. Zajrzyj, proszę, do mnie jutro rano, zanim pojedziesz.

KIEDY HENRIK zamknął drzwi, zapadła cisza. Przerwała ją Cecilia.

– Mikael, co to było?

– Wygląda na to, że Henrik jest wrażliwy na ludzkie reakcje jak sejsmograf. Kiedy wczoraj do mnie przyszłaś, przeglądałem album ze zdjęciami.

– No i?

– Zobaczyłem coś. Nie wiem co i nie potrafię wskazać tego palcem. To coś przerodziło się prawie w myśl, której nie udało mi się złapać.

– Ale o czym pomyślałeś?

– No... nie wiem. A później pojawiłaś się ty i... hmm... mogłem się oddać przyjemniejszym myślom.

Cecilia zaczerwieniła się i unikając wzroku Eriki, wymknęła się do kuchni, żeby zaparzyć kawę.

BYŁ CIEPŁY i słoneczny majowy dzień. Przyroda tryskała zielenią i Mikael przyłapał się na nuceniu *Den blomstertid nu kommer**.

Erika spędziła noc w pokoju gościnnym Henrika. Po kolacji Mikael zapytał Cecilię, czy nie ma ochoty na towarzystwo. Odpowiedziała, że jest zajęta wystawianiem końcowych ocen, zmęczona i że chce iść spać. Erika cmoknęła Mikaela w policzek i wczesnym poniedziałkowym rankiem opuściła wyspę.

Kiedy Mikael wyjeżdżał do więzienia w połowie marca, okolica uginała się pod zwałami śniegu. Teraz zieleniły się brzozy, a trawnik wokół jego chatki był gęsty i soczysty. Po raz pierwszy Mikael miał okazję rozejrzeć się po całej okolicy. Około ósmej rano zjawił się w domu Henrika i zapytał Annę, czy może pożyczyć termos. Porozmawiał trochę z gospodarzem, który właśnie wstał z łóżka, i dostał od niego mapę wyspy. Mikael chciał przyjrzeć się bliżej chatce Gottfrieda, która kilkakrotnie, choć pośrednio, pojawiła się w dochodzeniu, ponieważ Harriet czasami w niej przebywała. Henrik wyjaśnił, że domek znajduje się w posiadaniu Martina Vangera, ale w zasadzie stoi niezamieszkany. Czasami korzystał z niego któryś z krewnych.

Mikael zdążył złapać Martina w ostatniej chwili, gdy ten wybierał się do pracy w Hedestad. Wyjaśnił z czym przychodzi i poprosił o klucz. Martin przyjrzał mu się uważnie z rozbawioną miną.

– Zgaduję, że kronika rodzinna doszła do rozdziału o Harriet?

– Chciałbym się tylko trochę rozejrzeć...

Martin przeprosił gościa na chwilę i wkrótce wrócił z kluczem.

---

* *Den blomstertid nu kommer* (Nadchodzi kwiecia czas) – popularny XVII-wieczny szwedzki psalm; w zmodernizowanej wersji śpiewany tradycyjnie na zakończenie roku szkolnego (przyp. tłum.).

– Na pewno nie masz nic przeciwko temu? – dociekał Mikael.

– Co do mnie, możesz się tam nawet wprowadzić, jeśli miałbyś ochotę. Pomijając położenie, to zdecydowanie przyjemniejszy domek niż ten, w którym teraz mieszkasz.

Mikael zaparzył kawę, zrobił kilka kanapek, napełnił butelkę wodą i zapakował wszystko do plecaka, który przewiesił przez ramię. Podążył wąską i zarośniętą dróżką biegnącą wzdłuż zatoki w północnej części wyspy. Domek Gottfrieda stał w odległości mniej więcej dwóch kilometrów od centrum osady. Po półgodzinnym lekkim marszu Mikael dotarł na miejsce.

Martin miał rację. Nagle przed Mikaelem ukazał się tonący w bujnej zieleni zakątek. Panorama z tego miejsca była imponująca: zarówno na ujście rzeki Hedeälven i port jachtowy po lewej, jak i port przemysłowy po prawej stronie.

To dziwne, że nikt nie wziął w posiadanie tej rustykalnej chatki z ciemnych bali. Pokryta ceglastą dachówką, miała zielone ramy okienne i malutką słoneczną werandę od frontu. Nie ulegało jednak wątpliwości, że i ona, i ogródek od dawna nie były pielęgnowane. Farba z framug okien i drzwi schodziła płatami, a to, co miało być trawnikiem, przypominało raczej metrowej wysokości zarośla. Doprowadzenie zdziczałego ogrodu do porządku wymagałoby całego dnia pracy z kosą i jej elektryczną następczynią.

Mikael otworzył drzwi i odkręcił wewnętrzne okiennice. Podstawę mniej więcej trzydziestopięciometrowego domku stanowił najprawdopodobniej szkielet dawnej stodoły. Obite deskami wnętrze składało się z jednej izby o szerokich oknach z widokiem na morze. Na zajmującej połowę pomieszczenia antresoli urządzono sypialnię. Pod prowadzącymi do niej schodami znalazło się miejsce na kuchenkę gazową i zlewozmywak z szafką. Umeblowanie było proste: przytwierdzona do ściany ława, podniszczone biurko i prosta półka z drewna tekowego. Wzdłuż tej samej ściany stały trzy szafy.

Na prawo od drzwi znajdował się okrągły stół z pięcioma krzesłami. Całości dopełniał niewyszukany kominek. Liczne lampy naftowe zdradzały brak elektryczności. W oknie stało stare radio tranzystorowe ze złamaną anteną. Mikael wcisnął klawisz „on", ale widocznie nie działały baterie. Wszedł po wąskich schodach na antresolę i rozejrzał się po sypialni. Małżeńskie łoże, materac bez pościeli, stolik nocny i komoda.

MIKAEL POŚWIĘCIŁ trochę czasu na przeszukanie domku. W komodzie nie znalazł niczego oprócz kilku ręczników i bielizny pościelowej o słabym zapachu pleśni, a w szafach – stare ubrania robocze, jeden kombinezon, gumowce, parę schodzonych tenisówek i piecyk na naftę. W szufladach biurka leżały ołówki, papier listowy, niezarysowany szkicownik, talia kart i parę zakładek. W szafce kuchennej stały talerze, filiżanki, szklanki, świece i kilka zapomnianych opakowań soli, herbaty i czegoś jeszcze. Sztućce spoczywały w szufladzie kuchennego stołu.

Na jedyne pozostałości natury intelektualnej Mikael natrafił na wiszącej nad biurkiem półce. Stojąc na kuchennym krześle, przejrzał uważnie jej zawartość. Najniżej leżały stare numery „Se", „Rekordmagasinet", „Tidsfördriv" i „Lektyr" z końca lat pięćdziesiątych i początku sześćdziesiątych, „Bildjournalen" z lat 1965 i 1966, „Mitt Livs Novell" i kilka komiksów: „91:an", „Fantomen" i „Romans". Zajrzawszy do pierwszego z brzegu magazynu, stwierdził, że seksbomba na rozkładówce z 1964 roku wyglądała zdecydowanie niewinnie.

Oprócz czasopism półka mieściła około pięćdziesięciu książek. Mniej więcej połowa to kieszonkowe wydania kryminałów z manhattańskiej serii Wahlströma: Mickey Spillane i takie tytuły jak *Nie oczekuj łaski* z klasycznymi okładkami Bertila Heglanda. Kilka książek z serii Kitty oraz *The Famous Five* autorstwa Enid Blyton i jedna z serii *O dwóch takich, co rozwiązywali zagadki kryminalne* – *Tajemnica w metrze* Sivara Ahlruda. Mikael uśmiechnął się na wspomnienie z młodości. Nie zabrakło książek Astrid Lindgren: *Dzieci z Bullerbyn*, *Detektyw Blomkvist* i *Rasmus* oraz *Pippi Långstrump*. Na samej górze Mikael wypatrzył popularnonaukową pozycję o odbiornikach krótkofalowych, dwie z dziedziny astronomii i jedną o ptakach. Książka zatytułowana *Imperium zła* traktowała o Związku Radzieckim, a stojąca obok niej – o wojnie zimowej w Finlandii. Na samym końcu znalazł katechizm Lutra, zbiór psalmów i Biblię.

Otworzył tę ostatnią i przeczytał na wewnętrznej stronie okładki: Harriet Vanger, 12/5 1963. Zapewne prezent konfirmacyjny. W ponurym nastroju odłożył ją na półkę.

ZARAZ ZA DOMKIEM znajdowało się pomieszczenie łączące funkcję schowka i drewutni. Oprócz drewna leżały tu w nieładzie: kosa, grabie, młotki, piły, a także karton pełen gwoździ, dłut i innych narzędzi. Wychodek stał dwadzieścia metrów dalej, już w lesie. Mikael rozejrzał się dookoła, a później wrócił do chatki. Usiadł z kawą na werandzie, zapalił papierosa i przez zasłonę zarośli przyglądał się zatoce.

W rzeczywistości chatka Gottfrieda wyglądała o wiele bardziej bezpretensjonalnie niż w wyobrażeniach Mikaela. A więc to było miejsce, w którym zaszywał się ojciec Harriet i Martina, gdy jego małżeństwo z Isabellą w końcu lat pięćdziesiątych legło w gruzach. Tutaj mieszkał i chlał. I gdzieś tam, przy pomoście, utonął ze zbyt wieloma promilami we krwi. Życie nad samą wodą było bez wątpienia przyjemne w lecie, ale gdy temperatura spadała do zera, musiało tu być wilgotno, zimno i strasznie. Z opowieści Henrika wynikało, że Gottfried – z wyjątkiem okresów niekontrolowanego picia – pracował w koncernie Vangera nieustannie aż do 1964 roku. Sam fakt, że mieszkając mniej lub bardziej stale w spartańskich warunkach, pojawiał się w pracy ogolony, umyty, w marynarce i krawacie, świadczył mimo wszystko o jakiejś dozie dyscypliny.

Ale to było też miejsce, w którym Harriet przebywała tak często, że właśnie tutaj rozpoczęto poszukiwania. Henrik opowiadał, że przez ostatnie lata Harriet chętnie przychodziła do chatki, najwidoczniej po to, żeby zażyć spokoju. W ostatnie wakacje mieszkała tutaj trzy miesiące, chociaż codziennie bywała w domu. Przez sześć tygodni gościła tu Anitę, siostrę Cecilii Vanger.

Czym zajmowała się w samotności? Czasopisma „Mitt Livs Novell" i „Romans", podobnie jak książki z serii Kitty, mówiły same za siebie. Może szkicownik też należał do Harriet? Tutaj leżała również jej Biblia.

Czy chciała być w pobliżu zmarłego tragicznie ojca? Przejść po swojemu okres żałoby? Czy to nie zbyt proste wyjaśnienie? A może chodziło o religijne przemyślenia? Czy praśna i ascetyczna chatka nie była dla Harriet namiastką klasztoru?

MIKAEL RUSZYŁ wzdłuż brzegu na południowy wschód, ale liczne rozpadliny i zarośla jałowca czyniły teren niedostępnym. Zawrócił do chatki i udał się w drogę powrotną na Hedeby. Według mapy niedaleko powinna biec leśna ścieżka prowadząca do Fortów. Znalezienie tej zarośniętej dróżki zajęło mu dwadzieścia minut. Betonowe bunkry rozrzucone wokół schronu dla dowództwa były pozostałością umocnień z czasów drugiej wojny światowej. Wszystko tonęło w gęstych zaroślach.

Idąc ścieżką w kierunku morza, Mikael ujrzał stojącą na skraju poręby szopę do przechowywania łodzi i leżący obok niej wrak drewnianej motorówki. Wróciwszy do Fortów, ruszył w drugą stronę i gdy doszedł do ogrodzenia, stwierdził, że znajduje się na tyłach gospodarstwa Östergården.

Szedł przez las krętą i dziką ścieżką, chwilami biegnącą

równolegle do pól uprawnych. Od czasu do czasu ze względu na podmokły teren zbaczał ze szlaku. W końcu dotarł do torfowiska za stodołą. Wszystko wskazywało na to, że ścieżka kończyła się właśnie tutaj, sto metrów od głównej drogi do Östergården. Po drugiej stronie wznosiła się góra Söderberget. Pokonawszy strome podejście, Mikael wdrapał się na szczyt. Jedna z krawędzi opadała niemal pionową ścianą do wody. Mikael szedł długim grzbietem w kierunku Hedeby. Zatrzymawszy się nad ośrodkiem wczasowym, podziwiał widok na stary port rybacki, kościół i własną chatkę. Usiadł na kamiennej płycie i wlał do kubka resztkę letniej kawy.

Nie miał pojęcia, co porabia na Hedeby, ale podobał mu się tutejszy krajobraz.

CECILIA VANGER trzymała się z daleka, a Mikael nie chciał być nachalny. Ale po tygodniu zapukał do jej drzwi. Wpuściła go do środka i nastawiła ekspres do kawy.

– Pewnie uważasz, że jestem okropnie śmieszna; pięćdziesięcioszesciolenia stateczna nauczycielka zachowująca się jak nastolatka.

– Cecilio, jesteś dorosłym człowiekiem, który ma prawo robić to, co mu się żywnie podoba.

– Wiem. Dlatego postanowiłam, że nie będę się już z tobą spotykać. Nie potrafię...

– Nie jesteś mi winna żadnych wyjaśnień. Mam nadzieję, że pozostaniemy przyjaciółmi.

– Chcę, żebyśmy dalej byli przyjaciółmi. Ale nie potrafię być z tobą w związku. Nigdy nie byłam dobra w utrzymywaniu związków. Chyba potrzebuję pobyć sama ze sobą.

Rozdział 16
Niedziela 1 czerwca – wtorek 10 czerwca

PO SZEŚCIU MIESIĄCACH bezowocnych rozmyślań Mikael nagle dokonał przełomu w sprawie zniknięcia Harriet. W ciągu kilku dni na początku czerwca odnalazł trzy nowe fragmenty układanki. Za dwa z nich odpowiadał sam. W znalezieniu trzeciego ktoś mu pomógł.

Po wizycie Eriki przez kilka godzin siedział nad albumem i oglądając zdjęcie za zdjęciem, próbował zrozumieć, na co w nich wcześniej zwrócił uwagę. W końcu odłożył fotografie i wrócił do pracy nad kroniką.

Któregoś dnia na początku czerwca pojechał do Hedestad. Gdy autobus skręcał w Järnvägsgatan, pogrążony w zupełnie innych myślach nagle uzmysłowił sobie owo nieuchwytne coś, co od jakiegoś czasu kiełkowało mu w głowie. Spadło to na niego jak grom z jasnego nieba. Był tak skonfundowany, że dojechawszy do końcowego przystanku przy dworcu, udał się od razu w powrotną podróż na Hedeby, żeby sprawdzić, czy dobrze zapamiętał.

Chodziło o pierwsze zdjęcie w albumie.

Ostatnie zrobione Harriet fatalnego dnia, na Järnvägsgatan w Hedestad, gdzie przyglądała się świątecznemu korowodowi.

Fotografia nie pasowała do reszty albumu. Znalazła się tam tylko dlatego, że wykonano ją tego samego dnia, ale jako jedyna nie dotyczyła zdarzenia na moście. Uwagę Mikaela (i – jak przypuszczał – każdego innego oglądającego album) przyciągały przede wszystkim osoby i szczegóły związane z wypadkiem. Zdjęciu przedstawiającemu tłum ludzi w Hedestad na wiele godzin przed tragedią brakowało dramatyzmu.

Henrik Vanger z pewnością oglądał je tysiąc razy, stwierdzając z żalem, że już nigdy więcej nie zobaczy Harriet. Być może irytował go fakt, że w tak skadrowanym obrazie dziewczyna tonęła w morzu ludzkich głów.

Ale nie to przykuło uwagę Mikaela.

Zdjęcie zostało zrobione z drugiej strony ulicy, prawdopodobnie z okna na drugim piętrze. Szeroki kąt uchwycił przód jednej z ciężarówek w korowodzie. Kobiety w błyszczących strojach kąpielowych i szarawarach, pląsając na platformie, rzucały w publiczność cukierkami. Przed maską samochodu tańczyło w podskokach trzech klaunów.

Harriet stała w pierwszym rzędzie, tuż przy krawężniku. Obok niej trzy koleżanki z klasy, a wokół co najmniej sto innych osób tworzących publiczność.

Właśnie to podświadomie zauważył Mikael i właśnie to uświadomił sobie, gdy autobus przejeżdżał obok miejsca, w którym zrobiono zdjęcie.

Widzowie zachowywali się dokładnie tak, jak powinni się zachowywać widzowie. Ich zbiorowe spojrzenie podąża przecież zawsze za piłeczką tenisową czy hokejowym krążkiem. Tak więc osoby po lewej stronie fotografii patrzyły na przechodzących właśnie klaunów. Stojący najbliżej ciężarówki zawiesili wzrok na platformie ze skąpo ubranymi kobietami. Rozbawione twarze. Przejęte dzieci. Roześmiane buzie. Wszyscy wyglądali na zachwyconych.

Wszyscy oprócz jednej osoby.

Harriet patrzyła w bok. Wszyscy w jej pobliżu obserwowali klaunów. Twarz dziewczyny była zwrócona o trzydzieści albo trzydzieści pięć stopni w prawo. Jak gdyby zatrzymała spojrzenie na czymś po drugiej stronie ulicy, czymś znajdującym się poza kadrem fotografii.

Mikael wyjął szkło powiększające. Zdjęcie wykonano ze zbyt wielkiej odległości, żeby można było rozróżnić wszystkie szczegóły, ale w odróżnieniu od twarzy osób stojących w pobliżu twarz Harriet była bez życia. Wąska kreska ust. Szeroko otwarte oczy. Zwiotczałe ręce wzdłuż tułowia. Jak gdyby była wystraszona. Wystraszona albo zła.

MIKAEL WYJĄŁ fotografię z albumu, włożył ją do plastikowej kieszonki i znów zabrał się najbliższym autobusem do Hedestad. Wysiadł na przystanku Järnvägsgatan i stanął w miejscu, z którego najprawdopodobniej zrobiono zdjęcie. Znajdował się dokładnie na obrzeżu centrum miasteczka, przed dwupiętrowym drewnianym domem, w którym mieściła się wypożyczalnia filmów wideo i Sundströms herrmode. Sklep z konfekcją męską, jak głosił napis na drzwiach, założono w 1932 roku. Mikael wszedł do środka i od razu spostrzegł, że sprzedaż odbywa się na dwóch poziomach. Na drugie piętro wchodziło się po spiralnych schodach zwieńczonych dwoma oknami, które wychodziły na ulicę. To tam musiał stać fotograf.

– W czym mogę panu pomóc? – zapytał starszy sprzedawca, widząc, jak Mikael wyciąga kieszonkę z fotografią. W butiku nie było tłumu klientów.

– Nie... to znaczy, chciałbym tylko sprawdzić, gdzie zrobiono to zdjęcie. Czy mogę na chwilkę otworzyć okno?

Otrzymawszy pozwolenie, wyciągnął przed siebie rękę z fotografią. Teraz wiedział dokładnie, gdzie stała Harriet. Jeden z dwóch drewnianych domów widocznych za jej plecami został zastąpiony toporną budowlą z cegły. W tym, który przetrwał, w 1966 roku mieścił się sklep papierniczy. Dzisiaj sąsiadowały tam ze sobą sklep ze zdrową żywnością i solarium. Mikael zamknął okno, podziękował i przeprosił za kłopot.

Już na ulicy zatrzymał się w miejscu, w którym uwieczniono Harriet. Okno na piętrze sklepu z konfekcją i drzwi do solarium stanowiły świetny punkt odniesienia. Mikael odwrócił głowę, próbując podążyć za spojrzeniem dziewczyny. O ile dobrze ocenił, patrzyła na róg budynku mieszczącego Sundströms herrmode. Zwykły róg domu, za którego węgłem ginęła wąska przecznica. *Co tam zobaczyłaś, Harriet?*

MIKAEL SCHOWAŁ zdjęcie do torby i poszedł do parku przy dworcu kolejowym, gdzie usiadł w kawiarnianym ogródku i zamówił caffe latte. Nagle poczuł się głęboko poruszony.

Po angielsku nazywa się to *new evidence*, co brzmi zupełnie inaczej niż szwedzkie „nowy materiał dowodowy". Mikael nagle dojrzał coś zupełnie nowego, na co nikt nie zwrócił uwagi w śledztwie dreptczącym w miejscu przez trzydzieści siedem lat.

Problem polegał na tym, że Mikael nie był pewien wartości swojego odkrycia, jeżeli w ogóle przedstawiało jakąś wartość. A jednak przeczuwał, że to coś ważnego.

Ten wrześniowy dzień, kiedy zginęła Harriet, był dramatyczny na wiele sposobów. W Hedestad świętowano na ulicach, w mieście bawiło się kilka tysięcy starszych i młodszych osób. Na wyspie odbywał się coroczny zjazd rodziny Vangerów. Już te dwa wydarzenia stanowiły odstępstwo od codziennej rutyny. A ukoronował je wypadek na moście, przesłaniając wszystko inne.

Komisarz Morell, Henrik Vanger i pozostali, którzy próbowali rozwikłać zagadkę, skupiali się na wydarzeniach na Hedeby. Morell nawet sam napisał, że nie może pozbyć się podejrzeń co do związku między wypadkiem a zaginięciem Harriet. Naraz Mikael uświadomił sobie, że to kompletnie błędne rozumowanie.

Splot wydarzeń nie zaczął się na wyspie, tylko wiele godzin wcześniej – w Hedestad. Widok czegoś albo kogoś wystraszył Harriet tak bardzo, że natychmiast wróciła do domu i poszła prosto do Henrika, który niestety nie miał czasu na rozmowę. A później doszło do wypadku na moście. Jeszcze później wkroczył morderca.

MIKAEL ZROBIŁ krótką przerwę. Po raz pierwszy świadomie sformułował przypuszczenie, że Harriet została zamordowana. Po chwili wahania zrozumiał, że podziela teraz przekonanie starca. Harriet nie żyje, a on poszukuje mordercy.

Wrócił do dokumentacji śledztwa. Pośród tysięcy stron zaledwie ułamek traktował o godzinach spędzonych w Hedestad. Harriet była tam z trzema koleżankami, które później przesłuchano, każdą z osobna. Spotkały się w przydworcowym parku o dziewiątej rano. Jedna z dziewcząt chciała kupić dżinsy, a pozostałe towarzyszyły jej w poszukiwaniach odpowiedniej pary. Wypiły kawę w restauracji domu towarowego EPA, a później poszły na miejscowy stadion, gdzie powłóczyły się trochę wśród straganów i innych atrakcji wesołego miasteczka i gdzie od czasu do czasu spotykały szkolnych znajomych. Po dwunastej wróciły do centrum, żeby zdążyć na świąteczny korowód. Na kilka minut przed drugą Harriet nagle oznajmiła, że musi jechać do domu. Rozstały się na przystanku autobusowym przy Järnvägsgatan.

Żadna z koleżanek nie zauważyła wtedy nic nadzwyczajnego. Natomiast jedna z nich, Inger Stenberg, zwróciła uwagę na zmianę w zachowaniu Harriet w ciągu ostatniego roku i opisała koleżankę jako „bezosobową". Powiedziała, że Harriet przez cały dzień była małomówna i tylko bezwiednie robiła to, co reszta.

Komisarz Morell rozmawiał ze wszystkimi osobami, które zetknęły się tego dnia z Harriet, nawet jeżeli w grę wchodziło tylko przelotne spotkanie. Gdy uznano ją za zaginioną, we wszystkich lokalnych gazetach opublikowano jej zdjęcie. Wielu mieszkańców Hedestad skontaktowało się z policją, informując o tym, że widzieli ją w ciągu dnia. Nikt jednak nie zauważył niczego niepokojącego.

MIKAEL POŚWIĘCIŁ wieczór rozmyślaniom, zastanawiając się, jak rozwinąć pomysł, który właśnie przyszedł mu do głowy. Nazajutrz spotkał się z Henrikiem przy śniadaniu.

– Wspomniałeś, że rodzina Vangerów ciągle jeszcze ma wpływy w „Hedestads-Kuriren".

– Tak, to prawda.

– Potrzebny mi dostęp do archiwum fotograficznego gazety. Z 1966 roku.

Henrik odłożył szklankę z mlekiem i wytarł górną wargę.

– Mikael, co takiego znalazłeś?

Mikael spojrzał starcowi w oczy.

– Nic konkretnego. Ale myślę, że popełniliśmy błąd w interpretacji przebiegu zdarzeń.

Pokazał zdjęcie i opowiedział o swoich wnioskach. Henrik siedział przez dłuższą chwilę w milczeniu.

– Jeżeli mam rację, to powinniśmy skupić się na tym, co wydarzyło się tego dnia w Hedestad, a nie tylko na wyspie – powiedział Mikael. – Nie wiem, jak to się robi po tak wielu latach, ale przecież musi istnieć masa nieopublikowanych zdjęć z lokalnych obchodów Dnia Dziecka. No i właśnie te zdjęcia chciałbym obejrzeć.

Henrik skorzystał z telefonu stojącego w kuchni. Zadzwonił do Martina, wyjaśnił, o co mu chodzi, i zapytał, kto obecnie jest szefem działu foto w „Hedestads-Kuriren". W ciągu dziesięciu minut zlokalizowano odpowiednią osobę i wydano pozwolenie.

SZEFOWA DZIAŁU fotograficznego w „Hedestads-Kuriren" nazywała się Madeleine Blomberg, miała około sześćdziesięciu lat i przydomek Maja. W swojej karierze zawodowej Mikael nigdy wcześniej nie spotkał kobiety na tym stanowisku; jak gdyby sztuka fotografii w dalszym ciągu było zarezerwowana dla mężczyzn.

330

W sobotę w redakcji nie było żywej duszy. Na szczęście Maja Blomberg mieszkała pięć minut od archiwum i powitała Mikaela przy wejściu. Przepracowała w lokalnej gazecie większą część swojego życia. Zaczęła w 1964 roku jako korektorka, by później spróbować sił jako laborantka fotograficzna. Spędziła w ciemni parę lat, jednocześnie pełniąc funkcję dodatkowego fotografa, wysyłanego w teren w razie potrzeby. Z biegiem czasu została redaktorką, a dziesięć lat temu, gdy jeden z ówczesnych szefów odszedł na emeryturę, objęła jego stanowisko. Maja Blomberg nie miała pod sobą wielkiego imperium. Połączony jakiś czas temu z działem ogłoszeń dział foto zatrudniał sześć osób, które na zmianę wykonywały swoje obowiązki.

Mikael zapytał o organizację archiwum fotograficznego.

– Prawdę mówiąc, panuje tu spory bałagan. Od czasu wejścia komputerów i fotografii cyfrowej archiwum znajduje się na płytach CD. Mieliśmy tu praktykanta, który zeskanował ważniejsze zdjęcia, ale tylko jakiś nikły procent wszystkich fotografii jest skatalogowany w ten sposób. Pozostałe leżą chronologicznie w skoroszytach z negatywami i są albo tutaj w redakcji, albo na strychu.

– Interesują mnie głównie zdjęcia z obchodów Dnia Dziecka w 1966 roku, ale też wszystkie inne zrobione w tamtym tygodniu.

Kobieta przyjrzała się bacznie Mikaelowi.

– Chodzi o ten tydzień, w którym zginęła Harriet Vanger?

– Zna pani tę historię?

– Nie można, pracując tutaj całe życie, nie wiedzieć o tej sprawie, a gdy w dodatku Martin Vanger dzwoni do mnie w sobotę rano, kiedy mam wolne, to wnioski nasuwają się same... W latach sześćdziesiątych robiłam korektę tekstów o Harriet. Dlaczego zaczyna pan grzebać w tej historii? Czy wyszło na jaw coś nowego?

Maja Blomberg z pewnością też miała nosa do newsów. Mikael pokręcił z uśmiechem głową i wyciągnął z kieszeni swoją *cover story*.

– Nie. I wątpię, czy kiedykolwiek dowiemy się, co się naprawdę stało z tą dziewczyną. To nie do końca oficjalne, ale po prostu zajmuję się autobiografią Henrika Vangera. Historia zniknięcia Harriet to odrobinę osobliwy rozdział, ale trudno go zbyć milczeniem. Szukam zdjęć ilustrujących ten dzień, szukam fotografii zarówno Harriet, jak i jej koleżanek.

Kobieta nie wyglądała na przekonaną, ale ponieważ wyjaśnienie brzmiało sensownie, nie miała powodów, żeby je zakwestionować.

Fotograf zatrudniony w gazecie zużywa przeciętnie od dwóch do dziesięciu filmów dziennie. Przy większych imprezach ich liczba może się podwoić. Każda rolka zawiera trzydzieści sześć klatek, tak więc codziennie w gazecie przybywa ponad trzysta zdjęć, z których publikuje się naprawdę nieliczne. W dobrze zorganizowanej redakcji negatywy przechowywane są w plastikowych sześcioklatkowych kieszonkach. Cała rolka mieści się na jednej stronie skoroszytu z negatywami. Jedna taka teczka zawiera więc trochę ponad sto dziesięć filmów. W ciągu roku daje to od dwudziestu do trzydziestu skoroszytów. Przez lata zbierają się nieprzebrane ilości pozbawionego komercyjnej wartości materiału, który w końcu przestaje się mieścić na redakcyjnych półkach. Natomiast każdy fotograf i każdy dział foto żywi przekonanie, że zdjęcia stanowią dokumentację o niezaprzeczalnej wartości historycznej i dlatego nie można ich wyrzucać.

„Hedestads-Kuriren" powstał w 1922 roku, a jego dział foto istniał od 1937 roku. Na strychu redakcji znajdowało się tysiąc dwieście teczek ułożonych w chronologicznej kolejności. Fotografie z września 1966 roku umieszczono w czterech tanich skoroszytach z kartonu.

– Jak to zorganizujemy? – zapytał Mikael. – Będzie mi potrzebna przeglądarka negatywów i możliwość skopiowania tego, co uznam za interesujące.

– Teraz nie mamy już ciemni. Wszystko skanujemy. Umie pan obsługiwać skaner do negatywów?

– Tak, pracowałem przy obróbce fotografii. Mam w domu skaner Agfy, korzystam z PhotoShopa.

– To znaczy, że używa pan takiego samego sprzętu jak my.

Oprowadziwszy Mikaela po redakcji, Maja Blomberg przydzieliła mu miejsce przy podświetlarce i włączyła komputer i skaner. Pokazała mu też stojący w jadalni automat do kawy i poprosiła, żeby zadzwonił do niej, zanim opuści redakcję, ponieważ tylko ona może ją zamknąć i włączyć alarm. Pożegnała go, życząc wesołej zabawy.

PRZEJRZENIE WSZYSTKICH teczek zajęło Mikaelowi kilka godzin. W 1966 roku gazeta miała dwóch fotografów. Okazało się, że feralnego dnia pracował Kurt Nylund, którego Mikael znał osobiście. W tamtym czasie Kurt miał około dwudziestu lat. Później przeprowadził się do Sztokholmu, gdzie został uznanym zawodowym fotografem. Zatrudniony w Pressens Bild w Mariebergu, pracował też jako wolny strzelec. Ich drogi krzyżowały się kilkakrotnie w latach dziewięćdziesiątych, ponieważ „Millennium" korzystało czasami z usług Pressens Bild. Mikael zapamiętał go jako chudzielca o rzadkich włosach. Nylund, podobnie jak wielu innych fotografów prasowych, używał filmów średniej czułości, uzyskując dzięki temu zdjęcia o dość niewielkim ziarnie.

Mikael umieścił negatywy młodego Nylunda na podświetlarce i używając lupy, śledził je klatka po klatce. Przeglądanie negatywów jest jednak sztuką wymagającą pewnego doświadczenia, którego Mikaelowi zdecydowanie brakowało. Żeby zdecydować, czy fotografia ma dla niego jakąś wartość, czy nie, musiałby zeskanować praktycznie każdą klatkę i obejrzeć ją na ekranie komputera. To zajęłoby mu mnóstwo czasu. Dlatego najpierw dokonał pobieżnego przeglądu, wybierając potencjalnie interesujące negatywy.

Zaczął od odfajkowania wszystkich zdjęć z wypadku na moście. Dość szybko stwierdził, że album Henrika ze stu osiemdziesięcioma dokumentami nie był kompletny. Osoba wywołująca zdjęcia – może sam Nylund – odrzuciła mniej więcej trzydzieści, ponieważ albo były nieostre, albo tak słabej jakości, że nie nadawały się do publikacji.

Mikael wyłączył redakcyjny komputer i podłączył skaner do swojego iBooka. Zeskanowanie niewykorzystanych przez Nylunda fotografii zajęło mu dwie godziny.

Jedna z nich natychmiast wzbudziła jego zainteresowanie. Gdzieś między 15.10 a 15.15, czyli dokładnie wtedy, gdy zniknęła Harriet, ktoś otworzył okno w jej pokoju. Henrik na próżno usiłował ustalić, kim był ten ktoś. Zupełnie nieoczekiwanie Mikael miał przed oczami zdjęcie zrobione właśnie w momencie otwierania okna. Widział sylwetkę i zamazane zarysy twarzy. Postanowił jednak poczekać z analizą obrazu do momentu, kiedy będzie miał wszystkie fotografie w komputerze.

Przez kolejne godziny przyglądał się fotografiom z obchodów Dnia Dziecka. Nylund zużył sześć rolek filmu, co oznacza, że zrobił ponad dwieście zdjęć. Niekończący się sznur dzieci z balonami. Dorośli. Uliczne mrowie ludzi ze sprzedawcami kiełbasek, uczestnikami pochodu i miejscowym artystą na scenie. Rozdzielanie jakichś nagród.

Mikael w końcu postanowił zeskanować cały zbiór. Po sześciu godzinach był właścicielem folderu zawierającego dziewięćdziesiąt zdjęć. Wiedział, że musi tu przyjść ponownie. O dziewiątej wieczorem zadzwonił do Mai Blomberg, podziękował i pojechał do domu na wyspie.

Wrócił w niedzielę o dziewiątej rano. Gdy Maja Blomberg wpuściła go do środka, redakcja ciągle świeciła pustkami. Mikael nie zwrócił uwagi, że właśnie była niedziela, Zielone Świątki, i że kolejne wydanie „Hedestads-Kuriren" zaplanowano dopiero na wtorek. Usiadł przy tym samym stole i poświęcił cały dzień na skanowanie. O szóstej wieczorem pozostało mu około czterdziestu fotografii z obchodów Dnia Dziecka. Przejrzawszy negatywy, Mikael stwierdził, że nie interesują go portrety słodkich dziecięcych twarzyczek czy występującego na scenie artysty. Skoncentrował się na życiu ulicznym i zbiorowiskach ludzi.

MIKAEL SPĘDZIŁ drugi dzień Zielonych Świątek na dokładnym badaniu zdobytego materiału. Dokonał dwóch odkryć. Pierwsze wprawiło go w konsternację. Drugie przyprawiło o szybsze bicie serca.

Odkrycie numer jeden to twarz w oknie Harriet. Zdjęcie było lekko poruszone i dlatego nie znalazło się w pierwotnym zbiorze. Stojący na kościelnym wzniesieniu fotograf celował w most; dom Vangera stanowił tylko tło. Mikael wyciął ze zdjęcia interesujące go okno i eksperymentując z kontrastem i ostrością, próbował uzyskać najlepszą jakość.

W rezultacie powstał ziarnisty obraz o minimalnym poziomie szarości, przedstawiający prostokątne okno, firankę, fragment ramienia i zamazany półksiężyc twarzy w głębi pokoju.

Od razu stwierdził, że to nie jest twarz kruczowłosej Harriet, tylko kogoś o zdecydowanie jaśniejszych kolorach.

Rozróżniał ciemniejsze partie w miejscu oczu, nosa i ust, ale nie potrafił ustalić dokładnych rysów. Był jednak pewien, że to kobieta; jaśniejsza otoczka twarzy sugerowała opadającą na ramiona gęstwinę włosów.

Kierując się wysokością okna, Mikael oszacował wzrost kobiety na sto siedemdziesiąt centymetrów. Miała na sobie jasne ubranie. Oglądając inne zdjęcia z wypadku na moście, stwierdził, że stworzony przez niego rysopis odpowiada dosyć dokładnie dwudziestoletniej Cecilii Vanger.

KURT NYLUND zrobił osiemnaście zdjęć z okna sklepu z konfekcją męską w Hedestad. Na siedemnastu z nich widniała Harriet.

Przybyła z koleżankami na Järnvägsgatan właśnie wtedy, gdy Nylund zaczął fotografować. Mikael ocenił, że cała sesja trwała ponad pięć minut. Na pierwszym zdjęciu dziewczyny wchodziły w kadr. Na zdjęciach od drugiego do siódmego stały na ulicy, przyglądając się korowodowi. Na następnych przesunęły się około sześciu metrów w lewo. Na ostatniej fotografii, być może zrobionej trochę później, grupy dziewcząt już nie było.

Mikael wyciął postać Harriet i zajął się obróbką całej serii fotografii, dążąc do uzyskania jak najlepszego kontrastu. Zapisawszy dokumenty w osobnym folderze, otworzył program Graphic Converter i wcisnął komendę „pokaż zdjęcia". Obejrzał urywany niemy film, w którym klatki zmieniały się co dwie sekundy.

Harriet przybywa, ujęcie z profilu. Zatrzymuje się, spogląda wzdłuż ulicy. Odwraca głowę, patrzy w drugą stronę. Otwiera usta, by powiedzieć coś koleżance. Śmieje się. Dotyka ucha lewą ręką. Uśmiecha się. Nagle wygląda na zaskoczoną, twarz zwrócona mniej więcej pod kątem dwudziestu stopni w lewo. Otwiera szeroko oczy, uśmiech zamiera. Usta zamieniają się w wąską kreskę. Skoncentrowane spojrzenie. Z twarzy można wyczytać... co? Smutek? Szok? Wściekłość? Harriet spuszcza oczy. Znika.

Mikael raz za razem odtwarzał filmik, który z całą wyrazistością potwierdzał sformułowaną przez niego teorię. Coś musiało wydarzyć się na Järnvägsgatan. To oczywiste.

Dziewczyna dostrzega coś lub kogoś po drugiej stronie ulicy. Przeżywa szok. Kontaktuje się z Henrikiem Vangerem, ale nie udaje się jej porozmawiać z nim na osobności. Następnie znika bez śladu.

Tego dnia coś musiało się wydarzyć. Fotografie nie wyjaśniły, co.

WE WTOREK O DRUGIEJ nad ranem Mikael zaparzył kawę, przygotował kanapkę i usiadł na kuchennej ławie. Czuł się jednocześnie osowiały i podniecony. Wbrew własnym oczekiwaniom znalazł nowy materiał dowodowy. Problem polegał jednak na tym, że o ile materiał rzucał nowe światło na przebieg wydarzeń, o tyle nie zbliżał do rozwiązania zagadki.

Mikael zastanawiał się usilnie nad rolą, jaką w tym dramacie odegrała Cecilia. Henrik Vanger, nie licząc się z nikim i z niczym, ustalił rozkład dnia wszystkich zamieszanych w sprawę osób, Cecilia nie była wyjątkiem. W 1966 roku mieszkała w Uppsali, ale przyjechała do Hedestad dwa dni przed feralną sobotą. Zajęła pokój gościnny u Isabelli Vanger. Możliwe, że widziała Harriet wczesnym rankiem, ale nie zamieniła z nią ani słowa. Później pojechała załatwić kilka spraw w mieście. Nie spotkała tam Harriet i wróciła na wyspę około pierwszej, mniej więcej w tym czasie, kiedy Kurt Nylund fotografował korowód na Järnvägsgatan. Przebrała się i około drugiej zaczęła pomagać przy nakrywaniu do obiadu.

Nie miała zbyt mocnego alibi. Nie potrafiła powiedzieć, o której dokładnie godzinie co robiła, a zwłaszcza o której wróciła na wyspę, ale nigdy nie znaleziono dowodów na to, że nie mówiła prawdy. Cecilia należała do najbardziej lubianych przez Henrika osób w rodzinie. Poza tym była kochanką Mikaela, co nie ułatwiało mu obiektywnego spojrzenia na sprawę, a już zupełnie uniemożliwiało wyobrażenie sobie jej w roli mordercy.

A przecież to odrzucone zdjęcie sugerowało, że Cecilia kłamała, twierdząc, że nigdy nie była w pokoju Harriet. Mikael bił się z myślami.

A jeżeli wtedy skłamałaś, to co jeszcze mogłaś zataić?

Mikael podsumował swoją wiedzę o Cecilii. Skryta i bez wątpienia naznaczona doświadczeniem kobieta, co w praktyce oznaczało, że żyła samotnie, brakowało jej seksu i trudno jej było nawiązywać bliskie relacje. Trzymała innych na dystans, a gdy wyjątkowo poszła na całość, rzuciła się na Mikaela – obcego, przelotnego ptaka. Zerwała z nim, ponieważ nie mogła żyć ze świadomością, że nagle mógłby zniknąć z jej życia. Mikael miał wrażenie, że dokładnie z tego samego powodu odważyła się z nim związać. Ponieważ był tu tymczasowo, nie musiała się obawiać, że w jakiś dramatyczny sposób odmieni jej życie. Zakończył to psychologizowanie głębokim westchnieniem.

DRUGIEGO ODKRYCIA Mikael dokonał późną nocą. Kluczem do rozwiązania zagadki było bez wątpienia to, co Harriet zobaczyła na Järnvägsgatan. Gdyby potrafił skonstruować wehikuł czasu i stanąć za plecami dziewczyny...

Olśniony tą myślą, trzepnął się dłonią w czoło i pobiegł do swojego iBooka. Odnalazł nieobrobione zdjęcia z ulicznej sesji i zaczął szukać... Jest!

Mniej więcej metr na prawo od Harriet i trochę w głębi stała para młodych ludzi. On w pasiastej bluzie, ona w jasnej kurtce i z aparatem fotograficznym w ręku. Na powiększeniu Mikael zobaczył, że najprawdopodobniej jest to kodak instamatic z wbudowaną lampą błyskową; niedroga rzecz dla amatorów wspomnień z urlopu.

Kobieta trzymała aparat na wysokości brody. Później uniosła go, uwieczniając klaunów. Dokładnie w tym samym czasie, w którym zmienił się wyraz twarzy Harriet.

Mikael porównał pozycję aparatu i kierunek, w którym patrzyła zaginiona. Wyglądało na to, że kobieta fotografowała dokładnie to, na co patrzyła Harriet.

Nagle Mikael uświadomił sobie, jak mocno bije mu serce. Rozparł się na krześle i z kieszonki na piersi wyciągnął papierosy. *Ktoś zrobił zdjęcie.* Ale jak zidentyfikować tę kobietę? Jak dotrzeć do jej fotografii? Czy w ogóle wywołano ten film? A jeżeli tak, to czy gdzieś jeszcze istnieje?

Otworzył folder ze zdjęciami Kurta Nylunda. Przez ko-

lejne godziny powiększał każdą fotografię przedstawiającą
zbiorowiska ludzi i badał ją centymetr po centymetrze. Znalazł znajomą parę dopiero na przedostatniej klatce. Wiecz-
nie radosny klaun z pękiem balonów pozował Nylundowi
na parkingu przed wejściem na stadion, gdzie odbywały się
uroczystości. Musiało już być po drugiej; fotograf, wezwany
do wypadku na moście, za chwilę miał przerwać dokumen-
towanie festynu.

Kobietę przysłonił klaun, ale widziany z profilu mężczyzna w pasiastej bluzie był nadzwyczaj wyraźny. Z klu-
czykiem w ręce pochylił się właśnie nad samochodem, by
otworzyć drzwi. Ponieważ pojazd stał w tle, nie był szczególnie ostry. Widać było w każdym razie fragment rejestracji:
AC3 i coś jeszcze.

W latach sześćdziesiątych tablice rejestracyjne zaczynały
się od liter oznaczających poszczególne województwa. Jako
dziecko Mikael nauczył się rozróżniać pochodzenie samochodów. AC oznaczało Västerbotten.

A po chwili Mikael dostrzegł jeszcze jeden szczegół. Na
tylnej szybie majaczyła jakaś naklejka. Powiększona, rozlała się jasną plamą. Mikael wyciął ją więc i przez dłuższą
chwilę poddawał obróbce cyfrowej, zmieniając nieustannie
kontrast i ostrość. W dalszym ciągu nie mógł odczytać
tekstu, ale sugerując się zamazanymi kształtami, próbował
zgadnąć, co to za litery. Wiele z nich wyglądało zadziwiająco podobnie. O można było pomylić z D, podobnie jak B
z E i jeszcze kilkoma innymi. Kreśląc na papierze i wy-
kluczając niektóre litery, otrzymał w końcu niezrozumiały
tekst.

Wpatrywał się w niego tak długo, aż zaczęły mu łzawić oczy. A później zobaczył całość: FABRYKA MEBLI W NOR-SJÖ i niemożliwe do rozszyfrowania maciupeńkie znaczki, które prawdopodobnie były numerem telefonu.

Rozdział 17
Środa 11 czerwca
– sobota 14 czerwca

JEŻELI CHODZI O TRZECI fragment układanki, pomoc nadeszła z dość nieoczekiwanej strony. Po wielogodzinnej pracy nad zdjęciami Mikael spał jak zabity. Obudził się wczesnym popołudniem z niewyraźnym bólem głowy. Wziął prysznic i poszedł na śniadanie do kawiarni Susanny. Trudno mu było zebrać myśli. Powinien zdać Henrikowi sprawozdanie ze swoich nowych odkryć. Ale zamiast tego zapukał do drzwi Cecilii. Chciał ją zapytać, co robiła w pokoju Harriet i dlaczego kłamała, twierdząc, że tam nie wchodziła. Nikt nie otwierał.

Właśnie miał zamiar odejść, gdy usłyszał za sobą:

– Twojej kurwy nie ma w domu.

Gollum wypełzł ze swojej nory. Wysoki, prawie dwumetrowy, ale tak przygarbiony wiekiem, że jego oczy znajdowały się na wysokości oczu Mikaela. Upstrzona plamami wątrobowymi skóra. Piżama i brązowy szlafrok. Wspierający się na lasce mężczyzna wyglądał jak hollywoodzka wersja złośliwego starca.

– Co pan powiedział?

– Powiedziałem, że twojej kurwy nie ma w domu.

Mikael podszedł tak blisko, że niemalże dotykał Haralda nosem.

– Pamiętaj, że mówisz o swojej własnej córce, ty pieprzony wieprzu.

– To nie ja zakradam się tutaj po nocach – odpowiedział Harald Vanger, racząc rozmówcę bezzębnym uśmiechem. Śmierdział. Mikael obszedł go i nie odwracając się, podążył drogą prowadzącą do domu Henrika. Zastał gospodarza w gabinecie.

– Właśnie spotkałem twojego brata – oznajmił z nieudolnie ukrywaną złością.

– Haralda? Coś takiego, odważył się wyjść na dwór? Robi to mniej więcej raz na rok.

– Pojawił się, gdy pukałem do Cecilii. Powiedział, cytuję: „Kurwy nie ma w domu". Koniec cytatu.

– Cały Harald – odpowiedział spokojnie Henrik.

– Nazwał swoją własną córkę kurwą.

– Nazywa ją tak od lat. Dlatego ze sobą w ogóle nie rozmawiają.

– Dlaczego?

– Cecilia straciła cnotę, mając dwadzieścia jeden lat. Tutaj, w Hedestad, po wakacyjnym romansie. Rok po tym, jak zniknęła Harriet.

– I co?

– Mężczyzna, którego kochała, nazywał się Peter Samuelsson i był zatrudniony w koncernie, w księgowości. Zdolny chłopak. Teraz pracuje w ABB. Gdyby Cecilia była moją córką, byłbym dumny z takiego zięcia. Ale oczywiście miał mankament.

– Nie mów, że chodzi o to, co podejrzewam.

– Harald mierzył jego głowę, sprawdził drzewo genealogiczne czy coś takiego i odkrył, że chłopak jest w jednej czwartej Żydem.

– Boże ty mój...

– Od tamtej pory nazywał ją kurwą.

– Wiedział, że Cecilia i ja mamy...

– Przypuszczalnie wie o tym cała osada, może oprócz Isabelli, dlatego że nikt o zdrowych zmysłach nie opowiedziałby jej czegokolwiek, a poza tym, dzięki Bogu, ma dobry zwyczaj zasypiania o ósmej wieczorem. Harald śledził zapewne każdy twój krok.

Mikael usiadł z nie najmądrzejszą miną.

– A więc twierdzisz, że wszyscy wiedzą...

– Naturalnie.

– I nie masz nic przeciwko temu?

– Drogi Mikaelu, to naprawdę nie moja sprawa.

– Gdzie jest Cecilia?

– Skończył się rok szkolny. W sobotę poleciała do Londynu odwiedzić siostrę, a później miała pojechać na urlop... hmmm, wydaje mi się, że na Florydę. Wróci za jakiś miesiąc.

Mikael czuł się coraz bardziej głupio.

– Że tak powiem... odłożyliśmy nasz związek na półkę.

– Rozumiem, ale to w dalszym ciągu nie moja sprawa. Jak ci idzie praca?

Mikael nalał sobie kawy z termosu Henrika. A później spojrzał na starca.

– Znalazłem nowy materiał i myślę, że muszę pożyczyć od kogoś samochód.

MIKAEL POŚWIĘCIŁ dłuższą chwilę na sprawozdanie z ostatnich odkryć. Wyciągnął z torby iBooka i przedstawił Henrikowi serię zdjęć ukazujących reakcję Harriet na Järnvägsgatan. Pokazał też parę z aparatem i samochód z naklejką „Fabryka mebli w Norsjö". Po prezentacji Henrik poprosił Mikaela o ponowne pokazanie całości.

Kiedy oderwał wzrok od ekranu komputera, był szary na twarzy. Mikael, wystraszony, położył mu rękę na ramieniu. Henrik pomachał dłonią w odmownym geście i siedział przez chwilę w milczeniu.

– Do jasnej cholery, dokonałeś rzeczy niemożliwej! Odkryłeś coś nowego! Co zamierzasz robić dalej?

– Muszę znaleźć tę fotografię, jeżeli w ogóle jeszcze istnieje.

Nie wspomniał nic o twarzy w oknie i o podejrzeniu, że chodzi o Cecilię Vanger. Co zapewne świadczyło o tym, że daleko mu do obiektywizmu prywatnego detektywa.

GDY MIKAEL wyszedł z domu Henrika, Haralda już nie było. Najprawdopodobniej zaszył się z powrotem w swojej norze. Skręcając za rogiem, zauważył odwróconą do niego plecami postać. Kobieta siedziała na ganku jego domku i czytała gazetę. Przez ułamek sekundy wydało mu się, że to Cecilia, ale natychmiast zrozumiał, że to tylko złudzenie. Kiedy podszedł bliżej, momentalnie rozpoznał ciemnowłosą dziewczynę.

– Cześć, tato – powiedziała Pernilla Abrahamsson.

Mikael przywitał córkę serdecznym uściskiem.

– Jakim cudem? Skąd się tutaj wzięłaś?

– Z domu oczywiście. W drodze do Skellefteå. Zamierzam u ciebie przenocować.

– A jak znalazłaś drogę?

– Mama wiedziała, gdzie jesteś. Zapytałam o twój dokładny adres w tej kawiarni przy moście. Skierowano mnie tutaj. Rozumiem, że jestem mile widziana?

– Jasne! Wejdź do środka! Mogłaś mnie uprzedzić, kupiłbym coś lepszego do jedzenia.

– Zatrzymałam się zupełnie spontanicznie. Chciałam cię przywitać na wolności, po wyjściu z więzienia, ale nigdy się nie odezwałeś.

– Wybacz mi.

– Nie ma sprawy. Mama mi opowiadała, że zwykle chodzisz zagłębiony we własnych myślach.

– Mówi o mnie takie rzeczy?

– Mniej więcej. Ale to nie ma znaczenia. I tak cię kocham.

– Ja też cię kocham, ale wiesz...

– Wiem. Myślę, że jestem dość dorosła...

MIKAEL ZAPARZYŁ herbatę i nakrył do podwieczorku. Nagle zdał sobie sprawę, że jego córka ma rację. Nie jest już małą dziewczynką, niedługo skończy siedemnaście lat i wkrótce stanie się dorosłą kobietą. Musi przestać ją traktować jak dziecko.

– No więc, jak ci było?

– Gdzie?

– W więzieniu.

Mikael zaśmiał się.

– Uwierzysz mi, jak powiem, że było mi jak na płatnym urlopie i że miałem czas na myślenie i pisanie?

– Oczywiście. Nie sądzę, żeby była jakaś większa różnica między więzieniem a zakonem, a ludzie zawsze szli do zakonu, żeby się rozwijać.

– No dobrze, tak też można na to spojrzeć. W każdym razie mam nadzieję, że nie miałaś problemów z tego powodu, że twój ojciec był klientem zakładu karnego.

– Absolutnie nie. Jestem z ciebie dumna i przy każdej okazji chwalę się, że siedziałeś za to, w co wierzysz.

– Wierzę?

– Widziałam Erikę Berger w telewizji.

Mikael pobladł. Nie poświęcił swojej córce ani jednej myśli w związku z planowaną przez Erikę strategią, a ona najwyraźniej uwierzyła, że jej ojciec jest niewinny jak pierwszy śnieg.

– Pernilla, to nieprawda, że jestem niewinny. Przykro mi, że nie mogę ci zdradzić szczegółów, ale nie zostałem niewinnie skazany. Na podstawie informacji dostępnych w trakcie procesu sąd wymierzył mi taką karę, na jaką zasługiwałem.

– Ale ty nigdy nie opowiedziałeś własnej wersji.

– Ponieważ nie potrafię niczego udowodnić. Zrobiłem ogromny błąd i musiałem skończyć w więzieniu.

– Okej. Ale odpowiedz mi na pytanie: czy Wennerström jest draniem, czy nie?

– To jeden z największych drani, z jakimi kiedykolwiek miałem do czynienia.

– To mi wystarczy. Mam dla ciebie prezent.

Wyciągnęła z torebki płaską paczuszkę. Mikael wyłuskał z niej płytę *The best of Eurythmics* i ponownie uścisnął córkę, która pamiętała o jego starym ulubionym zespole. Bezzwłocznie włożył krążek do kieszonki komputera, by razem z Pernillą wysłuchać *Sweet dreams*.

– Co cię sprowadza do Skellefteå? – zapytał.

– Szkoła biblijna w ramach letniego obozu zorganizowanego przez zbór o nazwie „Światło życia” – odpowiedziała, jak gdyby chodziło o najzwyklejszą rzecz pod słońcem.

Mikael poczuł, że włosy na karku stają mu dęba.

Nagle uświadomił sobie ogromne podobieństwo córki do Harriet Vanger. Harriet też miała szesnaście lat, gdy zniknęła. Obie miały nieobecnych ojców. Obie czuły pociąg do osobliwych religijnych sekt; Harriet do miejscowej parafii zielonoświątkowców, Pernilla do odmiany czegoś mniej więcej równie szalonego, jak Livets ord*. Mikael nie wiedział, jak traktować nagłe przebudzenie religijne córki. Bał się, że wejdzie w jej życie z butami, że zakwestionuje jej prawo do wyboru drogi. Jednocześnie uważał „Światło życia” za jedną z tych sekt, o których bez wątpienia mógłby napisać paszkwil i opublikować go w „Millennium”. Postanowił przy najbliższej okazji porozmawiać o tym z matką Pernilli.

UŻYCZYWSZY SWOJEGO łóżka córce, Mikael spędził noc na kuchennej ławie. Obudził się ze sztywnym karkiem i obolałymi mięśniami. Pernilla chciała jak najszybciej ruszyć w dalszą podróż, więc zaraz po wczesnym śniadaniu pojechali na dworzec. Ponieważ mieli jeszcze trochę czasu,

---

* Livets ord (Słowo życia) – największe niezależne charyzmatyczne zgromadzenie religijne w Szwecji, powstałe w latach osiemdziesiątych ubiegłego wieku (przyp. tłum.).

usiedli z kawą na końcu peronu i rozmawiali o wszystkim i o niczym. Kilka minut przed nadejściem pociągu Pernilla zmieniła temat.

– Nie podoba ci się moja podróż do Skellefte? – zapytała ni stąd ni zowąd.

Nie wiedział, co odpowiedzieć.

– To nic groźnego. Ale ty nie jesteś chrześcijaninem, prawda?

– Nie jestem. W każdym razie nie jestem dobrym chrześcijaninem.

– Nie wierzysz w Boga?

– Nie, nie wierzę w Boga, ale szanuję twoją wiarę. Każdy człowiek musi w coś wierzyć.

Gdy pociąg wjechał na peron, jeszcze długo trwali w uścisku. W końcu Pernilla wspięła się na stopień wagonu. W ostatniej chwili odwróciła się, mówiąc:

– Tato, nie będę nikogo nawracać. Jeżeli chodzi o mnie, możesz wierzyć, w co ci się żywnie podoba. I tak cię kocham. Ale uważam, że powinieneś kontynuować twoje własne studia biblijne.

– Co masz na myśli?

– Te cytaty, które wiszą u ciebie na ścianie. Tylko dlaczego takie ponure i neurotyczne? Buziaki! Cześć!

Pomachała i zniknęła. Mikael stał skonfundowany, wpatrując się w ruszający na północ pociąg. Dopiero kiedy ostatni wagon zniknął za zakrętem, pojął sens pożegnalnych słów córki i poczuł, jak lodowate zimno przeszywa mu pierś.

WYBIEGAJĄC Z BUDYNKU dworca, spojrzał na zegarek. Następny autobus na Hedeby odchodził za czterdzieści minut. Podekscytowany Mikael nie był w stanie czekać tak długo. Przebiegł na postój taksówek po drugiej stronie ulicy i wsiadł do samochodu Husseina mówiącego norlandskim dialektem.

Dziesięć minut później zapłacił mu za kurs i skierował kroki prosto do swojego gabinetu. Kartka, o którą chodziło, była przyklejona do ściany nad biurkiem.

Magda – 32016
Sara – 32109
RJ – 301 12
RL – 32 027
Mari – 32 018

Rozejrzał się po pokoju. I po chwili uświadomił sobie, gdzie może być Biblia. Zabrał kartkę oraz leżące w miseczce na parapecie klucze i pobiegł do domku Gottfrieda. Lekko drżącymi rękami ściągnął z półki Biblię Harriet.

Zanotowane przez dziewczynę cyfry nie były numerami telefonów, tylko numerami rozdziałów i wersów w Leutikonie, trzeciej księdze Mojżesza. Chodziło o rodzaj kodeksu karnego.

(Magda) III Mojżesza 20,16
Również kobietę, która się zbliży do jakiegokolwiek bydlęcia, aby z nim obcować – zabijcie kobietę i bydlę; będą wydani na śmierć, krew ich jest na nich*.

(Sara) III Mojżesza 21,9
A gdyby córka kapłana zhańbiła się nierządem – zhańbiła swojego ojca; będzie spalona ogniem.

(RJ) III Mojżesza 1,12
Po czym rozrąbią go na części, a kapłan ułoży je – wraz z głową i tłuszczem – na ofiarnicy, na drwach, które są na ogniu.

* Wszystkie cytaty biblijne pochodzą z internetowej wersji Nowej Biblii Gdańskiej powstającej staraniem Śląskiego Towarzystwa Biblijnego, www.biblest.com.pl/stb/stb.html#biblia.

(RL) III Mojżesza 20,27

Mąż, albo niewiasta, jeśli będzie u nich wieszczbiarstwo albo pytanie duchów – będą wydani na śmierć; ukamienują ich kamieniami, ich krew jest na nich.

(Marie) III Mojżesza 20,18

A kto będzie obcował z żoną podczas jej słabości i odkryje jej nagość – to obnażył miejsce jej upływu oraz ona odkryła miejsce upływu swojej krwi – obydwoje będą wytrąceni spośród swojego ludu.

Mikael wyszedł z chatki i usiadł na ganku. Nie ulegało wątpliwości, że zapisane w notesie cyfry odnosiły się do tych, a nie innych fragmentów Biblii. Każdy cytat był dokładnie podkreślony w egzemplarzu należącym do Harriet. Mikael zapalił papierosa i wsłuchał się w śpiew ptaków.

Miał cyfry. Ale nie miał nazwisk. Magda, Sara, Mari, RJ i RL.

Nagle otworzyła się przed nim przepaść. Zrobiwszy intuicyjny przeskok myślowy, przypomniał sobie o spalonej ofierze, o której opowiadał komisarz Morell. Sprawa Rebeki, gdzieś pod koniec lat czterdziestych, zgwałcona dziewczyna, którą zamordowano, kładąc jej głowę na rozżarzonych węglach. *Po czym rozrąbią go na części, a kapłan ułoży je – wraz z głową i tłuszczem – na ofiarnicy, na drwach, które są na ogniu.*

Rebeka. RJ. Jak brzmiało jej nazwisko?

Na Boga, w co była zamieszana Harriet?

HENRIK VANGER poczuł się nagle niezdrów i gdy Mikael zapukał do niego po południu, starzec zdążył położyć się do łóżka. Ale Anna, wpuszczając gościa do środka, pozwoliła na krótką wizytę.

349

– Wakacyjne przeziębienie – wyjaśnił Henrik, pociągając nosem. – Czego sobie życzysz?

– Mam pytanie.

– Słucham.

– Czy słyszałeś o morderstwie, które miało miejsce tutaj, w Hedestad, gdzieś pod koniec lat czterdziestych? Chodzi o dziewczynę, Rebekę Jakąśtam. Morderca włożył jej głowę do kominka.

– Rebeka Jacobsson – powiedział Henrik bez wahania. – To nazwisko, którego raczej nie zapomnę, chociaż nie słyszałem go od wielu lat.

– Ale słyszałeś o tym morderstwie?

– Jak najbardziej. Rebeka Jacobsson miała wtedy dwadzieścia trzy albo dwadzieścia cztery lata. To musiało być w... tak, to było w 1949 roku. Prowadzono bardzo rozległe śledztwo, w którym sam odegrałem niewielką rolę.

– Ty? – wybuchnął zaskoczony Mikael.

– Tak, ja. Rebeka pracowała w jednym z biur koncernu. Była lubianą dziewczyną, bardzo dobrze wyglądała. Ale dlaczego pytasz o nią tak ni stąd, ni zowąd?

Mikael nie wiedział, co powiedzieć. Wstał i podszedł do okna.

– W zasadzie nie wiem. Henriku, może wpadłem na jakiś trop, ale muszę to jeszcze dokładnie przemyśleć.

– Dajesz mi do zrozumienia, że między Harriet a Rebeką istnieje jakiś związek. Między jednym a drugim zdarzeniem upłynęło... ponad siedemnaście lat.

– Pozwól mi trochę pomyśleć. Jeśli się lepiej poczujesz, to jutro do ciebie zajrzę.

MIKAEL NIE SPOTKAŁ się z Henrikiem następnego dnia. Gdy po pierwszej w nocy siedział przy kuchennym stole, czytając Biblię Harriet, usłyszał samochód, który z ogromną prędkością przejeżdżał przez most. Przez okno zobaczył niebieską poświatę sygnału pogotowia ratunkowego.

Pełen złych przeczuć wybiegł z domu i popędził za karetką, która zaparkowała przed domem Henrika. Ponieważ na parterze paliło się światło, Mikael natychmiast zrozumiał, że coś się stało. Pokonał schodki ganku w dwóch susach i w przedsionku spotkał roztrzęsioną Annę.

– Serce – wyszeptała. – Obudził mnie jakiś czas temu, miał bóle w piersi, a później padł zemdlony.

Mikael mocno objął wierną gosposię i stali tak, podczas gdy pielęgniarze wynosili na noszach niedającego znaku życia Henrika. Za pielęgniarzami szedł wyraźnie zestresowany Martin Vanger. Telefon Anny musiał go wyrwać z łóżka; na bosych stopach miał kapcie, zapomniał zapiąć rozporek. Ukłoniwszy się pospiesznie Mikaelowi, wydał Annie instrukcje.

– Jadę z nim do szpitala. Zadzwoń do Birgera i Cecilii. I nie zapomnij o Dirchu Frodem.

– Ja mogę się do niego przejść – zaproponował Mikael.

Anna skinęła z wdzięcznością.

Ktoś, kto puka do drzwi po dwunastej w nocy, zazwyczaj ma złe wieści, pomyślał Mikael, przyciskając dzwonek w domu adwokata. Upłynęło kilka minut, zanim ewidentnie zaspany Frode otworzył drzwi.

– Mam niedobrą wiadomość. Karetka pogotowia właśnie zabrała Henrika do szpitala. Prawdopodobnie atak serca. Martin chciał, żeby pana zawiadomić.

– Boże wielki! – wykrzyknął Frode i spojrzał na swój zegarek. – Dzisiaj jest piątek, trzynasty – dodał z niezrozumiałą logiką i skonsternowanym wyrazem twarzy.

MIKAEL WRÓCIŁ do domu o wpół do trzeciej w nocy. Po chwili wahania postanowił odłożyć rozmowę z Eriką na później. Zadzwonił do niej dopiero następnego ranka o dziesiątej, upewniwszy się najpierw – podczas błyskawicznej rozmowy z Frodem – że Henrik żyje. Przekazał jej wiadomość o tym, że najnowszy współudziałowiec znajduje się w szpitalu. Erika przyjęła informację ze zrozumiałym smutkiem i niepokojem.

DIRCH FRODE przyszedł do Mikaela z dokładniejszymi informacjami o stanie Henrika dopiero późnym wieczorem.

– Żyje, ale nie ma się najlepiej. Miał rozległy zawał serca, a oprócz tego złapał jakąś infekcję.

– Widział się pan z nim?

– Nie. Leży na OIOM-ie. Czuwają przy nim Martin i Birger.

– Szanse?

Dirch Frode zakołysał dłonią tam i z powrotem.

– Przeżył zawał, a to jest zawsze dobry znak. No i tak w ogóle jest w dosyć dobrej kondycji fizycznej. Ale ma swoje lata. Zobaczymy.

Siedzieli przez chwilę w milczeniu, zastanawiając się nad kruchością życia. Mikael dolał kawy. Frode wyglądał na przygnębionego.

– Muszę zadać kilka pytań. Chodzi o dalsze losy mojego zlecenia – przerwał ciszę Mikael.

Frode spojrzał na niego bez wyrazu.

– Warunki pańskiego zatrudnienia nie ulegają zmianie. Reguluje je umowa, która wygasa w końcu roku, niezależnie od tego, czy Henrik żyje, czy nie. Nie ma pan powodu do niepokoju.

– Ależ ja się nie niepokoję i nie o to mi chodziło. Zastanawiam się, komu mam teraz zdawać sprawozdania z postępów w pracy.

Frode westchnął.

– Panie Mikaelu, wie pan tak samo jak ja, że ta historia z Harriet to dla Henrika tylko zajęcie dla zabicia czasu.

– Nie jestem taki pewien.

– Co pan przez to rozumie?

– Znalazłem nowy materiał dowodowy – powiedział Mikael. – Wczoraj poinformowałem o tym Henrika. Obawiam się, że mogło się to przyczynić do zawału...

Frode popatrzył na Mikaela osobliwym wzrokiem.

– Pan żartuje.

Mikael pokręcił głową.

– Panie Dirchu, przez ostatnie dni wygrzebałem więcej materiału o zniknięciu Harriet, niż prowadzącym oficjalne dochodzenie udało się zgromadzić w ciągu co najmniej trzydziestu pięciu lat. Mój problem polega na tym, że nigdy nie ustaliliśmy, komu mam zdawać raporty pod nieobecność Henrika.

– Może je pan zdawać mnie.

– W porządku. Muszę kontynuować moje działania. Ma pan chwilkę?

Mikael przedstawił swoje odkrycia w sposób tak przejrzysty, jak tylko potrafił. Zaprezentował serię zdjęć z Järnvägsgatan i wyłuszczył swoją teorię. Następnie opowiedział o tym, jak jego córka rozszyfrowała zagadkę numerów z notesu Harriet i zakończył wspomnieniem o brutalnie zamordowanej w 1949 roku Rebece Jacobsson.

W dalszym ciągu zachował dla siebie informację o twarzy w oknie Harriet. Chciał najpierw porozmawiać z Cecilią, zanim rzuci na nią jakiekolwiek podejrzenie.

Czoło adwokata pokryły frasobliwe zmarszczki.

– Sądzi pan, że morderstwo Rebeki ma związek ze zniknięciem Harriet?

– Nie wiem. To mało prawdopodobne. Ale fakt pozostaje faktem, że Harriet zanotowała w swoim notesie inicjały RJ razem z odniesieniem do prawa o ofierze całopalnej. Rebeka Jacobsson została spalona na śmierć. Związek z rodziną Vangerów jest oczywisty; dziewczyna pracowała w koncernie.

– I jak pan to wszystko wyjaśni?

– Nie potrafię tego teraz wyjaśnić. Ale chcę nad tym popracować. Traktuję pana jako przedstawiciela Henrika. Musi pan podjąć decyzję w jego imieniu.

– Może powinniśmy zawiadomić policję?

– Nie. Przynajmniej nie bez zgody Henrika. Dochodzenie w sprawie morderstwa Rebeki umorzono lata temu, a całość uległa przedawnieniu. Policja nie wznowi śledztwa w sprawie przestępstwa sprzed pięćdziesięciu czterech lat.

– Rozumiem. Co pan zatem zamierza?

Mikael wstał i obszedł kuchnię.

– Po pierwsze, chciałbym podążyć tropem fotograficznym. Gdybyśmy wiedzieli, co zobaczyła Harriet... Myślę, że to może być klucz do przebiegu wydarzeń. Po drugie, potrzebuję samochodu, żeby pojechać do Norsjö i przekonać się, dokąd prowadzi ten trop. A po trzecie, chciałbym sprawdzić wypisane przez Harriet cytaty biblijne. Jeden z nich powiązaliśmy z okrutnym morderstwem. Zostały nam cztery. Żeby je rozszyfrować... W zasadzie potrzebowałbym pomocy.

– Jakiego rodzaju pomocy?

– Potrzebowałbym współpracownika, który zna się na researchu, który przekopałby archiwa prasowe w poszukiwaniu Magdy, Sary i pozostałych imion. Jeżeli moje podejrzenia są słuszne, Rebeka nie była jedyną ofiarą.

– Uważa pan, że powinniśmy wtajemniczyć kolejną osobę?

– Raptem okazuje się, że jest mnóstwo do odgrzebania. I trzeba to zrobić. Gdybym był policjantem, gdybym brał udział w śledztwie, mógłbym do tego typu zajęć oddelegować innych. Potrzebuję profesjonalisty, który zna się na archiwach i na którym można polegać.

– Rozumiem... Właściwie to znam taką kompetentną osobę. To ona zrobiła wywiad środowiskowy na pański temat... – powiedział Frode, zanim zdążył się ugryźć w język.

– KTO ZROBIŁ CO? – zapytał Mikael ostrym tonem.

Dirch Frode pojął, że powiedział coś, co powinien był przemilczeć. Starzeję się, przeleciało mu przez głowę.

– Ja tylko głośno myślę. Nikt nic... – próbował.

– Zlecił pan przeprowadzenie wywiadu na mój temat?

– To przecież nic strasznego, panie Mikaelu. Chcieliśmy pana zatrudnić, więc najpierw sprawdziliśmy, kim pan jest.

– To dlatego Henrik zawsze sprawia wrażenie, jakby czytał w moich myślach. Jak dokładne było badanie?

– Dosyć dokładne.

– Obejmowało problemy „Millennium"?

Frode wzruszył ramionami.

– To było wtedy aktualne.

Mikael zapalił papierosa. Piątego tego dnia. Uświadomił sobie, że zaczyna się uzależniać.

– Pisemny raport?

– Panie Mikaelu, nie ma o czym mówić.

– Chcę przeczytać ten raport.

– Proszę pana, to naprawdę nic specjalnego. Chcieliśmy pana sprawdzić przed zleceniem tego zadania, nic więcej.

– Chcę przeczytać ten raport – powtórzył Mikael.

– Tylko Henrik może wydać zezwolenie.

– Naprawdę? To ja powiem tak: w ciągu godziny chcę dostać ten raport do ręki. Jeżeli go nie dostanę, to z miejsca składam wypowiedzenie i wracam wieczornym pociągiem do Sztokholmu. Gdzie jest ten raport?

Mężczyźni przez kilka sekund mierzyli się wzrokiem. A później Dirch Frode westchnął i spuścił wzrok.

– W moim gabinecie.

SPRAWA HARRIET Vanger była bez wątpienia najbardziej dziwaczną, z jaką Mikael kiedykolwiek miał do czynienia. W ogóle ostatni rok, od momentu opublikowania historii o Hansie-Eriku Wennerströmie, przypominał jedną wielką jazdę kolejką górską, głównie stromo w dół. I najwyraźniej to spadanie na łeb, na szyję jeszcze trwało.

Dirch Frode kombinował w nieskończoność i wręczył Mikaelowi sporządzony przez Salander raport dopiero o szóstej wieczorem. Samo sprawozdanie liczyło osiemdziesiąt stron. Na pozostałe sto składały się kopie artykułów, świadectw i innych dokumentów zdradzających szczegóły z życia Mikaela.

To było osobliwe uczucie, czytać o sobie samym w dokumencie, który stanowił połączenie autobiografii z raportem służby wywiadowczej. Z rosnącym zdumieniem Mikael odkrywał zapomniane szczegóły. Lisbeth Salander odnalazła drobiazgi, które w jego przekonaniu od dawna leżały na śmietniku historii. Odgrzebała jego młodzieńczy związek z żarliwą wyznawczynią syndykalizmu, która teraz pracowała jako polityk na pełny etat. *Z kim, do diabła, rozmawiała ta kobieta?* Znalazła jego zespół rockowy Bootstrap, którego dziś nie pamięta żywa dusza. Zdała sprawozdanie z jego sytuacji finansowej w najdrobniejszych szczegółach. *Jak ona to zrobiła?*

Jako dziennikarz Mikael niejednokrotnie zajmował się wyszukiwaniem informacji o innych osobach, potrafił więc ocenić tę pracę okiem profesjonalisty. Nie miał wątpliwości, że Lisbeth Salander jest mistrzynią researchu. Wątpił, żeby sam był w stanie sporządzić podobny raport na temat zupełnie mu nieznanej osoby.

Mikael uświadomił sobie również, jak bezsensowne było udawanie uprzejmego dystansu w stosunku do Eriki, gdy byli w towarzystwie Henrika. Starzec wiedział przecież o szczegółach ich związku i o trójkącie z Gregerem Beckmanem. Lisbeth Salander dokonała przerażająco dokładnej oceny stanu „Millennium". Henrik Vanger, kontaktując się z Eriką w sprawie udziału w firmie, zdawał sobie sprawę z fatalnej sytuacji czasopisma. W co tak naprawdę zabawia się ten człowiek?

Afera Wennerströma została potraktowana dość pobieżnie, ale z tekstu wynikało, że autorka dokumentu była na sali rozpraw i dziwiło ją osobliwe zachowanie oskarżonego, kiedy odmawiał wypowiedzi. *Kimkolwiek jest, to bystra dziewczyna*, pomyślał Mikael.

Ale już w sekundę później zerwał się z miejsca, nie wierząc własnym oczom. Salander napisała krótki ustęp, w którym oceniła możliwości rozwoju sytuacji po zakończeniu procesu sądowego. Prawie dosłownie podała treść wiadomości prasowej, którą Mikael, zrezygnowawszy z funkcji odpowiedzialnego wydawcy w „Millennium", wystosował z Eriką do mediów.

Lisbeth Salander skorzystała z pierwotnej wersji tekstu. Mikael spojrzał na datę. Raport nosił datę o trzy dni wcześniejszą niż ogłoszenie wyroku. *To niemożliwe!*

Tego dnia tekst notatki prasowej znajdował się tylko w jednym jedynym miejscu na całym świecie. W prywatnym laptopie Mikaela. W jego iBooku, nie w redakcyjnym komputerze. Nigdy nie został wydrukowany. Nawet Erika nie dostała kopii, mimo że znała jego treść w ogólnym zarysie.

Mikael odłożył niespiesznie raport Salander. Zdecydowawszy, że nie zapali kolejnego papierosa, założył kurtkę i wyszedł z domu w jasną noc. Do sobótkowej nocy został tydzień. Szedł wzdłuż brzegu cieśniny, mijając ogród Cecilii i okazałą łódź motorową przycumowaną obok willi Martina. Nie spieszyło mu się. Rozmyślał. Usiadł na kamieniu i przyglądał się migającym światłom z zatoce. Nasuwał się tylko jeden wniosek.

– Byłaś w moim komputerze, panno Salander – powiedział głośno. – Jesteś cholerną hakerką.

Rozdział 18
Środa 18 czerwca

LISBETH SALANDER obudziła się ze snu bez snów, czując lekkie mdłości. Nie musiała odwracać głowy, i tak wiedziała, że Mimmi wyszła do pracy, choć jej zapach w dalszym ciągu unosił się w zaduchu sypialni. Wczoraj w towarzystwie Evil Fingers wypiła zdecydowanie za dużo piwa. Pod koniec wtorkowego spotkania w Kvarnen pojawiła się Mimmi, która po zamknięciu lokalu poszła z nią i do domu, i do łóżka.

W odróżnieniu od Mimmi Lisbeth nigdy nie uważała się za lesbijkę. Nigdy nie zastanawiała się, czy jest hetero-, homo-, czy może biseksualna. W ogóle nie przejmowała się etykietkami i uważała, że nikogo nie powinno obchodzić, z kim sypia. Jeżeli już musiała określić swoje preferencje seksualne, to wolała mężczyzn; przynajmniej tak wynikało ze statystyki. Problem polegał jednak na znalezieniu chłopaka, który nie będąc bęcwałem, jednocześnie przydawał się do czegoś w łóżku. Mimmi stanowiła więc coś w rodzaju słodkiego kompromisu, a poza tym umiała rozpalić żądze Lisbeth. Spotkały się rok temu na festiwalu Pride w ogromnym namiocie z piwem, i Mimmi była jedyną osobą, którą Lisbeth wprowadziła do grupy Evil Fingers. Ich związek trwał z przerwami od ośmiu miesięcy, choć obie traktowały go w dalszym ciągu jako formę spędzania czasu. Mimmi miała miękkie i ciepłe ciało, ale była również osobą, u której boku Lisbeth mogła się budzić i z którą potrafiła nawet zjeść śniadanie.

Zegarek przy łóżku pokazywał wpół do dziesiątej. Lisbeth zaczęła się właśnie zastanawiać, co ją wyrwało ze snu, gdy ponownie zadźwięczał dzwonek u drzwi. Usiadła skonfundowana. *Nikt* nigdy nie pukał do niej o tej porze dnia. W ogóle przychodziło do niej raczej niewielu ludzi. Ciągle zaspana owinęła się prześcieradłem i poczłapała chwiejnie do drzwi. Otworzywszy, spojrzała w oczy Mikaelowi Blomkvistowi i ogarnięta paniką cofnęła się bezwiednie o krok.

– Dzień dobry, panno Salander – przywitał ją wesoło.
– Rozumiem, że wczoraj poszło się późno spać... Mogę wejść?

Nie czekając na pozwolenie, przestąpił próg i zamknął za sobą drzwi. Podczas gdy Mikael z zaciekawieniem przyglądał się kupie ubrań w przedpokoju i stosom leżących na podłodze gazet, świat Lisbeth kręcił się w złą stronę – *jak, co, kto?* Mikael, zajrzawszy do sypialni, z rozbawieniem spojrzał na rozdziawione usta dziewczyny.

– Wyszedłem z założenia, że jeszcze nie jadłaś śniadania, więc przyniosłem bajgle. Pieczeń, indyk z musztardą i wegetariański z awokado. Nie wiem który wolisz. Pieczeń?

Zniknął w kuchni i od razu znalazł ekspres.

– Gdzie masz kawę? – zawołał.

Salander stała jak wmurowana w podłogę przedpokoju. Dopiero na dźwięk lejącej się z kranu wody zrobiła trzy duże kroki.

– Stop! – zorientowawszy się, że krzyczy, ściszyła głos.
– Do jasnej cholery, nie możesz sobie tak po prostu włazić, jak gdybyś tutaj mieszkał. Przecież nawet się nie znamy.

Mikael zatrzymał się z dzbankiem wody nad ekspresem do kawy i odwróciwszy głowę, odpowiedział z powagą w głosie:

– Mylisz się! Znasz mnie lepiej niż większość ludzi. Prawda?

Stojąc plecami do Lisbeth, nalał wodę do pojemnika ekspresu i zaczął przeszukiwać stojące na blacie puszki.

– Á propos, wiem, jak to robisz. Poznałem twoją tajemnicę.

SALANDER ZAMKNĘŁA oczy z nadzieją, że podłoga przestanie falować jej pod stopami. Znajdowała się w stanie intelektualnego paraliżu. Męczył ją kac. Sytuacja była jak ze snu, a mózg odmawiał współpracy. Lisbeth nigdy wcześniej nie spotkała żadnego ze swoich obiektów twarzą w twarz. *On wie, gdzie mieszkam!* Mikael Blomkvist stał w jej kuchni. To niemożliwe. To zwyczajnie nie mogło się wydarzyć. *On wie, kim jestem!*

Nagle zdała sobie sprawę, że prześcieradło zsuwa się z jej ciała, i owinęła się ciaśniej. Mężczyzna powiedział coś, czego najpierw nie dosłyszała.

– Musimy porozmawiać – powtórzył. – Ale najpierw chyba powinnaś wziąć prysznic.

Próbowała mówić rozsądnie.

– Posłuchaj, jeżeli masz zamiar zrobić awanturę, to raczej nie mnie. Ja tylko wykonałam zlecenie. Porozmawiaj z moim szefem.

Stanął przed nią z uniesionymi do góry rękami i otwartymi dłońmi. *Jestem nieuzbrojony.* To uniwersalny znak pokoju.

– Już rozmawiałem z Draganem Armanskim. Właśnie, prosił, żebyś do niego zadzwoniła. Wczoraj wieczorem miałaś wyłączoną komórkę.

Zrobił krok w przód. Choć nie czuła zagrożenia, cofnęła się automatycznie kilka centymetrów, gdy dotknął lekko jej ramienia i pokazał drzwi łazienki. Nie lubiła, gdy ktoś dotykał ją bez pozwolenia, nawet jeżeli czynił to w przyjaznych zamiarach.

– Nie zrobię żadnej awantury – zapewnił spokojnym głosem. – Ale bardzo mi zależy na rozmowie z tobą. Jak tylko się obudzisz oczywiście. Gdy wrócisz ubrana, będzie na ciebie czekała kawa. A teraz pod prysznic. Sio!

Posłuchała go bezwolnie. *Lisbeth Salander nigdy nie jest bezwolna*, pomyślała.

W ŁAZIENCE, OPARTA o drzwi, próbowała zebrać myśli. Była bardziej roztrzęsiona, niż sądziła, że to możliwe w jej wypadku. Później dotarło do niej, że ma przepełniony pęcherz i że po wczorajszym balowaniu prysznic to nie tylko życzliwa rada, ale zwykła konieczność. Świeżo umyta wymknęła się do sypialni, wciągnęła pospiesznie majtki, dżinsy i t-shirt z napisem *Armageddon was yesterday – today we have a serious problem*.

Po chwili wahania zdjęła z oparcia krzesła swoją skórzaną kurtkę. Wyciągnęła z niej paralizator, sprawdziła stan baterii i schowała do tylnej kieszeni spodni. W mieszkaniu unosił się zapach kawy. Wzięła głęboki oddech i weszła do kuchni.

– Nigdy nie sprzątasz? – zapytał Mikael na powitanie.

Wypełnił zlew brudnymi talerzami, opróżnił popielniczki, wyrzucił stary karton po mleku, oczyścił stół z pięciotygodniowej warstwy gazet, wytarł na mokro i nakrył do śniadania. Obok filiżanek leżały – to nie był żart – apetycznie wyglądające bajgle. Po nocy z Mimmi Lisbeth była naprawdę głodna. *Okej, zobaczymy, co z tego wyjdzie.* Pełna rezerwy usiadła naprzeciwko Blomkvista.

– Nie odpowiedziałaś na pytanie. Pieczeń, indyk czy awokado?

– Pieczeń.

– To ja biorę z indykiem.

Przeżuwali w milczeniu, przyglądając się sobie nawzajem. Pochłonąwszy swojego bajgla, Lisbeth zjadła jeszcze połowę trzeciego. A później wzięła z parapetu wymiętą paczkę i wyłuskała z niej papierosa.

– Okej, teraz już wiem – przerwał ciszę Mikael. – Może nie jestem tak dobry jak ty, jeżeli chodzi o zbieranie informacji o ludziach, ale wywnioskowałem, że nie jesteś ani weganką, ani – jak sugerował Dirch Frode – anorektyczką. Zamieszczę te informacje w raporcie na twój temat.

Salander wpatrywała się w niego tak długo, aż zrozumiała, że to tylko drwiny. Blomkvist wyglądał na tak osobliwie rozbawionego, że nie potrafiła odwzajemnić się niczym innym niż krzywym uśmiechem. Sytuacja trąciła absurdem. Odsuwając od siebie talerz, Lisbeth pomyślała, że ten facet ma przyjazne oczy. Kimkolwiek jest, nie jest złym człowiekiem, zdecydowała. Również w raporcie, który sporządziła na jego temat, nic nie wskazywało na to, żeby maltretował swoje partnerki czy coś w tym rodzaju. Przypomniała sobie, że to ona wie o nim wszystko, a nie na odwrót. *Wiedza to władza.*

– Co cię tak bawi? – zapytała.

– Wybacz mi. Naprawdę nie planowałem takiego wejścia. Nie zamierzałem cię wystraszyć, co jednakowoż chyba mi się udało. Ale gdybyś zobaczyła swoją minę, gdy otworzyłaś mi drzwi... Byłaś przekomiczna! No i uległem pokusie i trochę sobie z ciebie pokpiłem.

Milczenie. Ku swojemu zdziwieniu Lisbeth odkryła, że owo nagłe i nieproszone towarzystwo jest całkiem znośne. A w każdym razie nie nieprzyjemne.

– Możesz to potraktować jako okrutną zemstę za to, że grzebałaś w moim prywatnym życiu – zaproponował radośnie. – Boisz się mnie?

– Nie – odpowiedziała Salander.

– To dobrze. Nie przyszedłem po to, żeby cię skrzywdzić albo urządzać ci awantury.

– Jeżeli spróbujesz wyrządzić mi krzywdę, to ja nie pozostanę dłużna. Serio.

Mikael przyjrzał się jej badawczo. Ze swoimi stu pięćdziesięcioma centymetrami wzrostu nie wyglądała na groźną przeciwniczkę dla kogoś, kto chciałby użyć przemocy. Ale w jej spojrzeniu bez wyrazu dostrzegł spokój.

– To nie wchodzi w rachubę – powiedział w końcu. – Nie mam żadnych złych zamiarów. Muszę z tobą porozmawiać. Jeśli chcesz, żebym sobie poszedł, to powiedz.

Przez chwilę się zastanawiał.

– To zabawne, że... – przerwał w połowie.

– Co?

– Nie wiem, czy to brzmi sensownie, ale cztery dni temu nawet nie miałem pojęcia o twoim istnieniu. Później dostałem twoją analizę mojej osoby – kontynuował, wyjmując z torby raport – i jej lektura nie była wyłącznie przyjemna.

Znów zamilkł na chwilę i wyjrzał przez okno.

– Poczęstujesz mnie papierosem?

Lisbeth popchnęła paczkę w jego stronę.

– Powiedziałaś wcześniej, że się nie znamy, a ja odpowiedziałem, że jesteś w błędzie – mówił dalej, wskazując raport. – Jeszcze ci nie dorównuję, na razie znalazłem tylko twój adres, datę urodzenia i tak dalej, ale ty wiesz o mnie zdecydowanie więcej. Sporo z tych rzeczy to sprawy bardzo prywatne, wiedzą o nich tylko moi najbliżsi przyjaciele. A teraz siedzę z tobą w kuchni i jem bajgle. Spotkaliśmy się zaledwie pół godziny temu, a ja mam wrażenie, że znamy się od wielu lat. Rozumiesz, o co mi chodzi?

Skinęła potakująco głową.

– Masz ładne oczy – dodał.

– A twoje są przyjazne – odpowiedziała.

Nie potrafił rozstrzygnąć, czy w jej słowach dźwięczy ironia.

Milczenie.

– Dlaczego tutaj przyszedłeś? – zapytała nagle.

Kalle Blomkvist – przypomniawszy sobie przydomek, Lisbeth stłumiła chęć wypowiedzenia go na głos – nagle spoważniał. W jego oczach pojawiło się zmęczenie. Zniknęła bez śladu ta pewność siebie, którą okazywał, wdzierając się do mieszkania Salander. Lisbeth pomyślała, że odgrywanie szopki zakończyło się albo przynajmniej zostało przystopowane. Po raz pierwszy poczuła, że mężczyzna przygląda się jej badawczo, w zamyśleniu i z powagą. Nie potrafiła czytać w myślach, ale przeczuwała, że wizyta Mikaela dotyczy poważniejszych spraw.

LISBETH BYŁA świadoma, że jej spokój jest tylko pozorny i nie do końca panuje nad nerwami. Odwiedziny Blomkvista wytrąciły ją z równowagi w sposób, którego nigdy wcześniej nie doświadczyła w związku z wykonywanym zawodem. Zarabiała na chleb szpiegowaniem ludzi. Właściwie nigdy nie definiowała swojego zajęcia jako *prawdziwej pracy*. Zlecenia od Dragana Armanskiego uważała raczej za skomplikowaną rozrywkę, czy wręcz hobby.

A tak naprawdę – co stwierdziła już dawno temu – po prostu lubiła grzebać w życiorysach innych ludzi i odsłaniać ich skrzętnie ukrywane tajemnice. Czyniła to – w różnych formach – odkąd potrafiła sięgnąć pamięcią. I szpiegowała w dalszym ciągu nie tylko na zlecenie pracodawcy, ale również dla przyjemności. Czuła wówczas ogromną satysfakcję i dostawała potężnego kopa, podobnie jak w trakcie gry w skomplikowaną grę komputerową, z tą różnicą, że w pracy miała do czynienia z żywymi ludźmi. A teraz nagle obiekt jej hobby siedział u niej w kuchni i częstował bajglami. To była zupełnie absurdalna sytuacja.

– Mam niezwykły problem – powiedział Mikael. – Posłuchaj... Gdy robiłaś dla Frodego wywiad na mój temat... Czy miałaś pojęcie, do czego zostanie użyty?

– Nie.

– Dirch Frode, albo raczej jego pracodawca, chciał mnie wybadać, ponieważ zamierzał mi zlecić wykonanie pewnej pracy.

– Aha.

Mikael uśmiechnął się blado.

– Pewnego dnia porozmawiamy sobie o moralnych aspektach grzebania w prywatnych sprawach obcych ludzi. Ale teraz mam zupełnie inny problem... Owo zlecenie, którego w końcu podjąłem się z jakiegoś kompletnie niezrozumiałego powodu, to bez porównania najbardziej dziwaczne zlecenie w moim życiu. Lisbeth, czy mogę na tobie polegać?

– Co masz na myśli?

– Dragan Armanski mówi, że jesteś jak najbardziej godna zaufania. Ale ja chcę sam zadać ci to pytanie. Czy mogę powierzyć ci tajemnice i mieć pewność, że nie przekażesz ich innym osobom?

– Chwileczkę. To znaczy, że rozmawiałeś z Draganem; czy to on cię tutaj przysłał?

Zakatrupię cię, ty pieprzony, głupi Ormianinie.

– No, nie do końca... Nie tylko ty potrafisz skombinować adres nieznanej osoby, załatwiłem to na własną rękę. Znalazłem cię w ewidencji ludności. Z trzech Lisbeth Salander dwie nie wchodziły w grę. Ale naturalnie skontaktowałem się z Armanskim i wczoraj odbyliśmy długą rozmowę. Najpierw też myślał, że przyszedłem z awanturą, dlatego że myszkowałaś w moim prywatnym życiu, ale w końcu dał się przekonać, że mam zupełnie inną sprawę...

– To znaczy?

– Jak już wspomniałem, pracodawca Dircha Frodego zlecił mi pewne zadanie. Doszedłem do punktu, w którym na gwałt potrzebuję pomocy doświadczonego researchera. Frode wspomniał o tobie i powiedział, że jesteś bardzo kompetentna. To mu się tylko wymsknęło i stąd wiem, że przygotowałaś raport na mój temat. W rozmowie z Armanskim wyłuszczyłem mu, o co mi chodzi. Przystał na to i próbował się do ciebie dodzwonić, ale nie podnosiłaś słuchawki, więc... dlatego tutaj jestem. Jak chcesz, to możesz do niego zadzwonić i sprawdzić.

ZNALEZIENIE TELEFONU komórkowego w stosie ubrań, które wczoraj pomagała jej ściągać Mimmi, zajęło Lisbeth kilka minut. Mikael obserwował jej wysiłki z dużym zainteresowaniem, przechadzając się jednocześnie po mieszkaniu. Prawie wszystkie meble sprawiały wrażenie znalezisk z kontenerów na odpady. Na niewielkim biurku w salonie królował imponujący PowerBook klasy *State of the Art*. Na półce leżał odtwarzacz kompaktowy, ale zbiór płyt stanowił żałosny widok. Kilkanaście krążków zespołów, o których Mikael nie miał zielonego pojęcia, a których członkowie na okładkach wyglądali jak wampiry z kosmosu. Stwierdził, że muzyka to nie jej działka.

Salander zobaczyła, że Armanski dzwonił do niej siedem razy wczoraj wieczorem i dwa razy dzisiaj rano. Teraz ona wystukała jego numer. Mikael, oparty o futrynę, przysłuchiwał się rozmowie.

– To ja... Przepraszam, ale był wyłączony... Wiem, że chce mi to powierzyć... Nie, stoi tutaj, w moim pokoju...

Podniosła głos.

– Dragan, mam kaca i pęka mi głowa, przestań marudzić, zatwierdziłeś tę robotę czy nie?... Dziękuję.

Kliknięcie.

Zajrzawszy do pokoju dziennego, zobaczyła, że nieproszony gość przegląda jej płyty i wyjmuje z półki książki. Teraz z ciekawością trzymał pod światło apteczną butelkę bez etykietki. Gdy zaczął odkręcać zakrętkę, wyrwała mu butelkę z ręki, wróciła do kuchni, usiadła na krześle i pocierała sobie czoło. Przestała, kiedy Mikael usiadł naprzeciwko.

– Zasady są proste – oznajmiła. – Żadna z rzeczy, o których rozmawiasz z Armanskim albo ze mną, nie dotrze do niewtajemniczonych. Podpiszemy umowę, w której Milton Security zobowiązuje się do milczenia. Zanim podejmę decyzję, czy będę dla ciebie pracować, czy nie, chcę wiedzieć, na czym polega robota. To znaczy, że zachowam w tajemnicy wszystko, co mi teraz opowiesz, niezależnie od tego, czy podejmę się zlecenia, czy nie. Oczywiście przy założeniu, że nie prowadzisz poważnej działalności kryminalnej, ponieważ w takim wypadku powiem o tym Draganowi, a on poinformuje policję.

– Dobrze.

Zawahał się.

– Armanski może nie do końca zrozumiał, co chcę ci zlecić...

– Powiedział, że mam ci pomóc w historycznym researchu.

– Tak, to prawda. Ale chodzi o to, żebyś mi pomogła zidentyfikować mordercę.

OPOWIEŚĆ O WSZYSTKICH zawiłościach historii Harriet Vanger zajęła Mikaelowi ponad godzinę. Nie pominął żadnego szczegółu. Frode pozwolił mu wtajemniczyć Lisbeth w sprawę, a żeby to zrobić, musiał jej zaufać w stu procentach.

Opowiedział również o swoim związku z Cecilią Vanger i o tym, jak odkrył jej twarz w oknie Harriet. Przekazał jak najwięcej szczegółów na temat osobowości swojej byłej kochanki, przyznając się sam przed sobą, że ta kobieta zajmuje wysoką pozycję na liście podejrzanych. Tylko w dalszym ciągu nie potrafił zrozumieć, w jaki sposób mogła być powiązana z mordercą działającym w czasach, kiedy miała zaledwie kilka lat.

Na koniec podał Lisbeth kopię listy znalezionej w notesie Harriet.

> *Magda* – *32016*
> *Sara* – *32109*
> *RJ* – *301 12*
> *RL* – *32 027*
> *Mari* – *32 018*

– Co mam zrobić?

– Zidentyfikowałem RJ, Rebekę Jacobsson, i powiązałem ją z fragmentem Biblii, który dotyczy prawa o ofierze całopalnej. Rebekę zamordowano, kładąc jej głowę na rozżarzonych drwach, czyli dokładnie według biblijnego opisu. Jeżeli potwierdzą się moje przypuszczenia, to znajdziemy jeszcze cztery ofiary – Magdę, Sarę, Mari i RL.

– Sądzisz, że nie żyją? Zamordowane?

– Morderca działał w latach pięćdziesiątych i może w sześćdziesiątych. I w jakiś sposób był powiązany z Harriet Vanger. Przejrzałem stare numery „Hedestads-Kuriren". Jedynym brutalnym przestępstwem w okolicach Hedestad było morderstwo Rebeki. Chciałbym, żebyś sprawdziła resztę Szwecji.

Lisbeth trwała w głuchym milczeniu tak długo, że Mikael zaczął się wiercić. Pomyślał nawet ze zniecierpliwieniem, że może wybrał nieodpowiednią osobę. I właśnie wtedy podniosła wzrok.

– Okej. Biorę tę robotę. Ale musisz podpisać umowę z Armanskim.

DRAGAN ARMANSKI wydrukował umowę, którą Mikael miał zabrać do Hedestad i dać do podpisania Dirchowi Frodemu. Kiedy wrócił do gabinetu Salander, zobaczył przez szklaną szybę Mikaela i Lisbeth pochylonych nad jej laptopem. Mężczyzna trzymał rękę na jej barku – *dotykał jej!* – i coś pokazywał. Armanski zwolnił kroku.

Mikael powiedział coś, co wprawiło Lisbeth w osłupienie. A po chwili wybuchła głośnym śmiechem.

Nigdy wcześniej nie słyszał jej śmiechu, mimo że wielokrotnie próbował zaskarbić sobie jej zaufanie. Śmiała się razem z Mikaelem, którego znała od pięciu minut.

Niespodziewanie poczuł do Blomkvista zaskakująco wielką odrazę. Chrząknął w drzwiach i wręczył mu plastikową teczkę z umową.

PO POŁUDNIU MIKAEL wpadł na chwilę do „Millennium". Nie był tu od tego grudniowego dnia, kiedy sprzątnął swoje biurko. Wbiegając po znajomych schodach, nagle poczuł się obco. Nie zmienili kodu w zamku, mógł więc niepostrzeżenie wślizgnąć się do środka i rozejrzeć po redakcji. Lokal miał kształt litery L. Hol pochłaniał bardzo dużo przestrzeni, z którą nie dało się zrobić nic sensownego. Umeblowanie składało się z sofy, foteli i niskiego stolika, gdzie przyjmowano gości. Dalej znajdowała się niewielka jadalnia z wnęką kuchenną, a także toalety, dwa schowki z regałami i archiwum. Tam też stało biurko dla ciągle zmieniających się praktykantów. Na prawo od wejścia, za szklaną ścianą, widniała pracownia Christera Malma. Na osiemdziesięciu metrach kwadratowych miał własną firmę, do której wchodziło się z klatki schodowej. Po lewej stronie znajdowała się redakcja ze szklaną fasadą od strony Götgatan.

O wystroju wnętrza zadecydowała Erika. Stupięćdziesięciometrowe pomieszczenie przedzieliła szklanymi ścianami, tworząc trzy oddzielne gabinety oraz otwartą przestrzeń biurową dla pozostałych pracowników. Sama zajęła największy gabinet na samym końcu redakcji. Mikaela ulokowała w pokoju po drugiej stronie lokalu, jedynym, do którego można było zajrzeć prosto z korytarza. Blomkvist zanotował, że nikt się tam nie wprowadził.

Trzeci pokój znajdował się trochę na uboczu. Zajmował go od kilku lat sześćdziesięcioletni Sonny Magnusson, najbardziej efektywny sprzedawca ogłoszeń reklamowych. Erika znalazła go właśnie wtedy, gdy stracił posadę w przedsiębiorstwie, dla którego przepracował większą część swego życia. Był w tym wieku, w którym nie ma się wielkich szans na stałe zatrudnienie. Erika zaproponowała mu niewielką miesięczną pensję i procent od wpływów ze sprzedaży. Żadne z nich nie żałowało takiego układu. Ale w ciągu ostatniego roku nawet najlepsze umiejętności i największe wysiłki Magnussona nie miały znaczenia; nastąpił drastyczny spadek dochodów. Zmalały też dramatycznie zarobki sprzedawcy. Ale zamiast rozglądać się za czymś bardziej intratnym, zacisnął pasa i lojalnie został na posterunku.

W odróżnieniu ode mnie, który spowodowałem upadek, pomyślał Mikael.

W końcu odważył się wkroczyć do pustawej redakcji. Erika siedziała w swoim gabinecie ze słuchawką przy uchu. W środkowej części lokalu znajdowały się jeszcze dwie osoby. Trzydziestosiedmioletnia Monica Nilsson była wytrawną reporterką polityczną i najprawdopodobniej najbardziej zahartowaną cyniczką, jaką Mikael spotkał w swoim życiu. Pisała dla nich od dziewięciu lat i czuła się tu jak ryba w wodzie. Henry Cortez, najmłodszy współpracownik czasopisma, liczył zaledwie dwadzieścia cztery lata. Przyszedł do redakcji dwa lata temu jako praktykant prosto z JMK* i oznajmił, że nie chce pracować nigdzie indziej – tylko w „Millennium". Erika nie miała pieniędzy, żeby zatrudnić go na etacie, ale zaproponowała biurko i miano „stałego wolnego strzelca".

Na widok Mikaela obydwoje zaczęli wydawać okrzyki zachwytu. Nie obyło się bez całowania w policzki i poklepywania po plecach. Przywitali go z nadzieją, że właśnie wraca na swoje stanowisko, i westchnęli zawiedzeni, gdy okazało się, że zostało mu jeszcze pół roku zesłania w Norlandii i że przyszedł tylko powiedzieć cześć i porozmawiać z Eriką.

Ona też ucieszyła się z jego wizyty. Nalawszy kawę do filiżanek, zamknęła drzwi. Od razu zapytała, co z Henrikiem. Mikael przekazał to, co powiedział mu Dirch Frode: stan jest poważny, ale Henrik żyje.

– Co robisz w Sztokholmie?

Mikael poczuł się trochę zmieszany. Przyszedł do redakcji zupełnie spontanicznie, głównie dlatego, że przed chwilą gościł w siedzibie Milton Security, zaledwie parę ulic stąd.

* JMK (Institutionen för journalistik, medier och kommunikation) – Instytut Dziennikarstwa, Mediów i Komunikacji na Uniwersytecie Sztokholmskim (przyp. tłum.).

Tłumaczenie się z zatrudnienia konsultanta do spraw bezpieczeństwa, który wcześniej włamał się do jego komputera, wydawało mu się teraz zbyt skomplikowane. Wzruszył więc tylko ramionami i powiedział, że musiał przyjechać do stolicy w związku ze sprawą Vangera i że za chwilę wraca na północ. Zapytał o nastroje w redakcji.

– Razem z dobrymi wiadomościami nadciągają niepokojące chmury. Przybywa nam ogłoszeniodawców i prenumeratorów, ale..

– Ale co?

– Janne Dahlman.

– No tak.

– W kwietniu byłam zmuszona porozmawiać z nim na osobności, zaraz po tym, jak ogłosiliśmy, że Henrik został nowym współudziałowcem. Nie wiem, czy to tylko jego skłonność do negacji, czy coś poważniejszego. Czy ten facet nie prowadzi jakiejś gry.

– Co się stało?

– Nie ufam mu. Kiedy podpisaliśmy porozumienie z Henrikiem, zastanawialiśmy się z Christerem, czy poinformować od razu całą redakcję o tym, że jesienią nie padniemy, czy...

– ... poinformować niektórych z osobna?

– Właśnie. Może przesadzam, ale nie chciałam ryzykować, że Dahlman będzie źródłem przecieku. Postanowiliśmy więc poinformować wszystkich tego samego dnia, kiedy zmiany w redakcji podano do wiadomości publicznej. To znaczy, że przez ponad miesiąc trzymaliśmy język za zębami.

– No i?

– To była pierwsza od roku dobra wiadomość. Wszyscy wiwatowali, oprócz Dahlmana. No przecież wiesz, że nie jesteśmy największą redakcją na świecie. Trzy osoby szalały z radości, praktykant też, a jeden się wściekał, bo nie poinformowaliśmy go wcześniej o nowym układzie.

– W pewnym sensie miał rację...

– Wiem. Ale chodzi o to, że on mękolił o tym dzień w dzień i dobry nastrój diabli wzięli. Po dwóch tygodniach wezwałam go do siebie i wyjaśniłam powód, dla którego nie uprzedziłam redakcji o zmianach. Powiedziałam, że nie miałam do niego zaufania, że bałam się przecieków.

– Jak to przyjął?

– Oczywiście poczuł się niesamowicie dotknięty. A ja nie wycofałam się; więcej, postawiłam mu ultimatum: albo się spręży, albo zacznie się rozglądać za nową pracą.

– No i?

– Sprężył się. Ale trzyma się na uboczu i między nim a resztą panuje dość napięta atmosfera. Christer go nie cierpi i specjalnie tego nie ukrywa.

– O co go podejrzewasz?

Erika westchnęła.

– Nie wiem. Przyszedł do nas rok temu, właśnie kiedy zaczęliśmy się przytykać z Wennerströmem. Nie potrafię nic udowodnić, ale mam wrażenie, że on nie pracuje dla nas.

Mikael skinął głową.

– Zaufaj swoim instynktom.

– A może to tylko zwykły gnojek nie na swoim miejscu. Taki, co to ciągle psuje radość innym.

– Niewykluczone. Ale zgadzam się z tobą, że zrobiliśmy błąd, zatrudniając Dahlmana.

Dwadzieścia minut później Mikael, siedząc w dziesięcioletnim, ale prawie nieużywanym volvo, mijał Slussen. Wracał na północ samochodem pożyczonym od żony Dircha Frodego. Właścicielka pozwoliła mu korzystać z pojazdu bez ograniczeń.

TO BYŁY DROBNE szczegóły, łatwe do przeoczenia przez mniej spostrzegawczą osobę. Trochę bardziej niż zwykle nieuporządkowana sterta papierów. Skoroszyt wystający z półki. Dosunięta szuflada biurka, o której Mikael wiedział, że była niedomknięta, gdy wyjeżdżał do Sztokholmu. Jeszcze powątpiewał, ale po chwili nabrał pewności, że ktoś tutaj był pod jego nieobecność. Wyszedł na ganek i rozejrzał się dookoła. Przed wyjazdem zamknął chatkę na klucz, ale w drzwiach był tylko stary, prosty zamek, który najprawdopodobniej dało się otworzyć zwykłym śrubokrętem. Poza tym Mikael nie miał pojęcia, kto ma dostęp do zapasowych kluczy. Wszedł z powrotem do środka i zaczął systematycznie przeszukiwać gabinet, chcąc sprawdzić, czy coś nie zginęło. Wszystko było na swoim miejscu.

Ale fakt pozostawał faktem. Ktoś wszedł nieproszony do chatki, ktoś szperał w jego notatkach i papierach. Do laptopa nie zaglądał, bo miał go ze sobą. Automatycznie nasuwały się dwa pytania. Kim był tajemniczy gość? I jak dużo zdołał się domyślić?

Skoroszyty były tą częścią zbiorów Henrika, którą Mikael po powrocie z więzienia przeniósł z powrotem do siebie. Nie zawierały żadnego nowego materiału. Notatki leżące na stole były zbyt trudne do rozszyfrowania dla niewtajemniczonych, ale czy osoba, która przeszukała całe biurko, należała do tej kategorii?

Ważniejsza była niewielka plastikowa teczka, w której znajdowały się „numery telefonów" i przepisane na czysto, odpowiadające cyfrom fragmenty Biblii. Tajemniczy gość wiedział więc, że Mikael rozgryzł biblijny kod.

Kto?

Henrik leżał w szpitalu. Gospodyni Anna była poza podejrzeniami. Dirch Frode? Ale przecież jemu opowiedział o wszystkim ze szczegółami. Cecilia zrezygnowała z podróży na Florydę i razem z siostrą wróciła z Londynu. Mikael nie spotkał jej jeszcze, widział tylko przelotnie w samochodzie, gdy przejeżdżała przez most. Martin Vanger. Harald Vanger. Birger Vanger, który pojawił się na naradzie rodzinnej w związku z zawałem Henrika. Mikael nie został zaproszony. Alexander Vanger. Isabella Vanger – zdecydowanie niesympatyczna osoba.

Z kim rozmawiał Frode? Czy coś znów mu się wypsnęło? Ilu spośród zebranych zrozumiało, że Mikael dokonał przełomu w poszukiwaniach?

Minęła ósma wieczorem. Mikael zadzwonił na pogotowie ślusarskie w Hedestad. Okazało się, że właściciel warsztatu może przyjechać dopiero następnego dnia. Mikael obiecał mu podwójną stawkę, jeżeli pojawi się natychmiast. Umówili się na wpół do jedenastej i porządny wieloryglowy zamek.

CZEKAJĄC NA ŚLUSARZA, około wpół do dziewiątej zapukał do Dircha Frodego. Żona Frodego zaprosiła go do ogrodu i poczęstowała zimnym piwem, które przyjął z wdzięcznością. Znów zapytał o stan Henrika.

Dirch Frode pokręcił głową.

– Operowali go. Ma miażdżycę naczyń wieńcowych. Lekarz powiedział, że już sam fakt, że Henrik żyje, napawa nadzieją. Ale najbliższe dni będą krytyczne.

Rozważali te słowa, popijając piwo.

– Rozmawiał pan z nim?

– Nie, nie był w stanie rozmawiać. A jak panu poszło w Sztokholmie?

– Lisbeth Salander przyjęła zlecenie. Tutaj jest kontrakt od Dragana Armanskiego. Wystarczy podpisać i odesłać.

Frode przebiegł oczyma papiery.

– Każe sobie dość słono płacić – stwierdził.

– Henrika stać na to.

Frode skinął głową i wyjął z kieszonki na piersi długopis.

– Najlepiej podpisać od razu, póki Henrik żyje. Będzie pan przechodził koło skrzynki przy Konsumie?

MIKAEL POŁOŻYŁ SIĘ koło północy, ale nie mógł zasnąć. Cały jego dotychczasowy pobyt na wyspie miał charakter badawczy i dotyczył historycznych kuriozów. Ale jeżeli komuś tak bardzo zależało na wynikach badań, że włamał się do domku Mikaela, to niewykluczone, że historia leży bliżej teraźniejszości, niż można by się spodziewać.

Nagle Mikael uświadomił sobie, że przecież jego praca mogła wzbudzać zainteresowanie innych osób. Niespodziewane pojawienie się Henrika Vangera w zarządzie „Millennium" z pewnością nie uszło uwagi Hansa-Erika Wennerströma. A może tego typu myśli świadczyły o ogarniającej go paranoi?

Wygrzebał się z pościeli, stanął nago przy kuchennym stole i w zadumie przyglądał się kościołowi po drugiej stronie mostu. Zapalił papierosa.

Nie umiał rozgryźć Lisbeth Salander. Nieuzasadnione długie przerwy w środku rozmowy potęgowały jej dziwne zachowanie. Nieporządek w jej mieszkaniu graniczył z chaosem; te stosy gazet w przedpokoju i niesprzątana od roku kuchnia. Porozrzucane po podłodze ubrania. No i najwyraźniej obudziła się po ciężkim imprezowaniu w knajpie. Malinki na szyi zdradzały, że nie spała sama. Miała liczne tatuaże i parę kolczyków tu i ówdzie na twarzy, i pewnie jeszcze więcej w mniej widocznych miejscach. Krótko mówiąc, była bardzo szczególna.

Z drugiej strony Armanski zapewniał Mikaela, że Salander to zdecydowanie najlepszy researcher w firmie, a jej wnikliwy raport o nim samym świadczył o tym, że jest bardzo dokładna. Osobliwa dziewczyna.

LISBETH SALANDER siedziała przed PowerBookiem i zastanawiała się nad sobą. Nigdy w swoim dorosłym życiu nie pozwoliła przekroczyć progu komuś, kogo osobiście nie zaprosiła. Tę garstkę ludzi można było policzyć na palcach jednej ręki. Mikael bez żenady wlazł w jej życie, a jej protesty ograniczyły się do symbolicznych działań.

I jakby tego było mało – on się z nią po prostu drażnił. Nabijał się z niej.

W normalnej sytuacji takie zachowanie zmusiłoby ją do mentalnego odbezpieczenia pistoletu. Ale ze strony tego mężczyzny nie odczuwała ani krzty zagrożenia czy wrogości. Miał wystarczający powód, żeby ją porządnie ochrzanić, a w zasadzie nawet donieść na nią na policję. Przecież włamała mu się do komputera. Ale nawet to przestępstwo potraktował jako żart.

To była najbardziej drażliwa część ich rozmowy. Wydawało się, że Mikael świadomie unikał tematu, ale Lisbeth, nie mogąc się powstrzymać, w końcu zapytała:

– Powiedziałeś, że wiesz, co zrobiłam.

– Jesteś hakerką. Włamałaś się do mojego kompa.

– Skąd wiesz?

Lisbeth była całkowicie pewna, że nie zostawiła żadnych śladów i że jej włamanie mógłby odkryć jedynie konsultant wielkiego kalibru i tylko wtedy, gdyby skanował twardy dysk akurat podczas jej wizyty w komputerze Mikaela.

– Zrobiłaś jeden błąd.

Wyjaśnił jej, że zacytowała wersję tekstu, który znajdował się tylko w jego komputerze i nigdzie indziej.

Lisbeth długo siedziała w milczeniu. A później spojrzała na Mikaela oczami bez wyrazu.

– Jak to zrobiłaś? – zapytał Mikael.

– To moja tajemnica. Co zamierzasz zrobić w tej sprawie?

Mikael wzruszył ramionami.

– A co mogę zrobić? Możliwe, że powinienem porozmawiać z tobą o etyce i moralności i o niebezpieczeństwie, z jakim wiąże się grzebanie w prywatnym życiu innych ludzi.

– Czyli o tym, co sam robisz jako dziennikarz.

Skinął potakująco.

– Oczywiście. I dlatego mamy komisję do spraw etyki zawodowej, która to komisja stoi na straży moralnych aspektów pracy dziennikarza. Kiedy piszę tekst o jakimś łajdaku w bankowości, to nie wnikam na przykład w jego życie seksualne. Nie piszę, że fałszerka czeków jest lesbijką albo że podnieca ją myśl o seksie z psem, albo coś w tym stylu. Nawet jeżeli akurat byłoby to prawdą. Łajdacy też mają prawo do prywatnego życia. Tak łatwo zaszkodzić komuś, uderzając w jego prywatność. Rozumiesz, o co mi chodzi?

– Tak.

– Naruszasz moją prywatność. Mój pracodawca nie musi wiedzieć, z kim uprawiam seks. To jest moja sprawa.

Na twarzy Lisbeth wykwitł krzywy uśmiech.

– Uważasz, że powinnam to była przemilczeć?

– W moim przypadku to nie ma znaczenia. Połowa miasta wie o związku z Eriką. Chodzi o pryncypia.

– W takim razie może ucieszy cię wiadomość, że ja też mam zasady odpowiadające twojej komisji do spraw etyki. Nazywam je Zasadą Salander. Uważam, że drań to drań, i jeżeli mogę takiemu zaszkodzić, wywlekając na światło dzienne jego świństwa, to widocznie sobie na to zasłużył. Ja mu się tylko odpłacam.

– W porządku. – Blomkvist się uśmiechnął. – W pewnym sensie rozumujemy podobnie, ale...

– Ale rzecz w tym, że gdy kogoś badam, to zwracam również uwagę na to, co o tym kimś myślę. Nie jestem neutralna. Jeżeli mam do czynienia z dobrym człowiekiem, to staram się stonować raport.

– Naprawdę?

– W twoim przypadku stonowałam. Mogłam napisać książkę o twoim życiu seksualnym. Mogłam opowiedzieć Frodemu o przeszłości Eriki Berger w Club Xtreme i o tym, jak w latach osiemdziesiątych zabawiała się w BDSM, co niewątpliwie wywołałoby pewne skojarzenia, biorąc pod uwagę wasze życie seksualne.

Mikael napotkał spojrzenie Salander. Po chwili zaśmiał się, patrząc w okno.

– Naprawdę jesteś dokładna. Dlaczego nie zamieściłaś tego w raporcie?

– Jesteście dorosłymi ludźmi, wygląda na to, że się lubicie. Co robicie w łóżku to wasza sprawa i ujawniając tajemnice Eriki, mogłabym wam tylko zaszkodzić albo dostarczyć komuś materiału do szantażu. Kto wie – nie znam Dircha Frodego, informacje mogły przecież dotrzeć do Wennerströma.

– A ty nie chcesz dostarczać informacji Wennerströmowi?

– Jeżeli miałabym wybierać stronę w waszym pojedynku, wybrałabym twój róg ringu.

– Erika i ja mamy... Nasz związek jest...

– Gówno mnie obchodzi, w jakim jesteście związku. Nie odpowiedziałeś mi na pytanie, co zamierzasz zrobić z wiedzą na temat mojego włamania do twojego komputera.

Jego milczenie było prawie równie długie jak jej.

– Lisbeth, nie przyszedłem tutaj po to, żeby się na tobie powyżywać. Nie mam zamiaru cię szantażować. Przyszedłem, żeby poprosić cię o pomoc. Możesz odpowiedzieć tak lub nie. Jeżeli odmówisz, to pójdę i poszukam kogoś innego, i nigdy już się nie odezwę.

Po chwili zastanowienia uśmiechnął się do Lisbeth.

– No chyba że cię znajdę w komputerze, rzecz jasna!

– Co konkretnie oznacza...

– Wiesz o mnie strasznie dużo; część tego ma bardzo prywatny i osobisty charakter. Ale szkoda już się stała. Pozostaje mi tylko żywić nadzieję, że nie wykorzystasz swojej wiedzy, żeby zaszkodzić Erice albo mnie.

Zmierzyła go pustym spojrzeniem.

Rozdział 19
Czwartek 19 czerwca
– niedziela 29 czerwca

MIKAEL SPĘDZIŁ kolejne dwa dni na przeglądaniu swoich materiałów. Ciągle niepewny, czy Henrik przeżyje, czy nie, utrzymywał częsty kontakt z Dirchem Frodem. W czwartek wieczorem Frode przyszedł do Mikaela z wiadomością, że kryzys minął.

– Henrik jest osłabiony, ale przez chwilę z nim rozmawiałem. Chce się z panem spotkać tak szybko, jak to tylko możliwe.

Tak więc już wczesnym popołudniem w piątek Mikael pojechał do szpitala w Hedestad. Gdy odnalazł właściwy oddział, natknął się najpierw na poirytowanego Birgera Vangera, który blokując przejście, wyjaśnił, że Henrik nie przyjmuje wizyt. Mikael przyglądał się politykowi ze spokojem.

– To zabawne. Właśnie przez kuriera otrzymałem wiadomość, że Henrik Vanger chce się dzisiaj ze mną spotkać.

– Nie należy pan do rodziny i nic tu po panu.

– Ma pan rację, że nie należę do rodziny. Ale działam na osobiste zlecenie Henrika Vangera i przyjmuję dyspozycje wyłącznie od niego.

Ta wymiana zdań mogłaby się skończyć większą awanturą, gdyby nie nagłe pojawienie się Dircha Frodego. Stojąc w otwartych drzwiach do sali, w której leżał chory, wykrzyknął:

– O, jest pan! Henrik właśnie o pana pytał.

Mikael przeszedł obok Birgera i wśliznął się do środka.

Henrik sprawiał wrażenie człowieka, który w ciągu ostatniego tygodnia postarzał się o dziesięć lat. Zmierzwione jak nigdy włosy, niedomknięte powieki, doprowadzająca tlen rurka w nosie. Pielęgniarka zatrzymała Mikaela, kładąc mu dłoń na ramieniu.

– Dwie minuty. Nie dłużej. I proszę nie wzbudzać w nim większych emocji.

Mikael skinął głową i usiadł na krześle. Wpatrując się w twarz starca, poczuł zadziwiającą czułość. Wyciągnął rękę i ujął delikatnie jego wiotką dłoń. Henrik mówił z przerwami, słabym głosem.

– Coś nowego?

Mikael potwierdził lekkim skinięciem.

– Jak tylko poczujesz się lepiej, zdam ci dokładny raport. Nie rozwiązałem jeszcze zagadki, ale znalazłem nowy materiał i sprawdzam kilka tropów. Za jakiś tydzień albo dwa będę mógł powiedzieć, dokąd prowadzą.

Henrik spróbował kiwnąć głową, potwierdzając, że zrozumiał, ale skończyło się na mrugnięciu powiekami.

– Muszę wyjechać na kilka dni – mówił dalej Mikael.

Starzec ściągnął brwi.

– Nie, nie opuszczam statku. To podróż w celach badawczych. Ustaliłem z Dirchem Frodem, że teraz jemu zdaję raporty. Lepiej się czujesz?

– Dirch jest... moim rzecznikiem... we wszystkich sprawach.

Mikael skinął ponownie.

– Mikael... jeżeli tego... nie przeżyję... to chciałbym... żebyś dokończył... tę sprawę tak czy owak.

– Obiecuję, że dokończę.

– Dirch ma... wszelkie pełnomocnictwa.

– Henriku, bardzo chcę, żebyś wyzdrowiał. Strasznie bym się na ciebie wkurzył, gdybyś po prostu wziął i umarł, właśnie teraz, gdy zaszedłem tak daleko w poszukiwaniach.

– Dwie minuty – przypomniała pielęgniarka.

– Muszę kończyć – powiedział Mikael. – Gdy przyjdę następnym razem, chciałbym porozmawiać z tobą dłużej.

CZEKAJĄCY W KORYTARZU Birger Vanger zatrzymał Mikaela, kładąc mu dłoń na barku.

– Nie życzę sobie, żeby pan niepokoił Henrika. Jest ciężko chory i nie wolno mu w żaden sposób przeszkadzać ani go denerwować.

– Rozumiem pański niepokój i solidaryzuję się z panem w tym względzie. Nie będę wzbudzał w nim emocji.

– Wszyscy wiedzą, że Henrik zatrudnił pana, żeby pogrzebał pan trochę w jego hobby... w sprawie Harriet. Dirch Frode powiedział, że po ostatniej rozmowie z panem Henrik bardzo się wzburzył, a zaraz potem miał zawał. Powiedział, że sam pan się obawiał, że wywołał ten atak.

– A teraz się nie obawiam, ponieważ wiem, że Henrik miał porządnie zwapniałe naczynia wieńcowe. Mógł dostać zawału, idąc do toalety. Pan też o tym doskonale wie.

– Chcę mieć wgląd w te wszystkie głupie badania. Pan babrze się w historii mojej rodziny.

– Jak już wspomniałem... pracuję dla Henrika. Nie dla pańskiej rodziny.

Birger Vanger najwyraźniej nie był przyzwyczajony do tego, że ktoś mu pokazuje środkowy palec. Przez chwilę świdrował Mikaela spojrzeniem, które prawdopodobnie miało wzbudzić respekt, ale które jeszcze bardziej upodobniło go do nadętego dzika. Obrócił się na pięcie i zniknął za drzwiami. Mikael z trudem zdusił śmiech. Nie chciał parskać w pobliżu łóżka chorego, które równie dobrze mogło okazać się łożem śmierci. Przypomniał sobie bowiem wierszyk z rymowanego alfabetu Lennarta Hylanda, książeczki sprzedawanej kiedyś, w latach sześćdziesiątych, w ramach akcji „Pomoc z radia". Wierszyk, który z jakiegoś niepojętego powodu zapamiętał z czasów, kiedy uczył się czytać i pisać. To była litera D. Dzik aż się ze śmiechu kuli. – Dziś zabrakło dla mnie kuli. Drzewa wszystkie postrzelili, mnie jednego nie trafili!

PRZY WEJŚCIU do szpitala Mikael natknął się na Cecilię. Gdy wróciła z urlopu, kilkanaście razy dzwonił na jej komórkę, ale nie odbierała. Nie mógł jej też zastać w domu, gdy przechodząc, pukał do drzwi.

– Cześć – zagadnął. – Przykro mi z powodu tego, co spotkało Henrika.

– Dziękuję – odpowiedziała i skinęła głową.

Mikael próbował odczytać uczucia Cecilii, ale ani nie biło od niej ciepło, ani nie wiało chłodem.

– Musimy porozmawiać – mówił dalej.

– Czuję się winna, że cię tak wykluczyłam. Rozumiem, że jesteś wściekły, ale teraz nawet sama z sobą nie potrafię dojść do ładu.

Dopiero po kilku sekundach dotarło do niego, co Cecilia ma na myśli. Chwycił ją szybko za ramię i uśmiechnął się.

– Poczekaj, nie zrozumiałaś mnie, Cecilio. Wcale nie jestem na ciebie zły. Mam nadzieję, że pozostaniemy przyjaciółmi. Ale jeżeli nie chcesz mnie widywać... Jeżeli tak zadecydowałaś, to naturalnie szanuję twoją wolę.

– Nie mam szczególnych uzdolnień, jeżeli chodzi o związki...

– Ja też nie. Napijesz się kawy? – zapytał, wskazując kawiarenkę w holu.

Cecilia zawahała się.

– Nie, nie dzisiaj. Chcę teraz zajrzeć do Henrika.

– Oczywiście. Ale w dalszym ciągu muszę z tobą porozmawiać. Z zawodowego obowiązku.

– O co ci chodzi?

Cecilia natychmiast zwiększyła czujność.

– Pamiętasz nasze pierwsze spotkanie w styczniu, kiedy odwiedziłaś mnie w chatce? Powiedziałem wtedy, że to, o czym rozmawiamy, jest *off the record* i że jeżeli będę musiał zadać ci prawdziwe pytania, to cię uprzedzę. Chodzi o Harriet.

Na twarz Cecilii wstąpił wściekły grymas.

– Ty cholerny łajdaku!

– Cecilio, odkryłem rzeczy, o których po prostu muszę z tobą porozmawiać.

Cofnęła się o krok.

– Czy ty naprawdę nie rozumiesz, że cała ta pieprzona pogoń za tą cholerną Harriet to dla Henrika terapia zajęciowa?! Nie rozumiesz, że on może teraz właśnie umiera i najmniej potrzebne są mu silne emocje, złudne nadzieje i...

Zamilkła.

– Możliwe, że dla Henrika to tylko hobby, ale właśnie znalazłem więcej materiału niż komukolwiek udało się odgrzebać w ciągu ostatnich trzydziestu pięciu lat. W dochodzeniu jest parę pytań, na które nie ma odpowiedzi, a ja pracuję na zlecenie Henrika.

– Jeżeli Henrik umrze, to dochodzenie zakończy się bardzo szybko. Zobaczysz, że wylecisz na zbity pysk jako pierwszy – dodała i przeszła obok Mikaela.

WSZYSTKO BYŁO zamknięte. Hedestad zamieniło się w pustkowie, większość mieszkańców wyjechała do swoich domków letniskowych, by świętować sobótkowy weekend. W końcu Mikael dotarł do hotelu miejskiego, na którego tarasie można było wypić kawę, zjeść kanapkę i przejrzeć popołudniówki. Na świecie nie wydarzyło się nic ważnego.

Odłożywszy gazety, Mikael powrócił myślami do Cecilii. Nie zdradził ani Henrikowi, ani Dirchowi Frodemu, że okno w pokoju Harriet otworzyła najprawdopodobniej Cecilia. Obawiał się, że rzucając na nią podejrzenie, tylko jej zaszkodzi, a to była naprawdę ostatnia rzecz, którą chciał zrobić. Wcześniej czy później będzie jednak musiał zadać to pytanie.

Przesiedział na tarasie ponad godzinę, zanim postanowił odsunąć problemy na bok i poświęcić sobótkowy wieczór czemuś innemu niż rodzinie Vangerów. Telefon milczał. Erika wyjechała gdzieś ze swoim mężem. Nie miał do kogo otworzyć ust.

Wróciwszy do domu o czwartej po południu, postanowił podjąć jeszcze jedną decyzję: rzucić palenie. Od czasów służby wojskowej trenował regularnie; chodził na siłownię i biegał wzdłuż Söder Mälarstrand. Ale gdy zaczęły się problemy z Wennerströmem, zaniedbał się. W Rullåker powrócił do ćwiczeń siłowych, głównie w celach terapeutycznych, ale po wyjściu z więzienia specjalnie się nie przemęczał. Najwyższa pora wziąć się w garść! Włożył ubranie do biegania, zrobił leniwą rundkę wzdłuż drogi do domku Gottfrieda i odbił w kierunku Fortów, by zacząć intensywny bieg w terenie. Nie parał się biegiem na orientację od czasów wojska, ale zawsze bardziej cenił wycieczki po lesie niż gonienie po płaskich trasach joggingowych. Wrócił ścieżką biegnącą wzdłuż ogrodzenia Östergården. Gdy dobiegał do swojej chatki, czuł, że boli go każdy mięsień.

O szóstej wziął prysznic. Ugotował młode ziemniaki i nakrył na chwiejnym stoliku na werandzie do świątecznej kolacji. Śledź w sosie musztardowym, szczypiorek i jajka. Nalał sobie wódki i wzniósł toast z samym sobą. A później otworzył kryminał Val McDermid, *Syreni śpiew*.

OKOŁO SIÓDMEJ przyszedł Dirch Frode i usiadł ciężko na ogrodowym krześle naprzeciwko Mikaela. Gospodarz poczęstował go odrobiną skåńskiej.

– Wzbudziłeś dzisiaj silne emocje – powiedział Frode.

– Na to wygląda.

– Birger Vanger to pajac.

– Wiem.

– Ale Cecilii Vanger daleko do błazna. A jest na pana wściekła.

Mikael kiwnął głową.

– Wydała mi instrukcje. Mam dopatrzyć, żeby przestał pan węszyć w prywatnych sprawach rodziny.

– Rozumiem. I co pan na to?

Dirch Frode popatrzył na kieliszek z wódką i nagle wlał w siebie całą jego zawartość.

– Co ja na to? Henrik poinstruował mnie niezwykle dokładnie, na czym polega pańskie zlecenie. Dopóki nie zmieni tych instrukcji, dopóty jest pan zatrudniony zgodnie ze sformułowaną przez nas umową. Wychodzę z założenia, że zrobi pan wszystko, co w pańskiej mocy, żeby wywiązać się z umowy.

Mikael ponownie skinął głową. A później popatrzył w niebo, na którym zaczęły się zbierać deszczowe chmury.

– Nadciąga burza – powiedział Frode. – Jeżeli zawierucha wokół pana okaże się zbyt silna, może pan liczyć na moje wsparcie.

– Dziękuję.

Siedzieli przez chwilę w milczeniu.

– Może mi pan nalać jeszcze jednego?

ZALEDWIE KILKA minut po wizycie Frodego przed chatką Mikaela zahamował Martin Vanger. Wysiadł z samochodu i przywitał się, a Mikael, pozdrowiwszy go, zapytał, czy może poczęstować go wódką.

– Nie, lepiej nie ryzykować. Przyjechałem się tylko przebrać, za chwilę wracam do miasta, spędzę weekend z Evą.

Mikael milczał.

– Rozmawiałem z Cecilią. Była dość zdenerwowana, Henrik bardzo dużo dla niej znaczy. Mam nadzieję, że jej wybaczysz, jeżeli powie coś... niemiłego.

– Bardzo lubię Cecilię – odpowiedział Mikael.

– Rozumiem. Ale czasami jest kłopotliwa. W każdym razie chcę, żebyś wiedział, że Cecilia jest przeciwna twojemu grzebaniu w przeszłości.

Mikael westchnął. Wyglądało na to, że wszyscy w Hedestad wiedzą, w jakim celu go zatrudniono.

– A co ty sądzisz?

Martin rozłożył ręce.

– Ta sprawa z Harriet jest obsesją Henrika od dziesięcioleci. Nie wiem... Harriet była moją siostrą, ale teraz to już takie odległe... Dirch Frode powiedział, że masz tajną umowę, której warunki może zmienić tylko i wyłącznie Henrik. Obawiam się, że zerwanie tejże w jego stanie przyniosłoby więcej szkody niż pożytku.

– Więc uważasz, że powinienem pracować dalej?

– Znalazłeś coś ciekawego?

– Przykro mi, Martin, ale gdybym opowiedział ci szczegóły bez zgody Henrika, złamałbym jeden z warunków umowy.

– Rozumiem. – Nagle uśmiechnął się i dodał: – Henrik ma w sobie coś ze zwolennika teorii spiskowej. Ale chodzi mi przede wszystkim o to, żebyś nie karmił go złudnymi nadziejami.

– Obiecuję, że tego nie uczynię. Jedyne, co mu przedstawiam, to dające się udokumentować fakty.

– Świetnie... Właśnie, a tak zupełnie z innej beczki, musimy się też zastanowić nad inną umową. Ponieważ Henrik z powodu choroby nie może wywiązywać się ze swoich obowiązków w zarządzie „Millennium", jestem zmuszony zająć jego miejsce.

Mikael nie odzywał się.

– Zarząd powinien się zebrać i zastanowić nad sytuacją.

– To dobry pomysł. Ale o ile mi wiadomo, następne spotkanie jest ustalone na sierpień.

– Wiem, ale chyba powinniśmy się spotkać wcześniej.

Mikael uśmiechnął się kurtuazyjnie.

– Chyba rozmawiasz z niewłaściwą osobą. Chwilowo nie zasiadam w zarządzie „Millennium". Opuściłem czasopismo w grudniu i nie mam wpływu na wasze decyzje. Proponuję, żebyś skontaktował się w tej sprawie z Eriką Berger.

Martin nie spodziewał się takiej odpowiedzi. Odpowiedział dopiero po krótkim namyśle.

– Oczywiście, masz rację. Porozmawiam z nią.

Klepnąwszy Mikaela w bark, zniknął w swoim samochodzie.

Mikael odprowadził go wzrokiem. Nie świadczyły o tym żadne konkretne słowa, ale w powietrzu zawisła niewypowiedziana groźba. Martin Vanger położył na szali „Millennium". Mikael nalał sobie jeszcze jeden kieliszek skånskiej i otworzył powieść Val McDermid.

Około dziewiątej przyszedł cętkowany kot. Ponieważ łasił się do nóg, Mikael wziął go na ręce i drapał przez chwilę za uszami.

– To znaczy, że nie tylko mnie się nudzi w tę sobótkową noc – powiedział.

Gdy kładł się do łóżka, spadły pierwsze krople deszczu. Kot wolał zostać na dworze.

LISBETH SALANDER wyciągnęła z piwnicy swojego kawasaki i poddała dokładnemu przeglądowi. Ten lekki pojazd o pojemności stu dwudziestu pięciu centymetrów sześciennych nie był najbardziej wypasionym motocyklem na świecie, ale należał do niej, a ona potrafiła się z nim obchodzić. Wyremontowała go przecież śrubka po śrubce i podrasowała tylko trochę powyżej dozwolonej granicy.

Po południu założyła skórzany kombinezon i kask i pojechała do domu opieki w Äppelviken, gdzie spędziła wieczór z matką. Gnębił ją niepokój i wyrzuty sumienia. Matka była wyjątkowo nieobecna duchem. W ciągu trzech wspólnie spędzonych godzin zamieniły zaledwie kilka pojedynczych słów, a i wtedy Lisbeth miała wrażenie, że mama nie wie, z kim rozmawia.

MIKAEL ZMARNOWAŁ kilka dni na kłopotliwych próbach zidentyfikowania samochodu o numerze rejestracyjnym zaczynającym się od AC. Dzięki emerytowanemu mechanikowi z Hedestad ustalił markę; pojazd okazał się tuzinkowym modelem, o którym Mikael nigdy nie słyszał. Później skontaktował się z urzędnikiem w Centralnej Ewidencji Pojazdów, by sprawdzić, czy mógłby uzyskać spis wszystkich zarejestrowanych w 1966 roku fordów anglia, z blachami AC3 i coś tam. Po dokładniejszym zbadaniu sprawy okazało się, że tego typu archeologiczne wykopaliska w rejestrze są możliwe do przeprowadzenia, ale zajmują wiele czasu, a na domiar złego wykraczają trochę poza zasadę jawności.

Tak więc Mikael udał się na północ dopiero kilka dni po sobótkowym weekendzie. Nigdy nie lubił szybkiej jazdy, prowadził pożyczone volvo bez pośpiechu. Zatrzymał się przed mostem Sandöbron, by wypić kawę w legendarnej cukierni Wästerlunds. Kolejny przystanek zrobił pod Umeå, gdzie zjadł „obiad dnia" w przydrożnym motelu. Kupił atlas samochodowy i ruszył dalej do Skellefteå, skąd odbił w lewo. O szóstej wieczorem odebrał klucze w recepcji hotelu Norsjö.

Wcześnie rano następnego dnia rozpoczął poszukiwania. Fabryka Mebli w Norsjö nie figurowała w książce telefonicznej. Dwudziestoletnia recepcjonistka nigdy nie słyszała o takiej firmie.

– Kogo mógłbym zapytać?

Dziewczyna wyglądała na zakłopotaną, ale już po kilku sekundach z rozjaśnioną twarzą zaproponowała że zadzwoni do swojego taty. Dwie minuty później wróciła z wiadomością, że miejscową fabrykę mebli zlikwidowano na początku lat osiemdziesiątych. Jeżeli Mikael chciałby porozmawiać z kimś, kto znał firmę, to powinien zwrócić się do niejakiego Burmana, który pracował tam jako brygadzista i który mieszka przy ulicy Solvändan.

NORSJÖ BYŁO niewielką miejscowością z przebiegającą przez środek główną ulicą o znamiennej nazwie Storgatan*. Po obu stronach ciągnęły się szeregi sklepów, przecinane tu i ówdzie przecznicami, przy których wyrosły budynki mieszkalne. U wschodniego wylotu drogi znajdował się niewielki obszar przemysłowy i stajnia. Po zachodniej stronie ulicę wieńczył wyjątkowo piękny drewniany kościół. Mikael zanotował, że swoje zbory miały w miasteczku również Kościół Misyjny i Kościół Zielonoświątkowy. Na tablicy ogłoszeniowej przy dworcu autobusowym zauważył reklamę Muzeum Myślistwa i Narciarstwa Biegowego. Inny afisz zapowiadał sobótkowe występy Veroniki. Spacer z jednego końca ulicy na drugi zajął Mikaelowi ponad dwadzieścia minut.

Wzdłuż uliczki Solvändan, około pięciu minut od hotelu, stały wyłącznie domy jednorodzinne. Było wpół do dziesiątej rano. U Burmana nikt nie otwierał. Mikael przypuszczał, że poszukiwany przez niego mężczyzna albo jest w pracy, albo – jeżeli zdążył przejść na emeryturę – załatwia coś w mieście.

Następnym przystankiem był sklep żelazny przy Storgatan. Każdy mieszkaniec Norsjö prędzej czy później musi odwiedzić ten sklep – rozumował Mikael. W środku było dwóch sprzedawców. Mikael podszedł do starszego, prawdopodobnie już po pięćdziesiątce.

– Dzień dobry, szukam pary, która najprawdopodobniej mieszkała tutaj w latach sześćdziesiątych. Możliwe, że mężczyzna pracował w fabryce mebli. Nie wiem, jak się nazywają, ale mam dwie fotografie z 1966 roku.

Sprzedawca przyglądał się zdjęciom długo i uważnie, ale w końcu pokiwał głową, dodając, że nie rozpoznaje ani mężczyzny, ani kobiety.

* Storgatan – dosł. duża ulica (przyp. tłum.).

W południe w przydworcowym kiosku Mikael kupił hot doga. Dał sobie spokój ze sklepami i odwiedził w kolejności: urząd gminy, bibliotekę, aptekę i komisariat policji. Ten ostatni świecił pustkami, Mikael zaczął więc wypytywać starszych ludzi na ulicy. Około drugiej po południu zaczepił dwie młodsze kobiety, które wprawdzie też nie rozpoznały pary na zdjęciu, ale wpadły na dobry pomysł.

– Jeżeli fotografie pochodzą z 1966 roku, to te osoby mają teraz ponad sześćdziesiąt lat. Może warto pójść do domu Solbacka i popytać tamtejszych emerytów.

W dyżurce domu spokojnej starości Mikael przedstawił się kobiecie w średnim wieku. Początkowo bardzo nieufna, w końcu dała się jednak uprosić. Przez pół godziny Mikael pokazywał zdjęcia sporej grupce wiekowych osób. Zebrani w salonie emeryci bardzo się starali, ale nikt nie potrafił zidentyfikować pary uwiecznionej w Hedestad.

O piątej powrócił na Solvändan i ponownie zapukał do drzwi Burmana. Tym razem miał więcej szczęścia. Nieobecni w ciągu dnia Burmanowie zaprosili go do kuchni. Podczas gdy Mikael wyłuszczał swoją sprawę, kobieta nastawiła wodę na kawę. Podobnie jak wszystkie inne wcześniejsze próby, również i ta wizyta okazała się pudłem. Burman podrapał się w głowę i zapalił fajkę, by w końcu skonstatować, że nie rozpoznaje osób na fotografii. Rozmawiał z żoną miejscową gwarą, którą czasami trudno było zrozumieć. Komentując kręcone włosy dziewczyny ze zdjęcia, kobieta powiedziała: krucono cupryno.

– Ale ma pan rację, nalepka pochodzi z fabryki mebli – powiedział mężczyzna. – Bystry z pana człowiek. Problem polega na tym, że takie naklejki rozdawano na prawo i lewo. Dostawali je kierowcy, klienci, dostawcy drewna, maszyniści i mnóstwo innych osób.

– Nie przypuszczałem, że tak trudno będzie odszukać tę parę.

– Dlaczego chce pan znaleźć tych ludzi?

Mikael zdecydował się odpowiadać na pytania zgodnie z prawdą. Każda inna wymyślona historia byłaby mało prawdopodobna i siała zamęt.

– To długa opowieść. Zajmuję się pewnym przestępstwem, które miało miejsce w Hedestad w 1966 roku. Istnieje szansa, choć może tylko mikroskopijna, że osoby z fotografii zobaczyły, co się stało. Nie są w żaden sposób podejrzane i myślę, że nawet nie wiedzą, że posiadają informacje, które mogą pomóc w znalezieniu sprawcy przestępstwa.

– Przestępstwa? Jakiego rodzaju przestępstwa?

– Przykro mi, ale nie mogę zdradzić więcej szczegółów. Rozumiem, że to trochę podejrzane, że nagle po czterdziestu latach ktoś usiłuje odnaleźć te osoby, ale przestępstwo ciągle pozostaje zagadką, a w ostatnim czasie wyszły na światło dzienne nowe fakty.

– Rozumiem. Trzeba przyznać, że zajmuje się pan nietypową sprawą.

– Ile osób pracowało w fabryce mebli?

– Normalnie było nas czterdziestu. Zacząłem tam w połowie lat pięćdziesiątych, miałem siedemnaście lat. Pracowałem aż do likwidacji firmy. Później zostałem przewoźnikiem.

Burman zastanawiał się przez chwilę.

– Tyle mogę powiedzieć, że ten chłopak nigdy nie pracował w fabryce. Możliwe, że był kierowcą, ale wtedy też bym go raczej rozpoznał. Ale oczywiście jest jeszcze inna możliwość. Że ten samochód należy do jego ojca, wujka czy innego krewnego, który pracował w fabryce.

Mikael pokiwał ze zrozumieniem głową.

– Rozumiem, że istnieje mnóstwo możliwości. Może mi pan polecić kogoś, z kim mógłbym porozmawiać?

– Tak – odpowiedział Burman. – Niech pan przyjdzie jutro przed południem, zrobimy sobie przejażdżkę i porozmawiamy z paroma koleżkami.

LISBETH SALANDER stała przed niebłahym problemem metodologicznym. Była niewątpliwie ekspertem w zdobywaniu informacji o ludziach, ale za punkt wyjścia służyły jej zawsze nazwisko, imię i numer PESEL konkretnej żyjącej osoby. Jeżeli owa osoba znajdowała się w jakimkolwiek rejestrze (a w jakiejś ewidencji znajdowali się bezwzględnie wszyscy ludzie), to dość szybko wpadała w pajęczą sieć. Jeżeli posiadała do tego komputer z dostępem do Internetu, adres mailowy i może nawet własną stronę, co dla większości badanych przez Salander było rzeczą raczej oczywistą, to ujawnienie jej najskrytszych tajemnic nie stanowiło dla Lisbeth większego problemu.

Zadanie, którego podjęła się dla Mikaela, było zupełnie innego rodzaju. Mówiąc prosto: chodziło o zidentyfikowanie czterech numerów PESEL na podstawie bardzo nikłych danych. Na domiar złego posiadacze tych numerów żyli kilkadziesiąt lat temu, co najprawdopodobniej oznacza, że nie figurują w żadnych rejestrach elektronicznych.

Opierając się na przypadku Rebeki Jacobsson, Mikael wysunął tezę, że również pozostałe cztery osoby padły ofiarą mordercy. Powinny więc odnaleźć się w dokumentach dotyczących niewyjaśnionych dochodzeń policji. Oprócz informacji, że domniemanych morderstw dokonano przed 1966 rokiem, Lisbeth nie miała żadnych innych wskazówek co do miejsca i czasu. Była to dla niej zupełnie nowa sytuacja.

A więc jak się za to zabrać?

Włączyła komputer i zaczęła od najprostszej formy researchu. W wyszukiwarce Google wpisała [magda] + [morderstwo]. Ku swojemu zdziwieniu od razu dokonała przełomu. Jako pierwszy wyświetlił się program telewizji lokalnej w Karlstad z 1999 roku, informujący o kolejnym odcinku serialu „Morderstwa w Värmlandii". Następnym wynikiem była krótka prezentacja odcinka w „Värmlands Folkblad".

W serialu dokumentalnym „Morderstwa w Värmlandii" poznamy dzisiaj sprawę Magdy Lovisy Sjöberg z Ranmoträsk, czyli zagadkę okrutnego morderstwa, nad którą kilkadziesiąt lat temu głowiła się policja w Karlstad. Brutalnie zamordowana Lovisa Sjöberg, czterdziestosześcioletnia żona rolnika, została znaleziona w kwietniu 1960 roku w należącej do rodziny oborze. Reporter Claes Gunnars opisuje ostatnie godziny życia kobiety, i bezowocną pogoń za mordercą. Morderstwo wywołało swojego czasu spore poruszenie; stworzono wiele teorii na temat domniemanego sprawcy. Występujący w programie młodszy krewny zamordowanej opowiada o tym, jak bezpodstawne oskarżenia zniszczyły mu życie. Godzina 20.00.

Więcej informacji znalazła w artykule „Przypadek Lovisy wstrząsnął całą okolicą", opublikowanym w czasopiśmie „Värmlandskultur", którego archiwalne teksty zamieszczano w całości w sieci. Przebieg wydarzeń zrelacjonowano z nieukrywanym zachwytem i w dość lekkim tonie. Mąż Magdy Lovisy, Holger Sjöberg, znalazł ciało żony po piątej, kiedy wrócił z lasu. Kobieta została brutalnie zgwałcona, wielokrotnie ugodzona nożem i w końcu zakłuta na śmierć widłami. Morderstwa dokonano w oborze należącej do rodziny, ale największe poruszenie wywołał fakt, że sprawca przywiązał klęczącą ofiarę do jednego z boksów. Później odkryto, że jedna z krów w zagrodzie została zraniona nożem w szyję. Podejrzewany początkowo mąż dostarczył niepodważalnego alibi. Razem z kolegami od szóstej rano pracował przy wyrębie lasu około czterdziestu kilometrów od domu. Lovisa żyła bez wątpienia o godzinie dziesiątej przed południem, kiedy odwiedziła ją sąsiadka. Nikt nic nie widział i nie słyszał; od najbliższego gospodarstwa dzieliło Sjöbergów około czterystu metrów.

Zrezygnowawszy z męża w roli głównego podejrzanego, dochodzący skupili się na dwudziestotrzyletnim bratanku zamordowanej. Chłopak wielokrotnie wchodził w kolizję z prawem, cierpiał na chroniczny brak pieniędzy i kilka razy pożyczał niewielkie sumy od ciotki. Alibi bratanka było zdecydowanie słabsze i zdążył odsiedzieć swoje w areszcie, zanim wypuszczono go z powodu braku dowodów winy. Ale wiele osób we wsi uważało go mimo wszystko za sprawcę.

Policja sprawdziła też kilka innych tropów. Spora część śledztwa dotyczyła poszukiwań widywanego w okolicy tajemniczego domokrążcy oraz grupy Cyganów, którzy odbywali ponoć swoje „złodziejskie tournée". Z akt nie wynikało, dlaczego akurat oni, nic nie kradnąc, mieliby popełnić brutalne morderstwo o podłożu seksualnym.

Przez pewien czas zainteresowanie policji wzbudzał również jeden z sąsiadów Sjöbergów, którego w młodości podejrzewano o przestępstwo homoseksualne (to było w czasach, kiedy homoseksualizm uznawano za niezgodny z prawem) i który, jak wieść gminna niosła, w dalszym ciągu był „dziwaczny". Również i w tym przypadku nie zastanawiano się nad tym, dlaczego gej miałby dopuścić się gwałtu na kobiecie. Żaden z tych tropów nie doprowadził ani do zatrzymania, ani do wyroku skazującego.

Lisbeth Salander widziała wyraźny związek z listą w notesie Harriet. Cytat z III księgi Mojżesza brzmiał: *Również kobietę, która się zbliży do jakiegokolwiek bydlęcia, aby z nim obcować – zabijcie kobietę i bydlę; będą wydani na śmierć, krew ich jest na nich*. To nie mógł być przypadek, że poważana gospodyni o imieniu Magda została zamordowana w oborze, a jej specjalnie ułożone ciało przykuto do boksu dla koni.

Pozostawało pytanie, dlaczego Harriet nazwała kobietę Magdą zamiast Lovisą, mimo że to ostatnie najwyraźniej było imieniem używanym przez ofiarę. Gdyby w programie telewizyjnym nie wymieniono obydwu, Salander przeoczyłaby całą sprawę.

Ale najważniejsze pytanie brzmiało: czy między morderstwem Rebeki w 1949 roku, morderstwem Magdy Lovisy w 1960 roku i zniknięciem Harriet w 1966 roku istniał jakiś związek? A jeżeli tak, to jakim cudem Harriet do tego doszła?

W SOBOTĘ BURMAN najpierw zabrał Mikaela na nie-napawającą nadzieją wędrówkę po miasteczku. Przed południem odwiedzili pięciu byłych pracowników fabryki. Trzej mieszkali w centrum Norsjö, pozostali dwaj – w podmiejskim Sörby. Wszyscy poczęstowali ich kawą. Wszyscy kręcili głowami, oglądając fotografie.

Po skromnym posiłku w domu udali się na samochodową przejażdżkę po okolicy. Odwiedzili cztery wioski, w których osiadło kilku byłych pracowników fabryki. Przyjmowano ich ciepło w każdym domu, ale nikt nie potrafił im pomóc. Mikael zaczął tracić nadzieję i zastanawiał się, czy wyprawa do Norsjö nie jest kolejnym ślepym zaułkiem.

Około czwartej po południu Burman zaparkował przed typową brązowoczerwoną zagrodą w Norsjövallen i przedstawił Mikaela Henningowi Forsmanowi.

Spojrzawszy na pierwsze zdjęcie, emerytowany majster wykrzyknął:

– Ależ to przecież chłopak Assara Brännlunda!

Bingo!

– No proszę, to jego syn – powiedział Burman i zwracając się do Mikaela, wyjaśnił – Pracował w skupie.

– Gdzie go znajdę?

– Chłopaka? Oj, to będzie pan musiał pójść na grób. Gunnar pracował w Boliden. Miał wypadek w kopalni w połowie lat siedemdziesiątych. Cholera jasna!

– Ale jego żona Mildred żyje. Ta ze zdjęcia. Mieszka w Bjursele.

– Bjursele?

– Dziesięć kilometrów stąd w kierunku Bastuträsk. Jak wjedziecie do wsi, to będzie trzeci dom, taka podłużna chałupa po prawej stronie. Znam dość dobrze tę rodzinę.

– DZIEŃ DOBRY, nazywam się Lisbeth Salander i piszę pracę z kryminologii na temat przemocy wobec kobiet w XX wieku. Chciałabym odwiedzić komisariat policji w Landskronie i przejrzeć dokumenty z pewnego śledztwa z 1957 roku. Chodzi o morderstwo czterdziestopięcioletniej Rakel Lunde. Czy wie pani, gdzie teraz znajdują się te akta?

BJURSELE BYŁO wioską niczym z folderu reklamującego region Västerbotten. Dwadzieścia parę domów w stosunkowo ciasnej zabudowie okalało mniej więcej połowę jeziora. W środku wsi krzyżowały się dwie drogi. Na jednym drogowskazie było napisane „Hemmingen 11 km", a na drugim „Bastuträsk 17 km". W pobliżu rozwidlenia dróg znajdował się mostek przerzucony nad niewielką rzeczką, która prawdopodobnie była tym sele* dla Bjur**. Teraz, w pełni lata, było tu pięknie jak na obrazku.

Mikael zaparkował na placyku przed zlikwidowanym sklepem Konsumu, na ukos od trzeciego domu po prawej stronie drogi. Nikt mu nie otworzył, gdy zapukał do drzwi.

Zrobił godzinny spacer w kierunku Hemmingen. Przeszedł obok miejsca, w którym rzeczka zamieniała się w rwący potok. Zanim zawrócił, spotkał dwa koty i jedną sarnę, ale żadnego człowieka. Drzwi Mildred Brännlund były w dalszym ciągu zamknięte.

Na słupie przy mostku wisiał wyblakły afisz zapraszający na BTCC, co przy bliższych oględzinach okazało się być skrótem od Bjursele Tukting Car Championship 2002. Ujarzmianie samochodów było widocznie tutejszą zimową rozrywką i polegało na zajeżdżaniu ich na śmierć po

---

* Sele – pas, rzemień, uprząż (przyp. tłum.).
** Bjur – staronordycka wersja współczesnego bäver, bóbr. Pospolity człon w nazwach miejscowości, jezior itp. (przyp. tłum.).

powierzchni zamarzniętego jeziora. Mikael przyglądał się afiszowi w zamyśleniu.

Czekał do dziesiątej wieczorem. W końcu poddał się i wrócił do Norsjö, gdzie zjadł późną kolację i położył się do łóżka z kryminałem Val McDermid.

Zakończenie było potworne.

OKOŁO DZIESIĄTEJ wieczorem Lisbeth dopasowała do listy Harriet jeszcze jedno nazwisko. Uczyniła to po wielogodzinnych przemyśleniach i ciągle nie do końca przekonana. Odkryła drogę na skróty. Od czasu do czasu publikowano w prasie teksty o niewyjaśnionych morderstwach. W niedzielnym dodatku jednej z popołudniówek znalazła artykuł z 1999 roku zatytułowany *Wielu morderców kobiet ciągle znajduje się na wolności*. Tekst był lapidarny, ale zawierał nazwiska i fotografie kilku głośnych ofiar. Wspomniano sprawę Solveig z Norrtälje, Anity z Norrköping, Margarety z Helsingborga i szereg innych.

Najstarsze opisane morderstwo pochodziło z lat sześćdziesiątych i żadne z nich nie pasowało do listy, którą Lisbeth dostała od Mikaela. Ale jeden przypadek zwrócił jej uwagę.

W czerwcu 1962 roku trzydziestodwuletnia prostytutka, Lea Persson z Göteborga pojechała do Uddevali, by odwiedzić matkę i znajdującego się pod jej opieką dziewięcioletniego syna. Po kilku dniach, w niedzielny wieczór Lea uściskała mamę na pożegnanie i poszła na dworzec, żeby wrócić pociągiem do Göteborga. Dwa dni później znaleziono ją za opuszczonym kontenerem na likwidowanym obszarze przemysłowym. Padła ofiarą gwałtu i wyjątkowo brutalnej przemocy.

Opisane w odcinkach w gazecie morderstwo Lei wywołało głębokie poruszenie. Nigdy jednak nie udało się znaleźć sprawcy. W spisie Harriet nie figurowała żadna Lea. Nie pasował też żaden z wymienionych przez nią biblijnych cytatów.

Ale jeden dziwaczny szczegół spowodował, że Lisbeth zaostrzyła czujność. Mniej więcej dziesięć metrów od miejsca, w którym znaleziono zwłoki Lei, leżała doniczka z gołębiem. Ktoś uwiązał linkę u szyi ptaka i przeciągnął ją przez otwór w spodzie doniczki, po czym umieścił całość w niewielkim ognisku rozpalonym między dwiema cegłami. Nie istniały dowody na to, że znęcanie się nad zwierzęciem miało jakikolwiek związek ze śmiercią kobiety; dręczycielami mogły być dzieci, które wymyśliły wyjątkowo brutalną wakacyjną zabawę, ale sprawa Lei otrzymała w mediach tytuł: „Gołębie morderstwo".

Lisbeth nie czytywała Biblii, ba! nie posiadała nawet własnego egzemplarza. Wieczorem poszła do kościoła Högalidskyrkan, gdzie nie bez problemów udało się jej pożyczyć Stary i Nowy Testament. Usiadła na ławce w pobliskim parku i zagłębiła się w lekturze Księgi Kapłańskiej. Gdy doszła do ósmego wersu w dwunastym rozdziale, uniosła brwi. Rozdział dwunasty traktował o czystości położnic.

A gdyby nie wystarczało jej na jagnię, niech weźmie parę synogarlic albo parę gołąbków – jednego na całopalenie, zaś drugiego na ofiarę zagrzeszną; a kapłan ją rozgrzeszy i będzie czysta.

Lea równie dobrze mogłaby figurować w notesie Harriet jako Lea 31208.

Nagle Lisbeth uświadomiła sobie, że żadne z jej dotychczasowych badań nawet nie otarło się o wymiar, który niewątpliwie miało jej obecne zlecenie.

MILDRED BRÄNNLUND, ponownie zamężna, obecnie Mildred Berggren, otworzyła Mikaelowi drzwi w niedzielę o dziesiątej rano. Była prawie czterdzieści lat starsza i o mniej więcej tyle samo kilogramów cięższa, ale Mikael od razu ją rozpoznał z fotografii.

– Dzień dobry, nazywam się Mikael Blomkvist. A pani – Mildred Berggren, prawda?

– Tak, zgadza się.

– Przepraszam, że przychodzę tak bez zapowiedzi, ale od jakiegoś czasu próbowałem znaleźć panią w związku z pewną sprawą, która jest trochę skomplikowana... Uśmiechnął się.

– Czy mógłbym wejść do środka i zająć pani trochę czasu?

W domu był zarówno jej mąż, jak i trzydziestopięcioletni syn, i kobieta bez większego wahania zaprosiła przybysza do kuchni. Mikael podał wszystkim rękę. W ciągu ostatnich dni wypił więcej kawy niż kiedykolwiek w całym swoim życiu, ale wiedział już, że w Norlandii odmowę poczęstunku uznaje się za wielki nietakt. Kiedy na stole pojawiły się filiżanki, Mildred usiadła obok gościa i z ciekawością zapytała, w czym mogłaby pomóc. Ponieważ przybysz miał trudności ze zrozumieniem miejscowej gwary, przeszła na ogólnoszwedzki.

Mikael wziął głęboki wdech.

– To długa i osobliwa historia. We wrześniu 1966 roku była pani z ówczesnym mężem, Gunnarem Brännlundem, w Hedestad.

Poczekał, aż zdumiona kobieta skinie głową i położył przed nią na stole zdjęcie z Järnvägsgatan.

– Właśnie wtedy zostało zrobione to zdjęcie. Pamięta pani okoliczności?

– O Boże! – westchnęła kobieta – to przecież wieki całe...

Jej syn i drugi mąż stanęli obok, przyglądając się fotografii.

– To była nasza podróż poślubna. Pojechaliśmy samochodem do Sztokholmu i Sigtuny, a w drodze powrotnej zatrzymaliśmy się gdzieś... Mówi pan, że w Hedestad?

– Tak, właśnie tam. To zdjęcie zrobiono mniej więcej o pierwszej po południu. Próbowałem zidentyfikować panią od dłuższego czasu i nie było to szczególnie łatwe.

– Znalazł pan starą fotografię, a później mnie. Nie pojmuję, jak pan to zrobił.

Mikael pokazał zdjęcie z parkingu.

– Dzięki tej fotografii, którą zrobiono parę godzin później.

Mikael wyjaśnił, jak poprzez naklejkę „Fabryka Mebli w Norsjö" dotarł do Burmana, który z kolei zaprowadził go do Forsmana w Norsjövallen.

– Najwyraźniej ma pan ważny powód do takich dziwnych poszukiwań.

– Jak najbardziej. Ta stojąca przed panią dziewczyna miała na imię Harriet. Zniknęła tego samego dnia i przyjęto, że padła ofiarą mordercy. Proszę zobaczyć.

Mikael wyciągnął swój iBook i czekając na otwarcie programu, wyjaśnił sytuację. A później zaprezentował kobiecie serię zdjęć ukazujących zmianę wyrazu twarzy Harriet.

– Odkryłem panią, przeglądając te stare fotografie. Stoi pani trochę na skos za Harriet, z aparatem w ręku, i wygląda na to, że fotografuje pani właśnie to, na co Harriet tak gwałtownie zareagowała. Wiem, że to ogromnie śmiała próba, ale jestem tutaj po to, żeby zapytać, czy ma pani może zdjęcia z tego dnia.

Mikael był przygotowany na to, że kobieta zbędzie go informacją, że zdjęcia już dawno zginęły albo że je po prostu wyrzuciła, albo że film nigdy nie został wywołany. Mildred Berggren popatrzyła na niego błękitnymi oczyma i – jakby to była najbardziej naturalna rzecz na świecie – oznajmiła, że oczywiście posiada wszystkie wakacyjne pamiątki.

Wyszła z kuchni i po kilku minutach wróciła z pudłem, w którym trzymała kilka albumów z całą masą fotografii. Znalezienie tych właściwych zajęło trochę czasu. Kobieta zrobiła w Hedestad trzy zdjęcia. Pierwsze, najmniej ostre, pokazywało główną ulicę, drugie – ówczesnego męża, a trzecie – klaunów ze świątecznego korowodu. Mikael pochylił się podniecony nad albumem. Po drugiej stronie ulicy zobaczył jakąś postać. Zdjęcie kompletnie nic mu nie mówiło.

Rozdział 20
Wtorek 1 lipca – środa 2 lipca

ZARAZ PO POWROCIE do Hedestad Mikael poszedł do Dircha Frodego, by dowiedzieć się czegoś o Henriku. Okazało się, że w ciągu ostatniego tygodnia zdecydowanie zaczął wracać do zdrowia. W dalszym ciągu był osłabiony i wątły, ale nie leżał już cały czas w łóżku, a jego stan przestano określać jako krytyczny.

– Dzięki Bogu – powiedział Mikael. – Dopiero teraz dotarło do mnie, jak bardzo go lubię.

Dirch Frode skinął głową.

– Wiem. Henrik też pana lubi. A jak podróż do Norlandii?

– I zakończona sukcesem, i niezadowalająca. Szczegóły trochę później. Teraz chciałbym pana zapytać o jedną rzecz.

– Słucham.

– Co się stanie z „Millennium", jeżeli Henrik umrze?

– Nic się nie stanie. Na jego miejsce w zarządzie wejdzie Martin.

– Czy istnieje ryzyko, czysto hipotetycznie, że Martin mógłby przysporzyć „Millennium" kłopotów, gdybym nie przestał badać sprawy Harriet?

Frode spojrzał na niego z zaostrzoną uwagą.

– Coś się stało?

– W zasadzie nic.

Mikael zrelacjonował ostatnią rozmowę z Martinem.

– Gdy wracałem z Norsjö, zadzwoniła do mnie Erika i powiedziała, że rozmawiała z Martinem. Prosił usilnie, żeby podkreśliła, jak bardzo jestem potrzebny w redakcji.

– Rozumiem. Zgaduję, że namówiła go do tego Cecilia. Ale nie sądzę, żeby Martin próbował pana szantażować. Jest zbyt honorowy. I proszę nie zapominać, że ja też zasiadam w zarządzie filii spółki, którą założyliśmy, wchodząc do „Millennium".

– Ale gdyby powstała drażliwa sytuacja, po której stronie pan się opowie?

– Umowy są po to, żeby ich dotrzymywać. Pracuję dla Henrika. Jesteśmy przyjaciółmi od czterdziestu pięciu lat i mamy podobne zapatrywania. Jeżeli Henrik umrze, to nie Martin, ale ja dostanę w spadku jego udziały w naszej filii. Mamy bardzo szczegółową umowę, w której zobowiązujemy się wspierać „Millennium" przez cztery lata. Gdyby Martin chciał nam nawarzyć piwa, w co nie wierzę, to mógłby ewentualnie powstrzymać kilka mniejszych firm i przeszkadzać im w reklamowaniu się w czasopiśmie.

– Co w gruncie rzeczy jest podstawą egzystencji „Millennium".

– Niewątpliwie, ale proszę spojrzeć na to w ten sposób: zajmowanie się takimi błahostkami jest czasochłonne. Martin walczy teraz o przetrwanie na arenie przemysłowej i pracuje czternaście godzin dziennie. Nie ma czasu na nic innego.

Mikael zamyślił się przez moment.

– Czy wolno mi zapytać... Może to nie moja sprawa, ale jak wygląda kondycja koncernu?

Dirch Frode spoważniał.

– Mamy problemy.

– No tak, ale to potrafi zrozumieć nawet zwykły reporter gospodarczy, jak ja. Na ile poważne są te problemy?

– Czy to pozostanie między nami?

– Tylko między nami.

– W ciągu ostatnich tygodni straciliśmy dwa ogromne zamówienia w branży elektronicznej i w zasadzie wypadliśmy z rosyjskiego rynku. We wrześniu musimy zwolnić tysiąc sześćset osób zatrudnionych w Örebro i Trollhättan. Średnio przyjemny prezent dla ludzi, którzy pracowali dla nas przez wiele, wiele lat. Z każdą likwidowaną fabryką maleje zaufanie do koncernu.

– Martin jest przyparty do muru.

– Dźwiga na swoich barkach ogromny ciężar i musi stąpać bardzo ostrożnie.

WRÓCIWSZY DO DOMU, Mikael zadzwonił do redakcji. Ponieważ nie było Eriki, porozmawiał z Christerem.

– No więc tak: wczoraj zadzwoniła do mnie Erika. Martin Vanger naciska ją i – jakby to powiedzieć – nalega, żeby zaproponowała, żebym zaczął się bardziej angażować w sprawy redakcji.

– Ja też tak uważam – odpowiedział Christer.

– Rozumiem. Ale rzecz w tym, że podpisałem z Henrikiem umowę, której nie mogę zerwać, a Martin działa z polecenia pewnej osoby, która chce, żebym przestał węszyć i wrócił do domu. Jego propozycja to próba odwołania mnie stąd.

– Rozumiem.

– Pozdrów Erikę i powiedz jej, że wrócę do Sztokholmu, gdy zakończę tę sprawę w Hedestad. Nie wcześniej.

– W porządku. Jesteś kompletny wariat. Przekażę jej to.

– Christer, tutaj się coś święci i nie zamierzam się teraz wycofać.

W odpowiedzi usłyszał tylko głębokie westchnienie.

ZROBIWSZY KRÓTKI spacer, Mikael zapukał do drzwi sąsiada. Przywitała go z serdecznym uśmiechem Eva Hassel.

– Dzień dobry, czy zastałem Martina?

Jak na zawołanie Martin pojawił się z aktówką w ręku. Pocałował Evę w policzek i przywitał się z Mikaelem.

– Jestem w drodze do biura, chcesz ze mną porozmawiać?

– Jeżeli ci się spieszy, możemy pogadać innym razem.

– Dawaj!

– Dopóki nie skończę zlecenia Henrika, dopóty nie wrócę do Sztokholmu i nie zacznę pracować w redakcji „Millennium". Chcę cię poinformować o tym już teraz, żebyś nie liczył na moją obecność w zarządzie przed końcem roku.

Martin zahuśtał się na obcasach.

– Rozumiem. Myślisz, że chcę się ciebie pozbyć. – Zrobił pauzę. – Mikaelu, porozmawiamy o tym później. Nie mam czasu na działalność hobbystyczną w zarządzie „Millennium" i żałuję, że przystałem na propozycję Henrika. Ale uwierz mi, zrobię co w mojej mocy, żeby „Millennium" przetrwało.

– Nigdy w to nie wątpiłem – odpowiedział uprzejmie Mikael.

– Jeżeli umówimy się na przyszły tydzień, to możemy przejrzeć finanse i powiem ci, jak to wszystko widzę. Ale naprawdę uważam, że „Millennium" nie stać na to, żeby kluczowa postać w redakcji siedziała na północy z założonymi rękami. Podoba mi się wasze czasopismo i wierzę, że razem możemy umocnić jego pozycję. Ale do tego potrzebny jesteś ty! Popadłem w konflikt lojalności. Albo spełniać życzenia Henrika, albo robić dobrą robotę w zarządzie „Millennium".

MIKAEL PRZEBRAŁ SIĘ i pobiegł w kierunku Fortów i chatki Gottfrieda, gdzie zawrócił i już znacznie wolniej potruchtał wzdłuż brzegu. Dirch Frode siedział w ogrodzie i czekał cierpliwie, aż Mikael opróżni butelkę wody i wytrze pot z twarzy.

– To nie może być zdrowe w takim upale.

– Ech! – odpowiedział Mikael.

– Myliłem się. To nie Cecilia naciska na Martina, tylko

Isabella. Isabella mobilizuje klan Vangerów, namawiając ludzi do zanurzenia cię w smole i pierzu, a może nawet do spalenia na stosie. Ma poparcie Birgera.

– Isabella?

– To złośliwa i małostkowa kobieta, która nie lubi ludzi w ogóle, a teraz szczególnie ciebie. Szerzy pogłoski, że jesteś oszustem, że zmusiłeś Henrika, żeby cię zatrudnił i że rozjuszyłeś go do tego stopnia, że dostał ataku serca.

– Czy ktoś w to wierzy?

– Zawsze znajdą się ludzie skłonni wierzyć w to, co mają do powiedzenia złe języki.

– Próbuję się dowiedzieć, co się stało z jej córką, a ona mnie nienawidzi. Gdyby chodziło o moje dziecko, reagowałbym chyba trochę inaczej.

OKOŁO DRUGIEJ po południu zadzwoniła komórka Mikaela.

– Dzień dobry, nazywam się Conny Torsson, pracuję w „Hedestads-Kuriren". Czy może mi pan odpowiedzieć na kilka pytań? Dostaliśmy wiadomość, że mieszka pan na Hedeby.

– W takim razie maszynka z wiadomościami jest dość powolna. Mieszkam tutaj od stycznia.

– No proszę, nie wiedziałem. Co pan robi w Hedestad?

– Piszę. I mam coś w rodzaju urlopu.

– Nad czym pan pracuje?

– Sorry, dowie się pan, gdy opublikuję.

– Dopiero co wyszedł pan z więzienia...

– Tak?

– Co sądzi pan o dziennikarzach, którzy fałszują materiały?

– Dziennikarze fałszujący materiały to idioci.

– A więc uważa się pan za idiotę?

– A dlaczego miałbym się za takiego uważać? Nigdy nie sfałszowałem danych.

– Ale został pan skazany za zniesławienie.

– No i? – Dziennikarz wahał się tak długo, że Mikael musiał mu pomóc. – Skazano mnie za zniesławienie, a nie za fałszowanie materiałów.

– Ale pan ten materiał opublikował.

– Jeżeli dzwoni pan, żeby podyskutować na temat wyroku sądu, to nie mam żadnych komentarzy.

– Chciałbym do pana przyjechać i przeprowadzić wywiad.

– Przykro mi, ale na ten temat nie mam nic więcej do powiedzenia.

– To znaczy, że nie chce pan rozmawiać o procesie?

– Dobrze pan zrozumiał – odpowiedział Mikael i odłożył słuchawkę.

Po chwili zamyślenia powrócił do komputera.

LISBETH SALANDER zgodnie z instrukcjami skręciła na most i zatrzymała się na wyspie przy pierwszej chatce po lewej stronie. Znalazła się na głuchej wsi. Ale dopóki pracodawca płacił, mogła pojechać nawet na Biegun Północny. A poza tym fajnie było dodać gazu i poszaleć trochę na E4. Zaparkowała motocykl i poluzowała taśmę przytrzymującą bagaż.

Mikael Blomkvist pomachał jej w drzwiach na powitanie i podszedł, by zobaczyć z bliska pojazd.

– No proszę! Nie wiedziałem, że jeździsz na motorze.

Lisbeth milczała, obserwując Mikaela, który z lubością muskał kierownicę i kręcił rączką gazu. Nie lubiła, gdy ktoś dotykał jej rzeczy, ale chłopięcy uśmiech mężczyzny rekompensował naganne zachowanie. Większość zainteresowanych motocyklami prychała lekceważąco na jej lekki pojazd.

– Jeździłem na takim, gdy miałem dziewiętnaście lat – powiedział, odwracając się do niej. – Dziękuję, że przyjechałaś. Chodź, to cię zainstaluję.

Pożyczone od Nilssonów łóżko polowe stało pościelone w gabinecie. Lisbeth podejrzliwie obejrzała całą chatkę i odetchnęła, nie znalazłszy żadnej widocznej pułapki. Mikael pokazał jej łazienkę.

– Gdybyś potrzebowała się odświeżyć po podróży.

– Muszę się przebrać. Nie mam zamiaru paradować przez cały dzień w skórze.

– To ty się przebieraj, a ja przygotuję kolację.

Usmażył kotlety jagnięce i podlał sosem z czerwonego wina. Nakrył na dworze, w wieczornym słońcu. Lisbeth wyszła z domu boso, w czarnej bluzeczce na ramiączkach i w spranej króciutkiej spódnicy z dżinsu. Kotlety pachniały smakowicie i Lisbeth pochłonęła dwie porcje. Mikael zafascynowany spoglądał ukradkiem na jej wytatuowane plecy.

– PIĘĆ PLUS TRZY – powiedziała Lisbeth. – Pięć przypadków twojej Harriet i trzy, które według mnie też powinny znaleźć się na liście.

– Opowiadaj.

– Pracowałam nad tym tylko jedenaście dni i nie zdążyłam odszukać wszystkich dokumentów. W niektórych przypadkach akta dochodzeń spoczywają w archiwum krajowym, a w innych – przechowuje się je w komisariatach. Zrobiłam trzy wycieczki do trzech różnych komisariatów policyjnych, reszta jest jeszcze niezbadana. Ale zidentyfikowałam wszystkie pięć kobiet.

Położyła na kuchennym stole pokaźny stos papierów, ponad pięćset kartek formatu A4. Szybko posortowała je w kilka kupek.

– Przyjrzyjmy się im w porządku chronologicznym – powiedziała, podając Mikaelowi listę.

1949 – Rebeka Jacobsson, Hedestad (30112)
1954 – Mari Holmberg, Kalmar (32018)
1957 – Rakel Lunde, Landskrona (3207)
1960 – (Magda) Lovisa Sjöberg, Karlstad (32016)
1960 – Liv Gustavsson, Stockholm (32016)
1962 – Lea Persson, Uddevalla (31208)
1964 – Sara Witt, Ronneby (32109)
1966 – Lena Andersson, Uppsala (30112)

– Wygląda na to, że pierwsza w tej serii jest Rebeka Jacobsson z 1949 roku, na temat której już poznałeś trochę szczegółów. Następna na liście to Mari Holmberg, trzydziestodwuletnia prostytutka z Kalmaru, zamordowana w swoim mieszkaniu w październiku 1954 roku. Nie wiadomo dokładnie kiedy, ponieważ nie znaleziono jej od razu. Leżała przez jakieś dziewięć, dziesięć dni.

– A na jakiej podstawie włączyłaś ją do listy Harriet?

– Tę kobietę najpierw związano, a później ciężko pobito, ale przyczyną śmierci było uduszenie. Morderca wcisnął jej do gardła jej własną podpaskę.

Po chwili milczenia Mikael otworzył Biblię w odpowiednim miejscu. III Mojżesza, 20,18:

– *A kto będzie obcował z żoną podczas jej słabości i odkryje jej nagość – to obnażył miejsce jej upływu oraz ona odkryła miejsce upływu swojej krwi – obydwoje będą wytrąceni spośród swojego ludu.*

Lisbeth skinęła głową.

– Harriet Vanger dopatrzyła się tego samego związku. OK, a teraz następna. Maj 1957 roku, Rakel Lunde, czterdzieści pięć lat. Pracowała jako sprzątaczka i miała w okolicy opinię cudaczki. Zajmowała się wróżeniem z kart, z ręki i tak dalej. Mieszkała pod Landskroną, w stojącym na uboczu domku. Tam też ją zamordowano. Znaleziono ją nagą, przywiązaną do suszarki na tyłach domu, z ustami zaklejonymi taśmą. Zmarła z powodu licznych ran tłuczonych i złamań. Ktoś raz za razem rzucał w nią ciężkim kamieniem.

– O kurwa! To zaczyna być makabryczne.

– Będzie jeszcze gorzej. Inicjały RL się zgadzają. Znalazłeś odpowiedni cytat?

– Aż nadto wyraźny! *Mąż albo niewiasta, jeśli będzie u nich wieszczbiarstwo albo pytanie duchów – będą wydani na śmierć; ukamienują ich kamieniami, ich krew jest na nich.*

– Następnie mamy Lovisę Sjöberg z Ranmo pod Karlstad. Harriet zanotowała ją jako Magdę. Kobieta nazywała się Magda Lovisa, ale na co dzień używała drugiego imienia.

Mikael wysłuchał uważnie opowiadania o tym dziwnym morderstwie. Gdy Lisbeth zapaliła papierosa, wskazał pytająco na paczkę. Dziewczyna podsunęła mu ją bez słowa.

– To znaczy, że morderca zaatakował również zwierzę?

– W Biblii napisano, że jeżeli kobieta uprawia seks ze zwierzęciem, to należy zabić i ją, i zwierzę.

– Prawdopodobieństwo, że kobieta uprawiała seks z krową musi być dość nikłe?

– Cytat można potraktować dosłownie. Wystarczy, że kobieta będzie z bydlęciem *obcować*, co rolniczka niezaprzeczalnie musi czynić codziennie.

– W porządku. Opowiadaj dalej.

– Kolejną kobietą na liście Harriet jest Sara. Zidentyfikowałam ją jako Sarę Witt, trzydzieści siedem lat, zamieszkała w Ronneby. Zamordowana w styczniu 1964 roku. Znaleziono ją związaną we własnym łóżku. Padła ofiarą brutalnego gwałtu, ale śmierć nastąpiła w wyniku uduszenia. Morderca usiłował też spalić cały dom, ale plany się nie powiodły, częściowo dlatego, że ogień sam zaczął wygasać, a częściowo dlatego, że wyjątkowo szybko przyjechała straż pożarna.

– A związek?

– *Listen to this*: Sara Witt była zarówno córką, jak i żoną pastora. Akurat w ten weekend jej mąż był w podróży.

– *A gdyby córka kapłana zhańbiła się nierządem – zhańbiła swojego ojca; będzie spalona ogniem.* W porządku. Pasuje do listy. Powiedziałaś, że znalazłaś więcej takich spraw.

– Znalazłam jeszcze trzy kobiety, które zamordowano w tak osobliwych okolicznościach, że powinny znaleźć się na liście Harriet. Pierwsza, Liv Gustavsson, miała dwadzieścia dwa lata i mieszkała w Farsta. Jej pasją były konie; brała udział w zawodach jeździeckich i uważano ją nawet za obiecujący talent. Razem z siostrą prowadziła niewielki sklep zoologiczny.

– Okej.

– Znaleziono ją właśnie w tym sklepie. Pracowała nad rachunkowością, była sama. Wygląda na to, że wpuściła mordercę do środka zupełnie dobrowolnie. Została zgwałcona i uduszona.

– No ale to przecież raczej nie zgadza się z listą Harriet?

– Raczej nie, gdyby nie jeden szczegół. Morderca zakończył bowiem swoje dzieło w następujący sposób: wcisnął w waginę kobiety papużkę, a później wypuścił wszystkie zwierzęta, które znajdowały się w sklepie. Koty, żółwie, białe myszki, ptaki. Nawet rybki z akwarium. Tak więc następnego ranka przed jej siostrą roztoczył się dość okropny widok.

Mikael pokiwał głową.

– Zamordowano ją w sierpniu 1960 roku, cztery miesiące po morderstwie Magdy Lovisy z Karlstad. W obu przypadkach chodziło o kobiety, które zajmowały się zwierzętami zawodowo i w obu przypadkach ofiarami mordercy padły również zwierzęta. Wprawdzie krowa w Karlstad przeżyła, ale chyba tylko dlatego, że trudno jest pozbawić krowę życia, używając niewielkiego noża. Papużka jest, że tak powiem, łatwiejszą ofiarą. Ale oprócz tych ofiar pojawiła się jeszcze jedna.

– Jaka?

Dziewczyna opowiedziała o osobliwym *gołębim morderstwie* w Uddevalli. Mikael zwlekał z komentarzem tak długo, że nawet Lisbeth straciła cierpliwość.

– W porządku – odezwał się w końcu. – Kupuję twoją teorię. Został jeszcze jeden przypadek.

– Jeden znaleziony przeze mnie. Nie mam pojęcia, ile mogłam przeoczyć.

– Opowiadaj.

– Luty 1966 roku, Uppsala. Siedemnastoletnia licealistka Lena Andersson, najmłodsza ofiara. Zaginiona po szkolnej potańcówce, znaleziona trzy dni później w rowie, ładnych kilka kilometrów za miastem. Zamordowano ją w innym miejscu i wyrzucono zwłoki gdzieś na uppsalskiej równinie.

Mikael słuchał w milczeniu.

– Akurat temu morderstwu poświęcono w mediach sporo uwagi, ale nigdy nie opisano szczegółowo okoliczności śmierci tej dziewczyny. Została poddana groteskowym torturom. Czytałam raport patologa. Torturowano ją ogniem. Miała ciężko poparzone dłonie i piersi. Również w innych miejscach ciała widniały pooparzeniowe rany. Resztki stearyny na ciele świadczyły o tym, że morderca używał świeczki, ale ręce były do tego stopnia zwęglone, że musiały być traktowane znacznie silniejszym ogniem. No i w końcu morderca odpiłował głowę i pozostawił ją obok ciała.

Mikael zbladł.

– Boże jedyny...

– Nie znalazłam odpowiedniego cytatu w Biblii, ale wspomina się wielokrotnie o ofiarach całopalnych i zagrzesznych, a w kilku miejscach opisuje się sposób pokrojenia zwierzęcia na części – najczęściej cielca – w ten sposób, że *głowę oddziela się od łoju*. Użycie ognia przywołuje na myśl pierwsze morderstwo, czyli przypadek Rebeki w Hedestad.

KIEDY POJAWIŁY SIĘ wieczorne roje komarów, Mikael i Lisbeth sprzątnęli nakrycia z ogrodowego stołu i przenieśli się do kuchni.

– To, że nie znalazłaś odpowiednich fragmentów w Biblii, jeszcze nic nie znaczy. Tu nie chodzi o cytaty. To raczej groteskowa parodia biblijnych tekstów, skojarzenia z wyrwanymi z kontekstu zdaniami.

– Wiem. To nawet nie zawsze jest logiczne, choćby ten przykład z nakazem wytępienia i kobiety i mężczyzny, jeżeli mężczyzna uprawiał seks z kobietą, gdy miała okres. Jeżeli to tłumaczyć dosłownie, to morderca powinien popełnić samobójstwo.

– No więc do czego to wszystko prowadzi? – zastanawiał się głośno Mikael.

– Twoja Harriet albo miała bardzo osobliwe hobby, polegające na kojarzeniu biblijnych cytatów z ofiarami dziwacznych morderstw... albo wiedziała, że między tymi zbrodniami istnieje jakiś związek.

– Między 1949 a 1966 rokiem, a może również wcześniej i później. To znaczy, że przez co najmniej siedemnaście lat grasował po kraju kompletnie szalony morderca z Biblią pod pachą, zakatrupiał kobietę po kobiecie i nikt nie zobaczył związku między morderstwami? To brzmi zupełnie nieprawdopodobnie.

Lisbeth odsunęła krzesło i nalała sobie więcej kawy z dzbanka stojącego na kuchence. Zapaliła i wydmuchnęła z lubością chmurę dymu. Mikael zaklął w duchu i wyciągnął od niej jeszcze jednego papierosa.

– Nie, to wcale nie jest takie nieprawdopodobne – odparła, wyciągając w górę palec. – Z ubiegłego stulecia ciągle mamy kilkadziesiąt niewyjaśnionych przypadków, w których ofiarą morderstwa padła kobieta. Ten profesor kryminologii, Persson, powiedział kiedyś w „997", że w Szwecji niezwykle rzadko mamy do czynienia z seryjnymi mordercami, ale że na pewno tacy istnieli, tylko nie zostali wykryci.

Mikael skinął głową. Lisbeth wyprostowała drugi palec.

– Te zbrodnie są bardzo rozciągnięte w czasie i dokonano ich w wielu różnych miejscach. Dwa morderstwa z 1960 roku nastąpiły w niewielkim odstępie czasu, ale okoliczności były stosunkowo odmienne – rolniczka w Karlstad i dwudziestodwuletnia dziewczyna ze Sztokholmu, zafascynowana końmi.

Trzy palce.

– Nie widać żadnego wyraźnego schematu. Morderstwa zostały dokonane w różny sposób, sprawca nie zostawia podpisu, ale pewne rzeczy powracają w kilku przypadkach. Zwierzęta. Ogień. Szczególnie okrutna przemoc seksualna. I, jak wspomniałeś, parodia biblijnej wiedzy. Ale najwyraźniej nikt z policyjnych dochodzeniowców nie interpretował żadnego morderstwa z biblijnego punktu widzenia.

Mikael pokiwał twierdząco głową i spojrzał ukradkiem na Lisbeth. Jej filigranowa postać, czarna bluzeczka, tatuaże i kolczyki pasowały tu jak pięść do nosa. Kiedy w czasie kolacji próbował być towarzyski, dziewczyna odpowiadała monosylabami. Jeżeli w ogóle reagowała na jego pytania. Ale pracując, sprawiała wrażenie stuprocentowej profesjonalistki. Jej sztokholmskie mieszkanie wyglądało jak po nalocie bombowym, ale w głowie miała doskonale poukładane. *Niesamowite!*

– Trudno znaleźć związek między prostytutką z Uddevalli, zabitą za kontenerem na terenie zlikwidowanej fabryki, a żoną pastora, uduszoną i podpaloną we własnej willi na drugim krańcu kraju. Jeżeli nie jest się w posiadaniu klucza, którego nam dostarczyła Harriet, oczywiście.

– Co prowadzi do następnego pytania – powiedziała Lisbeth.

– W jaki sposób, do diaska, Harriet została w to wplątana? Szesnastoletnia dziewczyna, żyjąca raczej pod kloszem.

– Jest tylko jedna odpowiedź – odparła.

Mikael znów skinął głową.

– To musi mieć związek z rodziną Vangerów.

OKOŁO JEDENASTEJ Mikael był tak zmęczony wałkowaniem seryjnych morderstw i dyskusją o cudacznych szczegółach, że miał w głowie kompletny mętlik. Przetarł oczy, przeciągnął się i zapytał Lisbeth, czy nie ma ochoty na wieczorny spacer. Spojrzała na niego, jak gdyby zaproponował jej zwykłe marnowanie czasu, ale po krótkim namyśle skinęła potakująco. Zgodziła się również – ze względu na komary – założyć długie spodnie.

Zahaczyli o przystań żeglarską, a później przeszli pod mostem w kierunku cypla Martina. Wskazując kolejne budynki, Mikael opowiadał o ich mieszkańcach. Gdy doszedł do domu Cecilii, trudno mu było zebrać myśli. Lisbeth spojrzała na niego z ukosa.

Przeszli obok szpanerskiej łodzi Martina. Usiedli na kamieniu na samym krańcu cypla i podzielili się papierosem.

– Te wszystkie zbrodnie mają jeszcze jeden wspólny mianownik – powiedział nagle Mikael. – Może już na to zwróciłaś uwagę.

– Jaki?

– Imiona.

Po chwili zastanowienia pokręciła głową.

– Wszystkie są imionami biblijnymi.

– To nieprawda – odpowiedziała szybko Lisbeth. – Ani Liv, ani Lena nie występują w Biblii.

Mikael pokręcił głową.

– Owszem, występują. Liv znaczy „żyć", to samo co biblijne imię Ewa. No i, spręż się trochę, od czego pochodzi skrót Lena?

Lisbeth zamknęła poirytowana oczy i zaklęła bezgłośnie. Mikael uprzedził ją w myśleniu, a to jej się nie podobało.

– Od Magdaleny – odpowiedziała.

– Ladacznica, pierwsza kobieta, Maryja... cała galeria. To jest takie chore, że może podrajcować niejednego psychologa. Ale jeżeli chodzi o imiona, to pomyślałem też o innej rzeczy.

Lisbeth czekała cierpliwie.

– To są jednocześnie tradycyjne żydowskie imiona. W rodzinie Vangerów nie brakuje paranoidalnych żydofobów, nazistów i zwolenników teorii spiskowych. Mój sąsiad, Harald Vanger, dziewięćdziesiąt plus, w latach sześćdziesiątych był w sile wieku. Jeden jedyny raz, kiedy go spotkałem, wysyczał, że jego córka jest kurwą. Najwyraźniej ma problem z kobietami.

KIEDY WRÓCILI do chatki, przygotowali kanapki i podgrzali kawę. Mikael spojrzał na wyprodukowane przez Lisbeth pięćset stron.

– Odwaliłaś kawał fantastycznej roboty w rekordowym tempie – powiedział. – Dzięki. No i dziękuję za to, że zechciałaś tu przyjechać i zdać mi raport.

– I co teraz? – spytała.

– Porozmawiam jutro z Dirchem Frodem i wypłacimy ci honorarium.

– Nie chodzi mi o pieniądze.

Mikael popatrzył na nią uważniej.

– Taa... zlecenie, które dostałaś, zostało wykonane... – zaczął ostrożnie.

– Ale ja jeszcze nie jestem gotowa.

Mikael oparł się o drewno ławy i spojrzał Lisbeth w oczy. Nie potrafił z nich niczego wyczytać. Przez pół roku pracował całkowicie samodzielnie i nagle pojawiła się inna osoba, doświadczona researcherka dostrzegająca ważne implikacje. Spontanicznie podjął decyzję.

– Wiem. Mnie też ta historia porusza do głębi. Porozmawiam jutro z Dirchem Frodem. Zatrudnimy cię jeszcze przez tydzień albo dwa jako... hmmm... asystentkę. Nie wiem, czy będzie skłonny płacić według tej samej taksy co Armanskiemu, ale myślę, że możemy wycisnąć z niego przyzwoitą miesięczną pensję.

Niespodziewanie Lisbeth uśmiechnęła się do niego. Za nic nie chciała zostać odsunięta od sprawy i była gotowa pracować nawet za darmo.

– Jestem potwornie śpiąca – powiedziała i opuściwszy kuchnię, bez dodatkowych wyjaśnień zamknęła drzwi do gabinetu.

Po dwóch minutach otworzyła je ponownie i wystawiając głowę, dodała:

– Myślę, że nie masz racji. To nie jest jakiś seryjny morderca, który naczytał się za dużo biblijnych tekstów. To tylko zwykły łajdak, który nienawidzi kobiet.

Rozdział 21
Czwartek 3 lipca – czwartek 10 lipca

LISBETH OBUDZIŁA SIĘ o szóstej rano. Nastawiła kawę i wzięła prysznic. Kiedy o wpół do ósmej wstał Mikael, siedziała przed jego iBookiem, czytając streszczenie historii Harriet. Gospodarz wszedł do kuchni przepasany prześcieradłem. Trąc oczy, przeganiał resztki snu.

– Kawa stoi na kuchence – zakomunikowała Lisbeth.

Zajrzał jej przez ramię.

– Ten tekst jest chroniony hasłem – powiedział.

Odwróciła się i spojrzała na niego znad ekranu.

– Ściągnięcie programu, który rozszyfrowuje hasła w wordzie, zajmuje trzydzieści sekund – odpowiedziała.

– Musimy kiedyś porozmawiać o tym, co moje, a co twoje – dodał, idąc do łazienki.

Kiedy wrócił, jego laptop stał na swoim miejscu w gabinecie. Lisbeth siedziała pochylona nad PowerBookiem. Mikael był przekonany, że zdążyła skopiować zawartość jego komputera do swojego.

Lisbeth Salander była uzależniona od informacji, miała też bardzo liberalne podejście do moralności i etyki.

MIKAEL WŁAŚNIE zasiadł do śniadania, kiedy usłyszał pukanie. Wstał i otworzył drzwi. Martin Vanger miał tak zacięty wyraz twarzy, że przez moment Mikael zobaczył w nim posłańca z wiadomością o śmierci Henrika.

– Spokojnie, Henrik czuje się dokładnie tak jak wczoraj. Mam inną sprawę. Mogę wejść na chwilkę?

Mikael wpuścił go do środka i przedstawił swojej „współpracownicy". Lisbeth rzuciła przemysłowcowi krótkie spojrzenie, skinęła błyskawicznie głową i niezwłocznie powróciła do ekranu komputera. Martin pozdrowił ją mechanicznie, tak bardzo rozkojarzony, że najprawdopodobniej w ogóle jej nie zauważył. Mikael nalał kawę do filiżanek i wskazał gościowi miejsce przy stole.

– O co chodzi?

– Nie prenumerujesz „Hedestads-Kuriren"?

– Nie. Czasami przeglądam go w kawiarni Susanny.

– To znaczy, że nie czytałeś dzisiejszego numeru?

– Wygląda na to, że powinienem.

Martin rozłożył dziennik na stole. Mikael zobaczył, że poświęcono jego osobie dwuszpaltowy akapit wstępny na pierwszej stronie i cały artykuł na czwartej. Przyjrzał się dokładniej tytułowi.

TUTAJ UKRYWA SIĘ SKAZANY ZA ZNIESŁAWIENIE DZIENNIKARZ

Ilustracją tekstu było zdjęcie zrobione teleobiektywem z kościelnego wzniesienia, przedstawiające Mikaela w drzwiach chatki.

Reporter, Conny Torsson, zaprezentował solidne rzemiosło, malując karykaturalny portret dziennikarza. Rekapitulując aferę Wennerströma, podkreślił, że Mikael opuścił „Millennium" w hańbie i że właśnie odsiedział wyrok za zniesławienie. Artykuł kończył się zrozumiałym w tym kontekście stwierdzeniem, że bohater odmówił komentarza. Całość była utrzymana w takim tonie, że żaden z mieszkańców Hedestad nie mógł dłużej żywić wątpliwości, iż po okolicy szwenda się Cholernie Podejrzana Zeroósemka*. Za żadne ze stwierdzeń

---

* Zeroósemka (szw. nollåtta) – żartobliwe i lekko pejoratywne określenie mieszkańca stolicy Szwecji, pochodzące od telefonicznego numeru kierunkowego Sztokholmu – 08 (przyp. tłum.).

nie można było oskarżyć autora o pomówienie, ale wszystkie miały na celu świadome przedstawienie Mikaela w jak najgorszym świetle. Zarówno zdjęcie jak i tekst przywodziły na myśl sposób, w jaki zwykle prezentowano politycznych terrorystów. „Millennium" zostało nazwane „gazetą agitatorską o nikłej wiarygodności", a książka Mikaela na temat żurnalistyki gospodarczej – zbiorem „kontrowersyjnych stwierdzeń o renomowanych dziennikarzach".

– Mikaelu, brak mi słów na określenie tego, co czuję, czytając ten artykuł. Jest wredny.

– To robota na zamówienie – odpowiedział spokojnie Mikael i przyjrzał się badawczo Martinowi.

– Mam nadzieję, że rozumiesz, że nie mam z tym nic wspólnego. Czytając ten tekst, zakrztusiłem się kawą.

– Kto?

– Wykonałem parę telefonów. Conny Torsson jest wakacyjnym zastępcą. Napisał to na zamówienie Birgera.

– Nie myślałem, że Birger ma jakieś wpływy w redakcji, mimo wszystko jest politykiem komunalnym.

– Formalnie nie ma żadnego wpływu. Ale redaktor naczelny, Gunnar Karlman, to syn Ingrid Vanger, a tym samym potomek Johana Vangera. Od dawna jest bliskim przyjacielem Birgera.

– Rozumiem.

– Torsson natychmiast dostanie wypowiedzenie.

– Ile ma lat?

– Szczerze mówiąc, nie wiem. Nigdy go nie spotkałem.

– Nie wyrzucajcie go. Kiedy do mnie zadzwonił, sprawiał wrażenie dosyć młodego i nieopierzonego reportera.

– Ale coś takiego nie może przejść bez konsekwencji.

– Jeżeli chcesz poznać moje zdanie, to uważam tę sytuację za ciut absurdalną. Redaktor naczelny gazety będącej w posiadaniu rodziny Vangera atakuje inną gazetę, w której udziały ma Henrik Vanger i w której zarządzie zasiadasz ty. Tak więc naczelny Karlman atakuje ciebie i Henrika.

Martin zastanowił się przez chwilę nad słowami Mikaela i pokręcił wolno głową.

– Rozumiem, co masz na myśli. Powinienem obarczyć odpowiedzialnością tego, kto za to faktycznie odpowiada. Karlman jest udziałowcem koncernu i od dawna uprawia wobec mnie wojnę podjazdową, ale to tutaj wygląda raczej na odwet Birgera za to, że mu ostatnio utarłeś nosa w szpitalu. Jesteś solą w jego oku.

– Wiem. I dlatego myślę, że Torsson to mimo wszystko osoba o najuczciwszych zamiarach. Gdy jesteś młodym dziennikarzem na zastępstwie, musisz mieć sporo odwagi, żeby odmówić redaktorowi naczelnemu, gdy ten nalega na napisanie czegoś w określony sposób.

– Mogę zażądać oficjalnych przeprosin na pierwszej stronie w jutrzejszym numerze.

– Nie rób tego. To doprowadzi do rozwlekłego konfliktu, który tylko pogorszy sytuację.

– A więc uważasz, że w ogóle nie powinienem reagować?

– To się nie opłaca. Karlman zacznie kręcić i w najgorszym razie wyjdziesz na łotra, który, jako właściciel gazety, bezprawnie próbuje wpłynąć na opinię publiczną.

– Przepraszam cię Mikaelu, ale nie zgadzam się z tobą. Ja też mam prawo do kształtowania opinii publicznej. W moim przekonaniu ten artykuł cuchnie i zamierzam przedstawić swoje zdanie na ten temat. Mimo wszystko jestem zastępcą Henrika w zarządzie „Millennium" i jako taki nie mogę puścić tych insynuacji płazem.

– Okej.

– Napiszę odpowiedź. I przedstawię w niej Karlmana jako idiotę. Sam sobie nawarzył piwa.

– W porządku. Musisz działać zgodnie ze swoim przekonaniem.

– To dla mnie ważne, żebyś zrozumiał, że nie mam nic wspólnego z tym bezecnym atakiem.

– Wierzę ci – odpowiedział Mikael.

– A oprócz tego naprawdę nie mam ochoty powracać do tej historii, ta sprawa odświeża coś, o czym już wcześniej rozmawialiśmy. Dobrze byłoby zainstalować cię ponownie w redakcji „Millennium", żebyśmy wspólnie zademonstrowali zjednoczone siły. Dopóki cię tam nie ma, dopóty będą chodziły paskudne plotki. Wierzę w „Millennium" i jestem przekonany, że razem uda się nam wygrać tę bitwę.

– Rozumiem twój punkt widzenia, ale teraz chyba moja kolej, żeby się z tobą nie zgodzić. Nie mogę zerwać kontraktu z Henrikiem i faktem jest, że nie chcę go zerwać. Wiesz, naprawdę go lubię. A ta sprawa z Harriet...

– Tak?

– Rozumiem, że to dla ciebie niełatwe, i zdaję sobie sprawę, że Henrik od wielu lat ma na tym punkcie obsesję...

– Kocham Henrika, jest moim mentorem, ale jeżeli chodzi o Harriet, to jego obsesja graniczy z oślim uporem.

– Zaczynałem tę pracę z nastawieniem, że to będzie stracony czas. Ale rzecz w tym, że wbrew wszelkim oczekiwaniom znaleźliśmy nowy materiał. Wydaje mi się, że dokonaliśmy przełomu i że są szanse na wyjaśnienie tego, co się stało z Harriet.

– Nie chcesz zdradzić, co znaleźliście?

– Zgodnie z umową nie mogę rozmawiać o tym z nikim bez osobistego zezwolenia Henrika.

Martin podparł brodę ręką. W jego oczach pojawił się cień wątpliwości. W końcu podjął decyzję.

– Okej, w takim razie najlepszą rzeczą, jaką możemy zrobić, jest rozwikłanie zagadki Harriet. A więc tak: udzielę ci wszelkiego możliwego wsparcia, żebyś jak najszybciej zakończył tę pracę i powrócił do „Millennium".

– Świetnie. Nie chciałbym walczyć również z tobą.

– Nie musisz ze mną walczyć. Masz moje poparcie. Jeżeli napotkasz jakieś przeszkody, zawsze możesz się do mnie zwrócić. Przycisnę porządnie Birgera, żeby w żaden sposób nie utrudniał ci zadania. No i postaram się uspokoić Cecilię.

– Dzięki. Muszę jej kiedyś zadać kilka pytań. Od jakiegoś miesiąca unika mnie, gdy usiłuję nawiązać z nią kontakt.

Martin uśmiechnął się niespodziewanie.

– Może macie też inne sprawy do wyjaśnienia. Ale ja tam nie będę się wtrącał.

Podali sobie dłonie.

LISBETH SALANDER przysłuchiwała się w milczeniu wymianie zdań między Mikaelem a Martinem. Gdy ten ostatni wyszedł, sięgnęła po gazetę, przeleciała oczami artykuł i odłożyła ją bez komentarza.

Mikael siedział w milczeniu. Gunnar Karlman urodził się w 1942 roku i w 1966 roku miał dwadzieścia cztery lata. Był jedną z osób obecnych na wyspie w dniu, kiedy zniknęła Harriet.

PO ŚNIADANIU Mikael dał swojej asystentce do przeczytania dokumenty policyjnego śledztwa. Wręczył jej wyselekcjonowany materiał, traktujący głównie o zniknięciu Harriet, wszystkie zdjęcia z wypadku na moście oraz długie podsumowanie prywatnego dochodzenia Henrika.

A później udał się do Dircha Frodego z prośbą o przygotowanie umowy, który miała zapewnić Lisbeth zatrudnienie na kolejny miesiąc.

Po powrocie do domu Mikael zastał współpracownicę w ogródku, zajętą przeglądaniem dokumentów. Podgrzewając w kuchni kawę, obserwował Lisbeth przez okno. Wyglądało na to, że przebiega oczami strony, poświęcając każdej z nich zaledwie dziesięć, piętnaście sekund. Przewracała mechanicznie kartki, zadziwiając Mikaela pobieżnością lektury. Takie czytanie po łebkach stało w sprzeczności z dokładnością jej wcześniejszego raportu.

Wyszedł z domu z dwoma kubkami kawy i usiadł przy ogrodowym stoliku.

– To, co tu piszesz o zaginięciu Harriet, napisałeś, zanim wpadłeś na to, że szukamy seryjnego mordercy.

– Zgadza się. Notowałem to, co wtedy uważałem za istotne; pytania, które chciałem zadać Henrikowi i tak dalej. Jak pewnie zauważyłaś, są to zapiski bez jakiejś specjalnej struktury. Aż do dzisiaj w zasadzie błąkałem się w ciemnościach, próbując napisać historię, jeden z rozdziałów w biografii Henrika Vangera.

– A teraz?

– Wcześniej całe śledztwo skupiało się na wyspie Hedeby. Teraz jestem przekonany, że ta historia nie zaczęła się tego samego dnia, ale wcześniej. I nie tutaj, tylko w Hedestad. To zmienia perspektywę.

Lisbeth potwierdziła skinieniem głowy i zamyśliła się.

– Bystry jesteś, że wpadłeś na pomysł ze zdjęciami – powiedziała.

Mikael uniósł brwi. Ponieważ Lisbeth nie wyglądała na osobę szafującą pochwałami, poczuł się osobliwie zaszczycony. Choć z drugiej strony – z czysto dziennikarskiego punktu widzenia – to był naprawdę niezwykły wyczyn.

– A teraz opowiedz mi szczegóły. Jak poszło ci z tą fotografią, za którą pojechałeś do Norsjö?

– Czy to możliwe, że *nie* obejrzałaś zdjęć w moim kompie?

– Nie miałam czasu. Bardziej zależało mi na poznaniu twojego rozumowania i wyciągniętych przez ciebie wniosków.

Mikael westchnął. Włączył iBooka i otworzył folder ze zdjęciami.

– To fascynujące. Wizyta w Norsjö była jednocześnie i sukcesem i totalnym rozczarowaniem. Odnalazłem zdjęcie, ale ono mi kompletnie nic nie mówi. Ta kobieta, Mildred Berggren, przechowuje w albumie wszystkie fotki z urlopów. Powklejała je starannie, te ważne i mniej ważne, między innymi to właśnie. Zrobione na taniej kolorowej kliszy. Po trzydziestu siedmiu latach samo zdjęcie wyblakło i nabrało żółtawego odcienia, ale w pudełku po butach znalazły się negatywy. Pożyczyłem je i zeskanowałem. A oto, co zobaczyła Harriet.

Mikael kliknął w dokument zatytułowany [HARRIET/bd-19.eps].

Lisbeth zrozumiała jego rozczarowanie. Miała przed sobą lekko nieostrą fotografię, zrobioną aparatem z szerokokątnym obiektywem i przedstawiającą klaunów w świątecznym korowodzie. W tle widać było róg budynku z konfekcją męską Sundströma i jakieś dziesięć osób, które stały między klaunami a przodem kolejnej ciężarówki.

– Myślę, że Harriet zobaczyła właśnie tę osobę. Wnioskuję to częściowo z pomiarów na podstawie kąta odwrócenia twarzy – dokładnie wyrysowałem skrzyżowanie ulic – a częściowo z faktu, że to jedyna osoba, która patrzy prosto w obiektyw. To znaczy, że ten mężczyzna wpatrywał się w Harriet.

Lisbeth zobaczyła niewyraźną sylwetkę mężczyzny, który stał trochę za pozostałymi gapiami, odrobinę cofnięty w przecznicę. Miał na sobie ciemną kurtkę z czerwonymi wstawkami i ciemne spodnie, prawdopodobnie dżinsy. Mikael skadrował zdjęcie tak, że ekran wypełniły tors i głowa nieznajomego. Fotografia rozmyła się jeszcze bardziej.

– To jest na pewno mężczyzna. Ma mniej więcej sto osiemdziesiąt centymetrów wzrostu, normalną budowę ciała i stosunkowo długie, zaczesane do tyłu włosy. Szatyn, bez zarostu. Ale nie da się rozróżnić rysów twarzy ani określić wieku. Ten facet może mieć kilkanaście albo kilkadziesiąt lat.

– Próbowałeś pokombinować ze zdjęciem?

– Oczywiście. Wysłałem nawet kopię Christerowi z „Millennium", specowi od obróbki zdjęć – odpowiedział, otwierając nowy dokument. – To absolutnie najlepsza wersja. Aparat był zbyt kiepski, a odległość zbyt duża.

– Pokazałeś komuś to zdjęcie? Może ludzie potrafią rozpoznać samą sylwetkę?

– Pokazałem Dirchowi Frodemu.

– No... Dirch Frode nie jest chyba najbardziej spostrzegawczą osobą w Hedestad.

– Nie jest, ale pracuję dla niego i dla Henrika. Zanim zacznę rozpowszechniać fotografię, chcę ją pokazać Henrikowi.

– Może to tylko jeden z gapiów.

– Może. Ale w takim razie udało mu się wywołać u Harriet dość osobliwą reakcję.

NASTĘPNY TYDZIEŃ Mikael i Lisbeth poświęcili nieprzerwanej pracy. Lisbeth kontynuowała lekturę sprawozdań ze śledztwa, rzucając od czasu do czasu pytania, na które Mikael próbował udzielić odpowiedzi. W ostateczności istniała tylko jedna prawda i każda niepewność czy najmniejsza niejasność prowadziły do pogłębionych dyskusji. Cały jeden dzień poświęcili na sprawdzenie, co robiły wszystkie obecne na wyspie osoby podczas wypadku na moście.

Z biegiem czasu Lisbeth coraz bardziej jawiła się Mikaelowi jako osoba pełna sprzeczności. Choć wydawało się, że czyta dokumenty bardzo pobieżnie, zatrzymywała się na najbardziej podejrzanych i niepasujących do siebie szczegółach.

Po południu, kiedy upał stawał się nie do zniesienia, robili przerwę. Kilka razy kąpali się w kanale, parokrotnie przeszli się na taras kawiarni Susanny. Susanna nagle zaczęła traktować Mikaela ostentacyjnie chłodno. Domyślił się, że chodziło o Lisbeth, którą łatwo było wziąć za niepełnoletnią, a która mieszkała u niego w domu, co w oczach właścicielki kawiarni zamieniało go w podstarzałego lubieżnika. To nie było przyjemne.

Mikael biegał każdego wieczoru. Gdy wracał zdyszany do chatki, Lisbeth pozostawiała jego treningi bez komentarza.

Przeskakiwanie w biegu przez pieńki i kamienie najwyraźniej nie mieściło się w jej wyobrażeniu o wakacyjnych rozrywkach.

– Mam ponad czterdzieści lat – powiedział kiedyś.

– Jeżeli nie chcę straszliwie zaokrąglić się w pasie, to muszę trenować.

– Aha.

– A ty nigdy nie trenujesz?

– Czasami boksuję.

– Boksujesz?

– Tak. No wiesz, w rękawicach.

Stojąc pod prysznicem, Mikael próbował sobie wyobrazić Lisbeth na ringu. Nie był pewien, czy dziewczyna sobie z niego nie kpi. Musiał postawić to pytanie.

– W jakiej klasie wagowej?

– W żadnej. Od czasu do czasu sparinguję z chłopakami w klubie bokserskim na Söder.

Dlaczego mnie to nie dziwi, pomyślał Mikael. Stwierdził jedynie, że przynajmniej coś mu o sobie powiedziała. W dalszym ciągu nie wiedział o niej podstawowych rzeczy, a mianowicie: jak to się stało, że zaczęła pracować u Armanskiego, jakie ma wykształcenie i co robią jej rodzice. Gdy tylko próbował zadać jakieś osobiste pytanie, zamykała się jak małż i odpowiadała monosylabami albo najzwyczajniej go ignorowała.

PEWNEGO POPOŁUDNIA Lisbeth odłożyła nagle skoroszyt i – marszcząc brwi – popatrzyła na Mikaela.

– Co wiesz o Ottonie Falku, pastorze?

– Niewiele. Na początku roku spotkałem parę razy obecną pastor i od niej dowiedziałem się, że Falk żyje i mieszka w jakimś domu opieki w Hedestad. Alzheimer.

– Skąd pochodzi?

– Stąd, z Hedestad. Studiował w Uppsali i wrócił tutaj, gdy miał koło trzydziestki.

– Nie był żonaty. I Harriet się z nim spotykała.

– Dlaczego pytasz?

– Stwierdzam tylko, że ten Morell, glina, był wobec niego dość łagodny w trakcie przesłuchania.

– W latach sześćdziesiątych duchowni mieli ciągle jeszcze szczególną pozycję w społeczeństwie. To, że mieszkał na wyspie, blisko centrum władzy, że tak powiem, było czymś zupełnie naturalnym.

– Zastanawiam się, jak dokładnie policja przeszukała plebanię. Ze zdjęcia wynika, że to był dość duży drewniany dom. Musiało tam być sporo miejsc, w których można było na jakiś czas ukryć zwłoki.

– To prawda. Ale w materiale nie ma niczego, co wskazywałoby na jego powiązanie z seryjnymi morderstwami albo ze zniknięciem Harriet.

– Właśnie że jest – powiedziała Lisbeth, uśmiechając się krzywo. – Po pierwsze, był pastorem, a pastorzy mają czasem specyficzny stosunek do Biblii. A po drugie, był ostatnią osobą, która widziała Harriet i rozmawiała z nią.

– Ale zaraz potem poszedł na miejsce wypadku i spędził tam kilka godzin. Widać go na mnóstwie zdjęć, szczególnie tych zrobionych w czasie, kiedy zniknęła Harriet.

– Eee tam, mogłabym bez trudu podważyć jego alibi. Ale pomyślałam o czymś innym. To jest historia o sadystycznym mordercy kobiet.

– No i?

– Byłam... Wiosną miałam trochę czasu i czytałam sporo o sadystach w zupełnie innej sprawie. Jednym z tekstów była instrukcja FBI, w której podkreślano, że uderzająco wielu morderców seryjnych pochodzi z dysfunkcyjnych rodzin i w dzieciństwie torturowało zwierzęta. A oprócz tego część amerykańskich seryjnych morderców schwytano z powodu wzniecania przez nich pożarów.

– Ofiary zwierzęce, ofiary całopalne, to masz na myśli?

– Tak. Zarówno męczone zwierzęta, jak i pożary pojawiają się kilkakrotnie w przypadkach morderstw zapisanych przez Harriet. Ale chodzi mi głównie o to, że w latach siedemdziesiątych spłonęła na wyspie plebania.

Mikael zadumał się.

– Naciągane – powiedział w końcu.

Lisbeth skinęła głową.

– Zgadza się. Ale warte odnotowania. Nigdzie w śledztwie nie znalazłam wzmianki o przyczynie pożaru. Ciekawe, czy w latach sześćdziesiątych miały miejsce jakieś inne tajemnicze pożary. No i dobrze byłoby wiedzieć, czy w tym samym czasie zdarzały się tutaj przypadki znęcania się nad zwierzętami.

GDY LISBETH KŁADŁA się spać siódmego dnia pobytu na Hedeby, była lekko zirytowana na Mikaela. Przez cały tydzień codziennie spędzała z nim prawie każdą minutę. W normalnych przypadkach zaledwie siedmiominutowe towarzystwo innej osoby wystarczyło, żeby przyprawić ją o ból głowy.

Już dawno stwierdziła, że relacje z innymi nie są jej mocną stroną i że żyje jak odludek. Zupełnie jej to wystarczało, pod warunkiem że ludzie zostawiali ją w spokoju. Niestety otoczenie nie wykazywało się aż tak wielką mądrością i rozsądkiem. Lisbeth musiała bronić się przed organami opieki społecznej, władzami zajmującymi się opieką nad dziećmi, komisjami nadzorującymi działalność opiekunów, władzami podatkowymi, policjantami, kuratorami, psychologami, psychiatrami, nauczycielami i ochroniarzami (z wyjątkiem tych rozpoznających ją w Kvarnen), którzy odmawiali jej wstępu do knajp, mimo że skończyła dwadzieścia pięć lat. Istniała cała armia ludzi, którzy widocznie nie mieli innego zajęcia niż sterowanie jej życiem i którzy – przy nadarzających się okazjach – próbowali korygować sposób, w jaki zdecydowała się żyć.

Dość wcześnie zrozumiała, że płacz na nic się nie zdaje. Nauczyła się też, że za każdym razem, gdy zwraca czyjąś uwagę na jakiś szczegół swego życia, sytuacja ulega pogorszeniu. Dlatego też tylko sobie powierzyła rozwiązywanie problemów. I rozwiązywała je metodami, które sama uznawała za stosowne, o czym przekonał się adwokat Nils Bjurman.

Mikael Blomkvist posiadał tę samą irytującą właściwość co inni ludzie, a mianowicie węszył w jej prywatnym życiu i zadawał pytania, na które nie miała ochoty odpowiadać. Ale poza tym zachowywał się zupełnie inaczej niż mężczyźni, z którymi miała wcześniej do czynienia.

Kiedy ignorowała jego pytania, wzruszał tylko ramionami, nie wracał do tematu i zostawiał ją w spokoju. Zadziwiające.

Oczywiście jeszcze pierwszego ranka, gdy tylko dorwała iBooka, wczytała całą zawartość dysku do swojego komputera. W ten sposób zapewniła sobie dostęp do materiałów, na wypadek gdyby Mikael chciał wykluczyć ją z pracy nad zleceniem.

Gdy wszedł do kuchni, świadomie go prowokowała, demonstracyjnie czytając dokumenty w jego komputerze. Spodziewała się wybuchu wściekłości. Ale Mikael, bardziej zrezygnowany niż zły, wymamrotał tylko jakiś ironiczny komentarz na jej temat i poszedł do łazienki, by później podyskutować na temat tego, co przeczytała. *Zadziwiające.* Można by prawie ulec złudzeniu, że obdarzył ją zaufaniem.

Niepokoił natomiast fakt, że Mikael odkrył jej hakerskie talenty. Lisbeth zdawała sobie sprawę, że to, czym zajmuje się zawodowo i prywatnie, określa się w języku prawniczym mianem przestępstwa przeciwko ochronie informacji i że grozi za to kara do dwóch lat więzienia. To uderzało w jej czuły punkt. Nie chciała trafić do pudła, a oprócz tego obawiała się, że kara więzienia oznacza utratę komputera, co byłoby jednoznaczne z pozbawieniem jej jedynego zajęcia, na którym naprawdę się znała. Nigdy nawet nie przyszło jej na myśl, żeby zdradzić Armanskiemu czy innemu zleceniodawcy, w jaki sposób zdobywa informacje, za które jej płacą.

Z wyjątkiem Plague'a i kilku nielicznych internautów, którzy podobnie jak ona zajmowali się hakerstwem na profesjonalnym poziomie i z których większość zna ją tylko jako Wasp, nie wiedząc, kim jest i gdzie mieszka – tylko Kalle Blomkvist odkrył jej tajemnicę. Nakrył Lisbeth, ponieważ dała plamę, której nie dałby nawet początkujący w branży dwunastolatek, co było jedynie dowodem na to, że jej mózg zżerało robactwo, a ona sama zasługiwała na karę chłosty. A przecież Mikael nie oszalał ze złości, nie poruszył nieba i ziemi, tylko po prostu ją zatrudnił.

Zatem była na niego lekko zirytowana.

Po bardzo późnej kolacji, kiedy miała zamiar iść do łóżka, usłyszała jego nieoczekiwane pytanie, czy jest dobrą hakerką. Ku swojemu zdziwieniu odpowiedziała mu szczerze i bez zastanowienia.

– Najprawdopodobniej jestem najlepsza w Szwecji. Są jeszcze dwie, może trzy osoby na mniej więcej tym samym poziomie.

Nie miała wątpliwości, że odpowiada zgodnie z prawdą. Plague był kiedyś lepszy, ale już dawno go wyprzedziła.

A jednak poczuła się bardzo dziwnie, wypowiadając te słowa. Nigdy wcześniej tak nie mówiła. Nie znała nawet nikogo, z kim mogłaby porozmawiać na ten temat. Teraz nagle ucieszył ją fakt, że potrafi zaimponować Mikaelowi swoim umiejętnościami. Szkoda tylko, że Mikael tak szybko zepsuł jej radość, zadając kolejne pytanie:

– Jak się tego nauczyłaś?

Nie miała pojęcia, co powiedzieć. *Zawsze to umiała.* Tak więc zamiast udzielić odpowiedzi, poszła do siebie, nie mówiąc nawet dobranoc.

Żeby jeszcze bardzie ją rozdrażnić, Mikael w ogóle nie zareagował. Leżąc w gabinecie, nasłuchiwała jego kroków i dochodzących z kuchni odgłosów sprzątania. Mikael zawsze kładł się później niż ona, ale teraz widocznie też zbierał się do spania. Słyszała, jak wychodzi z łazienki i zamyka drzwi do sypialni. Po chwili doszło ją znajome skrzypienie. Wiedziała, że właśnie położył się do łóżka, pół metra od niej, po drugiej stronie ściany.

Ani razu z nią nie flirtował. Przez cały tydzień był zajęty dochodzeniem. Pytał ją o zdanie, ale dawał po łapach, gdy popełniała błędy, i przyznawał rację, gdy słusznie go karciła. No, kurwa mać, traktował ją jak człowieka!

Niespodziewanie dotarło do niej, jak dobrze czuje się w jego towarzystwie. Uświadomiła sobie, że mogłaby mu zaufać. Nigdy nikomu nie ufała, być może z wyjątkiem Holgera Palmgrena. Chociaż z zupełnie innych powodów. Palmgren jako *do-gooder* był przewidywalny.

Nie mogąc sobie znaleźć miejsca, podeszła do okna i zaczęła wpatrywać się w ciemność. Pokazać się komuś nago po raz pierwszy to najtrudniejsza rzecz na świecie. Lisbeth była przekonana, że jej chude ciało jest odrażające, piersi – żałośnie śmieszne, a biodra... Jakie biodra? W swoich oczach nie miała dużo do zaoferowania. Ale abstrahując od tego, była najzwyklejszą kobietą, która podobnie jak inne odczuwała żądzę i popęd seksualny. Zastanawiała się jeszcze przez dwadzieścia minut. W końcu podjęła decyzję.

MIKAEL OTWORZYŁ właśnie powieść Sary Paretsky, gdy usłyszał zgrzyt klamki. Lisbeth stanęła w drzwiach bez słowa. Ciało miała owinięte prześcieradłem, wyglądała na zamyśloną.

– Coś nie tak?

Pokręciła głową.

– No więc o co ci chodzi?

Podeszła do niego, wyjęła mu z rąk książkę i położyła

na stoliku obok. A później, pochyliwszy się, pocałowała go w usta. Czy można wyraźniej przedstawić swoje zamiary? Wdrapała się błyskawicznie na łóżko i siedząc, nie spuszczała z Mikaela oczu. Położyła dłoń na jego przykrytym prześcieradłem brzuchu i – gdy nie protestował – pochyliła się ponownie, by ugryźć go w brodawkę.

Mikael był kompletnie zaskoczony. Po kilku sekundach chwycił Lisbeth za ramiona i odsunął od siebie, żeby móc popatrzeć na jej twarz. Wyglądał na poruszonego.

– Lisbeth... Nie wiem, czy to jest dobry pomysł. Mamy razem pracować.

– Chcę się z tobą kochać. A jeżeli chodzi o współpracę, to... nie będę miała żadnych problemów. Natomiast będę miała cholerny problem z tobą, jeżeli mnie teraz stąd wyrzucisz.

– Ale przecież prawie w ogóle się nie znamy.

Jej suchy śmiech zabrzmiał prawie jak kaszel.

– Kiedy robiłam raport na twój temat, widziałam, że akurat to jakoś ci wcześniej nie przeszkadzało. Wręcz przeciwnie, wygląda na to, że nie potrafisz trzymać łap z daleka od kobiet. W czym problem? Nie jestem wystarczająco seksowna?

Mikael pokręcił głową, szukając gorączkowo jakiegoś mądrego wyjaśnienia. Ponieważ nie odpowiadał, zerwała z niego prześcieradło i usiadła mu okrakiem na podbrzuszu.

– Nie mam prezerwatyw – próbował jeszcze.

– Olewam.

KIEDY MIKAEL się obudził, Lisbeth była już na nogach. Słyszał, jak krząta się po kuchni. Dochodziła siódma. Spał tylko dwie godziny, a teraz leżał z zamkniętymi powiekami.

Nie wiedział, co sądzić o Lisbeth. Nigdy, nawet przelotnym spojrzeniem, nie dała mu do zrozumienia, że jest nim zainteresowana.

– Dzień dobry – powiedziała, stojąc w drzwiach. Po jej twarzy błąkał się lekki uśmiech.

– Cześć – odpowiedział Mikael.

– Skończyło się mleko. Pojadę na stację benzynową, otwierają o siódmej.

Odwróciła się tak szybko, że Mikael nie zdążył nic powiedzieć. Słyszał, jak zakłada buty, bierze torbę, kask i znika za drzwiami. Zamknął oczy. Ale już po chwili znów otworzyły się drzwi wejściowe i po kilku sekundach Lisbeth ponownie stanęła na progu. Tym razem bez uśmiechu.

– Najlepiej będzie jak wyjdziesz i zobaczysz sam – powiedziała osobliwym tonem.

Mikael błyskawicznie wstał i założył dżinsy. W nocy ktoś ich odwiedził i zostawił niepożądany prezent. Na ganku leżał na wpół zwęglony trup poćwiartowanego kota. Pozbawiony łap i głowy korpus obdarto ze skóry i wypatroszono; resztki wnętrzności leżały rozrzucone obok upieczonego w ogniu tułowia. Nieuszkodzona głowa spoczywała na siodełku motocykla Lisbeth. Mikael rozpoznał rudobrązowe futerko.

Rozdział 22
Czwartek 10 lipca

JEDLI ŚNIADANIE w ogrodzie, pijąc kawę bez mleka. Zanim Mikael uprzątnął makabryczną kocią aranżację, Lisbeth sfotografowała ją niewielkim aparatem cyfrowym Canona. Plastikowy worek z trupem spoczął w bagażniku pożyczonego samochodu, ale Mikael nie był pewien, co powinien z nim zrobić. Rozsądek dyktował, żeby pojechać na policję i zgłosić albo przypadek znęcania się nad zwierzętami, albo akt groźby. Mikael nie wiedział jednak, jak sensownie wytłumaczyć powód groźby.

O wpół do dziewiątej zobaczyli idącą w stronę mostu Isabellę. Nie widziała ich, a może tylko udawała, że nie widzi.

– Jak się czujesz? – zwrócił się w końcu do Lisbeth.

– Dobrze.

Popatrzyła na niego speszona. *Okej. Chce, żebym była wstrząśnięta.*

– Jak znajdę tego durnia, który zamęczył na śmierć niewinnego kota, tylko dlatego, żeby nas ostrzec, to zrobię użytek z kija bejsbolowego.

– Myślisz, że to ostrzeżenie?

– A możesz to lepiej wytłumaczyć? To na pewno coś znaczy.

Mikael skinął głową.

– Niezależnie od tego, jaka jest prawda, daliśmy komuś wystarczający powód do niepokoju, żeby ten ktoś zaczął robić szalone rzeczy. Ale jest też inny problem.

– Wiem. Ta ofiara przypomina ofiary zwierzęce z 1954 i 1960 roku. Ale to dość nieprawdopodobne, żeby morderca działający pięćdziesiąt lat temu zakradał się teraz do ciebie i zostawiał na progu pokiereszowane ścierwo.

Mikael przyznał jej rację.

– W takim razie jedyne osoby, które wchodzą w rachubę, to Harald i Isabella Vanger. Jest też paru starszych krewnych ze strony Johana Vangera, ale nikt z nich nie mieszka w okolicy.

Mikael westchnął.

– Isabella to złośliwa cholernica i na pewno potrafi zabić kota, ale wątpię, żeby to właśnie ona w latach pięćdziesiątych seryjnie mordowała kobiety. Harald Vanger... Nie wiem, wygląda na takiego, co to ledwie się trzyma na nogach, i trudno mi go sobie wyobrazić, jak skrada się po nocy, poluje na kota i robi całą resztę.

– O ile to nie są dwie osoby. Starsza i młodsza.

Mikael usłyszał nagle samochód i spojrzawszy w górę, zobaczył znikającą za mostem Cecilię. *Harald i Cecilia*, pomyślał. Ale momentalnie dostrzegł wielki znak zapytania; ojciec i córka zerwali ze sobą kontakt i prawie w ogóle się do siebie nie odzywają. Mimo że Martin zobowiązał się z nią porozmawiać, ciągle nie odpowiadała na jego telefony.

– To musi być ktoś, kto wie, że szukamy i że zrobiliśmy postępy – powiedziała Lisbeth, wstając.

Weszła do chatki i gdy po chwili wyszła, miała na sobie skórzany kombinezon.

– Jadę do Sztokholmu. Wrócę wieczorem.

– Co tam będziesz robiła?

– Wezmę trochę rzeczy. Jeżeli ktoś ma aż tak nawalone w głowie, żeby w ten sposób zabić kota, to następnym razem może się zabrać za nas. Albo podpalić chatkę, kiedy sobie smacznie śpimy. Chciałabym, żebyś jeszcze dzisiaj pojechał do Hedestad i kupił dwie gaśnice i dwa detektory dymu. Jedna z gaśnic ma być halonowa.

Bez pożegnania założyła kask, odpaliła motocykl i zniknęła za mostem.

W DRODZE DO MIASTA Mikael zatrzymał się na stacji benzynowej i wrzucił worek z kotem do kosza na śmieci. Kupił gaśnice i detektory dymu, włożył je do bagażnika i pojechał do szpitala. Umówił się telefonicznie z Dirchem Frodem na spotkanie w szpitalnej kawiarence. Gdy opowiedział o porannym zdarzeniu, adwokat pobladł.

– Panie Mikaelu, naprawdę nie liczyłem się z tym, że ta sprawa może być niebezpieczna.

– A dlaczego nie? Przecież zadanie polega na wykryciu mordercy.

– Ale kto chciałby... To przecież jest chore! Jeżeli pańskie życie i życie panny Salander są zagrożone, to musimy przerwać pracę nad zleceniem. Mogę porozmawiać o tym z Henrikiem.

– Nie. Absolutnie nie. Wolę nie ryzykować, że Henrik dostanie kolejnego ataku serca.

– Cały czas pyta, jak panu idzie.

– Proszę go pozdrowić i powiedzieć, że nie ustaję w poszukiwaniach.

– Co macie teraz zamiar zrobić?

– Mam kilka pytań. Pierwszy incydent miał miejsce zaraz po tym, jak Henrik dostał zawału, gdy pojechałem na jeden dzień do Sztokholmu. Ktoś przeszukał mój gabinet. To było dokładnie wtedy, gdy udało mi się rozszyfrować kod biblijny i znaleźć zdjęcia z Järnvägsgatan. Poinformowałem o tym pana i Henrika. Wiedział o tym Martin, bo to on załatwił mi dostęp do archiwum „Hedestads-Kuriren". Kto jeszcze o tym wiedział?

– No... nie wiem, z kim Martin rozmawiał. Ale na pewno słyszeli o tym Birger i Cecilia. Rozmawiali ze sobą o pańskiej pogoni za zdjęciami. Alexander też słyszał. Aha, i jeszcze Gunnar i Helena Nilssonowie. Przyjechali tu w odwiedziny do Henrika i zostali wciągnięci do rozmowy. No i Anita Vanger.

– Anita? Ta z Londynu?

– Siostra Cecilii. Przyleciała z nią tutaj, gdy dowiedziała się o zawale Henrika, ale mieszkała w hotelu i – o ile wiem – nie była na wyspie. Podobnie jak Cecilia nie ma ochoty na spotkanie z ojcem. Wróciła do Londynu jakiś tydzień temu, gdy wypisano Henrika z OIOM-u.

– A gdzie mieszka Cecilia? Widziałem ją rano, jak przejeżdżała przez most, ale jej dom jest zamknięty na cztery spusty.

– Podejrzewa ją pan?

– Nie, jestem tylko ciekaw, gdzie mieszka.

– U swojego brata, Birgera. Niedaleko stąd.

– A gdzie teraz jest?

– Nie wiem. W każdym razie nie u Henrika.

– Dziękuję – powiedział Mikael, wstając.

RODZINA VANGERÓW nie opuszczała szpitala w Hedestad. Przez hol przechodził właśnie Birger. Mikael nie miał ochoty na spotkanie, poczekał więc, aż mężczyzna zniknie w windzie. Wychodząc, natknął się w drzwiach na Martina, dokładnie w tym samym miejscu, w którym ostatnio spotkał Cecilię. Uścisnęli sobie dłonie.

– Byłeś u Henrika?

– Nie, spotkałem się tylko przelotnie z Dirchem Frodem.

Martin miał zapadnięte oczy i wyglądał na zmęczonego. Sprawiał wrażenie osoby znacznie starszej, niż ta, którą Mikael poznał pół roku wcześniej. Walka o uratowanie imperium Vangerów była kosztowna, a nagła choroba Henrika też nie podnosiła na duchu.

– Jak ci idzie? – zapytał Martin.

Mikael postanowił zaznaczyć, że nie ma zamiaru przerwać pracy i wrócić do Sztokholmu.

– A, dziękuję. Napięcie rośnie z każdym dniem. Mam

nadzieję, że gdy tylko Henrik wydobrzeje, będę mógł zaspokoić jego ciekawość.

BIRGER VANGER mieszkał po drugiej stronie ulicy, w jednym z segmentów z białej cegły, zaledwie pięć minut piechotą od szpitala. Z okien miał widok na morze i przystań dla jachtów. Mikael nie zastał nikogo w domu. Cecilia nie odpowiadała, gdy zadzwonił do niej na komórkę. Siedział w samochodzie, bębniąc palcami o kierownicę. Birger Vanger stanowił w tym towarzystwie niepewną kartę. Gdy zamordowano Rebekę Jacobsson, był zaledwie dziesięcioletnim chłopcem, ale z drugiej strony miał dwadzieścia siedem lat w chwili zniknięcia Harriet.

Według Henrika Birger i Harriet prawie w ogóle nie mieli ze sobą kontaktu. Chłopak wychowywał się u swojej rodziny w Uppsali i przyjechał do Hedestad w związku z pracą w koncernie. Po kilku latach zrezygnował z niej i postawił na karierę polityczną. Był w Uppsali, gdy zamordowano Lenę Andersson.

Mikael nie potrafił sobie poradzić z tą historią, ale incydent z kotem sprawił, że poczuł się zagrożony. Nagle zrozumiał też, jak mało ma czasu.

BYŁY PASTOR na Hedeby, Otto Falk, w dniu zniknięcia Harriet miał trzydzieści sześć lat. Teraz miał siedemdziesiąt dwa, znacznie mniej niż Henrik, ale w porównaniu z nim był w o wiele gorszej kondycji umysłowej. Mikael odnalazł go w domu opieki Svalan, niewielkim budynku z żółtej cegły stojącym nad rzeczką po drugiej stronie miasta. Przedstawił się w recepcji, prosząc o rozmowę z Falkiem. Zaznaczył, że zdaje sobie sprawę z choroby pastora, ale nie wie, w jakim stopniu utrudnia ona komunikację. Od pielęgniarki oddziałowej dowiedział się, że diagnozę Alzheimera o dość agresywnym przebiegu postawiono Falkowi trzy lata temu. Dało się z nim rozmawiać, ale miał zaburzenia pamięci, nie rozpoznawał niektórych krewnych i coraz bardziej przypominał pijane dziecko we mgle. Mikael został też poinformowany, że chory miewa napady lęku, na przykład wtedy, gdy nie potrafi odpowiedzieć na zadawane mu pytania.

Otto Falk siedział na ławce w parku w towarzystwie trzech innych mieszkańców domu i jednego opiekuna. Mikael spędził całą godzinę, próbując porozmawiać z duchownym.

Były pastor oczywiście bardzo dobrze pamiętał Harriet. Z rozpromienioną twarzą wspominał ją jako zachwycającą dziewczynę. Mikael szybko zorientował się, że starzec, zapomniawszy o tajemniczym zdarzeniu sprzed trzydziestu siedmiu lat, opowiada o Harriet, jak gdyby widział się z nią niedawno. Poprosił nawet Mikaela, żeby ją pozdrowił i przypomniał, żeby do niego kiedyś zajrzała. Mikael obiecał, że to uczyni.

Gdy Mikael przypomniał, co wydarzyło się tego dnia, kiedy zniknęła Harriet, pastor wpadł w konsternację. Najwyraźniej nie pamiętał wypadku na moście. Dopiero pod koniec, gdy rozmowa zeszła na zainteresowanie Harriet religią, powiedział coś, co spowodowało, że Mikael wytężył słuch. Ale najpierw siedział przez jakiś czas zamyślony, z zachmurzoną twarzą. Później zaczął się huśtać tam i z powrotem, by nagle zapytać Mikaela, jak się nazywa. Mikael przedstawił się ponownie, starzec znów pogrążył się w zadumie, a po chwili – poirytowany – pokręcił głową.

– Ona ciągle tylko poszukuje. Musi uważać. A ty musisz ją ostrzec.

– Przed czym mam ją ostrzec?

Pastor nagle bardzo się zdenerwował. Kręcił głową i marszczył brwi,

– Musi czytać *sola scriptura* i zrozumieć *sufficientia scripturae*. Tylko w ten sposób będzie mogła zachować *sola fide*. Józef zdecydowanie ich wyklucza. Nigdy nie znaleźli się w kanonie.

Mikael nie rozumiał ni w ząb, ale skrupulatnie wszystko notował. Po chwili pastor pochylił się ku niemu i wyszeptał:

– Myślę, że jest katoliczką. Ciągnie ją do magii i jeszcze nie znalazła swojego Boga. Trzeba ją poprowadzić.

Najwyraźniej słowo „katoliczka" miało dla pastora negatywny wydźwięk.

– A ja myślałem, że jest zainteresowana ruchem zielonoświątkowym.

– Nie, nie, na pewno nie ruchem zielonoświątkowym. Szuka zakazanej prawdy. Nie jest dobrą chrześcijanką.

Powiedziawszy to, Falk jak gdyby zapomniał o istnieniu Mikaela i temacie rozmowy i natychmiast wdał się w dyskusję z siedzącym obok pacjentem.

MIKAEL WRÓCIŁ na wyspę kilka minut po drugiej. Poszedł prosto do Cecilii, ale nie zastał jej w domu. Znów spróbował zadzwonić do niej na komórkę, ciągle nie odpowiadała.

Zamontował jeden detektor dymu w kuchni, a drugi w sieni, i postawił jedną gaśnicę obok pieca, niedaleko drzwi od sypialni, a drugą przy drzwiach do łazienki. Później zjadł lunch składający się z kanapek i kawy, po czym usiadł w ogródku z laptopem, by zapisać rozmowę z pastorem Falkiem. Zadumawszy się, podniósł wzrok i spojrzał na kościół. Nowa plebania była zwykłą nowoczesną willą stojącą kilka minut na piechotę od kościoła. Około czwartej Mikael zapukał do drzwi, prosząc panią pastor o pomoc w pewnej teologicznej kwestii. Margareta Strandh była ciemnowłosą kobietą w jego wieku, ubraną w dżinsy i flanelową koszulę. Miała bose stopy i pomalowane paznokcie u nóg. Spotkawszy ją wcześniej w kawiarni Susanny, Mikael już kilkakrotnie rozmawiał o pastorze Falku. Przyjęła go serdecznie, zapraszając do ogrodu.

Mikael opowiedział o swoim wywiadzie z pastorem i o jego niezrozumiałych odpowiedziach. Wysłuchawszy

445

historii, Margareta Strandh poprosiła Mikaela o dokładne powtórzenie słów duchownego. A później zamyśliła się.

– Objęłam tę parafię trzy lata temu i tak naprawdę nigdy nie spotkałam pastora Falka. Przeszedł na emeryturę parę lat wcześniej. Ale z tego co słyszałam, był dość konserwatywny. To, co panu powiedział, oznacza mniej więcej, żeby kierować się tylko pismem – *sola scriptura* i że ono jest – *sufficientia scripturae*. To ostatnie oznacza wystarczalność Pisma dla wierzących literalnie. *Sola fide* znaczy „jedynie wiara", albo „czysta wiara".

– Rozumiem.

– Można powiedzieć, że to są nasze podstawowe doktryny. To w gruncie rzeczy podstawa teologiczna protestantyzmu, czyli nic niezwykłego. Powiedział panu po prostu: *Czytaj Biblię – ona zapewnia wystarczającą wiedzę i gwarantuje czystą wiarę.*

Mikael poczuł się odrobinę zażenowany.

– A mógłby pan powiedzieć, w jakim kontekście padły te słowa?

– Pytałem go o człowieka, którego spotkał wiele lat temu, a o którym ja teraz piszę.

– Chodzi o kogoś poszukującego Boga?

– Coś w tym stylu.

– Okej. Myślę, że rozumiem kontekst. Pastor Falk powiedział jeszcze dwie rzeczy: *Józef zdecydowanie ich wyklucza* i *Nigdy nie znaleźli się w kanonie*. Czy jest pan pewien, że Falk powiedział Józef a nie Iosepus? Chodzi w zasadzie o to samo imię...

– Niewykluczone, że się przesłyszałem – odpowiedział Mikael. – Mam nagraną całą rozmowę, może chce pani posłuchać?

– Nie, nie sądzę, żeby to było konieczne. Te dwa zdania wskazują dość jednoznacznie na to, co chciał przekazać. Flavius Iosephus, czyli Józef Flawiusz był żydowskim historykiem, a zdanie *Nigdy nie znaleźli się w kanonie* wskazywałoby na to, że nigdy nie znalazły się w kanonie hebrajskim.

– A to oznacza?

Kobieta zaśmiała się.

– Pastor Falk twierdził, że osobę, o której rozmawialiście, ciągnie do ezoterycznych źródeł, a dokładniej – do Apokryfów. Słowo *apokryphos* znaczy „ukryty", a Apokryfy to „ukryte księgi", przez niektórych uważane za bardzo kontrowersyjne, a przez innych włączane do Starego Testamentu. To między innymi Księga Tobiasza, Judyty, Estery, Barucha, Syracha, Księgi Machabejskie i parę innych.

– Proszę mi wybaczyć niewiedzę. Słyszałem o Apokryfach, ale nigdy ich nie czytałem. Czym się wyróżniają?

– W zasadzie niczym się nie wyróżniają, oprócz tego, że powstały trochę później niż reszta Starego Testamentu. I dlatego nie weszły w skład Biblii hebrajskiej. Nie dlatego, że kapłani podawali w wątpliwość ich zawartość, tylko dlatego, że w powstaniu tych ksiąg nie dopatrzono się interwencji Boga. Ale Apokryfy znalazły się w najstarszym greckim przekładzie Biblii. Na przykład w Kościele rzymskokatolickim w ogóle nie budzą emocji.

– Rozumiem.

– Ale w Kościele protestanckim uważa się je za wybitnie kontrowersyjne. W okresie reformacji teologowie powrócili do pierwotnej, hebrajskiej wersji Biblii. Marcin Luter odrzucił niewystępujące w niej księgi, a Kalwin stwierdził, że Apokryfy absolutnie nie mogą stanowić podstawy wyznania wiary. Zawierają treści, które przeczą albo w jakiś inny sposób są niezgodne z *Claritas Scripturae*, czyli z zasadą Jasności Pisma.

– Innymi słowy – to księgi ocenzurowane?

– Właśnie. W Apokryfach twierdzi się na przykład, że można uprawiać magię, że w pewnych przypadkach dozwolone jest kłamstwo i tym podobne. To oczywiste, że takie poglądy oburzają dogmatycznych interpretatorów Pisma.

– Rozumiem. A więc jeżeli kogoś pociąga religia, to nie-wykluczone, że na liście lektur tej osoby pojawią się Apokry-fy, a to z kolei oburzy osobę pokroju pastora Falka.

– Właśnie tak. Interesując się wiedzą biblijną albo wiarą katolicką, doprawdy trudno pominąć Apokryfy. Równie prawdopodobne jest to, że przeczyta je osoba ogólnie zain-teresowana ezoteryką.

– Nie ma pani przypadkiem jakiegoś egzemplarza Apo-kryfów?

Znów się zaśmiała. Jasno i serdecznie.

– Oczywiście, że mam. Państwowa Komisja Biblijna wy-dała Apokryfy w latach osiemdziesiątych ubiegłego wieku.

GDY LISBETH SALANDER poprosiła o rozmowę na osob-ności, Dragan Armanski był ogromnie ciekawy, co się stało. Zamknął drzwi i wskazał ręką fotel po przeciwnej stronie biurka. Lisbeth wyjaśniła, że owszem, zakończyła zlecenie Mikaela Blomkvista – Frode powinien zapłacić przed koń-cem miesiąca – ale postanowiła pracować nad tą sprawą dalej. Mikael obiecał jej znacznie niższą pensję.

– Mam własną firmę – powiedziała. – Do tej pory nie przyjmowałam innych zleceń niż tych od ciebie, zgodnie z naszą umową. Chcę wiedzieć, jak ułożą się nasze stosunki, jeżeli wezmę jakieś zlecenie na własną rękę.

Armanski rozłożył ramiona.

– Jesteś samodzielnym przedsiębiorcą, możesz przyjmo-wać zlecenia od kogo ci się żywnie podoba i zadłużać się według własnego uznania. Cieszę się, że zarabiasz pienią-dze. Ale gdybyś zaczęła podbierać nam klientów, których zdobyłaś dzięki nam, to oskarżyłbym cię o nielojalność.

– Nie mam takich planów. Skończyłam pracę zgodnie z umową podpisaną z Blomkvistem. To zlecenie jest za-mknięte. Chodzi o to, że to *ja* chcę dalej zajmować się tą sprawą. Pracowałabym nad tym nawet za darmo.

– Nigdy nie rób nic za darmo!

– Rozumiesz, co mam na myśli. Chcę wiedzieć, jak ta cała historia się zakończy. Przekonałam Blomkvista, żeby poprosił Frodego o przedłużenie kontraktu.

Armanski przebiegł oczyma umowę, którą mu wręczyła Lisbeth.

– Z tą pensją równie dobrze możesz pracować za darmo. Lisbeth, przecież ty masz talent! Nie musisz harować za marne kieszonkowe. Wiesz, że u mnie możesz zarobić znacznie więcej, jeżeli tylko zaczniesz pracować w pełnym wymiarze godzin.

– Nie chcę pracować na cały etat. Ale wiesz, że jestem wobec ciebie lojalna. Nie wypiąłeś się na mnie, gdy tu zaczynałam. Chcę się tylko upewnić, że ta umowa jest okej, chcę wiedzieć, czy nie popsuje naszych stosunków.

– Rozumiem – powiedział i po krótkim namyśle dodał: – Jak najbardziej okej. Dziękuję, że zapytałaś. I jeżeli w przyszłości powstaną podobne sytuacje, to chciałbym, żebyś mnie informowała. Żeby uniknąć nieporozumień.

Lisbeth siedziała jeszcze przez jakąś minutę, zastanawiając się, czy ma coś więcej do powiedzenia. Nic nie mówiąc, przyszpiliła Armanskiego wzrokiem. W końcu skinęła nieznacznie głową, wstała i – jak zwykle bez pożegnania – wyszła. Zdobywszy informację, na której jej zależało, zupełnie straciła zainteresowanie osobą pracodawcy. A on uśmiechnął się pod nosem, uznając sam fakt, że zapytała go o radę, za ważny krok w procesie jej socjalizacji.

Otworzył teczkę z raportem o stanie zabezpieczenia muzeum, w którym wkrótce miała zostać otwarta ogromna wystawa francuskich impresjonistów. Ale zaraz odłożył ją, wpatrzony w drzwi, za którymi przed chwilą zniknęła Salander. Przypomniawszy sobie, jak śmiała się w towarzystwie Blomkvista, zastanawiał się, czy ta dziewczyna zaczyna doroślec, czy bardziej kusi ją sam sprawca śmiechu. Nagle ogarnął go niepokój. Armanski nigdy nie potrafił uwolnić się od przekonania, że Lisbeth jest urodzoną ofiarą. Która teraz na odludziu ugania się za jakimś szaleńcem.

W DRODZE POWROTNEJ na północ Lisbeth, kierując się impulsem zboczyła z trasy i podjechała pod dom opieki w Äppelviken. Nie licząc sobótkowego weekendu, nie widziała się z mamą od Wigilii i czasami miała wyrzuty sumienia, że tak rzadko poświęca jej czas. Kolejna wizyta w ciągu kilku tygodni to doprawdy rekord. Lisbeth wyprowadziła mamę z pokoju dziennego i wzięła na spacer po parku, aż do stawu z kaczkami. Matka w dalszym ciągu myliła Lisbeth z jej siostrą, jak zwykle sprawiała wrażenie nieobecnej duchem i tym razem wyjątkowo niespokojnej. Przy pożegnaniu nie chciała puścić ręki córki, mimo zapewnień Lisbeth, że niedługo znów się zobaczą. Nieszczęśliwa i zdjęta niepokojem, odprowadziła Lisbeth wzrokiem.

Jak gdyby przeczuwała nadchodzącą katastrofę.

SIEDZĄC W OGRÓDKU, Mikael spędził dwie godziny na przeglądaniu Apokryfów. Nie doszedł do żadnych innych wniosków niż ten, że marnuje czas.

Uderzyła go jednak następująca myśl: czy Harriet naprawdę była religijna? Zainteresowała się Biblią mniej więcej na rok przed zniknięciem. Połączyła kilka biblijnych cytatów z serią morderstw, a później studiowała nie tylko Pismo Święte, ale również Apokryfy, a oprócz tego fascynował ją katolicyzm.

A może po prostu poświęciła się podobnemu dochodzeniu, jakie trzydzieści siedem lat później z pomocą Lisbeth prowadził Mikael? Może to pogoń za mordercą wzbudzała jej zainteresowanie Pismem, a nie religijność sama w sobie? Pastor Falk dał do zrozumienia, że jemu Harriet jawiła się raczej jako osoba poszukująca Boga, a nie dobra chrześcijanka.

Telefon od Eriki przerwał mu te rozmyślania.

– Chciałam ci tylko powiedzieć, że wybywam z Gregerem na urlop. Na cztery tygodnie.

– Dokąd jedziecie?

– Do Nowego Jorku. Greger ma tam wystawę. A później na Karaiby. Jego znajomy pożyczy nam na dwa tygodnie dom na Antigui.

– Wspaniałe plany! Baw się dobrze. I pozdrów Gregera.

– Przez ostatnie trzy dni pracowałam na okrągło. Nowy numer jest już zamknięty, a kolejny prawie gotowy. Dobrze byłoby, gdybyś to ty mógł zrobić redakcję, ale Christer obiecał, że się za to weźmie.

– Jeżeli będzie potrzebował pomocy, to niech dzwoni. A co z Janne Dahlmanem?

Erika zawahała się.

– On też idzie na urlop w przyszłym tygodniu. Wcisnęłam Henry'ego na stanowisko tymczasowego sekretarza redakcji. Razem z Christerem poprowadzi cały interes.

– Okej.

– Nie ufam Dahlmanowi. Ale nie mam mu nic do zarzucenia. Wrócę siódmego sierpnia.

OKOŁO SIÓDMEJ wieczorem Mikael znów spróbował zadzwonić do Cecilii. Po pięciu, nieudanych próbach wysłał jej SMS-a z prośbą o kontakt, ale na niego też nie otrzymał odpowiedzi.

Zatrzasnął z impetem Apokryfy, założył ubranie do treningu i zamknąwszy chatkę, wyruszył na swoją codzienną rundę w terenie.

Po krótkiej przebieżce wzdłuż brzegu skręcił w las. Pokonywał gęste chaszcze tak szybko, jak potrafił, i dotarł do Fortów wykończony, z szaleńczo przyspieszonym pulsem. Zatrzymał się przy jednym z betonowych umocnień i zaczął rozciągać mięśnie.

Wtem usłyszał przeraźliwy huk i zrozumiał, że w ścianę, zaledwie kilka centymetrów od jego głowy, trafiła kula.

Dopiero po chwili poczuł ból od odłamka, który rozdarł mu skórę u nasady włosów.

Przez moment, który wydawał mu się wiecznością, stał sparaliżowany i niezdolny do refleksji. A później rzucił się całym ciałem na ziemię, tłukąc dotkliwie bark. W tym samym momencie padł drugi strzał. Kula uderzyła w betonowy fundament budowli, właśnie w miejscu, w którym przed sekundą stał.

Rozejrzał się dookoła. Stał mniej więcej w środku umocnienia. Na lewo i prawo rozchodziły się wąskie, niezbyt głębokie, zarośnięte rowy, tworząc swoisty labirynt łączący kilka fortyfikacji, które ciągnęły się przez dwieście pięćdziesiąt metrów. Pod ich osłoną Mikael zaczął przemieszczać się na południe.

Nagle usłyszał echo charakterystycznego głosu kapitana Adolfssona. Szkolenie komandosów, zimowy obóz w Kirunie. *Do jasnej cholery, Blomkvist, schyl porządnie łeb, bo inaczej odstrzelą ci dupę!* Po dwudziestu latach w dalszym ciągu pamiętał te dodatkowe, prowadzone przez Adolfssona ćwiczenia.

Po jakichś sześćdziesięciu metrach zatrzymał się z walącym sercem, żeby zaczerpnąć powietrza. Oprócz własnego oddechu nie słyszał żadnych odgłosów. *Ludzkie oko dostrzega ruch o wiele szybciej niż kształty i cienie. W czasie rozpoznania poruszaj się wolno i spokojnie.* Mikael podniósł ostrożnie głowę i wyjrzał ponad krawędź okopu. Oślepiające słońce uniemożliwiało rozróżnienie szczegółów, ale nie zauważył żadnego ruchu.

Znów schylił głowę i ruszył do ostatniego elementu fortyfikacji. *Wróg może mieć nawet najlepszą broń, to nie ma znaczenia. Jeżeli cię nie widzi, to nie może cię trafić. Osłona, osłona i jeszcze raz osłona! Pamiętaj, żeby nigdy się niepotrzebnie nie pokazywać.*

Mikael znajdował się teraz trzysta metrów od granicy gospodarstwa Östergården. Przed sobą miał lasek o dość gęstym poszyciu. Ale żeby do niego dotrzeć, musiałby przebiec około czterdziestu metrów zupełnie nagim zboczem. To była jedyna droga ucieczki. Za plecami miał morze.

Siedząc w kucki, próbował zebrać myśli. Nagle uświadomił sobie ból skroni i odkrył, że ciągle krwawi. Jego t-shirt był przesiąknięty krwią. Odłamek kuli albo betonu wyżłobił głęboki rowek u nasady włosów. *Skaleczenie głowy powoduje obfite krwawienie*, pomyślał, zanim ponownie skoncentrował się na analizie sytuacji. Ta pierwsza kula mogłaby być zabłąkaną kulą. Ale dwa strzały świadczyłyby o tym, że ktoś go próbował zabić. Mikael nie wiedział, czy strzelec ciągle jeszcze nie czai się gdzieś z ponownie załadowaną bronią.

Starał się odzyskać spokój i myśleć racjonalnie. Miał do wyboru: albo czekać, albo próbować uciec. Jeżeli ten człowiek ciągle na niego czyha, ta druga możliwość była zdecydowanie niestosowna. Ale czekając tutaj, ryzykował, że strzelec podejdzie do Fortów, odnajdzie go i uśmierci z bliska.

On (albo ona?) nie może wiedzieć, czy poszedłem w prawo, czy w lewo. Karabin, może sztucer na łosie. Prawdopodobnie z celownikiem optycznym. A to znaczy, że strzelec wpatrzony w obiektyw miał ograniczone pole widzenia.

Jeżeli wpadłeś w tarapaty – przejmij inicjatywę. To lepsze niż czekanie. Po dwóch minutach nasłuchiwania opuścił okop i zsunął się łagodnym zboczem w dół tak szybko, jak tylko potrafił.

Trzeci strzał usłyszał, gdy był w połowie drogi do zagajnika. Kolejne pudło. Rzucił się szczupakiem za zasłonę młodziutkich drzewek, przeturlał przez morze pokrzyw i pochylony, na ugiętych kolanach uciekał dalej. Po pięćdziesięciu metrach zatrzymał się, nasłuchując. Nagle doszedł go trzask łamanej gałązki. Gdzieś między nim a Fortami. Ostrożnie przywarł brzuchem do ziemi.

Pełzanie przy pomocy czołgania to inne ulubione powiedzenie kapitana Adolfssona. Mikael pokonał w ten sposób kolejne sto pięćdziesiąt metrów. Forsował bezgłośnie leśne poszycie, zwracając uwagę na każdą gałąź i gałązkę. Dwukrotnie usłyszał jakiś trzask. Pierwszy rozległ się bardzo blisko, może dwadzieścia metrów od niego. Mikael zastygnął w bezruchu. Po chwili podniósł ostrożnie głowę i rozejrzał się dookoła, ale nikogo nie dostrzegł. Leżał w niesamowitym napięciu, gotowy do ucieczki albo desperackiego kontrataku, gdyby *wróg* rzucił się na niego. Drugi trzask doszedł ze znacznie większej odległości. A później tylko cisza.

On wie, że tutaj jestem. Ale czy zatrzymał się gdzieś i czeka, aż się stąd ruszę, czy sobie po prostu poszedł?

Mikael zaczął się czołgać przez zarośla, by w końcu dotrzeć do pastwiska.

Kolejny krytyczny moment. Wzdłuż ogrodzenia biegła wąska ścieżka. Ciągle leżąc, Mikael oceniał sytuację. Mniej więcej czterysta metrów przed nim, na niewielkim wzniesieniu majaczyły zabudowania. Na prawo od nich pasło się kilkanaście krów. *Dlaczego nikt nie słyszał strzałów i nie wyszedł z domu, żeby sprawdzić, co się stało? No tak, lato. Nie wiadomo, czy ktoś tu jest.*

O wyjściu na otwarte, nieosłonięte pastwisko w ogóle nie było mowy, a z drugiej strony, gdyby Mikael sam miał wybrać miejsce ze znakomitym polem strzału, wybrałby właśnie ścieżkę przy ogrodzeniu. Wycofywał się przez gąszcz roślin tak długo, aż zagajnik przeszedł w rzadki sosnowy las.

MIKAEL WRACAŁ do domu okrężną drogą, obchodząc gospodarstwo Östergården i pokonując wzniesienie Söderberget. Mijając zabudowania gospodarstwa, zauważył brak samochodu. Ze szczytu pagórka oglądał panoramę Hedeby. W starych chatkach rybackich zamieszkali urlopowicze. Na pomoście siedziało kilka kobiet w strojach kąpielowych, a przy przystani żeglarskiej pluskały się dzieci. W powietrzu unosił się zapach grilla.

Mikael spojrzał na zegarek. Minęła ósma. Strzały padły pięćdziesiąt minut temu. Odziany w szorty Gunnar Nilsson podlewał trawnik. *Od jak dawna tutaj jesteś?* W domu Henrika gościła tylko gospodyni, Anna Nygren. Dom Haralda jak zwykle sprawiał wrażenie opuszczonego. W ogrodzie za jej domem Mikael zobaczył Isabellę pogrążoną w rozmowie. Dopiero po chwili dostrzegł, że jej rozmówczynią jest chorowita Gerda Vanger, urodzona w 1922 roku i mieszkająca z synem Alexandrem w jednym z domków za posiadłością Henrika. Nigdy nie poznał jej osobiście, chociaż widział ją kilka razy w sąsiedztwie. W chwili gdy stwierdził, że dom Cecilii ciągle wygląda na niezamieszkany, zobaczył, że w kuchni zapaliła się lampa. *A więc wróciła do domu. Czy strzelec był kobietą?* Mikael ani przez sekundę nie wątpił, że Cecilia potrafi obchodzić się z bronią. Jeszcze dalej zauważył stojący na podjeździe willi samochód Martina. *A ty od jak dawna jesteś w domu?*

A może to jeszcze ktoś inny? Ktoś, o kim nie pomyślał, ponieważ istniało zbyt wiele możliwości? Frode? Alexander?

Zszedł ze wzniesienia i ruszył do domu najprostszą drogą. Nie spotkał nikogo. Już z daleka uwagę Mikaela zwróciły uchylone drzwi. Instynktownie przykucnął. Jednocześnie poczuł zapach kawy, a w oknie mignęła mu sylwetka Lisbeth Salander.

USŁYSZAWSZY KROKI w sieni, Lisbeth odwróciła się i zamarła. Mikael wyglądał makabrycznie. Do skroni przyciskał jakąś szmatę. Na zakrwawionej twarzy zaczęły pojawiać się zakrzepy. Lewa strona białego t-shirtu była przesiąknięta krwią.

– To tylko rozcięcie skóry. Krwawi jak cholera, ale to nic groźnego – uprzedził jej pytanie.

Lisbeth wyciągnęła ze spiżarni apteczkę, która zawierała jedynie dwa opakowania plastra, sztyft przeciw komarom i niewielką rolkę przylepca. Mikael ściągnął ubrania

455

i zostawiając je na podłodze, poszedł do łazienki, by przejrzeć się w lustrze.

Rana skroni miała około trzech centymetrów długości i była na tyle głęboka, że widać było postrzępioną tkankę. Ciągle krwawiła. Mikael miał jednak nadzieję, że obejdzie się bez szycia. Zmoczonym ręcznikiem wytarł sobie twarz.

Z tym samym ręcznikiem przy skroni stanął pod prysznicem i zamknął oczy. A później walnął pięścią w kafelki tak mocno, aż zdarł skórę na kłykciach. *Fuck you*, pomyślał. *Zobaczysz, że cię złapię!*

Gdy Lisbeth dotknęła jego ramienia, wzdrygnął się jakby pod wpływem elektrycznego wstrząsu i wbił w nią tak nienawistny wzrok, że machinalnie cofnęła się o krok. Podała mu mydło i wyszła bez słowa do kuchni.

JUŻ CZYSTY I WYTARTY do sucha Mikael skleił ranę trzema kawałkami taśmy chirurgicznej. Założył w sypialni czyste dżinsy i t-shirt. Wziął ze sobą teczkę z wydrukami zdjęć. Niemal trząsł się ze złości.

– Zostań tutaj! – wrzasnął do Lisbeth, wychodząc.

Po chwili nacisnął dzwonek u drzwi Cecilii. Otworzyła dopiero po upływie półtorej minuty.

– Nie chcę się z tobą widzieć – powiedziała, zanim zobaczyła sączącą się spod taśmy na skroni krew.

– Co ci się stało?

– Wpuść mnie do środka. Musimy porozmawiać.

Zawahała się.

– Nie mamy o czym rozmawiać.

– Akurat teraz mamy o czym rozmawiać i możemy to zrobić albo tutaj na schodach, albo w twojej kuchni.

Mówił tak zdecydowanie, że Cecilia przepuściła go w drzwiach. Mikael wszedł zdecydowanym krokiem do kuchni i zajął miejsce przy stole.

– Co ci się stało? – zapytała ponownie.

– Twierdzisz, że poszukiwanie prawdy w sprawie Harriet to dla Henrika tylko terapia zajęciowa. Możliwe, ale godzinę temu ktoś próbował mi odstrzelić głowę, a w nocy na moim ganku ktoś zostawił poćwiartowanego kota.

Cecilia otworzyła usta, ale Mikael nie dopuścił jej do głosu.

– Cecilio, olewam twoje obsesje i przemyślenia, i to, że nagle nie cierpisz mojego widoku. Już nigdy się do ciebie nie zbliżę i naprawdę nie musisz się obawiać, że będę cię niepokoił i nagabywał. Gdybym mógł, to życzyłbym sobie radosnej niewiedzy zarówno na twój temat, jak i na temat każdego innego członka rodziny Vangerów. Ale chcę, żebyś odpowiedziała na moje pytania. Im szybciej, tym lepiej. Tym szybciej się mnie pozbędziesz.

– Co chcesz wiedzieć?

– Po pierwsze: gdzie byłaś godzinę temu?

Cecilia pociemniała na twarzy.

– Przed godziną byłam w Hedestad. Wróciłam pół godziny temu.

– Czy ktoś może to poświadczyć?

– O ile wiem – nikt. A tobie nie muszę tego udowadniać.

– Po drugie: dlaczego tego dnia, kiedy zniknęła Harriet Vanger, otworzyłaś okno w jej pokoju?

– Co?

– Słyszałaś pytanie. Przez te wszystkie lata Henrik próbował dojść do tego, kto w ciągu tych paru krytycznych minut otworzył okno w pokoju Harriet. Właśnie wtedy, gdy dziewczyna zniknęła. Nikt się nie przyznał. Ktoś kłamie.

– A co, do jasnej cholery, skłania cię do wyciągnięcia wniosku, że to właśnie ja?

– To zdjęcie – odpowiedział Mikael, rzucając na stół nieostrą fotografię.

Cecilia podeszła bliżej. Mikael wyczytał w jej oczach zdziwienie i lęk. Przyjrzawszy się fotografii, Cecilia podniosła wzrok. Mikael poczuł, że spływająca po skroni strużka krwi zaczyna skapywać na t-shirt.

– Tego dnia na wyspie było około sześćdziesięciu osób – powiedział. – Dwadzieścia osiem z nich to kobiety. Pięć albo sześć było blondynkami o włosach do ramion. Tylko jedna miała na sobie jasną sukienkę.

Cecilia wbiła wzrok w fotografię.

– A więc uważasz, że ten ktoś na zdjęciu to ja?

– Jeżeli to nie ty, to byłbym wdzięczny, gdybyś mogła powiedzieć, kto to może być. To zdjęcie nigdy wcześniej nie widziało światła dziennego. Mam je od kilku tygodni i od kilku tygodni usiłuję z tobą porozmawiać. Może jestem skończonym idiotą, ale nie pokazałem go ani Henrikowi, ani nikomu innemu, ponieważ boję się, że mógłbym w ten sposób rzucić na ciebie podejrzenia albo jakoś ci zaszkodzić. Ale muszę poznać twoją odpowiedź.

– No więc usłyszysz odpowiedź – odparła, wręczając Mikaelowi zdjęcie. – Tamtego dnia nie byłam w pokoju Harriet. To zdjęcie nie przedstawia mnie. Nie mam nic wspólnego z jej zniknięciem.

Podeszła do drzwi.

– Dostałeś odpowiedź. A teraz chcę, żebyś sobie poszedł. Myślę, że powinieneś pojechać z tą raną do lekarza.

LISBETH ODWIOZŁA go do szpitala w Hedestad. Do zamknięcia rany wystarczyły dwa szwy i porządny opatrunek, a poparzonym pokrzywami rękom i szyi pomogła maść hydrokortyzonowa.

Po wyjściu z ambulatorium Mikael siedział przez dłuższą chwilę w samochodzie, zastanawiając się, czy nie powinien pójść na policję. Ale gdy oczami wyobraźni ujrzał nagłówki w stylu: „Skazany za pomówienie dziennikarz ofiarą dramatycznej strzelaniny" pokręcił głową.

– Jedź do domu – poprosił Lisbeth.

Wrócili na Hedeby po zmroku, co wyjątkowo odpowiadało planom Salander. Postawiła na stole kuchennym sportową torbę.

– Pożyczyłam trochę sprzętu z Milton Security i najwyższa pora z niego skorzystać. A ty w tym czasie zaparz kawę.

Ustawiła wokół domu cztery zasilane bateriami detektory ruchu, po czym wyjaśniła, że jeżeli ktoś podejdzie bliżej niż na sześć, siedem metrów, w sypialni Mikaela rozlegnie się uaktywniony radiowym sygnałem alarm. Jednocześnie dwie cyfrowe kamery umieszczone na drzewach przed i za domem miały wysyłać sygnały do schowanego w sieni laptopa. Lisbeth zamaskowała je ciemnym materiałem, odsłaniając tylko obiektywy. Trzecią kamerę ukryła w budce lęgowej wiszącej nad drzwiami. Dla potrzeb instalacji po prostu przewierciła ścianę na wylot. Obiektyw skierowała na drogę i ścieżkę prowadzącą od furtki do drzwi wejściowych. Aparat co sekundę rejestrował obraz o niskiej rozdzielczości i zapisywał go na jeszcze jednym, ukrytym w szafie laptopie.

W końcu Salander zamontowała w sieni matę alarmową. Jeżeli komuś udałoby się ominąć czujniki podczerwieni i wtargnąć do środka, w domu miała odezwać się syrena o sile stu piętnastu decybeli. Lisbeth zademonstrowała, jak przy pomocy ukrytej w szafie stacyjki wyłączyć alarm. Na stole w gabinecie położyła noktowizor.

– Nie pozostawiasz wiele przypadkowi – powiedział Mikael, nalewając jej kawy.

– I jeszcze jedno. Koniec z treningami, dopóki tego nie rozwiążemy.

– Uwierz mi, straciłem zapał do uprawiania sportu.

– To nie są żarty. Zaczęło się od niegroźnej historycznej zagadki, ale wczoraj na schodach leżał zabity kot, a dzisiaj ktoś chciał cię pozbawić głowy. Jesteśmy na czyimś tropie.

Na kolację zjedli zimną pieczeń i sałatkę z ziemniaków. Mikael poczuł się potwornie zmęczony. Położył się do łóżka z potwornym bólem głowy.

Lisbeth siedziała do drugiej w nocy, czytając dokumenty ze śledztwa. Zlecenie na Hedeby przerodziło się w coś groźnego i skomplikowanego.

Rozdział 23
Piątek 11 lipca

O SZÓSTEJ RANO obudziły go promienie słońca. Wdzierając się do sypialni przez szparę między zasłonami, świeciły mu prosto w twarz. Pękała mu głowa, bolała przykryta opatrunkiem rana. Lisbeth leżała obok z ramieniem przerzuconym przez jego tułów. Mikael policzył jej tatuaże. Oprócz smoka na plecach i osy na szyi miała szlaczek wokół jednej kostki i wokół lewego bicepsa, chiński znak na biodrze i różę na łydce. Z wyjątkiem smoka, który rozciągał się od prawej łopatki aż po pośladek, wszystkie zdobienia były niewielkie i dyskretne.

Ostrożnie wygrzebał się z pościeli i zaciągnął kotary. Po krótkiej wizycie w łazience wrócił do łóżka, starając się nie zbudzić Lisbeth.

Kilka godzin później siedzieli w ogródku i jedli śniadanie.

– Mamy do rozwiązania zagadkę. Jak się za to zabierzemy? – zapytała Lisbeth, wpatrzona uważnie w Mikaela.

– Podsumujemy istniejące fakty. Spróbujemy znaleźć ich jeszcze więcej.

– Faktem jest, że ktoś z sąsiedztwa próbuje się do ciebie dobrać.

– Ale dlaczego? Dlatego, że zbliżamy się do rozwiązania zagadki Harriet czy dlatego, że znaleźliśmy seryjnego mordercę?

– Jedno musi się łączyć z drugim.

Przyznał jej rację.

461

– Jeżeli Harriet udało się wykryć seryjnego mordercę, musiał to być ktoś z jej otoczenia. W galerii postaci z lat sześćdziesiątych mamy ponad dwudziestu kandydatów. Dzisiaj nie pozostał z nich raczej nikt, oprócz Haralda Vangera, ale nie sądzę, żeby ten dziewięćdziesięciopięciolatek uganiał się z karabinem po lesie. Nie wiem, czy w ogóle miałby siłę udźwignąć sztucer. Podejrzani są albo za starzy, żeby stanowić zagrożenie, albo byli za młodzi w latach pięćdziesiątych. Czyli znów znajdujemy się w punkcie wyjścia.

– O ile nie mamy do czynienia z dwiema osobami, które ze sobą współpracują. Jedną młodszą, drugą starszą.

– Harald i Cecilia? Nie sądzę. Myślę, że Cecilia mówi prawdę, twierdząc, że to nie ona stała w oknie.

– No więc kto to był?

Kolejną godzinę spędzili przed iBookiem, po raz kolejny oglądając zdjęcia z wypadku na moście.

– Nie wyobrażam sobie innej wersji. Wszyscy z okolicy zlecieli się w pogoni za sensacją. To był wrzesień. Większość założyła kurtki albo swetry. Tylko jedna osoba miała jasne włosy do ramion i jasną sukienkę.

– Cecilię widać na bardzo wielu zdjęciach. Wygląda na to, że cały czas się przemieszcza. Między zabudowaniami i gapiami. Tutaj rozmawia z Isabellą. Tutaj stoi z pastorem Falkiem. A tu z Gregerem, swoim starszym wujkiem.

– Poczekaj – odezwał się nagle Mikael. – Co Greger ma w ręku?

– Coś kanciastego. Wygląda jak jakaś skrzyneczka.

– To przecież klasyczny Hasselblad! Greger też fotografował!

Przejrzeli zdjęcia jeszcze raz. Greger pojawiał się od czasu do czasu, najczęściej tylko gdzieś w tle. Na jednym widać było jednak wyraźnie, że trzyma w ręku charakterystyczny sześcian.

– Myślę, że masz rację. To aparat fotograficzny.

– Co oznacza, że musimy poszukać kolejnych zdjęć.

– Okej, zostawmy to na razie – zarządziła Lisbeth. – Pozwól, że sformułuję hipotezę.

– Proszę bardzo.

– Co powiesz na to, że ktoś z młodszego pokolenia wie, że ktoś ze starszego pokolenia był seryjnym mordercą, ale nie chce, żeby to wyszło na jaw? Honor rodziny i tak dalej. To oznaczałoby, że mamy dwie osoby, chociaż oczywiście ze sobą nie współpracują. Morderca może już dawno nie żyje, ale nasz dręczyciel chce nas zmusić, żebyśmy sobie dali spokój i pojechali do domu.

– Myślałem o tym – odpowiedział Mikael. – Ale w takim razie dlaczego ten ktoś położył na naszym ganku poćwiartowanego kota? To przecież bezpośrednie nawiązanie do morderstw.

Mikael puknął w Biblię Harriet.

– Kolejna parodia prawa o ofiarach całopalnych.

Lisbeth oparła się wygodnie i patrząc na wieżę kościoła, zacytowała fragment Pisma. Mamrotała pod nosem, jakby do siebie samej.

– *Po czym zarżną cielca przed obliczem Wiekuistego, a synowie Aarona, kapłani, przyniosą krew i pokropią tą krwią wokoło ofiarnicę, która jest u wejścia do Przybytku zboru. Po czym zdejmą skórę z ofiary całopalenia oraz pokroją ją na części.*

Umilkła, nagle świadoma faktu, że Mikael przygląda się jej w napięciu. Otworzył na początku trzeciej Księgi Mojżesza.

– Znasz też wers dwunasty?

Lisbeth milczała.

– Po czym... – zaczął Mikael, zachęcając skinieniem głowy.

– *Po czym rozrąbią go na części, a kapłan ułoży je – wraz z głową i tłuszczem – na ofiarnicy, na drwach, które są na ogniu* – mówiła lodowatym głosem.

– A kolejny wers?

Podniosła się gwałtownie.

– Lisbeth, ty masz fotograficzną pamięć! – wykrzyknął zdumiony. – To dlatego czytasz stronę w dziesięć sekund.

Nie spodziewał się tak gwałtownej reakcji. Salander wbiła w niego wzrok z taką wściekłością, że zdębiał. Ale po chwili z rozpaczą w oczach odwróciła się i pobiegła do furtki.

– Lisbeth! – wołał za nią, ciągle osłupiały.

Zniknęła za najbliższym zakrętem drogi.

MIKAEL WNIÓSŁ jej komputer do domu, włączył alarm, zamknął drzwi na klucz i wyruszył na poszukiwania. Znalazł ją po dwudziestu minutach na przystani żeglarskiej. Siedziała na pomoście z nogami w wodzie i paliła papierosa. Odniósł wrażenie, że na dźwięk kroków zesztywniały jej lekko barki. Zatrzymał się dwa metry od niej.

– Nie wiem, co zrobiłem złego, ale naprawdę nie miałem zamiaru cię wkurzyć.

Nie odzywała się.

Podszedł bliżej, usiadł obok i położył delikatnie rękę na jej ramieniu.

– Lisbeth, odezwij się proszę.

Odwróciła głowę i popatrzyła mu w oczy.

– Nie ma o czym mówić – powiedziała. – Jestem po prostu rąbnięta.

– Byłbym szczęśliwy, gdybym miał pamięć choćby w połowie tak dobrą jak twoja.

Wrzuciła niedopałek do wody.

Mikael milczał. *Co mam powiedzieć? Jesteś zwyczajną dziewczyną. Przecież nie szkodzi, że jesteś trochę inna. Jaki masz obraz samej siebie?*

– Gdy tylko cię zobaczyłem, wiedziałem, że jesteś trochę inna – odezwał się w końcu. – I wiesz co? Dawno nie polubiłem nikogo tak bardzo od pierwszego wejrzenia.

Kilkoro dzieci wybiegło z chatki po drugiej stronie przystani i wskoczyło do wody. Eugen Norman, malarz, z którym Mikael nie zamienił jeszcze ani słowa, siedział na krześle przed swoim domem i paląc fajkę, przyglądał się parze na pomoście.

– Bardzo chcę być twoim przyjacielem, jeśli zechcesz mnie jako przyjaciela. Ale to ty musisz o tym zadecydować. Idę do domu zaparzyć kawę. Wróć, kiedy będziesz miała ochotę.

Wstał, zostawiając ją w spokoju. W połowie drogi pod górę usłyszał za sobą jej kroki. Wracali razem w milczeniu.

ZATRZYMAŁA GO przed samym domem.

– Właśnie formułowałam pewną myśl... Mówiliśmy o tym, że wszystko jest parodią Biblii. Wprawdzie ten facet poćwiartował kota, ale myślę, że przede wszystkim dlatego, że trudniej zdobyć wołu. Ale poza tym trzyma się głównych założeń historii. Zastanawiam się...

Spojrzała w kierunku kościoła.

– ...*i pokropią tą krwią wokoło ofiarnicę, która jest u wejścia do Przybytku zboru...*

Rozglądając się wokół, przeszli most i skierowali kroki do kościoła. Mikael nacisnął klamkę u drzwi; zamknięte. Obeszli cmentarz, od czasu do czasu przyglądając się nagrobkom. Trochę na uboczu, bliżej wody, stała samotna kaplica. Mikael wytrzeszczył oczy. To nie była kaplica, tylko okazały grobowiec rodzinny. Nad drzwiami wykuto w kamieniu nazwisko rodu Vanger i łacińską sentencję, której znaczenia mógł się tylko domyślać.

– Niechaj spoczywa w pokoju wiecznym – pomogła mu Lisbeth.

Na kolejne spojrzenie Mikaela odpowiedziała wzruszeniem ramion.

– Już gdzieś to wcześniej widziałam.

Ni stąd, ni zowąd Mikael wybuchnął głośnym śmiechem. Lisbeth zamarła i znów poczuła wzbierającą wściekłość, ale uspokoiła się, zrozumiawszy, że przyczyną jego rozbawienia nie jest ona, tylko komizm sytuacji.

Drzwi do krypty były zamknięte. Po krótkim namyśle

Mikael poprosił Lisbeth, żeby na niego poczekała, a sam udał się do Anny Nygren. Wyjaśniwszy, że chciałby przyjrzeć się z bliska grobowcowi rodziny Vangerów, zapytał, gdzie Henrik przechowuje klucze. Anna, początkowo pełna wątpliwości, dała się przekonać argumentem, że Mikael przecież pracuje dla Henrika, i wyjęła klucz z biurka w gabinecie.

Gdy tylko otworzyli wrota grobowca, wiedzieli, że mają rację. W powietrzu ciągle wisiał odór przypalonego mięsa i zwęglonych resztek. Ale dręczyciel kota nie rozniecił ogniska. W kącie stał niewielki palnik gazowy; taki, z jakich korzystają narciarze przy smarowaniu nart.

Lisbeth wyciągnęła z kieszeni spódnicy aparat cyfrowy i zrobiła kilka zdjęć. Wzięła też palnik.

– To może być materiał dowodowy. Niewykluczone, że facet zostawił odciski palców – powiedziała.

– No jasne, możemy poprosić całą rodzinę Vangerów o zostawienie odcisków – zaproponował sarkastycznie Mikael. – Chciałbym zobaczyć, jak przekonujesz do tego Isabellę.

– Są różne sposoby – odparła Lisbeth.

Na posadzce było sporo śladów krwi i nożyce do metalu, którymi najprawdopodobniej odcięto kotu głowę.

Mikael rozejrzał się dookoła. Główne, wzniesione na postumencie miejsce spoczynku należało do Alexandre'a Vangeersada, a cztery grobowce kolejnych seniorów znajdowały się pod posadzką. Później w rodzinie najwyraźniej powstał zwyczaj palenia zwłok. Ponad trzydzieści płyt wmontowanych w ścianę informowało o zmarłych wchodzących w skład klanu. Śledząc rodzinną kronikę, Mikael zastanawiał się, gdzie chowano członków rodziny, którzy nie zmieścili się we wspólnym grobowcu albo których nie uznano za wystarczająco znaczących.

– NO TO WIEMY – powiedział Mikael, gdy przechodzili przez most. – Szukamy kompletnego szaleńca.

– Co masz na myśli?

Mikael zatrzymał się i oparł o barierkę mostu.

– Gdyby to był zwyczajny szaleniec, który chce nas zastraszyć, to zakatrupiłby kota w garażu, albo nawet w lesie. Ale on poszedł do grobowca rodzinnego. To rodzaj obsesji. Pomyśl, na jakie ryzyko musiał się narazić. Jest lato, ludzie spacerują nawet późną nocą. Przez cmentarz biegnie najkrótsza droga łącząca północną i południową część wyspy. Nawet jeżeli zamknął się w środku, to kot musiał nieźle rozrabiać, no i ten zapach spalenizny...

– On?

– Nie sądzę, żeby to Cecilia biegała po nocy z palnikiem gazowym.

Lisbeth wzruszyła ramionami.

– Nie ufam żadnej z tych osobistości, łącznie z Frodem i twoim Henrikiem. To taka rasa, która wypnie się na ciebie przy najbliższej okazji. No to co robimy?

Przez chwilę milczeli. A później Mikael musiał zadać to pytanie:

– Wykryłem sporo twoich tajemnic. Ile osób wie o tym, że jesteś hakerką?

– Nikt.

– Nikt oprócz mnie?

– Do czego zmierzasz?

– Chcę wiedzieć, czy mnie akceptujesz. Czy mi ufasz?

Przyglądała mu się przez dłuższą chwilę. W końcu jeszcze raz wzruszyła ramionami.

– Nie mogę nic na to poradzić.

– Ufasz mi? – nie poddawał się Mikael.

– Na razie.

– Świetnie. To teraz przejdziemy się do Dircha Frodego.

UJRZAWSZY SALANDER, żona Dircha Frodego zrobiła wielkie oczy, po czym z życzliwym uśmiechem zaprosiła gości do ogrodu. Rozpromieniony widokiem Lisbeth adwokat przywitał się z nią uprzejmie.

– Jak dobrze, że panią widzę – powiedział. – Dręczyły mnie wyrzuty sumienia, że niezbyt dobitnie wyraziłem wdzięczność za pani rewelacyjnie wykonaną pracę. Zarówno w zimie, jak i ostatnio.

Lisbeth prześwidrowała go nieufnym wzrokiem.

– Zapłacono mi – powiedziała.

– Nie chodzi o to. Kiedy panią zobaczyłem po raz pierwszy, nie byłem wolny od uprzedzeń. Chciałbym teraz panią za to przeprosić.

Mikael nie posiadał się ze zdumienia. Dirch Frode potrafił przeprosić dwudziestopięcioletnią, poprzekłuwaną kolczykami i wytatuowaną dziewczynę za coś, co w gruncie rzeczy nie wymagało przeprosin. Tym samym zyskał w oczach Mikaela kilka dodatkowych punktów. Lisbeth Salander po prostu zignorowała rozmówcę.

Frode spojrzał na Mikaela.

– Co się panu stało w czoło?

Usiedli. Mikael podsumował wydarzenia ostatniej doby. Kiedy opowiadał o tym, jak ktoś trzykrotnie strzelał do niego przy Fortach, Frode podniósł się gwałtownie. Wyglądał na autentycznie wzburzonego.

– To kompletne szaleństwo!

Zrobiwszy krótką pauzę, wbił wzrok w Mikaela.

– Przykro mi, ale musimy to zakończyć. Nie mogę ryzykować waszego życia. Muszę porozmawiać z Henrikiem i zerwać kontrakt.

– Proszę usiąść – odezwał się Mikael.

– Pan nie rozumie...

– Rozumiem, że Lisbeth i ja jesteśmy na tyle blisko rozwiązania zagadki, że stojąca za nią osoba działa w panice, nie do końca racjonalnie. Mamy kilka pytań. Po pierwsze:

ile jest kluczy do grobowca rodzinnego Vangerów i kto je posiada?

Frode zastanawiał się przez chwilę.

– Prawdę mówiąc, nie wiem. Myślę, że wielu członków rodziny ma dostęp do kaplicy. Wiem, że Henrik ma klucz i że Isabella tam czasami przesiaduje, ale nie jestem pewien, czy ma swój własny klucz, czy pożycza od Henrika.

– W porządku. Zasiada pan w zarządzie koncernu Vangera. Czy istnieje jakieś archiwum firmy? Biblioteka albo coś w tym rodzaju, gdzie gromadzi się wycinki prasowe i inne informacje o firmie?

– Tak, istnieje. W siedzibie głównej, w Hedestad.

– Chcielibyśmy uzyskać dostęp do tego archiwum. Czy są tam też stare gazety zakładowe i tym podobne?

– Jeszcze raz muszę powiedzieć, że nie wiem. Nie byłem tam od co najmniej trzydziestu lat. Ale może pan porozmawiać z Bodil Lindgren, która odpowiada za archiwizację materiałów w koncernie.

– Czy mógłby pan do niej zadzwonić i załatwić wszystkie formalności, tak żeby Lisbeth już dziś po południu mogła odwiedzić archiwum? Chce przejrzeć wszystkie stare wycinki prasowe na temat koncernu. To bardzo ważne, żeby miała dostęp do wszelkich materiałów, które uzna za interesujące.

– Zaraz postaram się to załatwić. Coś jeszcze?

– Tak. W dniu wypadku na moście Greger Vanger miał w ręku Hasselblada. To znaczy, że najprawdopodobniej też fotografował. Gdzie mogły się podziać zdjęcia po jego śmierci?

– Trudno powiedzieć, ale zgaduję, że najprędzej u wdowy albo syna.

– Czy mógłby pan...?

– Tak, zadzwonię do Alexandra i zapytam.

– CZEGO MAM SZUKAĆ? – zapytała Lisbeth, gdy opuściwszy dom Frodego, znów znaleźli się na moście.

– Wycinków prasowych i gazetek pracowniczych. Chcę, żebyś przeczytała wszystko, co napisano mniej więcej w tym czasie, w którym dokonano „naszych" morderstw w latach pięćdziesiątych i sześćdziesiątych. Zapisuj wszystko, co zwróci twoją uwagę; wszystko, co wydaje ci się choć odrobinę osobliwe. Proszę cię o to, bo – o ile dobrze zrozumiałem – masz lepszą pamięć niż ja...

Szturchnęła go przyjaźnie w bok. Pięć minut później przez most przetoczył się jej motocykl.

MIKAEL UŚCISNĄŁ dłoń Alexandra Vangera. Z powodu jego ciągłych wyjazdów spotkał go wcześniej tylko przelotnie. *Kiedy Harriet zniknęła, miał dwadzieścia lat.*

– Dirch Frode powiedział, że chce pan obejrzeć stare zdjęcia.

– Pański ojciec miał lustrzankę Hasselblada.

– Zgadza się. Ciągle mam ten aparat, ale nikt go nie używa.

– Wie pan, że na zlecenie Henrika próbuję rozwiązać zagadkę Harriet?

– Tak to zrozumiałem. I wiem, że nie wszyscy są tym zachwyceni.

– Możliwe. Oczywiście nie musi mi pan nic pokazywać.

– Esz! Co pana interesuje?

– Czy pański ojciec zrobił jakieś zdjęcia tego dnia, kiedy zniknęła Harriet.

Poszli na strych. Znalezienie pudełka z mnóstwem zdjęć zajęło Alexandrowi kilka minut.

– Może pan pożyczyć cały karton – zaproponował. – Jeżeli gdzieś są fotografie z tamtego dnia, to właśnie tu.

KOLEJNĄ GODZINĘ Mikael spędził na sortowaniu zawartości pudełka. Znalazł niejeden smakowity kąsek, który mógłby ilustrować kronikę rodzinną Vangerów. Odłożył na bok sporo zdjęć przedstawiających Gregera w towarzystwie czołowego przywódcy szwedzkich nazistów lat czterdziestych, Svena Olofa Lindholma.

W licznych kopertach leżały zdjęcia zrobione przez Gregera i przedstawiające różne osoby w trakcie różnych rodzinnych spotkań oraz cała masa typowych wakacyjnych fotografii z wędkowania w górach i urlopu we Włoszech. Na przykład cała rodzina na tle krzywej wieży w Pizie.

W końcu znalazł cztery zdjęcia z wypadku na moście. Jak na posiadacza profesjonalnego sprzętu Greger był kiepskim fotografem. Uwiecznił albo samą cysternę, albo stojących tyłem gapiów. Na jednym zdjęciu Mikael dostrzegł półprofil Cecilii.

Zeskanował fotografie, przekonany, że nie wniosą nic nowego. Spakował ponownie karton i jedząc kanapkę, pogrążył się w myślach. O trzeciej po południu jeszcze raz zapukał do drzwi Anny Nygren.

– Czy Henrik posiada inne fotografie niż te, które dokumentują sprawę Harriet?

– Oczywiście. Henrik interesował się fotografią od czasów młodości, przynajmniej tak zrozumiałam. W gabinecie ma pełno albumów.

– Mogłaby mi je pani pokazać?

Kobieta zawahała się. Klucz do grobowca to jedna sprawa – tam przynajmniej rządzi Bóg – ale dopuszczenie Mikaela do gabinetu Henrika to zupełnie inna rzecz. Tam zarządza przełożony Boga. Mikael zaproponował, żeby zadzwoniła do Dircha Frodego. W końcu zgodziła się, aczkolwiek niechętnie, wpuścić Mikaela do środka. Najniższa półka regału była szczelnie wypełniona albumami. Mikael usiadł przy biurku i otworzył pierwszy z brzegu.

Henrik zachował najprzeróżniejsze fotografie rodzinne, również te wykonane przed jego narodzinami. Wśród najstarszych, pochodzących z końca XIX wieku i przedstawiających surowych mężczyzn i powściągliwe kobiety, były zdjęcia rodziców Henrika i innych krewnych. Jedno zdjęcie zdradzało, że w 1906 roku ojciec Henrika razem z przyjaciółmi spędzał sobótkową noc w Sandhamn. Inne, również z Sandhamn, uwieczniło Fredrika i Ulrikę Vangerów w towarzystwie Andersa Zorna* i Alberta Engströma** przy stole zastawionym butelkami. Na jeszcze innym nastoletni Henrik w garniturze jechał na rowerze. Były zdjęcia ludzi w fabrycznych halach i w dyrektorskich pokojach. Mikael znalazł też portret kapitana Oskara Granatha, który wywożąc Henrika i jego ukochaną Edith z ogarniętych wojną Niemiec, zapewnił im bezpieczeństwo w Karlskronie.

Anna przyniosła Mikaelowi filiżankę kawy. Podziękowawszy, otworzył bardziej współczesny album i przeglądał kolejne fotografie, które ukazywały Henrika w sile wieku. Stojący na czele koncernu mężczyzna inaugurował działalność nowych fabryk i ściskał dłoń Tage Erlandera. Jedno ze zdjęć z początku lat sześćdziesiątych przedstawiało Henrika Vangera i Marcusa Wallenberga. Patrzyli na siebie bykiem i oczywiste było, że żaden z nich nie pała do drugiego miłością.

Przewracając kolejne kartki, Mikael zatrzymał się na stronie podpisanej ołówkiem: „Rada rodzinna 1966". Z kolorowych fotografii spoglądały znajome twarze Henrika, Haralda, Gregera i kilku innych mężczyzn, którzy weszli do rodziny, żeniąc się z córkami Johana Vangera. Rozmawiali i palili cygara. Na następnych dwóch zdjęciach towarzystwo

---

* Anders Zorn (1860–1920) – szwedzki malarz, grafik i rzeźbiarz. Znany głównie z impresjonistycznych aktów na tle natury i scenek z życia wsi północnej Szwecji (przyp. tłum.).
** Albert Engström (1869–1940) – szwedzki rysownik, malarz i pisarz. Od 1922 członek Akademii Szwedzkiej (przy. tłum.).

liczące około czterdziestu osób jadło uroczystą kolację. Mikael uzmysłowił sobie, że fotografie powstały już po dramatycznych wydarzeniach na moście, ale jeszcze przed ogłoszeniem zniknięcia Harriet. Uważnie studiował twarze uczestników spotkania, w którym Harriet też miała brać udział. Czy któryś z mężczyzn już wiedział, że zaginęła? Pytanie pozostało bez odpowiedzi.

Nagle Mikael zakrztusił się kawą. Ciągle kaszląc, wyprostował się na krześle.

U szczytu stołu, uśmiechając się do obiektywu, siedziała Cecilia. Obok niej zajmowała miejsce długowłosa i identycznie ubrana kobieta. Były do siebie tak podobne, że mogły uchodzić za bliźniaczki. I nagle wszystko stało się jasne. To nie Cecilia stała w oknie Harriet, tylko jej o dwa lata młodsza siostra Anita, od dawna mieszkająca w Londynie.

Jak to ujęła Lisbeth? *Cecilię widać na bardzo wielu zdjęciach. Wygląda na to, że cały czas przemieszcza się między różnymi grupami.* A to nie tak! Chodziło o dwie kobiety, które przez przypadek nigdy nie znalazły się na tej samej klatce filmu. Z daleka, na czarno-białych zdjęciach wyglądały identycznie. Henrik z pewnością rozróżniał siostry, ale dla Mikaela i Lisbeth były jedną i tą samą osobą. I nikt nigdy nie zwrócił im uwagi na pomyłkę, ponieważ żadne z nich nie wpadło na pomysł, żeby zapytać.

Mikael odwrócił kartkę i poczuł, jak jeżą mu się włosy na karku. Jak gdyby do pokoju niespodziewanie wtargnął powiew zimnego wiatru.

To były zdjęcia zrobione następnego dnia. Właśnie wszczęto poszukiwania Harriet i młody komisarz Morell wydawał polecenia grupce składającej się z dwóch umundurowanych policjantów i kilkunastu mężczyzn, którzy za chwilę mieli zacząć przeczesywać teren. Henrik był ubrany w długą kurtkę przeciwdeszczową i angielski kapelusz z wąskim rondem.

Po lewej stronie stał odrobinę krągły chłopak o półdługich włosach. Miał na sobie ciemną kurtkę z czerwonymi wstawkami na wysokości barków. Fotografia była ostra. Mikael od razu go rozpoznał, ale na wszelki wypadek zapytał Annę Nygren.

– Tak, oczywiście, to Martin. Miał wtedy mniej więcej osiemnaście lat.

LISBETH SALANDER w chronologicznym porządku przedzierała się przez wycinki prasowe na temat koncernu Vangera. Zaczęła od 1949 roku. Problem polegał na tym, że archiwum prasowe było gigantyczne. W interesującym ją czasie wzmiankowano o firmie niemal każdego dnia i nie tylko w mediach o krajowym zasięgu, ale przede wszystkim w prasie lokalnej. Pisano o analizach ekonomicznych, związkach zawodowych, negocjacjach i groźbach strajku, otwarciach fabryk i ich likwidacjach, o bilansach rocznych, zmianach dyrektora i wprowadzeniu nowych produktów. To był niekończący się potok wiadomości. *Klik. Klik. Klik.* Jej mózg pracował na najwyższych obrotach, kodując informacje zawarte na pożółkłych kartkach.

Po godzinie wpadła na pewien pomysł i zwróciła się do szefowej archiwum z pytaniem, czy istnieje spis zakładów, które w latach pięćdziesiątych i sześćdziesiątych wchodziły w skład koncernu.

Bodil Lindgren traktowała Lisbeth z nieukrywaną podejrzliwością i chłodem. Bez zachwytu przyjęła do wiadomości, że zupełnie obcej osobie pozwolono wtargnąć do najświętszego archiwum koncernu i zezwolono na przeglądanie wszystkiego, na co tylko ma ochotę. Tym bardziej że owa osoba wyglądała jak zwariowana piętnastoletnia anarchistka. Ale Dirch Frode wydał jasne instrukcje: sprawa jest pilna i Lisbeth Salander ma prawo do wglądu w absolutnie wszystko. Kobieta przyniosła więc sprawozdania roczne z interesujących Lisbeth dekad. Każdy raport zawierał mapę krajowych placówek koncernu.

Rzuciwszy okiem na mapę, Lisbeth zanotowała, że Vangerowie posiadali liczne fabryki, biura i punkty sprzedaży i że każde miejsce, w którym popełniono morderstwo, zdobiła czerwona kropka (czasami kilka) symbolizująca placówkę koncernu.

Pierwsze powiązanie odkryła w 1957 roku. Zwłoki Rakel Lunde, zamieszkałej w Landskronie, znaleziono dzień po tym, jak firma V&C Bygg wygrała wielomilionowy przetarg na budowę lokalnego centrum handlowego. V&C było skrótem od Vanger & Carlén Bygg, zakładu wchodzącego w skład koncernu. Gazeta lokalna przeprowadziła wywiad z Gottfriedem Vangerem, który przybył na miejsce, by podpisać kontrakt.

Lisbeth przypomniała sobie szczegół z policyjnego pożółkłego raportu, który przeczytała w wojewódzkim archiwum w Landskronie. Rakel Lunde, wróżbiarka – hobbystka pracowała jako sprzątaczka w firmie V&C Bygg.

DO SIÓDMEJ WIECZOREM Mikael zdążył zadzwonić do Lisbeth kilkanaście razy, by tyle samo razy przekonać się, że wyłączyła komórkę. Widocznie nie chciała, żeby jej przeszkadzano w pracy.

Krążył po domu, nie mogąc sobie znaleźć miejsca. Wyciągnął notatki Henrika, w których jeszcze raz przeczytał, czym zajmował się Martin w dniu zniknięcia siostry.

W 1966 roku Martin Vanger chodził do maturalnej klasy w Uppsali. *Uppsala. Lena Andersson, siedemnastoletnia licealistka. Wraz z głową i tłuszczem.*

Henrik kiedyś o tym wspomniał, ale Mikael dla pewności musiał sprawdzić w swoich zapiskach. Martin był zamkniętym w sobie chłopcem. Martwili się o niego. Po tragicznej śmierci męża Isabella postanowiła wysłać syna do Uppsali. Miał zmienić środowisko i zamieszkać u Haralda. *Harald i Martin?* Trudno w to uwierzyć.

W samochodzie jadącym do Hedestad zabrakło dla Martina miejsca. Chłopak spóźnił się na pociąg i przyjechał do domu późnym popołudniem, co oznaczało, że znalazł się po „złej" stronie mostu. Przypłynął na wyspę łódką dopiero po szóstej wieczorem, odebrał go sam Henrik. Z tego powodu starzec umieścił Martina na samym końcu listy osób, które mogły mieć coś wspólnego ze zniknięciem Harriet.

Martin twierdził, że feralnego dnia nie widział swojej siostry. Kłamał. Przyjechał do Hedestad o wiele wcześniej i na Järnvägsgatan spotkał się z nią twarzą w twarz, co Mikael mógł udokumentować fotografiami, które przeleżały zapomniane prawie czterdzieści lat.

Na widok brata Harriet przeżyła szok. Wróciła na Hedeby i próbowała porozmawiać z Henrikiem, ale zniknęła, zanim jej się udało. *Co chciałaś mu opowiedzieć? O Uppsali? Ale Leny Andersson z Uppsali nie było na twojej liście. Nic o niej nie wiedziałaś.*

Mikael w dalszym ciągu nie potrafił dopasować fragmentów tej historii. Harriet zniknęła około trzeciej po południu. W tym czasie Martin znajdował się na pewno na drugim brzegu. Widać go na fotografiach zrobionych z kościelnego wzniesienia. Nie mógł więc zrobić nic złego przebywającej na wyspie siostrze. Ciągle brakowało jednej części układanki. *Ktoś z nim współpracował? Anita Vanger?*

MATERIAŁY ARCHIWALNE świadczyły o tym, że z biegiem lat pozycja Gottfrieda w koncernie ulegała zmianie. Urodził się w 1927 roku. Jako dwudziestolatek spotkał Isabellę i dość szybko zrobił jej dziecko. Martin Vanger przyszedł na świat w 1948 roku, nie ulegało zatem wątpliwości, że młodzi już wcześniej musieli się pobrać.

Kiedy miał dwadzieścia dwa lata, Gottfried został wprowadzony przez Henrika do głównego biura firmy. Był z pewnością zdolny i może nawet traktowano go jako nadzieję na przyszłość. Trzy lata później zasiadł w zarządzie, jednocześnie piastując funkcję zastępcy szefa działu rozwoju. Wschodząca gwiazda.

Gdzieś w połowie lat pięćdziesiątych jego kariera straciła rozmach. *Zaczął pić. Rozpad małżeństwa z Isabellą był tylko kwestią czasu. Dzieci, Martin i Harriet, znalazły się w tarapatach. Interweniował Henrik.* W 1956 roku Gottfried osiągnął szczyt kariery. Wtedy zatrudniono jeszcze jednego zastępcę szefa odpowiedzialnego za rozwój. Jeden z nich pracował pełną parą, podczas gdy drugi upijał się i coraz częściej znikał.

Ale Gottfried w dalszym ciągu był Vangerem, w dodatku o ujmującej i wyrazistej osobowości. Od 1957 roku jego praca polegała głównie na jeżdżeniu po kraju. Otwierał uroczyście fabrykę za fabryką, rozwiązywał lokalne konflikty i szerzył przekonanie, że kierownictwo koncernu naprawdę troszczy się o podwładnych. *Wysyłamy jednego z naszych synów, żeby wysłuchał waszych problemów. Traktujemy was poważnie.*

Drugie powiązanie znalazła około wpół do siódmej. Gottfried brał udział w negocjacjach prowadzonych w Karlstad, gdzie koncern kupił lokalny zakład drzewny. Następnego dnia znaleziono ciało zamordowanej rolniczki, Magdy Lovisy Sjöberg.

Na trzecie powiązanie wpadła zaledwie kwadrans później. Uddevalla w 1962 roku. Tego samego dnia, kiedy zniknęła Lea Persson, w lokalnej gazecie rozmawiano z Gottfriedem Vangerem o możliwości rozbudowy portu.

W ciągu kolejnych godzin Lisbeth stwierdziła obecność Gottfrieda w pięciu z ośmiu miejsc, w których popełniono zbrodnie. Przebywał tam albo kilka dni wcześniej, albo zaraz po wykryciu przestępstwa. Brakowało jej tylko informacji na temat morderstw z 1949 i 1954 roku. Studiowała rysy młodego Vangera na zdjęciach z wycinków. Przystojny, szczupły szatyn, łudząco podobny do Clarka Gable'a w *Przeminęło z wiatrem.*

W 1949 roku Gottfried miał dwadzieścia dwa lata. Pierwsze morderstwo popełniono w Hedestad. Rebeka Jacobsson, pracownica biura w koncernie Vangera. Gdzie się spotkaliście? Co jej obiecałeś?

Kiedy o siódmej Bodil Lindgren oznajmiła, że za chwilę zamyka, Lisbeth odburknęła, że jeszcze nie jest gotowa, dodając:

– Ale niech sobie pani idzie, tylko proszę mi zostawić klucz.

Szefowa archiwum, wyraźnie urażona bezczelnym tonem dziewczyny, zadzwoniła do Dircha Frodego po instrukcje. Adwokat bez wahania odpowiedział, że Lisbeth może zostać w archiwum nawet całą noc, jeżeli uzna to za stosowne. Czy pani Lindgren byłaby uprzejma poinformować strażników ochrony o obecności Lisbeth? Żeby mogli ją wypuścić, kiedy będzie szła do domu.

Lisbeth przygryzła wargę. Problem polegał na tym, że Gottfried utopił się po pijaku w 1965 roku, a ostatnie morderstwo popełniono w Uppsali w lutym 1966 roku. Zastanawiała się, czy wciągnięcie siedemnastoletniej licealistki na listę nie było pomyłką. *Nie. Sygnatura była odmienna, ale ciągle chodziło o tę samą biblijną parodię. Musiał istnieć jakiś związek.*

O DZIEWIĄTEJ ZACZĘŁO zmierzchać. Zrobiło się znacznie chłodniej i mżyło. Mikael siedział przy stole, bębniąc w niego palcami, gdy za oknem przemknęło volvo Martina. Znikający za zakrętem samochód jak gdyby postawił sprawę na ostrzu noża.

Mikael nie wiedział, co począć. Płonął chęcią konfrontacji, co może nie było najmądrzejszą postawą, zważywszy, że podejrzewał Martina zarówno o zamordowanie Harriet i uppsalskiej licealistki, jak i o to, że próbował go zabić. Ale Martin był jak magnes. No i nie wiedział, że Mikael wie. A to oznaczało, że Mikael mógł do niego zajrzeć pod pretekstem, hmm... oddania klucza do chatki Gottfrieda? Zamknął za sobą drzwi i wolnym krokiem poszedł w kierunku cypla.

U Haralda jak zwykle wszystko było zamknięte na głucho. U Henrika świeciło się tylko w jednym oknie od ogrodu. Anna musiała się już położyć. Dom Isabelli tonął w ciemnościach. Cecilia znów gdzieś wyjechała. Paliło się na piętrze u Alexandra Vangera, ale w pozostałych dwóch domach, zamieszkanych przez osoby spoza rodziny, było kompletnie ciemno. Nigdzie nie było widać żywej duszy.

Mikael zatrzymał się niezdecydowanie przed willą Martina, wyciągnął komórkę i wystukał numer Salander. W dalszym ciągu żadnej odpowiedzi. Wyłączył telefon, żeby nie zadzwonił w najmniej odpowiednim momencie.

Na parterze było jasno. Mikael przeszedł przez trawnik i zatrzymał się kilka metrów od kuchennego okna. Nie dostrzegł żadnego ruchu. Obszedł cały dom, spoglądając w każde okno, ale nigdzie nie zobaczył Martina. Odkrył natomiast uchylone drzwi do garażu. *Nie bądź idiotą.* Nie mógł oprzeć się pokusie i zajrzał do środka.

Pierwsze, co rzuciło mu się w oczy, to leżący na warsztacie stolarskim karton z nabojami do sztucera. Na podłodze stały dwa kanistry z benzyną. *Przygotowujesz się do kolejnej nocnej wizyty, Martin?*

– Wejdź do środka. Widziałem, jak przyszedłeś.

Mikaelowi stanęło serce. Odwróciwszy wolno głowę, dojrzał w ciemności Martina. Stał przy drzwiach prowadzących do części mieszkalnej domu.

– Nie mogłeś się powstrzymać, prawda?

Jego głos był ciepły, niemal przyjazny.

– Cześć, Martin – odpowiedział.

– Wejdź, proszę – powtórzył gospodarz. – Tędy.

Zrobił krok do przodu i przesuwając się w bok, zaprosił do wejścia gestem lewej dłoni. W lekko uniesionej prawej ręce błysnął matowy metal.

– Trzymam glocka. Nie rób nic głupiego, bo z tej odległości nie mogę spudłować.

Mikael zbliżył się niespiesznie do Martina i spojrzał mu
w oczy.

– Musiałem tutaj przyjść. Nazbierało się sporo pytań.

– Rozumiem. Tymi drzwiami.

Mikael ruszył wolno w stronę części mieszkalnej. Kory-
tarzyk prowadził do holu i kuchni, ale zanim Mikael tam
dotarł, Martin zatrzymał go lekkim dotknięciem dłoni.

– Nie, nie tam. Na prawo. Otwórz te boczne drzwi.

Piwnica. Kiedy Mikael zaczął schodzić w dół, Martin
przekręcił kontakt. Zapaliły się lampy. Po prawej stronie
znajdowała się kotłownia. Zza środkowych drzwi dochodził
zapach proszku do prania. Martin skierował gościa na lewo,
do schowka pełnego starych mebli i kartonów. W głębi za-
majaczyły jeszcze jedne drzwi. Stalowe, z antywłamaniowym
zamkiem.

– Tutaj – powiedział Martin, rzucając Mikaelowi pęk
kluczy. – Otwórz.

Mikael wykonał posłusznie polecenie.

– Kontakt jest po lewej stronie.

Mikael otworzył wrota piekła.

O DZIEWIĄTEJ WIECZOREM Lisbeth kupiła w stojącym
na korytarzu automacie kawę i zafoliowaną kanapkę. Wer-
tując stare dokumenty, próbowała znaleźć jakiś ślad Gottfrieda w Kalmarze w 1954 roku. Bez powodzenia.

Zastanawiała się przez chwilę, czy nie zadzwonić do Mikaela, ale postanowiła najpierw przejrzeć gazetki zakładowe.

POMIESZCZENIE MIAŁO mniej więcej pięć na dziesięć
metrów i, jak mimochodem zauważył Mikael, ciągnęło się
wzdłuż północnego szczytu domu.

Martin Vanger wyposażył swoją prywatną izbę tortur
z wielką dbałością. Po lewej stronie stała ława, do której

mógł przywiązywać ofiary rzemiennymi pasami. Zarówno na ścianie, jak i u sufitu wisiały łańcuchy i metalowe pętle. Był tu też oczywiście sprzęt wideo. Całe studio nagraniowe. W głębi widniała stalowa klatka, w której gospodarz zamykał swoich gości na dłuższy czas. Na prawo od drzwi znajdowały się łóżko i kącik telewizyjny. Na jednej z półek stała masa filmów wideo.

Gdy tylko weszli, Martin wymierzył pistolet w Mikaela, rozkazując mu, żeby położył się na brzuchu na podłodze. Mikael odmówił.

– W porządku. W takim razie roztrzaskam ci kolano.

Gdy przymierzył się do strzału, Mikael skapitulował. Nie miał innego wyjścia.

Ciągle żywił nadzieję, że na ułamek sekundy Martin straci czujność – wiedział, że wygra z nim każde starcie. Miał szansę w przejściu, piętro wyżej, właśnie wtedy, gdy poczuł na swoim barku dłoń Martina. Ale zawahał się. A potem Martin już nigdy nie podszedł blisko. Z przestrzeloną rzepką byłby bez szans. Położył się więc posłusznie.

Martin zbliżył się od tyłu, polecił Mikaelowi położyć ręce na plecach i zakuł je w kajdanki. Zupełnie bez ostrzeżenia kopnął leżącego w kroce, by po chwili z furią wymierzyć serię ciosów.

To było jak zły sen. Martin Vanger oscylował między racjonalnością a chorobą psychiczną. W jednej chwili pozornie spokojny, w drugiej zaczynał miotać się jak zwierzę w klatce. Wielokrotnie kopał Mikaela, który odruchowo próbował osłaniać głowę. Już po kilku minutach doznał kilkunastu bolesnych obrażeń.

Przez pierwsze pół godziny Martin nie powiedział ani słowa, więc jakakolwiek rozmowa nie wchodziła w grę. Później, już zdecydowanie spokojniejszy, owinął wokół szyi ofiary zdjęty ze ściany łańcuch, przeciągnął go przez metalową pętlę w podłodze, przymocował kłódką i zniknął na jakiś kwadrans. Wrócił z litrową butelką wody. Usiadł na krześle i nie spuszczając wzroku z Mikaela, zaczął pić.

– Możesz mi trochę dać? – zapytał Mikael.

Pochyliwszy się, Martin pozwolił mu zaspokoić pragnienie. Mikael przełykał łapczywie.

– Dziękuję.

– Niezmiennie uprzejmy *Kalle Blomkvist*.

– Po co te kopniaki? – zapytał Mikael.

– Bo doprowadzasz mnie do szewskiej pasji. Zasłużyłeś na karę. Dlaczego po prostu nie pojechałeś do domu? Byłeś potrzebny w „Millennium". Mówiłem jak najbardziej poważnie, moglibyśmy zrobić razem znakomite czasopismo. Moglibyśmy współpracować przez wiele lat.

Mikael wykrzywił twarz, próbując jednocześnie znaleźć wygodniejszą pozycję. Był bezbronny. Pozostał mu jedynie głos.

– Uważasz, że tę szansę już straciliśmy? – zapytał.

Martin wybuchnął śmiechem.

– Przykro mi, mój drogi. Chyba rozumiesz, że przyjdzie ci tu umrzeć?

Mikael skinął głową.

– Jak, do cholery, wpadliście na to, że to ja? Ty i ten twój anorektyczny upiór?

– Kłamałeś, gdy pytano cię, co robiłeś tego dnia, kiedy zniknęła Harriet. Mogę udowodnić, że byłeś w Hedestad, że stałeś na ulicy, którą przechodził orszak z okazji Dnia Dziecka. Sfotografowano cię, kiedy patrzyłeś na swoją siostrę.

– To dlatego pojechałeś do Norsjö?

– Tak, pojechałem po zdjęcie. Zrobiła je para ludzi, którzy znaleźli się w Hedestad przez przypadek. Zatrzymali się tam tylko przejazdem.

Martin pokręcił głową.

– To, kurwa, niemożliwe – wyrzucił z siebie.

Mikael zastanawiał się usilnie, co powiedzieć, żeby uniknąć swojej egzekucji albo przynajmniej ją odwlec.

– Gdzie jest to zdjęcie?

– Negatyw? W moim sejfie w Handelsbanken, w Hedestad. Wiedziałeś, że mam tam sejf? – kłamał jak z nut.

– Odbitki są tu i ówdzie. W moim komputerze, w laptopie Lisbeth, na serwerze „Millennium" i w Milton Security, tam, gdzie pracuje Salander.

Martin siedział niezdecydowany, próbując zgadnąć, czy Mikael nie kłamie.

– Ile wie Salander?

Mikael zawahał się. Lisbeth była w tej chwili jego jedyną nadzieją na ratunek. Co zrobi, kiedy wróci do domu i odkryje, że zniknął? Na pewno zobaczy zdjęcie z Martinem w kurtce; to, które zostawił na kuchennym stole. Zrozumie? Zaalarmuje innych? *Ona nie jest z tych, co dzwonią na policję.* Najgorszy wariant z możliwych to ten, że Lisbeth po prostu przyjdzie do Martina i zapyta o Mikaela.

– Odpowiedz! – zażądał Martin lodowatym głosem.

– Zastanawiam się. Lisbeth wie mniej więcej tyle samo co ja. Może trochę więcej. Myślę, że wie więcej. Jest sprytna. To ona powiązała cię z Leną Andersson.

Martin był kompletnie zaskoczony.

– Siedemnastoletnia dziewczyna, którą zamęczyłeś na śmierć w Uppsali w 1966 roku. Nie mów, że jej nie pamiętasz.

Wzrok Vangera pojaśniał. Po raz pierwszy wyglądał na poruszonego. Nie miał pojęcia, że ktoś odkrył to powiązanie. Lena Andersson nie figurowała w notatniku Harriet.

– Martin – Mikael odezwał się tak spokojnie, jak tylko mógł. – To już koniec. Możesz mnie zabić, ale to już naprawdę koniec. Zbyt wiele osób wie i tym razem wylądujesz w więzieniu.

Martin podniósł się gwałtownie i znów zaczął chodzić tam i z powrotem. Nagle walnął pięścią w ścianę. *Muszę pamiętać, że on nie myśli racjonalnie. Kot. Mógł przyjść z kotem tutaj, ale poszedł do rodzinnego grobowca.* Nie działa racjonalnie.

Martin zatrzymał się.

– Myślę, że kłamiesz. Wiesz tylko ty i Salander. Nie rozmawialiście z nikim, bo w przeciwnym razie byłaby tu już policja. Wystarczy jeden porządny pożar w chatce i wszystkie dowody trafi szlag.

– A jeżeli to ty się mylisz?

Martin uśmiechnął się niespodziewanie.

– Jeżeli ja się mylę, to faktycznie koniec. Ale nie sądzę. Stawiam na to, że blefujesz. Jaki mam wybór? A po chwili zastanowienia dodał: – Jedyne słabe ogniwo to ta twoja przeklęta cipa. Muszę ją znaleźć.

– W południe pojechała do Sztokholmu.

Martin zaśmiał się.

– Ach tak. Dlaczego w takim razie przesiedziała cały wieczór w archiwum koncernu?

Serce Mikaela stanęło. *On wiedział. Cały czas wiedział.*

– Zgadza się. Miała zajrzeć do archiwum, a później pojechać do Sztokholmu – odpowiedział Mikael tak spokojnie, jak tylko potrafił. – Nie wiedziałem, że zabawi tam tak długo.

– Daj sobie spokój. Wiem od szefowej archiwum, że Dirch Frode pozwolił Salander siedzieć tak długo, jak będzie chciała. To znaczy, że wróci do domu w środku nocy. Strażnik ma mi dać znać, gdy będzie wychodziła.

92% Szwedek, które doświadczyły
przemocy seksualnej, nie zgłosiło
tego na policji.

CZĘŚĆ IV

Hostile takeover

11 lipca – 30 grudnia

Rozdział 24
Piątek 11 lipca – sobota 12 lipca

MARTIN VANGER pochylił się nad Mikaelem i przeszukawszy jego kieszenie, znalazł klucz.

– Sprytnie pomyśleliście, żeby wymienić zamek – skomentował. – Zajmę się twoją dziewczyną, gdy tylko wróci do domu.

Mikael milczał. Przypomniał sobie, że Martin to zaprawiony w przemysłowych pojedynkach negocjator. Przejrzał w życiu niejeden blef.

– Dlaczego?

– Dlaczego co?

– Po co to wszystko? – Mikael uczynił nieokreślony ruch głową, omiatając wzrokiem pomieszczenie.

Martin pochylił się ponownie, uniósł podbródek Mikaela i zajrzał mu prosto w oczy.

– Dlatego, że to takie proste – powiedział. – Kobiety znikają cały czas. Nikt ich nie opłakuje. Imigrantki. Kurwy z Rosji. Tysiące ludzi przewijają się co roku przez Szwecję.

Wstał, niemal dumny ze swojego wyznania.

Słowa Martina uderzyły Mikaela jak obuchem.

Boże drogi. To nie jest żadna historyczna zagadka. Martin Vanger morduje kobiety tu i teraz. I zupełnie nieświadomie wdepnąłem prosto w...

– Nie mam teraz żadnego gościa. Ale może zainteresuje cię to, że przez całą zimę i wiosnę, gdy ty ślimaczyłeś się razem z Henrikiem, mieszkała tutaj pewna dziewczyna. Miała na imię Irina. Białorusinka. Siedziała tutaj zamknięta w klatce, kiedy jadłeś u mnie obiad. To był całkiem przyjemny wieczór, prawda?

Martin usiadł na ławie i zamachał nogami. Mikael przymknął oczy. Nagle poczuł pieczenie w przełyku i pośpiesznie zaczął przełykać ślinę.

– Co robisz z ciałami?

– Przy pomoście mam łódź. Wypływam daleko w morze. W odróżnieniu od mojego ojca nie zostawiam po sobie śladów. Ale on też był nie w ciemię bity. Rozproszył swoje ofiary po całej Szwecji.

Poszczególne elementy puzzli zaczęły się układać w całość.

Gottfried Vanger. Od 1949 do 1965 roku. W 1966 roku w Uppsali pałeczkę przejął od niego syn.

– Podziwiasz swojego ojca?

– Był moim nauczycielem. Przeszedłem inicjację, gdy miałem czternaście lat.

– Uddevalla. Lea Persson.

– Właśnie. Byłem tam wyłącznie obserwatorem, ale byłem.

– 1964. Sara Witt w Ronneby.

– Miałem wtedy szesnaście lat. Pierwszy raz posiadłem kobietę. Gottfried mnie nauczył. To ja ją udusiłem.

Chwali się. Boże mój jedyny, co za kurewsko chora rodzina.

– Chyba rozumiesz, że to jest chore?

Martin wzruszył nieznacznie ramionami.

– Myślę, że nie potrafisz pojąć tego boskiego uczucia. Uczucia absolutnej kontroli nad życiem i śmiercią innego człowieka.

– Torturowanie i mordowanie kobiet sprawia ci przyjemność?

Szef koncernu zamyślił się ze wzrokiem utkwionym w jakimś nieokreślonym punkcie na ścianie. A po chwili zademonstrował swój uroczy, promienny uśmiech.

– Nie sądzę. Przeprowadzając intelektualną analizę swojego stanu, dochodzę do wniosku, że bliżej mi do seryjnego gwałciciela niż seryjnego mordercy. A tak naprawdę jestem seryjnym porywaczem. Śmierć pojawia się, że tak powiem, jako naturalna konsekwencja, ponieważ muszę ukryć przestępstwo. Rozumiesz?

Nie wiedząc, co odpowiedzieć, Mikael tylko skinął głową.

– Naturalnie takie działania nie są społecznie akceptowane, ale mój występek polega głównie na tym, że łamię pewne konwencje. Śmierć następuje dopiero pod koniec wizyt moich gości, kiedy mi się już znudzą. Najbardziej fascynujące jest ich rozczarowanie.

– Rozczarowanie? – Mikael nie krył zdziwienia.

– Właśnie tak. *Rozczarowanie.* Myślą, że przeżyją, jeżeli tylko będą robić wszystko zgodnie z moją wolą. Stosują się do moich zasad, zaczynają mi ufać, sądząc, że jestem ich kolegą. I do samego końca mają nadzieję, że to koleżeństwo coś znaczy. Rozczarowanie pojawia się wtedy, gdy nagle odkrywają, że zostały oszukane.

Obszedł ławę i oparł się o klatkę.

– Ty, ze swoimi mieszczańskimi konwenansami, nigdy nie zrozumiesz, ile napięcia może dostarczyć samo planowanie porwania. To nie może być działanie pod wpływem impulsu, tacy porywacze zawsze kończą za kratkami. To wymaga rzetelnej wiedzy z tysiącem szczegółów, które trzeba wziąć pod uwagę. Muszę zidentyfikować ofiarę i rozpracować jej życie. Kim jest? Skąd pochodzi? Jak mogę do niej dotrzeć? Jak mam się zachowywać, żeby zostać z łupem sam na sam, nie ryzykując, że moje nazwisko kiedyś pojawi się w dochodzeniu policyjnym?

Przestań, pomyślał Mikael. Martin Vanger mówił o uprowadzeniach i morderstwach w niemal akademickim tonie, jak gdyby prezentował swój odmienny pogląd w jakimś tajemniczym teologicznym sporze.

– Ale czy to naprawdę cię interesuje? – zapytał i pochyliwszy się nad Mikaelem, pogładził go po policzku. Jego dotyk był delikatny, prawie czuły.

– Rozumiesz chyba, że to może się skończyć w tylko jeden sposób? Będziesz miał coś przeciwko temu, że zapalę?

Mikael pokręcił głową.

– Ale możesz mnie poczęstować – odpowiedział.

Spełniając jego życzenie, Martin zapalił dwa papierosy, umieścił ostrożnie jednego z nich w ustach Mikaela i poczekał, aż się zaciągnie.

– Dzięki – powiedział odruchowo Mikael.

Martin znów się roześmiał.

– No widzisz. Już zacząłeś się stosować do zasad. Twoje życie spoczywa w moich rękach. Wiesz, że w każdej sekundzie mogę cię zabić. Zaapelowałeś do mnie o poprawę jakości swojego życia, uczyniłeś to, używając racjonalnego argumentu i odrobiny pochlebstw. No i spotkała cię nagroda.

Mikael potwierdził milcząco. W jego piersi niemiłosiernie tłukło się serce.

KWADRANS PO JEDENASTEJ Lisbeth Salander przewracała kolejną stronę gazety, popijając wodę z butelki. Dokonawszy odkrycia, nie zachłysnęła się jak Mikael, ale wytrzeszczyła oczy.

Klik!

Od dwóch godzin przekopywała się przez gazetki zakładowe. Gazetę główną, zatytułowaną niewyszukanie „Informacje o przedsiębiorstwie", zdobiło logo koncernu: powiewająca na wietrze szwedzka flaga, której jeden bok przechodził w strzałkę. Najwyraźniej pisemko było produktem działu reklamy i zawierało materiały propagandowe, których celem było stworzenie poczucia, że wszyscy zatrudnieni w firmie są jedną wielką rodziną.

W lutym 1967 roku Henrik Vanger wykazał się szerokim gestem wobec pięćdziesięciu pracowników głównego biura.

Zafundował im i ich rodzinom tygodniowe ferie zimowe w Härjedalen. Bezpłatne wakacje były czymś w rodzaju podziękowania za wydajną pracę; w minionym roku koncern osiągnął rekordowy zysk. Do wynajętego z tej okazji ośrodka wczasowego pojechali również przedstawiciele działu PR, by przygotować specjalny fotoreportaż.

Większość zdjęć z zabawnymi podpisami pochodziła ze stoku narciarskiego, kilka – z baru, gdzie ten i ów roześmiany pracownik o zmarzniętej twarzy wznosił kufel piwa. Dwa zdjęcia dokumentowały skromną przedpołudniową uroczystość, w trakcie której Henrik Vanger mianował czterdziestojednoletnią Ullę-Britt Mogren najlepszą pracownicą biurową roku. Otrzymała szklany półmisek i pięćset koron premii. Wręczenie nagrody miało miejsce na hotelowym tarasie, prawdopodobnie między jednym a drugim zjazdem ze stoku. Na jednej z fotografii uwieczniono około dwudziestu osób. Po prawej stronie, zaraz za Henrikiem, stał długowłosy blondyn. Miał na sobie ciemną kurtkę z wyraźnie jaśniejszymi wstawkami. Czarno-białe zdjęcie nie zdradzało koloru, ale Lisbeth mogła dać głowę, że jaśniejsze łaty na barkach są czerwone.

Podpis pod spodem wyjaśniał: *pierwszy od prawej – studiujący w Uppsali, dziewiętnastoletni, Martin Vanger. Już teraz mówi się o nim jako o przyszłej nadziei kierownictwa koncernu.*

– *Got you* – wymamrotała Lisbeth.

Wyłączyła lampkę, zostawiając na biurku porozrzucane gazety – *niech się nimi jutro zajmie ta jędza, Bodil Lindgren.*

Opuściła archiwum bocznymi drzwiami. W połowie drogi na parking przypomniała sobie, że przecież obiecała powiadomić strażnika. Rozejrzawszy się dookoła, stwierdziła, że musiałaby wrócić i obejść cały budynek, żeby dotrzeć do siedzącego po drugiej stronie wartownika. *Fuck that* – zdecydowała.

Już przy motocyklu włączyła komórkę i wystukała numer Mikaela. Mechaniczny głos oznajmił, że abonent jest czasowo niedostępny. Zaraz potem odkryła, że między czwartą a dziewiątą Mikael dzwonił do niej dokładnie trzynaście razy. Ale ani raz przez ostatnie dwie godziny. Milczał też telefon stacjonarny w chatce. Lisbeth zmarszczyła brwi, przypięła do bagażnika torbę z laptopem, założyła kask i odpaliła silnik. Podróż sprzed budynku głównej siedziby firmy na wyspę zajęła jej dziesięć minut. W kuchni paliło się światło, ale chatka była pusta.

Lisbeth wyruszyła na krótki rekonesans po okolicy. Dość szybko zweryfikowała swój pierwotny pomysł, że Mikael poszedł do Dircha Frodego. Nawet nie przechodząc na drugą stronę mostu, zobaczyła, że w willi adwokata panują ciemności. Spojrzała na zegarek. Była za dwadzieścia dwunasta.

Wróciwszy do domu, wyjęła z szafy komputer, który zapisywał zdjęcia rejestrowane przez zewnętrzne kamery cyfrowe. Prześledzenie rozwoju wypadków zajęło jej trochę czasu.

O 15.32 Mikael wszedł do domu.

O 16.03 wyszedł do ogrodu, gdzie wypił kawę i studiował wziętą z domu teczkę. W czasie godzinnego pobytu na wolnym powietrzu trzykrotnie zadzwonił z komórki. Kolejne rozmowy zgadzały się co do minuty z telefonami, których nie odebrała Lisbeth.

O 17.21 poszedł na spacer. Wrócił po piętnastu minutach.

O 18.20 podszedł do furtki, spoglądając w kierunku mostu.

O 21.03 wyszedł ponownie i nie wrócił.

Lisbeth przejrzała szybko zdjęcia z drugiego komputera, dokumentujące przebieg wypadków po drugiej stronie furtki.

O 19.12 wrócił do domu Gunnar Nilsson.

O 19.42 ktoś w saabie należącym do gospodarstwa Östergården pojechał w kierunku Hedestad, by wrócić o 20.02. Krótka przejażdżka do kiosku przy stacji benzynowej?

Potem długo nic się nie działo, aż do godziny 21.00, kiedy drogą przemknął samochód Martina Vangera. Trzy minuty później Mikael opuścił chatkę.

Prawie godzinę później, o 21.50, nieoczekiwanie w zasięgu obiektywu znalazł się sam Martin. Przez ponad pół minuty stał przy furtce, obserwując dom. Zajrzał do środka przez kuchenne okno, wszedł na ganek, nacisnął klamkę i wyciągnął z kieszeni klucz. Przekonawszy się, że nie pasuje do nowego zamka, postał jeszcze chwilę, by w końcu odwrócić się na pięcie i odejść.

Nagle Lisbeth poczuła przeszywający całe ciało lodowaty chłód.

MARTIN VANGER znów zostawił Mikaela bez dozoru; ciągle w tej samej niewygodnej pozycji, z rękami skutymi na plecach i szyją przytroczoną łańcuchem do podłogi. Próbował wymacać kajdanki, ale wiedział, że nie będzie mógł ich otworzyć. Ściskały mu przeguby rąk tak mocno, że zaczął tracić czucie w palcach. Był bez szans. Zamknął oczy.

Nie wiedział, ile czasu upłynęło, zanim ponownie usłyszał kroki Martina. Gdy przemysłowiec pojawił się w zasięgu jego wzroku, wyglądał na zatroskanego.

– Niewygodnie ci? – zapytał.

– Tak – odpowiedział Mikael.

– To twoja wina. Powinieneś był pojechać do domu.

– Dlaczego mordujesz?

– To mój świadomy wybór. Przez całą noc mógłbym z tobą dyskutować o moralnych i intelektualnych aspektach mojego działania, ale to nie zmienia faktu. Spróbuj popatrzeć na to w ten sposób: człowiek to skórzana powłoka, zawierająca komórki, krew i inne składniki chemiczne. O paru ludziach napiszą w książkach historycznych. Ale większość padnie i zginie bez śladu.

– Mordujesz kobiety.

495

– My, mordujący dla przyjemności – nie jestem osamotniony w tym hobby – żyjemy pełnią życia.

– Ale dlaczego Harriet, własną siostrę?

Wyraz twarzy Martina nagle się zmienił. Dopadłszy jednym susem Mikaela, złapał go za włosy.

– Co się z nią stało?

– O co ci chodzi? – wydyszał Mikael.

Próbował przekręcić głowę, by zminimalizować ból u nasady włosów. Momentalnie poczuł wrzynający się w szyję łańcuch.

– Ty i ta twoja Salander. Do czego doszliście?

– Puść mnie. Przecież rozmawiamy.

Martin zwolnił chwyt i usiadł obok po turecku. Nieoczekiwanie w jego ręku pojawił się nóż i po chwili Mikael poczuł pod okiem ostry szpic. Z trudem spojrzał na Martina.

– Do jasnej cholery, co się z nią stało?

– Nie rozumiem. Myślałem, że ją zamordowałeś.

Vanger przez jakiś czas świdrował Mikaela spojrzeniem, po czym – już rozluźniony – wstał i znów zaczął wędrować po pokoju. Rzuciwszy nóż na podłogę, zaśmiał się i odwrócił w stronę Mikaela.

– Harriet, Harriet, ciągle ta Harriet. Próbowaliśmy z nią rozmawiać. Gottfried próbował ją nauczyć. Myśleliśmy, że jest naszym człowiekiem, że zaakceptowała swój obowiązek, ale ona była zwykłą... *cipą*. Sądziłem, że mam ją pod kontrolą, ale ona zamierzała powiedzieć Henrikowi i zrozumiałem, że nie mogę na niej polegać. Prędzej czy później opowiedziałaby również o mnie.

– Zabiłeś ją.

– *Chciałem* ją zabić. *Miałem zamiar* ją zabić, ale przyjechałem za późno. Nie mogłem się dostać na wyspę.

Mikael usiłował zrozumieć słowa Martina, ale miał wrażenie, że w jego mózgu pojawił się napis: *information overload*. Martin Vanger nie wiedział, co się stało z jego siostrą!

Ni stąd, ni zowąd Martin wyjął z marynarki komórkę

i przyjrzawszy się jej ekranowi, położył ją na krześle, obok pistoletu.

– Pora to wszystko zakończyć. Muszę jeszcze dzisiaj rozprawić się z tą twoją anorektyczną sroczką.

Wyjął z szafki wąski rzemień, związał go w pętlę i zacisnął wokół szyi Mikaela. Odpiął łańcuch, pomógł leżącemu stanąć na nogi i pchnął ku ścianie. Przewlekł rzemień przez metalowe oczko nad głową Mikaela i napiął wystarczająco mocno, żeby zmusić go do stania na palcach.

– Czy nie za ciasno? Możesz oddychać?

Poluzował rzemień i przypiął jego koniec odrobinę niżej.

– Nie chcę, żebyś się od razu udusił.

Pętla zacisnęła się na szyi Mikaela tak mocno, że nie był w stanie wypowiedzieć ani słowa.

Martin przyglądał mu się z nieukrywanym zainteresowaniem.

Zupełnie niespodziewanie rozpiął mu spodnie i ściągnął razem ze slipami. W czasie tego gwałtownego manewru Mikael na moment stracił kontakt z podłożem i zawisł w powietrzu. Martin poszedł po nożyczki i poprzecinał nimi t-shirt Mikaela, rzucając strzępy na podłogę. I jeszcze raz stanął w pewnej odległości od ofiary i zaczął ją bacznie obserwować.

– Nigdy nie miałem tutaj chłopca – odezwał się poważnym tonem.

– Nigdy nie dotykałem żadnego mężczyzny... oprócz ojca. To był mój obowiązek.

Mikaelowi dudniło w skroniach. Ciało ciążyło coraz bardziej. Stawiając stopy na podłodze, ryzykował uduszenie. Próbował znaleźć oparcie w betonowej ścianie za plecami, ale palce nie miały o co zahaczyć.

– Nadeszła pora – powtórzył Martin.

Chwyciwszy rzemień, napiął go jeszcze bardziej. Mikael poczuł zaciskającą się coraz mocniej pętlę.

– Zawsze się zastanawiałem, jak smakuje mężczyzna.

Znów pociągnął za powróz, a potem nagle pochylił się

i pocałował Mikaela w usta. W tym samym momencie ciszę rozdarł chłodny głos.

– Ty plugawa świnio! W tej wsi to ja mam na to monopol.

MIKAEL SŁYSZAŁ głos Lisbeth jak przez czerwoną mgłę. Udało mu się skoncentrować na tyle, żeby dostrzec stojącą w drzwiach Salander. Patrzyła na Vangera oczyma bez wyrazu.

– Nieee... ucie... kaj – wycharczał Mikael.

Nie widział twarzy Martina, ale niemal fizycznie czuł, jaki szok przeżywa właśnie odwracający się mężczyzna. Na moment czas stanął w miejscu. A później Vanger sięgnął po zostawiony na krześle pistolet.

Zrobiwszy trzy szybkie kroki w przód, Lisbeth zamachnęła się kijem golfowym, który trzymała wzdłuż ciała. Metalowa główka przecięła powietrze szerokim łukiem, trafiając Martina w obojczyk i bark. Cios był tak silny, że słychać było odgłos kruszonych kości. Vanger zaczął potwornie wrzeszczeć.

– Lubisz ból? – zapytała Salander. Jej głos był szorstki jak papier ścierny.

Mikael pomyślał, że do końca życia nie zapomni wyglądu Lisbeth ruszającej do natarcia. Obnażone zęby, niczym u drapieżnego zwierza. *Oczy błyszczące czernią*. Dziewczyna poruszała się błyskawicznie, jak pajęczyca całkowicie skoncentrowana na łupie. Ponownie wywinęła kijem, tym razem raniąc klatkę piersiową.

Martin potknął się o krzesło i upadł. Pistolet stuknął o podłogę u stóp Lisbeth, która jednym kopnięciem przesunęła go na bezpieczną odległość.

A później uderzyła trzeci raz, właśnie wtedy, gdy Vanger usiłował podnieść się na nogi. Trafiła w biodro. Niemal jednocześnie ze świszczącym odgłosem ciosu rozległ się przeraźliwy ryk. Czwarte uderzenie wymierzyła w łopatkę.

– Lis... errrth... – wycharczał Mikael.

Wydawało mu się, że traci świadomość. Ból w skroniach był nie do wytrzymania.

Odwróciwszy się, Salander zobaczyła jego pąsową twarz, wytrzeszczone oczy i wysuwający się z ust język.

Wystarczył moment, żeby znalazła leżący na podłodze nóż. Kątem oka zerknęła na Vangera, który na kolanach i z bezwładnym ramieniem usiłował się od niej oddalić. Przez chwilę nie powinien sprawiać kłopotów. Wypuściła z ręki kij, podniosła szpiczasty, ale tępy nóż i stojąc na palcach, gorączkowo zaczęła walczyć ze skórzanym powrozem. Upłynęło wiele sekund, zanim Mikael w końcu runął na ziemię. Z zaciśniętą na szyi pętlą.

LISBETH SPOJRZAŁA ponownie na Martina. Udało mu się stanąć na nogi, ale zgięty w pół, ciągle nie stwarzał zagrożenia. Chwilowo go ignorując, z trudem wcisnęła palce pod rzemień zaciśnięty wokół szyi Mikaela, ale nie mogąc sobie poradzić, w końcu zdecydowała się na użycie noża. Manewrując ostrym szpicem, niechcący drasnęła Mikaela w szyję. Uwolniony mężczyzna, charcząc, z trudem łapał oddech.

Przez moment doznał niesamowitego uczucia, że jego ciało zlewa się z duszą. Wzrok miał tak ostry, że potrafił rozróżnić każdy znajdujący się w powietrzu pyłek. Doskonale czuł woń potu Lisbeth i zapach jej skórzanej kurtki. Wyłapywał każdy oddech i szelest ubrania, jak gdyby dźwięki dochodziły z nałożonych na uszy słuchawek. Złudzenie prysło, gdy tylko krew znów zaczęła krążyć w jego głowie, a twarz przybrała normalny kolor.

Lisbeth odwróciła głowę w kierunku drzwi właśnie wtedy, gdy Martin za nimi znikał. Zerwała się na równe nogi, chwyciła w locie pistolet i – sprawdziwszy magazynek – odbezpieczyła. Mikael zauważył, że dziewczyna najwyraźniej umie obchodzić się z bronią. Jeszcze raz rozejrzała się dookoła i zatrzymała na chwilę wzrok na leżącym na stole komplecie kluczy.

– Złapię go – powiedziała, pędząc ku drzwiom. Chwyciła w biegu kluczyki do kajdanków i celnym backhandem podała je Mikaelowi.

Chciał ją zatrzymać, ale zanim zdążył wydobyć z gardła jakikolwiek dźwięk, już zniknęła za drzwiami.

LISBETH NIE ZAPOMNIAŁA, że Vanger jest posiadaczem sztucera, i wchodząc do przesmyku między garażem a kuchnią, zatrzymała się na moment, ujęła pistolet oburącz i – gotowa do strzału – nasłuchiwała odgłosów zdradzających obecność uciekającej zdobyczy. Nie słyszała nic. Instynktownie przesuwała się w stronę kuchni i gdy już miała przekroczyć jej próg, usłyszała ruszający sprzed domu samochód. Rzuciła się z powrotem i wybiegając z garażu przez boczne drzwi, zobaczyła tylne światła skręcające w stronę mostu. Ruszyła za nimi co sił w nogach. Schowała pistolet do kieszeni kurtki i nie przejmując się brakiem kasku, odpaliła motocykl. Już po chwili opuszczała wyspę.

Gdy dojeżdżała do ronda z wylotem na drogę E4, Vanger mógł mieć jakieś dziewięćdziesiąt sekund przewagi. Nie widziała go. Zahamowała, wyłączyła silnik i uważnie nasłuchiwała.

Niebo pokrywały ciężkie chmury, ale nad widnokręgiem powoli wstawał świt. Najpierw usłyszała odgłos silnika, a później zobaczyła sunący po A4 na południe samochód Vangera. Jednym kopnięciem uruchomiła motocykl, wrzuciła bieg i przejechała pod wiaduktem. Z prędkością osiemdziesięciu kilometrów na godzinę ścięła zakręt przy wjeździe na E4. Przed sobą miała długi, prosty odcinek drogi i tylko jeden samochód. Przekręciła manetkę gazu i skoczyła do przodu. Gdy droga biegnąca wzdłuż grzbietu wzniesienia zaczęła łagodnie skręcać, Lisbeth pędziła z góry sto siedemdziesiąt na godzinę, czyli mniej więcej z maksymalną prędkością, na jaką było stać jej własnoręcznie podrasowany pojazd. Po dwóch minutach jakieś czterysta metrów przed sobą znów zobaczyła znajome volvo. *Analiza konsekwencji. Co teraz?* Zwolniła do bardziej stosownej prędkości i utrzymując sto dwadzieścia kilometrów na godzinę nie spuszczała samochodu z oczu. Na kilku wirażach zniknął jej z pola widzenia, ale po chwili znów miała go jak na dłoni, mniej więcej dwieście metrów przed sobą.

Musiał zauważyć światło jej reflektora, ponieważ wjeżdżając w kolejny długi łuk, zdecydowanie przyspieszył. Znów przekręciła rączkę gazu do oporu, ale ponieważ na każdym zakręcie musiała hamować, dystans się zwiększał.

Z daleka zobaczyła światła ciężarówki. Martin Vanger najwyraźniej też. Zupełnie nieoczekiwanie zwiększył prędkość i gdy do nadjeżdżającego kolosa zostało zaledwie sto pięćdziesiąt metrów, zjechał na przeciwległy pas. Lisbeth widziała jak kierowca, hamując w popłochu, daje rozpaczliwe znaki światłami. Ale dzieląca ich odległość była zbyt mała, a kolizja nieunikniona. Vanger z przeraźliwym hukiem wjechał prosto w przód ciężarówki.

Lisbeth instynktownie zahamowała, by dopiero za moment ujrzeć przyczepę wsuwającą się ukośnie na jej pas. Przy tej prędkości od miejsca wypadku dzieliły ją tylko dwie sekundy. Ponownie przyspieszając, zjechała na skraj szosy. O jakiś metr i ułamek sekundy udało jej się uniknąć zderzenia. Kątem oka dostrzegła buchające spod podwozia ciężarówki płomienie.

Zatrzymała się po stu pięćdziesięciu metrach. Gdy zobaczyła wyskakującego z kabiny kierowcę ciężarówki, znów ruszyła przed siebie. Przejechawszy dwa kilometry na południe, za Åkerby skręciła w lewo i wróciła starą, równoległą do E4 szosą. Mijając miejsce wypadku, zauważyła ze wzniesienia, że przy ciężarówce zatrzymały się dwa samochody osobowe.

Zaklinowane pod podwoziem kolosa i totalnie spłaszczone volvo Vangera w dalszym ciągu płonęło. Jakiś mężczyzna próbował zdusić pożar niewielką gaśnicą.

Lisbeth wrzuciła bieg, dodała gazu i wkrótce na niskich obrotach wjechała do miasteczka. Zaparkowawszy przed chatką, poszła pieszo do willi na cyplu.

MIKAEL WCIĄŻ walczył z kajdankami. Miał tak zdrętwiałe palce, że nie potrafił utrzymać klucza. Lisbeth pomogła mu uwolnić ręce i trzymała jego dłonie tak długo, aż znów zaczęła krążyć w nich krew.

– Martin? – zapytał ochrypłym głosem.

– Nie żyje. Wjechał prosto w ciężarówkę, sto pięćdziesiąt na godzinę, na E4, parę kilometrów na południe.

Mikael wytrzeszczył oczy. Nie było jej przecież zaledwie kilka minut.

– Musimy... zadzwonić na policję.

Mówienie ciągle sprawiało mu trudność. Nagle zaczął kaszleć.

– Dlaczego? – zdziwiła się.

PRZEZ DZIESIĘĆ MINUT Mikael nie był w stanie się podnieść. Oparty o ścianę, siedział nagi na podłodze i masował szyję. Niezdarnym ruchem podniósł do ust butelkę z wodą. Lisbeth czekała cierpliwie, aż wróci mu czucie. A czekając, przemyśliwała różne rzeczy.

– Ubierz się!

Pociętym t-shirtem usunęła odciski palców z kajdanków, noża i kija do golfa. Butelkę po wodzie zabrała z sobą.

– Co robisz?

– Ubieraj się. Zaczyna świtać. Pospiesz się!

Mikael stanął niepewnie na nogach, założył slipy, dżinsy, i wsunął stopy w tenisówki. Upychając jego skarpety do kieszeni kurtki, Lisbeth zapytała:

– Czego tutaj dotykałeś?

Mikael rozejrzał się, próbując sobie przypomnieć. W końcu powiedział, że niczego oprócz drzwi i kluczy. Lisbeth znalazła je w przewieszonej przez krzesło marynarce Vangera. Wytarła dokładnie klamkę, kontakt, i zgasiła światło. Pomogła Mikaelowi wejść po schodach i zostawiając go na chwilę w korytarzyku, pobiegła odstawić na miejsce kij do golfa. Wróciła z ciemnym t-shirtem należącym do Martina.

– Załóż. Nie chcę, żeby ktoś zobaczył, jak półnagi wałęsasz się po nocy.

Mikael uświadomił sobie, że jest w szoku. Lisbeth przejęła dowodzenie, a on tylko bezwolnie wykonuje jej rozkazy. Wyprowadziła go z domu Vangera i przez całą drogę do chatki nie wypuszczała z objęcia. Gdy tylko weszli do środka, zatrzymała go.

– Jeżeli ktoś nas widział i zapyta, co robiliśmy w nocy na dworze, to poszliśmy na spacer, byliśmy na cyplu i kochaliśmy się pod gołym niebem.

– Lisbeth, nie mogę...

– Wskakuj pod prysznic. Już!

Pomogła mu się rozebrać i popchnęła do łazienki. Nastawiła wodę na kawę i w błyskawicznym tempie przygotowała sześć kanapek z serem, pasztetem i solonym ogórkiem. Kiedy Mikael, kulejąc, wrócił do pokoju, siedziała zamyślona przy kuchennym stole. Przyjrzała się badawczo jego siniakom i zadrapaniom. Pętla werżnęła się tak mocno, że pozostawiła ciemnoczerwony ślad wokół szyi. Szpic noża zadrasnął skórę po lewej stronie.

– Chodź – nakazała. – Połóż się.

Przyniosła plaster i opatrzyła ranę. Nalała mu kawy do kubka i podała kanapkę.

– Nie jestem głodny – bronił się.

– Jedz – powiedziała rozkazująco, sama wbijając zęby w kromkę z serem.

Mikael przymknął powieki. Ale po chwili usiadł i zaczął jeść. Gardło bolało go tak bardzo, że ledwo przełknął pierwszy kęs.

Lisbeth ściągnęła kurtkę i wyjęła z kosmetyczki pudełeczko z maścią tygrysią.

– Poczekaj z kawą, aż wystygnie. Połóż się na brzuchu.

Przez pięć minut masowała mu plecy, jednocześnie wcierając preparat w skórę. Następnie powtórzyła zabieg na klatce piersiowej.

– Jeszcze jakiś czas będziesz miał porządne siniaki.

– Lisbeth, musimy zadzwonić na policję.

– Nie! – odpowiedziała z takim przekonaniem, że Mikael otworzył oczy, żeby się jej przyjrzeć.

– Jeżeli zadzwonisz na policję, to ja spadam. Nie chcę mieć z nimi do czynienia. Martin Vanger nie żyje. Zginął w wypadku samochodowym. Był sam. Pozwól policji albo komuś innemu odkryć tę jego cholerną salkę tortur. Ani ty, ani ja nie wiemy nic o jej istnieniu, podobnie jak wszyscy inni w tej wsi.

– Dlaczego?

Zignorowawszy jego pytanie, przeszła do masażu ud.

– Lisbeth, nie możemy tak po prostu...

– Jak zaczniesz ględzić, to zaciągnę cię do tej jego komórki i zakuję w łańcuch.

Mikael zasnął tak niespodziewanie, jak gdyby nagle zemdlał.

Rozdział 25
Sobota 12 lipca – poniedziałek 14 lipca

MIKAEL WZDRYGNĄŁ SIĘ i – wyrwany nagle ze snu – zaczął pocierać szyję, próbując uwolnić ją od ucisku pętli. Była piąta rano. Lisbeth chwyciła go za dłonie i trzymała bez słowa. Spojrzał na nią nieprzytomnie.

– Nie wiedziałem, że grasz w golfa – wymamrotał i ponownie zamknął oczy.

Posiedziała na skraju łóżka jeszcze kilka minut. Upewniwszy się, że Mikael zasnął, opuściła sypialnię.

Przed chwilą wróciła z inspekcji w piwnicy Martina Vangera. Podczas gdy Mikael spał, zbadała dokładnie miejsce przestępstwa. Oprócz narzędzi tortur znalazła okazały zbiór czasopism z twardą pornografią oraz całą kolekcję powklejanych do albumów polaroidowych zdjęć.

Nie natrafiła na żaden pamiętnik, ale wzięła ze sobą dwie teczki ze zdjęciami legitymacyjnymi i ręcznie prowadzonymi notatkami o kobietach. Do nylonowej torby Salander trafił również znaleziony na piętrze domu laptop Martina.

Gdy Mikael zasnął ponownie, Lisbeth zajęła się przeglądaniem materiałów Vangera. Kilka minut po szóstej wyłączyła komputer. Zapaliwszy papierosa, przygryzła dolną wargę.

Razem z Mikaelem wszczęła pogoń za kimś, kto w ich przekonaniu był należącym do przeszłości seryjnym mordercą. Dokonali zupełnie innego odkrycia. Nie potrafiła sobie wyobrazić okrucieństw, które musiały rozgrywać się w piwnicy Vangera, w samym środku prawdziwej idylli.

Próbowała zrozumieć.

Martin Vanger mordował kobiety od połowy lat sześćdziesiątych. Przez ostatnie piętnaście lat – z częstotliwością jednej do dwóch w roku. Robił to tak dyskretnie i profesjonalnie, że nikt nawet nie domyślał się, że istnieje jakiś seryjny morderca. Jak to było możliwe?

Odpowiedzi, przynajmniej częściowo, udzielały materiały z jego teczek.

Ofiarami Vangera były anonimowe kobiety, często świeżo przybyłe do Szwecji imigrantki, które w nowym kraju nie miały ani przyjaciół, ani znajomych. Pojawiały się prostytutki oraz inne kobiety o niskim statusie społecznym, nierzadko uzależnione od narkotyków lub z innymi problemami.

Studiując wcześniej psychologię seksualnych sadystów, Lisbeth dowiedziała się, że tego typu mordercy chętnie zbierają pamiątki po swoich ofiarach. Dzięki nim mogą później, choćby połowicznie, zrekonstruować doznane rozkosze. Martin Vanger kolekcjonował wspomnienia, prowadząc „księgę śmierci". Dokładnie katalogował i oceniał swoje ofiary. Komentował i szczegółowo opisywał ich cierpienia. Oprócz tego dokumentował swoje czyny przy pomocy kamery i aparatu fotograficznego.

Celem była przemoc i uśmiercanie, ale Lisbeth nie mogła się oprzeć wrażeniu, że w gruncie rzeczy Vangera najbardziej interesowały same łowy. W swoim laptopie stworzył bazę danych na temat setek kobiet. Były wśród nich pracownice koncernu, kelnerki z restauracji, w których zwykle jadał, recepcjonistki z hoteli, urzędniczki z Kasy Chorych, sekretarki pracujące u znajomych biznesmenów i mnóstwo innych kobiet. Wyglądało na to, że Martin Vanger rejestrował i opisywał niemal każdą kobietę, z którą się zetknął.

Zamordował zaledwie ich nieznaczną część, ale wszystkie wciągnięte do rejestru kobiety w jego otoczeniu były potencjalnymi ofiarami. Samo dociekanie i badanie życiorysów tych kobiet było zapewne pasjonującym hobby, któremu Vanger musiał poświęcać niezliczone godziny. *Mężatka czy samotna? Ma dzieci i rodzinę? Gdzie pracuje? Gdzie mieszka? Jaki prowadzi samochód? Jakie ma wykształcenie? Kolor włosów? Kolor skóry? Figura?*

Lisbeth doszła do wniosku, że zbieranie danych osobowych potencjalnych ofiar musiało być dla Martina istotnym składnikiem seksualnych fantazji. W pierwszym rzędzie był stalkerem, a dopiero w drugim – mordercą.

Przeczytawszy wszystko, odkryła w jednej z teczek niewielką kopertę. Wyłuskała z niej dwa wyblakłe i sfatygowane polaroidowe zdjęcia. Na pierwszym ciemnowłosa dziewczyna w czarnych spodniach siedziała przy stole. Jej piersi były nagie i szpiczaste. Odwróciła twarz i uniosła rękę w obronnym geście, jak gdyby nagle zaskoczona widokiem aparatu. Na drugim zdjęciu miała obnażoną również dolną część ciała. Leżała na łóżku przykrytym niebieską kapą, z ciągle odwróconą twarzą.

Lisbeth schowała kopertę ze zdjęciami do kieszeni kurtki, po czym włożyła teczki do pieca i podpaliła zapałką. Po kilku minutach rozgrzebała pogrzebaczem resztki w popiele. Kiedy poszła na krótki spacer, by dyskretnie utopić laptop Martina pod mostem, w dalszym ciągu lało jak z cebra.

KIEDY O ÓSMEJ RANO Dirch Frode gwałtownym ruchem otworzył drzwi wejściowe, Lisbeth siedziała przy kuchennym stole i paląc papierosa, piła kawę. Miał popielatą twarz i wyglądał, jak gdyby ktoś brutalnie wyrwał go ze snu.

– Gdzie jest Mikael? – zapytał.

– Jeszcze śpi.

Mężczyzna usiadł na krześle. Lisbeth napełniła kubek kawą i bez słowa przesunęła go w stronę adwokata.

– Martin... Właśnie się dowiedziałem, że w nocy Martin zginął w wypadku samochodowym.

– Przykre – skomentowała Lisbeth między dwoma łykami kawy.

Frode podniósł wzrok i spojrzał na nią skonsternowany. Dopiero po chwili wytrzeszczył oczy.

– Co...?

– Zderzył się. Niemiło.

– Wie pani, co się stało?

– Wjechał prosto pod ciężarówkę. Popełnił samobójstwo. Miał na głowie finansowe imperium, które chwieje się w posadach. Nie wytrzymał presji i stresu. Przynajmniej w tym stylu – podejrzewam – będzie się pisało o wypadku w prasie.

Dirch Frode sprawiał wrażenie osoby, która za chwilę dostanie apopleksji. Naraz wstał, poszedł do sypialni i otworzył drzwi.

– Proszę go nie budzić! – powiedziała ostrym tonem.

Frode przyjrzał się śpiącemu mężczyźnie. Bez trudu dostrzegł siniaki na twarzy i krwiste wybroczyny na tułowiu. Jego wzrok zatrzymał się dłużej na jaskrawej obręczy wokół szyi. Lisbeth dotknęła jego ramienia i zamknęła drzwi. Frode wrócił do kuchni i osunął się ciężko na ławę.

LISBETH OPOWIEDZIAŁA pokrótce przebieg nocnych wydarzeń. Szczegółowo opisała izbę tortur i wyjaśniła, w jakich okolicznościach ujrzała Mikaela z pętlą na szyi i stojącego przed nim dyrektora koncernu Vangera. Streściła wynik swoich wczorajszych poszukiwań w archiwum koncernu, podkreślając, że powiązała ojca Martina z siedmioma morderstwami.

Frode słuchał, nie przerywając. Kiedy skończyła, siedział w milczeniu przez kilka minut. A później, westchnąwszy głęboko, pokręcił głową i zapytał:

– I co teraz mamy zrobić?

– To nie mój problem – odpowiedziała obojętnie.

– Ale...

– Jeżeli chodzi o mnie, moja stopa nigdy nie stanęła w Hedestad.

– Nie rozumiem.

– W żadnym wypadku nie chcę występować w jakimkolwiek raporcie policji. Po prostu nie istnieję w tym kontekście. Jeśli moje nazwisko pojawi się w związku z tą historią, zaprzeczę wszystkiemu i nie udzielę odpowiedzi na żadne pytanie.

Frode przyglądał się jej badawczo.

– Nie rozumiem.

– Nie musi pan rozumieć.

– No więc co mam zrobić?

– Decyzja należy do pana, byleby pan nie mieszał w to mnie i Mikaela.

Frode był blady jak ściana.

– Proszę spojrzeć na to w ten sposób: wie pan tylko, że Martin Vanger zginął w wypadku samochodowym. Nie ma pan pojęcia o tym, że to szaleniec i morderca. Nigdy nie słyszał pan o izbie tortur w jego piwnicy.

Położyła na stole klucze.

Ma pan trochę czasu, zanim ktoś, kto zechce uprzątnąć piwnicę Martina, odkryje tę tajną komórkę. To może trochę potrwać.

– Musimy pójść z tym na policję.

– Nie my. Pan może pójść na policję, proszę bardzo. To pańska decyzja.

– Nie można tego przemilczeć.

– Nie proponuję żadnego przemilczenia, chcę tylko, żeby pan nie mieszał w to ani mnie, ani Mikaela. Kiedy sam pan odkryje tę salkę, wyciągnie pan własne wnioski i zadecyduje, komu zechce o tym opowiedzieć.

– Jeżeli to, co pani mówi, jest prawdą, to Martin porywał i mordował kobiety... Są więc rodziny, które rozpaczają z powodu zaginionych córek. Nie możemy tak...

– To prawda. Ale jest problem. Nie ma zwłok. Może w jakiejś szufladzie znajdzie pan legitymacje czy paszporty.

Możliwe, że można zidentyfikować ofiary na filmach wideo. Ale nie musi pan podejmować decyzji już teraz. Warto to wszystko przemyśleć.

Dirch Frode sprawiał wrażenie człowieka ogarniętego paniką.

– O boże drogi. To przecież gwóźdź do trumny dla całego koncernu. Ile ludzi zostanie bezrobotnych, gdy na światło dzienne wyjdzie, że Martin...

Postawiony wobec moralnego dylematu adwokat rozważał wszystkie za i przeciw.

– To tylko jeden aspekt. Zakładam, że spadkobierczynią Martina jest Isabella. Chyba nie najlepiej byłoby, gdyby to ona jako pierwsza dowiedziała się o hobby swego syna.

– Muszę pójść i zobaczyć.

– Wydaje mi się, że akurat dzisiaj powinien pan trzymać się z daleka od tej komórki – powiedziała Lisbeth zdecydowanie. – Ma pan mnóstwo innych zajęć. Musi pan pojechać z tą wiadomością do Henrika, musi pan zwołać nadzwyczajne zebranie zarządu i robić wszystko to, co razem z innymi robiłby pan, gdyby szef koncernu zginął w zupełnie normalnych okolicznościach.

Frode zastanawiał się nad jej słowami. Serce tłukło mu się w piersi. Był doświadczonym adwokatem, który bez trudu rozwiązuje problemy i po którym oczekuje się planu na każdą ewentualność, ale teraz czuł się sparaliżowany bezsilnością. Nagle uświadomił sobie, że przyjmuje instrukcje od młodziutkiej dziewczyny, której w jakiś niepojęty sposób udało się przejąć kontrolę nad sytuacją. To ona dawała wytyczne, których on sam nie był w stanie sformułować.

– A Harriet...?

– Jeszcze nie skończyliśmy śledztwa. Ale proszę powiedzieć Henrikowi, że jesteśmy na drodze do rozwiązania zagadki.

MIKAEL OBUDZIŁ SIĘ o dziewiątej, w chwili gdy informacja o tragicznej śmierci Martina Vangera rozpoczęła poranne wiadomości radiowe. Nie powiedziano nic więcej niż to, że z niewyjaśnionych przyczyn przemysłowiec z ogromną prędkością zjechał na przeciwległy pas ruchu i że był sam. Lokalna radiostacja przygotowała dłuższy komentarz, w którym wyrażono niepokój, zarówno o przyszłość koncernu, jak i o ekonomiczne konsekwencje dla przedsiębiorstwa.

Pospiesznie sklecona wiadomość agencyjna z TT nosiła tytuł: „Cała okolica w szoku" i podsumowywała problemy koncernu. Nie dało się ukryć, że spośród dwudziestu jeden tysięcy mieszkańców Hedestad ponad trzy tysiące było zatrudnionych w przedsiębiorstwie Vangera albo w jakiś inny sposób zależnych od jego kondycji. Śmierć dyrektora naczelnego, nagła choroba jego poprzednika, który na domiar złego osiągnął poważny wiek, i brak oczywistego następcy – wszystko to zdarzyło się w jednym z najbardziej krytycznych okresów w historii przedsiębiorstwa.

TEORETYCZNIE MIKAEL wciąż jeszcze mógł pojechać na posterunek policji w Hedestad i opowiedzieć o wydarzeniach ostatniej nocy, ale Lisbeth już zaczęła działać. Ponieważ nie zadzwonił na policję od razu, z godziny na godzinę było mu coraz trudniej podjąć decyzję. Całe przedpołudnie spędził na kuchennej ławie, skąd w ponurym milczeniu obserwował ciężkie chmury i lejący się z nich deszcz. O dziesiątej przez niebo przetoczyła się jeszcze jedna burza z ulewą, ale w południe zaczęło się przejaśniać i porywisty wiatr przycichł. Mikael wytarł ogrodowe meble i usiadł na dworze z kubkiem kawy. Podniesiony kołnierzyk koszuli maskował czerwoną pręgę.

Śmierć Martina Vangera położyła się cieniem na codziennym życiu Hedeby. Przed domem Isabelli zatrzymywały się samochody przybywających jeden za drugim członków klanu. Składano kondolencje. Lisbeth obserwowała niekończącą się procesję bez cienia emocji. Mikael nie odzywał się ani słowem.

– Jak się czujesz? – zapytała w końcu.

Mikael zastanawiał się chwilę nad odpowiedzią.

– Myślę, że w dalszym ciągu jestem w szoku. Byłem bezbronny. Przez kilka godzin byłem przekonany, że lada moment umrę. Bałem się śmierci i nie mogłem nic zrobić.

Położył dłoń na jej kolanie.

– Dziękuję – powiedział. – Gdybyś się tam nie pojawiła, zabiłby mnie.

Lisbeth uśmiechnęła się krzywo.

– Chociaż... nie pojmuję, jak mogłaś wpaść na tak cholernie głupi pomysł, żeby zmierzyć się z tym szaleńcem zupełnie sama. Leżałem w tej piwnicy i modliłem się, żebyś zobaczyła zdjęcie, żebyś połączyła fakty i zaalarmowała policję.

– Gdybym czekała na policję, raczej byś nie przeżył. Nie mogłam pozwolić, żeby ten parszywiec cię uśmiercił.

– Dlaczego nie chcesz rozmawiać z policją? – zapytał Mikael.

– Nie rozmawiam z władzami.

– Dlaczego?

– To moja sprawa. Ale w twoim przypadku... nie wydaje mi się, żeby etykietka „dziennikarz, którego rozebrał seryjny morderca Martin Vanger" pomogła ci w karierze. Jeżeli nie podoba ci się ksywa Kalle Blomkvist, zawsze mogą do ciebie przylgnąć inne.

Mikael przyjrzał się jej badawczo i nie wrócił do tematu.

– Mamy problem – odezwała się Lisbeth.

Mikael skinął głową, pytając:

– Co się stało z Harriet?

Lisbeth położyła przed nim dwa zdjęcia z polaroidu, wyjaśniając, gdzie je znalazła.

Przestudiowawszy z ogromną uwagą fotografie, Mikael podniósł wzrok.

– To może być ona – powiedział w końcu. – Nie dałbym za to głowy, ale z budowy ciała i z włosów przypomina dziewczynę, którą znam ze wszystkich innych zdjęć.

KOLEJNĄ GODZINĘ przesiedzieli w ogródku, próbując złożyć w całość świeżo poznane okoliczności. Okazało się, że odkryli brakujące ogniwo, czyli Martina, zupełnie niezależnie od siebie.

Lisbeth nie zauważyła pozostawionej przez Mikaela na stole fotografii. Przestudiowawszy zdjęcia zerejestrowane przez kamery monitorujące, doszła do wniosku, że zrobił coś głupiego. Przyszła do Martina od strony plaży. Zaglądała w każde okno, ale nie widziała żywej duszy. Ostrożnie sprawdziła klamki we wszystkich oknach i drzwiach na parterze. Ostatecznie wspięła się na piętro i weszła przez niedomknięty balkon. Przeszukanie wszystkich pomieszczeń zajęło jej trochę czasu. W końcu znalazła schody do piwnicy. Martin okazał się partaczem. Zostawiając uchylone drzwi, pozwolił Lisbeth szybko ogarnąć sytuację.

Mikael zapytał, ile słyszała z tego, co mówił Martin.

– Niewiele. Przyszłam, gdy wypytywał cię o Harriet. Zaraz potem założył ci pętlę. Zostawiłam was na jakąś minutę, żeby poszukać broni. W jednej szafie natknęłam się na kije do golfa.

– On nie miał pojęcia, co się stało z Harriet – powiedział Mikael.

– Wierzysz mu?

– Tak – odpowiedział bez wahania. – Martin Vanger był bardziej obłąkany niż rąbnięta fretka... skąd mi się biorą takie porównania? ...ale przyznał się do wszystkich przestępstw. Mówił bez zahamowań. Wydaje mi się nawet, że chciał mi zaimponować. Ale jeżeli chodzi o Harriet, był równie zdesperowany jak Henrik, tak bardzo chciał się dowiedzieć, co się z nią stało.

– No więc... jakie wnioski?

– Wiemy, że Gottfried Vanger jest odpowiedzialny za pierwszą serię morderstw, między 1949 a 1965 rokiem.

– Okej. I że był nauczycielem Martina.

– Czy są bardziej dysfunkcjonalne rodziny? – zapytał retorycznie Mikael. – Martin w zasadzie nie miał szans.

Lisbeth rzuciła Mikaelowi osobliwe spojrzenie.

– Z tego co opowiedział mi Martin, nawet jeżeli mówił chaotycznie i wyrywkowo, wynika, że ojciec zaczął go przyuczać, odkąd wszedł w wiek dojrzewania. Uczestniczył w morderstwie Lei w Uddevalli w 1962 roku. Miał wtedy czternaście lat. Brał aktywny udział w uśmierceniu Sary, dwa lata później. Jako szesnastolatek.

– No i?

– Powiedział, że nie jest homoseksualistą i że nigdy nie dotknął żadnego mężczyzny, z wyjątkiem swojego ojca. A to pozwala mi twierdzić, że... no cóż, jedyny nasuwający się wniosek jest taki, że ojciec go gwałcił i że ta seksualna przemoc musiała trwać dość długo. Chłopak został, że tak powiem, ukształtowany przez ojca.

– Gówno prawda – odpowiedziała Salander.

Jej głos stwardniał nagle jak kamień. Mikael patrzył na nią osłupiały. W jej stanowczym spojrzeniu nie znalazł ani cienia współczucia.

– Martin miał dokładnie taką samą szansę wycofania się jak każdy inny człowiek. Dokonał wyboru. Mordował i gwałcił, ponieważ lubił to robić.

– W porządku, nie będę się sprzeczał. Ale jako chłopiec został ujarzmiony i podporządkowany ojcu, podobnie jak Gottfried został zniewolony przez swojego ojca nazistę.

– Aha, czyli wychodzisz z założenia, że Martin nie miał własnej woli i że ludzie to wyłącznie produkty wychowania?

Mikael uśmiechnął się niezdecydowanie.

– Nadepnąłem ci na odcisk?

Oczy Lisbeth zapłonęły gwałtownym gniewem.

Mikael szybko mówił dalej.

– Nie twierdzę, że ludzie są wyłącznie produktem wychowania, ale myślę, że proces wychowania odgrywa bardzo ważną rolę. Ojciec Gottfrieda tłukł syna tak długo, aż go złamał. Takie rzeczy pozostawiają ślady.

– Gówno prawda – powtórzyła Lisbeth. – Gottfried nie był jedynym bitym dzieckiem na świecie. Parszywe dzieciństwo nie dało mu prawa do mordowania kobiet. Sam dokonał tego wyboru. I to samo dotyczy Martina.

Mikael podniósł rękę.

– Nie kłóćmy się.

– Ja się nie kłócę. Uważam tylko, że to śmieszne, że szubrawcy zawsze mają na co albo na kogo zwalić winę.

– Okej. Ponoszą odpowiedzialność. Zajmiemy się tym później. Ale puenta jest następująca: Gottfried zmarł, gdy Martin miał siedemnaście lat. Chłopak stracił przewodnika, ale niewątpliwie poszedł w ślady ojca. W lutym 1966 roku w Uppsali.

Mikael wyciągnął z paczki Lisbeth kolejnego papierosa.

– Nie zamierzam spekulować na temat motywów Gottfrieda. Nie wiem, jakie potrzeby chciał zaspokoić i jak sam tłumaczył swoje poczynania. Psychiatra pewnie lepiej potrafiłby zdefiniować ten rodzaj biblijnego bełkotu, coś o karze i oczyszczeniu w jakimś tam znaczeniu... Zresztą, wsio rawno. Był seryjnym mordercą.

Przerwał i po chwili namysłu mówił dalej.

– Gottfried chciał mordować kobiety i przybierał swoje działania pseudoreligijnymi wywodami. Ale Martin nawet nie udawał, że ma ku temu jakieś powody. Niesamowicie zorganizowany, mordował systematycznie, a w dodatku miał pieniądze na swoje hobby. No i przewyższał ojca sprytem. Każde pozostawione przez Gottfrieda zwłoki oznaczały kolejne śledztwo i ryzyko, że ktoś trafi na jego ślad albo przynajmniej połączy te morderstwa.

– Martin wybudował swój dom w latach siedemdziesiątych – powiedziała zamyślona Lisbeth.

– Wydaje mi się, że Henrik wspomniał o roku 1978. Na pewno zamówił to specjalne pomieszczenie na archiwum, ważne dokumenty albo coś w tym rodzaju. Dodatkowo izolowane, bez okna i ze stalowymi drzwiami.

– Miał je przez dwadzieścia pięć lat.

Zamilkli na moment. Mikael zastanawiał się nad okropnościami, jakie przez ćwierć wieku musiały się rozgrywać na tej idyllicznej wyspie. Lisbeth nie musiała się zastanawiać, ponieważ widziała kolekcję filmów wideo. Zauważyła, że Mikael nieświadomie dotknął swojej szyi.

– Gottfried nienawidził kobiet, wpajał synowi tę samą nienawiść, a jednocześnie go gwałcił. Ale był w tym również jakiś podtekst... Myślę, że Gottfried marzył o tym, żeby jego dzieci dzieliły jego – eufemistycznie rzecz ujmując – perwersyjny obraz świata. Kiedy zapytałem Martina o Harriet, jego własną siostrę, odpowiedział: *próbowaliśmy z nią rozmawiać. Ale była tylko zwykłą cipą. Zamierzała opowiedzieć Henrikowi.*

Lisbeth potwierdziła skinięciem głowy.

– Słyszałam, jak to mówił. Mniej więcej wtedy zeszłam do piwnicy. Czyli wiemy, o czym rozmawiałaby z Henrikiem.

Mikael zmarszczył czoło.

– Nie do końca. Pomyśl o chronologii. Nie wiemy, kiedy Gottfried po raz pierwszy zgwałcił syna, ale wiemy, że w 1962 roku zabrał go ze sobą do Uddevalli, gdzie zamordował Leę Persson. Utopił się w 1965 roku. A przedtem próbował *rozmawiać* z Harriet. Do jakich to prowadzi wniosków?

– Gottfried dobrał się nie tylko do Martina. Wykorzystywał również Harriet.

Teraz Mikael skinął głowę.

– Gottfried był nauczycielem, Martin – uczniem, a Harriet ich... zabawką, czy jak?

– Gottfried nauczył Martina bzykać własną siostrę.

Lisbeth wskazała na zdjęcia z polaroidu.

– Trudno ocenić jej reakcję, ponieważ nie widać twarzy. Wyraźnie próbuje ukryć się przed aparatem.

– Powiedzmy, że to zaczęło się w 1964 roku, gdy miała czternaście lat. Broniła się – *nie potrafiła się pogodzić*, jak to określił Martin. I groziła, że się poskarży. Martin zapewne nie miał dużo do powiedzenia, w tej sytuacji dostosował się całkowicie do żądań ojca, ale zawarł z nim coś w rodzaju... paktu, w który obaj próbowali wtajemniczyć Harriet.

Lisbeth nie protestowała.

– W twoich zapiskach jest notatka o tym, że Henrik pozwolił Harriet przeprowadzić się do swojego domu zimą 1964 roku.

– Zauważył, że w jej rodzinie coś jest nie tak. Myślał, że przyczyną są ciągle kłótnie i awantury między Gottfriedem a Isabellą, i wziął dziewczynę do siebie, żeby w spokoju skoncentrowała się na nauce.

– Przykra niespodzianka dla Gottfrieda i Martina. Stracili możliwość kontrolowania jej życia i o wiele trudniej było im się do niej dobrać. Chociaż od czasu do czasu... gdzie dochodziło do aktów przemocy?

– Najprawdopodobniej w chatce Gottfrieda. Jestem prawie pewien, że właśnie tam zrobiono te zdjęcia, łatwo to sprawdzić. Chatynka ma doskonałe położenie, odizolowana, z dala od wsi. A później Gottfried schlał się ostatni raz w życiu i utonął zupełnie niedramatycznie.

Lisbeth kiwnęła w zamyśleniu głową.

– Ojciec Harriet uprawiał albo próbował uprawiać seks z córką, ale nie wtajemniczył jej w morderstwa.

To jest słaby punkt, stwierdził Mikael. Harriet wynotowała nazwiska ofiar Gottfrieda i połączyła je z biblijnymi cytatami, ale zainteresowała się Biblią dopiero w ostatnim roku, kiedy Gottfried już nie żył.

Znów się zamyślił, usiłując znaleźć logiczne rozwiązanie.

– W którymś momencie Harriet zorientowała się, że jej ojciec jest nie tylko kazirodcą, ale również niepoczytalnym seryjnym mordercą – powiedział.

– Nie wiemy, kiedy odkryła zbrodnie. To mogło być na krótko przed jego śmiercią. To mogło być nawet zaraz po tym, jak utonął, jeżeli prowadził jakiś dziennik albo zachował wycinki z artykułami o morderstwach. Coś musiało ją naprowadzić na ślad.

– Ale to nie o tym miała opowiedzieć Henrikowi – wtrącił Mikael.

– O Martinie – wyjaśniła Lisbeth. – Jej ojciec już nie żył, ale Martin ciągle nie przestał się pchać z łapami.

– No właśnie – przyznał Mikael.

– Ale zbierała się do tego cały rok.

– A co ty byś zrobiła, gdybyś nagle dowiedziała się, że twój ojciec jest seryjnym mordercą i bzyka się z twoim bratem?

– Zabiłabym gnoja – powiedziała tak trzeźwo, że Mikael nie miał wątpliwości, że nie żartuje.

Nagle przypomniał sobie wyraz jej twarzy, gdy ruszyła do ataku na Martina. Uśmiechnął się smutno.

– Okej. Ale Harriet to nie ty. Gottfried zmarł w 1965 roku, zanim zdążyła coś zrobić. To też jest logiczne. Po śmierci Gottfrieda Isabella wysłała Martina do Uppsali. Może przyjechał do domu na Boże Narodzenie i jakieś ferie, ale przez kolejny rok nie spotykał się z Harriet tak często. Oddalili się od siebie.

– I zaczęła studiować Biblię.

– I w świetle tego, co już wiemy, jej zainteresowanie Biblią nie musiało wynikać z powodów religijnych. Może po prostu chciała zrozumieć, czym zajmował się jej ojciec.

Zastanawiała się aż do Dnia Dziecka w 1966 roku. Wtedy niespodziewanie dostrzega swojego brata i wie, że wrócił. Ale my nie wiemy, czy ze sobą rozmawiali i czy Martin coś powiedział. Tak czy inaczej natychmiast pojechała do domu, żeby porozmawiać z Henrikiem.

– A później zniknęła.

TERAZ KIEDY już przeanalizowali przebieg wypadków, nietrudno było zrozumieć, jak wygląda reszta układanki. Mikael i Lisbeth spakowali swoje rzeczy. Przed wyjazdem Mikael zadzwonił do Dircha Frodego. Informując go, że na pewien czas opuszcza wyspę, nalegał stanowczo na spotkanie z Henrikiem jeszcze przed wyjazdem.

Frode, odpowiadając na pytanie, ile zdążył opowiedzieć starcowi, mówił tak zmęczonym i wysilonym głosem, że Mikael zaczął obawiać się o stan zdrowia adwokata. Okazało się, że Henrik został powiadomiony jedynie o tragicznej śmierci Martina.

Gdy Mikael parkował przed szpitalem w Hedestad, rozległ się pierwszy grzmot i ciężkie deszczowe chmury znów zasnuły niebo. Spiesząc przez parking, poczuł pierwsze krople.

Odziany w szlafrok, Henrik Vanger siedział przy stole przy oknie. Nie ulegało wątpliwości, że choroba pozostawiła ślad w organizmie starca, ale skóra jego twarzy odzyskała naturalny kolor i w gruncie rzeczy wyglądał już na znacznie zdrowszego. Uścisnęli sobie dłonie. Mikael poprosił pielęgniarkę, żeby na kilka minut zostawiła ich samych.

– Trzymałeś się na uboczu – powiedział Vanger.

– Świadomie – odpowiedział Mikael, potakując. – Twoja rodzina nie życzy sobie moich wizyt, ale dzisiaj wszyscy są u Isabelli.

– Biedny Martin.

– Henriku, na twoje zlecenie miałem dokopać się prawdy o Harriet. Czy oczekiwałeś bezbolesnej prawdy?

Starzec popatrzył na Mikaela rozszerzonymi oczami.

– Martin?

– Tak, on jest częścią historii.

Henrik zamknął oczy.

– A teraz mam do ciebie pytanie.

– Słucham.

– Czy w dalszym ciągu zależy ci na prawdzie? Nawet jeżeli będzie bolesna i okrutniejsza, niż jesteś sobie w stanie wyobrazić?

Starzec długo przyglądał się Mikaelowi. W końcu skinął głową.

– Chcę się dowiedzieć prawdy. Na tym przecież polegało twoje zadanie.

– Dobrze. Myślę, że wiem, co się stało z Harriet. Ale ciągle jeszcze brakuje mi ostatniego fragmentu układanki.

– Opowiadaj.

– Nie, nie dzisiaj. Chcę, żebyś porządnie odpoczął. Lekarz mówi, że kryzys masz już za sobą i że jesteś na najlepszej drodze, by odzyskać zdrowie.

– Nie traktuj mnie jak dziecka!

– Jeszcze nie osiągnąłem celu. Na razie mam tylko hipotezę. Chcę wyjechać na jakiś czas, żeby znaleźć ten ostatni, brakujący kawałek układanki. Kiedy wrócę, opowiem ci całą historię. To może trochę potrwać. Ale chcę, żebyś już teraz wiedział, że wrócę i że dowiesz się całej prawdy.

LISBETH ZOSTAWIŁA motocykl w zacienionym miejscu, przykryła go plandeką i wsiadła do pożyczonego samochodu Mikaela. Burza powróciła ze wznowioną siłą i parę kilometrów za Gävle rozpętała się tak gwałtowna ulewa, że prawie nie było widać drogi. Nie chcąc ryzykować, Mikael zjechał na najbliższą stację benzynową. Czekali aż się przejaśni, pijąc kawę. Dojechali do Sztokholmu dopiero o siódmej wieczorem. Dał Lisbeth numer kodu do swojej bramy i zostawił ją na stacji metra Centrum. Przekraczając próg swego mieszkania, poczuł się obco.

Podczas gdy Lisbeth załatwiała interesy z Plague'em w Sundbyberg, Mikael odkurzył i przetarł wszystkie podłogi. Zapukała do niego o północy, po czym przez dziesięć minut badała każdy kąt mieszkania. Stojąc przy oknie, przez długą chwilę podziwiała widok na Slussen. Za przepierzeniem z szaf i ikeowskich regałów na książki znajdowała się sypialnia. Rozebrali się i spali kilka godzin.

NASTĘPNEGO DNIA w południe wylądowali na lotnisku Gatwick. Przywitał ich deszcz. Mikael zarezerwował pokój niedaleko Hyde Parku. W porównaniu z ruderami w Bayswater, w których mieszkał w czasie poprzednich pobytów w Londynie, hotel James był wyśmienitym miejscem. Rachunek obciążał konto „na bieżące wydatki", udostępnione Mikaelowi przez Dircha Frodego.

O piątej po południu podszedł do nich w barze trzydziestoletni mężczyzna. Był prawie łysy, miał jasną brodę, zbyt obszerną marynarkę, dżinsy i buty żeglarskie.

– *Wasp?* – zapytał.

– *Trinity?* – odpowiedziała pytaniem.

Skinęli głowami. Mężczyzna nie zapytał o imię Mikaela.

Czekający w starym mikrobusie za rogiem współpracownik Trinity'ego został im przedstawiony jako Bob the Dog. Weszli przez rozsuwane drzwi i usiedli na sprężynujących siedzeniach przymocowanych do nadwozia. Podczas gdy Bob the Dog manewrował między pojazdami na londyńskich ulicach, Wasp dyskutowała z Trinitym.

– Plague powiedział, że chodzi o *crash-bang job*.

– Podsłuch telefoniczny i rzut okiem na skrzynkę mailową w jednym kompie. To może pójść piorunem albo potrwać parę dni, w zależności od tego, jak bardzo ten facet przyciśnie – Lisbeth wskazała kciukiem na Mikaela. – Dacie radę?

– Czy psy mają pchły? – odpowiedział Trinity.

ANITA VANGER mieszkała w niewielkim domu szeregowym w eleganckim St. Albans. Podróż do północnych przedmieść zajęła im ponad godzinę. Z okna mikrobusu widzieli, jak o siódmej wieczorem wróciła z pracy. Poczekali, aż weźmie prysznic, zje kolację i usiądzie przed telewizorem. Dopiero około ósmej Mikael zadzwonił do drzwi.

Otworzyła mu niemal kopia Cecilii Vanger z wymalowanym na twarzy uprzejmym znakiem zapytania.

– Dobry wieczór, pani Anito. Nazywam się Mikael Blomkvist. Henrik Vanger poprosił mnie, żebym panią odwiedził. Wychodzę z założenia, że słyszała pani o tragicznym wypadku Martina.

Zdziwienie w wyrazie jej twarzy zamieniło się w czujność. Już usłyszawszy nazwisko, od razu wiedziała z kim ma do czynienia. Miała kontakt z Cecilią, która zapewne dała wyraz swojej irytacji na Mikaela. Ale nazwisko Henrika Vangera obligowało ją do otwarcia drzwi. Zaprosiwszy gościa do środka, wskazała na kanapę w salonie. Mikael rozejrzał się dookoła. Wystrój domu świadczył o tym, że właścicielka ma smak, pieniądze i dobry zawód, ale też nie robi wokół siebie dużo hałasu. Nad przerobionym z kominka grzejnikiem gazowym wisiała grafika Andersa Zorna z autografem.

– Przepraszam, że nachodzę panią niezapowiedzianie, ale jestem w Londynie przejazdem. Próbowałem się do pani wcześniej dodzwonić...

– Rozumiem. O co chodzi?

Jej głos zdradzał, że przyjęła postawę obronną.

– Czy zamierza pani pojechać na pogrzeb?

– Nie. Martin i ja nie byliśmy sobie bliscy, a poza tym trudno mi się stąd wyrwać.

Martin pomyślał, że ta kobieta przez trzydzieści lat starała się trzymać z dala od Hedestad. Odkąd Harald wrócił na wyspę, jej stopa prawie nigdy tam nie stanęła.

– Chcę się dowiedzieć, co się stało z Harriet. Pora na całą prawdę.

– Harriet? Nie rozumiem, o co panu chodzi.

Mikael uśmiechnął się na samą myśl o jej udawanym zdziwieniu.

– Była pani najbliższą przyjaciółką Harriet. To do pani zwróciła się ze swoją przerażającą historią.

– Pan ma źle w głowie!

– Zapewne ma pani rację – odparł łagodnie. – Pani Anito, tamtego dnia była pani w jej pokoju. Mam na to dowód w postaci zdjęcia. Za kilka dni zdam z tego wszystkiego relację Henrikowi, a później on będzie nagabywał panią ze Szwecji. Może lepiej od razu opowie mi pani, co się wydarzyło?

Kobieta podniosła się z fotela.

– Proszę natychmiast opuścić mój dom!

Mikael wstał.

– W porządku. Ale wcześniej czy później musi pani ze mną porozmawiać.

– Nie mam panu nic do powiedzenia.

– Martin nie żyje – powiedział z naciskiem Mikael.

– Pani nigdy go nie lubiła. Myślę, że przeprowadziła się pani do Londynu nie tylko dlatego, żeby nie widywać ojca, ale również, żeby uniknąć kontaktów z kuzynem. A to oznacza, że pani też wiedziała, a jedyną osobą, która mogła to pani opowiedzieć, była Harriet. Pozostaje tylko pytanie, co pani zrobiła z tą wiedzą.

Anita Vanger zatrzasnęła Mikaelowi drzwi przed nosem.

ZADOWOLONA LISBETH przywitała Mikaela z uśmiechem i uwolniła od ukrytego pod koszulą mikrofonu.

– Podniosła słuchawkę w ciągu trzydziestu sekund od zamknięcia drzwi.

– Numer kierunkowy do Australii – oznajmił Trinity, kładąc słuchawki na ministoliku w busie. – Muszę sprawdzić

area cod – dodał, stukając w klawiaturę laptopa. – Okej, zadzwoniła pod ten numer w miejscowości Tennant Creek, na
północ od Alice Springs na Terytorium Północnym. Chcesz
posłuchać rozmowy?

Mikael skinął lekko głową.

– Która teraz jest godzina w Australii?

– Mniej więcej piąta rano.

Trinity włączył cyfrowy odtwarzacz i uruchomił głośni-
ki. Mikael usłyszał osiem długich sygnałów, zanim ktoś po
drugiej stronie podniósł słuchawkę. Rozmowa toczyła się po
angielsku.

– Cześć, to ja.

– Hmm, wprawdzie jestem rannym ptaszkiem, ale...

– Miałam zadzwonić już wczoraj... Martin nie żyje. Zginął przedwczoraj w wypadku samochodowym.

Cisza. A później coś w rodzaju chrząknięcia, co równie
dobrze mogło być słowem: „dobrze".

– Ale mamy problem. Był tu u mnie przed chwilą jakiś
ohydny dziennikarz, którego zatrudnił Henrik. Pytał o to,
co się stało w 1966 roku. Coś wie.

Znów cisza. A po chwili rozkazujący głos.

– Anita, odłóż słuchawkę. Nie będziemy się kontaktować
przez jakiś czas.

– Ale...

– Napisz list. Opowiedz, co się stało – powiedziała kobieta po drugiej stronie i przerwała rozmowę.

– Mądra dziewczyna – skomentowała z podziwem w głosie Lisbeth.

Wrócili do hotelu przed jedenastą. Recepcjonistka pomogła im zarezerwować bilety na najbliższy lot do Australii.
Samolot do Canberry w Nowej Południowej Walii odlaty-
wał następnego dnia o 19.05.

Kiedy wszystko było gotowe, rozebrali się i padli na
łóżko.

TO BYŁA PIERWSZA wizyta Lisbeth w Londynie i całe przedpołudnie poświęcili na długi spacer. Przeszli z Tottenham Court Road do Soho. Zatrzymali się na dłużej na Old Compton Street, gdzie wypili kawę. Wrócili do hotelu o trzeciej, by odebrać bagaż. Gdy Mikael płacił rachunek, Lisbeth odkryła, że dostała SMS-a.

– Dragan prosi o natychmiastowy kontakt.

Zadzwoniła do szefa z telefonu w recepcji. Stojący trochę dalej Mikael zobaczył nagle stężałą twarz dziewczyny i natychmiast podszedł bliżej.

– Co?

– Mama nie żyje. Muszę jechać do domu.

Lisbeth wyglądała na tak zrozpaczoną, że Mikael wziął ją w ramiona.

Odepchnęła go.

Wypili kawę w hotelowym barze. Kiedy Mikael zaproponował, że zrezygnuje z podróży do Australii i wróci z nią do Sztokholmu, pokręciła głową.

– Nie – powiedziała krótko. – Nie możemy teraz zawalić pracy. Po prostu wybierzesz się tam sam.

Rozstali się przed hotelem i pojechali autobusem, każde na swoje lotnisko.

Rozdział 26
Wtorek 15 lipca – czwartek 17 lipca

MIKAEL POLECIAŁ z Canberry do Alice Springs krajowymi liniami, co o tak późnej porze było jedynym rozwiązaniem. A później, gdy pozostało mu zaledwie czterysta kilometrów, miał do wyboru wynajęcie albo awionetki, albo samochodu. Wybrał tę drugą możliwość.

Nieznany mu osobnik o biblijnym przydomku Joshua, wchodzący w skład tajemniczej międzynarodowej sieci, do której należeli również Plague i Trinity, zostawił mu na lotnisku w Canberze kopertę z niezbędnymi informacjami.

Numer telefonu, pod który zadzwoniła Anita Vanger, należał do właściciela Cochran Farm. Mikael był w drodze na owczą farmę.

Z zainteresowaniem przeczytał zaczerpnięte z Internetu i umieszczone w kopercie informacje o australijskim przemyśle hodowlanym. Australia ma osiemnaście milionów mieszkańców, z których pięćdziesiąt trzy tysiące zajmują się hodowlą stu dwudziestu milionów owiec. Sam eksport wełny dostarcza ponad trzy i pół miliarda dolarów rocznie. Do tego dochodzi eksport skór dla przemysłu odzieżowego oraz siedmiuset milionów ton baraniny. Produkcja mięsa i wełny to najważniejsze gałęzie australijskiej gospodarki.

Cochran Farm, założona w 1891 roku przez Jeremy'ego Cochrana, była piątym co do wielkości australijskim przedsiębiorstwem rolnym. Hodowano tam około sześćdziesięciu tysięcy owiec rasy merynos, które słyną z wyjątkowo delikatnej wełny. Oprócz owiec chowano krowy, świnie i drób.

Mikael skonstatował, że Cochran Farm jest potężnym przedsiębiorstwem o imponujących obrotach rocznych, a najważniejsze źródło jej dochodów stanowi eksport do USA, Japonii, Chin i Europy. Dołączone życiorysy właścicieli były jeszcze bardziej fascynujące. W 1972 roku, po śmierci Raymonda Cochrana, farma przeszła w ręce wykształconego w Oxfordzie Spencera Cochrana. Spencer zmarł w 1994 roku i od tego czasu firmą zarządzała wdowa po właścicielu. Na niewyraźnym zdjęciu o niskiej rozdzielczości, ściągniętym ze strony internetowej farmy, widać było krótko ostrzyżoną blondynkę z lekko zasłoniętą twarzą. Głaskała stojącą obok owcę. Joshua nie omieszkał poinformować, że kobieta wyszła za mąż za Spencera we Włoszech, w 1971 roku. Nazywała się Anita Cochran.

MIKAEL PRZENOCOWAŁ w spalonej słońcem dziurze o napawającej nadzieją nazwie Wannado. W pobliskim pubie zjadł pieczeń z baraniny i wlał w siebie trzy pinty w towarzystwie lokalnych talentów, którzy zwracali się do niego *mate* i mówili ze śmiesznym akcentem. Miał wrażenie, że przypadkowo znalazł się na planie filmu *Krokodyl Dundee*.

Zanim zasnął późną nocą, zadzwonił do Nowego Jorku.

– Przykro mi, Ricky, ale byłem tak zajęty, że nie miałem czasu się odezwać.

– A cóż wy tam wyprawiacie w Hedestad? – wybuchnęła Erika. – Christer dzwonił i opowiedział mi o tragicznym wypadku Martina Vangera.

– To długa historia.

– I dlaczego nie odbierasz telefonów? Wydzwaniam do ciebie jak wariatka.

– Moja komórka tu nie działa.

– A gdzie jesteś?

– Mniej więcej dwieście kilometrów na północ od Alice Springs. W Australii.

Rzadko udawało się Mikaelowi zaskoczyć Erikę. Tym razem zamilkła na dziesięć sekund.

– I co tam w tej Australii robisz? Jeśli mogę spytać?

– Kończę pracę. Wracam za parę dni. Dzwonię, żeby ci powiedzieć, że niedługo zakończę zlecenie dla Henrika.

– Nie mów, że odgadłeś, co się stało z Harriet!

– Wygląda na to, że odgadłem.

DOTARŁ DO COCHRAN Farm następnego dnia w południe, by dowiedzieć się, że jej właścicielka przebywa w okręgu produkcyjnym Makawaka, to jest kolejne sto dwadzieścia kilometrów na zachód.

Zanim odnalazł się w labiryncie *backroads*, minęła czwarta po południu. Zatrzymał się przy furtce, za którą zebrała się grupka farmerów. Stali wokół maski dżipa i rozmawiając, popijali kawę. Mikael wysiadł z samochodu, przedstawił się i zapytał o Anitę Cochran. Mężczyźni zerknęli na muskularnego trzydziestolatka, który najwyraźniej miał przywilej podejmowania decyzji. Obnażony tors, zazwyczaj chroniony t-shirtem, wyraźnie różnił się od spalonej słońcem reszty ciała. Głowę wieńczył kowbojski kapelusz.

– *Well, mate*, szefowa jest jakieś dziesięć kilometrów stąd – powiedział, wskazując kciukiem kierunek.

Spojrzawszy sceptycznie na samochód Mikaela, dodał, że nie poleca jazdy tą japońską zabawką. A w końcu zaproponował, że – ponieważ i tak się tam wybiera – może podrzucić Mikaela swoim dżipem, zdecydowanie lepiej przystosowanym do przemieszczania się po tutejszych wertepach. Podziękowawszy za propozycję, Mikael wziął ze sobą jedynie torbę z laptopem.

MĘŻCZYZNA PRZEDSTAWIŁ SIĘ jako Jeff i wyjaśnił, że pracuje na stanowisku Studs Manager at the Station. Mikael poprosił o przekład. Zerknąwszy na Mikaela, Jeff utwierdził się w przekonaniu, że przybywa z bardzo daleka. Wytłumaczył, że Studs Manager to mniej więcej odpowiednik głównego kasjera w banku, chociaż w tym wypadku chodzi o zarządzanie owcami. Station to australijskie słowo oznaczające ranczo.

Nie przestając mówić, opalony atleta wjechał łagodnie do wąwozu. Posuwali się do przodu dwadzieścia kilometrów na godzinę, z dwudziestostopniowym bocznym przechyłem. Całe szczęście, że Mikael nie musiał pokonywać tego terenu swoim wynajętym samochodem. Zapytawszy o cel podróży, usłyszał, że na końcu jaru znajduje się pastwisko dla siedmiuset owiec.

– Rozumiem, że farma Cochrana to jedna z tych większych.

– Należymy do największych w Australii – odpowiedział Jeff z nieukrywaną dumą. – W okręgu Makawaka mamy dziewięć tysięcy zwierząt, ale nasze Stations znajdują się i w Nowej Południowej Walii, i w Australii Zachodniej. Łącznie posiadamy sześćdziesiąt trzy tysiące owiec.

Gdy opuścili wąwóz, oczom Mikaela ukazał się pagórkowaty i znacznie spokojniejszy krajobraz. Nagle usłyszał strzały. Jednocześnie ujrzał padłe owce, ogromne ogniska i kilkunastu pracowników farmy. Wszyscy mieli strzelby. Najwyraźniej dokonywano uboju.

Myśli Mikaela powędrowały bezwiednie ku barankowi ofiarnemu.

W końcu zobaczył krótko ostrzyżoną blondynkę w dżinsach i koszuli w biało-czerwoną kratę. Jeff zaparkował kilka metrów od niej.

– *Hi, boss. We got a tourist* – powiedział.

Mikael wysiadł z dżipa. Kobieta przywitała go pytającym spojrzeniem.

– Hej, Harriet. Nie widzieliśmy się kopę lat – powiedział po szwedzku.

Żaden z pracowników Anity nie zrozumiał obcych słów, ale wszyscy bez trudu odczytali jej reakcję. Ogarnięta przerażeniem kobieta cofnęła się. Z twarzy mężczyzn zniknęły uśmieszki. Kierowani instynktem opiekuńczym wyprostowali się, gotowi wystąpić przeciwko dziwnemu natrętowi, który najwyraźniej zaniepokoił szefową. Życzliwość Jeffa zniknęła bez śladu.

Naraz Mikael zdał sobie sprawę, że stoi na odludziu na drugiej półkuli, otoczony przez grupkę spoconych farmerów ze strzelbami. Wystarczy jedno słowo szefowej i rozniosą go w pył.

Ale to był tylko moment. Harriet Vanger machnęła ręką i mężczyźni zrobili krok w tył. Zbliżywszy się do Mikaela, spojrzała mu w oczy. Była spocona i umorusana, u nasady rozjaśnionych włosów ciemniały odrosty. Jej szczupła i postarzała twarz była niewątpliwie twarzą tej pięknej kobiety, którą zwiastowało zdjęcie konfirmacyjne na biurku Henrika.

– Czy my się znamy? – zapytała.

– Tak, nazywam się Mikael Blomkvist. Była pani moją wakacyjną opiekunką. Ja miałem trzy lata, a pani – dwanaście albo trzynaście.

Upłynęło kilka sekund, zanim wspomnienie rozpogodziło jej wzrok. Była zdumiona.

– Czego pan chce?

– Harriet, nie jestem twoim wrogiem. Nie przyjechałem, żeby cię skrzywdzić. Ale musimy porozmawiać.

Odwróciwszy się do Jeffa, poprosiła, by przejął jej obowiązki, po czym skinęła na Mikaela. Podążył za nią w stronę białych płóciennych namiotów rozbitych dwieście metrów dalej, w niewielkim zagajniku. Wskazawszy fotel turystyczny przy chwiejnym stoliku, nalała trochę wody do miednicy, opłukała twarz, wytarła się i weszła do namiotu, by zmienić koszulę. Z przenośnej lodówki wyciągnęła dwa piwa i usiadła naprzeciwko Mikaela.

– Okej. Opowiadaj.

– Dlaczego zabijacie owce?

– Mamy epidemię. Większość tych zwierząt jest z pewnością zdrowa, ale nie możemy ryzykować, nie chcemy, żeby zaraza się rozszerzyła. W najbliższym tygodniu będziemy musieli zabić sześćset owiec. Więc nie jestem w najlepszym nastroju.

Mikael skinął nieznacznie głową.

– Twój brat zabił się parę dni temu.

– Słyszałam.

– Od Anity Vanger.

Spojrzała na niego badawczo. A później kiwnęła potakująco. Zrozumiała, że nie ma sensu zaprzeczać rzeczom oczywistym.

– Jak mnie znalazłeś?

– Podsłuchaliśmy rozmowę telefoniczną Anity – odpowiedział Mikael, również nie widząc powodu, by kłamać. – Widziałem twojego brata na kilka minut przed śmiercią.

Harriet zmarszczyła brwi. Spojrzeli na siebie. A później ściągnął śmieszną apaszkę, odchylił kołnierz koszuli i pokazał krwistoczerwony, jeszcze niezabliźniony ślad po pętli. Można było być pewnym, że blizna pozostanie na całe życie jako pamiątka po Martinie Vangerze.

– Twój brat właśnie mnie wieszał, ale na szczęście pojawiła się moja współpracownica i sprała go na kwaśne jabłko.

W oczach Harriet zapaliły się ogniki.

– Chyba będzie najlepiej, jeśli zaczniesz od początku.

CAŁA OPOWIEŚĆ zajęła mu ponad godzinę. Zaczął od tego, kim jest i czym się zajmuje. Opisał okoliczności, w jakich dostał zlecenie od Henrika Vangera, i wyjaśnił, dlaczego zgodził się na przeprowadzkę do Hedestad. Streścił nieudane dochodzenie policji i opowiedział o prywatnym śledztwie prowadzonym przez wiele lat przez Henrika, który przez cały czas żył w przekonaniu, że ktoś z członków rodziny zamordował Harriet. Włączywszy komputer, objaśnił, w jaki sposób dotarł do zdjęć z Järnvägsgatan i jak – razem z Lisbeth – wszczął poszukiwania seryjnego mordercy, którym później okazały się być dwie osoby.

Zapadł zmrok. Mężczyźni wykonali wieczorne rutynowe czynności i rozpalili obozowe ogniska. W kociołkach coś obiecująco bulgotało. Jeff, nieustannie kręcąc się w pobliżu szefowej, nie spuszczał oka z przybysza. Kucharz podał kolację. Harriet i Mikael otworzyli po jeszcze jednym piwie. Wysłuchawszy opowieści gościa, kobieta siedziała przez chwilę w milczeniu.

– Mój Boże – powiedziała w końcu.

– Przeoczyłaś morderstwo w Uppsali.

– Nawet go nie szukałam. Tak bardzo się cieszyłam, że ojciec nie żyje i że skończyła się przemoc. Nigdy nie przyszło mi do głowy, że Martin...

Umilkła.

– Cieszę się, że Martin nie żyje – dodała.

– Rozumiem cię.

– Ale twoja opowieść nie wyjaśnia, jak wpadliście na to, że żyję.

– Kiedy doszliśmy do tego, co się naprawdę wydarzyło, odgadnięcie reszty nie nastręczało już trudności. Ktoś musiał ci pomóc zniknąć. Jedyną osobą, która wchodziła w grę, była twoja powierniczka, Anita Vanger. Byłyście przyjaciółkami, spędziłyście razem wakacje, mieszkałyście w chatce Gottfrieda. Jeżeli komuś się zwierzałaś, to właśnie jej. No i Anita właśnie zrobiła prawo jazdy.

Harriet przyjrzała się Mikaelowi z neutralnym wyrazem twarzy.

– I co teraz zrobisz, kiedy już wiesz, że żyję?

– Opowiem Henrikowi. Zasłużył na to, żeby się dowiedzieć.

– A później? Jesteś dziennikarzem.

– Harriet, nie zamierzam cię rzucać na pożarcie mediom. W całej tej historii popełniłem tyle wykroczeń, że gdyby Związek Dziennikarzy o tym wiedział, już dawno by mnie wykluczył z organizacji. Jedno mniej, jedno więcej, to już naprawdę nie ma znaczenia, a poza tym nie chcę stracić dawnej opiekunki – próbował żartować.

Nie udało mu się jej rozbawić.

– Ile osób zna prawdę?

– Że żyjesz? Teraz wiemy o tym ty i ja, a także Anita i moja współpracownica – Lisbeth. Dirch Frode zna mniej więcej trzy czwarte opowieści, ale w dalszym ciągu myśli, że zmarłaś w latach sześćdziesiątych.

Harriet, wpatrzona w ciemność, znów się zamyśliła. Mikael jeszcze raz doznał nieprzyjemnego poczucia zagrożenia. Przypomniał sobie, że pół metra dalej oparta o namiot stoi jej strzelba. Ale po chwili otrząsnął się i ukrócił wodze fantazji. Zmienił temat.

– Powiedz mi, jak zostałaś australijską farmerką? Rozumiem, że następnego dnia, zaraz po otwarciu mostu, Anita przeszmuglowała cię na stały ląd, prawdopodobnie w bagażniku.

– Tak naprawdę leżałam na podłodze z tyłu samochodu, przykryta tylko kocem. Nikt tam nie zaglądał. Kiedy Anita pojawiła się na wyspie, poszłam do niej i powiedziałam, że muszę uciekać. Masz rację, powierzyłam jej swoje tajemnice. Pomogła mi i przez te wszystkie lata była najbardziej oddaną przyjaciółką.

– A jak znalazłaś się w Australii?

– Najpierw mieszkałam u Anity, w jej studenckim pokoju w Sztokholmie, a po kilku tygodniach wyjechałam ze Szwecji. Anita była bardzo hojna, pożyczyła mi wszystkie swoje oszczędności. Dostałam też jej paszport. Byłyśmy do siebie bardzo podobne, musiałam tylko utlenić włosy. Przez cztery lata mieszkałam we włoskim zakonie. Nie zostałam zakonnicą, to był taki klasztor, w którym można było tanio wynająć pokój. Siedziałam tam w samotności i rozmyślałam. A później przez przypadek spotkałam Spencera Cochrana. Był ode mnie kilka lat starszy, właśnie skończył studia w Anglii i objeżdżał autostopem Europę. Zakochałam się, z wzajemnością. To dosyć prosta historia. W 1971 roku Anita Vanger wyszła za niego za mąż. Nigdy nie żałowałam tego kroku. Był wspaniałym człowiekiem. Niestety zmarł osiem lat temu i nagle zostałam właścicielką farmy.

– Ale ten paszport... czy nikt nie odkrył, że istnieją dwie Anity Vanger?

– Nie, a dlaczego miałby odkryć? Szwedka, Anita Vanger, żona Spencera Cochrana. Nie gra roli, czy mieszka w Londynie, czy w Australii. W Londynie jest Anitą pozostającą z mężem w separacji. W Australii jest jego najprawdziwszą żoną. Nikt nie porównuje rejestrów z Canberry i Londynu. Zresztą dość szybko dostałam australijski paszport na nazwisko Cochran. Wszystko działało bez zarzutu. Jedyną rzeczą, która mogła zburzyć tę historię, byłoby małżeństwo prawdziwej Anity. Mój związek jest bowiem zarejestrowany w szwedzkiej ewidencji ludności.

– Ale Anita nigdy nie wyszła za mąż.

– Mówi, że nigdy nie trafiła na właściwego kandydata. Ale przecież wiem, że zrezygnowała z małżeństwa ze względu na mnie. Jest naprawdę wspaniałą przyjaciółką.

– Co robiła tamtego dnia w twoim pokoju?

– Nie zachowywałam się wtedy racjonalnie. Bałam się Martina, ale dopóki był w Uppsali, dopóty nie musiałam o tym myśleć. A później nagle wyrósł przede mną na ulicy w Hedestad i wtedy zrozumiałam, że już nigdy w życiu nie będę się mogła czuć bezpiecznie. Wahałam się, nie wiedziałam, czy opowiedzieć Henrikowi, czy uciec. Henrik nie miał czasu, a ja chodziłam po wsi i nie mogłam sobie znaleźć miejsca. Oczywiście rozumiem, że ten wypadek na moście przysłonił ludziom wszystko inne. Ale nie mnie. Miałam własne problemy i ten wypadek prawie w ogóle do mnie nie docierał. Wszystko było takie nierzeczywiste. W końcu wpadłam na Anitę, która mieszkała wtedy w pokoju gościnnym u Gerdy i Alexandra. Błyskawicznie podjęłam decyzję i poprosiłam Anitę o pomoc. Zostałam u niej, bałam się wychodzić. Ale potrzebowałam ubrań i pamiętnika, w którym wszystko zapisywałam. Anita mi to przyniosła.

– Myślę, że nie potrafiła się oprzeć pokusie i otworzyła okno, żeby obejrzeć miejsce wypadku.

Mikael zamyślił się.

– Nie rozumiem tylko jednej rzeczy: dlaczego nie poszłaś z tym do Henrika, tak jak zamierzałaś.

– A jak myślisz?

– Doprawdy nie wiem. Jestem przekonany, że Henrik by ci pomógł. Na pewno jakoś unieszkodliwiłby Martina, żebyś mogła żyć w spokoju. Henrik nie wystawiłby cię na pożarcie. Załatwiłby to bardzo dyskretnie, przy pomocy jakiejś terapii czy leczenia.

– Nie rozumiesz, co się stało...

Do tej pory Mikael mówił o seksualnej przemocy Gottfrieda, nie wspominając o roli Harriet.

– Gottfried wykorzystywał seksualnie Martina – zaczął ostrożnie. – Podejrzewam, że wykorzystywał również ciebie.

NIE DRGNĄŁ JEJ ani jeden mięsień. Ale po chwili wzięła głęboki oddech i ukryła twarz w dłoniach. Nie minęły trzy sekundy i Jeff stał przy niej, pytając, czy wszystko jest *all right*. Kobieta uśmiechnęła się blado, a po chwili – wprawiając Mikaela w osłupienie – przytuliła się do swojego Studs Managera i pocałowała w policzek. Trzymając go za ramię, odwróciła się do gościa.

– Jeff, to jest Mikael, stary... przyjaciel z zamierzchłych czasów. Przybywa z problemami i ma złe wieści, ale nie zabija się posłańców. Mikael – to jest Jeff Cochran, mój najstarszy syn. Mam jeszcze jednego syna i córkę.

Mikael pomyślał, że Harriet musiała zajść w ciążę zaraz po ślubie; Jeff miał mniej więcej trzydzieści lat. Wstał i ściskając mu rękę, przeprosił, że wywołał u jego mamy takie emocje; niestety, było to jednak konieczne. Zamieniwszy z synem kilka słów, Harriet odesłała go z powrotem. Siadając ponownie naprzeciwko Mikaela, zdążyła podjąć decyzję.

– Koniec kłamstw. Myślę, że to naprawdę koniec historii. W pewnym sensie czekałam na ten dzień od 1966 roku. Przez wiele lat potwornie się bałam, że ktoś taki jak ty podejdzie do mnie i powie, że zna moje prawdziwe imię. I wiesz – nagle zupełnie przestałam się tym przejmować. Moja zbrodnia uległa przedawnieniu. I nie dbam o to, co inni o mnie myślą.

– Zbrodnia? – zapytał Mikael.

Spojrzała na niego wyczekująco, ale on w dalszym ciągu nie rozumiał, o co jej chodzi.

– Miałam szesnaście lat. Bałam się. Zżerał mnie wstyd. Byłam zdesperowana i osamotniona. Jedynie Anita i Martin znali prawdę. Opowiedziałam Anicie o seksualnej przemocy ojca, ale nigdy nie przemogłam się, żeby wyjawić jej również to, że mój tato jest obłąkanym mordercą kobiet. Nigdy się o tym nie dowiedziała. Ale zdradziłam jej szczegóły popełnionej przeze mnie zbrodni; zbrodni tak okrutnej, że jak przyszło co do czego, nie miałam odwagi powiedzieć o niej Henrikowi. Prosiłam Boga o przebaczenie. I ukryłam się na kilka lat w klasztorze.

– Harriet, twój ojciec był gwałcicielem i mordercą. Absolutnie nie jesteś temu winna.

– Wiem. Ojciec wykorzystywał mnie seksualnie przez rok. Czyniłam wszystko, żeby... unikać jego towarzystwa, ale był przecież moim tatą i nie mogłam tak ni stąd, ni zowąd zerwać z nim kontaktu. Tak więc robiłam dobrą minę do złej gry i udawałam, że wszystko jest w porządku, chociaż starałam się, żeby zawsze ktoś był w pobliżu, gdy miałam do czynienia z ojcem. Moja mama oczywiście wiedziała, co się dzieje, ale raczej się tym nie przejmowała.

– Isabella wiedziała? – wybuchnął skonsternowany Mikael.

– Oczywiście, że wiedziała. Wiedziała o wszystkim, co kiedykolwiek wydarzyło się w naszej rodzinie. Ale nie przyjmowała nigdy do wiadomości rzeczy, które były nieprzyjemne lub ukazywały ją w złym świetle. Mój ojciec mógłby zgwałcić mnie w biały dzień, w salonie, na jej oczach, a ona by tego nie zauważyła. Nie była w stanie przyznać się do tego, że coś w moim albo w jej życiu się nie udało.

– Spotkałem ją. To okropna jędza.

– Była jędzą przez całe życie. Często zastanawiałam się nad związkiem moich rodziców. Zrozumiałam, że odkąd się urodziłam, sypiali ze sobą bardzo rzadko albo prawie wcale. Mój ojciec miał wiele kobiet, ale z niepojętego powodu bał się Isabelli. Wycofał się, ale nie mógł się rozwieść.

– W rodzinie Vangerów nie ma rozwodów.

Po raz pierwszy Harriet się zaśmiała.

– Masz rację, nie ma. Ale chodzi o to, że ja nie potrafiłam się przemóc, żeby zacząć mówić. Dowiedziałby się o tym cały świat. Moje koleżanki i koledzy z klasy, cała rodzina...

Mikael położył dłoń na jej dłoni.

– Harriet, strasznie mi przykro...

– Kiedy mnie zgwałcił pierwszy raz, miałam czternaście lat. A później wielokrotnie zabierał mnie do swojego domku. Czasami był tam też Martin. Zmuszał i jego, i mnie, żebyśmy robili z nim różne rzeczy. Przytrzymywał mnie za ramiona, podczas gdy Martin... zaspokajał się... mną. A kiedy zmarł, jego syn był gotów przejąć pałeczkę. Martin oczekiwał, że zostanę jego kochanką i że całkowicie mu się podporządkuję. W tej sytuacji nie miałam innego wyjścia. Byłam zmuszona wykonywać jego polecenia. Pozbyłam się jednego dręczyciela, by wpaść w szpony następnego i jedyne co mi pozostało, to unikać sytuacji, w których zostawaliśmy sam na sam.

– Henrik na pewno...

– W dalszym ciągu nic nie rozumiesz! – powiedziała podniesionym głosem.

Mikael zauważył badawcze spojrzenia mężczyzn spod sąsiedniego namiotu. Ściszywszy głos, Harriet pochyliła się ku Mikaelowi.

– Wszystko leży na stole. Resztę musisz sobie dośpiewać.

Podniosła się i za chwilę wróciła z kolejnymi dwoma piwami. Mikael powiedział tylko jedno słowo.

– Gottfried?

Kiwnęła głową.

– Siódmego sierpnia 1965 roku zaciągnął mnie do swojego domku. Henrik gdzieś wyjechał. Ojciec próbował się do mnie dobierać. Był tak pijany, że nawet mu nie stawał. I wtedy dostał świra. Kiedy byliśmy sami zawsze był... wulgarny i porywczy, ale wtedy przekroczył wszelkie granice. *Oddał na mnie mocz.* A później wyłożył szczegółowo, co chciałby ze mną zrobić. Opowiedział o zamordowanych przez siebie kobietach. Chwalił się nimi. Cytował Biblię. To wszystko trwało parę godzin. Nie rozumiałam z tego nawet połowy, ale wtedy dotarło do mnie, że ojciec jest obłąkany.

Przełknęła łyk piwa.

– Gdzieś o północy dostał kolejnego ataku szału. Byliśmy na antresoli. Nagle obwiązał mi szyję t-shirtem i zaczął dusić. Poczerniało mi w oczach. Nie miałam najmniejszej wątpliwości, że naprawdę chce mnie zabić. I po raz pierwszy tej nocy udało mu się mnie zgwałcić.

Popatrzyła na Mikaela z prośbą w oczach.

– Ale ciągle był tak pijany, że w końcu się wyrwałam.

Zeskoczyłam z antresoli i spanikowana zaczęłam uciekać. Byłam naga, biegłam prosto przed siebie i wylądowałam na pomoście. A on, zataczając się, za mną.

Nagle Mikael zapragnął, żeby nie opowiadała dalszego ciągu.

– Byłam wystarczająco silna, żeby wepchnąć pijaka do wody. I trzymałam go wiosłem pod powierzchnią tak długo, aż przestał się szamotać. To trwało tylko parę sekund. Kiedy zrobiła przerwę, nastała taka cisza, aż w uszach dzwoniło.

– A kiedy podniosłam wzrok, zobaczyłam Martina. Wyglądał na przerażonego, ale na ustach miał szyderczy uśmiech. Nie wiem, jak długo nas śledził. Od tego momentu byłam zdana na jego łaskę i niełaskę. Podszedł do mnie, wziął za włosy i zaciągnął z powrotem do łóżka Gottfrieda. Podczas gdy nasz ojciec ciągle jeszcze kołysał się na wodzie, Martin związał mnie i zgwałcił, a ja nie potrafiłam nawet stawiać oporu.

Mikael zamknął oczy. Poczuł ogromny wstyd i naprawdę zaczął żałować, że nie zostawił tej kobiety w spokoju. Ale zaczęła mówić z jeszcze większą mocą.

– Tego dnia dostałam się w jego ręce. Robiłam, co chciał. Byłam jak sparaliżowana. Uratował mnie pomysł Isabelli, która po tragicznej śmierci naszego ojca postanowiła wysłać Martina do Uppsali. Żeby zmienił środowisko. Zrobiła to oczywiście dlatego, że wiedziała, co ze mną wyprawia. To był jej sposób na rozwiązanie problemu. Chyba nie muszę dodawać, że mój brat był rozczarowany?

Mikael znów skinął głową.

– Przez cały rok nie było go w domu. Przyjechał tylko na Boże Narodzenie, ale wtedy trzymałam się od niego z daleka. Po świętach pojechałam z Henrikiem do Kopenhagi, a w wakacje była ze mną Anita. Zwierzyłam się jej. Nie opuszczała mnie na krok i Martin nie miał szans, żeby się do mnie zbliżyć.

– Spotkałaś się z nim na Järnvägsgatan.

– Tak. Słyszałam, że miał zostać w Uppsali i że nie przyjedzie na zjazd rodzinny. Ale w ostatniej chwili zmienił zdanie. Naraz stał przede mną i świdrował wzrokiem z drugiej strony ulicy. Uśmiechał się. Myślałam, że to zły sen. Zamordowałam ojca i zrozumiałam, że nigdy nie uwolnię się od brata. Do tamtego dnia rozważałam możliwość samobójstwa. Ale wybrałam ucieczkę.

Patrzyła na Mikaela niemal rozbawionym spojrzeniem.

– To wyznanie przyniosło mi prawdziwą ulgę. Teraz już wiesz. Jak zamierzasz wykorzystać tę wiedzę?

Rozdział 27
Sobota 26 lipca – poniedziałek 28 lipca

O DZIESIĄTEJ RANO Mikael podjechał pod dom Lisbeth i zabrał ją do krematorium na Cmentarzu Północnym. Nie licząc pastora, byli jedynymi osobami w kaplicy. Trochę później, już w trakcie ceremonii pogrzebowej, dołączył do nich bezgłośnie Dragan Armanski. Skinieniem przywitał Mikaela i zatrzymawszy się za plecami Lisbeth, delikatnie położył dłoń na jej ramieniu. Kiwnęła dłonią, nie patrząc na niego, jak gdyby wiedziała, kto za nią stoi. A później kompletnie zignorowała obu mężczyzn.

Lisbeth nie była najlepszym źródłem informacji o zmarłej, ale pastor najwyraźniej skontaktowała się z personelem domu opieki, w którym ostatnio przebywała matka Salander, i Mikael zrozumiał, że przyczyną śmierci był wylew krwi do mózgu. Celebrująca uroczystość duchowna dwukrotnie straciła wątek, gdy – zwracając się bezpośrednio do córki zmarłej – napotkała jej pusty wzrok i zaciśnięte usta. Lisbeth nie powiedziała ani słowa. A gdy ceremonia dobiegła końca, obróciła się na pięcie i bez podziękowań i pożegnań opuściła budynek krematorium. Spoglądając na siebie nawzajem kątem oka, Mikael i Dragan, westchnęli prawie jednocześnie. Nie mieli pojęcia, co rozgrywało się w jej głowie.

– Ta dziewczyna czuje się fatalnie – odezwał się Dragan.

– Domyślam się – odpowiedział Mikael. – Dobrze, że pan tu przyszedł.

– Wcale nie jestem tego taki pewny.

Armanski prześwidrował Mikaela wzrokiem.

– Jedziecie na północ, prawda? Proszę, niech pan ją ma na oku.

Żegnając się, Mikael obiecał, że będzie nad nią czuwał. Lisbeth czekała na niego w samochodzie.

Chcąc nie chcąc, musiała pojechać do Hedestad, ponieważ zostawiła tam motocykl i pożyczony z Milton Security sprzęt. Dopiero za Uppsalą przerwała milczenie i zapytała o podróż do Australii. Mikael wylądował na Arlandzie wczoraj późnym wieczorem i spał zaledwie kilka godzin. Teraz dokładnie zrelacjonował opowieść Harriet. Lisbeth odezwała się ponownie po pół godzinie.

– *Bitch!*

– Kto?

– Harriet Cholera Vanger. Gdyby coś zrobiła w 1966 roku, to Martin nie mordowałby i nie znęcał się nad kobietami przez kolejne trzydzieści siedem lat.

– Harriet wiedziała o morderstwach swojego ojca, ale nie miała pojęcia, że Martin też jest w to zamieszany. Uciekała od brata, który ją gwałcił i szantażował. W każdej chwili mógł opowiedzieć o tym, jak utopiła ojca.

– *Bullshit!*

Resztę drogi przejechali w milczeniu. Lisbeth była w wyjątkowo ponurym nastroju. Mikael, już spóźniony na umówione spotkanie, zostawił ją przy zjeździe na wyspę i zapytał, czy poczeka na niego w domu.

– Masz zamiar zostać tu na noc? – odpowiedziała pytaniem.

– Raczej tak.

– Chcesz, żebym była w domu, gdy wrócisz?

Wysiadł z samochodu i wziął ją w ramiona. Odepchnęła go, niemal agresywnie. Mikael cofnął się.

– Lisbeth, jesteś moim przyjacielem.

Patrzyła na niego bez wyrazu.

– Chcesz, żebym na ciebie czekała, żebyś miał się z kim pobzykać?

Mikael rzucił jej długie spojrzenie. A później odwrócił się, wsiadł do samochodu i przekręcił kluczyk w stacyjce. Opuścił szybę. Lisbeth emanowała wrogością.

– Chcę być twoim przyjacielem – powiedział. – Jeżeli w to nie wierzysz, nie musisz na mnie czekać.

HENRIK VANGER, już w prywatnym ubraniu, siedział w sali szpitalnej, do której wprowadził Mikaela Dirch Frode. Na pytanie o zdrowie starzec odpowiedział:

– Jutro dostanę przepustkę na pogrzeb Martina.

– Ile opowiedział ci Dirch?

Henrik wbił wzrok w podłogę.

– Opowiedział mi o poczynaniach Gottfrieda i Martina. Zrozumiałem, że chodzi o rzeczy o wiele straszniejsze, niż jestem sobie w stanie wyobrazić.

– Wiem, co się stało z Harriet.

– W jaki sposób zmarła?

– Harriet nie umarła. Żyje. I jeżeli tylko chcesz, chętnie się z tobą spotka.

Zarówno Henrik i Dirch wpatrywali się w Mikaela, jak gdyby postawił wszystko na głowie.

– Namówienie jej do przyjazdu zajęło mi trochę czasu, ale Harriet żyje, ma się dobrze i jest w Hedestad. Przyjechała dziś rano i może przyjść do ciebie za jakąś godzinę. Jeżeli chcesz ją zobaczyć oczywiście.

MIKAEL JESZCZE raz zrelacjonował całą historię. Henrik Vanger słuchał z taką uwagą, jak gdyby opowieść Mikaela była współczesną wersją Jezusowego Kazania na górze. Kilkakrotnie przerywał mu pytaniem lub prośbą o powtórzenie. Dirch Frode nie odzywał się ani słowem.

Gdy opowiadanie dobiegło końca, starzec siedział w milczeniu. Mimo zapewnień lekarzy o dobrym stanie Henrika

Mikael obawiał się chwili, kiedy będzie musiał wyjawić mu prawdę. Bał się, że to wszystko będzie zbyt wielkim szokiem dla starego i schorowanego serca. Ale Henrik nie okazał żadnego poruszenia, chociaż możliwe, że gdy przerwał ciszę, jego głos był trochę niewyraźny.

– Biedna Harriet. Gdyby wtedy przyszła do mnie...

Mikael spojrzał na zegarek. Za pięć czwarta.

– Chcesz się z nią spotkać? Ona ciągle obawia się, że ją odtrącisz, teraz – gdy wiesz, co zrobiła.

– A kwiaty? – zapytał Henrik.

– Zapytałem ją o nie w samolocie. Z całej rodziny kochała tylko jedną osobę i tą osobą byłeś ty. Oczywiście to Harriet wysyłała ci te wszystkie zasuszone kwiaty. Z nadzieją, że zrozumiesz, że ona żyje i ma się dobrze, chociaż nie może się ujawnić. Ale ponieważ jej jedynym źródłem informacji była Anita, która nigdy nie odwiedzała rodziny i która zaraz po studiach wyjechała za granicę, Harriet nie wiedziała zbyt dużo o tym, co się działo w Hedestad. Nie miała pojęcia, jak bardzo cierpiałeś, myśląc, że kwiaty przesyła kpiący z ciebie morderca.

– Przypuszczam, że nadawcą tych przesyłek była Anita?

– Anita pracowała w liniach lotniczych i podróżowała po całym świecie. Nadawała je tam, gdzie akurat była.

– Ale jak domyśliłeś się, że pomogła jej właśnie Anita?

– Zobaczyłem ją na zdjęciu, w pokoju Harriet.

– Ale przecież mogła być zamieszana w inny sposób... mogła okazać się morderczynią. Jak odkryłeś, że Harriet żyje?

Mikael rzucił Henrikowi długie spojrzenie. A później, po raz pierwszy od powrotu do Hedestad, uśmiechnął się.

– Anita była zamieszana w zniknięcie Harriet, ale nie mogła jej zamordować.

– Skąd ta pewność?

– Bo to nie jest jakaś popieprzona powieść kryminalna.

Gdyby Anita zamordowała Harriet, to już dawno znalazłbyś zwłoki. A więc jedynym sensownym wyjaśnieniem było to, że Anita pomogła jej uciec i ukryć się. Chcesz się z nią spotkać?

– Oczywiście, że chcę!

MIKAEL ZSZEDŁ na parter, gdzie przy windach umówił się z Harriet. Nie poznał jej. Od momentu rozstania na lotnisku zdążyła zafarbować włosy na swój naturalny, ciemny kolor. Miała na sobie białą bluzkę, czarne spodnie i elegancki szary żakiet. Wyglądała olśniewająco i Mikael, chcąc dodać jej odwagi, musnął ustami jej policzek.

Henrik podniósł się z krzesła, gdy Mikael otworzył jej drzwi. Harriet zaczerpnęła powietrza.

– Hej, Henrik! – powiedziała.

Starzec zlustrował ją od stóp do głów, by po chwili dać się jej pocałować w policzek. Mikael skinął na Dircha Frodego i zamknął drzwi.

GDY WRÓCIŁ na wyspę, Lisbeth zdążyła wyjechać. Nie było motocykla i sprzętu wideo, zniknęła jej torba i kosmetyczka. Poczuł pustkę.

Zrobił ponury obchód chatki, która nagle wydała mu się obca i nierzeczywista. Spojrzał na stosy papieru w gabinecie. Powinien powkładać je do kartonów i oddać Henrikowi, ale nie potrafił zmusić się do sprzątania. Poszedł do sklepu. Wróciwszy z chlebem, mlekiem i serem, zaparzył sobie kawy, usiadł w ogródku i zaczął przeglądać popołudniowe gazety. Nie myślał o niczym.

Około wpół do szóstej przez most przejechała taksówka. Po trzech minutach wróciła tą samą drogą, z Isabellą na tylnym siedzeniu.

O siódmej wyrwał go z ogrodowej drzemki Dirch Frode.

– Jak tam z Henrikiem, i Harriet? – zapytał Mikael.

– Ta smutna historia ma zabawną puentę – odpowiedział Dirch Frode z powściągliwym uśmiechem. – Isabella zauważyła pański powrót i rozindyczona wtargnęła do pokoju Henrika. Zaczęła krzyczeć, że pora skończyć z tym ciągłym nudzeniem o Harriet i że to pan tym swoim grzebaniem w przeszłości doprowadził jej syna do śmierci...

– No, w pewnym sensie ma rację.

– Rozkazała Henrikowi, żeby pana zwolnił i dopilnował, żeby pan wyjechał i przestał szukać duchów.

– Ojojoj!

– Nawet nie rzuciła okiem na kobietę, która siedziała obok i rozmawiała z Henrikiem. Myślała chyba, że to ktoś z personelu. Nigdy nie zapomnę chwili, gdy Harriet wstając, spojrzała na Isabellę i powiedziała: „Cześć, mamo!".

– I co dalej?

– Musieliśmy wezwać lekarza, żeby przywrócił Isabellę do przytomności. A teraz ona upiera się, że to nie jest prawdziwa Harriet, tylko jakaś podstawiona przez pana oszustka.

Opowiedziawszy tę anegdotę, Dirch Frode pośpieszył do Cecilii i Alexandra, by przekazać wiadomość o zmartwychwstaniu Harriet. Mikael znów został sam.

LISBETH SALANDER zatrzymała się na stacji benzynowej przed północnymi rogatkami Uppsali. Całą drogę jechała z posępną miną, tępo wpatrzona przed siebie. Zatankowała, zapłaciła pospiesznie i wsiadła na motocykl. Podjechała do wyjazdu i – nie mogąc się zdecydować – znów stanęła.

W dalszym ciągu czuła się nieswojo. Opuszczając Hedestad, była wzburzona, ale podczas podróży złość powoli ją opuszczała. Nie wiedziała, dlaczego jest tak wściekła na Mikaela, ba! nie była pewna, czy jest wściekła właśnie na niego.

Myślała o Martinie Vangerze i o Harriet Pierdolonej Vanger i o Dirchu Pierdolonym Frodem i o całym tym pierdolonym klanie Vangerów, o tych ludziach, którzy w Hedestad rządzili swoim malutkim imperium i prowadzili nieustanne intrygi przeciwko innym członkom rodziny. I pomyśleć, że potrzebowali jej pomocy. W normalnym wypadku nawet by się z nią nie przywitali, a już na pewno nie powierzyliby jej swoich tajemnic.

Cholerne barachło! Westchnęła i pomyślała o swojej mamie, którą dzisiaj pochowała. Już nigdy nie będzie dobrze. Śmierć matki oznaczała, że rana nigdy się nie zagoi, ponieważ Lisbeth nigdy nie uzyska odpowiedzi na pytania, które chciałaby postawić.

Pomyślała o Draganie Armanskim, który stał za nią przez całą ceremonię. Powinna była mu coś powiedzieć. Przynajmniej dać mu do zrozumienia, że wie, że przyszedł. Ale gdyby to zrobiła, użyłby tego jako pretekstu, żeby zacząć organizować jej życie. Dałaby mu palec, a on chwyciłby całą rękę. I nigdy by nie zrozumiał.

Pomyślała o adwokacie Nilsie Pierdolonym Bjurmanie, a swoim opiekunie, który przynajmniej chwilowo był unieszkodliwiony i robił to, co mu kazała.

Czując przypływ nieprzejednanej nienawiści, zacisnęła zęby.

I pomyślała o Mikaelu, zastanawiając się, jak by zareagował, gdyby dowiedział się o jej ubezwłasnowolnieniu i o całej reszcie jej nędznego życia.

Doszła do wniosku, że tak naprawdę nie jest na niego zła. Tak się tylko złożyło, że wyładowała na nim złość, bo był akurat pod ręką, a ona miała ochotę kogoś zamordować. Wściekanie się na tego faceta nie miało sensu.

Lisbeth żywiła wobec niego osobliwie ambiwalentne uczucia.

Wściubiał nos w nie swoje sprawy, węszył w jej prywatnym życiu i... Ale z drugiej strony dobrze jej się z nim współpracowało. Już samo to było czymś dziwnym – wspólna praca.

Nie była do tego przyzwyczajona, ale poszło niespodziewanie dobrze i bezboleśnie. Mikael nie marudził. Nie próbował przekonywać jej, jak ma żyć.

To ona go uwiodła, a nie na odwrót.

I to ją na dodatek satysfakcjonowało.

Więc dlaczego miała ochotę kopnąć go w twarz?

Znów westchnęła i smutnym wzrokiem odprowadziła jadącą wzdłuż E4 ciężarówkę.

MIKAEL SIEDZIAŁ wciąż w ogrodzie, gdy około ósmej usłyszał warkot motocykla. Po chwili zobaczył przejeżdżającą przez most Lisbeth. Zaparkowała przy chatce, ściągnęła kask, podeszła do stolika i zajrzała do pustego dzbanka na kawę. Mikael patrzył na nią w osłupieniu. Wzięła naczynie i bez słowa zniknęła w kuchni. Gdy wróciła, miała na sobie dżinsy i t-shirt z nadrukiem: *I can be a regular bitch. Just try me.*

– Myślałem, że wyjechałaś na dobre – powiedział.

– Zawróciłam w Uppsali.

– No to zrobiłaś niezłą przejażdżkę!

– Boli mnie tyłek.

– Dlaczego zawróciłaś?

Nie odpowiedziała, a Mikael nie nalegał. W milczeniu pili kawę. Po dziesięciu minutach Lisbeth przerwała ciszę.

– Lubię twoje towarzystwo – przyznała niechętnie.

Nigdy wcześniej nie wypowiedziała takich słów.

– Praca z tobą była... interesująca.

– Mnie też się z tobą dobrze pracowało – odpowiedział Mikael.

– Hmm.

– Faktem jest, że nigdy wcześniej nie współpracowałem z tak szatańsko zdolnym researcherem. Okej, wiem, że jesteś cholerną hakerką i zadajesz się z podejrzanymi typami, którzy na twoją prośbę w ciągu dwudziestu czterech godzin mogą załatwić nielegalny podsłuch telefonu w Londynie, ale jesteś niesamowicie skuteczna.

Popatrzyła na niego po raz pierwszy, odkąd usiadła przy stole. Znał tyle jej tajemnic, jak to możliwe?

– No... jestem. Znam się na komputerach. Nigdy nie miałam kłopotów z przyswajaniem faktów.

– To twoja fotograficzna pamięć – skomentował spokojnie.

– Przypuszczam, że tak. Po prostu od razu pojmuję, jak coś działa. I nie tylko komputery czy sieć telefoniczna, ale też silnik w moim motocyklu, telewizor i odkurzacz, procesy chemiczne i ostatnie badania z zakresu astrofizyki. Jestem świruską. Dziwolągiem.

Mikael zmarszczył brwi i zamyślił się.

Zespół Aspergera, pomyślał. *Albo coś w tym rodzaju. Nieprzeciętna zdolność dostrzegania wzorów i rozumienia abstrakcyjnych ciągów tam, gdzie inni widzą tylko szumy.*

Lisbeth wbiła wzrok w stół.

– To przecież dar! Większość ludzi dużo by dała za takie zdolności.

– Nie chcę o tym mówić.

– W porządku. Dlaczego wróciłaś?

– Nie wiem. Może to błąd.

Przyjrzał się jej badawczo.

– Lisbeth, czy mogłabyś mi podać definicję wyrazu „przyjaźń"?

– To lubić kogoś.

– Tak, ale skąd bierze się to uczucie?

Wzruszyła ramionami.

– Przyjaźń – według mojej definicji – zasadza się na dwóch rzeczach – powiedział nagle. – Szacunku i zaufaniu. Oba czynniki są niezbędne. I muszą działać w obie strony. Można żywić do kogoś głęboki szacunek, ale bez zaufania przyjaźń się rozpada.

Lisbeth ciągle milczała.

– Zorientowałem się, że nie chcesz o sobie mówić, ale kiedyś musisz się zdecydować, czy masz do mnie zaufanie, czy nie. Chciałbym, żebyśmy zostali przyjaciółmi, ale nie mogę być przyjacielem sam.

– Lubię uprawiać z tobą seks.

– Seks nie ma nic wspólnego z przyjaźnią. Oczywiście przyjaciele też mogą iść ze sobą do łóżka, ale uwierz mi, Lisbeth, gdybym miał dokonać wyboru między seksem a przyjaźnią, jeżeli chodzi o ciebie, to nie miałbym żadnych wątpliwości, co wybrać.

– Nie rozumiem. Chcesz się ze mną kochać czy nie?

Mikael przygryzł wargę, w końcu westchnął.

– Nie powinno się uprawiać seksu ze współpracownikami – wymamrotał. – Wynikają z tego same kłopoty.

– Czyżbym coś przeoczyła, czy faktycznie bzykasz się z Eriką, wykorzystując prawie każdą sposobność? A przecież ona w dodatku jest mężatką.

Mikael siedział chwilę bez słowa.

– Erika i ja... Nasz związek zaczął się w zamierzchłych czasach, zanim zaczęliśmy razem pracować. I nic ci do tego, że ma męża.

– No proszę, nagle to ty nie chcesz mówić o sobie. Czy w przyjaźni nie chodzi przypadkiem o zaufanie?

– Tak, ale teraz chodzi o to, że nie chcę rozmawiać o przyjaciółce za jej plecami. Nie chcę zawieść jej zaufania. Z Eriką też nie dyskutowałbym o tobie bez twojej wiedzy.

Lisbeth zastanawiała się nad jego słowami. Nagle zwykła wymiana zdań zamieniła się w coś zagmatwanego. Lisbeth nie lubiła zagmatwanych rozmów.

– Lubię uprawiać z tobą seks – powtórzyła.

– A ja z tobą... Ale w dalszym ciągu mam tyle lat, że mógłbym być twoim ojcem.

– Olewam, ile masz lat.

– Nie możesz olewać różnicy wieku. To nie jest dobry punkt wyjścia dla trwałego związku.

– A kto mówił o trwałości? – zapytała Lisbeth. – Zakończyliśmy właśnie pracę nad przypadkiem, w którym główną rolę grali mężczyźni z cholernie zaburzoną seksualnością. Gdybym to ja decydowała, wybiłabym ich co do jednego.

– Nie idziesz na żadne kompromisy.

– Nie idę – powiedziała, uśmiechając się swoim krzywym nie-uśmiechem. – Ale ty nie jesteś taki – dodała, wstając. – A teraz idę wziąć prysznic, a później położę się nago w twoim łóżku. Jeżeli uważasz, że jesteś za stary, to możesz spać na mojej polówce.

Mikael odprowadził ją wzrokiem. Jeżeli miała jakieś zahamowania, to na pewno nie dotyczyły uczucia wstydu. Zawsze udawało mu się przegrać każdą dyskusję z Lisbeth. Po kilku minutach pozbierał filiżanki i ruszył do sypialni.

WSTALI O DZIESIĄTEJ, wzięli wspólny prysznic i zjedli śniadanie w ogrodzie. O jedenastej zadzwonił Dirch Frode z pytaniem, czy zamierzają wziąć udział w pogrzebie, który zacznie się o drugiej.

– Nie sądzę – odpowiedział Mikael.

Ponieważ adwokat poprosił o dłuższą rozmowę, umówili się na szóstą wieczór.

Mikael poświęcił kolejne godziny na porządkowanie papierów. Gdy wyniósł do gabinetu Henrika kilka kartonów, pozostały mu jedynie własne notatki i dwie teczki z dokumentami na temat Hansa-Erika Wennerströma. Nie zaglądał do nich od pół roku. Westchnąwszy, schował je do torby.

DIRCH FRODE spóźnił się prawie dwie godziny. Był ubrany w pogrzebowy garnitur i miał zmęczoną twarz. Spoczął na kuchennej ławie i z wdzięcznością przyjął podaną przez Lisbeth filiżankę kawy. Dziewczyna przycupnęła z boku ze swoim komputerem, podczas gdy Frode opowiadał, jak rodzina Vangerów zareagowała na zmartwychwstanie Harriet.

– Można powiedzieć, że jej pojawienie się przyćmiło śmierć Martina. No i zwiedziały się o tym media.

– A jak tłumaczycie tę sytuację?

– Harriet rozmawiała z dziennikarzem „Kuriren". Jej wersja wygląda tak: uciekła z domu z powodu rodzinnych niesnasek, ale raczej dobrze na tym wyszła, ponieważ kieruje przedsiębiorstwem o obrotach równie wysokich, jak te koncernu Vangera.

Mikael gwizdnął z podziwem.

– Podejrzewałem, że australijskie owce są dochodowe, ale nie przypuszczałem, że farma przynosi aż takie zyski.

– Jej farma prosperuje znakomicie, ale nie stanowi jedynego źródła dochodu. Przedsiębiorstwo Cochrana zajmuje się również kopalnictwem, wydobywaniem opali, produkcją przemysłową, transportem, elektroniką i masą innych rzeczy.

– Oj! I co teraz?

– Szczerze mówiąc, nie wiem. Zjechało się mnóstwo ludzi i po raz pierwszy od wielu lat zebrała się pokaźna część rodziny, zarówno ze strony Fredrika, jak i Johana. Jest sporo osób z najmłodszego pokolenia, dwudziestolatków i trochę starszych. W Hedestad przebywa teraz ponad czterdziestu Vangerów, połowa siedzi w szpitalu i zamęcza Henrika, a druga połowa rozmawia z Harriet w hotelu.

– No ale Harriet to wielka sensacja. Ile osób wie o zainteresowaniach Martina?

– Na razie tylko ja, Henrik i Harriet. Mieliśmy długą rozmowę na osobności. Cała ta sprawa z Martinem i... jego perwersjami przysłania nam teraz wszystko inne. Koncernowi grozi zapaść.

– Doskonale to rozumiem.

– Nie ma naturalnego spadkobiercy, ale Harriet przez jakiś czas zostanie w Hedestad. Musimy między innymi ustalić, co kto posiada, jak dokonać podziału spadku i tak dalej. Harriet przypada przecież pewna część spadku, która byłaby całkiem spora, gdyby nie to, że wyjechała z kraju. To przecież makabra!

Mikael roześmiał się. Adwokatowi nie było do śmiechu.

– Isabella kompletnie się załamała i leży w szpitalu. Harriet nie chce jej odwiedzić.

– Rozumiem ją.

– Z Londynu ma przyjechać Anita. W przyszłym tygodniu zwołamy radę rodzinną. Anita weźmie w niej udział po raz pierwszy od dwudziestu pięciu lat.

– Kto zostanie nowym dyrektorem naczelnym?

– Birger ubiega się o to stanowisko, ale nie wchodzi w rachubę. Chwilowo, ze szpitalnego łóżka, obejmie je Henrik. Przynajmniej do czasu, kiedy uda nam się zatrudnić kogoś z zewnątrz, albo ktoś z rodziny...

Nie dokończył zdania. Mikael podniósł nagle brwi.

– Harriet? Chyba nie myśli pan poważnie?

– Dlaczego nie? Mamy do czynienia z niezwykle kompetentną i szanowaną kobietą interesu.

– Ma na głowie swoje przedsiębiorstwo w Australii.

– Tak, ale pod jej nieobecność interesami kieruje syn, Jeff Cochran.

– Ten chłopak jest Studs Managerem na owczej farmie. O ile dobrze zrozumiałem, jego praca polega na kontrolowaniu, czy spółkują ze sobą odpowiednie zwierzaki.

– Ma również dyplom z Oxfordu, gdzie studiował ekonomię, i tytuł magistra prawa z Melbourne.

Mikael pomyślał o spoconym, półnagim osiłku jadącym przez wąwóz i spróbował go sobie wyobrazić w prążkowanym garniturze. Dlaczego nie?

– Tego nie da się rozwiązać za jednym zamachem – powiedział Frode. – Ale Harriet byłaby niewątpliwie doskonałą szefową. Przy odpowiednim wsparciu mogłaby wprowadzić nowe porządki.

– Nie ma wystarczającej wiedzy.

– To prawda. Naturalnie, Harriet nie może tak po prostu zjawić się znikąd i po trzydziestu kilku latach nieobecności zacząć kierować koncernem. Ale przedsiębiorstwo Vangerów jest międzynarodowe i moglibyśmy sprowadzić szefa z USA, który nie zna ani słowa po szwedzku... To jest biznes.

– Prędzej czy później musicie poradzić sobie z problematyczną zawartością piwnicy Martina.

– Wiem. Ale nie możemy wyjawić prawdy, nie unicestwiając Harriet. Jak dobrze, że to nie ja muszę podjąć decyzję w tej sprawie.

– Do jasnej cholery, przecież nie możecie zataić faktu, że Martin był seryjnym mordercą!

Dirch Frode zaczął wiercić się niespokojnie. Mikael poczuł przykry smak w ustach.

– Panie Mikaelu, jestem w... szalenie niewygodnej sytuacji.

– Proszę mówić, śmiało!

– Mam wiadomość od Henrika. Bardzo prostą. Henrik dziękuje panu za pracę nad zleceniem i tym samym uznaje umowę za wykonaną. A to oznacza, że jest pan zwolniony z pozostałych zobowiązań wynikających z kontraktu, czyli nie musi pan już mieszkać i pracować w Hedestad. Tak więc może pan bezzwłocznie wrócić do Sztokholmu i podjąć się innych zadań.

– Chce, żebym zniknął ze sceny?

– Absolutnie nie. Chce, żeby pan go odwiedził, by porozmawiać o przyszłości. Wyraził też nadzieję, że będzie mógł wywiązywać się z zobowiązań w zarządzie „Millennium". Ale...

Dirch Frode wyglądał – jeżeli w ogóle było to możliwe – na jeszcze bardziej zakłopotanego.

– Ale nie chce, żebym dokończył pisanie kroniki rodzinnej Vangerów, prawda?

Adwokat potwierdził skinieniem głowy. Wyciągnął notatnik i otworzywszy go, podał Mikaelowi list.

– Napisał do pana.

Drogi Mikaelu!

Szanuję twoją wolną wolę i nie chcę ci ubliżyć, dyktując, co masz napisać. Wolno ci pisać i publikować to, na co tylko masz ochotę, i nie zamierzam wywierać na ciebie żadnych nacisków.

Musisz wiedzieć, że nasza umowa ciągle obowiązuje. Masz wystarczająco dużo materiału, żeby dokończyć kronikę rodziny Vangerów.

Mikaelu, uwierz mi, nigdy w życiu nikogo o nic nie błagałem. Zawsze uważałem, że człowiek powinien kierować się sumieniem i nakazami moralności. W tej chwili nie mam wyboru.

Proszę cię zarówno jako przyjaciela, jak i współwłaściciela „Millennium". Proszę cię, byś nie wyjawiał prawdy o Gottfriedzie i Martinie. Wiem, że to błąd, ale nie widzę innego wyjścia z tej matni. Muszę wybrać między jednym a drugim złem – i są tu tylko przegrani.

Proszę cię, żebyś nie napisał niczego, co mogłoby jeszcze bardziej zaszkodzić Harriet. Na własnej skórze doświadczyłeś, co to znaczy być przedmiotem medialnej nagonki. Kampania przeciwko tobie miała dość łagodny przebieg, ale zapewne jesteś sobie w stanie wyobrazić, jak wyglądałaby sytuacja Harriet, gdyby na jaw wyszła cała prawda. Ta kobieta cierpiała przez czterdzieści lat i nie musi teraz dodatkowo dręczyć się z powodu uczynków swojego brata i ojca. I proszę cię, żebyś przemyślał konsekwencje, jakie cała ta historia może mieć dla tysięcy zatrudnionych w koncernie. To, co zdruzgoce Harriet, nas z pewnością unicestwi.

Henrik

– Jeżeli zażąda pan zadośćuczynienia z powodu wstrzymania się z publikacją materiału, Henrik jest otwarty na propozycje. Może pan stawiać wszelkie finansowe żądania.

– Henrik Vanger próbuje mnie przekupić. Proszę mu przekazać następującą wiadomość: żałuję, że w ogóle przyjąłem jego zlecenie.

– Ta sytuacja jest równie męcząca dla Henrika, jak dla pana. Bardzo pana lubi i traktuje jak przyjaciela.

– Henrik Vanger to szczwany lis – powiedział Mikael, czując jak wzbiera w nim złość. – Chce zatuszować całą historię. Gra na moich uczuciach, bo wie, że ja też go lubię. A to, co mówi, oznacza w praktyce, że oczywiście mogę sobie publikować, co mi się żywnie podoba, ale wtedy on będzie zmuszony zmienić swoje nastawienie do „Millennium".

– Wszystko uległo zmianie, gdy na scenę wkroczyła Harriet.

– A teraz Henrik sprawdza cenę mojego milczenia. Nie zamierzam rzucić Harriet mediom na pożarcie, ale ktoś musi upomnieć się o te kobiety, które zmarły w piwnicy Martina. Panie Dirchu, nie wiemy nawet, ile on tych kobiet zakatrupił. Kto wystąpi w ich imieniu?

Lisbeth spojrzała nagle znad klawiatury komputera. Zwróciła się do Frodego obrzydliwie słodkim głosem:

– A czy nikt w waszym koncernie nie pomyślał o tym, żeby przekupić mnie?

Frode popatrzył na nią ze zdumieniem. Ponownie, wbrew woli, udało mu się zignorować jej obecność.

– Gdyby Martin Vanger żył, nie zawahałabym się rzucić go na pożarcie największym medialnym hienom – mówiła dalej. – Nie zważając na treść umowy, jaką zawarliście z Mikaelem, wysłałabym każdy szczegół jego historii do najbliższej popołudniówki. A gdybym mogła, zawlokłabym go do jego własnej komórki, rozciągnęła na stole i poprzebijała mu igłami jądra. Ale niestety nie żyje.

Zwracając się do Mikaela, dodała:

– Jestem zadowolona z takiego rozwiązania. Cokolwiek zrobimy, nie będziemy w stanie naprawić szkody, jaką Martin wyrządził swym ofiarom. Powstała jednak interesująca sytuacja. W dalszym ciągu możesz szkodzić niewinnym kobietom, nie wyłączając Harriet, której tak usilnie broniłeś dopiero co, kiedy jechaliśmy tutaj. No więc pytam, co jest gorsze – to, że Martin zgwałcił ją w chatce Gottfrieda, czy to, że gwałcisz ją ty, publikując historię w tabloidach. To dopiero dylemat. Może pomogłaby ci komisja do spraw etyki zawodowej przy Związku Dziennikarzy?

Zamilkła. Mikael, nagle nie potrafiąc spojrzeć jej w oczy, wbił wzrok w blat stołu.

– Ale ja nie jestem dziennikarką – zakończyła.

– Czego pani żąda? – zapytał Frode.

– Martin filmował swoje ofiary. Chcę, żebyście spróbowali zidentyfikować jak najwięcej z nich. Chcę, żebyście odszukali ich rodziny i przekazali im odpowiednią rekompensatę. I chcę też, żeby koncern Vangera przekazywał rocznie dwa miliony koron na rzecz ROKS*.

Dirch Frode rozpatrywał cenę przez jakąś minutę. A później skinął głową.

– Czy będziesz mógł z tym żyć? – Lisbeth zwróciła się do Mikaela, którego nagle ogarnęła rozpacz.

Całe swoje zawodowe życie poświęcił odkrywaniu tego, co inni usiłowali ukryć. Zasady moralne nie pozwalały mu przemilczeć okrutnych zbrodni, które miały miejsce w piwnicy Martina Vangera. Do jego dziennikarskich obowiązków należało wyjawienie tego, co wiedział. Czyż nie krytykował swoich kolegów za niemówienie całej prawdy? A teraz siedział tutaj, rozmawiając o najbardziej makabrycznym *cover--up*, z jakim kiedykolwiek miał do czynienia.

---

* ROKS, Riksorganisation för Kvinnojourer och Tjejjourer i Sverige – Ogólnoszwedzkie Zrzeszenie Ośrodków Pomocy Kobietom (przyp. tłum.).

Milczał przez długą chwilę, by w końcu też skinąć potakująco głową.

– No to załatwione – powiedział Frode. – Jeżeli chodzi o propozycję Henrika, co do finansowej rekompensaty...

– ...to może ją sobie wsadzić w tyłek – dokończył Mikael. – Panie Dirchu, proszę stąd wyjść. Rozumiem pańskie położenie, ale w tej chwili jestem tak wściekły na pana, na Henrika i Harriet, że jeżeli pan zostanie, to... przestaniemy być przyjaciółmi.

DIRCH FRODE siedział bez ruchu, nawet nie próbując wstać.

– Nie mogę pójść – powiedział – ponieważ jeszcze nie skończyłem. Mam do przekazania jeszcze jedną wiadomość, która zapewne pana nie ucieszy. Henrik upierał się, żeby dowiedział się pan o tym już dzisiaj. Jutro może pan pojechać do szpitala i obedrzeć go ze skóry.

Mikael podniósł niespiesznie wzrok i spojrzał adwokatowi w oczy.

– To chyba najtrudniejsza rzecz, jakiej się w życiu podjąłem – powiedział Frode. – Ale myślę, że tylko całkowita szczerość może uratować sytuację. Wykładam więc karty na stół.

– Słucham?

– Kiedy w grudniu ubiegłego roku Henrik przekonywał pana do swojego zlecenia, ani on, ani ja nie wierzyliśmy, że to coś zmieni. Tak jak powiedział, chciał podjąć ostatnią próbę. Dokładnie przeanalizował pańską sytuację, między innymi dzięki raportowi przygotowanemu przez pannę Salander. Zagrał na emocjach, wykorzystał pańską potrzebę odizolowania się, zaproponował sowitą zapłatę i użył odpowiedniej przynęty.

– Wennerströma?

Frode kiwnął głową.

– Blefowaliście?

– Nie.

Na twarzy Lisbeth odmalowało się zaciekawienie.

– Henrik wypełni swoje zobowiązania – zapewnił Frode.

– Udzieli panu oficjalnego wywiadu i przypuści frontalny atak na Wennerströma. Może pan później dostać wszystkie szczegóły, ale w skrócie sprawa wygląda następująco: pracując w wydziale finansowym koncernu Vangera, Wennerström przeznaczał miliony na spekulacje walutowe. To było w czasach, kiedy ogromne zyski z obrotów dewizami nie należały do codzienności. Wennerström przekroczył swoje kompetencje, nie miał bowiem zezwolenia kierownictwa koncernu na tego typu operacje finansowe. Interesy szły fatalnie, Wennerström nagle poniósł straty w wysokości siedmiu milionów koron. Próbował je pokryć, fałszując dokumentację i wchodząc w jeszcze śmielsze interesy. W końcu go złapano, udowodniono winę i wyrzucono z pracy.

– Osiągnął jakiś osobisty zysk?

– Tak, przywłaszczył sobie mniej więcej pół miliona, sumę, która – o ironio losu! – dała początek Wennerstroem Group. Wszystko udokumentowaliśmy i będzie pan mógł korzystać z informacji według własnego uznania, a Henrik publicznie pana wesprze, tylko że...

– ...tylko że ta informacja jest kompletnie bezwartościowa – uzupełnił ponownie Mikael, waląc pięścią w stół.

Frode potwierdził niemym gestem.

– To było trzydzieści lat temu i uległo przedawnieniu – dodał Mikael.

– Uzyska pan potwierdzenie, że Wennerström to oszust.

– A Wennerströmowi ta wiadomość zaszkodzi tyle, co strzał grochem z rurki. Jasne, że się trochę zirytuje, ale najpewniej tylko wzruszy ramionami. A później potasuje karty i poda do publicznej wiadomości, że Henrik to stary pryk, który usiłuje mu podebrać dobry interes, a jeszcze później doda, że tak naprawdę to działał na zlecenie Henrika.

Nawet jeżeli nie będzie w stanie udowodnić swojej niewinności, to zastosuje tyle zasłon dymnych, że każdy normalny człowiek skwituje tę historię wzruszeniem ramion.

Dirch Frode wyglądał na nieszczęśliwego.

– Zrobiliście mnie w konia – zakończył Mikael.

– To... Nie mieliśmy takiego zamiaru...

– To moja wina. Chwytałem się brzytwy i powinienem był się domyślić, że chodzi o coś w tym rodzaju.

Mikael zaśmiał się niespodziewanie.

– Henrik to stary wyga. Sprzedał mi gotowy produkt, mówiąc to, co chciałem usłyszeć.

Nagle wstał i podszedł do zlewozmywaka. Odwróciwszy się, podsumował swoje uczucia jednym słowem.

– Spadaj!

– Panie Mikaelu... przykro mi...

– Dirch, proszę wyjść!

LISBETH NIE WIEDZIAŁA, czy powinna podejść do Mikaela, czy zostawić go w spokoju. Rozwiązał problem sam, biorąc kurtkę i bez słowa zatrzaskując za sobą drzwi.

Przez ponad godzinę chodziła tam i z powrotem po kuchni. Czuła się tak nieswojo, że zaczęła zmywać, to jest robić coś, co zawsze pozostawiała Mikaelowi. Od czasu do czasu podchodziła do okna, wpatrując się w ciemność. W końcu ogarnął ją tak wielki niepokój, że założyła kurtkę i wyruszyła na poszukiwania.

Poszła w stronę portu jachtowego, gdzie w przybrzeżnych chatkach ciągle paliły się światła. Podążyła biegnącą wzdłuż brzegu ścieżką, tą samą, którą chodzili na wieczorne spacery. Nieoświetlony dom Martina Vangera już teraz sprawiał wrażenie opuszczonego. Zawróciła przy kamieniach na końcu cypla, gdzie nie tak dawno siedziała z Mikaelem. Stwierdziwszy, że ciągle jeszcze nie ma go w domu, poszła w stronę kościoła. Tam też go nie znalazła. Nie mogła się zdecydować, co robić. Jeszcze raz wróciła do domu, wyjęła latarkę z sakwy przy siedzeniu motocykla i ponownie ruszyła dróżką wzdłuż brzegu. Trochę czasu zajęło jej przedzieranie się przez gęste chaszcze, a jeszcze dłużej – znalezienie ścieżki prowadzącej do chatki Gottfrieda. Ukryta za kilkoma drzewami, wyłoniła się z ciemności nagle, prawie przy samej chatce. Weranda była pusta, a drzwi domku zamknięte na klucz.

Właśnie miała zawrócić do wsi, gdy nagle przyszło jej do głowy, żeby dojść do samego brzegu. Na pomoście, przy którym Harriet utopiła swojego ojca, zobaczyła ciemną sylwetkę Mikaela. Dopiero wtedy odetchnęła z ulgą.

Usłyszawszy jej kroki, odwrócił się. Usiadła obok niego bez słowa. Po chwili Mikael przerwał ciszę.

– Wybacz mi. Musiałem zostać ze sobą sam na sam.

– Wiem.

Zapaliła dwa papierosy i podała mu jednego. Mikael popatrzył na najbardziej aspołeczną osobę, jaką kiedykolwiek spotkał. Zazwyczaj ignorowała każdą jego próbę rozmowy o czymś osobistym. Nie przyjmowała żadnych dowodów sympatii. Najpierw uratowała mu życie, a teraz w środku nocy błąkała się nie wiadomo gdzie, żeby go znaleźć. Objął ją ramieniem.

– Teraz wiem, jaką mam cenę. Porzuciliśmy te dziewczyny – powiedział. – Cała historia zostanie przemilczana. Zniknie cała zawartość piwnicy Martina.

Lisbeth nie odezwała się ani słowem..

– Erika miała rację – ciągnął. – Przyniósłbym więcej pożytku, gdybym pojechał na urlop, poszalał przez miesiąc z Hiszpankami, a później wrócił do domu i wziął się za sprawę Wennerströma. Straciłem tutaj pół roku życia.

– Gdybyś pojechał do Hiszpanii, Martin Vanger w dalszym ciągu działałby w swojej piwnicy.

Zapadła cisza. Siedzieli w milczeniu, aż w końcu Mikael wstał i zaproponował powrót do domu.

Zasnął przed Lisbeth. Dziewczyna wsłuchiwała się chwilę w jego spokojny oddech, po czym wstała, poszła do kuchni, zaparzyła kawę i siedząc w ciemności z papierosem w ręce, pogrążyła się w myślach. Fakt, że Vanger i Frode wystrychnęli Mikaela na dudka, był dla niej czymś oczywistym. Oszukiwanie leżało w ich naturze. Ale to był problem Mikaela, a nie jej. Czyż nie?

W końcu podjęła decyzję. Zgasiła papierosa, weszła do sypialni, zapaliła lampkę i potrząsała Mikaelem tak długo, aż się obudził. Było wpół do trzeciej nad ranem.

– Co?

– Mam pytanie. Usiądź.

Zaspany Mikael rozglądał się półprzytomnie dokoła.

– Kiedy cię oskarżono... dlaczego się nie broniłeś?

Mikael pokręcił głową i dostrzegł wyczekujące spojrzenie Lisbeth. Zerknął na zegarek.

– To bardzo długa historia.

– Opowiedz, mam czas.

Zastanawiał się przez chwilę, co powiedzieć. W końcu zdecydował, że powie prawdę.

– Nie miałem nic na swoją obronę. Treść artykułu była niezgodna z prawdą.

– Kiedy włamałam się do twojego komputera i czytałam korespondencję z Eriką Berger, znalazłam sporo odniesień do sprawy Wennerströma, ale cały czas omawialiście praktyczne szczegóły procesu i ani słowem nie wspomnieliście o tym, co naprawdę się stało. Powiedz, co nie wypaliło.

– Lisbeth, nie mogę upublicznić tego, jak było naprawdę. Dałem się porządnie nabrać. Erika i ja jesteśmy przekonani, że opowiadając prawdziwy przebieg wydarzeń, stracimy wiarygodność.

– Słuchaj no ty, Kalle Blomkvist! Wczoraj po południu wygłaszałeś mi kazanie na temat przyjaźni, zaufania i czegoś tam jeszcze. Nie opublikuję twojej historii w sieci.

MIKAEL PROTESTOWAŁ kilka razy. Przypomniał, że jest środek nocy, i upierał się, że nie ma siły wracać do tej sprawy. Lisbeth siedziała niewzruszona tak długo, aż Mikael się poddał. Poszedł do łazienki, opłukał twarz zimną wodą i nastawił wodę na kawę. Gdy wrócił do łóżka, opowiedział jej, jak dwa lata wcześniej w porcie Arholma spotkał starego szkolnego kolegę i jak ów kolega wzbudził jego ciekawość.

– To znaczy, że twój kolega kłamał?

– Nie, wcale nie! Opowiedział dokładnie to, co wiedział, a ja zweryfikowałem każde jego słowo w dokumentacji z rewizji w ZPP. Pojechałem nawet do Polski i sfotografowałem tę szopę, w której mieściło się wielkie przedsiębiorstwo Minos. I przeprowadziłem parę wywiadów z osobami zatrudnionymi w firmie. Wszyscy mówili to samo.

– Nie rozumiem.

Mikael westchnął i zrobił dłuższą pauzę, zanim zaczął opowiadać dalej.

– Miałem cholernie dobrą historię. Nie skonfrontowałem jej z wersją bohatera, ale byłem pewien jej autentyczności i gdybym ją wtedy opublikował, bez wątpienia przysporzyłbym Wennerströmowi trochę kłopotów. Prawdopodobnie nie doszłoby do oskarżenia o oszustwo – sprawa została już rozpatrzona i zatwierdzona przez kontrolę urzędową – ale z pewnością naraziłbym na szwank jego reputację.

– Co się nie udało?

– Gdzieś po drodze ktoś wyniuchał, czym się zajmuję, i Wennerström dowiedział się o moim istnieniu. I nagle zaczęły się dziać cholernie dziwne rzeczy. Najpierw dostawałem pogróżki. Anonimowe telefony z komórek na kartę, których nie da się wyśledzić. Erika też dostawała. Takie klasyczne pierdoły: „Jak nie przestaniesz, to powiesimy cię za cycki na drzwiach obory" i tym podobne. Oczywiście strasznie ją to irytowało.

Wziął od Lisbeth kolejnego papierosa.

– A później wydarzyło się coś bardzo nieprzyjemnego. Gdy wychodziłem późną nocą z redakcji, napadło na mnie dwóch mężczyzn. Po prostu bez powodu rzucili się na mnie z pięściami. Byłem zupełnie nieprzygotowany i ze spuchniętą wargą wylądowałem na ziemi. Nie potrafiłem ich rozpoznać, ale jeden z nich wyglądał jak stary harleyowiec.

– Okej.

– W rezultacie Erika była coraz bardziej wściekła, a ja – uparty jak osioł. Położyliśmy większy nacisk na bezpieczeństwo w „Millennium". Problem polegał na tym, że rozmiary tych szykan nijak się miały do tego, co chcieliśmy wyjawić. Nie mogliśmy pojąć, dlaczego to wszystko się dzieje.

– Ale przecież historia, którą opublikowałeś, dotyczyła czegoś zupełnie innego.

– No właśnie. Zupełnie niespodziewanie nastąpił przełom. W kręgu znajomych Wennerströma znaleźliśmy tajnego informatora, prawdziwe *Deep Throat*. Ten człowiek był dosłownie śmiertelnie przerażony, umawialiśmy się z nim wyłącznie w hotelach. Opowiedział nam, że pieniądze z Minosa zostały wykorzystane do handlu bronią w czasie wojny w Jugosławii i że Wennerström robił interesy z ustaszami. Przedstawił nam dowody w postaci kopii różnych dokumentów.

– Uwierzyliście mu?

– Był bardzo sprytny. Dał wystarczająco dużo informacji, by naprowadzić nas na trop kolejnego źródła, które mogło potwierdzić jego historię. Dostaliśmy nawet zdjęcie, na którym jeden z najbliższych współpracowników Wennerströma ściska dłoń kupca. Mieliśmy szczegółowy, niesamowity i wiarygodny materiał. Opublikowaliśmy.

– A tak naprawdę to była fałszywka?

– SFINGOWANO WSZYSTKO od początku do końca – potwierdził Mikael. – Dokumenty były doskonałymi falsyfikatami. Adwokat potrafił udowodnić, że zdjęcie pomagiera Wennerströma i przywódcy ustaszów było fotomontażem spreparowanym w Photoshopie.

– Niesamowite – powiedziała Lisbeth bez emocji.

– Prawda? Dopiero po fakcie uświadomiliśmy sobie, że padliśmy ofiarą manipulacji. Nasza pierwotna historia, ta, która mogła zaszkodzić Wennerströmowi, utonęła w jednej wielkiej mistyfikacji. To była największa mina, na jaką kiedykolwiek wszedłem. Opublikowaliśmy historię, dzięki której Wennerström, punkt po punkcie, mógł udowodnić swoją niewinność. To było diabelsko sprytnie pomyślane.

– Nie mogliście wycofać się i powiedzieć prawdy, ponieważ nie mieliście żadnych dowodów na to, że Wennerström to wszystko sfabrykował.

– Jeszcze gorzej. Gdybyśmy próbowali wyjawić prawdę, oskarżając Wennerströma o mistyfikację, nikt by nam nie uwierzył. Wyglądałoby na to, że kompletnie zdesperowani usiłujemy obarczyć winą niewinnego przemysłowca. Wyszlibyśmy na wariatów i zwolenników spiskowej teorii dziejów.

– Rozumiem.

– Wennerström był podwójnie zabezpieczony. Gdyby wyszło na jaw, że faktycznie chodziło o mistyfikację, zawsze mógł powiedzieć, że stoją za tym jego wrogowie, którzy za wszelką cenę chcą go skompromitować. A my w „Millennium" znów stracilibyśmy wiarygodność, ponieważ daliśmy się nabrać.

– A więc zrezygnowałeś z obrony i wybrałeś więzienie.

– Zasłużyłem na karę – powiedział Mikael z goryczą. – Dopuściłem się zniesławienia. No więc już wiesz. Czy teraz mogę iść spać?

MIKAEL ZGASIŁ lampkę i zamknął oczy. Lisbeth położyła się obok. Po chwili stwierdziła:

– Wennerström to gangster.

– Wiem.

– Ale mnie chodzi o to, że ja wiem, że jest gangsterem. Zajmuje się wszystkim, począwszy od rosyjskiej mafii, a skończywszy na kolumbijskich kartelach narkotykowych.

– Co masz na myśli?

– Kiedy oddałam Frodemu swój raport, zlecił mi dodatkowe zajęcie. Poprosił mnie, żebym spróbowała dowiedzieć się, co tak naprawdę wydarzyło się w trakcie twojego procesu. Zaczęłam właśnie nad tym pracować, gdy zadzwonił Armanski i zakomunikował, że to już nieaktualne.

– Aha.

– Myślę, że zrezygnowali z tego, gdy tylko przyjąłeś zlecenie Henrika Vangera. Dochodzenie prawdy przestało być ważne.

– No i?

– No i... ja nie lubię zostawiać niedokończonych spraw. Wiosną, kiedy Armanskiemu brakowało zleceń, miałam parę tygodni... wolnego, i tak tylko, dla zabawy, zaczęłam grzebać w sprawach Wennerströma.

Mikael usiadł, zapalił lampę i zajrzał w ogromne oczy Lisbeth. Chyba jednak trochę poczuwała się do winy.

– Znalazłaś coś?

– Mam w komputerze cały jego twardy dysk. Jeżeli chcesz, możesz dostać nieskończoną ilość dowodów na to, że jest gangsterem z prawdziwego zdarzenia.

Rozdział 28
Wtorek 29 lipca – piątek 24 października

PRZEZ TRZY DNI Mikael Blomkvist nie rozstawał się z wydrukami z komputera Lisbeth. Przejrzał kilogramy papierów. Problem polegał na tym, że szczegóły cały czas ulegały zmianie. Obrót obligacjami w Londynie. Interes walutowy w Paryżu, przez pełnomocnika. Fikcyjne przedsiębiorstwo w Gibraltarze. Nagłe podwojenie się zasobów na koncie w Chase Manhattan Bank w Nowym Jorku.

No i te zbijające z tropu znaki zapytania, jak na przykład spółka handlowa z dwustu tysiącami koron na nietkniętym koncie, założonym pięć lat wcześniej w chilijskim Santiago. Jedna z prawie trzydziestu podobnych firm w dwunastu różnych krajach. I ani słowa o ich działalności. Spółki uśpione? W oczekiwaniu na co? Przykrywki dla innego biznesu? Komputer nie mówił tego, co Wennerström miał w głowie i co – jako rzecz oczywista – nie musiało figurować w dokumentach.

Salander była przekonana, że na większość takich pytań nigdy nie uda im się uzyskać odpowiedzi. Widzieli przesłanie, ale bez klucza nie potrafili odczytać jego znaczenia. Imperium Wennerströma było jak cebula, z której zdziera się kolejne warstwy; jak labirynt nawzajem ze sobą związanych firm. Spółki, konta, fundacje, papiery wartościowe. Najprawdopodobniej nikt, nawet sam Wennerström, nie był w stanie ogarnąć całości. Imperium Wennerströma żyło własnym życiem.

Istniał jakiś model, albo przynajmniej zalążek modelu. Labirynt związanych ze sobą nawzajem przedsiębiorstw. Wartość imperium Wennerströma wyceniano na absurdalne sumy – od stu do czterystu miliardów koron. W zależności od tego, kogo pytano i jak liczono. Ale jeżeli przedsiębiorstwa posiadały nawzajem własne zasoby, jak oszacować ich wartość?

Gdy Lisbeth zadawała takie pytania, Mikael patrzył na nią umęczonym wzrokiem.

– To jest ezoteryka – odpowiadał, wracając do sortowania rachunków bankowych.

OPUŚCILI WYSPĘ wcześnie rano, zaraz po tym, jak Lisbeth spuściła bombę, która teraz całymi dniami pochłaniała Mikaela. Pojechali prosto do mieszkania Lisbeth i już trzecią dobę siedzieli przed jej komputerem, za pomocą którego Lisbeth oprowadzała Mikaela po uniwersum Wennerströma. Mikael miał mnóstwo pytań. Niektóre z nich powstały ze zwykłej ciekawości.

– Lisbeth, jak ty to robisz, że w gruncie rzeczy kierujesz jego komputerem?

– Dzięki niewielkiemu wynalazkowi Plague'a. Zarówno w pracy, jak i w domu Wennerström korzysta z laptopa IBM, co oznacza, że wszystkie informacje znajdują się tylko na jednym twardym dysku. W domu ma stałe łącze. Plague wymyślił coś w rodzaju mankietu, który zaciska się na kablu stałego łącza – właśnie mu to ustrojstwo testuję – i wszystko, co ukazuje się oczom Wennerströma, jest rejestrowane i przekazywane dalej, do jakiegoś odległego serwera.

– Wennerström nie ma żadnej zapory sieciowej?

Lisbeth uśmiechnęła się.

– Jasne, że ma. Tyle tylko że ten mankiet też działa jak coś w rodzaju zapory ogniowej. Wejście do komputera w ten sposób musi trochę potrwać. Powiedzmy tak: Wennerström dostaje maila. Wiadomość dociera najpierw do mankietu Plague'a i może zostać przez nas odczytana, zanim jeszcze przejdzie przez jego zaporę. Ale najsprytniejsze w tym wszystkim jest to, że mail zostaje zapisany na nowo z dodatkiem kilkubajtowego kodu źródłowego. Taka operacja powtarza się za każdym razem, gdy Wennerström pobiera jakiś plik. Zdjęcia są jeszcze lepsze. Ten facet siedzi sporo w Internecie. Za każdym razem, gdy ściąga jakiś obrazek porno albo otwiera nową stronę, dodajemy kilka wierszy kodu źródłowego. Po jakimś czasie, paru godzinach albo dniach, w zależności od tego, jak często korzysta z komputera, pobiera cały trzymegabajtowy program, w którym każdy fragment łączy się z następnym.

– No i?

– Kiedy ostatni fragment dociera na miejsce, program integruje się z programem internetowym użytkownika. Komputer zawiesza się, Wennerström go ponownie włącza. I wtedy właśnie instaluje się zupełnie nowe oprogramowanie. Wennerström korzysta z przeglądarki Microsoftu. Kiedy następnym razem włącza Explorera, w gruncie rzeczy uruchamia zupełnie inny, niewidoczny na pulpicie program, który wygląda i funkcjonuje jak Explorer, ale ma też mnóstwo innych funkcji. Najpierw przejmuje kontrolę nad jego zaporą ogniową, tak żeby wszystko wyglądało jak należy. Później skanuje zawartość komputera i przy każdym ruchu myszką, przekazuje fragmenty informacji. Po jakimś czasie, znów zależnym od tego, jak często facet siedzi w Internecie, na zupełnie innym serwerze zbiera się zwierciadlane odbicie twardego dysku Wennerströma. A wtedy nadchodzi pora na HaTe.

– HaTe?

– *Sorry.* Plague używa tej nazwy. HaTe to Hostile Takeover.

– Aha!

– I dopiero teraz zaczyna się prawdziwa zabawa. Kiedy cała konstrukcja jest gotowa, Wennerström ma dwa kompletne twarde dyski, jeden w swoim kompie, a drugi na naszym serwerze. Odpalając swojego laptopa, włącza w zasadzie jego zwierciadlane odbicie. Nie pracuje na własnym komputerze, tylko na naszym serwerze. Laptop chodzi mu trochę wolniej, ale prawie tego nie zauważa. I gdy ja podłączę się do serwera, mogę mu opróżniać kompa na bieżąco. Widzę każdy krok Wennerströma.

– Rozumiem, że twój kolega też jest hakerem.

– To on załatwił podsłuch w Londynie. Jest odrobinę upośledzony społecznie i nigdy nie spotyka się z ludźmi, ale w sieci to legenda.

– Okej – podsumował Mikael z bladym uśmiechem. – Pytanie numer dwa: dlaczego nie powiedziałaś mi wcześniej o Wennerströmie?

– Bo nie pytałeś.

– A gdybym nigdy cię nie zapytał, gdybyśmy w ogóle się nie znali, to co? Siedziałabyś cicho z wiedzą na temat Wennerströma i patrzyła, jak „Millennium" bankrutuje?

– Nikt mnie nie prosił o wyjawienie prawdy o Wennerströmie – odpowiedziała przemądrzałym tonem.

– Ale gdyby?

– No przecież opowiedziałam!

Mikael zrezygnował z dalszej dyskusji.

BYŁ CAŁKOWICIE zaabsorbowany zawartością twardego dysku Wennerströma. Nagrawszy całość na kilkanaście płyt (łącznie ponad pięć gigabajtów), Lisbeth miała wrażenie, że wprowadziła się do mieszkania Mikaela na Bellmansgatan. Z anielską cierpliwością odpowiadała na jego nieustanne pytania.

– W głowie mi się nie mieści! Jak można być tak kompletnie nierozgarniętym, żeby na twardym dysku zapisywać potwierdzenia swoich ciemnych interesów – dziwił się Mikael. – Jeżeli to kiedykolwiek wpadnie w ręce policji...

– Ludzie nie zachowują się racjonalnie. On chyba nawet

nie bierze pod uwagę, że policja kiedykolwiek chciałaby mu skonfiskować komputer.

– No tak, poza wszelkimi podejrzeniami. Zgadzam się, że to arogancki gnojek, ale przecież na pewno ma speców od bezpieczeństwa, którzy powinni mu wyjaśnić, jak bezpiecznie transferować dane. A on ma tutaj materiały z 1993 roku!

– Laptop jest dosyć nowy, wyprodukowany rok temu, ale wygląda na to, że Wennerström skopiował całą korespondencję i inne rzeczy na twardy dysk, zamiast na płyty CD. W każdym razie korzysta z programu szyfrującego.

– Który jest oczywiście zupełnie bezwartościowy, bo ty przecież za każdym razem widzisz, jak Wennerström wpisuje hasło.

CZWARTEGO DNIA w Sztokholmie, o trzeciej nad ranem, obudził Mikaela telefon od Christera Malma.

– Wczoraj wieczorem Henry Cortez był z przyjaciółką w knajpie.

– Aha – odpowiedział półprzytomnie Mikael.

– W drodze do domu zahaczyli o Centralny.

– To nie jest dobre miejsce dla uwodzicieli.

– Posłuchaj. Janne Dahlman ma urlop. Henry zobaczył go przy stoliku z innym facetem.

– No i co?

– Henry rozpoznał faceta ze zdjęć w prasie. To był Krister Söder.

– Słyszałem gdzieś to nazwisko, ale...

– Pracuje w „Finansmagasinet Monopol", który należy do Wennerstroem Group – przerwał mu Malm.

Mikael usiadł na łóżku.

– Jesteś?

– Jestem. To jeszcze nic nie znaczy. Söder to zwykły dziennikarz, może jakiś stary kumpel Dahlmana.

– W porządku, może mam obsesję. Ale trzy miesiące temu „Millennium" kupiło reportaż od wolnego strzelca.

Tydzień przed naszą publikacją Söder dokonał identycznego odkrycia. To była dokładnie ta sama historia o producencie telefonów komórkowych, który zatuszował raport o tym, jak jeden z wadliwych komponentów mógł prowadzić do zwarcia.

– Rozumiem, co mówisz. Ale takie rzeczy się zdarzają. Rozmawiałeś z Eriką?

– Nie, Erika ciągle jest w Stanach, wróci w przyszłym tygodniu.

– Nic nie rób. Zadzwonię do ciebie później – zakończył Mikael i wyłączył komórkę.

– Jakieś problemy? – zapytała Lisbeth.

– „Millennium" – odpowiedział Mikael. – Muszę tam na chwilę wpaść. Pojedziesz ze mną?

O CZWARTEJ NAD RANEM redakcja była zupełnie pusta. Złamanie hasła w komputerze Dahlmana zajęło Salander mniej więcej trzy minuty. Kolejne dwie minuty trwało skopiowanie zawartości twardego dysku na iBook Mikaela.

Większość korespondencji znajdowała się w laptopie Dahlmana, do którego nie mieli dostępu. Ale ze stacjonarnego komputera w redakcji Lisbeth wywnioskowała, że oprócz adresu millennium.se Dahlman ma prywatne konto na hotmailu. Po sześciu minutach mogła ściągnąć jego korespondencję z ostatniego roku. Pięć minut później Mikael miał dowody na to, że Janne Dahlman był źródłem przecieków na temat sytuacji w „Millennium" i że na bieżąco informował redaktora „Finansmagasinet Monopol" o planowanych przez Erikę reportażach. Ta szpiegowska działalność trwała co najmniej od poprzedniej jesieni.

Wyłączywszy komputery, wrócili do mieszkania Mikaela i przespali jeszcze kilka godzin. O dziesiątej Mikael zadzwonił do Christera.

– Mam dowody na to, że Dahlman pracuje dla Wennerströma.

– Wiedziałem, że to parszywa świnia. Okej, wyleję go dzisiaj z pracy.

– Nie wylewaj. W ogóle nic nie rób.

– Nic?

– Christer, zaufaj mi. Do kiedy Dahlman ma urlop?

– Wraca w poniedziałek.

– Ile osób jest dzisiaj w redakcji?

– Phi, trochę tu pusto...

– Możesz zwołać zebranie na drugą? Nie mów, o co chodzi. Zaraz przyjadę.

PRZY KONFERENCYJNYM stole, oprócz Mikaela, zasiadło sześć osób. Christer Malm wyglądał na zmęczonego, a Henry Cortez – na zakochanego w ten sposób, w jaki mogą być zakochani tylko dwudziestoczterolatkowie. Monica Nilsson nie kryła zniecierpliwienia. Christer nie zdradził powodu zebrania, ale Monica pracowała tutaj wystarczająco długo, żeby domyślić się, że chodzi o coś wyjątkowego, i była nieco zirytowana tym, że nie należała do wąskiego grona wtajemniczonych. Jedynie Ingela Oskarsson wyglądała jak zwykle. Odkąd dwa lata temu została mamą, nigdy nie sprawiała wrażenia naprawdę spokojnej. Dwa razy w tygodniu zajmowała się między innymi administracją i prenumeratą. W niepełnym wymiarze godzin pracowała również Lotta Karim, która podobnie jak Henry Cortez była freelancerem i właśnie wróciła do redakcji po wakacyjnej przerwie. Christerowi udało się też ściągnąć bawiącego na urlopie Sonny'ego Magnussona.

Mikael zaczął od powitania wszystkich, przepraszając jednocześnie za swoją półroczną nieobecność.

– To, o czym będziemy dzisiaj rozmawiać, nie zostało skonsultowane z Eriką, ponieważ ani ja, ani Christer nie mieliśmy na to czasu, ale mogę was zapewnić, że mówię również w jej imieniu. Dzisiaj zadecydujemy o przyszłości „Millennium".

Krótka pauza spotęgowała siłę wypowiedzianych słów. Nikt o nic nie zapytał.

– Ostatni rok był naprawdę ciężki. Dziwię się, że nikt z was nie wpadł na lepszy pomysł i nie szukał pracy w innym miejscu. Wychodzę więc z założenia, że albo jesteście kompletnie szaleni, albo wyjątkowo lojalni i że lubicie pracować właśnie w tym czasopiśmie. Dlatego zamierzam wyłożyć karty na stół i poprosić was o ostatnią przysługę.

– Ostatnią przysługę? – wtrąciła Monica Nilsson – To brzmi tak, jakbyś planował likwidację gazety.

– Właśnie tak – odpowiedział Mikael. – Po powrocie z urlopu Erika zwoła zebranie redakcyjne, w trakcie którego ogłosi, że na Boże Narodzenie kończymy działalność i że wszyscy dostają wypowiedzenie.

Słowa Mikaela wywołały pewien niepokój. Nawet Christer Malm przez moment miał wrażenie, że Mikael mówi poważnie. Po chwili jednak wszyscy zauważyli jego wesoły uśmiech.

– Chodzi o to, żebyśmy przez całą jesień prowadzili podwójną grę. Okazało się bowiem, że nasz drogi sekretarz redakcji Janne Dahlman dorabia sobie sprzedawaniem informacji Hansowi-Erikowi Wennerströmowi. Nasz wróg jest więc dokładnie i na bieżąco informowany o wszystkim, co dzieje się w redakcji. I to w pewnej mierze wyjaśniałoby niektóre z porażek, które ostatnio ponieśliśmy. Między innymi twoich, Sonny, kiedy twoi początkowo chętni ogłoszeniodawcy nagle zaczęli się wycofywać.

– Można się było tego, kurwa, domyślić! – powiedziała Monica Nilsson.

Janne Dahlman nigdy nie był szczególnie lubiany i prawda o nim najwyraźniej nie była dla nikogo wielkim szokiem. Mikael przerwał szmer przyciszonych głosów.

– Opowiadam wam o tym, ponieważ mam do was absolutne zaufanie. Pracowałem z wami przez wiele lat i wiem, że macie głowy na karkach. Dlatego wiem, że będziecie gotowi uczestniczyć w tej grze. To niesamowicie ważne, żeby utrzymać Wennerströma w przekonaniu, że „Millennium" chyli się ku upadkowi. Wasze zadanie będzie polegało na tym, żeby w to uwierzył.

– A jak naprawdę wygląda nasza sytuacja? – zapytał Henry Cortez.

– Jest tak: wiem, że wszystkim było ciężko, i wiem, że jeszcze nie zawinęliśmy do portu. Na zdrowy rozum „Millennium" powinno być w drodze do grobu. Ale daję wam słowo, że tak się nie stanie. „Millennium" jest dzisiaj silniejsze niż rok temu. Po tym zebraniu znów zniknę na jakieś dwa miesiące. Wrócę pod koniec października i wtedy podetniemy skrzydła Hansowi-Erikowi Wennerströmowi.

– W jaki sposób? – zapytał Cortez.

– Sorry. Teraz nie mogę wam zdradzić szczegółów. Napiszę nowy reportaż o Wennerströmie. I tym razem zrobimy wszystko tak, jak trzeba. A później zaczniemy przygotowania do redakcyjnej imprezy bożonarodzeniowej. Jako przystawkę planuję pieczeń z Wennerströma, a na deser – rozmaitych krytyków.

Nagle zrobiło się wesoło. Mikael zastanawiał się, co by czuł, siedząc przy konferencyjnym stole i słuchając siebie samego. Miałby podejrzenia? Prawdopodobnie tak. Ale najwyraźniej ta niewielka grupka zatrudnionych w „Millennium" ciągle jeszcze udzielała mu kredytu zaufania. Znów podniósł rękę.

– Żeby to się udało, Wennerström musi uwierzyć w nadchodzący upadek „Millennium". Nie chcę, żeby wystartował przeciwko nam z jakąś kampanią albo żeby w ostatniej minucie pozacierał ślady. Dlatego zaczniemy od zapisania punktów, według których będziemy jesienią pracować. Po pierwsze: to bardzo ważne, żeby to, o czym tu dzisiaj mówimy, nie zostało nigdzie zapisane, nie było omawiane w mailach ani gdziekolwiek poza tym pokojem. Nie wiemy, w jakim zakresie Dahlman ma dostęp do naszych komputerów. Odkryłem właśnie, że czytanie prywatnej korespondencji współpracowników jest stosunkowo prostą sprawą. Tak więc – tylko ustnie! Jeżeli w ciągu najbliższych tygodni będziecie musieli o tym porozmawiać, to zwróćcie się do Christera i umówcie się u niego w domu. Zachowując oczywiście szczególną dyskrecję.

Mikael napisał na tablicy: *żadnych maili.*

– Po drugie: przestaniemy być przyjaciółmi. Proponuję, żebyście zaczęli od nadawania na mnie, zwłaszcza wtedy, gdy w pobliżu pojawi się Janne. Ale nie przesadzajcie. Pozwólcie po prostu ujawnić się swoim naturalnie jędzowatym ego. Christer, chciałbym, żeby między tobą a Eriką doszło do poważnego rozłamu. Popuśćcie wodze fantazji, nie zdradzajcie przyczyny niezgody, ale stwarzajcie pozory nieuchronnego upadku i totalnego skłócenia.

Napisał na tablicy: *bitching.*

– Po trzecie: Christer, gdy tylko Erika wróci z urlopu, musisz ją poinformować, co jest grane. Jej zadaniem będzie utwierdzić Dahlmana w przekonaniu, że nasza umowa z koncernem Vangera, która teraz utrzymuje nas na powierzchni, wzięła w łeb. Przede wszystkim dlatego, że Henrik Vanger jest poważnie chory, a Martin Vanger zabił się w wypadku samochodowym.

Zapisał słowo: *dezinformacja.*

– Ale tak naprawdę mamy z nimi solidną umowę? – dociekała Monica Nilsson.

– Uwierz mi – odparł posępnie Mikael. – Koncern Vangera nie zawaha się, by zrobić wszystko, żeby „Millennium" przetrwało. Za parę tygodni, powiedzmy pod koniec sierpnia, Erika zwoła zebranie i poinformuje was o wypowiedzeniach. Ważne, żebyście zrozumieli, że to tylko blef i że jedyną osobą, która stąd zniknie, będzie Janne Dahlman. Ale nie przestańcie udawać. Rozmawiajcie o szukaniu nowej pracy, nie omieszkajcie ponarzekać, że etat w „Millennium" to porządne obciążenie waszego CV i tak dalej.

– I ty naprawdę sądzisz, że ta gra nas uratuje? – zapytał Sonny Magnusson.

– Ja to wiem, Sonny. I prosiłbym cię o przygotowanie fałszywego raportu miesięcznego, z którego będzie wynikać, że na rynku ogłoszeń nastąpiło kolejne załamanie i że ciągle zmniejsza się liczba prenumeratorów.

– To zaczyna być zabawne – skomentowała Monica. – Mamy ograniczyć się tylko do redakcji, czy chcesz, żeby te informacje zaczęły przeciekać do innych mediów?

– Ograniczcie się do naszej redakcji. Jeżeli coś wyjdzie na zewnątrz, to nie będziemy mieć wątpliwości, kto za tym stoi. I gdy ktoś zapyta nas za kilka miesięcy, to odpowiemy tylko: „A o co chodzi? Uwierzyliście w jakieś bezpodstawne pogłoski. Likwidacja »Millennium« nigdy nie wchodziła w grę". Tak naprawdę najlepiej byłoby, gdyby Dahlman poszedł z tymi informacjami do innych gazet. Wtedy sam wyjdzie na idiotę. Jeżeli możecie podpowiedzieć Dahlmanowi jakąś wiarygodną, ale kompletnie idiotyczną historię, to proszę bardzo!

Przez kolejne dwie godziny przygotowywali jesienny scenariusz i każdy dostał jakąś rolę.

PO ZEBRANIU MIKAEL poszedł z Christerem na kawę. Weszli do kafejki Java przy najwyższym punkcie Hornsgatan.

– Christer, bardzo mi zależy, żebyś odebrał Erikę z lotniska i od razu wyjaśnił jej sytuację. Musisz ją przekonać do prowadzenia tej gry. O ile ją znam, będzie chciała natychmiast rozprawić się z Dahlmanem, a do tego nie może dojść. Nie chcę, żeby Wennerström zaczął się czegoś domyślać, bo wtedy może zdążyć zatuszować dowody swojej winy.

– Okej.

– I nie pozwól Erice korzystać z poczty elektronicznej, dopóki nie zainstaluje programu szyfrującego PGP i nie nauczy się z niego korzystać. Istnieje duże prawdopodobieństwo, że dzięki Dahlmanowi Wennerström ma wgląd w naszą redakcyjną korespondencję. Chcę, żebyś i ty, i wszyscy inni w redakcji zainstalowali PGP. Niech to wygląda zupełnie naturalnie. Dostaniesz namiary na informatyka, który skontroluje wam sieć komputerową i wszystkie urządzenia. Pozwól mu zainstalować oprogramowanie w ramach przeglądu.

– Zrobię wszystko, co w mojej mocy. Ale... Mikael, co ty masz na warsztacie?

– Wennerströma. Zamierzam wykonać na nim coś w rodzaju publicznej egzekucji.

– Jak?

– *Sorry*. Na razie to tajemnica. Powiem ci tylko, że mam materiały, przy których nasze poprzednie oskarżenie to niedzielna rodzinna rozrywka.

Christer wyglądał na zakłopotanego.

– Zawsze miałem do ciebie zaufanie. Czy to znaczy, że ty go do mnie nie masz?

Mikael zaśmiał się.

– Ależ mam. Tylko że akurat teraz zajmuję się dość poważną działalnością kryminalną, za którą grozi mi kara dwóch lat więzienia. Jakby to powiedzieć... Sposób, w jaki prowadzę research, jest trochę wątpliwy... Gram mniej więcej takimi samymi znaczonymi kartami jak Wennerström. Nie chcę, żebyś ty albo Erika, albo ktokolwiek z redakcji miał z tym coś wspólnego.

– Naprawdę potrafisz mnie wystraszyć.

– Spokojnie. I powiedz, proszę, Erice, że historia będzie wielka. Monstrualnie wielka.

– Erika będzie chciała wiedzieć, co knujesz.

Po chwili zastanowienia Mikael uśmiechnął się.

– Przekaż jej, że podpisując za moimi plecami umowę z Henrikiem Vangerem, dała mi wiosną do zrozumienia, że jestem tylko zwykłym śmiertelnym freelancerem, który nie zasiada w zarządzie i który nie ma żadnego wpływu na działalność „Millennium". A to musi również oznaczać, że nie mam obowiązku informować jej, czym się obecnie zajmuję. Ale obiecuję, że jeżeli będzie grzeczna, to jako pierwsza dowie się, o co chodzi.

Christer roześmiał się serdecznie.

– Będzie wściekła! – stwierdził rozbawiony.

MIKAEL UŚWIADOMIŁ sobie, że nie był całkiem uczciwy wobec Christera. Świadomie unikał Eriki. Naturalnie powinien był niezwłocznie skontaktować się z nią i opowiedzieć o tym, czego dowiedział się o Wennerströmie. Ale nie chciał z nią rozmawiać. Kilkanaście razy trzymał w ręce komórkę z numerem Eriki na ekranie. Ale nigdy nie mógł się przemóc, by zadzwonić.

Doskonale wiedział, na czym polega problem. Nie potrafił jej spojrzeć w oczy.

Ten *cover-up*, do którego przyczynił się w Hedestad, był z dziennikarskiego punktu widzenia czymś niewybaczalnym. Mikael nie wiedział, jak jej to wytłumaczyć, nie uciekając się do kłamstwa. A kłamstwo było ostatnią rzeczą, jakiej dopuściłby się wobec Eriki.

A przede wszystkim nie miał siły na tę dyskusję, teraz, kiedy planował zniszczenie Wennerströma. Tak więc odłożył spotkanie na później, wyłączył komórkę i zapomniał o rozmowach z Eriką, chociaż wiedział, że co się odwlecze, to nie uciecze.

PO ZEBRANIU W REDAKCJI „Millennium" Mikael prawie natychmiast wyjechał do domku letniskowego w Sandhamn, gdzie nie gościł od ponad roku. W bagażniku miał dwa kartony wydruków komputerowych i kilkanaście płyt CD, w które zaopatrzyła go Lisbeth. Zgromadził niezbędny prowiant, zamknął się w środku, włączył iBooka i zaczął pisać. Codziennie robił krótki spacer i zakupy. W przystani ciągle roiło się od żagli, a młodzi ludzie, którzy pożyczyli

jacht od rodziców, jak zwykle upijali się do nieprzytomności w Dykarbaren. Mikael prawie tego nie dostrzegał.
Praktycznie rzecz biorąc, siedział przed komputerem od
chwili, kiedy otwierał oczy, do chwili, gdy wieczorem padał
ze zmęczenia.

Zaszyfrowana wiadomość od redaktor naczelnej
erika.berger@millennium.se do przebywającego
na bezpłatnym urlopie wydawcy
mikael.blomkvist@millennium.se

Mikael, muszę wiedzieć, co jest grane. Rany boskie, wróciłam
z urlopu, a tu totalny chaos. Wiadomość o Janne Dahlmanie
i tej wymyślonej przez ciebie podwójnej grze. Martin Vanger
nie żyje. Harriet Vanger żyje. Co tam się dzieje na Hedeby?
Gdzie jesteś? Masz jakąś *story*? Dlaczego nie odpowiadasz
na telefon?/ E.

PS Zrozumiałam ten osobisty przytyk, który z wielką radością
przekazał mi Christer. Jeszcze za to zapłacisz. Naprawdę
jesteś na mnie zły?

Od mikael.blomkvist@millennium.se
Do erika.berger@millennium.se

Cześć, Ricky, nie, na Boga, nie jestem zły. Wybacz, że nie
zdążyłem cię poinformować, ale przez ostatnie miesiące
moje życie było jedną wielką huśtawką, raz na górze, raz
na dole. Opowiem ci wszystko, gdy się spotkamy, nie chcę
o tym pisać. Teraz jestem w Sandhamn. Mam historię, ale nie
o Harriet Vanger. Posiedzę tutaj przez jakiś czas, przyklejony
do komputera. A później – będzie już po wszystkim! Zaufaj
mi. Ściskam i całuję. M.

Od erika.berger@millennium.se
Do mikael.blomkvist@millennium.se

Sandhamn? Zaraz do ciebie przyjeżdżam!

Od mikael.blomkvist@millennium.se
Do erika.berger@millennium.se
Nie teraz. Poczekaj kilka tygodni, przynajmniej do czasu, aż przygotuję tekst. A poza tym oczekuję wizyty kogoś innego.

Od erika.berger@millennium.se
Do mikael.blomkvist@millennium.se
No to będę się trzymała z daleka. Ale chcę wiedzieć, co się dzieje. Henrik Vanger znów został naczelnym i nie odpowiada na moje telefony. Jeżeli umowa z Vangerem została zerwana, muszę być o tym poinformowana. Teraz nie wiem, co robić. Muszę wiedzieć, czy gazeta przetrwa, czy nie. Ricky.

Od mikael.blomkvist@millennium.se
Do erika.berger@millennium.se
Po pierwsze: możesz być spokojna, Henrik na pewno się nie wycofa. Ale miał poważny zawał i pracuje tylko przez krótką chwilę każdego dnia, a poza tym podejrzewam, że chaos po śmierci Martina i zmartwychwstaniu Harriet wysysa z niego wszystkie siły.

Po drugie: „Millennium" przetrwa. Pracuję nad najważniejszym reportażem w naszym życiu i publikując ten tekst, pogrążymy Wennerströma na dobre.

Po trzecie: jestem ostatnio raz na górze, raz na dole, ale jeżeli chodzi o mnie, ciebie i „Millennium", to nic się nie zmieniło. Zaufaj mi. Buźka/Mikael

PS Poznam was ze sobą, jak tylko nadarzy się okazja. Zobaczysz, zabije ci ćwieka.

PRZYJECHAWSZY DO SANDHAMN, Lisbeth zastała Mikaela przy pracy. Nieogolony, z zapadłymi oczami uścisnął ją szybko na powitanie i poprosił, żeby – parząc kawę – poczekała, aż skończy pewien wątek.

Rozejrzawszy się wokoło, stwierdziła szybko, że jej się podoba. Przerobiona na dom szopa stała na pomoście, zaledwie parę kroków od morza. Miała tylko sześć na pięć metrów, ale była tak wysoka, że mieściła antresolę z sypialnią, do której prowadziły spiralne schody. W przeciwieństwie do Mikaela Lisbeth mogła tam stać wyprostowana. Pobieżna inspekcja łóżka wykazała, że jest wystarczająco szerokie, by zmieścić dwie osoby.

Przy ogromnym oknie z widokiem na wodę stał stół kuchenny, pełniący jednocześnie rolę biurka. Zaraz obok, na ścianie, wisiała półka z odtwarzaczem CD i pokaźnym zbiorem Elvisa Presleya na przemian z hard rockiem, czyli niekoniecznie najbardziej ulubioną muzyką Lisbeth.

W jednym z kątów stał przeszklony kominek ze steatytu. Na resztę umeblowania składała się spora, przymocowana do ściany szafa i obudowany zlewozmywak, który razem z zasłoną i małym okienkiem stanowił integralną część miniumywalni. Pod schodami Mikael wybudował osobne pomieszczenie na suchą toaletę ekologiczną. Cała chata, na podobieństwo kajuty, była wyposażona w pomysłowo zabudowane schowki.

W swoim raporcie na temat Blomkvista Lisbeth wspominała, że sam wyremontował starą szopę i wyposażył we własnoręcznie zrobione meble. Taki wniosek wyciągnęła po przeczytaniu maila, który po pobycie w Sandhamn napisał do Mikaela znajomy, nie mogąc nadziwić się jego zdolnościom manualnym. Wszystko było starannie wysprzątane, bezpretensjonalne i proste, niemal spartańskie. Nagle Lisbeth zrozumiała, dlaczego Mikael tak bardzo kocha to miejsce.

Po dwóch godzinach udało się jej zdekoncentrować Mikaela do tego stopnia, że – sfrustrowany – wyłączył komputer, ogolił się i zabrał ją na spacer połączony ze zwiedzaniem okolicy. Ponieważ było wietrznie i deszczowo, dość szybko znaleźli się w gospodzie. Mikael opowiedział o swoich postępach, a Lisbeth podarowała mu kolejną płytę CD z aktualną zawartością komputera Wennerströma.

Po powrocie do domu zaciągnęła Mikaela na antresolę i ściągnąwszy z niego ubranie, kontynuowała rozpraszanie jego myśli. Obudziła się w nocy z uczuciem, że jest w łóżku sama. Spojrzała w dół i dostrzegła pochylone nad laptopem, znajome plecy. Leżąc z podpartą głową, przyglądała mu się przez dłuższą chwilę. Wyglądał na szczęśliwego. Niespodziewanie poczuła się osobliwie zadowolona z życia.

PO PIĘCIU DNIACH Lisbeth wróciła do Sztokholmu, wezwana przez Armanskiego, który rozpaczliwie poszukiwał jej do kolejnego zlecenia. Poświęciwszy pracy jedenaście dni roboczych, zdała raport i ponownie wyjechała do Sandhamn. Stosy papierów i komputerowych wydruków na stole Mikaela urosły jeszcze bardziej.

Tym razem została cztery tygodnie. Wypracowali wspólny schemat dnia. Wstawali o ósmej, jedli śniadanie i spędzali ze sobą godzinę, po czym Mikael do późnego popołudnia poświęcał się intensywnej pracy. Później szli razem na spacer i rozmawiali. Lisbeth spędzała większość czasu w łóżku, czytając książkę lub siedząc przed komputerem, podłączonym do Internetu przez modem ADLS. Starała się nie przeszkadzać Mikaelowi. Dopiero wieczorem, po późnym obiedzie, przejmowała inicjatywę i wlokła go do sypialni, gdzie potrafiła zapewnić sobie jego niepodzielną uwagę.

Miała wrażenie, że to jej pierwszy prawdziwy urlop.

Zaszyfrowana wiadomość od erika.berger@millennium.se
Do mikael.blomkvist@millennium.se
Cześć M, to już pewne. Janne Dahlman złożył wypowiedzenie i za trzy tygodnie zacznie pracować w „Finansmagasinet Monopol". Spełniłam twoje życzenie, nic nikomu nie powiedziałam i wszyscy w dalszym ciągu grają w ciuciubabkę. E.
PS W każdym razie przednio się bawimy. Parę dni temu

Henry miał z Lottą awanturę, w powietrzu fruwały różne rzeczy. Kpili sobie z Dahlmana tak bardzo, że naprawdę nie rozumiem, jak ten facet może nie wyczuwać, że to jeden wielki blef.

Od mikael.blomkvist@millennium.se
Do erika.berger@millennium.se
Powiedz mu: „szczęśliwej drogi" i niech sobie idzie, gdzie chce. Tylko pozamykaj rodowe srebra na klucz. Całuję i ściskam./M.

Od erika.berger@millennium.se
Do mikael.blomkvist@millennium.se
Na dwa tygodnie przed drukiem siedzę tutaj bez sekretarza redakcji, a mój dziennikarz śledczy zaszył się w Sandhamn i nie chce ze mną rozmawiać. Micke, naprawdę nie wyrabiam. Możesz mi pomóc?/Erika

Od mikael.blomkvist@millennium.se
Do erika.berger@millennium.se
Wytrzymaj jeszcze parę tygodni, już niedługo będziemy u celu. I przygotuj się na to, że grudniowy numer nie będzie podobny do niczego, co kiedykolwiek zrobiliśmy. Mój tekst będzie miał około czterdziestu stron. M.

Od erika.berger@millennium.se
Do mikael.blomkvist@millennium.se
40 STRON! Czyś ty zwariował?

Od mikael.blomkvist@millennium.se
Do erika.berger@millennium.se
To będzie numer tematyczny. Potrzebuję jeszcze trzech tygodni. Możesz zrobić następujące rzeczy? 1) Zarejestrować wydawnictwo o nazwie „Millennium". 2) Załatwić numer ISBN. 3) Poprosić Christera o jakiś ładny projekt logo dla

naszego nowego wydawnictwa. 4) Znaleźć drukarnię, która szybko i tanio robi wydania kieszonkowe. No i właśnie, będziemy potrzebowali trochę kapitału na druk naszej pierwszej książki. Całuję./Mikael.

Od erika.berger@millennium.se
Do mikael.blomkvist@millennium.se
Numer tematyczny. Wydawnictwo książkowe. Pieniądze. *Yes master*. Czy mogę ci jeszcze w czymś pomóc? Zatańczyć nago przy Slussen?/E.
PS Zakładam, że wiesz, co robisz. Ale co mam zrobić z Dahlmanem?

Od mikael.blomkvist@millennium.se
Do erika.berger@millennium.se
Nic nie rób z Dahlmanem. Pozwól mu odejść. „Monopol” długo nie pożyje. Weź trochę więcej materiału od freelancerów. I zatrudnij nowego sekretarza redakcji, do cholery!/M.
PS Z miłą chęcią zobaczę cię nagą przy Slussen.

Od erika.berger@millennium.se
Do mikael.blomkvist@millennium.se
Slussen – *in your dreams*. Ale przecież zawsze zatrudnialiśmy razem!/Ricky

Od mikael.blomkvist@millennium.se
Do erika.berger@millennium.se
I zawsze byliśmy zgodni co do zatrudnianej osoby. Teraz też będziemy, niezależnie od tego, kogo wybierzesz. Damy wycisk Wennerströmowi. I to wszystko. Pozwól mi tylko dokończyć tę historię w spokoju./M.

NA POCZĄTKU PAŹDZIERNIKA Lisbeth pokazała Mikaelowi niewielką notatkę znalezioną w internetowej wersji „Hedestads-Kuriren". Isabella Vanger zmarła po krótkiej chorobie, pozostawiając w nieutulonym żalu zmartwychwstałą niedawno córkę, Harriet Vanger.

Zaszyfrowana wiadomość od erika.berger@millennium.se

Do mikael.blomkvist@millennium.se

Cześć Mikael!

Odwiedziła mnie dzisiaj w redakcji Harriet Vanger. Zadzwoniła pięć minut wcześniej, a później nagle pojawiła się w drzwiach i byłam zupełnie nieprzygotowana. Piękna i elegancko ubrana kobieta o chłodnym spojrzeniu. Przyszła poinformować mnie, że przejmuje funkcję Martina Vangera jako zastępcy Henrika. Była uprzejma, życzliwa, i zapewniała, że koncern Vangera nie zamierza wycofać się z umowy, wręcz przeciwnie, rodzina popiera zobowiązania Henrika wobec czasopisma. Poprosiła, żebym ją oprowadziła po redakcji i była ciekawa, jak sobie radzę w tej sytuacji.

Powiedziałam jej, jak jest. Że czuję, jakbym traciła grunt pod nogami, że zabroniłeś mi przyjeżdżać do Sandhamn i że nie wiem, nad czym pracujesz, poza tym, że planujesz dać wycisk Wennerströmowi. (Przyjmuję, że wolno mi było to powiedzieć, Harriet zasiada przecież w naszym zarządzie). Uniosła jedną brew i uśmiechnąwszy się, zapytała, czy wątpię, że ci się uda. Co miałam odpowiedzieć? Powiedziałam, że byłabym o wiele spokojniejsza, gdybym wiedziała, co jest grane. Ech, jasne, że na tobie polegam. Ale doprowadzasz mnie do szaleństwa.

Zapytałam, czy wie, czym się zajmujesz. Zaprzeczyła, ale podzieliła się swoim wrażeniem, że jesteś „osobliwie sprawny, jeżeli chodzi o innowacyjny pomyślunek" (to jej słowa).

Powiedziałam też, że domyślam się, że w Hedestad wydarzyło się coś dramatycznego i że umieram z ciekawości, jeżeli chodzi o historię związaną z Harriet. Krótko mówiąc, poczułam się jak idiotka. Odpowiedziała pytaniem, dociekając, czy naprawdę nic mi nie opowiedziałeś. Zrozumiała, że ciebie i mnie łączą szczególne partnerskie relacje i że na pewno mi opowiesz, gdy tylko znajdziesz na to czas. A później zapytała, czy może na mnie polegać. I co miałam odpowiedzieć? Zasiada w zarządzie „Millennium", a ty zostawiłeś mnie bez żadnej karty przetargowej.

Na koniec powiedziała coś dziwnego. Poprosiła, żebym nie oceniała zbyt surowo ani jej, ani ciebie.

Twierdziła, że zaciągnęła u ciebie dług wdzięczności. Bardzo chciałaby się ze mną zaprzyjaźnić. Obiecała, że przy najbliższej okazji opowie mi całą historię, jeżeli ty nie będziesz w stanie tego zrobić. Wyszła pół godziny temu, zostawiając mnie kompletnie oszołomioną. Myślę, że ją lubię, ale nie wiem, czy mogę jej ufać. /Erika

PS Brakuje mi ciebie. Mam wrażenie, że w Hedestad wydarzyło się coś okropnego. Christer mówi, że masz na szyi jakiś dziwny ślad, jak po pętli?

Od mikael.blomkvist@millennium.se
Do erika.berger@millennium.se
Cześć Ricky, historia o Harriet jest tak haniebnie niegodziwa, że nawet trudno sobie wyobrazić. To wspaniale, że sama chce ci ją opowiedzieć. Nie potrafię się przemóc, żeby o tym myśleć.

W oczekiwaniu na to zapewniam, że możesz zaufać Harriet. To prawda, że zaciągnęła u mnie dług wdzięczności, i uwierz mi, ona nigdy nie zrobi czegoś, co zaszkodziłoby „Millennium". Zaprzyjaźnij się z nią, jeżeli ją lubisz. Nie rób tego, jeżeli nie przypadła ci do gustu. Ale ta kobieta zasługuje na szacunek. Życie ciężko ją doświadczyło, a ja czuję do niej ogromną sympatię.

Następnego dnia Mikael dostał jeszcze jeden mail.

Od harriet.vanger@vangerindustries.com
Do mikael.blomkvist@millennium.se
Hej, Mikael, od kilku tygodni próbuję znaleźć odrobinę wolnego czasu, żeby do ciebie napisać, ale wygląda na to, że tych

godzin ciągle jest za mało. Zniknąłeś z Hedeby tak szybko, że nawet nie zdążyłam się z tobą spotkać i pożegnać.

Odkąd przyjechałam do Szwecji, moje dni wypełnione są oszołomiającymi wrażeniami i nielekką pracą. W przedsiębiorstwie Vangera zapanował chaos i razem z Henrikiem ciężko pracuję, by doprowadzić interesy do porządku.

Wczoraj odwiedziłam „Millennium", zasiadam przecież w zarządzie jako reprezentant Henrika. Henrik przedstawił mi dokładnie sytuację – zarówno twoją, jak i czasopisma. Mam nadzieję, że zaakceptujesz moją obecność w zarządzie. Gdyby się jednak okazało, że mnie tam nie chcesz (ani żadnej innej osoby z rodziny), to przyjmę to ze zrozumieniem, ale zaręczam, że zrobię wszystko, żeby wesprzeć „Millennium". Zaciągnęłam u ciebie dług wdzięczności i zapewniam, że zawsze będę miała wobec ciebie jak najlepsze zamiary.

Spotkałam twoją przyjaciółkę, Erikę Berger. Trudno mi ocenić, czy przypadłam jej do gustu. Zaskoczyło mnie, że nie opowiedziałeś jej, co tu się wydarzyło.

Bardzo chętnie się z tobą zaprzyjaźnię. Oczywiście jeżeli będziesz w stanie utrzymywać kontakty z kimś, kto należy do rodziny Vangerów. Serdecznie pozdrawiam, Harriet.

PS Erika dała mi do zrozumienia, że znów zamierzasz uderzyć w Wennerströma. Dirch Frode opowiedział mi, jak Henrik wystawił cię do wiatru. Cóż mogę powiedzieć... Przykro mi. Jeżeli mogę coś dla ciebie zrobić, to musisz się odezwać!

Od mikael.blomkvist@millennium.se
Do harriet.vanger@vangerindustries.com
Cześć Harriet, wyjechałem z Hedeby na łeb, na szyję i pracuję nad tym, czym powinienem był się zajmować od dawna. Poinformuję cię, zanim tekst ukaże się drukiem, ale już teraz śmiem twierdzić, że wkrótce skończą się nasze problemy.

Mam nadzieję, że zaprzyjaźnisz się z Eriką, a twoja obecność w zarządzie „Millennium" nie stanowi oczywiście dla mnie żadnego problemu. Opowiem Erice wszystko, co się wydarzyło na Hedeby. Ale teraz nie mam ani siły, ani czasu, a poza tym chciałbym najpierw nabrać trochę dystansu. Bądźmy w kontakcie. Pozdrawiam./Mikael

LISBETH NIE POŚWIĘCAŁA pracy Mikaela zbyt wiele uwagi. Słysząc jego podniesiony głos, spojrzała znad książki. Nie zrozumiała, o co mu chodzi.

– Przepraszam. Mówię sam do siebie. Powiedziałem, że to poważna sprawa.

– Co za poważna sprawa?

– Wennerström miał romans z dwudziestodwuletnią kelnerką, zrobił jej dziecko. Nie czytałaś jego korespondencji z adwokatem?

– Drogi Mikaelu, masz tutaj jego korespondencję z ostatnich dziesięciu lat; maile, umowy, dokumenty podróży i bóg wie co jeszcze. Nie jestem aż tak zafascynowana tym facetem, żeby wchłaniać sześć gigabajtów bzdur. Przeczytałam wyrywki, głównie po to, żeby zaspokoić ciekawość, i stwierdziłam, że jest gangsterem.

– Okej. Zrobił jej dziecko w 1997 roku. Ponieważ domagała się rekompensaty, adwokat Wennerströma dopilnował, żeby ktoś ją przekonał do usunięcia ciąży. Przyjmuję, że zaproponowano jej pewną sumę pieniędzy, ale dziewczyna nie była zainteresowana. Wynajęty bandyta zabrał się więc do „przekonywania" w inny sposób. Trzymał ją pod wodą w wannie tak długo, aż zgodziła się zostawić Wennerströma w spokoju. I ten adwokat idiota opisuje to wszystko w mailu – wprawdzie zaszyfrowanym, ale jednak... Poziom inteligencji w tym towarzystwie pozostawia sporo do życzenia.

– A dziewczyna?

– Usunęła ciążę. Wennerström był zadowolony.

Lisbeth milczała przez dziesięć minut. A później poczerniały jej oczy.

– Jeszcze jeden mężczyzna, który nienawidzi kobiet – mruknęła w końcu pod nosem.

Mikael nie dosłyszał jej słów.

Wzięła płyty CD i przez kolejne dni dokładnie czytała listy i wszystkie inne dokumenty. Podczas gdy Mikael pisał, Lisbeth siedziała na antresoli z PowerBookiem na kolanach i rozmyślała o osobliwym imperium Wennerströma.

Nie potrafiła się pozbyć myśli, która właśnie przyszła jej do głowy. Ale najbardziej dziwił ją fakt, że nie wpadła na ten pomysł o wiele wcześniej.

POD KONIEC PAŹDZIERNIKA, wydrukowawszy jakąś stronę, Mikael wyłączył komputer już o jedenastej przed południem. Bez słowa wdrapał się na górę, wręczył Lisbeth pokaźną stertę papieru i zasnął.

Obudziła go wieczorem i przekazała swoje uwagi na temat tekstu.

Parę minut po drugiej w nocy Mikael zrobił ostatnią kopię zapasową.

Następnego dnia zamknął okiennice chatki i przekręcił klucz w zamku. Urlop Lisbeth dobiegł końca. Wróciła do Sztokholmu razem z Mikaelem.

ALE PRZED POWROTEM do domu Mikael musiał przedyskutować z Lisbeth pewną delikatną kwestię. Podjął temat na promie, gdy pili kawę z papierowych kubeczków.

– Musimy być zgodni co do tego, jak mam to przedstawić Erice. Nie będzie chciała nic opublikować, dopóki nie zdradzę, w jaki sposób dotarłem do materiałów.

Erika Berger. Wieloletnia kochanka Mikaela i redaktor naczelna „Millennium". Lisbeth nigdy jej nie spotkała i nie była pewna, czy ma na to ochotę. W jakiś nieokreślony sposób Erika zakłócała jej życie.

– Co ona o mnie wie?

– Nic – westchnął Mikael. – Prawda jest taka, że od wakacji unikam Eriki. Nie potrafię jej opowiedzieć o tym, co się wydarzyło w Hedestad, ponieważ cholernie się tego wstydzę. Skąpię jej informacji, a ona z tego powodu jest sfrustrowana. Naturalnie wie, że byłem w Sandhamn i pracowałem nad tym tekstem, ale nie wie nic o jego treści.

– Hmmm.

– Za parę godzin dostanie wydruk. A później zastosuje przepytywanie trzeciego stopnia. No i co mam jej powiedzieć?

– A co chcesz powiedzieć?

– Prawdę.

Między brwiami dziewczyny pojawiła się zmarszczka.

– Erika i ja... prawie ciągle się sprzeczamy. To jakby część naszego związku. Ale mamy do siebie bezwarunkowe zaufanie. Naprawdę można na niej polegać. Jesteś objętym tajemnicą zawodową źródłem informacji. Erika prędzej by umarła, niż zdradziła, że nim jesteś.

– Ilu osobom będziesz musiał to powiedzieć?

– Nikomu więcej. Razem z Eriką zabiorę tę tajemnicę do grobu. Ale jeśli nie chcesz, żebym jej zdradził twoją tajemnicę, to oczywiście tego nie zrobię. Nie zamierzam natomiast kłamać i wmawiać Erice jakichś nieistniejących źródeł.

Lisbeth zastanawiała się aż chwili, gdy prom przybił do przystani nieopodal Grand Hotelu. Analiza konsekwencji. W końcu niechętnie zgodziła się na spotkanie z Eriką. Mikael włączył komórkę i wystukał numer.

ERIKA ODEBRAŁA telefon podczas lunchu z Malin Eriksson, którą planowała zatrudnić na stanowisku sekretarza redakcji. Malin dobiegała trzydziestki i przez ostatnie pięć lat pracowała w branży na różnych zastępstwach. Nigdy nie miała stałego zatrudnienia i zaczynała wątpić, że kiedykolwiek takie znajdzie. Oferta pracy nie była nigdzie opublikowana; to Erika – dowiedziawszy się o Malin od starego znajomego z pewnego tygodnika – zadzwoniła do niej tego samego dnia, kiedy ta kończyła kolejne zastępstwo, i zapytała, czy jest zainteresowana pracą w „Millennium".

– Mogłaby pani objąć trzymiesięczny wakat – powiedziała Erika. – Z możliwością przedłużenia i zatrudnienia na stałe.

– Słyszałam, że „Millennium" wkrótce ma zostać zlikwidowane.

Erika uśmiechnęła się.

– Nie powinna pani wierzyć pogłoskom.

– Ten Dahlman, którego mam zastąpić... – Eriksson zawahała się. – Przechodzi do gazety, której właścicielem jest Hans-Erik Wennerström...

Erika skinęła głową.

– Nasz konflikt z Wennerströmem jest tajemnicą poliszynela. Ten pan nie darzy sympatią ludzi zatrudnionych w „Millennium".

– Czyli przyjmując pani propozycję, automatycznie znajdę się w tej kategorii?

– Tak, prawdopodobieństwo jest dość duże.

– To dlaczego Dahlman dostał pracę w „Finansmagasinet"?

– Można powiedzieć, że w ten sposób Wennerström odwdzięcza się Dahlmanowi za wcześniejsze przysługi. Czy w dalszym ciągu jest pani zainteresowana?

Po chwili zastanowienia Malin Eriksson kiwnęła potakująco głową.

– To kiedy miałabym zacząć?

Właśnie w tym momencie rozmowę kwalifikacyjną przerwał telefon od Mikaela.

ERIKA WESZŁA do mieszkania Mikaela, używając własnych kluczy. Mieli spotkać się oko w oko po raz pierwszy od króciutkiej wizyty Mikaela w redakcji w okolicach św. Jana. Na kanapie w salonie, z nogami na stoliku, siedziała anorektycznie chuda dziewczyna w podniszczonej skórzanej kurtce. Dopiero zajrzawszy jej w oczy, Erika zrozumiała, że ta kobieta musi mieć więcej niż piętnaście lat. Gdy Mikael wrócił z kuchni z kawą i ciasteczkami, Erika w dalszym ciągu przyglądała się zjawisku na sofie.

Mikael i Erika spojrzeli po sobie.

– Przepraszam, że byłem taki nieznośny – odezwał się w końcu Mikael.

Erika przechyliła głowę. Coś się w nim zmieniło. Odkąd go widziała ostatnim razem, zmizerniał i schudł. Przez chwilę ze wstydem w oczach unikał jej wzroku. Zerknęła na jego szyję i zobaczyła wyblakły, ale ciągle wyraźny szlaczek.

– Unikałem cię. To bardzo długa historia i nie jestem wcale dumny ze swojej roli w niej. Ale o tym później. Teraz chciałbym przedstawić cię tej młodej damie. Eriko, to jest Lisbeth Salander. Lisbeth, Erika jest redaktor naczelną „Millennium" i moim najlepszym przyjacielem.

Lisbeth zmierzyła wzrokiem elegancko ubraną i pewną siebie kobietę, i już po dziesięciu sekundach zdecydowała, że najprawdopodobniej Erika Berger nie zostanie jej przyjaciółką.

SPOTKANIE TRWAŁO pięć godzin. Erika zadzwoniła dwa razy, by odwołać inne zebrania. Przez godzinę czytała fragmenty tekstu, który Mikael wcisnął jej do rąk. Miała tysiące pytań, ale doszła do wniosku, że udzielenie na nie odpowiedzi zajęłoby trzy tygodnie. Teraz najważniejszy był tekst odłożony właśnie przez nią na stół. Nawet jeżeli tylko nieznaczna część tych stwierdzeń była prawdziwa, to mieli do czynienia z nową sytuacją.

Erika spojrzała na Mikaela. Nigdy nie wątpiła w jego uczciwość, ale na moment przyprawił ją o zawrót głowy i pomyślała, że być może – zgnębiony przez Wennerströma – przedstawił jej tylko wytwór chorej wyobraźni. Ale właśnie w tym momencie Mikael położył na stole dwa kartony wydruków komputerowych. Erika zbladła. Oczywiście chciała wiedzieć, w jaki sposób dotarł do tych materiałów.

Dość dużo czasu zajęło mu przekonanie Eriki, że to właśnie ta dziwaczna dziewczyna, która zresztą do tej pory nie wypowiedziała ani słowa, ma nieograniczony dostęp do komputera Hansa-Erika Wennerströma. I nie tylko jego. Włamała się do komputerów kilku jego adwokatów i najbliższych współpracowników.

Erika odpowiedziała bez zastanowienia, że nie mogą korzystać z nielegalnie zdobytych materiałów.

Ależ naturalnie mogli. Mikael zaznaczył, że nie mają obowiązku informować, w jaki sposób dotarli do dokumentów. Równie dobrze ich źródłem mógłby być ktoś z dostępem do komputera Wennerströma. Ktoś, kto tylko skopiował jego zawartość.

W końcu Erika zrozumiała wartość trzymanej w ręku broni. Była wyczerpana, w dalszym ciągu miała masę pytań, ale nie wiedziała, od czego zacząć. Oparła się więc wygodnie na kanapie i rozłożyła ręce.

– Mikael, co się wydarzyło w Hedestad?

Lisbeth natychmiast podniosła wzrok. Mikael siedział przez dłuższą chwilę w milczeniu. Odpowiedział pytaniem.

– Żyjesz w zgodzie z Harriet?

– Tak. Przynajmniej tak mi się wydaje. Spotkałam się z nią dwa razy. W ubiegłym tygodniu byłam z Christerem w Hedestad, na zebraniu zarządu. Opiliśmy się trochę winem.

– A jak udało się zebranie?

– Harriet dotrzymuje słowa.

– Ricky, wiem, że masz powód do frustracji, bo zdecydowanie za długo robiłem uniki i wynajdywałem preteksty, żeby ci nie powiedzieć całej prawdy. Nigdy nie mieliśmy przed sobą tajemnic, a tu nagle zebrało się pół roku mojego życia, o którym... nie potrafię ci opowiedzieć.

Popatrzyli sobie w oczy. Znali się jak łyse konie, ale teraz wyczytała w jego oczach coś, czego nigdy wcześniej nie widziała. Coś błagalnego. Prosił ją pokornie o niezadawanie pytań. Patrząc na niego bezsilnie, otworzyła usta. Lisbeth obojętnie obserwowała ich milczącą konwersację. Nie wtrącała się do rozmowy.

– Aż tak źle?

– Jeszcze gorzej. Bałem się tej rozmowy. Obiecuję, że wszystko ci opowiem, ale gdy przez ostatnie miesiące byłem totalnie pochłonięty Wennerströmem, udało mi się stłamsić wiele emocji i... nie jestem jeszcze gotów. Bardzo bym się ucieszył, gdyby opowiedziała ci Harriet.

– A skąd te ślady na twojej szyi?

– Lisbeth uratowała mi życie. Gdyby jej tam na północy nie było, już bym nie żył.

Erika otworzyła szerzej oczy i jeszcze raz przyjrzała się dziewczynie w skórze.

– A teraz musisz zawrzeć z nią umowę. To ona jest naszym źródłem.

Erika siedziała w skupieniu przez dłuższą chwilę. A później zrobiła coś, co zaskoczyło Mikaela, zaszokowało Lisbeth i zdziwiło nawet ją samą. Siedząc przy stole, cały czas czuła na sobie wrogie spojrzenie milczącej dziewczyny. Nagle wstała, obeszła stół i wzięła ją w ramiona. Lisbeth stawiała opór jak nadziewany na haczyk robak.

Rozdział 29
Sobota w listopadzie
– wtorek 25 listopada

LISBETH SALANDER surfowała po internetowym imperium Hansa-Erika Wennerströma. Siedziała przyklejona do ekranu komputera od jedenastu godzin. Zmaterializowany gdzieś w zakamarkach mózgu kaprys z ostatniego tygodnia w Sandhamn przerodził się w maniakalną pasję. Salander zamknęła się w swoim mieszkaniu i przez cztery tygodnie ignorowała telefony od Armanskiego. Spędzała przed ekranem dwanaście do piętnastu godzin dziennie, a każdą wolną chwilę poświęcała rozmyślaniom nad jednym i tym samym problemem.

W ciągu ostatniego miesiąca miała sporadyczny kontakt z Mikaelem; on był równie zajęty i pochłonięty swoją pracą w redakcji „Millennium". Kilka razy w tygodniu konferowali przez telefon, Lisbeth informowała go o najnowszej korespondencji i przedsięwzięciach Wennerströma.

Po raz setny analizowała każdy szczegół. Nie obawiała się, że coś przeoczyła, ale nie była pewna, czy zrozumiała wszystkie zagmatwane powiązania.

SZEROKO OMAWIANE imperium Wennerströma było jak żywy, bezkształtny i pulsujący organizm, który nieustannie zmieniał postać. Składały się nań opcje, obligacje, akcje, współudziały, oprocentowanie pożyczek, oprocentowanie dochodów, zastawy, konta, transfery i tysiące innych spraw.

Bajecznie duża część zasobów była umieszczona w fikcyjnych, powiązanych ze sobą przedsiębiorstwach.

Młode wilczki od analiz ekonomicznych oceniały wartość Wennerstroem Group na ponad dziewięćset miliardów koron. To zwykły blef albo co najmniej porządnie przesadzona liczba. Ale Wennerström nie był biedakiem. Lisbeth oszacowała jego prawdziwe zasoby na dziewięćdziesiąt do stu miliardów, tak więc nie miał się czego wstydzić. Poważna rewizja całego koncernu zajęłaby lata. Salander zidentyfikowała łącznie prawie trzy tysiące osobnych kont i zasobów bankowych rozsianych po całym świecie. Wennerström zajmował się oszustwami na tak wielką skalę, że przestawały być bezprawne i zyskiwały miano interesów.

W organizmie tego imperium tu i ówdzie istniała prawdziwa substancja. Nieustannie i niezmiennie pojawiały się trzy pozycje. Szwedzkie zasoby stałe były nienaruszalne, autentyczne i rokrocznie poddawane publicznej kontroli, bilansom oraz audytom. Działalność w USA miała solidne fundamenty, a nowojorski bank zarządzał wszelkim majątkiem ruchomym. Szemrana działalność rozwijała się w fikcyjnych przedsiębiorstwach w miejscach takich jak Gibraltar, Cypr i Monako. Wennerstroem Group funkcjonowała niczym skład rzeczy różnych, w którym odbywał się nielegalny handel bronią, pranie pieniędzy przez podejrzane spółki w Kolumbii i nadzwyczaj dziwne interesy z Rosją.

Jedno anonimowe konto na Kajmanach miało szczególny status; Wennerström kontrolował je osobiście, choć nie było związane z żadnym biznesem. Jakaś dziesiąta część promila każdej transakcji dokonanej przez Wennerströma skapywała na to konto za pośrednictwem fikcyjnych firm.

Salander pracowała jak w transie. Konta – *klik* – poczta elektroniczna – *klik* – zestawienie bilansowe – *klik*. Zanotowała ostatnie transfery. Podążyła śladem niewielkiej transakcji z Japonii do Singapuru i dalej przez Luksemburg na Kajmany – i nagle zrozumiała zasadę. Stała się jakby jednym z impulsów w cyberprzestrzeni. Drobne zmiany. Ostatni mail. Jeden jedyny krótki mail o drugorzędnym znaczeniu, wysłany o dziesiątej wieczorem. Program szyfrujący PGP, *rattle, rattle,* zwykła kpina dla kogoś, kto już był w komputerze i potrafił przeczytać tekst w oryginale.

> Berger przestała się wykłócać o ogłoszenia. Poddała się czy ma coś innego na widoku? Twoje źródło w redakcji zapewniało, że ledwie dyszą, a wygląda na to, że właśnie zatrudnili nową osobę.
> Dowiedz się, o co chodzi. Przez ostatnie tygodnie siedział w Sandhamn i pisał jak najęty, ale nikt nie wie co. Widziano go ostatnio w redakcji. Możesz załatwić szczotki następnego numeru?/HEW

Nic groźnego. Niech się zastanowi. *Jesteś już stracony, facet!*

O wpół do szóstej rano wyłączyła komputer i znalazła nienapoczętą paczkę papierosów. Przez całą noc wypiła cztery, nie – pięć butelek coli i właśnie usiadła z szóstą na kanapie. Miała na sobie tylko majtki i spraną koszulkę w panterkę reklamującą „Soldier of Fortune Magazine" z nadrukiem *Kill them all and let God sort them out.* Uświadomiwszy sobie, że marznie, opatuliła się leżącym obok kocem.

Czuła się jak na haju, jak gdyby najadła się jakiejś niepożądanej i zapewne nielegalnej substancji. Wpatrzona w latarnię za szybą, zastygła w bezruchu, podczas gdy jej mózg pracował na pełnych obrotach.

Mama – *klik* – siostra – *klik* – Mimmi – *klik* – Holger Palmgren. Evil Fingers. I Armanski. Praca. Harriet Vanger. Klik. Adwokat Nils Bjurman. Klik. Każdy zasrany szczegół. Niedający się zapomnieć, nawet gdyby próbowała.

Zastanawiała się, czy Bjurman kiedykolwiek jeszcze odważy się rozebrać przed kobietą, a jeżeli tak, to jak wytłumaczy swój tatuaż na brzuchu. I jak uda mu się zataić ten napis podczas następnej wizyty u lekarza.

I Mikael Blomkvist. *Klik.*

Uważała, że to dobry człowiek, być może z – chwilami zbyt widocznym – kompleksem Dzielnego Brata. Ale co gorsza był nieznośnie naiwny, jeżeli chodzi o niektóre podstawowe kwestie moralne. Z natury pobłażliwy, zbyt łatwo wybaczał, tłumacząc ludzkie zachowania psychologicznymi wymówkami. I nigdy nie był w stanie pojąć, że największe drapieżniki na świecie rozumieją tylko jeden język. Myśląc o Mikaelu, odczuwała niemal uciążliwy instynkt opiekuńczy.

Nie pamiętała, kiedy zasnęła, ale obudziła się o dziesiątej rano z kręczem karku. Jej oparta o ścianę głowa znajdowała się zdecydowanie poza sofą. Zataczając się, przeszła do sypialni, gdzie znów zapadła w sen.

TO BYŁ NIEWĄTPLIWIE reportaż ich życia. Po raz pierwszy od półtora roku Erika Berger czuła się szczęśliwa tak, jak czuć się może tylko redaktor pisma z medialną bombą w zanadrzu. Wprowadzała właśnie z Mikaelem ostatnie poprawki do tekstu, gdy zadzwonił jego telefon.

– Zapomniałam powiedzieć, że Wennerströma zaczyna niepokoić twoje pisanie i zamówił szczotki następnego numeru – usłyszał głos Lisbeth.

– Skąd wiesz... Ech, nieważne. Jakieś info o tym, jak zamierza to rozegrać?

– Nie. Wystarczy logicznie pomyśleć.

Mikael zastanawiał się przez chwilę.

– Drukarnia! – wykrzyknął.

Erika podniosła brwi.

– Jeżeli nie macie przecieków w redakcji, to nie ma wielu innych możliwości. O ile któryś z jego najemnych bandziorów nie planuje odwiedzić was w nocy.

Mikael zwrócił się do Eriki:

– Zamów inną drukarnię dla tego numeru. Natychmiast. I zadzwoń do Dragana Armanskiego, w przyszłym tygodniu będziemy potrzebować nocnych strażników.

– Dzięki, Sally – odezwał się znów do Lisbeth.

– Ile to będzie warte?

– O co ci chodzi?

– Ile warte jest takie ostrzeżenie?

– Co chcesz?

– Chcę o tym porozmawiać nad filiżanką kawy. Teraz.

SPOTKALI SIĘ w Kaffebar na Hornsgatan. Gdy Mikael zajął miejsce obok Lisbeth, wyglądała tak poważnie, że poczuł niepokój. Jak zwykle nie owijała w bawełnę.

– Potrzebuję pożyczyć pieniądze.

Mikael zaprezentował jeden ze swoich najgłupszych uśmiechów i zaczął szukać portfela.

– Nie ma sprawy. Ile?

– Sto dwadzieścia tysięcy koron.

– Ups! Nie mam tyle przy sobie – powiedział, chowając portfel.

– Nie żartuję. Potrzebuję pożyczyć sto dwadzieścia tysięcy na – powiedzmy – sześć tygodni. Chcę wykorzystać szansę na pewną inwestycję, ale nie mam się do kogo zwrócić. Na twoim koncie jest mniej więcej sto czterdzieści tysięcy. Dostaniesz je z powrotem.

Mikael nie skomentował faktu, że Lisbeth obeszła zabezpieczenia banku i sprawdziła stan jego konta. Korzystał z usług elektronicznych, odpowiedź byłaby oczywista.

– Nie musisz ode mnie pożyczać – odpowiedział. – Jeszcze nie rozmawialiśmy o twoim honorarium, ale przekroczy z nawiązką sumę, którą chcesz pożyczyć.

– Co za honorarium?

– Sally, zainkasuję wkrótce szaleńczo wysokie honorarium, będę się rozliczał z Henrikiem na przełomie grudnia i stycznia. Bez ciebie byłbym martwy, a „Millennium" popadłoby w ruinę. Chcę się z tobą podzielić wynagrodzeniem. Fifty-fifty.

Lisbeth przyjrzała mu się badawczo. Na jej czole pojawiła się zmarszczka. Mikael zaczął się przyzwyczajać do niemych pauz dziewczyny. W końcu pokręciła głową.

– Nie chcę twoich pieniędzy.

– Ale...

– Nie chcę od ciebie ani jednej korony.

Nagle uśmiechnęła się swoim krzywym uśmiechem.

– No chyba że dostanę je w formie urodzinowego prezentu.

– Właśnie sobie uświadomiłem, że nigdy mi nie powiedziałaś, kiedy masz urodziny.

– Jesteś dziennikarzem. Dowiedz się.

– Szczerze mówiąc, Salander, zupełnie poważnie planuję podzielić się z tobą pieniędzmi.

– Ja też mówię poważnie. Nie chcę od ciebie żadnych pieniędzy. Chcę pożyczyć sto dwadzieścia tysięcy i potrzebuję ich na jutro.

Mikael siedział bez słowa.

Nawet nie zapytała, ile wyniesie jej część.

– Sally, pójdę dzisiaj z tobą do banku i pożyczę ci tyle, o ile prosisz. Ale pod koniec roku znowu porozmawiamy o twoim udziale w zysku, okej?

Podniósł rękę.

– No to kiedy masz urodziny?

– W noc Walpurgii – odpowiedziała. – Prawda, że stosownie? Wtedy przemieszczam się z miotłą między nogami.

WYLĄDOWAŁA W ZURYCHU o wpół do ósmej wieczorem i pojechała taksówką do hotelu turystycznego Matterhorn. Zarezerwowała tam wcześniej pokój dla Irene Nesser i okazała w recepcji norweski paszport wydany na to samo nazwisko. Irene Nesser była blondynką o włosach do ramion. Lisbeth kupiła perukę w Sztokholmie, a dziesięć tysięcy koron z pożyczonych od Mikaela pieniędzy wydała na dwa paszporty, które dzięki swoim podejrzanym międzynarodowym kontaktom załatwił dla niej Plague. Zamknąwszy się w swoim pokoju, zrzuciła z siebie wszystkie ubrania. Położyła się na łóżku i wbiła wzrok w sufit pokoju, który kosztował tysiąc sześćset koron za dobę. Poczuła pustkę. Przepuściła już połowę pożyczonej sumy i mimo że dołożyła swoje oszczędności, co do jednej korony, miała dość napięty budżet. Gdy tylko przestała myśleć, zasnęła prawie natychmiast.

Obudziła się kilka minut po piątej rano. Zaczęła od prysznica, a później przez dłuższą chwilę, przy pomocy pudru w płynie i proszku, maskowała tatuaż na szyi. Następnym punktem na liście rzeczy do zrobienia było zarezerwowanie na wpół do siódmej wizyty u wizażystki, która miała gabinet w foyer zdecydowanie droższego hotelu. Lisbeth kupiła jeszcze jedną perukę; tym razem wybrała jasnego, półdługiego pazia. Następnie zrobiono jej manicure, pokrywając obgryzione paznokcie czerwonymi tipsami, doklejono sztuczne rzęsy, nałożono na twarz jeszcze więcej pudru i w końcu wymalowano usta szminką i inną kleistą mazią. Koszt: osiem tysięcy koron.

Zapłaciła kartą kredytową należącą do Moniki Sohles i potwierdziła swoją tożsamość angielskim paszportem wystawionym na to nazwisko.

Kolejnym przystankiem był położony sto pięćdziesiąt metrów dalej Camille's House of Fashion. Godzinę później Lisbeth wyszła stamtąd ubrana w piaskową spódnicę i pasującą do niej bluzkę, krótką kurtkę i beret. Na nogach miała czarne rajstopy i kozaczki w tym samym kolorze. Wszystko drogie i markowe. Pozwoliwszy ekspedientce dokonać wyboru ubrań, sama wybrała ekskluzywną skórzaną aktówkę i niewielką walizeczkę firmy Samsonite. Zwieńczyła wszystko dyskretnymi kolczykami i prostym złotym łańcuszkiem na szyję, obciążając kartę kredytową czterdziestoma czterema tysiącami koron.

I po raz pierwszy w życiu miała biust! Zobaczywszy swój profil w lustrze, zrobiła głęboki wdech. Biust był równie fałszywy jak tożsamość Moniki Sohles; Lisbeth kupiła te lateksowe piersi w kopenhaskim sklepie, którego klientelę stanowili głównie transwestyci.

Czuła się gotowa do walki.

Kilka minut po dziewiątej weszła do stojącego dwie przecznice dalej, znamienitego hotelu Zimmertal, gdzie wcześniej zarezerwowała pokój dla Moniki Sohles. Dała sto koron napiwku chłopcu, który wniósł do pokoju jej nowiutką walizkę, zawierającą trochę starszą torbę podróżną. Apartament był niewielki i kosztował tylko dwadzieścia dwa tysiące za dobę. Lisbeth zapłaciła za jedną noc. Gdy została sama, rozejrzała się dokoła. Z okna miała wspaniały widok na Jezioro Zuryskie, co jednak zupełnie jej nie interesowało. Natomiast przez prawie pięć minut, nie mogąc się nadziwić, oglądała swoje odbicie w lustrze. Wyglądała tak... inaczej.

W końcu o dziewiątej trzydzieści zjadła w hotelowym barze śniadanie, składające się z dwóch filiżanek kawy i bajgla z dżemem. Koszt: dwieście dziesięć koron. *Are these people nuts?*

PRZED DZIESIĄTĄ siedząca nad filiżanką kawy Monica Sohles włączyła telefon komórkowy, by wdzwonić się modemem do serwera na Hawajach. Po trzech długich dźwiękach usłyszała sygnał połączenia. Modem zaskoczył. Sohles odpowiedziała sześciocyfrowym kodem i SMS-em polecającym włączenie programu, który Lisbeth ułożyła wcześniej sama, specjalnie na tę okazję.

Program ożył w Honolulu na anonimowej stronie domowej i na serwerze, który formalnie należał do uniwersytetu. Program był prosty. Jego jedyne zadanie polegało na przesłaniu sygnału do uruchomienia innego programu na innym serwerze; tym razem chodziło o zwykłą komercyjną stronę oferującą usługi internetowe w Holandii. A ten z kolei program miał znaleźć lustrzany twardy dysk, należący do Hansa-Erika Wennerströma, i przejąć kontrolę nad programem, który ujawniał zawartość jego ponad trzech tysięcy kont na całym świecie.

Lisbeth interesowało tylko jedno konto. Wiedziała, że Wennerström sprawdza jego stan kilka razy w tygodniu. Gdyby właśnie teraz włączył komputer i otworzył dokładnie ten sam folder, wszystko wyglądałoby jak zwykle. Program pokazywałby niewielkie, oczekiwane zmiany, nieróżniące się od tych, które zachodziły na koncie w ciągu ostatnich sześciu miesięcy. Gdyby Wennerström w ciągu najbliższych czterdziestu ośmiu godzin zarządził wypłatę albo przelew z konta, program usłużnie potwierdziłby wykonanie tych operacji. W rzeczywistości owe zmiany miałyby miejsce tylko na lustrzanym dysku w Holandii.

Monica Sohles wyłączyła telefon w chwili, gdy usłyszała cztery krótkie dźwięki sygnalizujące właściwe działanie programu.

OPUŚCIWSZY ZIMMERTAL, przespacerowała się na drugą stronę ulicy, do banku Hauser General, gdzie umówiła się z dyrektorem Wagnerem. Była na miejscu trzy minuty przed czasem i czekając, aż wybije dziesiąta, pozowała przed kamerą monitorującą, która wkrótce miała uwiecznić Lisbeth przechodzącą do oddziału, w którym udzielano dyskretnych prywatnych konsultacji.

– Potrzebuję pomocy przy kilku transakcjach – powiedziała Monica Sohles nienagannym oksfordskim angielskim.

Otwierając aktówkę, niechcący upuściła na podłogę reklamowy długopis, który świadczył o tym, że mieszka w hotelu Zimmertal i który mężczyzna podniósł z kurtuazją.

Uśmiechnąwszy się szelmowsko, zapisała numer konta w leżącym przed nią notatniku.

Dyrektorowi Wagnerowi wystarczyło jedno spojrzenie, by umieścić kobietę w kategorii: rozpieszczona córeczka takiego a takiego.

– Chodzi o pewną liczbę kont w Bank of Kroenenfeld na Kajmanach i automatyczny transfer za pomocą sekwencji kodów.

– Fräulein Sohles, czy ma pani wszystkie kody bankowe? – zapytał.

– *Aber natürlich* – odpowiedziała z wyraźnym obcym akcentem, nie pozostawiając wątpliwości, że operuje wyłącznie fatalną szkolną niemczyzną.

Zaczęła recytować szesnastocyfrowe numery identyfikacyjne, nie zaglądając ani razu do notatek. Dyrektor Wagner zrozumiał, że zapowiada się ciężkie przedpołudnie, ale w zamian za czteroprocentowy zysk z transferów gotów był zrezygnować z lunchu.

OPERACJE BANKOWE zajęły więcej czasu, niż myślała. Dopiero po dwunastej w południe odrobinę spóźniona Monica Sohles opuściła bank Hauser General i wróciła do hotelu Zimmertal. Pokazawszy się w recepcji, pospieszyła do pokoju i ściągnęła świeżo zakupione ubrania. Zachowała lateksowe piersi, ale zmieniła pazia na trochę dłuższe i jaśniejsze włosy Irene Nesser. Włożyła znacznie swobodniejszą odzież: czarne spodnie, botki na wysokim obcasie, prostą bluzkę i schludną skórzaną kurtkę ze sztokholmskiego Malungboden. Przejrzała się w lustrze. Nie wyglądała na zaniedbaną, ale nie była już bogatą dziedziczką. Zanim Irene Nesser opuściła pokój, posegregowała obligacje i część z nich umieściła w cienkiej teczce.

Pięć po pierwszej weszła do banku Dorffmann, oddalonego o około siedemdziesiąt metrów od Hauser General. Irene Nesser umówiła się tutaj na spotkanie z dyrektorem

Hasselmannem. Przeprosiła za spóźnienie w nienagannym niemieckim z norweskim akcentem.

– Ależ nie ma problemu, Fräulein – odpowiedział dyrektor Hasselmann. – Czym mogę pani służyć?

– Chciałabym otworzyć konto. Mam pewną liczbę prywatnych obligacji, które planuję spieniężyć.

Irene Nesser położyła przed rozmówcą swoją teczkę. Przejrzawszy jej zawartość, dyrektor Hasselmann najpierw pospiesznie, a następnie wolniej, uniósł brwi i uśmiechnął się uprzejmie.

Otworzyła pięć kont numerycznych, którymi mogła dysponować przez Internet i które były w posiadaniu wyjątkowo anonimowego i fikcyjnego przedsiębiorstwa w Gibraltarze, założonego dla niej za pięćdziesiąt tysięcy koron przez pośrednika. Zamieniła pięćdziesiąt obligacji na pieniądze, które umieściła na nowych kontach. Wartość każdej obligacji opiewała na milion koron.

JEJ OPERACJE FINANSOWE u Dorffmanna przeciągnęły się trochę, powodując jeszcze większe opóźnienie. Nie miała możliwości sfinalizowania swoich spraw przed zamknięciem banków. Dlatego Irene Nesser wróciła do hotelu Matterhorn, gdzie spędziła godzinę na demonstrowaniu swojej obecności. Szalony ból głowy zmusił ją jednak do wcześniejszego pożegnania. Kupiwszy w recepcji tabletki przeciwbólowe, zamówiła budzenie na ósmą rano i zaszyła się w swoim pokoju.

Dochodziła piąta po południu i wszystkie europejskie banki były już zamknięte. Ale otwierały się właśnie banki na kontynencie amerykańskim. Lisbeth włączyła PowerBooka i podłączyła się do Internetu za pomocą komórki. Ponad godzinę zajęło jej opróżnienie kont założonych wcześniej w banku Dorffmann.

Podzielonymi na mniejsze sumy pieniędzmi zapłaciła faktury fikcyjnych przedsiębiorstw rozsianych po całym

świecie. Gdy była gotowa, ni stąd, ni zowąd pieniądze zostały przetransferowane z powrotem do Bank of Kroenenfeld
na Kajmanach, tylko że teraz spoczęły na zupełnie innym
koncie niż to, czy raczej te, od których zaczynali dzisiaj
rano.

Upewniwszy się, że w ten sposób zabezpieczyła pierwszą
porcję pieniędzy i że niemożliwe jest ich wyśledzenie, Irene
Nesser dokonała tylko jednej wypłaty. Umieściła ponad
milion koron na rachunku powiązanym z kartą kredytową,
którą miała w portfelu. Posiadaczem rachunku była ano-
nimowa firma o nazwie Wasp Enterprises, zarejestrowana
w Gibraltarze.

KILKA MINUT później dziewczyna z jasnym paziem opuściła Matterhorn bocznymi drzwiami w barze hotelowym.
Monica Sohles przeszła do hotelu Zimmertal, ukłoniła się
grzecznie recepcjoniście i pojechała windą na swoje piętro.

W pokoju poświęciła sporo czasu oporządzeniu bojowe-
mu. Przebrała się, poprawiła makijaż i nałożyła dodatkową
warstwę fluidu maskującego tatuaż na szyi. A później zeszła
do restauracji i zjadła wykwintną kolację. Jadła ryby i zamówiła butelkę dojrzałego wina, o którym nigdy nie słyszała,
a które kosztowało tysiąc dwieście koron, wypiła lampkę
i zostawiła niedbale resztę, by przenieść się do baru. Wręczyła kelnerowi pięćset koron napiwku, czym zwróciła na
siebie uwagę personelu.

Przez trzy godziny pozwalała się podrywać nietrzeźwe-
mu włoskiemu młodzianowi o arystokratycznym nazwisku,
którego nie zamierzała zapamiętać. Zamówili dwie butelki
szampana, z których Lisbeth wypiła zaledwie kieliszek.

Około jedenastej pijany adorator bezceremonialnie złapał ją za pierś. Zadowolona chwyciła go za rękę i położyła
na stole. Najwyraźniej nie zorientował się, że ściskał kawałek lateksu. Swoim głośnym zachowaniem zaczęli budzić
irytację pozostałych gości. Około północy Monica Sohles

zauważyła, że jeden z nasrożonych strażników nie spuszcza z nich oka. Pomogła więc włoskiemu przyjacielowi wrócić do jego pokoju.

Kiedy poszedł do łazienki, napełniła dwie lampki czerwonym winem i przyprawiła jedną porcję rozdrobnionym rohypnolem. Mężczyzna padł na łóżko jak długi, w chwilę po pożegnalnym toaście. Lisbeth poluźniła mu krawat, zdjęła buty i przykryła kołdrą. Zanim opuściła pokój, umyła i wytarła do sucha oba kieliszki.

NASTĘPNEGO RANKA Monica Sohles zjadła wczesne śniadanie w swoim pokoju, rozdała hojne napiwki i jeszcze przed siódmą wymeldowała się z hotelu. Przed wyjściem z pokoju poświęciła pięć minut na wytarcie odcisków palców z klamek, mebli, spłuczki w toalecie, słuchawki telefonu i innych przedmiotów, których mogła dotknąć.

Irene Nesser opuściła hotel Matterhorn o wpół do dziewiątej, niedługo po zamówionym poprzedniego dnia budzeniu. Pojechała taksówką na dworzec kolejowy, gdzie w schowku bagażowym zostawiła swoje torby. Kolejne godziny spędziła na wizytach w dziewięciu prywatnych bankach, gdzie spieniężała część prywatnych obligacji z Kajmanów. Do godziny piętnastej zdążyła sprzedać dziesięć procent obligacji i umieścić pieniądze na trzydziestu kontach numerycznych. Resztę papierów wartościowych złożyła w bankowym sejfie.

Irene Nesser powinna oczywiście przyjechać do Zurychu jeszcze niejeden raz, ale to nie było pilne.

O WPÓŁ DO PIĄTEJ po południu wsiadła do taksówki, która zawiozła ją na lotnisko. Już na miejscu bezzwłocznie udała się do toalety. Pociąwszy na drobne kawałki zarówno paszport Moniki Sohles, jak i jej kartę kredytową, spłukała wszystko w ubikacji. Nożyczki wyrzuciła do kosza. Po 11 września 2001 roku wzbudziłaby tylko niezdrowe zainteresowanie, trzymając takie narzędzie w bagażu podręcznym.

Irene Nesser odleciała samolotem Lufthansy, lot GD890, do Oslo, skąd autobusem udała się do centrum miasta. W dworcowej toalecie posegregowała swoje ubrania. Wszystko, co łączyło ją z Monicą Sohles, włożyła do trzech różnych reklamówek, które wkrótce miały spocząć w trzech różnych koszach na śmieci w okolicach dworca. Pustą walizkę Samsonite umieściła w niezamkniętym schowku bagażowym. Złoty łańcuszek i kolczyki były zbyt niepowtarzalną biżuterią i dlatego dokonały żywota w studzience ściekowej.

Po chwili bojaźliwego wahania Irene zdecydowała się zachować sztuczny biust z lateksu.

Walcząc z czasem, jadła w pośpiechu hamburgera w McDonaldzie, jednocześnie przekładając zawartość ekskluzywnej aktówki do swojej torby podróżnej. Wychodząc, zostawiła skórzane cacko pod stołem. Kupiwszy w kiosku kawę latte na wynos, pobiegła na peron, z którego za moment miał odjechać nocny pociąg do Sztokholmu. Zdążyła w ostatniej chwili.

Dopiero gdy zamknęła drzwi przedziału sypialnego, po raz pierwszy od dwóch dni poczuła, jak poziom adrenaliny spada do normalnego poziomu. Otworzyła okno i nie przejmując się zakazem, zapaliła papierosa. Pociąg ospale wytaczał się z dworca w Oslo.

Pijąc kawę małymi łyczkami, przebiegła w pamięci całą swoją listę, by upewnić się, że o niczym nie zapomniała. Nagle ze zmarszczonymi brwiami zaczęła przeszukiwać kieszenie kurtki. Dość długo przyglądała się reklamowemu długopisowi z hotelu Zimmertal, zanim – nagle zwalniając chwyt – pozwoliła mu wypaść przez okno.

Po piętnastu minutach weszła do łóżka i prawie natychmiast zasnęła.

Epilog
Sprawozdanie Komisji Rewizyjnej
Czwartek 27 listopada
– wtorek 30 grudnia

NUMER TEMATYCZNY „Millennium" o Hansie-Eriku Wennerströmie zawierał podpisany przez Mikaela Blomkvista i Erikę Berger czterdziestosze@ściostronicowy tekst, który wybuchł niczym bomba zegarowa w ostatnim tygodniu listopada. Przez pierwsze godziny media nie wiedziały, jak potraktować ten sensacyjny materiał, ponieważ za podobny tekst rok temu Mikael został oskarżony o zniesławienie i skazany na dwa miesiące więzienia, a poza tym najwyraźniej zwolniono go z pracy. Tak więc dziś dość nisko oceniano jego wiarygodność. Teraz to samo czasopismo powracało z historią napisaną przez tego samego dziennikarza, który występował z jeszcze poważniejszymi zarzutami niż te, za które został skazany. Tekst był częściowo tak absurdalny, że przeczył zdrowemu rozsądkowi. Szwedzkie media wyczekiwały z niedowierzaniem.

Ale wieczorem Ta z TV4 rozpoczęła wiadomości jedenastominutowym streszczeniem zarzutów Blomkvista. Kilka dni wcześniej podczas lunchu z Eriką Berger dostała, wtedy jeszcze nieoficjalne, informacje.

Brutalny profil komercyjnej stacji TV4 zwyciężył nad telewizją publiczną, która obudziła się dopiero podczas wieczornych wiadomości o dziewiątej. Wtedy też TT nadał pierwszą depeszę, zatytułowaną ostrożnie: *Skazany dziennikarz oskarża finansistę o poważną działalność przestępczą*. Treść komunikatu była skróconą wersją telewizyjnego newsa, ale sam fakt, że agencja prasowa podniosła ten temat, pobudził do gorączkowych działań konserwatywny dziennik i kilka-naście innych dużych gazet regionalnych. Czas naglił, trzeba było zdążyć ze zmianą wiadomości na pierwszej stronie, zanim ruszą maszyny drukarskie. Do tej pory bowiem prasa trwała w postanowieniu, by mniej lub bardziej zignorować treści zawarte w „Millennium".

Liberalna gazeta poranna skomentowała bombę we wstępniaku, napisanym przez samego redaktora naczelnego dzień wcześniej. Gdy wieczorne wiadomości z TV4 zapoczątkowały medialne wrzenie, redaktor naczelny gazety bawił na jakimś bankiecie i wydzwaniającego gorączkowo sekretarza redakcji („W tych zarzutach Blomkvista musi być cząstka prawdy") zbył klasycznym już stwierdzeniem: „Bzdury. Gdyby tak było, nasi reporterzy już dawno by to wykryli". W ten sposób naczelny liberalnego dziennika jako jedyny przedstawiciel mediów dokonał totalnej rzezi stwierdzeń Blomkvista i Berger. Wstępniak zawierał takie wyrażenia, jak: *prześladowanie, przestępcze dziennikarstwo rynsztokowe* oraz *żądanie podjęcia kroków w celu ukrócenia karalnych stwierdzeń na temat zacnych obywateli*. Rzeczony redaktor nie zabrał jednak więcej głosu w debacie.

Tej nocy redakcja „Millennium" nie opustoszała. Początkowo miały zostać tylko Erika Berger i nowo zatrudniona Malin Eriksson, na wypadek gdyby ktoś chciał zadać im jakieś pytania. Ale o dziesiątej wieczorem byli tam wszyscy zatrudnieni, a wkrótce dobiło do nich kilku byłych współpracowników i paru stałych freelancerów. O północy Christer Malm odkorkował butelkę wina musującego. Chwilę wcześniej dostał od starego znajomego z popołudniówki wstępną wersję mającego się ukazać następnego dnia artykułu. Gazeta poświęciła aferze Wennerströma szesnaście stron, a zatytułowała artykuł: „Mafia finansowa". Następnego dnia rozpoczęła się kampania medialna na rzadko spotykaną skalę.

Nowa sekretarz redakcji doszła do wniosku, że będzie się jej w „Millennium" podobać.

W NASTĘPNYM TYGODNIU zadrżała szwedzka giełda. Gdy sprawą zajęła się policja gospodarcza i prokurator, na giełdzie zaczęła się paniczna wyprzedaż. Dwa dni po ujawnieniu przestępczej działalności Wennerströma afera przeobraziła się w sprawę wagi państwowej, co skłoniło ministra gospodarki do wygłoszenia oświadczenia.

Kampania nie oznaczała, że media bezkrytycznie zaakceptowały stwierdzenia Blomkvista, jego zarzuty były zbyt poważne. Ale tym razem „Millennium" mogło przedstawić dramatycznie przekonujące dowody: korespondencję mailową Wennerströma i kopie zawartości jego komputera, gdzie czarno na białym widniały zestawienia dotyczące tajemnych zasobów na Kajmanach i w ponad dwudziestu innych krajach, tajemne kontrakty i inne treści, których ostrożniejszy gangster za nic w życiu nie zostawiłby na twardym dysku. Wkrótce stało się jasne, że afera Wennerströma będzie zdecydowanie największą bombą, jaka wybuchła w szwedzkim świecie finansowym od upadku Kreugera w 1932 roku. O ile oczywiście zarzuty „Millennium" utrzymają się w Sądzie Najwyższym, bo wszyscy byli zgodni co do tego, że prędzej czy później sprawa dotrze do najwyższej instancji. W porównaniu z aferą Wennerströma bladły wszystkie szemrane interesy banku Gotha czy machlojki spółki inwestycyjnej Trustor. Chodziło o oszustwa na tak dużą skalę, że nikt nawet nie odważył się dociekać, jak wielu czynów przestępczych dopuścił się oskarżony finansista.

Po raz pierwszy w szwedzkiej żurnalistyce gospodarczej użyto takich pojęć, jak: „systematyczna działalność przestępcza", „mafia" i „rządy gangsterów". Wennerström i krąg jego najbliższych współpracowników – młodych maklerów giełdowych, współwłaścicieli i ubranych w garnitury Armaniego adwokatów – zostali przedstawieni jak pierwsza z brzegu szajka rabująca banki albo tuzinkowi dilerzy narkotyków.

PRZEZ PIERWSZE DOBY medialnego wrzenia Mikael Blomkvist się nie ujawniał. Nie odpowiadał na maile i nie odbierał telefonów. Wszystkie komentarze redakcyjne pochodziły od Eriki Berger, która mruczała z zadowolenia jak kot, gdy przeprowadzali z nią wywiady dziennikarze z ogólnokrajowych mediów i znaczących gazet lokalnych, a wkrótce również – ciągle rosnąca grupa reporterów zagranicznych. Za każdym razem, gdy pytano ją, w jaki sposób „Millennium" dotarło do tej wysoce prywatnej i wewnętrznej dokumentacji, odpowiadała zagadkowym uśmiechem i mówiła: „Oczywiście nie możemy zdradzić naszego źródła informacji".

Pytana o przyczyny, dla których ubiegłoroczne próby zdemaskowania Wennerströma zakończyły się fiaskiem, stawała się jeszcze bardziej tajemnicza. Nigdy nie kłamała, ale raczej też nie mówiła całej prawdy. *Off the record*, bez podtykanego jej pod nos mikrofonu, pozwalała sobie na nieodgadnione uwagi, które zebrane do kupy mogły prowadzić do pochopnych wniosków. Dość szybko rozeszła się więc pogłoska, która wkrótce przybrała niezwykłe rozmiary. Podobno Mikael Blomkvist dlatego nie odpierał oskarżenia i dlatego dobrowolnie pozwolił skazać się na więzienie oraz pokaźną grzywnę, że jego dokumentacja nieuchronnie doprowadziłaby do zidentyfikowania informatora. Porównywano go z amerykańskimi wzorcami medialnymi, z osobami, które prędzej pójdą do więzienia, niż zdradzą swoje źródło. Opisywano go jako bohatera w tak bezecnie pochlebnych słowach, że poczuł się zażenowany. Ale to nie była najbardziej odpowiednia chwila na publikowanie sprostowań.

Co do jednej rzeczy wszyscy byli zgodni: osoba, która udostępniła te dokumenty, musiała należeć do najbardziej zaufanego grona Wennerströma. Tym samym rozpoczęła się rozwlekła drugoplanowa debata na temat domniemanego

Deep Throat. Jako kandydatów wymieniano niezadowolonych współpracowników, adwokatów, a nawet uzależnioną od kokainy córkę finansisty oraz innych członków rodziny. Ani Erika, ani Mikael nie powiedzieli słowa na ten temat, pozostawiając spekulacje bez komentarza.

Pewna wygranej Erika uśmiechała się z zadowoleniem, gdy trzeciego dnia jedna z popołudniówek zamieściła artykuł zatytułowany „Rewanż »Millennium«". Tekst był bardzo pochlebnym portretem czasopisma i jego pracowników, a do tego został okraszony szczególnie korzystną fotografią Berger, którą zresztą nazwano królową dziennikarstwa śledczego. Bez wątpienia przysporzyło jej to dodatkowych punktów w rankingu tabloidów. Zaczęto też mówić o Wielkiej Nagrodzie Dziennikarskiej.

PIĘĆ DNI PO WYSTRZALE armatnim „Millennium" w księgarniach pojawiła się książka Mikaela Blomkvista *Bankier mafii*. Napisana w gorączkowej atmosferze jesiennych dni w Sandhamn i wydrukowana w wielkim pośpiechu i tajemnicy w Hallvigs Reklam w Morgongåva. To była pierwsza książka zupełnie nowego wydawnictwa z logo „Millennium". Prawdziwa cegła formatu kieszonkowego. Sześćset piętnaście stron, zaczynających się tajemniczą dedykacją: *Dla Sally, która ukazała mi zalety gry w golfa*. Niski, dwutysięczny nakład gwarantował w zasadzie tylko straty, ale gdy po kilku dniach okazało się, że został zupełnie wyczerpany, Erika powiększyła go o dziesięć tysięcy dodruków.

Recenzenci stwierdzili, że przynajmniej tym razem Blomkvist nie oszczędzał na amunicji, jeżeli chodzi o publikację dokumentów źródłowych. Pod tym względem mieli absolutną rację. Dwie trzecie książki stanowiły załączniki w formie kopii dokumentów z twardego dysku Wennerströma. Jednocześnie z publikacją książki na swojej stronie internetowej „Millennium" udostępniło teksty z komputera Wennerströma w postaci plików PDF. Każdy zainteresowany czytelnik mógł osobiście zbadać materiały źródłowe.

Osobliwa nieobecność Mikaela była częścią medialnej strategii stworzonej przez niego samego i Erikę. Wszystkie gazety szukały z nim kontaktu. Pojawił się dopiero po wprowadzeniu książki na rynek, występując w ekskluzywnym wywiadzie w prywatnym kanale telewizyjnym, który ponownie pobił telewizję państwową. Reporterka, Ta z TV4, nie nastawiła się jednak na przyjacielską pogawędkę, a jej pytania były dalekie od przymilnych stwierdzeń.

Oglądając później w domu nagrany na taśmę program, Mikael poczuł szczególną satysfakcję z jednego fragmentu rozmowy. Wywiad był robiony na żywo, w momencie gdy sztokholmska giełda spadała na łeb, na szyję, a niejeden finansowy wilczek groził rzuceniem się z okna. Dziennikarka zapytała Blomkvista, czy „Millennium" ponosi odpowiedzialność za katastrofalny upadek szwedzkiej gospodarki.

– Stwierdzenie, że szwedzka gospodarka zmierza do katastrofy to nonsens! – zareplikował błyskawicznie.

Ta z TV4 wyglądała na zmieszaną. Odpowiedź rozmówcy nie pasowała do przygotowanego scenariusza i nagle dziennikarka poczuła się zmuszona do improwizacji. Zadała Mikaelowi pytanie, na które tylko czekał.

– Przeżywamy największy jednostkowy spadek szwedzkiej giełdy w całej jej historii, czy to nonsens?

– Musi pani rozróżnić dwa pojęcia – szwedzką gospodarkę i szwedzki rynek giełdowy. Ta pierwsza to suma wszystkich towarów i usług produkowanych w tym kraju każdego dnia. To telefony Erikssona, samochody Volvo, kurczaki Scanu i transporty z Kiruny do Skövde. To jest szwedzka gospodarka i ta gospodarka jest dzisiaj równie mocna albo równie słaba jak tydzień temu.

Zrobił pauzę i napił się trochę wody.

– Giełda to coś zupełnie innego. Tam nie ma żadnej gospodarki, żadnej produkcji towarów i usług. Tam są tylko fantazje, tam z godziny na godzinę można podjąć decyzję o tym, że ta i ta firma będzie teraz warta o tyle miliardów mniej lub więcej. I to nie ma nic wspólnego z rzeczywistością, ani ze szwedzką gospodarką.

– A więc uważa pan, że ten ogromny spadek na giełdzie w ogóle nie ma znaczenia?

– Tak właśnie uważam. To nie gra żadnej roli – odpowiedział Mikael tak zmęczonym i zrezygnowanym głosem, że można by uważać go za wyrocznię. Ta odpowiedź miała być później wielokrotnie cytowana.

Mówił dalej:

– To oznacza tylko, że masa potężnych giełdziarzy przenosi swoje akcje ze szwedzkich przedsiębiorstw do niemieckich. To właśnie tych giełdowych spekulantów jakiś mniej bojaźliwy reporter powinien nazwać zdrajcami kraju. To oni systematycznie i być może nawet świadomie szkodzą szwedzkiej gospodarce, żeby zaspokoić interesy swoich żądnych zysku klientów.

W chwilę później Ta z TV4 popełniła kolejny błąd, zadając ulubione pytanie Mikaela.

– Czyli uważa pan, że media nie ponoszą żadnej odpowiedzialności?

– Ależ oczywiście, że media ponoszą odpowiedzialność. Jak najbardziej. Przez co najmniej dwadzieścia lat ogromna rzesza dziennikarzy ekonomicznych nie zrobiła nic, żeby zbadać działalność Hansa-Erika Wennerströma. Wręcz przeciwnie, zupełnie bez głowy wzmacniali jego prestiż, tworząc portret idola. Gdyby dobrze wykonywali swoje obowiązki zawodowe, nie bylibyśmy dzisiaj w takiej sytuacji.

WYSTĄPIENIE BLOMKVISTA stanowiło punkt zwrotny. Mimo że „Millennium" od tygodnia nie schodziło z pierwszych stron gazet, Erika była przekonana, że dopiero wtedy, gdy Mikael w telewizyjnym studiu spokojnie bronił swoich sądów, szwedzkie media zrozumiały, że jego historia nie jest wyssana z palca i że przedstawione fakty są jak najbardziej prawdziwe. Jego postawa i stanowisko wyznaczyły kierunek. Po tym wywiadzie afera Wennerströma niepostrzeżenie stała się domeną reporterów kryminalnych, co oznaczało wyraźną zmianę myślenia w redakcjach prasowych. Wcześniej dziennikarze kryminalni rzadko albo nigdy nie pisali o przestępczości gospodarczej, z wyjątkiem spraw dotyczących rosyjskiej mafii czy jugosłowiańskich przemytników papierosów. Od reportera kryminalnego nie oczekiwano analizy zawiłości giełdy. Któraś popołudniówka potraktowała wypowiedź Blomkvista dosłownie i w środkowej części gazety, pod tytułem „To oni sprzedają swój kraj", zamieściła portrety kilku ważniejszych maklerów, którzy właśnie kupowali niemieckie papiery wartościowe. Każdego z nich poproszono o komentarz do stwierdzeń Blomkvista. Odmówili wszyscy, jak jeden mąż. Ale tego dnia poważnie spadła wartość obrotów akcjami i paru maklerów, którzy chcieli uchodzić za progresywnych patriotów, zaczęło iść pod prąd. Mikael zaśmiewał się do rozpuku.

Presja była tak silna, że poważni mężczyźni w ciemnych garniturach, marszcząc z troską czoła, łamali najważniejszą zasadę obowiązującą w ekskluzywnym towarzystwie finansowej śmietanki kraju – wypowiadali się na temat kolegów. Nagle w telewizyjnych studiach zasiedli emerytowani szefowie Volvo, wiodący przemysłowcy oraz dyrektorzy banków, i odpowiadali grzecznie na pytania, by ograniczyć szkody. Wszyscy zrozumieli powagę sytuacji i chodziło o to, żeby jak najszybciej zdystansować się od Wennerstroem Group i pozbyć akcji. Wennerström (skonstatowali prawie jednogłośnie) mimo wszystko nigdy nie zyskał miana prawdziwego przemysłowca i nigdy do końca nie zaakceptowano go w *klubie*. Ktoś przypomniał, że w gruncie rzeczy był prostym chłopcem z robotniczej Norlandii i może dlatego sukces uderzył mu do głowy. Ktoś opisał jego działalność jako *osobistą tragedię*. Inni odkryli, że od dawna mieli wątpliwości co do Wennerströma, nie odpowiadała im ani jego chełpliwość, ani inne irytujące maniery.

Podczas następnych tygodni, w miarę jak rozpatrywano dokumentację „Millennium" i dopasowywano kolejne fragmenty układanki, znaleziono powiązania podejrzanych firm Wennerströma z sercem międzynarodowej mafii, która zajmowała się wszystkim, począwszy od nielegalnego obrotu bronią poprzez pranie pieniędzy z południowoamerykańskiego handlu narkotykami po prostytucję w Nowym Jorku, a nawet – pośrednio – po handel meksykańskimi dziećmi w celach seksualnych. Jedno z przedsiębiorstw Wennerströma, zarejestrowane na Cyprze, wywołało szczególne poruszenie, gdy okazało się, że pod jego przykrywką właściciel próbował kupić wzbogacony uran na ukraińskim czarnym rynku. Wyglądało na to, że wszędzie, gdzie tylko wykryto szemrane interesy, pojawiało się któreś z podejrzanych fikcyjnych przedsiębiorstw szwedzkiego finansisty.

Erika stwierdziła, że książka o Wennerströmie to najlepsze z dotychczasowych dokonań Mikaela. Chwilami widać było, że nie miał czasu na szlifowanie języka literackiego, całość była nierówna stylistycznie i niekiedy dość słaba, ale autor wynagrodził sobie doznane krzywdy i z każdej strony biła nieudawana wściekłość.

ZUPEŁNIE PRZYPADKOWO Mikael spotkał swojego antagonistę, byłego dziennikarza gospodarczego Williama Borga. Natknął się na niego przy drzwiach lokalu Kvarnen, gdzie Mikael wraz z Eriką, Christerem i resztą zatrudnionych w „Millennium" zamierzał spędzić wieczór świętej Łucji i na koszt firmy upić się do nieprzytomności. Borg był w towarzystwie pijanej w sztok dziewczyny w wieku Lisbeth Salander.

Mikael stanął jak wryty. Borg zawsze wzbudzał w nim

najgorsze instynkty i teraz musiał się hamować, żeby nie powiedzieć albo nie zrobić czegoś niestosownego. Stali więc naprzeciwko siebie i bez słowa mierzyli się wzrokiem. Niechęć Mikaela do Borga była wręcz wyczuwalna fizycznie. Erika przerwała te samcze błazeństwa, biorąc Mikaela pod ramię i ciągnąc do baru.

Mikael postanowił, że przy okazji poprosi Lisbeth o przeprowadzenie po cichu wywiadu na temat Borga. Tylko tak *pro forma* oczywiście.

W CZASIE TEJ CAŁEJ burzy główna postać dramatu była prawie zupełnie nieobecna. W dniu opublikowania artykułu przez „Millennium" Wennerström skomentował tekst Blomkvista podczas konferencji prasowej zwołanej z zupełnie innego powodu. Oświadczył, że oskarżenia są bezpodstawne, a wzmiankowana dokumentacja to zwykły falsyfikat. Przypomniał również, że ten sam dziennikarz rok temu został skazany za zniesławienie.

Później w imieniu Wennerströma wypowiadał się już tylko jego adwokat. W dwa dni po ukazaniu się książki Blomkvista rozeszła się plotka, że Wennerström opuścił Szwecję. Gazety popołudniowe użyły w tytułach słowa „ucieczka". Gdy w następnym tygodniu policja gospodarcza próbowała oficjalnie skontaktować się z finansistą, okazało się, że nie ma go w kraju. W połowie grudnia policja potwierdziła, że Wennerström jest poszukiwany, a dzień przed sylwestrem wystosowała międzynarodowy list gończy. Tego samego dnia zatrzymano najbliższego doradcę Wennerströma na lotnisku Arlanda, gdzie właśnie wsiadał do samolotu odlatującego do Londynu.

Kilka tygodni później jakiś szwedzki turysta zaalarmował media, twierdząc, że widział Wennerströma, jak wsiada do samochodu w Bridgetown, stolicy Barbadosu. Dostarczył dowód w postaci zrobionej ze sporej odległości fotografii. Widniał na niej biały mężczyzna w rozpiętej koszuli, jasnych spodniach i okularach przeciwsłonecznych. Niemożliwe było stwierdzenie jego tożsamości, ale popołudniówki wysłały reporterów, którzy bezowocnie próbowali wyśledzić Wennerströma na Karaibach. To było pierwsze z pojawiających się w coraz większych ilościach *sightings* ukrywającego się miliardera.

Po sześciu miesiącach policja przerwała poszukiwania. Wtedy bowiem znaleziono zwłoki Hansa-Erika Wennerströma w hiszpańskiej Marbelli. Mężczyzna został zamordowany w mieszkaniu, które wynajmował jako Viktor Fleming. Przyczyną śmierci były oddane z bliska trzy strzały w głowę. Hiszpańska policja wychodziła z założenia, że Wennerström przyłapał na gorącym uczynku zwykłego włamywacza.

ŚMIERĆ WENNERSTRÖMA nie była dla Lisbeth Salander specjalnym zaskoczeniem. Nie bez podstaw przypuszczała, że jego zgon ma wiele wspólnego z faktem, że stracił dostęp do pieniędzy na swoim koncie w banku na Kajmanach, których to pieniędzy potrzebował na spłacenie kolumbijskich długów.

Gdyby ktoś zadał sobie trud, żeby poprosić Lisbeth o pomoc w odnalezieniu Wennerströma, mogłaby prawie codziennie udzielać informacji o miejscu jego pobytu. Śledziła w Internecie jego desperacką ucieczkę przez tuzin krajów i widziała narastającą panikę w jego mailach, gdy tylko podłączył laptopa do Internetu. Ale nawet Mikael Blomkvist nie myślał, że ukrywający się eksmiliarder jest tak tępy, żeby targać ze sobą tak dokładnie spenetrowany komputer.

Po pół roku Lisbeth znudziło się śledzenie Wennerströma. Musiała jednak zdecydować, dokąd sięga jej zaangażowanie. Ten człowiek był bez wątpienia łajdakiem jakich mało, ale nie należał do jej osobistych wrogów i nie zamierzała przeciwko niemu występować. Mogła dać cynk Mikaelowi, ale on zrobiłby z tego pewnie nową medialną historię. Mogła dać cynk policji, ale istniało duże prawdopodobieństwo, że Wennerström – wcześniej ostrzeżony – zdążyłby znów uciec. Poza tym z zasady nie rozmawiała z policją.

Ale były inne niespłacone długi. Pomyślała o tej ciężarnej dwudziestodwuletniej kelnerce, której wciśnięto głowę pod wodę w jej własnej wannie.

Cztery dni przed śmiercią Wennerströma podjęła decyzję. Włączyła komórkę i zadzwoniła do pewnego adwokata w Miami, którego szwedzki eksmiliarder zdawał się unikać najbardziej. Rozmawiając z sekretarką, poprosiła o przekazanie tajemniczej wiadomości. Nazwisko Wennerström i adres w Marbelli. To wszystko.

Wyłączyła telewizor w połowie dramatycznego sprawozdania na temat śmierci poszukiwanego finansisty. Nastawiła kawę i zrobiła kanapkę z pasztetem i ogórkiem.

SIEDZĄC W ULUBIONYM fotelu ze szklaneczką glöggu, Mikael przyglądał się zajętym świątecznymi przygotowaniami współpracownikom. Zapakowawszy torby z logo firmy (tegoroczny prezent gwiazdowy dla wszystkich zatrudnionych), Erika i Christer zajęli się przyklejaniem znaczków i pisaniem ponad dwustu kartek bożonarodzeniowych do drukarzy, fotografów i kolegów po fachu.

Mikael walczył dzielnie z pokusą, ale w końcu nie potrafił się jej oprzeć. Na ostatniej kartce napisał: *Wesołych Świąt Bożego Narodzenia i Szczęśliwego Nowego Roku. Dziękuję za nieoceniony wkład w minionym roku!*

Podpisawszy się imieniem i nazwiskiem, zaadresował kartkę do Janne Dahlmana, pracującego obecnie w redakcji „Finansmagasinet Monopol".

Kiedy wrócił do domu, czekało na niego zawiadomienie o nadejściu paczki. Odebrał ją następnego ranka i otworzył po przyjściu do redakcji. W ozdobnym, świątecznym kartonie znalazł środek przeciw komarom w sztyfcie i ćwiartkę reimersholmu. Na dołączonej do prezentu kartce napisano: *Jeżeli nie będziesz miał nic innego do roboty, to w sobótkowy wieczór przybiję do portu w Arholmie.* Podpisał się pod nim nie kto inny, jak Robert Lindberg, szkolny kolega Mikaela.

REDAKCJA „MILLENNIUM" zazwyczaj zamykała podwoje tydzień przed Bożym Narodzeniem i otwierała dopiero po Nowym Roku. W tym roku tradycja trochę kulała; nacisk na tę małą redakcję był ogromny i ciągle jeszcze dzwonili dziennikarze ze wszystkich zakątków świata. Dzień przed Wigilią Mikael zupełnie przypadkowo natknął się na artykuł w „Financial Times" podsumowujący prace międzynarodowej komisji bankowej, którą w pośpiechu powołano w celu zbadania imperium Wennerströma. Komisja wyszła z założenia, że finansista najprawdopodobniej w ostatniej chwili został ostrzeżony, ponieważ na dzień przed publikacją demaskującego tekstu „Millennium" opróżnił konta w Bank of Kroenenfeld na Kajmanach. W grę wchodziło dwieście sześćdziesiąt milionów dolarów amerykańskich, czyli około dwóch miliardów koron szwedzkich.

Pieniądze znajdowały się na kontach, którymi dysponował wyłącznie Wennerström. Nie musiał stawiać się osobiście, do zlecenia przelewów wystarczyło bowiem podać serię kodów. Oszczędności Wennerströma zostały przeniesione do Szwajcarii, gdzie współpracująca z miliarderem kobieta zamieniła je na anonimowe obligacje prywatne. Wszystkie kody bankowe były w porządku.

Europol wysłał międzynarodowy list gończy za nieznaną kobietą, legitymującą się skradzionym angielskim paszportem. Fałszywa Monica Sohles pławiła się ponoć w luksusie w jednym z najdroższych zuryskich hoteli. Pochodząca z kamery nadzorującej, ale stosunkowo wyraźna fotografia przedstawiała niewysoką blondynkę o wydatnych ustach i biuście. Kobieta miała na sobie markową odzież i złotą biżuterię.

Mikael przyjrzał się zdjęciu najpierw pobieżnie, a po chwili z rosnącą nieufnością. Wyciągnąwszy z szuflady szkło powiększające, w zrastrowanej reprodukcji zaczął rozróżniać rysy twarzy.

Gdy w końcu odłożył gazetę, siedział oniemiały przez kilka minut. A później wybuchnął tak histerycznym śmiechem, że Christer zajrzał do środka, pytając, co się stało. Mikael machnął tylko ręką.

PRZED POŁUDNIEM w Wigilię Mikael pojechał do Årsty, gdzie odbyła się tradycyjna wymiana prezentów gwiazdkowych. Pernilla dostała swój wymarzony, kupiony przez rodziców na spółkę komputer. Mikael dostał krawat od Moniki i kryminał Åke Edwardsona od córki. Przedświąteczne medialne wrzenie wokół „Millennium", w przeciwieństwie do ubiegłorocznego zamieszania, wprawiło teraz wszystkich w świetny nastrój.

W czasie lunchu Mikael zerkał ukradkiem na Pernillę, której nie widział od jej niespodziewanej wizyty w Hedestad. Nagle uświadomił sobie, że nigdy nie rozmawiał z Moniką o namiętnym zainteresowaniu córki sektą biblijną z Skellefteå. I nie mógł im powiedzieć, że to przecież Pernilla dzięki swojej znajomości Pisma Świętego naprowadziła go na właściwy trop w poszukiwaniach zaginionej Harriet. Od tamtej pory nawet z nią nie rozmawiał i poczuł ukłucie wyrzutów sumienia.

Nie był dobrym ojcem.

Pocałował Pernillę na pożegnanie i pospieszył do Slussen, skąd pojechał z Lisbeth, do Sandhamn. Od wybuchu milenijnej bomby prawie się nie widzieli. Zostali za miastem przez całe święta.

MIKAEL BYŁ JAK ZAWSZE wyśmienitym towarzystwem, ale Lisbeth miała wrażenie, że tym razem przygląda się jej szczególnie badawczo, zwłaszcza gdy oddając dług, wręczyła mu czek na sto dwadzieścia tysięcy koron. Ale nic nie powiedział.

Przespacerowali się do Trovill, tam i z powrotem, co Lisbeth wydawało się stratą czasu, zjedli świąteczny obiad w miejscowej gospodzie i w końcu zaszyli się w chatce Mikaela, gdzie rozpalili ogień w kominku, włączyli muzykę Elvisa i oddali się uprawianiu seksu. Gdy Lisbeth od czasu do czasu wypływała na powierzchnię, próbowała zrozumieć własne uczucia.

Mikael w roli kochanka nie stanowił problemu. Chodziło o najzwyklejsze obcowanie fizyczne, było im razem dobrze i nikt nikogo nie próbował tresować.

Problemem było to, że Lisbeth nie potrafiła wytłumaczyć żywionych do Mikaela uczuć. Począwszy od późnego dzieciństwa nigdy nie opuściła gardy, dopuszczając do siebie obcego człowieka tak blisko jak jego. A on – wykorzystując swoją irytującą umiejętność omijania mechanizmów obronnych rozmówcy – skłaniał ją do rozmów o sprawach osobistych i o uczuciach. I nawet jeżeli była na tyle rozsądna, żeby ignorować większość jego pytań, to mówiąc o sobie, obnażała się przed nim w sposób, w jaki nigdy, nawet pod groźbą śmierci, nie obnażyłaby się przed żadnym innym człowiekiem. Poczuła się przerażona, naga i zdana na jego łaskę.

A jednocześnie, patrząc na jego śpiącą sylwetkę i słuchając lekkiego pochrapywania, czuła, że nigdy w życiu nikomu tak bezwarunkowo nie ufała. Była głęboko przeświadczona, że Mikael nigdy nie wykorzystałby swojej wiedzy o niej, żeby jej zaszkodzić. To nie leżało w jego naturze.

Jedyną rzeczą, o której nigdy nie rozmawiali, były ich wzajemne relacje. Ona nie miała odwagi, a on nigdy nie podjął tematu.

Rankiem drugiego dnia świąt ze zgrozą uświadomiła sobie jedną rzecz. Nie mogła pojąć, jak do tego doszło i nie wiedziała, co z tym zrobić. Po raz pierwszy w swoim dwudziestopięcioletnim życiu była zakochana. Nie przejmowała się tym, że mężczyzna był prawie dwa razy od niej starszy.

Nie dbała również o to, że akurat w tej chwili należał do najbardziej rozchwytywanych osób w kraju, a do tego zdobił okładkę „Newsweeka" – to przecież tylko opera mydlana. Mikael Blomkvist nie był wyłącznie fantazją erotyczną ani snem na jawie. Należał do rzeczywistości, która kiedyś musiała się skończyć. Do czego mu potrzebna taka dziewczyna jak ona? W najlepszym razie do chwilowej rozrywki, w oczekiwaniu na osobę, której życie nie jest jednym wielkim nieszczęściem.

Dotarło do niej, że miłość to ten moment, kiedy serce nagle zaczyna rwać się na strzępy.

Gdy Mikael obudził się późnym przedpołudniem, zaparzyła kawę i przygotowała śniadanie. Siedząc z nią przy stole, zauważył dość szybko, że w jej nastawieniu coś się zmieniło. Była jak gdyby bardziej zdystansowana. Zapytana, czy coś się stało, popatrzyła na niego z obojętnym wyrazem twarzy.

PIERWSZEGO DNIA po świętach Mikael wsiadł do pociągu jadącego na północ. Gdy na stacji w Hedestad, gratulując dyskretnie medialnego sukcesu, odbierał go Dirch Frode, tym razem powitał mężczyznę odzianego w ciepłe ubrania i porządne zimowe buty. Mikael pojawił się po wielu miesiącach nieobecności, i prawie dokładnie w rocznicę pierwszego przyjazdu. Podali sobie dłonie i wymieniali uprzejmości, ale narastające wciąż niedomówienia sprawiały, że Mikael czuł się bardzo nieswojo.

Wszystko było przygotowane i sama transakcja u adwokata zajęła tylko parę minut. Frode zaproponował umieszczenie pieniędzy na wygodnym koncie za granicą, ale Mikael upierał się, że honorarium ma być jawne i wypłacone na konto jego firmy.

– Nie stać mnie na wynagrodzenie w innej formie – odpowiedział krótko zdziwionemu adwokatowi.

Wizyta nie miała wyłącznie finansowego charakteru.

Opuszczając Hedeby w pośpiechu, Mikael zostawił tu w sierpniu sporo ubrań, książek i innych drobiazgów.

Henrik Vanger był ciągle jeszcze osłabiony po zawale, ale od pewnego czasu mieszkał już w domu. Doglądała go zatrudniona prywatnie pielęgniarka, która zabraniała mu chodzić na długie spacery, korzystać ze schodów i rozmawiać na tematy, które mogłyby go wzburzyć. A ponieważ zaraz po świętach dopadło go lekkie przeziębienie, zaordynowała od razu leżenie w łóżku.

– A przy tym jest droga! – narzekał Henrik.

Mikael nie podzielał jego żalów, twierdząc, że Vangera stać na taki wydatek, z uwagi na sprzeniewierzane przez lata pieniądze podatników. Henrik najpierw przyglądał mu się ponuro, a po chwili wybuchnął śmiechem.

– Ale przynajmniej ty, kurde, jesteś wart każdej korony. Wiedziałem o tym od początku!

– Szczerze mówiąc, nie wierzyłem, że uda mi się rozwiązać tę zagadkę.

– Nie zamierzam ci dziękować – oznajmił Henrik.

– Nie oczekiwałem tego – odparował Mikael.

– Dostałeś sowitą zapłatę.

– Nie narzekam.

– Wykonałeś dla mnie zlecenie i twoje honorarium jest wystarczającym dowodem wdzięczności.

– Przyjechałem tutaj, żeby zakomunikować zakończenie pracy.

Henrik wykrzywił usta.

– Ale przecież jej nie skończyłeś.

– Wiem.

– Nie napisałeś kroniki rodzinnej Vangerów.

– Wiem. I już jej nie napiszę.

Siedzieli przez moment w milczeniu, zastanawiając się nad konsekwencjami zerwania umowy. Pierwszy odezwał się Mikael.

– Nie mogę napisać tej historii. Nie mogę opowiadać

o rodzinie Vangerów, świadomie pomijając najważniejsze wydarzenia ostatnich dziesięcioleci – te związane z Harriet, jej ojcem i bratem, te wszystkie morderstwa. Jak mógłbym napisać rozdział o dyrektorze naczelnym Martinie Vangerze i udawać, że nie mam pojęcia o jego piwnicznej komórce. Ale nie potrafię też napisać tej historii, nie niszcząc jeszcze raz życia Harriet.

– Rozumiem twoje powody i jestem ci wdzięczny, że dokonałeś właśnie takiego wyboru.

– No więc rezygnuję z historii.

Henrik skinął głową.

– Gratuluję! Udało ci się mnie przekupić. Zniszczę wszystkie notatki i nagrania rozmów, które z tobą przeprowadziłem.

– Nie uważam, żebyś dał się przekupić.

– Ale czuję się skorumpowany. Czyli widocznie jestem.

– Miałeś do wyboru obowiązek dziennikarza i obowiązek bliźniego. Jestem przekonany, że gdyby Harriet była jakoś zamieszana w te morderstwa albo gdybyś uważał mnie za łajdaka, to za nic nie udałoby mi się kupić twojego milczenia, a ty z pewnością wybrałbyś obowiązek dziennikarza.

Henrik przyglądał się milczącemu Mikaelowi.

– Dopuściliśmy do tajemnicy Cecilię. Dirch i ja już wkrótce odejdziemy, a Harriet będzie potrzebowała wsparcia rodziny. Cecilia zostanie aktywną członkinią zarządu. W przyszłości to ona i Harriet poprowadzą koncern.

– Jak to przyjęła?

– Była oczywiście zszokowana. Wyjechała za granicę. Przez jakiś czas bałem się, że nie wróci.

– Ale wróciła?

– Martin był jednym z niewielu członków rodziny, z którymi Cecilia zawsze potrafiła dojść do porozumienia. Trudno jej było przyjąć do wiadomości prawdę. Cecilia dowiedziała się też, co uczyniłeś dla naszej rodziny.

Mikael wzruszył ramionami.

– Dziękuję ci – powiedział Henrik.

Mikael znów wzruszył ramionami.

– A zresztą zabrakłoby mi sił na napisanie tej historii. Mam po dziurki w nosie rodziny Vangerów.

Po chwili milczenia zmienił temat.

– Jak się czujesz w roli szefa? Jeszcze raz po dwudziestu pięciu latach?

– To tylko chwilowa rola, ale... chciałbym być młodszy. Pracuję zaledwie trzy godziny dziennie. Wszystkie zebrania odbywają się w tym gabinecie, a Dirch Frode jest moim wynajętym bandziorem, gdy komuś puszczą nerwy.

– O, drżyjcie, młodzieży! Musiało upłynąć trochę czasu, zanim zrozumiałem, że Frode to nie tylko poczciwy doradca finansowy, ale też człowiek do rozwiązywania twoich problemów.

– Właśnie. Ale wszystkie decyzje są podejmowane w porozumieniu z Harriet i to właśnie ona załatwia większość codziennych spraw w biurze.

– Jak jej idzie? – zapytał Mikael.

– Odziedziczyła udziały po bracie i matce. Razem mamy pod kontrolą ponad trzydzieści trzy procent koncernu.

– Czy to wystarczy?

– Nie wiem. Birger stawia opór i próbuje podstawić jej nogę. Alexander nagle zrozumiał, że może stać się ważny i zawarł przymierze z Birgerem. Mój brat Harald ma raka i nie zostało mu wiele czasu. Posiada siedmioprocentowy pakiet akcji, który dostaną po nim w spadku Cecilia i Anita, a one są po stronie Harriet.

– Wówczas będziecie w posiadaniu ponad czterdziestu procent.

– Nigdy wcześniej nie mieliśmy w rodzinie takiej zmowy udziałowców. Wystarczająco wielu jedno- i dwuprocentowców będzie głosowało po naszej stronie. Harriet zastąpi mnie na stanowisku szefa w lutym.

– Nie będzie szczęśliwa.

– Nie będzie, ale to konieczne. Musimy wprowadzić nowych partnerów i dopuścić trochę świeżej krwi. Istnieje możliwość współpracy z jej koncernem w Australii. Otwierają się nowe perspektywy.

– A gdzie jest Harriet?

– Masz pecha. Pojechała do Londynu. Ale bardzo chciałaby się z tobą spotkać.

– Jeżeli cię zastąpi, to spotkam się z nią w styczniu na zebraniu zarządu.

– Wiem.

– Przekaż jej proszę, że nigdy nie będę rozmawiał o wydarzeniach z lat sześćdziesiątych z nikim innym niż z Eriką Berger.

– Wiem i Harriet też wie. Jesteś porządnym człowiekiem.

– Ale powiedz jej też, że od tej chwili każde jej posunięcie może być opisane w gazecie, jeżeli nie będzie uważała. Koncern Vangera nie będzie traktowany według taryfy ulgowej.

– Ostrzegę ją.

Mikael zostawił Henrika, gdy ten zapadł w drzemkę. Zapakował swoje rzeczy do dwóch toreb. Zamykając po raz ostatni drzwi chatki, ciągle się wahał. W końcu ruszył w stronę domu Cecilii. Nie było jej w domu. Wyrwawszy kartkę z kalendarzyka kieszonkowego, napisał: *Wybacz mi. Życzę ci wszystkiego najlepszego.* Razem ze swoją wizytówką wrzucił ją do skrzynki na listy. Willa Martina Vangera sprawiała wrażenie opustoszałej. W kuchennym oknie palił się bożonarodzeniowy świecznik.

Mikael wrócił do Sztokholmu wieczornym pociągiem.

PO ŚWIĘTACH Lisbeth Salander odcięła się od wszystkich i wszystkiego. Nie odpowiadała na telefony i nie włączała komputera. Dwa dni poświęciła na pranie, szorowanie i odgruzowywanie mieszkania. Pozbierała stare kartony po pizzy i nieaktualne gazety, powiązała je w paczki i wyniosła na śmietnik. Wyrzuciła sześć stulitrowych worków na śmieci i około dwudziestu papierowych reklamówek z makulaturą. Miała wrażenie, że zaczyna nowe życie. Zamierzała wkrótce kupić mieszkanie, oczywiście gdy znajdzie coś odpowiedniego, ale na razie postanowiła, że jej stary dom będzie świecił czystością jak nigdy wcześniej.

Zmęczona porządkami siedziała jak sparaliżowana. Myślała. Nigdy wcześniej nie czuła takiej tęsknoty. Chciała, żeby Mikael zadzwonił do jej drzwi i... I co? Wziął w ramiona? Z nieposkromioną namiętnością zaciągnął do sypialni i zdarł z niej ubrania? Nie, tak naprawdę brakowało jej tylko jego towarzystwa. Chciała usłyszeć, jak mówi, że ją lubi taką, jaka jest. Że zajmuje szczególne miejsce w jego świecie i jego życiu. Chciała, żeby złożył jej dowód miłości, a nie tylko przyjaźni czy koleżeństwa. *Chyba mi odbija*, pomyślała.

Zaczęła wątpić w siebie. Mikael Blomkvist żył w świecie składającym się z ludzi o zacnych zawodach, poukładanym życiu i masie punktów za dorosłość. Jego znajomi robili różne rzeczy, pojawiali się w telewizji i tworzyli nagłówki. *Do czego ci jestem potrzebna?* Lisbeth najbardziej bała się tego, że ludzie wyśmieją jej uczucia. Bała się tak bardzo, że czarny, ogromny strach zaczął przeradzać się w fobię. Nagle odniosła wrażenie, że tak mozolnie budowane poczucie własnej wartości legło w gruzach.

I wtedy podjęła decyzję. Zbierała się na odwagę przez kilka godzin, ale wiedziała, że musi się z nim spotkać i porozmawiać o swoich uczuciach.

To była jedyna możliwość.

Potrzebowała pretekstu, żeby zapukać do jego drzwi. Nie dała mu prezentu gwiazdkowego, ale wiedziała, co chce kupić. W pobliskiej rupieciarni wypatrzyła serię blaszanych szyldów reklamowych z lat pięćdziesiątych, z płaskimi reliefami różnych postaci. Jeden z nich przedstawiał Elvisa Presleya ze wspartą o biodro gitarą i dymkiem z tytułem piosenki

„Heartbreak Hotel". Nie miała zmysłu estetycznego i nie znała się na wystroju wnętrz, ale doszła do wniosku, że ten szyld świetnie pasowałby do chatki Mikaela w Sandhamn. Targowała się tylko dla zasady i sprzedawca obniżył cenę z siedmiuset osiemdziesięciu do siedmiuset koron. Z zapakowanym prezentem pod pachą ruszyła w kierunku Bellmansgatan.

Kiedy na Hornsgatan przypadkowo rzuciła okiem na Kaffebar, zobaczyła w drzwiach Mikaela. Wychodził w towarzystwie Eriki. Rozśmieszył ją czymś, a ona objęła go w talii i pocałowała w policzek. Zniknęli za rogiem, w drodze do jego mieszkania. Nie można było zinterpretować mowy ich ciał w żaden inny sposób. Mieli oczywiste zamiary.

Ból był tak przejmujący, że Lisbeth zatrzymała się w pół kroku, niezdolna do jakiegokolwiek ruchu. Jednocześnie chciała za nimi pobiec. Rozpłatać głowę Eriki ostrą krawędzią blachy. Stała bezwolna, z kotłującymi się w głowie myślami. *Analiza konsekwencji*. W końcu odzyskała spokój.

Salander, jesteś żenującą idiotką, powiedziała do siebie.

Obróciła się na pięcie i poszła z powrotem do swojego wysprzątanego mieszkania. Gdy przechodziła koło Zinkensdamm, zaczął padać śnieg. Wrzuciła Elvisa do najbliższego kosza na śmieci.

NOWY BESTSELLER SKANDYNAWSKI!

Księżniczka z lodu
Camilli Läckberg

Gdy w spokojnym miasteczku Fjällbacka na zachodnim wybrzeżu Szwecji zostaje znaleziona martwa Alexandra Wijkner, wszystko wskazuje na to, że popełniła samobójstwo. Matka kobiety ma jednak wątpliwości i prosi przyjaciółkę córki z dzieciństwa, pisarkę Erikę Falck, żeby przyjrzała się tej tragedii. Erika wspólnie z Patrikiem Hedströmem, kolegą z młodzieńczych lat, a obecnie policjantem, próbują rozwikłać sprawę. Wkrótce zaczynają podejrzewać, że śmierć Alex ma związek z mroczną tajemnicą z przeszłości.

Księżniczka z lodu i kolejne części sagi stały się olbrzymim sukcesem czytelniczym w całej Europie. Książki te nie ograniczają się jedynie do intrygi kryminalnej, ale są to także doskonałe powieści obyczajowe ze znakomicie oddanym klimatem współczesnej szwedzkiej prowincji oraz interesująco nakreślonymi, wiarygodnymi bohaterami.

Cykl zapoczątkowany przez *Księżniczkę* sprzedał się już w łącznym nakładzie prawie trzech milionów egzemplarzy w tłumaczeniach m.in. na niemiecki, francuski, angielski i hiszpański. We Francji m.in. powstaje film na podstawie pierwszych części sagi.

Kolejny tom znakomitej sagi kryminalnej Camilli Läckberg – *Kaznodzieja* – już w 2010 roku.